W0071944

DORIS LESSING

Werkauswahl

Band 13

DORIS LESSING

Der Ameisenhügel

Erzählungen I

Aus dem Englischen von Barbara Christ,
Adelheid Dormagen, Marta Hackel, Lore Krüger,
Manfred Ohl und Hans Sartorius

| Hoffmann und Campe |

Redaktion der Werkauswahl: Barbara Christ

Die Erzählungen wurden folgenden
Originalausgaben entnommen:
This Was the Old Chief's Country (1951), *Five* (1953),
The Habit of Loving (1957), *A Man and Two Women* (1963)
und *African Stories* (1964).

1. Auflage 2012
Copyright © 1951, 1953, 1957, 1963, 1964 by Doris Lessing
Copyright für die einzelnen Erzählungen
siehe Textnachweis auf Seite 445 f.
Copyright dieser Ausgabe © 2012
by Hoffmann und Campe Verlag, Hamburg
Satz: pagina GmbH, Tübingen
Druck und Bindung: Friedrich Pustet, Regensburg
Printed in Germany
ISBN 978-3-455-40071-7

INHALT

DER ALTE HÄUPTLING MSHLANGA

Schön waren die Jahre, in denen sie durch den Busch auf ihres Vaters Farm streifen konnte, die, wie jede Farm der Weißen, zum größten Teil unbebaut war – nur hier und da lagen kleine bearbeitete Flächen. Dazwischen gab es nichts als Bäume, langes spärliches Gras, Dornbüsche, Kakteen und Wasserläufe, Felsbrocken, nochmals Gras und wieder Dornbüsche. Das Kind stand oft auf einem schroffen Felsen, den der heiße afrikanische Boden vor unvorstellbaren Zeiten ausgespien und den Sonne und Wind zerklüftet und ausgehöhlt hatten – der Wind, der so viele Tausend Meilen weit über Feld und Busch geweht kam. Dort stand das kleine Mädchen, sah nichts als einen bleichen, von Weiden umsäumten Fluss und ein bleiches, schimmerndes Schloss vor sich und sang ein Lied: »Das Spinnweb flog fort und schwebte schon weit, das Spieglein zersprang zur gleichen Zeit …«

Wenn sich die Kleine durch die grünen Gänge zwischen den Maisstängeln drängte, deren Blätter sich hoch über ihrem Kopf zu einer grünen Kathedrale wölbten, die von einem Netz von Sonnenstrahlen durchsponnen war, während unter ihren Füßen die feste rote Erde lag – dann zauberte ihr das zarte Spitzengewebe des rotgesternten Hexenkrauts eine schwarze, gebeugte Gestalt vor, die krachend Unheil verkündete: vor ihr stand die Hexe des Nordens, aus den kalten nördlichen Wäldern geboren – und die Maisfelder verblassten und waren verschwunden. Dem Mädchen schien es, als befände es sich zwischen knorrigen Eichenwurzeln, wo dicht und weich und weiß der Schnee fiel und der rote Schein eines Holzfällerfeuers einladend durch das Dickicht schimmerte.

Man sollte annehmen, ein weißes Kind, das seine ersten Eindrücke von dieser sonnendurchtränkten Landschaft empfangen hat – einer Landschaft, die herb und reich an Gegensätzen ist –, betrachte diese als seine Heimat, die Msasabäume und Dornbüsche seien ihr das Vertrauteste, und frei und unbeschwert pulsierte ihr Blut im Rhythmus der Regen- und Trockenzeit.

Dieses Kind jedoch konnte keinen Msasabaum, keinen Dornbusch als das ansehen, was sie waren. Seine Bücher enthielten Märchen von fremdländischen Feen, in seiner Vorstellung zogen die Flüsse langsam und friedvoll dahin, es kannte die Form der Buchen- und Eichenblätter, die Namen der kleinen Geschöpfe, die in den Gewässern Englands leben, während das Wort *veld* ihm Fremde bedeutete, obwohl es sich an nichts anderes erinnern konnte.

Daher erschien dem Kind viele Jahre lang das *veld* unwirklich; die Sonne war ihm eine fremde Sonne, und der Wind sprach eine ihm unverständliche Sprache.

Ebenso fern wie die Bäume und die Felsen standen dem Mädchen die schwarzen Menschen auf der Farm. Sie stellten eine gestaltlose schwarze Masse dar, die durcheinanderquirlte, dichter oder lichter wurde, wie ein Schwarm von Kaulquappen – ohne Gesichter, und die nur existierten, um zu dienen, »ja, Baas« zu sagen, ihr Geld zu nehmen und davonzugehen. Sie wechselten mit jeder Saison, zogen – ihren seltsamen Bedürfnissen entsprechend, die man nicht zu verstehen brauchte – von einer Farm zur anderen, kamen manchmal Hunderte von Meilen weit aus dem Norden oder Osten und wanderten nach einigen Monaten weiter – wohin wohl? Vielleicht sogar bis zu den sagenhaften Goldminen von Johannesburg, wo die Bezahlung so viel besser war als die paar Shilling im Monat und die beiden Hände voll Maisgrieß zweimal am Tag, die sie in diesem Teil Afrikas als Lohn erhielten.

Die Kleine wurde dazu erzogen, jeden Dienst als selbstverständlich von ihnen zu erwarten: die Diener des Hauses liefen einige Hundert Meter weit, um ein Buch aufzuheben, wenn sie es fallen ließ. Sie wurde ›Nkosikaas‹ – Herrin – genannt, selbst von den schwarzen Kindern, die so alt waren wie sie.

Später, als ihr die Farm zu klein wurde, um ihrer Neugier zu genügen, trug sie ein Gewehr unter dem Arm und wanderte viele Meilen am Tag, von *vlei* zu *vlei*, von *kopje* zu *kopje* – nur von zwei Hunden begleitet. Die Hunde und das Gewehr waren ein Schild gegen die Furcht; daher kannte sie keine Angst.

Wenn sich ein Eingeborener eine halbe Meile entfernt auf einem Kaffernpfad blicken ließ, jagten ihn die Hunde einen Baum hinauf, als wäre er ein Vogel. Beschwerte er sich – in seiner unbeholfenen Sprache, die schon an sich lächerlich klang –, so galt dies als Frechheit. War man gut gelaunt, so lachte man wohl darüber. Anderenfalls ging man vorbei und würdigte den empörten Neger auf dem Baum kaum eines Blickes.

Wenn bei seltenen Anlässen weiße Kinder zusammentrafen, belustigten sie sich damit, einen vorübergehenden Eingeborenen anzurufen, um einen Hanswurst aus ihm zu machen; oder sie hetzten die Hunde auf ihn und sahen zu, wie er davonlief; manchmal neckten sie auch ein kleines schwarzes Kind, als wäre es ein junger Hund – nur hätten sie nicht ohne Gewissensbisse Steine und Knüppel nach einem Hund geworfen.

Und wieder einige Jahre später tauchten bestimmte Fragen im Bewusstsein des Kindes auf; weil es aber nicht leicht war, sich mit den Antworten abzufinden, brachte es sie durch eine noch größere Arroganz zum Schweigen.

Es war unmöglich, die schwarzen Menschen, die rings um das Haus arbeiteten, auch nur in Gedanken Freunde zu nennen, denn wenn das Mädchen zu einem von ihnen sprach, kam ängstlich die Mutter herbeigelaufen und sagte: »Komm von dort weg, du sollst doch nicht mit den Eingeborenen sprechen!«

Dieses anerzogene Bewusstsein einer Gefahr, einer Unannehmlichkeit, machte es leicht, laut und roh zu lachen, wenn ein Diener fehlerhaft englisch sprach oder wenn er einen Befehl nicht verstand – es gibt eine Art des Lachens, die Furcht bedeutet, Furcht vor sich selbst.

Eines Abends, als ich ungefähr vierzehn Jahre alt war, ging ich am frisch gepflügten Maisfeld entlang, auf dem dick und rot die feuchten Erdklumpen lagen und das sich wie eine bewegte rote See bis zum *vlei* hinabzog. Es war die Stunde des Schweigens und Zuhörens, in der lang gezogene, traurige Vogelrufe von

Baum zu Baum ertönten und Himmel, Erde, Blätter, alles in sattes Gold getaucht ist. Ich trug mein Gewehr unter dem Arm, und die Hunde liefen dicht an meinen Fersen.

Vor mir, etwa zweihundert Meter entfernt, kam eine Gruppe von Eingeborenen neben einem großen Termitenhügel in Sicht. Ich pfiff die Hunde noch näher an mich heran, ließ die Flinte in meiner Hand schwingen und ging weiter – in der Erwartung, die Leute würden aus Respekt vor mir den Weg freigeben. Aber sie kamen unbeirrt näher, und die Hunde sahen zu mir auf und erwarteten mein Kommando zur Hetzjagd. Ich war ärgerlich. Es galt als ›Frechheit‹ eines Eingeborenen, nicht in dem gleichen Moment, in dem er einen Weißen erblickte, den Weg frei zu machen.

Vorn ging ein alter Mann, gebückt auf seinen Stock gestützt. Sein Haar war grau, fast weiß; er hatte eine dunkelrote Decke wie einen Umhang um seine Schultern geschlungen. Hinter ihm kamen zwei junge Männer, die Krüge, Hacken und Bündel von Assagaispeeren trugen.

Es war keine gewöhnliche Gruppe. Dies waren keine Eingeborenen auf der Suche nach Arbeit. Würde lag in ihrem Gebaren, ohne Hast verfolgten sie ihr eigenes Ziel. Diese Würde hielt meine Zunge im Zaum. Ich schritt ruhig weiter und sprach leise zu den knurrenden Hunden, bis ich zehn Schritte von den Eingeborenen entfernt war. Dann blieb der alte Mann stehen und zog die Decke fester um die Schultern.

»Morgen, Nkosikaas«, sagte er und gebrauchte damit den zu jeder Tageszeit üblichen Gruß.

»Guten Morgen«, erwiderte ich, »wohin geht ihr?« Meine Stimme klang etwas barsch.

Der alte Mann antwortete in seiner Sprache. Dann trat einer der jungen Leute nach vorn und sagte in sorgfältigem Englisch: »Mein Häuptling hat sich auf die Reise begeben, um seine Brüder jenseits des Flusses zu besuchen.«

›Ein Häuptling‹, dachte ich und verstand jetzt den Stolz, der den alten Mann wie meinesgleichen vor mir stehen ließ – mehr als meinesgleichen, denn er zeigte Höflichkeit, ich jedoch nicht.

Er begann wieder zu sprechen; die Würde umhüllte ihn wie ein Mantel. Zehn Schritte stand er noch immer von mir entfernt, von seinem Gefolge umgeben, und sah mich nicht an – das wäre unhöflich gewesen –, sondern richtete den Blick auf die Bäume irgendwo über meinem Kopf.

»Sie sind die kleine Nkosikaas von der Farm des Baas Jordan?«

»Das bin ich«, antwortete ich.

»Vielleicht erinnert sich Ihr Vater nicht daran«, sagte der Dolmetscher für den alten Mann, »aber da war mal eine Sache mit einigen Ziegen. Ich erinnere mich, Sie gesehen zu haben, als Sie so waren …« Der junge Mann hielt die Hand in die Höhe seiner Knie und lächelte.

Wir alle lächelten.

»Wie heißen Sie?«, fragte ich.

»Dies ist Häuptling Mshlanga«, erwiderte der junge Mann.

»Ich werde meinem Vater erzählen, dass ich Sie getroffen habe«, bemerkte ich.

Der alte Mann antwortete: »Meinen Gruß an Ihren Vater, kleine Nkosikaas.«

»Guten Morgen«, sagte ich höflich, und aus Mangel an Gewohnheit fiel es mir schwer, Höflichkeit zu zeigen.

»Morgen, kleine Nkosikaas«, grüßte der alte Mann und trat zur Seite, um mich vorbeigehen zu lassen.

Ich schritt vorüber; meine Flinte hing mir ungeschickt am Arm, und die Hunde schnüffelten und knurrten, sahen sie sich doch um ihr Lieblingsspiel, Eingeborene wie Tiere zu jagen, betrogen.

Kurz danach las ich im Buch eines alten Forschers die Bezeichnung ›Das Land des Häuptlings Mshlanga‹. Es hieß dort: »Unser Ziel war das Land des Häuptlings Mshlanga im Norden des Flusses; wir wollten ihn um Erlaubnis bitten, auf seinem Gebiet nach Gold suchen zu dürfen.«

Die Worte »ihn um Erlaubnis bitten« waren ganz ungewohnt für mich, das weiße Kind, das dazu erzogen worden war, alle Eingeborenen als Dinge zu betrachten, die man benutzt, sodass die bewussten Fragen von Neuem in mir auftauchten und sich nicht mehr unterdrücken ließen: langsam gärten sie in meinem Bewusstsein.

Einmal kam einer jener alten Goldsucher, die immer noch mit ihren Hämmern, ihren Zelten und ihren Pfannen, mit denen sie das Gold aus den zertrümmerten Felsbrocken waschen, durch Afrika ziehen und nach verlassenen Adern suchen, auf unsere Farm. Als er von den alten Tagen erzählte, hörte ich wieder diese Worte: »Dies war das Land des Alten Häuptlings. Es zog sich von den Bergen dort drüben bis hinunter zum Fluss, Hunderte von Meilen Land.« So nannte er unseren Distrikt: ›Das Land des Alten Häuptlings‹; er gebrauchte nicht unsere Bezeichnung, die neu war und nicht an die Usurpation unserer Besitzrechte erinnerte.

Als ich mehr Bücher über die Zeit las, in der dieser Teil Afrikas, vor kaum mehr als fünfzig Jahren, erschlossen wurde, fand ich, dass der alte Häuptling Mshlanga einst ein berühmter Mann gewesen war, den alle Forscher und Goldsucher kannten. Aber damals war er jung; vielleicht sprachen sie auch von seinem Vater oder seinem Onkel; es gelang mir nie, das herauszufinden.

In jenem Jahr traf ich ihn mehrmals auf dem Teil der Farm, den die Eingeborenen überquerten, wenn sie durch das Land zogen. Ich erfuhr, dass der Pfad, der an dem großen roten Feld entlangführte, wo die Vögel sangen, die anerkannte Landstraße für die Wanderer war. Vielleicht streifte ich dort auch in der Hoffnung umher, ihn zu treffen: es kam mir vor, als fänden die Fragen, die mich verfolgten, eine Antwort, wenn er mich grüßte und höfliche Worte mit mir tauschte.

Bald trug ich meine Flinte in einem anderen Geist: ich benutzte sie, um Nahrung zu schießen, und nicht, um Selbstvertrauen zu gewinnen. Und die Hunde lernten jetzt, sich besser zu betragen. Wenn ich einen Eingeborenen herankommen sah, wechselten wir einen Gruß. Langsam verblasste jene andere Landschaft in meiner Vorstellung, und meine Füße standen fest auf dem afrikanischen Boden; ich sah die Umrisse der Bäume und Hügel klar vor mir, und die schwarzen Menschen traten zurück und aus meinem Leben heraus: es war, als stünde ich beiseite und beobachtete einen langsamen, vertrauten Tanz der Landschaft und der Menschen, einen sehr alten Tanz, dessen Schritte ich nicht erlernen konnte.

Doch ich dachte: ›Dies ist auch mein Erbe, hier bin ich aufgewachsen; dies ist ebenso mein Land wie das des schwarzen Mannes; und für uns alle gibt es Platz genug, ohne dass wir einander von den Straßen und Wegen stoßen müssen.‹

Mir schien, es sei nichts weiter nötig, als nur die Achtung, die ich empfand, wenn ich mit dem alten Häuptling Mshlanga sprach, sich frei entwickeln zu lassen und dafür zu sorgen, dass schwarze und weiße Menschen einander mit Freundlichkeit und Toleranz für die Eigenheiten der anderen begegneten – es schien ganz einfach zu sein.

Dann geschah eines Tages etwas Neues. In unserer Küche arbeiteten stets drei Eingeborene als Diener: der Koch, der Hausdiener und der Gärtner. Sie wechselten so häufig wie die Farmarbeiter: sie blieben einige Monate und zogen dann in einen anderen Dienst oder heim in ihren Kral. Wir sahen sie als ›gute‹ oder ›schlechte‹ Eingeborene an, was bedeutete: wie verhielten sie sich als Diener? Waren sie faul oder tüchtig, gehorsam oder respektlos? Wenn die Familie guter Stimmung war, so lautete unsere Redensart: »Was kann man denn von unbeleckten schwarzen Wilden erwarten!« Waren wir dagegen ärgerlich, so pflegten wir zu sagen: »Diese verdammten Nigger, wir kämen viel besser ohne sie aus!«

Eines Tages kam ein weißer Polizist auf seiner Runde durch den Distrikt bei uns vorbei und sagte lachend: »Wussten Sie schon, dass Sie einen wichtigen Mann in Ihrer Küche haben?«

»Was!«, rief meine Mutter heftig, »was wollen Sie damit sagen?«

»Einen Häuptlingssohn.« Der Polizist schien belustigt. »Er wird den Stamm anführen, wenn der Alte tot ist.«

»Mir gegenüber soll er lieber nicht den Häuptlingssohn mimen«, sagte meine Mutter.

Als der Polizist gegangen war, sahen wir unseren Koch mit anderen Augen an: er arbeitete gut, aber während des Wochenendes trank er zu viel – so kannten wir ihn.

Er war ein hochgewachsener junger Mensch, der eine sehr schwarze Haut hatte, wie dunkles, poliertes Metall; sein dichtes schwarzes Haar war nach Art der Weißen an einer Seite gescheitelt, und ein Metallkamm aus dem Kramladen stak darin; er war sehr höflich, sehr distanziert und führte Befehle sehr schnell aus. Nun, da wir darauf aufmerksam gemacht worden waren, sagten wir: »Natürlich kann man es sehen, Abstammung lässt sich nicht verleugnen.«

Jetzt, da meine Mutter von seiner Herkunft und seinen Zukunftsaussichten wusste, wurde sie sehr streng zu ihm. Manchmal, wenn sie aufbrauste, rief sie: »Du bist noch nicht Häuptling, weißt du!« Er antwortete dann sehr ruhig, die Augen auf den Boden gerichtet: »Jawohl, Nkosikaas.«

Eines Nachmittags bat er darum, am nächsten Sonntag anstatt des üblichen halben Tages den ganzen Tag freizubekommen, um nach Hause zu gehen.

»Wie kannst du denn in einem Tag nach Hause gehen?«

»Mit dem Rad brauche ich eine halbe Stunde«, erklärte er. Ich beobachtete, welche Richtung er einschlug, und am nächsten Tag machte ich mich auf den Weg, um seinen Kral zu suchen; ich hatte verstanden, dass er Häuptling Mshlangas Nachfolger sein musste – es gab keinen anderen Kral so nahe bei unserer Farm.

Jenseits unserer Grenzen war das Land auf dieser Seite neu für mich. Ich folgte den unbekannten Pfaden, an den *kopjes* vorüber, die bislang einen Teil des gezackten Horizonts gebildet hatten und vom Dunst der Ferne umhüllt waren. Dieses Land gehörte der Regierung und war noch nie von Weißen bebaut worden. Zuerst konnte ich nicht verstehen, warum es so schien, als befände ich mich in einer völlig anderen Landschaft, nur weil ich unsere Grenze überschritten hatte. Es war ein großes, grünes Tal, in dem ein Flüsschen glitzerte und Wasservögel lebhaft über die Binsen schossen. Das Gras stand mir dicht und weich bis zu den Waden, die Bäume waren hoch und schön gewachsen.

Ich war an unsere Farm gewöhnt, wo auf Hunderten von Morgen des harten, ausgewaschenen Bodens Bäume standen, von denen man Holz für die Bergwerksöfen geschlagen hatte und die infolgedessen dünn und krumm gewachsen waren, und wo die Rinder das Gras niedergetrampelt und kreuz und quer unzählige Pfade hinterlassen hatten, die sich durch die Gewalt des Niederschlags zu jeder Regenzeit in Wasserläufe verwandelten.

Dieses Land hier war unberührt geblieben, abgesehen von Goldsuchern, deren Pickel im Vorüberwandern einige Funken aus der Oberfläche der Felsen geschlagen hatten, und von nomadisierenden Eingeborenen, nach deren Durchzug hier und da ein verkohlter Fleck an einem Baumstamm, neben dem sie ihr Abendfeuer entzündet hatten, zurückgeblieben war.

Es war sehr still – ein heißer Vormittag; leise gurrten die Tauben, unter den Bäumen lagen tief und dicht die Mittagsschatten, dazwischen hell und gelb Flecken von Sonnenlicht; und in dem ganzen großen, grünen, parkartigen Tal gab es außer mir keine menschliche Seele.

Ich lauschte dem schnellen, regelmäßigen Klopfen eines Spechts, als mir langsam ein Frösteln den Rücken herauf zu den Schultern lief wie ein krampfartiger Schauer; und von den Haarwurzeln breitete sich ein kribbelndes Gefühl über meine Haut, sodass ich eine Gänsehaut bekam und fror, obwohl ich schweißnass war. ›Fieber?‹, dachte ich; dann wandte ich mich unsicher um und blickte über meine Schulter zurück. Plötzlich wurde mir bewusst, dass dies Furcht war. Es schien erstaunlich und demütigend. Diese Furcht war etwas Neues. All die Jahre hindurch, in denen ich allein durch das Land streifte, hatte ich niemals einen Augenblick der Unsicherheit gekannt – zuerst, weil ich mich von einer Flinte und den Hunden geschützt fühlte, später, weil ich gelernt hatte, den Eingeborenen, die meinen Weg kreuzten, mit ungezwungener Freundlichkeit zu begegnen.

Ich hatte über dieses Gefühl schon gelesen: wie die Größe und das Schweigen Afrikas unter der uralten Sonne auf dem Gemüt lasten und Gestalt annehmen, bis selbst die Vogelschreie bedrohlich erscheinen und der Wanderer glaubt, einen Hauch des Todes zu verspüren, der aus Bäumen und Felsen aufsteigt. Vorsichtig bewegst du dich vorwärts, als könntest du schon allein durch dein Vorübergehen eine alte und böse Macht aufscheuchen, etwas Dunkles, Großes, Erzürntes, das sich plötzlich erheben und dich von hinten anfallen könnte. Du betrachtest die Haine mit den verschlungenen Bäumen und stellst dir die Tiere vor, die dort lauern mögen; du siehst auf den Fluss, der langsam dahinfließt und durch das *vlei* von Stufe zu Stufe fällt, sich zu Tümpeln erweitert, zu denen nachts die Antilopen kommen, um zu trinken, und dann steigen die Krokodile auf und ziehen sie an ihren weichen Mäulern hinab in ihre Höhlen unter dem Wasser.

Furcht erfasste mich. Ich drehte mich um und um, aus Angst vor der gestaltlosen Drohung in meinem Rücken, die nach mir greifen und mich einfangen könnte. Ich blickte ständig zur Kette der *kopjes* hinüber, die sich, aus einem anderen Winkel betrachtet, mit jedem Schritt zu verändern schien, bis selbst ein so vertrauter Punkt in der Landschaft wie der große Berg, der, seit ich ihn bewusst wahrnehmen konnte, vor meiner Welt Wache gehalten hatte, ein unbekanntes sonnenbeschienenes Tal an seinem Fuß enthüllte. Ich wusste nicht, wo ich war, ich hatte mich verlaufen. Von panischer Angst ergriffen, drehte ich mich um und um, starrte ängstlich diesen Baum und jenen an, blinzelte zur Sonne hinauf, die sich nach Osten gesenkt zu haben und das traurige gelbe Licht des Sonnenuntergangs zu verbreiten schien. Stunden mussten vergangen sein! Ich sah auf meine Uhr und stellte fest, dass dieser Zustand sinnloser Angst vielleicht zehn Minuten gedauert hatte.

Denn sinnlos war die Angst. Keine zehn Meilen lag unser Haus entfernt; ich brauchte nur den Weg durch das Tal zurückzugehen, um an unseren Zaun zu gelangen; in der Ferne, am Fuße des *kopje*, glänzte das Dach eines Nachbarhauses, das ich in zwei Stunden erreichen konnte. Es war die gleiche Furcht, die des Nachts den Hunden über den Rücken kriecht und sie zum Vollmond hinaufheulen lässt. Mit meinem Denken und Wollen hatte sie nichts zu tun, und die Tatsache, dass ich ihr zum Opfer fallen konnte, beunruhigte mich mehr als ihr physisches Erleben; ich ging unaufhörlich weiter und war gleichzeitig beruhigt in einem gespaltenen Bewusstsein, aus dem ich meine eigenen gespannten Nerven und ängstlich umherwandernden Blicke mit ängstlicher Belustigung beobachtete. Absichtlich brachte ich mich dazu, an das Dorf zu denken, das ich suchte, und daran, was ich tun würde, wenn ich dort anlangte – falls ich es fände. Aber das war sehr zweifelhaft, da ich ziellos umherwanderte und es wer weiß wo inmitten der Hunderttausende Morgen Buschland liegen konnte, das sich rings um mich ausbreitete. Als ich meine Gedanken auf das Dorf richtete, wurde mir bewusst, dass sich ein neues Gefühl der Furcht zugesellt hatte: das Bewusstsein der Einsamkeit. Jetzt durchdrang mich eine solche Angst vor dem Alleinsein, dass ich kaum weitergehen konnte; und wäre ich nicht über den höchsten Punkt einer kleinen Bodenerhebung gekommen, von dem aus ich ein Dorf unter mir liegen sah, so wäre ich umgekehrt und nach Hause gegangen. Es bestand aus einer Gruppe grasgedeckter Hütten in einer Lichtung zwischen den Bäumen. Ich sah gut gepflegte Feldstreifen, die mit Mais, Kürbissen und Hirse bestellt waren. Unter einigen abseitsstehenden Bäumen graste Vieh; Hühner scharrten zwischen den Hütten, Hunde schliefen im Gras, und Ziegen weideten auf einem *kopje* jenseits eines Nebenlaufs des Flusses, der wie ein Arm das Dorf umschloss.

Als ich näher kam, sah ich, dass die Wände der Hütten liebevoll mit Mustern aus gelbem, rotem und ockerfarbenem Lehm verziert waren; das Gras der Dächer war mit Strohzöpfen festgebunden.

Dies glich ganz und gar nicht der Eingeborenensiedlung auf unserem Farmgelände, die schmutzig und verwahrlost war – ein nur zeitweiliges Heim für Nomaden, die dort keine Wurzeln hatten.

Und jetzt wusste ich nicht, was ich tun sollte. Ich rief einen kleinen schwarzen Jungen, der auf einem Holzklotz saß und mit einer Kürbisflasche spielte. Bis auf die blaue Perlenkette um seinen Hals war er völlig nackt. Ich trug ihm auf: »Sag dem Häuptling, dass ich hier bin.« Das Kind steckte den Finger in den Mund und starrte mich scheu an.

Einige Minuten lang trat ich dort am Rande des Dorfes, das verlassen zu sein schien, von einem Fuß auf den anderen, bis das Kind schließlich davonlief. Dann kamen einige Frauen. Sie waren in grellfarbene Tücher gekleidet, und Messingringe glänzten in ihren Ohren und auf ihren Armen. Sie starrten mich ebenfalls schweigend an; dann wandten sie sich um und schwatzten miteinander.

Ich sagte wieder: »Kann ich Häuptling Mshlanga sprechen?«, und sah, dass sie den Namen aufgefangen hatten; sie verstanden jedoch nicht, was ich wollte. Ich wusste es selbst nicht.

Schließlich schritt ich durch die Gruppe hindurch, an den Hütten vorbei, und vor mir lag ein urbar gemachtes Stück Land, wo unter einem schattigen Baum ein Dutzend alter Männer mit gekreuzten Beinen auf dem Boden saßen und miteinander sprachen. Häuptling Mshlanga lehnte sich an den Baum und hielt eine Kürbisflasche in der Hand, aus der er gerade getrunken hatte. Als er mich erblickte, bewegte sich nicht ein Muskel in seinem Gesicht, und ich konnte sehen, dass er keineswegs erfreut war; vielleicht hemmte ihn die gleiche Schüchternheit und Unfähigkeit wie mich, die für diesen Anlass geeignete Form der Höflichkeit zu finden. Wenn er mich auf unserer Farm traf, so war das etwas ganz anderes; ich hätte nicht herkommen sollen. Was hatte ich erwartet? Ich konnte mich nicht zu ihnen gesellen, das wäre etwas Unerhörtes gewesen. Es war schlimm genug, dass ich, ein weißes Mädchen, allein über das *veld* wanderte, wie es ein weißer Mann getan hätte – und noch dazu in diesem Teil des Busches, in dem nur Regierungsbeamte das Recht hatten, umherzustreifen.

Ich blieb stehen und lächelte albern. Hinter mir wartete die Gruppe der bunt gekleideten, schwatzenden Frauen, auf deren

Gesichtern sich aufmerksames Interesse und Neugier spiegelten, vor mir saßen die alten Männer, mit greisen, verrunzelten Gesichtern und wachsamen, unbeteiligten Augen. Es war ein Dorf der Uralten, der Kinder und der Frauen. Selbst die beiden jungen Männer, die neben dem Häuptling knieten, waren nicht dieselben, die ich früher bei ihm gesehen hatte: alle jungen Männer waren fort und arbeiteten auf den Farmen der Weißen oder in den Minen, und der Häuptling musste sich mit Verwandten, die vorübergehend Urlaub hatten, als Gefolge begnügen.

»Die kleine weiße Nkosikaas ist weit von zu Hause«, bemerkte der alte Mann schließlich.

»Ja«, bestätigte ich, »es ist weit.« Eigentlich wollte ich sagen: »Ich bin gekommen, Ihnen einen Freundschaftsbesuch abzustatten, Häuptling Mshlanga«, aber es kam nicht über meine Lippen. Wenn ich auch jetzt ein dringendes, hilfloses Bedürfnis empfand, diese Männer und Frauen als Menschen kennenzulernen, von ihnen als Freundin anerkannt zu werden, so hatte ich mich doch in Wirklichkeit aus Neugier auf den Weg gemacht: ich hatte das Dorf sehen wollen, in dem eines Tages unser Koch, dieser reservierte und gehorsame junge Mann, der sich des Sonntags betrank, herrschen würde.

»Das Kind des Nkosi Jordan ist willkommen«, sagte Häuptling Mshlanga.

»Ich danke Ihnen«, erwiderte ich, und es fiel mir nichts weiter ein, was ich noch sagen konnte. Es herrschte Schweigen, während die Fliegen um meinen Kopf zu summen begannen und der Wind ein wenig an dem dichten grünen Baum rüttelte, der seine Zweige über die alten Männer breitete.

»Guten Morgen«, sagte ich endlich, »ich muss jetzt nach Hause zurückkehren.«

»Guten Morgen, kleine Nkosikaas«, antwortete Häuptling Mshlanga.

Ich ging hinweg von dem gleichgültigen Dorf, über die Bodenerhebung, an den Ziegen vorbei, die mich mit bernsteinfarbenen Augen anstarrten, zwischen den hohen, schön gewachsenen Bäumen hindurch in das fruchtbare Tal, durch das sich der Fluss schlängelte, wo die Tauben Geschichten vom Überfluss gurrten und der Specht leise klopfte.

Die Furcht hatte mich verlassen, das Gefühl der Einsamkeit war zu trotzigem Gleichmut geworden. In der Landschaft lag jetzt eine seltsame Feindseligkeit, eine kalte, harte, eigensinnige Unbezwingbarkeit, die mit mir wanderte und so stark wie eine Wand, so unfassbar wie Rauch war. Sie schien mir zu sagen: »Du wanderst hier als Zerstörer.« Langsam ging ich heimwärts, Leere im Herzen. Ich hatte gelernt, dass man ein Land nicht wie einen Hund zu sich heranpfeifen kann und dass es auch nicht möglich ist, die Vergangenheit einfach mit einem Lächeln und einem billigen Gefühlsausbruch abzutun und zu sagen: »Ich konnte daran nichts ändern, ich bin auch ein Opfer.«

Den Häuptling Mshlanga sah ich nur noch einmal.

Eines Nachts wurde das große rote Feld meines Vaters von kleinen, scharfen Hufen zertrampelt. Es stellte sich heraus, dass die Schuldigen Ziegen aus dem Kral des Häuptlings Mshlanga waren. Das Gleiche war vor Jahren schon einmal geschehen.

Mein Vater beschlagnahmte alle Ziegen. Dann sandte er Botschaft an den alten Häuptling, wenn er sie zurückhaben wolle, müsse er den Schaden bezahlen.

Er kam eines Abends zur Zeit des Sonnenuntergangs zu unserem Haus. Er sah jetzt sehr alt und gebeugt aus, schritt steif unter seiner königlich gerafften Decke einher und stützte sich auf einen großen Stab. Mein Vater setzte sich in seinen Lehnstuhl vor den Stufen des Hauses, und der alte Mann hockte sich vor ihm auf den Boden, von seinen beiden jungen Männern flankiert.

Das Palaver war lang und mühsam, da der junge Mann, der den Dolmetscher machte, schlecht Englisch sprach und mein Vater den Dialekt nicht beherrschte, sondern nur einen ›Küchenkaffrisch‹ genannten Mischmasch sprechen konnte.

Mein Vater vertrat den Standpunkt, er habe einen Schaden von mindestens zweihundert Pfund erlitten. Er wusste, dass der alte Mann nicht in der Lage war, das Geld zu geben, und er war der Meinung, er könne die Ziegen behalten. Der alte Häuptling aber wiederholte immerzu ärgerlich: »Zwanzig Ziegen! Mein Volk kann nicht zwanzig Ziegen verlieren! Wir sind nicht reich wie der Nkosi Jordan, dass wir zwanzig Ziegen auf einmal verlieren können.«

Mein Vater hielt sich selbst nicht für reich, sondern für ziemlich arm. Er antwortete schnell und ärgerlich, der Schaden, der entstanden sei, bedeute sehr viel für ihn und er habe ein Recht auf die Ziegen.

Schließlich wurde die Debatte so hitzig, dass der Koch, der Sohn des Häuptlings, aus der Küche gerufen wurde, um zu dolmetschen. Jetzt sprach mein Vater fließend englisch weiter, und unser Koch übersetzte schnell, was er sagte, sodass der alte Mann erkennen konnte, wie ärgerlich mein Vater war. Der junge Mensch sprach, ohne eine Gemütsbewegung zu zeigen, mechanisch und hielt die Augen gesenkt. Doch zeigte eine feindselige und unbehagliche Haltung der Schultern, was er empfand.

Die Sonne sank jetzt am Horizont, und der Himmel glühte in tausend Farben; die Vögel sangen ihre letzten Lieder, und friedlich brüllend zog das Vieh an uns vorüber zu den Hütten, in denen es übernachtete. Es war die Stunde, in der Afrika am schönsten ist – und hier fand diese aufregende, hässliche Szene statt, die niemandem von Nutzen war.

Endlich brach mein Vater die Diskussion ab, indem er sagte: »Ich werde darüber nicht mehr streiten. Ich behalte die Ziegen.«

Der alte Häuptling antwortete, ohne zu zögern, in seiner Sprache: »Das bedeutet, dass meine Leute hungern werden, wenn die Trockenzeit kommt.«

»Dann geht zur Polizei«, rief mein Vater und sah ihn triumphierend an.

Selbstverständlich gab es darauf nichts mehr zu erwidern.

Der alte Mann saß schweigend mit gesenktem Kopf, seine Hände hingen hilflos über die runzligen Knie hinab. Dann erhob er sich, gestützt von den jungen Männern, und stand vor meinem Vater.

Er sprach noch einmal – sehr förmlich – wandte sich um und ging heim in sein Dorf.

»Was hat er gesagt?«, fragte mein Vater den jungen Mann, der verlegen lachte und es vermied, dem Blick meines Vaters zu begegnen.

»Was hat er gesagt?« Mein Vater forderte eine Antwort.

Unser Koch richtete sich sehr gerade auf und runzelte schweigend die Stirn. Dann sprach er: »Mein Vater sagt, dieses Land, das Sie Ihres nennen, ist sein Land und gehört unserem Volk.«

Nach dieser Erklärung folgte er seinem Vater in den Busch, und wir sahen ihn nie wieder.

Unser nächster Koch war ein Wanderarbeiter aus Njassaland, der keinerlei Prätentionen auf Größe hatte.

Als der Polizist wieder einmal auf seiner Runde vorbeikam, erzählten wir ihm die Geschichte. Er bemerkte: »Dieser Kral hat gar kein Recht, dort zu sein. Er hätte schon längst verlegt werden sollen. Ich weiß nicht, weshalb sich noch niemand darum gekümmert hat. Ich werde nächste Woche einmal mit dem Eingeborenenkommissar sprechen. Ich wollte sowieso am Sonntag zum Tennis zu ihm hinübergehen.«

Einige Zeit darauf hörten wir, dass man Häuptling Mshlanga und seine Leute zweihundert Meilen weiter nach Osten in ein richtiges Eingeborenenreservat gebracht hatte. Das Regierungsland sollte bald für weiße Siedler freigegeben werden.

Etwa ein Jahr später ging ich noch einmal dorthin, um das Dorf anzusehen. Nichts war mehr da. Wo die Hütten gestanden hatten, lagen lange Bündel verrotteten Grases auf rostfarbenen Lehmwällen und waren von den roten Galerien der weißen Ameisen gezeichnet. Überall breiteten sich die Kürbisranken aus, über die Büsche, die unteren Äste der Bäume hinauf, und die großen, goldenen Bälle rollten auf dem Boden und hingen in der Luft – ringsum strotzte es von Kürbissen. Die Büsche wuchsen zusammen, und junges Gras schoss saftig empor.

Der Siedler, der das Glück hatte, dieses üppige Tal zugeteilt zu bekommen, würde feststellen – falls er beschloss, gerade diesen Teil zu bebauen –, dass die Pflanzen mitten in einem Maisfeld plötzlich fünfzehn Fuß hoch wuchsen und das Gewicht der Kolben die Stängel herabzog; und verwundert würde er sich fragen, auf welch unvermutet fruchtbaren Bodenstrich er wohl gestoßen sei.

DER ZAUBER IST NICHT VERKÄUFLICH

Jahrelang waren die Farquars kinderlos gewesen. Dann wurde der kleine Teddy geboren. Die Freude ihrer Diener, die ihnen Geflügel, Eier und Blumen ins Haus brachten, als sie kamen, um den Säugling zu bewundern, ihr Entzücken über sein flaumiges goldenes Köpfchen und seine blauen Augen rührte die Eltern sehr. Diese Menschen gratulierten Mrs. Farquar, als hätte sie etwas sehr Großes vollbracht, und sie hatte das Gefühl, es sei wirklich so. Das Lächeln, das sie den ganz in Bewunderung versunkenen Eingeborenen schenkte, war warm und dankbar.

Später, als Teddy zum ersten Mal die Haare geschnitten wurden, hob Gideon, der Koch, die weichen, goldenen Büschel vom Boden auf und hielt sie ehrerbietig in der Hand. Dann lächelte er den kleinen Jungen an und sagte: »Kleiner Gelbkopf.« Dies wurde der Name der Eingeborenen für das Kind. Gideon und Teddy waren von Anfang an gute Freunde. Wenn Gideon mit seiner Arbeit fertig war, trug er Teddy auf den Schultern in den Schatten eines großen Baumes und spielte dort mit ihm, bastelte seltsames kleines Spielzeug aus Zweigen, Blättern und Gras oder formte Tiere aus feuchtem Lehm. Als Teddy laufen lernte, war es häufig Gideon, der vor ihm hockte, ermunternd mit der Zunge schnalzte, ihn schließlich auffing, wenn er umfiel, und den Jungen in die Luft warf, bis beiden vor Lachen der Atem ausging. Wegen seiner Liebe zu ihrem Kinde hing Mrs. Farquar an dem alten Koch.

Es kam kein zweites Kind mehr. Eines Tages sagte Gideon: »Ach, Missus, Missus, diesen hier hat der liebe Herrgott gesandt – der kleine Gelbkopf ist das Beste, was wir in unserem Hause haben!« Dieses ›wir‹ löste ein warmes Gefühl der Zuneigung zu ihrem Koch in Mrs. Farquar aus, und am Ende des Monats erhöhte sie seinen Lohn. Er arbeitete schon seit mehreren Jahren bei ihr und war einer der wenigen Eingeborenen, die Frau und

Kinder in der Siedlung hatten; deshalb äußerte er niemals den Wunsch, heim in seinen Kral zu gehen, der mehrere Hundert Meilen entfernt lag. Manchmal sah man einen kleinen Piccanin, der zur gleichen Zeit wie Teddy geboren worden war; er lugte aus dem Busch und starrte den kleinen weißen Jungen mit den wunderbaren hellen Haaren und den blauen Augen des Nordens ehrfürchtig an. Die beiden Kleinen betrachteten einander voller Interesse mit großen Augen, und einmal steckte Teddy neugierig die Hand aus, um Wange und Haar des schwarzen Kindes zu berühren.

Gideon, der ihnen zusah, schüttelte nachdenklich den Kopf und sagte: »Ach, Missus, beide sind Kinder, aber der eine wird aufwachsen und ein Baas sein und der andere ein Diener!« Mrs. Farquar lächelte und meinte traurig: »Ja, Gideon, ich dachte dasselbe.« Sie seufzte. »Es ist Gottes Wille«, erklärte Gideon, der eine Missionsschule besucht hatte. Die Farquars waren sehr fromm, und die gemeinsame Beziehung zu Gott verband den Diener und seine Herrschaft noch enger.

Als Teddy sechs Jahre alt war, bekam er einen Roller und entdeckte den Rausch der Geschwindigkeit. Den ganzen Tag sauste er über das Grundstück, in die Blumenbeete hinein und wieder hinaus, scheuchte gackernde Hühner und knurrende Hunde auf und beendete seine Fahrt jedes Mal mit einem großen, schwindelerregenden Bogen durch die Küchentür. Dort rief er: »Gideon, sieh mal, was ich kann!« Dann lächelte dieser und sagte: »Sehr fein, kleiner Gelbkopf!« Gideons jüngster Sohn, der jetzt Hütejunge war, kam extra aus der Siedlung, um den Roller zu betrachten. Er fürchtete sich, in seine Nähe zu kommen, und Teddy spielte sich vor ihm auf. »Piccanin«, rief er, »geh mir aus dem Weg!« Immer schneller umkreiste er das schwarze Kind, bis es Angst bekam und in den Busch zurückfloh.

»Warum hast du ihn denn erschreckt?«, fragte Gideon ernst und vorwurfsvoll.

Teddy antwortete trotzig: »Er ist ja nur ein schwarzer Junge!«, und lachte. Als Gideon sich wortlos von ihm abwandte, verzog

Teddy das Gesicht. Bald darauf schlüpfte er ins Haus, holte eine Orange, gab sie Gideon und sagte: »Die ist für dich!« Er brachte es nicht über sich zu erklären, es tue ihm leid, aber er konnte es auch nicht ertragen, Gideons Zuneigung zu verlieren. Gideon nahm zögernd die Orange und seufzte. »Bald wirst du in die Schule gehen, kleiner Gelbkopf«, sagte er nachdenklich, »und dann wirst du erwachsen sein.« Er schüttelte sanft den Kopf und fuhr fort: »So ist das Leben.« Er schien einen Abstand zwischen sich und Teddy zu schaffen – nicht aus Groll, sondern so, wie man das Unvermeidliche hinnimmt. Der Säugling hatte in seinen Armen gelegen und ihn angelacht, der kleine Junge auf seinen Schultern gesessen und stundenlang mit ihm gespielt. Jetzt aber ließ Gideon seine Haut nicht mehr die des weißen Kindes berühren. Er war freundlich, doch in seiner Stimme lag eine ernste Förmlichkeit, vor der sich Teddy schmollend zurückzog. Dieser wurde dadurch zum Manne: Gideon gegenüber war sein Benehmen höflich und förmlich. Kam er zu ihm in die Küche und bat um etwas, so sprach er in dem Ton, den ein weißer Mann einem Diener gegenüber anwendet, von dem er erwartet, dass er ihm gehorcht.

Doch eines Tages taumelte Teddy in die Küche, die Fäuste in die Augen gebohrt, und schrie vor Schmerzen. Gideon ließ den Topf mit der heißen Suppe fallen, den er gerade hielt, rannte zu dem Kind und zog gewaltsam seine Finger von den Augen. »Eine Schlange!«, rief er aus. Teddy war auf seinem Roller gefahren; er hatte neben einem großen Kübel mit Pflanzen angehalten und den Fuß dagegengestemmt. Eine Baumschlange, die vom Dach herabhing, hatte dem Jungen mitten in die Augen gespien. Mrs. Farquar lief herbei, als sie das Geschrei hörte. »Er wird blind werden!«, schluchzte sie und presste Teddy an sich, »Gideon, er wird blind werden!« Schon waren die Augen des Kindes, die vielleicht nur noch eine Stunde lang das Licht wahrnehmen würden, zu Faustgröße angeschwollen: Teddys kleines, weißes Gesicht war von großen blauroten, triefenden Auswüchsen entstellt. Gideon rief: »Warten Sie einen Augenblick, Missus, ich werde eine Medizin holen.« Er rannte hinaus in den Busch.

Mrs. Farquar trug das Kind ins Haus und badete seine Augen mit übermangansaurem Kali. Sie hatte Gideons Worte kaum beachtet, doch als sie sah, dass ihre Mittel überhaupt nicht wirkten, und als sie daran dachte, wie häufig sie Eingeborene gesehen hatte, die von einer Schlange angespien und danach erblindet waren, fiel ihr ein, was sie von der Heilkraft der einheimischen Kräuter gehört hatte, und sie begann, auf die Rückkehr ihres Kochs zu warten. Sie stand am Fenster, hielt den angstvoll schluchzenden kleinen Jungen im Arm und blickte hilflos zum Busch hinüber. Schon nach wenigen Minuten kehrte Gideon zurück. In der Hand hielt er eine Pflanze.

»Haben Sie keine Angst, Missus, dies wird die Augen unseres kleinen Gelbkopfs heilen!«, sagte Gideon. Er streifte die Blätter von der Pflanze und behielt eine kleine, weiße, fleischige Wurzel zurück. Ohne sie auch nur zu waschen, steckte er sie in den Mund, kaute sie kräftig und hielt dann den Speichel zurück, während er Mrs. Farquar das Kind gewaltsam abnahm. Er klemmte sich Teddy zwischen die Knie, presste die Handballen in die geschwollenen Augen des Kindes, sodass es schrie und Mrs. Farquar protestierte: »Gideon! Gideon!« Doch er nahm keine Notiz davon. Er kniete über dem sich windenden Jungen, schob die geschwollenen Augenlider zurück, bis der Augapfel sichtbar wurde, und spie dann kräftig immer wieder zuerst in ein Auge und dann in das andere. Schließlich legte er Teddy sanft in die Arme seiner Mutter und sagte: »Seine Augen werden wieder gut werden.« Mrs. Farquar aber weinte vor Angst, sie konnte ihm kaum danken. Es war ihr unmöglich zu glauben, dass Teddy sein Augenlicht behalten würde. Nach zwei Stunden indessen war die Schwellung zurückgegangen; Teddys Augen waren noch entzündet, doch er konnte sehen. Die Eltern gingen zu Gideon in die Küche und dankten ihm immer wieder. Ihnen schien, als könnten sie nicht genug tun, um ihre Dankbarkeit auszudrücken. Sie gaben Gideon Geschenke für seine Frau und seine Kinder, erhöhten seinen Lohn beträchtlich – aber all dies konnte ja Teddys Augen, die jetzt völlig geheilt waren, nicht bezahlen. Mrs. Farquar sagte: »Gideon, Gott hat dich zum

Werkzeug seiner Güte ausersehen«, und Gideon antwortete: »Ja, Missus, Gott ist sehr gut.«

Wenn so etwas auf einer Farm geschieht, dauert es nicht lange, bis jeder davon gehört hat. Mr. und Mrs. Farquar erzählten es ihren Nachbarn, und von einem Ende des Distrikts zum anderen wurde über Teddys Heilung gesprochen. Der Busch ist voller Geheimnisse. Niemand kann in Afrika, zumindest nicht auf dem *veld*, leben, ohne sehr bald gewahr zu werden, dass es ein uraltes Wissen gibt um Blätter, Boden und Jahreszeiten und, was vielleicht das Wichtigste ist, auch um die verborgenen Tiefen der menschlichen Natur – eine Weisheit, die das Erbe des schwarzen Mannes ist. Überall im ganzen Distrikt erzählten die Leute einander Anekdoten und erinnerten an Geschehnisse, die sie erlebt hatten:

»Ich hab es doch selbst gesehen, sage ich Ihnen. Es war ein Vipernbiss. Der Arm des Kaffern war bis zum Ellbogen angeschwollen und sah aus wie eine große, glänzende schwarze Blase. Nach einer halben Minute konnte er sich nicht mehr auf den Füßen halten. Er lag im Sterben. Dann trat plötzlich ein Kaffer mit einer Handvoll Grünzeug aus dem Busch. Er schmierte etwas auf die Stelle. Am nächsten Tag arbeitete mein Diener wieder, und nichts war mehr zu sehen als zwei kleine Einstiche in der Haut.«

Solcherart waren die Geschichten, die sie erzählten. Wie immer sprachen sie mit einer gewissen Gereiztheit darüber, weil alle wohl wussten, dass überall im afrikanischen Busch wertvolle Drogen warteten – versteckt in der Rinde der Bäume, in unscheinbar aussehenden Blättern und Wurzeln –, dass es jedoch unmöglich war, den Eingeborenen das Geheimnis dieser Heilmittel je zu entlocken.

Schließlich drang der Bericht über Teddys Heilung bis zur Stadt; und vielleicht war es bei einer Abendgesellschaft oder einer ähnlichen Gelegenheit, dass ein zufällig anwesender Arzt sie bestritt. »Unsinn«, sagte er, »diese Dinge werden beim Weitererzählen aufgebauscht. Wir prüfen ständig diese Art Berichte nach, und stets erweisen sie sich als haltlos.«

Jedenfalls kam eines Morgens ein fremdes Auto vor dem Hause an, und heraus stieg einer der Mitarbeiter des städtischen Laboratoriums, mit Koffern voller Reagenzgläser und Chemikalien.

Die Farquars waren ganz aufgeregt; sie freuten sich und fühlten sich geschmeichelt. Sie luden den Gelehrten zum Mittagessen ein und berichteten die Geschichte zum hundertsten Male. Der kleine Teddy war ebenfalls anwesend; seine blauen Augen strahlten vor Gesundheit und bewiesen, dass der Bericht über ihre Heilung tatsächlich auf Wahrheit beruhte. Der Gelehrte erklärte, die Menschheit würde ungeheuren Nutzen davon haben, wenn man dieses neue Heilmittel zum Verkauf anbieten könnte. Das steigerte die Freude der Farquars noch, denn sie waren einfache, gutherzige Menschen, denen der Gedanke wohltat, dass ihretwegen etwas Gutes geschehen werde. Als der Gelehrte jedoch von dem Gelde zu sprechen begann, das damit zu gewinnen sei, zeigten sie Unbehagen. Ihr Gefühl der Dankbarkeit für das Wunder – dafür hielten sie es – war so stark, so tief und ehrfürchtig, dass es ihnen unangenehm war, dabei an Geld zu denken. Als der Wissenschaftler ihren Gesichtsausdruck sah, kam er wieder auf sein erstes Argument zurück, welchen Nutzen die Menschheit davon haben werde. Vielleicht sprach er eine Spur zu oberflächlich: nicht zum ersten Mal war er ausgezogen, um hinter ein sagenhaftes Buschgeheimnis zu kommen.

Nach Beendigung der Mahlzeit riefen die Farquars Gideon ins Wohnzimmer und erklärten ihm, dieser Baas sei ein großer Arzt aus der großen Stadt und habe extra den weiten Weg gemacht, um ihn, Gideon, zu besuchen. Das schien Gideon zu erschrecken; er verstand nicht, was sie meinten, und Mrs. Farquar beeilte sich zu erklären, der große Baas sei wegen des Wunders gekommen, das Gideon an Teddys Augen vollbracht habe.

Gideon sah zuerst Mr. Farquar, dann Mrs. Farquar und endlich den kleinen Jungen an, der sich sehr wichtig vorkam; schließlich fragte er widerstrebend: »Der große Baas will wissen, welches Heilmittel ich angewandt habe?« Er sagte es in ungläubigem Ton, als könne er sich gar nicht vorstellen, dass seine alten Freunde ihn so verraten würden. Mr. Farquar begann zu erklären, welch nützliche Medizin man aus der Pflanzenwurzel herstellen könne, dass man sie zum Verkauf anbieten werde und dass Tausende von Menschen, schwarze und weiße, auf dem ganzen afrikanischen Kontinent durch die Medizin gerettet werden könnten, wenn die speiende Schlange Gift in ihre Augen spritzte. Gideon hörte zu, hielt die Augen auf den Boden gerichtet und runzelte die Stirn vor Unbehagen. Als Mr. Farquar zu Ende gesprochen hatte, antwortete er nicht. Nun mischte sich der Gelehrte, der die ganze Zeit über in seinem Stuhl zurückgelehnt gesessen und mit einem gut gelaunten, skeptischen Lächeln seinen Kaffee getrunken hatte, in das Gespräch. Er erklärte noch einmal, in anderen Worten, wie die Medizin gemacht werden sollte und welchen Fortschritt sie für die Wissenschaft bedeuten würde. Er bot Gideon auch ein Geschenk an.

Nach dieser weiteren Erklärung herrschte Schweigen, und dann bemerkte Gideon gleichgültig, er könne sich an die Wurzel nicht erinnern. Sein Gesicht drückte Trotz und Feindseligkeit aus, selbst wenn er die Farquars ansah, die er gewöhnlich wie alte Freunde behandelte. Sie begannen ärgerlich zu werden, und diese Empfindung erstickte das Schuldgefühl, das durch Gideons anklagende Haltung in ihnen geweckt worden war. Sie fingen an, ihn unvernünftig zu finden. Und in diesem Augenblick wurde allen klar, dass er niemals nachgeben werde. Das geheimnisvolle Mittel würde bleiben, wo es war, unbekannt und nutzlos, außer für die Handvoll Afrikaner, die Kenntnis davon hatten, Eingeborene, die vielleicht in zerlumptem Hemd und geflickten Hosen Gräben für die Stadtverwaltung gruben, die jedoch zum Heilen geboren waren – erbliche Heilkundige, weil sie Neffen oder Söhne alter Medizinmänner waren, deren hässliche Masken, Knochenstückchen und übrige wunderliche Zaubergeräte das äußere Zeichen einer wirklichen Macht und Weisheit darstellten.

Die Farquars mochten fünfzigmal am Tag auf diese Pflanze treten, wenn sie vom Haus in den Garten oder vom Rinderkral zum Maisfeld gingen, ohne sie jemals kennenzulernen.

Doch sie fuhren fort, mit der ganzen Beredsamkeit ihres Ärgers auf Gideon einzusprechen und zu versuchen, ihn umzustimmen; und Gideon sagte immer wieder, er könne sich nicht erinnern, oder es gebe keine solche Wurzel, oder es sei nicht die richtige Jahreszeit, oder es sei nicht die Wurzel gewesen, sondern der Speichel aus seinem Munde, der Teddys Augen geheilt habe. Er machte eine dieser Ausflüchte nach der anderen und schien sich nicht darum zu scheren, dass sie einander widersprachen. Er war eigensinnig und unhöflich. Die Farquars erkannten ihren sanften, liebenswerten alten Diener in diesem unbegreiflich starrsinnigen Eingeborenen kaum wieder, der dort mit niedergeschlagenen Augen vor ihnen stand, mit den Händen an seiner Küchenschürze zupfte und ohne Unterlass den ersten besten seiner dummen Vorwände wiederholte, der ihm gerade in den Sinn kam.

Plötzlich begann er nachzugeben. Er hob den Kopf, warf einen langen, entmutigten und ärgerlichen Blick auf den Kreis der Weißen, der ihm wie ein Ring kläffender Hunde, die auf ihn eindrangen, erschien, und sagte: »Ich will Ihnen die Wurzel zeigen.«

Auf einem Kaffernpfad entfernten sie sich einer hinter dem anderen vom Hause. Es war ein glühend heißer Dezembernachmittag, der Himmel hing voller Regenwolken. Alles war heiß: wie eine kreisende Bronzescheibe stand die Sonne über ihren Köpfen, auf den Feldern lastete flimmernde Hitze, der Boden brannte unter ihren Füßen, und in dichten Schwaden blies ihnen der Wind kratzenden, heißen Staub ins Gesicht. Es war ein furchtbarer Tag, der nur dazu geeignet schien, auf einer Veranda zu ruhen und eisgekühlte Getränke zu schlürfen, was sie normalerweise zu dieser Stunde auch getan hätten.

Von Zeit zu Zeit dachte jemand daran, dass es an dem Tage, an dem Teddy von der Schlange angefallen worden war, nur zehn Minuten gedauert hatte, bis die Wurzel gefunden wurde, und fragte: »Ist es noch weit, Gideon?«

Und Gideon antwortete höflich und ärgerlich über die Schulter zurück: »Ich suche die Wurzel, Baas.« Tatsächlich beugte er sich zur Seite hinab und ließ mit einer Gebärde, die durch ihre Oberflächlichkeit geradezu beleidigend wirkte, die Hand durch das Gras gleiten. Zwei Stunden lang führte er sie über unbekannte Pfade durch den Busch, in dieser unmenschlichen, siedenden Hitze, sodass ihnen der kalte Schweiß hinablief und der Kopf schmerzte. Alle waren verstummt: die Farquars, weil sie sich ärgerten, der Gelehrte, weil es sich wieder einmal erwies, dass er recht hatte – es gab keine solche Pflanze. Er schwieg aus Taktgefühl.

Endlich, sechs Meilen vom Hause entfernt, kam Gideon plötzlich zu der Ansicht, jetzt hätten sie genug – vielleicht verflog auch sein Ärger in diesem Augenblick. Er pflückte eine Handvoll blauer Blumen aus dem Gras, ohne dabei zu verbergen, dass er sie nur zufällig wählte – Blumen, die überall neben dem Wege, auf dem sie gekommen waren, in großer Menge wuchsen.

Er reichte sie dem Wissenschaftler, ohne ihn anzusehen, begab sich auf den Heimweg und überließ es ihnen, ob sie ihm folgen wollten oder nicht.

Als sie ins Haus zurückgekehrt waren, ging der Gelehrte in die Küche, um sich bei Gideon zu bedanken. Er war sehr höflich, obgleich seine Augen einen belustigten Ausdruck zeigten. Gideon war nicht dort. Der Besucher warf die Blumen gleichgültig in seinen Wagen und machte sich auf den Heimweg in sein Laboratorium.

Gideon war rechtzeitig wieder in der Küche, um das Abendbrot zu bereiten, doch er schmollte. Er benahm sich Mrs. Farquar gegenüber wie ein mürrischer Diener. Es dauerte tagelang, bis sie einander wieder wie früher begegneten.

Die Farquars erkundigten sich bei ihren Landarbeitern nach der Wurzel. Manchmal erhielten sie zur Antwort nur einen misstrauischen Blick. Manchmal sagten die Eingeborenen: »Wir wissen es nicht. Wir haben niemals von der Wurzel gehört.« Ein Rinderhirt, der schon lange bei ihnen war und etwas Vertrauen zu ihnen gewonnen hatte, sagte: »Fragen Sie Ihren Diener in der Küche. Das ist ein tüchtiger Arzt. Er ist der Sohn eines berühmten Medizinmannes, der früher hier in der Gegend lebte; es gibt nichts, was er nicht heilen könnte.« Höflich fügte er hinzu: »Natürlich ist er nicht so gut wie der Doktor der Weißen, wir wissen das, aber für uns ist er gut.«

Einige Zeit darauf, als die Spannung zwischen den Farquars und Gideon gewichen war, begannen sie zu scherzen: »Wann wirst du uns die Schlangenwurzel zeigen, Gideon?« Dann lachte er und sagte kopfschüttelnd und ein wenig verlegen: »Aber ich habe sie Ihnen doch gezeigt, Missus, haben Sie das vergessen?«

In späteren Jahren, als Teddy schon zur Schule ging, pflegte er in die Küche zu kommen und zu sagen: »Gideon, du alter Gauner! Erinnerst du dich noch daran, wie du uns allen einen Streich gespielt und uns umsonst meilenweit über das *veld* geführt hast? Es war so weit, dass mein Vater mich tragen musste!«

Dann krümmte sich Gideon höflich vor Lachen. Und nach vielem Lachen richtete er sich plötzlich auf, wischte sich die Tränen aus den alten Augen und sah Teddy traurig an, der ihm durch die Küche mutwillig zugrinste: »Ach, kleiner Gelbkopf, wie du gewachsen bist! Bald wirst du groß sein und selbst eine Farm haben …«

DAS ÄRGERNIS

Zwei schmale Pfade wanden sich von der Siedlung der Farmarbeiter durch eine halbe Meile hohes, gelbes Gras zum alten Brunnen. Die unzähligen Tritte nackter Füße hatten den einen zu einer glatten staubigen Rinne ausgetreten, und das Gras war wegen der vielen Hütten in der Nähe schmutzig und zertrampelt: Die Siedlung stand seit zwanzig Jahren auf der Anhöhe.

Die Eingeborenenfrauen schlenderten mit ihren Kindern diesen Pfad entlang. Ihr schrilles Lachen und Schnattern hallte durch die Bäume, als wäre man plötzlich auf eine Schar leuchtend bunter, lärmender Papageien gestoßen. Wasserholen schien mehr ein gesellschaftliches Ereignis zu sein als eine lästige Pflicht. Die Frauen hielten sich am Brunnen den halben Morgen auf. Sie standen in Gruppen beisammen und klatschten, hoben die Arme in einer anmutigen, immer wieder eindrucksvollen Geste, um glänzende oder rostige Benzinkanister auf Kopfringen aus geflochtenem Gras zu halten. Sie knieten und schlugen die nassen bunten Tücher auf Steine, die vor langer Zeit aus den Tiefen der Erde gesprengt worden waren. Hier wuschen sie ihre Kinder, hätschelten sie, spielten und schimpften mit ihnen. Hier schrubbten sie ihre Töpfe; hier wuschen sie sich selbst und kämmten ihre Haare.

Überraschte man sie dabei, erhob sich lautes Geschrei; man sah gerade noch weiche braune Schultern und Schenkel, die blitzschnell hinter Büschen verschwanden, oder sie begrüßten den Störenfried mit vorwurfsvollen und ärgerlichen Blicken. Es war ihr Brunnen. Und während sie lachend, klatschend und singend mit ihren gefalteten Tüchern, glänzenden Armbändern, mit den Tonkrügen und den Metallkämmen betont gleichmütig und friedfertig in Gruppen zusammenstanden, schienen das ferne Blöken der Rinder, das Brummen der Traktoren, kurz alle

Geräusche der Farm nur den Hintergrund für eine antike Szene zu bilden: Frauen beim Wasserholen am Brunnen.

Wenn sie gingen, lagen überall auf dem Boden die fleischigen leuchtend rosa Häute der Wildpflaumen, bei deren bitterem Geschmack sich einem der Mund zusammenzieht, oder die glänzend grünen Schalen der Kaffirorangen.

Ohne die Frauen war der Platz hässlich und trostlos. Im Schutz eines kleinen, spitzen Grasdachs, das einen langen, tief-schwarzen Schatten über den Pfad warf, stand die Winde. Ein gegabelter Stock verhinderte, dass sich das schmierige Seil von der Trommel abrollte. Sonst gab es nichts, nur das *veld* – das weite, flache, sonnenverbrannte *veld*.

Die Frauen waren schön. Nur eine – ich nannte sie insgeheim »die Schielende« – störte das Bild. Meist blieb sie auf dem Weg hinter den andern zurück, entweder ging sie allein, oder sie beaufsichtigte die älteren Kinder. Sie schielte nicht nur entsetz-lich – wenn sie einen anblickte, sah man nur verdrehte, weiße Augäpfel –, sondern hatte auch einen hässlichen Körper. Sie trug die traditionellen, um die Hüfte geschlungenen blauen Tücher; darüber hingen ihre Brüste als schlaffe, flache faltige Dreiecke.

Sie war eine einsame Gestalt am Brunnen; sie wusch ihre Wäsche ohne Hilfe und ohne Lachen. Langsam und mühsam drehte sie die Winde, während der schwingende Eimer allmäh-lich aus der Tiefe aufstieg, wobei er manchmal klirrend gegen die nackten Felswände stieß, bis er zitternd über dem Brunnen-kopf hing. In diesem kritischen Moment stemmte sie sich mit der Schulter gegen den Griff der Winde und riss das Gefäß mit einer hastigen, ängstlichen Bewegung an den Brunnenrand in Sicherheit. Das Wasser schwappte über, ein Schauer großer Tropfen fiel hallend in den Felsschlund zurück und durchschlug den winzigen, kreisrunden, stumpf glänzenden Spiegel tief un-ten. Sie war ungeschickt. Das Schielen machte ihre Bewegungen schwerfällig.

Sie war die älteste Frau des »Langen«, unseres geschicktesten Treibers.

»Der Lange« war weniger groß als ungewöhnlich dünn. Seine Magerkeit verriet einen Menschen, der von innerer Unruhe getrieben wird. Er konnte nicht ruhig sein. Seine Hände zerpflückten Grashalme; seine Schultern zuckten in einem verborgenen Rhythmus der Nerven. Auf dem sehnigen, gespannten Körper saß ein schmaler Kopf mit abstehenden Ohren, die ihm den Anschein wachsamer Vorsicht gaben. Etwas Heftiges lag in seinem Gesicht, ganz gleich, ob er lachte, sich ärgerte oder wie üblich höhnisch und skeptisch war. Alle Arbeiter auf der Farm fürchteten seine scharfe Zunge. Selbst mein Vater lächelte nach einem Wortwechsel mit seinem Treiber gequält und sagte: »Das ist ein Mann, dieser Schwarze! Man muss einfach Respekt vor ihm haben. Er lässt einem nichts durchgehen.«

In seinem Metier war er ein Künstler, und sein Metier waren die Rinder. Er behandelte die Ochsen mit einer feinfühligen Brutalität, die faszinierte und erschreckte. Gab man ihm die brüllenden und scheuenden Dreijährigen, die zum ersten Mal im Joch gehen sollten, kämpfte er stundenlang mit ihnen unter der brennenden Sonne. Der Schweiß rann in Strömen an ihm herab, und in seinen Augen glühte eine böse, finstere Befriedigung. Er benutzte seine Peitsche, stieß wilde Laute aus, wenn die Schnur blutige Striemen schlug; seine Zunge erschien abwägend zwischen den Zähnen, während er die Wucht des Schlages genau bemaß. Doch es war etwas ganz anderes, ihm bei der Arbeit mit einem Gespann von sechzehn riesigen, zahmen Ochsen zuzusehen. Es wirkte wie eine Zirkusnummer, denn die gleiche Spannung breitete sich aus: Er setzte seinen Stolz darein, ohne Peitsche auszukommen. Das bedeutete keineswegs, dass er den Tieren Schmerzen ersparen wollte – oh nein! Die Geschicklichkeit nährte nur seinen Stolz. Der Lange tanzte, tobte und schrie neben der Zweierreihe schwerfälliger Ochsen, die sich Morgen um Morgen durch die schweren Schollen arbeiteten. Seine drei Meter fünfzig lange Peitschenschnur kreiste in schwarzen Schlangenlinien über ihren Rücken durch die Luft. Seine bedrohlichen Schreie waren die Schreie gellenden Wahnsinns, und man konnte die Peitsche über die ganze Farm hören. Wenn sie in mondhellen Nächten spät pflügten, klang sie wie das Knallen und Pfeifen von Gewehrschüssen; doch die gefährliche Schnur mit der Metallspitze berührte niemals auch nur ein Haar ihres Fells. Wenn man die Ochsen beim Ausspannen betrachtete, sah man vielleicht, dass sie erschöpft und dem Zusammenbruch nahe waren, sodass mein Vater ihn ermahnen musste, aber man fand keine einzige Peitschenspur.

»Mit Ochsen versteht er umzugehen, aber mit seinen Frauen nicht.«

Durch solche oder ähnliche Äußerungen charakterisierten wir unsere Eingeborenen, denn es war unmöglich, sie so kennenzulernen, wie sie sich untereinander kannten. In diesem Satz gipfelte für uns alles, was der Lange im Laufe der Jahre, die er bei uns war, an Gesprächsstoff bot. Wenn man nach längerer Abwesenheit auf die Farm zurückkam, erkundigte man sich erwartungsvoll: »Und was gibt es Neues vom Langen und von seinem Harem?«

Er hatte immer Schwierigkeiten mit seinen drei Frauen. Er kam zu uns herauf und sprach mit meinem Vater von Mann zu Mann darüber, dass die jüngste Frau mit dem Vorarbeiter aus der sechs Meilen entfernten Siedlung der Nachbarfarm flirtete. Oder er berichtete, dass sie einen großen Topf dampfenden Maisbrei nach der zweiten Frau geworfen hatte, die eifersüchtig auf sie war.

Wir gewöhnten uns daran, dass der Lange bei Sonnenuntergang hinter dem Haus auftauchte, denn dort hörte sich mein Vater nach der Arbeit die Fragen und Beschwerden der Arbeiter an.

Der Lange trug immer Kakihosen, die ihm über die schmalen, knochigen Hüften rutschten, aber kein Hemd. Auf seiner glänzenden schwarzen Haut lag ein rötlicher Schimmer, und seine hagere, gestikulierende Gestalt zeichnete sich vor einem Meer flammender Farben am Himmel ab. Am Ende seiner anklagenden Geschichte fiel er plötzlich in eine Pose der Resignation, die auf selbstbewusste Weise verdrießlich wirkte. Mein Vater lachte, bis ihm die Tränen über das Gesicht liefen, und sagte: »Dieser Mann ist ein geborener Komödiant. Mit einer anderen Hautfarbe stünde er schon längst auf der Bühne.«

Aber er war kein Spaßmacher. Er unterhielt meinen Vater, der Komik schätzte; er spielte nie den Clown, wie manche Afrikaner es zu unserer Belustigung taten. Und für seine Kameraden war er alles andere als eine Witzfigur. Das, was ihn von den anderen unterschied, ja ihn wachsam und kritisch auch gegen sich selbst machte, verlieh seinem Humor die Bissigkeit und seinen Worten die Schärfe. Auf seine Frauen wirkte er unglaublich attraktiv. Ich habe ihn gesehen, wenn er auf dem Weg von einem Gespann zum anderen über den Pfad schlenderte. Er zog die Peitsche hinter sich durch den Staub, seine Hose hing ihm locker und faltig von der Hüfte bis zu den Knöcheln; er blickte düster vor sich auf den Boden und nickte nur, wenn er an einer Gruppe Frauen vorüberkam, unter denen sich auch seine Frauen befinden mochten. Und es wirkte, als hätte er ihnen einen Peitschenhieb versetzt. Sie wanden und krümmten sich; sie riefen provozierend und mit einem Anflug echten Zorns hinter ihm her, damit er sie bemerken sollte. Er wendete nicht einmal den Kopf.

Aber als die echten Schwierigkeiten einsetzten, wurde er meinem Vater bald lästig. Er wollte sich über die Probleme seiner Arbeiter amüsieren und nicht ernstlich in sie verwickelt werden. Der Lange kam nun nicht mehr wie früher gelegentlich, sondern jeden Abend herauf. Es war ihm ernst, und er wirkte sehr verbittert. Er wollte erreichen, dass mein Vater die alte Frau, die Schielende, überredete, zu ihrem Stamm zurückzukehren. Die Frau trieb ihn zum Wahnsinn. Eine keifende Frau im Haus ist wie ein Floh auf dem Kopf. Man kratzt, aber er springt immer wieder an eine andere Stelle, und man findet keine Ruhe, bis er tot ist.

»Aber du kannst sie nicht zurückschicken, nur weil sie dir lästig ist.«

Der Lange erklärte, sein Leben sei unerträglich geworden. Sie nörgele, sie schmolle und setze ihm verbranntes Essen vor. »Dann können deine anderen Frauen für dich kochen.«

Aber offensichtlich gab es Komplikationen. Die beiden jüngeren Frauen hassten sich. Nur in einem Punkt waren sie einig: Die alte Frau sollte bleiben, denn sie war sehr nützlich. Sie kümmerte sich um die Kinder; sie hackte im Garten; sie sammelte Wurzeln und Früchte; außerdem lieferte sie durch ihre Ungeschicklichkeit immer neuen Anlass zur Belustigung. Sie war die Zielscheibe allen Spotts, der hässliche Clown, den das Schicksal zur Unterhaltung der Gesunden und Schönen bestimmt hatte.

Mein Vater nahm an diesem Punkt Zuflucht zu einem Handbuch über die Sitten der Eingeborenen. Darin stand unzweideutig, die ältere Frau hatte ein Anrecht darauf, von der jüngeren bedient zu werden – vielleicht als Entschädigung dafür, dass sie nicht mehr in den Genuss der Gunstbeweise ihres Herrn kam. Der Lange und sein Haushalt widerlegten diese hübsche Theorie nachdrücklich. Mein Vater fand kein fertiges Rezept (wie man vielleicht in einem Arzneimittelbuch ein Mittel für eine bestimmte Krankheit entdeckt) und wurde ungehalten. Nachdem der Lange sich ein paar Wochen ununterbrochen beklagt hatte, bekam er zu hören, er möge den Mund halten und mit seinen Frauen selbst fertigwerden. An diesem Abend stapfte der Mann wütend den Pfad hinunter und schimpfte mit zusammengebissenen Zähnen, zwischen denen ein Grashalm steckte, vor sich hin. Er ging nach Hause zu seinen zwei kichernden, jüngeren Frauen und der hässlichen, mürrischen Alten. Sie war die Mutter seiner älteren Kinder, die Sklavin seines Haushalts und die Geißel seines Lebens.

Ein paar Wochen später fragte mein Vater eines Tages nebenbei: »Ach, übrigens, Langer, wie geht es dir? Wieder alles in Ordnung?«

Der Lange erwiderte einfach: »Ja, Baas. Sie ist weggegangen.«
»Was meinst du damit: Sie ist weggegangen?«

Der Lange zuckte mit den Schultern. Sie war einfach gegangen. Sie war verschwunden, ohne jemandem etwas zu sagen.

Die Frau stammte aus Njassaland, und es lag tagelange, mühsame Fußmärsche entfernt. Sicher war sie nicht allein gegangen? War ein Bruder oder ein Onkel gekommen, um sie abzuholen?

Hatte sie sich einer Gruppe vorüberziehender Afrikaner angeschlossen?

Mein Vater dachte eine Weile darüber nach und vergaß die Sache. Es war nicht seine Angelegenheit. Er freute sich, seinen nützlichsten Eingeborenen wieder unbeschwert bei der Arbeit zu haben. Und er freute sich besonders darüber, dass die ganze Angelegenheit vorüber war, ehe die jährlich wiederkehrenden Probleme mit dem Wasserholen begannen.

Denn es gab zwei Brunnen. Der neue, den wir benutzten, lieferte frisches, klares, wohlschmeckendes Wasser. Aber er trocknete jedes Jahr im Juli aus. Das Wasser vom alten Brunnen hatte einen leicht unangenehmen Geschmack und war etwas bräunlich. Doch es gab immer genug. Je nach den Regenfällen teilten wir den Brunnen drei oder vier Monate im Jahr mit der Siedlung.

Der Lange hasste es, viermal in der Woche Wasser mit dem Karren zu holen. Den Frauen der Siedlung gefiel es nicht, ihren Gang zum Brunnen so einzurichten, dass sie den Wasserwagen nicht behinderten. Es gab immer Ärger.

In diesem Jahr hatten wir noch nicht einmal angefangen, den alten Brunnen zu benutzen, als die ersten Beschwerden über schlecht schmeckendes Wasser laut wurden. Der große Baas musste den Brunnen putzen lassen.

Mein Vater erklärte unbestimmt, er werde sich darum kümmern, wenn er Zeit habe.

Am nächsten Tag erschien eine Abordnung aus der Siedlung: ein halbes Dutzend Frauen. Sie standen an der Tür hinter dem Haus und forderten, der Brunnen müsse bald geputzt werden, sonst würden alle Kinder krank.

»Also gut, nächste Woche«, versprach mein Vater missmutig.

Am Morgen darauf brachte der Lange die erste Fuhre Wasser aus dem alten Brunnen. Als wir die Hähne der Fässer aufdrehten, verbreitete sich ein abscheulicher Geruch im ganzen Haus. Dieses Wasser konnte man unmöglich trinken.

»Warum achtet ihr nicht darauf, dass der Deckel auf dem Brunnen liegt?«, hielt mein Vater den Frauen vor, die sich aufgebracht wieder hinter dem Haus versammelt hatten. Er war wirklich wütend. »Als wir den Brunnen das letzte Mal geputzt haben, fanden wir vierzehn tote Ratten und eine tote Schlange darin. In unserem Brunnen ist nie etwas, denn wir sorgen dafür, dass er immer abgedeckt ist.« Offensichtlich überließen die Frauen es der göttlichen Vorsehung, den Deckel auf den Brunnen zu legen – oder nicht. Mit ihnen hatte das jedenfalls nichts zu tun.

Wir gingen immer hinunter, um zuzusehen, wenn der Brunnen geleert wurde, denn es hatte etwas von der Faszination eines Rituals an sich. Wie die Maisernte oder die ersten Regenfälle bedeutete es einen Wendepunkt im Jahr; eine belagerte Stadt schien Pläne für ihre Versorgung zu machen. Der Saft stieg nicht mehr in den Bäumen, und das Gras verdorrte. Die Sonne zog sich hoch, hoch hinter einen Schleier aus Staub und Rauch zurück. Die brennende Trockenheit der Luft war ein neues Element und ließ das Laub welken, wie die Hitze es verbrannte. Das Brunnenleeren war eine Glaubenssache und eine Herausforderung. Einen ganzen Nachmittag lang gab es kein Wasser auf der Farm. Ein Brunnen war völlig ausgetrocknet, und der andere, der vom geheimnisvollen Steigen und Fallen unterirdischer Flüsse abhing, sollte geleert werden. Was würde geschehen, wenn sie uns im Stich ließen? In jedem Jahr verbrachten wir einen Abend in angstvoller Erwartung. Wenn der Lange am nächsten Morgen an der Hintertür stand und strahlend sagte: »Im Eimer ist gutes, frisches Wasser!«, war es wie ein Fest.

Aber an diesem Nachmittag hielten wir es am Brunnen nicht aus. Der Gestank war unerträglich. Es gab die übliche Menge aufgedunsener Ratten (sie wurden auf Steinen um den Brunnen herumgelegt) und das Skelett einer kleinen Gazelle. Sie musste in der Dunkelheit in den Brunnen gefallen sein. Dann gingen wir die Straße entlang, die vorübergehend zu einem Fluss geworden war, dessen Quelle die scheinbar endlose Folge von Eimern mit graubraunem, giftigem Wasser war.

Der Lange überbrachte uns selbst die Nachricht. Hinterher

versuchten wir uns zu erinnern, welcher Ausdruck dabei auf diesem immer ausdrucksvollen Gesicht gelegen hatte.

Offensichtlich schwamm im vorletzten Eimer ein Menschenarm – vielmehr seine Überreste. Stück um Stück holte man sie herauf – die Schielende, seine erste Frau. Man erkannte sie an den Armreifen. Der Lange kletterte am Ende selbst hinunter, um ihren Kopf heraufzubringen, der fehlte.

»Hattest du nicht gesagt, deine Frau sei nach Hause zurückgekehrt?«, fragte mein Vater.

»Das dachte ich. Wohin hätte sie sonst gehen sollen?«

»Also«, erklärte mein Vater, von der ganzen Sache angewidert, »warum konnte sie sich nicht an einem Baum aufhängen, anstatt den Brunnen zu verderben, wenn sie sich schon umbringen musste!«

»Vielleicht ist sie ausgerutscht und hineingestürzt«, gab der Lange zu bedenken.

Mein Vater blickte ihn plötzlich durchdringend eine Weile an. Dann sagte er: »Ja-jaa … das könnte sein.«

Als wir später über die Sache sprachen und es merkwürdig fanden, dass Eingeborene Selbstmord begehen sollten, erschien uns das beinahe wie eine Unverschämtheit: Sie schienen damit die gleiche Feinheit der Gefühle für sich in Anspruch zu nehmen wie wir. Aber noch später hörte ich einmal, wie mein Vater ohne besonderen Anlass erklärte: »Also, ich weiß nicht … ich will nichts sagen, aber … jedenfalls ist er ein verdammt guter Treiber.«

LEOPARDEN-GEORGE

George Chester erwarb sich seinen Titel erst einige Jahre nachdem er sich auf der Farm niedergelassen hatte. Er war schon in
den mittleren Jahren, als die Leute damit anfingen, ihn mit einem freundlichen Schlag auf die Schulter zu begrüßen und zu
fragen: »Na? Wie viele sind's jetzt?« Sie taten das mit der belustigten und bewundernden Toleranz, die man einem Manne
zugesteht, der sich auf eine ungewöhnliche Art als Mann erwie-
sen und ein Recht darauf hat, exzentrisch zu sein. Aber Georges
Passion für die Leopardenjagd war mehr als ein Hobby. Während einer Reihe von Jahren war die erste der ›Bezirksnachrich-
ten‹ der Lokalzeitung jeden Freitag die Beschreibung seiner Wo-
chenend-Party: »Die Strecke des Jagdclubs ›Vier Winde‹ belief
sich am letzten Sonntag auf vier Schakale und einen Leoparden«
oder »einen Wildhund und zwei Leoparden«, je nachdem. Für
alle Arten von Wild gab es gute Jagdmöglichkeiten; man zog
jede Woche querfeldein los mit Pferden und Hunden nach allem, was es nur gab. Aber was George betraf, so wusste jedermann, dass – wenn ein Leopard in der Gegend war – die Meute
vom Hasen, vom Duckerbock und vom Schakal abgerufen und
auf das listige, gefleckte Raubtier losgelassen wurde, was immer
es an Zeit, Geduld und zerfetzten Hunden kosten mochte. Es
war bekannt, dass George allein ein *kopje* hinaufgeklettert war,
wo ein verwundeter Leopard im Gewirr von Felsbrocken und
Gesträuch auf ihn wartete; und man erzählte sich, dass er einmal
in eine gewundene schwarze Höhle hineingegangen war – seine
Munition war verschossen und die Taschenlampe zerbrochen –
und schließlich die um sich schlagende, fauchende Bestie mit
dem Gewehrkolben totgeschlagen hatte. Die Narben von diesem
Kampf hatte er am ganzen Leibe. Wenn er in Shorts und mit
aufgerollten Ärmeln in die Post oder in einen Laden kam, dann
sahen ihm die Leute auf die nackten Arme und Beine, die von

der Schulter bis zu den Fingerknöcheln und von den Schenkeln bis zum Fußgelenk mit gewaltigen, weißen Narben bedeckt waren, und wandten dann schnell die Augen ab. Hinter seinem Rücken lächelten sie wohl, nachsichtig, mit geschlossenem Munde.

Aber das war erst, als er einer der reichsten Männer im Bezirk war: einer jener zähen, schlauen Farmer, die nicht zu altern scheinen, denn Sonne und harte Arbeit und gutes Essen haben ihren Körper zu einem Muskelpaket gemacht, dem die Zeit kaum etwas anhaben kann.

George war der Sohn eines der ersten Siedler. Er war auf einer Farm aufgewachsen und mochte nicht in der Stadt leben, Städte machten ihn rastlos. Als der Erste Weltkrieg ausbrach, ging er sofort nach England und meldete sich bei einer Einheit, die viel Spaß – so nannte er das – versprach. Nach fünf Jahren Krieg hatte er drei Auszeichnungen, ein halbes Dutzend leichtere Verwundungen und den Spitznamen ›Lucky George‹ eingeheimst. Mit der Miene eines Mannes, der nicht unbedingt darauf besteht, mehr als die ihm zustehenden Chancen zu erhalten, ließ er sich demobilisieren.

Als er nach Südrhodesien zurückkehrte, ging er nicht in den Teil des Landes, den er als Kind seine Heimat genannt hatte; vielleicht, weil sein Vater dort so gut bekannt war und George nicht der Mann war, der nur als Sohn seines Vaters gelten wollte.

Er sah sich viele Farmen an, ehe er sich endlich für die Farm ›Vier Winde‹ entschied. Der Makler war ein Mann, der seinen Vater gut gekannt hatte, und so etwas zählt mehr als Geld in Ländern, wo noch Raum und Zeit ist für Achtung vor der Vergangenheit; George bekam Angebote zu Preisen, die dem Makler, soweit er Geschäftsmann war, das Herz brachen. Außerdem war George noch ein Kriegsheld. Aber endlich gab sich der Makler geschlagen. Er hatte lange genug Farmen verkauft, um es einem Manne am Gesicht anzusehen, wenn er spürt, dass er auf dem Boden steht, der ihn anspricht, den er formen und kneten und ändern wird auf seine eigene Art – dann hat der Mann den Schöpferblick. Und dieser Blick zeigte sich bei George nicht.

Nachdem sie monatelang einen Bezirk nach dem anderen besucht hatten, fuhr der Makler George zu einer Farm, die so schön war, dass es unmöglich schien, er könnte sie nicht kaufen wollen. Sie war tief gelegen und hatte einen reichen Baumbestand, und der lange, fette Streifen fruchtbaren Bodens lag zwischen zwei Flüssen. Um das Haus herum waren Gärten, die an beiden Seiten zu weitem Ausblick über das Wasser führten. Flüsse und Üppigkeit und Bäume in ihrer unverdorbenen Schönheit und saftiges Gras für das Vieh – solche Farmen sind in Afrika nicht einfach für einen Pfiff zu haben. Aber George stand auf einer Anhöhe zwischen den beiden Flussläufen, wo sie nahe nebeneinander hinströmten, und bewegte unruhig die Schultern auf eine Art, die der Makler zu deuten gelernt hatte. »Wieder nichts?«, sagte er. Es klang verstimmt. Aber er empfand jetzt schon für George jene Duldsamkeit, die dieser immer in anderen erweckte: er hatte eben einen anderen Wertbegriff. Der mochte unverständlich sein, aber jedenfalls begriff der Makler, dass George nicht die fette Bequemlichkeit suchte, die diese Farm versprach. »Wenn Sie mir bloß sagen wollten, *was* Sie eigentlich suchen«, meinte er ziemlich gereizt.

»Es ist eine sehr schöne Farm«, sagte George und ging davon, er straffte die Schultern. Der Makler griff nach seinem Ellenbogen und hielt ihn an. »Hören Sie mal«, sagte er. »Dies ist eine der schönsten Farmen im ganzen Land.«

»Ich weiß«, sagte George.

»Wenn ich Ihnen eine Farm verschaffen soll, dann müssen Sie sich darüber klar werden, was Sie brauchen.«

George antwortete: »Das werde ich wissen, wenn ich es sehe.«

»Muss ich Sie denn zu jeder Farm in tausend Meilen Afrika fahren, die zu haben ist? Zum Teufel, Mann«, protestierte er, »nehmen Sie Vernunft an! Schließlich ist dies mein Beruf. Ich muss meinen Unterhalt damit verdienen.«

George zuckte die Achseln. Der Makler ließ seinen Arm los, und die beiden Männer gingen nebeneinander, George blickte über die dichten, dunklen Bäume am Fluss hinweg zu den Hängen auf der anderen Seite. Dort waren die Berge, ein Gebirgszug hinter dem anderen erhob sich hoch und schimmernd in den klaren, blauen Himmel.

Der Makler folgte diesem Blick und dachte auf eigene Faust nach. Er sah George scharf an. Dem Aussehen nach war dieser Mann, was man nach einer solchen Kindheit voller Freiheit und Sonne und nach fünf solchen Kriegsjahren erwarten konnte. Er war hager und braun gebrannt. Sein Gesicht war mager und eckig, die Augen grau und gescheit, der Mund hart, aber auch unzufrieden. Er erinnerte den Makler an seinen Vater im gleichen Alter; Georges Vater hatte alles, was ihm in einem alten, gemütlichen Lande vertraut war, verlassen, um sich auf neue Art mit ganz anderen Menschen ein neues Leben zu schaffen. Der Makler sagte sondierend: »Tut gut, von den Menschen weg zu sein, was? Drüben im alten Lande gibt's wohl zu viel Leute auf einem Haufen?« – genau so hätte er den Älteren gefragt haben können. George verzog keine Miene: dieser Gedanke schien ihm nichts zu bedeuten. Er starrte nur weiter mit zusammengekniffenen Augen nach den Bergen hinüber. Aber jetzt wusste der Makler, was er zu tun hatte. Am nächsten Tage fuhr er ihn zu der Farm ›Vier Winde‹, die gerade zum Verkauf vermessen worden war. Sie bestand aus fünftausend Morgen jungfräulichen Buschlandes, das unregelmäßig an den niederen Hängen einer Hügelkette verteilt lag, die sich quer durch eine Ebene zog, wo es noch wenige Farmen gab. ›Vier Winde‹ bestand aus nichts als aus felsigem Grund, der an vielen Stellen offen zutage trat, aus buschhohen Bäumen und riesigen Flächen schimmernden Grases. Dahinter standen die Berge. Es war kein Haus da, kein Fluss, nicht einmal ein Drahtzaun; niemand konnte behaupten, es sei eine begehrenswerte Farm. Georges Gesicht hellte sich auf und wurde immer zufriedener, während er über die Farm hinschritt, und jetzt hatte er den Blick, auf den der Makler gewartet hatte.

Er latschte zufrieden den ganzen Tag lang über die nackten und knochenharten Morgen Landes, etwa wie ein Hund sich gewisse Orte aneignet, hierhin und dorthin abbiegend, um hier einen Geruch und dort eine Erinnerung aufzulesen, alles, womit man sich gegen die Fremdheit schützen kann. Aber die Weißen, die nach Afrika kommen, nehmen nicht nur hin, was dort ist, sondern sie formen es um nach ihrem eigenen Wesen. Und das ist der Grund für die reizvolle Verschiedenheit, die man im Verlauf einer Tagereise von einer Farm zur anderen in jedem Bezirk finden kann. Jedes Haus ist anders, zeugt von einem anderen Heimatlande, einem anderen Klima, einer anderen Sprache oder Mundart.

Gegen den späten Nachmittag, als das feurig-gelbe Sonnenlicht ihm genau ins Gesicht schien, seine Augen blendete und die Wildnis aus Felsen, Gras und Bäumen mit der Wehmut des Sonnenuntergangs beglänzte, bückte sich George plötzlich an einer Stelle, wo Rinnen von allen Seiten auf einer flachen Stelle zusammentrafen. »Hier sollte Wasser sein für ein Bohrloch«, sagte er. Und einen Augenblick später: »In Norfolk habe ich einmal vom Zug aus zufällig eine Windmühle gesehen. Die hat mir gefallen. Die Form, meine ich. Die würde sich hier gut machen ...«

Damit gab er zu verstehen, dass er die Farm kaufen wollte und wirklich zufriedengestellt war. Der ruhelose, etwas wölfische Ausdruck in dem langen, knochigen Gesicht war verschwunden.

»Ihr nächster Nachbar ist fünfzehn Meilen entfernt«, warnte der Makler ein letztes Mal.

George antwortete gleichgültig: »Dieser Teil des Landes wird doch jetzt erschlossen, nicht wahr?« Und am nächsten Tage unterschrieb er den Kaufvertrag.

Aber er war kein Einsiedler, wenigstens nicht auf die Art, wie der Makler vermutet hatte.

Er machte bei den Farmen, die es dort schon gab, die Runde, stellte sich vor, sagte, er habe ›Vier Winde‹ gekauft und werde von nun an ein Nachbar sein, wenn auch kein sehr naher. Und das Haus, das er sich baute, war kein Schuppen, nicht die Sorte Haus, die ein Mann flüchtig hinbaut, um eine Regenzeit lang ein Obdach zu haben.

Er wollte darin wohnen, obwohl es noch nicht fertig war. Es sah aus, als wäre es sehr schön geplant worden und als hätte man dann die Hälfte davon abgeschnitten. Zunächst waren drei große Zimmer da, die mit jenem Holz getäfelt waren, das bei Wetterwechsel einen starken Duft ausströmt; die Fußböden waren aus dunkelrotem Holz. Diese Zimmer waren vollständig eingerichtet, auch in ihnen war nichts Behelfsmäßiges. Und man sah ihn an den Posttagen am Bahnhof, nicht oft, aber doch oft genug; man begrüßte ihn nicht nur, wie es ihm als dem Sohne seines Vaters und als verdientem Kriegsteilnehmer zukam, sondern weil man mit dem einverstanden war, was er tat. Denn nach beiden Kriegen waren plötzlich unruhige junge Leute aufgetaucht, deren Reden: »Ich will mein eigener Herr sein« und: »Ich habe keine Lust, mir mein Leben lang den Hosenboden auf einem Büroschemel abzuwetzen«, obwohl sie Klischees waren, den Geist atmeten, der das Land zuerst erschlossen hatte. Zwischen den Kriegen gibt es dann eine andere Sorte von Einwanderern, die ihr Geld als Spaten gebrauchen, um sich warme Schlafwinkel zu graben. Dieser Leute wegen, die ein abenteuerliches Land in ein träges Land verwandelt haben, und weil die Erinnerung an etwas anderes im Lande noch lebendig ist, machen die unruhigen jungen Leute die Erfahrung, dass sie sich für ihren Drang nach Selbstständigkeit keine Entschuldigungen auszudenken brauchen. Es ist vielmehr, als sehe man in ihnen eine Art von Flagge oder gar Gewissen. Als es bekannt wurde, dass George ›Vier Winde‹ gekauft hatte, ein kahles, den Winden ausgesetztes, felsiges Stück Feld am Hang eines Berges, sagte man: »Viel Glück dazu!«, wie man das auch sagte, wenn jemand von einer Reise zurückkam und erzählte: »Am Njassasee gibt es einen Mann, der lebt schon zwanzig Jahre lang ganz allein in einer Hütte«, oder: »Ich habe von einem gehört, unten im Tal, der lebt so wie die Schwarzen – wenn ein Weißer in die Nähe kommt, verschwindet er im Busch.« Man missbilligt das nicht, eher erkennt man darin ein Stück der eigenen Natur, der stellvertretend Tribut gezahlt wird.

Georges größte Sorge war, ob er genug eingeborene Arbeiter bekommen würde; aber er hatte sich auf eine schwierige Zeit gefasst gemacht, und da er die Verhältnisse kannte, wartete er ab und baute inzwischen sein Haus, bohrte sein Wasserloch und studierte seinen Boden. Ein paar Schwarze kamen, aber sie waren Gelegenheitsarbeiter und nicht das, worauf er wartete. Vielleicht machte er sich mehr Sorgen, als er sich selber eingestand. Es ist so leicht, als Arbeitgeber in Verruf zu kommen. Ein aus gutem Grund entlassener Arbeiter haut vielleicht aus Wut ein Zeichen in einen Baum an der Grenze der Farm, wo die Schwarzen auf der Suche nach Arbeit vorbeiziehen, sodass sie von der Baumrinde ablesen können: dies ist eine schlechte Farm mit einem schlechten Herrn. Oder es ist vielleicht einer unter den Arbeitern, der die anderen einschüchtert oder tyrannisiert, sodass sie, einer nach dem anderen, unter Vorwänden auf eine andere Farm hinüberwechseln, während der Farmer selbst nie herausfindet, woran es eigentlich liegt. Es kann ein Dutzend Gründe dafür geben, dass ein anständiger Mann, der den Sitten der Zeit gemäß seine Schwarzen gerecht behandelt, in einen schlechten Ruf kommt, ohne dass er je den Grund dafür erfährt.

George wusste, dass er diese besondere Sorge los war, als er eines Tages einen alten Eingeborenen den Weg zu seiner Haustür heraufkommen sah, der viele Jahre bei seinem Vater gearbeitet hatte. Er wartete auf den Verandastufen, rauchte gemächlich und lächelte zur Begrüßung.

»Morgen«, sagte George.

»Morgen, Baas.«

»Geht's dir gut, Smoke?«

»Es geht mir gut, Baas.«

George klopfte seine Pfeife aus und winkte dem alten Manne, sich zu setzen. Die Rotte junger Männer, die Smoke den Weg entlang gefolgt war, wartete nicht weit entfernt unter einer Baumgruppe auf das Ende der Besprechung. George sah, dass sie von weit her gekommen waren, denn sie waren staubig und müde von der Last ihrer großen Bündel. Aber sie sahen kräftig und arbeitstüchtig aus, und George setzte sich mit wachsender Befriedigung in dem großen Sessel zurecht, in dem er seine Audienzen hielt.

»Ihr seid von weit her gekommen?«, fragte er.

»Von weit her, Baas. Ich habe gehört, dass der Kleinbaas aus dem Krieg zurückgekommen ist und mich braucht. Da bin ich zum Kleinbaas gekommen.«

George lächelte dem alten Smoke herzlich zu, der nicht ein Jahr älter aussah als vor zehn oder vielleicht vor zwanzig Jahren, als er den kleinen Jungen zum Mitfahren auf den Maiskarren gehoben oder auf dem Rücken getragen hatte, wenn er müde war. Er schien immer ein sehr alter Mann gewesen zu sein mit ergrauendem Haar und trüben Augen, aber so schlank und kräftig und aufrecht wie ein Jüngling.

»Woher wusstest du, dass ich wieder da bin?«

»Einer meiner Brüder hat es mir gesagt.«

George lächelte wieder, er gab damit zu, dass das alles war, was er je über die geheimnisvolle Weise erfahren würde, wie die Nachricht von Mund zu Mund Hunderte von Meilen gereist war. »Willst du allen deinen Brüdern Nachricht geben, dass sie bei mir arbeiten sollen? Ich brauche sehr viele Boys.«

»Ich habe zwanzig mitgebracht. Später kommen noch mehr. Ich habe noch andere Verwandte, die nach der Regenzeit aus Njassaland kommen.«

»Willst du mein Bossboy sein, Smoke? Ich brauche einen Bossboy.«

»Ich bin zu alt, viel zu alt, Baas.«

»Weißt du, wie alt du bist?«, fragte George, er wusste, er würde keine befriedigende Antwort erhalten, denn die Schwarzen von Smokes Generation wussten ihr Alter nicht zu messen.

»Wie soll ich das wissen, Baas? Vielleicht fünfzig. Vielleicht hundert. Ich weiß noch gut, wie hier gekämpft wurde, da war ich ein junger Mann.« Er machte eine Pause und fügte dann vorsichtig mit abgewandtem Blick hinzu: »Vielleicht denken wir besser nicht mehr an jene Tage.«

Eine kleine Pause brauchte die große Zuneigung zwischen den beiden Männern, um das Unerquickliche der Erinnerung an den Krieg zu tilgen, dann lachten sie beide. »Aber ich brauche einen Bossboy«, wiederholte George. »Willst du mir aushelfen, bis ich einen jüngeren Mann finde, der so tüchtig ist wie du?«

»Aber ich bin zu alt«, widersprach Smoke noch einmal mit strahlenden Augen.

Das war also in Ordnung, und George wusste, dass seine Sorge um Arbeitskräfte zu Ende war. Smokes Brüder würden bald seine Arbeitersiedlung füllen. Man muss wissen, dass Verwandtschaft bei den Eingeborenen nicht im Sinne der Weißen verstanden wird. Ein Schwarzer kann tausend Meilen in einem fremden Lande wandern und in jedem Dorf Stammesbrüder finden, die ihn willkommen heißen.

George gab diesen Leuten eine ganze Woche Zeit, sich ein Dorf zu bauen, und noch eine Woche extra zum Beweis dafür, dass er es wirklich gut meinte. Dann zog er die Zügel an und erwartete harte Arbeit. Er bekam sie. Smoke war zu alt, um selbst hart zu arbeiten; auch war er ein ziemlicher Gauner mit seiner Trinkerei und seinen Weibern – er hatte seinen Namen vom Daggarauchen, wovon er trübe Augen und zittrige Hände bekam –, aber er hatte Befehlsgewalt über die jüngeren Männer, und deshalb war er für George unbezahlbar.

Später wurde ein zweiter Mann ausgesucht, der unter Smokes Oberaufsicht Bossboy war. Es war ein Neffe von Smoke, und er beaufsichtigte die Arbeiterrotten, aber es verstand sich von selbst, dass Smoke der eigentliche Häuptling war. Wenn George seine allwöchentlichen Besprechungen über Farmangelegenhei ten abhielt, kamen die beiden Männer miteinander vom Dorf herauf, und der jüngere (der die eigentliche harte Arbeit getan hatte) ordnete sich dem älteren unter. George holte einen Sessel aus dem Hause, stellte ihn an den Fuß der breiten Steintreppe, die zu seinen Wohnräumen hinaufführte, setzte sich dort bequem hin und rauchte, während Smoke im Schneidersitz vor ihm auf dem Boden saß. Der Neffe stand hinter seinem Onkel, und dass er stand, bezeugte nicht so sehr seine Hochachtung vor George – obwohl es das natürlich auch war – als vielmehr Respekt für seinen Stammesälteren. (All dies trug sich in den frühen zwanziger Jahren zu, als noch ein milderes, fast feudales

Verhältnis möglich war zwischen guten Dienstherren und ihren Bediensteten: damals war noch Raum für Höflichkeit, und die Bitterkeit hatte noch nicht die Herzlichkeit verdrängt.)

Bei diesen allwöchentlichen Besprechungen kamen nicht nur Farmangelegenheiten zur Sprache, sondern auch persönliche Dinge. Es gab immer eine kurze Pause, nachdem man mit Ernte, Wetter und Arbeitsplänen fertig war; dann wandte sich Smoke nach dem jungen Mann um, der hinter ihm stand, und entließ ihn mit ein paar Worten. Der junge Mann sagte zu George: »Guten Abend, Baas«, und ging davon.

George und Smoke waren dann unter sich und konnten über Dinge sprechen wie über den Streit, den der Hauptführer der Ochsengespanne mit seiner neuen Frau hatte, oder darüber, dass Smoke vorhatte, eine junge Frau zu nehmen. George lachte dann wohl und sagte: »Du alter Gauner, was willst du denn in deinem Alter mit einer Frau anfangen?« Und Smoke antwortete, dass ein alter Mann einen jungen Leib braucht, der ihn wärmt, wenn die kalte Jahreszeit kommt.

Und der alte Smoke scheute sich keineswegs davor, streng zu werden und George Vorwürfe zu machen, als betrachte er sich für den Augenblick als seinen Vater, wenn er zu ihm sagte: »Kleinbaas, es ist Zeit, dass du heiratest. Es ist Zeit, dass eine Frau auf die Farm kommt.« Und dann lachte George und erwiderte, er sehe ein, dass er heiraten müsse, aber er finde keine passende Frau.

Einmal schlug Smoke vor: »Vielleicht holt sich der Baas eine Frau aus England?« Da wusste George, dass man im Dorf darüber redete, dass er die Fotografie eines Mädchens auf dem Toilettentisch stehen hatte: denn der Sohn des alten Smoke war Koch bei George.

Mit dem Mädchen war er während des Krieges etwa eine Woche lang verlobt gewesen, aber die Verlobung war nach einem jener praktisch-analysierenden Gespräche aufgelöst worden, die eine bestimmte Art der Liebe wie Nebel zerstreuen können. Das Mädchen war aus London, war mit dem Leben dort zufrieden und wünschte sich nichts anderes. Die Affäre hinterließ keine Bitterkeit, wenigstens nicht zwischen den beiden. Bei George blieb ein wenig verwirrter Ärger über sich selbst haften. Er war schließlich ein Mann, der alles am rechten Platz haben wollte. Die Verlobung war es, die er sich nicht verzeihen konnte, er war vorübergehend verrückt gewesen; das war es, woran zu denken er nicht ertrug. Aber an das Mädchen dachte er manchmal mit zärtlichen Gefühlen. Sie hatte geheiratet und lebte ein Leben, das seiner Ansicht nach kein vernünftiger Mensch sich aussuchen würde. Warum er ihr Bild – in einer sehr künstlichen Pose aufgenommen – behielt, darüber gab er sich keine Rechenschaft. Denn er hatte andere Frauen auf seine heftige, kurz auflodernde Art mehr geliebt.

Jedoch stand ihr Bild in seinem Zimmer, und nicht nur der Koch und der Hausboy sahen es, sondern auch die seltenen Besucher, die zu ihm kamen. Gerüchte liefen im Bezirk um, dass eine Frau in England George das Herz gebrochen habe; und dies erklärte so gut wie irgendetwas anderes Georges heiteres, aber entschlossenes Fürsichbleiben; denn auf manche Leute kann man das Wort Einsamkeit einfach nicht anwenden. George war allein, aber es schien ihm nicht bewusst zu sein. Was den Leuten zu denken gab, das war, dass der Rahmen seines Lebens so viel weiträumiger war, als er ihn für sich allein und für das, was er war, brauchte. Die drei großen Zimmer hatten sich im Lauf der Jahre zu einem Dutzend ausgewachsen. Es war das schönste Haus auf Meilen im Umkreis. Nebengebäude, Lagerhäuser, Waschküchen und Geflügelhöfe breiteten sich aus, und er hatte einen Garten angelegt und zahlte zwei Boys sehr gut dafür, dass sie ihn gut instand hielten. Inmitten einer Gruppe von Felsblöcken hatte er den Boden ausgehoben und ein schönes, natürliches Schwimmbecken angelegt, über dem Bambusgesträuch hing und das grünes Laub und blauen Himmel spiegelte. Hier schwamm er jeden Morgen, im Sommer und im Winter, und auch abends, wenn er von des Tages Arbeit nach Hause kam. Er baute eine Anzahl Ställe, die ein Dutzend Pferde beherbergen konnten, aber er hielt nur zwei; eins davon ritt der alte Smoke (dessen Beine jetzt zu schwach waren, um ihn weit zu tragen), und das andere ritt er selbst. Es war eine Stute von großer Ansprechbarkeit und Klugheit, aber schön war sie ganz und gar nicht; er hatte sie sorgfältig ausgesucht, nachdem er wochenlang Pferdemärkte besucht hatte und Anzeigen nachgegangen war: sie war ein Gebrauchspferd, kein Paradepferd. George ritt sie tagsüber auf der Farm und verlangte viel von ihr, und wenn er sie abends in den Stall brachte, klopfte er ihr zärtlich den Hals, als täte es ihm leid, dass sie nicht mit ihm ins Haus kommen konnte. Wenn er vom Schwimmen kam, saß er im glühenden, schnell schwindenden Schein des Sonnenuntergangs, blickte über das wilde, schöne Tal hin und nahm zeremoniell seinen Drink ein, neben sich einen Tisch aus Stinkwood, der mit Karaffen und Siphons beladen war. Das übliche Junggesellentablett aus Blech mit Flasche und Glas gab es bei ihm nicht. Und sein Dinner wurde von zwei Bediensteten in Hausuniform sorgfältig serviert, mit denen er sich unterhielt oder nicht, je nach Laune. Nach dem Dinner wurde der Kaffee gebracht, und wenn er etwa eine halbe Stunde lang in den Farmzeitschriften gelesen hatte, ging er zu Bett. Jeden Abend schlief er schon um neun Uhr, und vor Sonnenaufgang stand er wieder auf.

Das war sein Leben. Jahrelang war das sein Leben, ein Leben angestrengtester körperlicher Arbeit, täglich zwölf Stunden Schuften und Schwitzen in der Sonne, aber ringsum so viel Platz und Komfort, der eigentlich für etwas anderes bestimmt schien. Kurz gesagt, er schien für eine ›Frau des Hauses‹ bestimmt. Aber es ist nicht ohne Weiteres möglich, einen Mann, der so lebt, zu fragen, was ihm denn noch fehlt – falls ihm überhaupt etwas fehlt.

Diese Frage würde bedeuten, dass man sich eindrängen wollte in das, was er während stundenlanger Ritte über die Hügelkämme im Sonnenschein empfand, wenn das Gras um ihn her wehte wie blonde Banner. Es würde bedeuten, dass man verstand, was ihn überhaupt zu einem Einzelgänger gemacht hatte.

Sogar der alte Smoke, der neben ihm auf dem anderen Pferd dahintrottete, sah ihn manchmal lange von der Seite an und machte sich dann unauffällig davon, um ihn sich selbst zu überlassen.

Vor dem Hause dehnte sich eine sanft abfallende, drei Meilen lange Senke, auf der das Gras nie geschnitten wurde; es wuchs jedes Jahr so hoch, dass die beiden Männer selbst von den Pferden aus nicht darüber hinwegblicken konnten. Ein Fußpfad war im Gras ausgetreten bis zu einer kleinen Bodenerhebung, die eigentlich nur aus einem Haufen von Felsblöcken bestand, und ein paar Bäume hatten sich durch den Granit gezwängt und gaben Schatten. Hier stieg George gewöhnlich ab, stützte den Arm auf den Hals seiner Stute und stand und blickte ins Tal hinunter, das in sich selbst eine ganze Landschaft von Hügeln und Tälern war, so hoch lag ›Vier Winde‹ darüber. Zwanzig Meilen entfernt standen andere Berge wie farbige Kristallblöcke und riegelten die Aussicht ab; und davor Bäume und Gras, Bäume und Felsblöcke und Gras, und Linien dunklerer Vegetation zeichneten den Lauf der Flüsse nach. Während die Jahre vergingen, entstanden auf dieser riesigen Fläche jungfräulicher Landschaft allmählich Anzeichen menschlicher Tätigkeit, und Rauchwölkchen und winziges Glitzern von Dächern zeigten an, wo Häuser gebaut wurden. Das Tal wurde erschlossen. Immer noch stand George und blickte in die Ferne, und es schien, als ob das sich ihm nähernde Leben ihn gar nicht berühre. Den halben Morgen blieb er manchmal dort, das Gurren der grünhalsigen Waldtauben in den Ohren, und wenn er zum Essen nach Hause ritt, waren seine Augen schwer und verschleiert.

Aber er nahm die Dinge, wie sie kamen. ›Vier Winde‹, inmitten der hohen, windgefegten, sonnenflirrenden Berge so hoch zum Himmel erhoben, mit Felsblöcken besät, freie Beute der Stürme und der Verwitterung, von Hundsaffen und Leoparden heimgesucht – diese Wildnis, diese reine, schwindelnde Einsamkeit – alles das hatte ihm im Grunde eigentlich gar nichts anhaben können.

Denn als das Tal unter die neuen Siedler aufgeteilt worden war und seine Nachbarn nun fünf und nicht mehr fünfzehn Meilen entfernt waren, fing er an, sie zu besuchen und zu sich einzuladen. Sie kamen sehr gern, denn wenn er auch ein Sonderling war, so war er doch völlig harmlos. Er wollte allein leben: das reizte die Frauen. Er war sehr reich geworden; und das war allen recht. Im Übrigen wurde er als leicht verrückt angesehen, weil er nicht zuließ, dass auf seiner Farm einem Tier ein Leid geschah. Wenn ein Eingeborener Fallen für Wild stellte und erwischt wurde, dann erteilte ihm George selbst eine Tracht Prügel, ehe er ihn der Polizei übergab: die Polizeistrafe, die er dafür zahlen musste, war ihm das wert. Seine Farm war so etwas wie ein Schutzgebiet; er musste sein Rindvieh praktisch in Staketen halten, um es vor den Leoparden zu schützen. Aber wenn er auch gelegentlich ein Stück Vieh verlor, so konnte er sich das leisten.

George pflegte sonntags Bade-Partys zu geben; er hatte an diesem Tage ein offenes Haus, und jedermann war willkommen. Er war ein guter Gastgeber, das Haus war schön, und die Hausboys waren der Neid jeder Hausfrau; vielleicht war es das, was die Leute ihm nur schwer verziehen, dass er so vorzügliche Boys hatte. Denn sie verließen ihn nie, um einmal nach Hause zu gehen, wie es die Boys anderer Leute taten; ihr Zuhause war hier, auf dieser Farm, unter dem Regime des alten Smoke, und die Arbeitersiedlung war ein richtiges Eingeborenendorf und nicht die übliche Ansammlung wackliger Hütten, die niemand instand hielt, weil niemand lange genug darin wohnte, um sich darum zu kümmern. Es war eine Herausforderung an die Frauen des Bezirkes, dass ein Junggeselle so gut gezogene Dienstboten hatte; und wenn sie ihn wegen seiner perfekten Haushaltung neckten, waren ihre Stimmen ziemlich spitz. Oft sagte man zu ihm: »Sie verflixter alter Junggeselle, Sie.« Und dann antwortete er ruhig und in bester Laune: »Ja, ich muss daran denken, mir bald einmal eine Frau zu suchen.«

Vielleicht war er wirklich der Ansicht, dass er heiraten sollte. Er wusste, dass man vermutete, er habe diese neue Lebensweise der Besuche und Gegenbesuche in der Absicht begonnen, sich ein Mädchen auszusuchen. Und die Mädchen waren natürlich nur allzu willig. Wenn der keine gute Partie war! Und es war seine eigene Schuld, dass er ganz nüchtern in diesem Licht betrachtet wurde. Manchmal sah er sich die Frauen an, die halb nackt unter dem Bambusgesträuch um das Schwimmbecken herum lagen – sie stellten sich absichtlich und für ihn zur Schau –, und dann wurden seine Augen unangenehm schmal. Und das war nicht recht von ihm, denn wenn ein Mann für Sympathie und Freundlichkeit unzugänglich ist, dann bleibt eben nur *eine* andere Annäherungsmöglichkeit übrig. Aber bei alledem kam nur das heraus, dass er die Fotografie sehr augenfällig auf den Tisch neben seinem Bett stellte; und wenn die Mädchen eine Bemerkung darüber machten, dann schloss er halb die Augen auf eine Art, die natürlich zum Verzweifeln unwiderstehlich war, und sagte: »Ach ja, Betty – *das* war mal eine Frau!«

Einmal glaubte man tatsächlich, dass jemand ihn ›geschnappt‹ habe. Seine Farm grenzte an einer Seite an die einer Frau, die zwei erwachsene Töchter hatte; sie war weder verheiratet noch unverheiratet, denn ihr Mann schien sich nicht entschließen zu können, ob er sich von ihr scheiden lassen sollte oder nicht, und die Töchter, beide Anfang zwanzig, waren gut reitende, Whisky trinkende, schmalhüftige Rangen und gewohnt, mit den Männern, die ihnen gefielen, nach Lust und Laune umzuspringen. Das seien die richtigen Frauen für solche Männer wie George, meinte man: die würden ihm herausgeben können. Aber man fuhr fort, in der Mehrzahl von ihnen zu reden, denn George flirtete mit beiden, und sie waren sich ungewöhnlich ähnlich. Was die Mutter betraf, so leitete sie die Farm, denn ihr Mann war zu sehr von einer Frau in der Stadt in Anspruch genommen; und sie trank etwas zu viel, und gelegentlich hörte man sie ergeben seufzen: »Herrgott, warum hab ich bloß Töchter? Von Söhnen *erwartet* man schließlich, dass sie sich unmöglich benehmen.« Oft jammerte sie George etwas vor, der nur lächelte und ihr wieder einschenkte. »Gott sei Ihnen gnädig, wenn Sie eine von ihnen heiraten«, sagte sie dann düster. »Ich sag's nicht gern, aber sie sind zu nichts nütze, als ihr Leben zu genießen.« »In ihrem Alter, Mrs. Whateley, scheint das ganz verständlich zu sein.« So zog sich George in eine väterlich-nachsichtige Haltung zurück, die aber zum Ärger der Mädchen eine Spur von grausamem Ergötzen verriet.

Wenn er ein Zimmer betrat, sah er sich meist nach Mrs. Whateley um und blieb stundenlang bei ihr sitzen, anscheinend war er gern mit ihr zusammen; und sie mit ihm. Das Reden besorgte sie, während er sich neben ihr räkelte, den Blick nachdenklich auf sein Glas gerichtet, das er leicht zwischen Daumen und Zeigefinger drehte; gelegentlich ließ er ein amüsiertes Grunzen hören. Sie sprach hauptsächlich von ihrem Mann, den sie von einem Passivum ihrer Bilanz in ein Aktivum verwandelt hatte, denn alle Anwesenden pflegten zu verstummen, um ihren drolligen, brummig erzählten Geschichten zuzuhören. »Am letzten Wochenende kam er nach Hause«, sagte sie zum Beispiel und blickte George mit großen, erstaunten Augen an, »und wissen Sie, was er gesagt hat? Himmel, hat er gesagt, ich wüsste nicht, Mädchen, was ich ohne dich anfangen sollte. Wenn ich nicht manchmal aus der Stadt herauskönnte und frische Luft schnappen, würde ich verrückt. Und da saß ich nun und hatte auf ihn gewartet und all meine eigenen Beschwerden für ihn parat gehalten. Was kann man bloß mit so einem Mann anfangen?« »Und lassen Sie sich das gefallen, so eine Art Wochenenderholung zu sein?«, fragte George. »Aber Mr. Chester!«, rief Mrs. Whateley aus, und ihre Augen weiteten sich in unglaublich törichtem Erstaunen. »Schließlich ist er doch mein Mann, meine ich.« Aber diese hübsche, etwas mitgenommene Matrone war keineswegs eine dumme Person, sonst hätte sie die Farm nicht so vorzüglich in Gang halten können; und bei solchen Gelegenheiten lachte George nur und sagte: »Trinken Sie noch was.«

Bei seinen Bade-Partys war Mrs. Whateley die einzige Frau, die sich nie im Badeanzug zeigte. »In meinem Alter«, erklärte sie, »überlässt man das besser seinen Töchtern.« Und mit einem übertrieben neidischen Seufzer schaute sie nach den Mädchen hinüber. George schaute auch hin, ganz unverbindlich; obwohl es im Ganzen den Anschein hatte, als mache er sich nicht viel

aus dem hageren, knabenhaften Typ. Aber es war auch vorgekommen an diesen langen, heißen Tagen, wenn sich dreißig
oder vierzig Menschen stundenlang im Badeanzug um das
Schwimmbecken herum räkelten, aßen, tranken und einander
neckten, dass er ganz plötzlich aufstand, aus unerklärlichen
Gründen gereizt aussah und zu den Ställen hinüberging. Don
sattelte er die Stute – die, sollte man denken, ihre Sonntagsruhe
hätte haben sollen, da sie während der Woche so hart herge-
nommen wurde –, schwang sich hinauf und ritt wie ein Irrer
davon an den Hängen entlang. Seine Gäste nahmen das nicht
schwer; solche Dinge war man von ihm gewohnt. Sie lachten –
besonders die Frauen – und warteten, bis er zurückkam, sie
sagten: »Na ja, George, ihr wisst ja ...«

Manchmal schlug jemand vor, es wäre nett, miteinander aus-
zureiten, aber niemandem gelang es je, mit George reiten zu
gehen. Jetzt, wo die Farmen sich vom Tal her bis auf die unteren
Hänge ausgebreitet hatten, begegnete George oft morgens früh
oder am Abend anderen Reitern; dann grüßte er hastig mit der
Reitpeitsche, hob sich in den Steigbügeln und war wie der Blitz
auf und davon. Auch das sah man ihm nach: George, der
schlaksige Mann mit dem harten Gesicht, der auf einem Hü-
gelkamm davongaloppierte, die Peitsche zu lässigem Gruß he-
bend, gehörte genauso zur Landschaft wie sein Haus, das leuchtend weiß hoch am Berge stand, oder die zehn Fuß hohen
Warntafeln überall entlang den Grenzen seiner Farm, auf denen
stand: »Das Abschießen von Wild wird strengstens geahndet.«

Einmal begegnete er abends Mrs. Whateley allein, und als er
instinktiv das Pferd zur Flucht wendete, hörte er sie rufen: »Ich
beiße nicht!« Er grinste unliebenswürdig in ihr erwartungsvolles
Gesicht und rief zurück: »Ich bin auch nicht dümmer als Sie,
meine Liebe.«

Bei der nächsten Bade-Party kam sie auf diesen Zwischenfall
zurück; ausnahmsweise sah sie ihn direkt und kühl an und
sagte: »Man kann auf mancherlei Art dumm sein, Mr. Chester,
und Sie sind ein Mensch, der imstande ist, sich zu Tode zu
hungern, weil er einmal zu viel unreife Äpfel gegessen hat.«

George wurde rot vor Ärger. »Wenn Sie damit andeuten wollen, dass es wirklich, aber *wirklich* ein paar *reizende, bezaubernde* Frauen gibt, wenn ich mir nur die Mühe nähme, mich umzusehen, so kann ich Ihnen versichern, dass mir das schon andere Frauen angedeutet haben.«

Sie wurde nicht böse. Sie schien nur ehrlich überrascht zu sein. »Schlimmer als ich dachte«, bemerkte sie freundschaftlich. Und dann redete sie auf ihre gewohnte, spaßhafte Art von etwas anderem.

Es war bei einer dieser Bade-Partys, dass die Katze aus dem Sack sprang. Dass es eine gab, hatte man sich eigentlich gedacht und, wie gewöhnlich, Nachsicht geübt. Der Vorfall wurde eigentlich nicht durch die Art und Weise wichtig, wie seine Freunde darauf reagierten, sondern dadurch, wie George selbst reagierte.

Es war an einem sehr heißen Dezembermorgen, und der Regen konnte jeden Augenblick losbrechen. Alle Farmer hatten die Saatbeete voll Tabak stehen, der zum Auspflanzen bereit war, und sie achteten weniger auf die vorzügliche Qualität von Essen und Trinken und auf die Reize der Frauen als auf den Himmel, an dem schwere Massen dunkler Wolken standen. Donner grollte hinter den Bergen, und die Luft war geladen und drohend. Am Schwimmbecken unter dem Bambusgesträuch, dessen Fransen regungslos hingen, waren alle in etwas gereizter Stimmung infolge dieses Wartens; denn die letzten Wochen vor der Regenzeit sind eine schwierige Zeit in jedem Lande, wo der Regen ungewiss ist.

George saß angezogen auf einem kleinen Felsen: er zog sich immer sofort nach dem Baden wieder an. Die anderen waren noch halb nackt. Alle hatten die Köpfe gehoben und blickten interessiert, aber etwas vage an ihm vorbei in die Bäume hinein, als er die Richtung ihrer Blicke bemerkte und sich umwandte, um auch hinzuschauen. Ein kurzer Ausruf, dann sagte er sehr ruhig: »Entschuldigen Sie«, und stand auf. Alle sahen ihm nach, wie er durch den Garten ging und zwischen den mit Schlingpflanzen bewachsenen Felsbrocken hindurch nach hinten zu der

Stelle, wo eine junge, schwarze Frau stand, die Hände herausfordernd auf den Hüften und in leichtem Sichwiegen, als wollte sie tanzen. Sie hatte die Augen niedergeschlagen auf die freche, scheinheilige Art schwarzer Frauen; und sie hielt sie gesenkt, als George vor ihr stehen blieb und zu reden begann. Weder aus seinen Gesten noch aus seinem Gesicht konnten sie auf das schließen, was er sagte; aber bald sah das Mädchen mürrisch drein, zuckte die Achseln und ging wieder zurück nach dem Dorf zu, das man durch die Bäume hindurch und neben dem Hang eines hohen Hügels etwa eine Meile entfernt liegen sehen konnte. Sie hob beim Gehen kaum die Füße und ließ die Hände schwingen und lose nach den Ähren des Grases greifen: es war eine vollendete Zurschaustellung widerwilligen Gehorsams; man erhielt den Eindruck, dass sie nicht nur so empfand, sondern auch zeigen wollte, was sie empfand. Den langen, vieldeutigen Blick, den sie über die nackte Schulter (sie trug die Eingeborenentracht, einen unter den Achselhöhlen gefalteten Umhang) auf die Gruppe der Weißen richtete, konnte man auf mancherlei Art deuten. Niemand ging so weit, ihn zu deuten. Niemand sagte etwas; und aller Augen waren absichtlich auf den Himmel, die Bäume, das Wasser oder die Fingernägel gerichtet, als George zurückkam. Er sah seine Gäste kurz an, ohne eine Entschuldigung auch nur anzudeuten, dann setzte er sich wieder und griff nach seinem Glas. Er trank einen Schluck und sprach weiter, wo er aufgehört hatte. Sie antworteten bereitwillig; und im nächsten Augenblick war die Unterhaltung allgemein, obwohl von Absicht bestimmt und beherrscht: sie benahmen sich alle, als wäre ein unsichtbarer Zuschauer da, der irgendwo nicht weit entfernt stand und ein Kichern nicht unterdrücken konnte, während er beifällig rief: »Bravo! Gut gemacht!«

Was sie George gegenüber empfanden – eine vorwurfsvolle Gereiztheit, weil er den Schein nicht zu wahren verstanden hatte –, das durfte sich in ihrem Benehmen nicht äußern. Aber die Frauen waren merklich verstimmt; und George nahm es mit einem kaum sichtbaren Lächeln zur Kenntnis, das ihr Selbstbewusstsein so untergrub, dass an jenem Abend, als man sich trennte (es würde noch vor Mitternacht regnen, und sie würden alle früh aufstehen müssen zu einem Tag harter Pflanzarbeit), die Beziehungen so waren wie immer. Tatsächlich konnte George darauf zählen, dass sie sagten oder jedenfalls meinten: »Ach ja, George! Nun ja, es wird schon das Richtige für ihn sein, wahrscheinlich.«

Aber da endete die Sache für ihn nicht. Er war sehr böse. Er ließ den alten Smoke holen, als die Gäste gegangen waren, und das zeigte, wie böse er war, denn er hielt sich streng an die Regel, niemals am Sonntag die Arbeiter zu bemühen.

Das Mädchen war Smokes Tochter (oder Enkelin, George wusste es nicht), und das Arrangement – Georges Einstellung dazu verbot jede andere Bezeichnung – war auf ganz natürliche Weise zustande gekommen. Es war nur ein einziges Mal zwischen den beiden Männern erwähnt worden: kurz nachdem das Mädchen George eines Abends in den Weg getreten war, als er vom Schwimmbecken nach dem Hause ging, hatte Smoke ohne jeden Vorwurf, aber doch recht streng bemerkt, dass ein Mischling bei seinem Volk nicht willkommen sei. George hatte ebenso entgegenkommend erwidert, er versichere, dass es kein solches Kind geben werde. Der alte Mann hatte mit einem halben Seufzer geantwortet, er habe gehört, die Weißen verfügten über gewisse Mittel, das zu verhüten. Und das war alles gewesen. Das Mädchen kam zu George, wenn er nach ihm schickte, zwei- oder dreimal in der Woche. Sie kam gewöhnlich, wenn George mit dem Dinner fertig war, und ging bei Sonnenaufgang mit einer Handvoll kleiner Münzen. George hielt einen Vorrat von Sechs- und Dreipencestücken unter seinen Taschentüchern verborgen, denn er hatte bemerkt, dass sie lieber einige kleine Münzen nahm als eine große. Dass er das beachtete, war der Maßstab seiner Rücksichtnahme auf sie, auf ihre Bedürfnisse und ihre Natur. Er war ihr in diesen kleinen Dingen gern gefällig. Zum Beispiel hatte er kürzlich, als er in der Stadt war und unten in den Kaffernläden einen Vorrat Schürzen für seine Hausboys besorgte, mit Bedacht ein Kopftuch für sie gekauft in einer Farbe, die sie besonders gernhatte. Und einmal war sie krank gewesen, und er hatte sie selbst zum Krankenhaus gefahren. Sie scheute sich nicht, besondere Vergünstigungen für ihre Familie von ihm zu erbitten. Das war so fünf Jahre lang gegangen.

Als jetzt der alte Smoke zum Hause heraufkam mit gesenktem Blick und besorgter Miene, die verriet, dass er von dem Zwischenfall wusste, sagte George nur, er wünsche, dass das Mädchen fortgeschickt werde; sie mache ihm Ungelegenheiten. Smoke saß im Schneidersitz einige Minuten vor George, ehe er antwortete; er blickte zu Boden. George hatte Zeit, festzustellen, dass er jetzt wirklich sehr alt wurde. Er sah zusammengeschrumpft und affenähnlich aus; sogar die Haut auf seinem Schädel zwischen den weißen, wolligen Haarbüscheln war gerunzelt; sein Gesicht war nur noch Haut und Knochen; und seine kleinen Augen blickten angestrengt. Schließlich fing er an zu sprechen, und seine Stimme kam bebend und ergeben: »Vielleicht könnte der Kleinbaas mit dem Mädchen reden? Sie wird es nicht wieder tun.«

Aber George wollte das Risiko nicht eingehen, dass der Vorfall sich wiederholte.

»Sie ist mein Kind«, bat der alte Mann.

George war plötzlich gereizt und sagte: »Es passt mir nicht, dass so etwas vorkommt. Sie ist ein sehr törichtes Mädchen.«

»Das verstehe ich wohl, Baas, ich verstehe es. Sicher ist sie ein törichtes Mädchen. Aber sie ist auch jung, und sie ist mein Kind.« Aber auch diese letzte Bitte, die die alte, krächzende Stimme aussprach, rührte George nicht.

Zum Schluss kam man überein, dass George das Schulgeld für das Mädchen zahlte in einer Missionsschule, die etwas mehr als fünfzig Meilen entfernt lag. Er wollte sie nicht mehr sehen, ehe sie ging, obwohl sie tagelang an den Stufen der hinteren Treppe herumstand. Sie versuchte sogar, in sein Schlafzimmer zu kommen in der Nacht, bevor sie – von einem ihrer Brüder begleitet – den langen Marsch in ihre neue Heimat antreten sollte. Aber George hatte seine Tür abgeschlossen. Es gab nichts, worüber man hätte reden können. In gewisser Weise suchte er den Fehler bei sich. Er hatte das Gefühl, dass er das Mädchen vielleicht ermutigt hatte: man konnte zum Beispiel nicht wissen, wie sich die Sache mit dem Kopftuch im Gemüt einer primitiven Frau ausnahm. Auf jeden Fall war er dafür verantwortlich, sich so benommen zu haben, dass sie sich ›Flausen in den Kopf gesetzt‹ hatte. Dass sie da am Schwimmbecken erschien, war eine Art von Herausforderung gewesen, das absichtliche Geltendmachen eines Anspruchs auf ihn, eine Provokation, deren Hintergründe ihn entsetzten. Sie entsetzten ihn deshalb, weil es nie zu dem Vorfall gekommen wäre, wenn er sie nicht falsch behandelt hätte.

In der Woche, nachdem sie gegangen war, nahm er plötzlich mit einer heftigen Bewegung das Bild des Mädchens aus London von seinem Toilettentisch und warf es in einen Schrank. Er dachte einige Wochen lang an Smokes Tochter – Enkelin vielleicht – mit schmerzhaftem Verlangen der Sinne, bis ein anderes Mädchen seine Aufmerksamkeit auf sich lenkte.

Darauf hatte er gewartet; denn er hatte nicht die Absicht, sich Vorwürfe vom alten Smoke einzutragen, indem er eine Frau an sich lockte.

Er saß eines Abends auf der Veranda und rauchte, die Beine auf der Brüstung, und betrachtete den großen gelben Mond, der über einem spitz zulaufenden Waldstück neben dem Hause aufging, als eine flüchtige, weich dahingleitende Gestalt ihm in den Blick kam. Er saß ganz still und zog an seiner Pfeife, während sie die Stufen heraufkam und den Lichtschein der Lampe von drinnen durchquerte. Einen Augenblick hätte er schwören können, dass es dasselbe Mädchen war, aber sie war jünger, viel jünger, nicht älter als etwa sechzehn. Oberhalb des Gürtels war sie nackt, sozusagen zur Begutachtung, und um den Hals trug sie eine Kette aus blauen Glasperlen.

Da er diesmal sicher sein wollte, auf der richtigen Grundlage zu beginnen, holte er eine Handvoll kleiner Münzen hervor und legte sie vor sich auf die Brüstung. Ohne den Blick zu heben, beugte sich das Mädchen seitwärts hinüber, nahm sie und ließ sie in den Falten ihres Rockes verschwinden. Eine Stunde später wurde sie aus dem Haus geschickt, und die Türen wurden zur Nacht abgeschlossen. Sie weinte und bettelte, dableiben zu dürfen bis zum ersten Tageslicht (wie es das andere Mädchen immer getan hatte), denn sie hatte Angst davor, allein durch den dunklen Busch heimzugehen, in dem Raubtiere, Geister und die uralten Schrecken lauerten, die ihr Geburtsrecht waren. George antwortete nur, wenn sie überhaupt kommen wolle, müsse sie sich damit abfinden, zu gehen, wenn die Angelegenheit, derentwegen sie kam, erledigt sei. Er erinnerte sich an die Nächte mit der anderen, die sie eng umschlungen miteinander verbracht hatten – vielleicht war *das* der Fehler, den er gemacht hatte? Jedenfalls würde er es nicht wieder dazu kommen lassen.

Dieses Mädchen weinte in der ersten Nacht jämmerlich und noch heftiger in der zweiten. George schlug vor, dass einer ihrer Brüder sie abholen solle. Sie war schockiert über diese Idee, so schockiert, dass er begriff: die Dinge lagen für sie genauso wie für ihn; die ganze Sache war nur erlaubt, wenn man sie mit Anstand ignorieren konnte. Aber sie wurde nach Hause geschickt; und George gestattete sich nicht, sich vorzustellen, wie sie durch die dunklen Schatten glitt, die auf dem mondhellen Pfad lagen, und vor Angst wimmerte, wie sie es in seinen Armen getan hatte, ehe sie ihn verließ.

Bei ihrer nächsten wöchentlichen Besprechung wartete George darauf, dass Smoke etwas sagte, denn er wusste, dass er das tun würde. Fest entschlossen, keinerlei Schuldgefühl zu zeigen (und diese ihm bewusste Einstellung überraschte und ärgerte ihn), sah George zu, wie der Alte den Neffen entließ und wartete, bis er ein gutes Stück auf dem Weg zum Dorf gegangen war, und sich dann ihm wieder zuwandte, als hätte er eine Beschwerde vorzubringen. »Kleinbaas«, sagte er, »es gibt Dinge, die zwischen uns nicht gesagt zu werden brauchen.« George antwortete nicht. »Kleinbaas, es ist Zeit, dass du dir eine weiße Frau nimmst.«

George erwiderte: »Das Mädchen ist von selbst zu mir gekommen.«

Smoke sagte, als wäre es eine Beleidigung, dass er etwas so

Selbstverständliches auszusprechen gezwungen sei: »Wenn du eine Frau hättest, wäre sie nicht gekommen.« Der alte Mann war tief beunruhigt, viel mehr, als George erwartet hatte. Eine Weile antwortete er nicht. Dann sagte er: »Ich werde sie gut bezahlen.« Es schien ihm, dass er aus demselben ehrlichen Sinn heraus sprach, aus dem er immer diesem Manne gegenüber, der seines Vaters und sein eigener Freund war, sprach und handelte. Er hätte nichts aussprechen können, was er nicht genauso empfand. »Ich bezahle sie gut; und ich verspreche, dass sie versorgt wird. Ich bezahle ja auch für die andere.«

»Ai, ai«, seufzte der alte Mann jetzt mit offenem Vorwurf, »das ist nicht gut für unsere Frauen, Baas. Wer wird sie denn heiraten wollen?«

George rückte unbehaglich in seinem Sessel. »Sie sind alle beide zu mir gekommen, oder nicht? Ich bin ihnen nicht nachgelaufen.« Aber er hielt inne. Smoke betrachtete diesen Einwand so deutlich als belanglos, dass er nicht darauf bestehen konnte, wenn er ihn auch selbst für gültig hielt. Hätte er sich mit Absicht eine Frau aus dem Dorf gesucht, dann hätte er sich verantwortlich gefühlt. Dass Smoke die Dinge in einem anderen Licht sah, ärgerte ihn.

»Junge Mädchen«, sagte Smoke vorwurfsvoll, »du weißt doch, wie sie sind.« Darin lag nun schon mehr als ein Vorwurf. In den schwachen, alten Augen stand ein tieferer Kummer. Smoke konnte George nicht gerade ins Gesicht sehen. Sein Blick strich hierhin und dorthin, über Georges Gesicht hinweg, zu den Bergen hin, hinunter zum Tal, und seine Hände zupften an den Kleidern.

George lächelte mit betonter Heiterkeit: »Und junge Männer, bist du bei denen auch so streng?«

Smoke fuhr plötzlich zornig auf: »Junge Männer, kleine Jungen, von denen erwartet man Unfug. Aber du, Baas, du – du solltest verheiratet sein, Baas. Du solltest schon erwachsene Kinder haben und nicht die meinen verderben …« – die Tränen liefen ihm übers Gesicht. Mühsam krabbelte er auf die Füße und sagte mit großer Würde: »Ich will keinen Streit haben mit dem

Sohn meines alten Freundes, des Großbaas. Ich bitte dich nur, nachzudenken, Kleinbaas. Diese Mädchen, was wird aus ihnen? Die andere hast du in die Missionsschule geschickt, aber wie lange bleibt sie da? Sie ist an dein Geld gewöhnt und an ... sie ist gewohnt, ihren Willen zu haben. Sie wird in die Stadt gehen und eine von den leichten Frauen werden. Kein anständiger Mann wird sie zur Frau wollen. Sie wird sich in der Stadt einen Mann nehmen und dann noch einen und noch einen. Und jetzt ist es diese ...« Er schalt jetzt, nörgelnd, mitleiderregend. Seine Würde hielt dem Gewicht seines Grams nicht stand. »Und jetzt diese, diese! Du, Kleinbaas, dass du gerade diese genommen hast ...« Ein uralter, torkelnder Mann, eine Vogelscheuche von Mann wankte davon und den Pfad hinab.

Einen Augenblick war George, als müsste er ihn zurückrufen, denn es war das erste Mal, dass eine ihrer Besprechungen ungut ausgegangen war und ohne den althergebrachten höflichen Abschied. Aber er sah zu, wie der alte Mann mit unsicherem Gang am Schwimmbecken vorbei durch den Garten und durch den Felsengarten und aus seinen Augen ging.

Er fühlte sich unbehaglich und gereizt, aber zugleich war er auch verwirrt. Es war ein solcher Unterschied zwischen dem, was geschehen war, und dem, was er erwartet hatte, dass es ihm jetzt vorkam, als hätte sich etwas ganz Neues scharf bemerkbar gemacht – und als er die Szene überdachte, wurde ihm klar: irgendetwas passte nicht, befremdete ihn. Es war die tiefe Erregung des alten Mannes. Wegen des ersten Mädchens hatte man aus seiner Haltung einen Vorwurf entnehmen können, aber einen fatalistischen, der sich nicht gegen George selbst richtete, sondern mehr gegen die Verhältnisse im Allgemeinen, eine Ansicht über das Leben, die zu teilen man von George nicht erwarten konnte. Es war ein unpersönlicher Kummer gewesen, eine Anklage gegen das Schicksal. Aber dies war anders; Smoke hatte ihn, George, sehr direkt angeklagt. Es war wie eine Anklage wegen Treuebruch gewesen. George rief sich ins Gedächtnis, was gesprochen worden war, und blieb an den immer wiederkehrenden Worten ›Mann‹ und ›Frau‹ hängen; und plötzlich fiel ihm etwas ein, was unerträglich war. Es war so scheußlich, dass er es von sich wies und nach einer anderen Erklärung suchte. Aber er konnte es nicht lange abweisen; es kam wieder angekrochen und nahm von ihm Besitz, denn es erklärte alles, was geschehen war: ein paar Monate zuvor hatte Smoke eine junge Frau geheiratet.

Nachdem er eine Weile in heller Aufregung überlegt hatte, erhob George die Stimme und rief laut nach seinem Hausboy. Das war ein junger Mann, den der alte Smoke selbst ihm vor einigen Jahren gebracht hatte. Sein Verhältnis zu George war keineswegs vertraulich, aber doch etwas persönlich dadurch, dass er über Georges praktisch arrangierte Beziehungen Bescheid wusste und sich mit äußerster Diskretion verhielt. Alles das beschloss George nun über den Haufen zu werfen. Er fragte geradezu: »Hast du das Mädchen gesehen, das gestern Abend hier war?«

»Ja, Baas.«

»Ist sie die neue Frau von Smoke?«

Der Junge blickte zu Boden und antwortete: »Ja, Baas.«

George erstickte sein Bedürfnis, sich zu entschuldigen: »Ich habe es nicht gewusst« – ein Bedürfnis, das ihn erschreckte, und sagte: »Gut, du kannst gehen.« Er wurde immer zorniger; die Lage, in der er sich befand, machte ihn wütend; ohne seine Schuld war er in diese grausame Lage geraten.

An diesem Abend saß er lesend in seinem Zimmer, als das Mädchen mit stillem Lächeln eintrat. Es war ein schönes junges Geschöpf, aber diese Tatsache hatte aufgehört, für George zu existieren.

»Warum hast du mir nicht gesagt, dass du die neue Frau von Smoke bist?«, fragte er.

Sie war nicht aus der Fassung gebracht. Sie stand an der Tür, noch in der Haltung schüchterner Bescheidenheit, und sagte: »Ich dachte, der Baas weiß es.« Es war möglich, dass sie das geglaubt hatte; aber George drängte: »Warum bist du gekommen? Du wusstest doch, dass ich es nicht wusste.«

Sie änderte die Tonart und bettelte: »Er ist ein alter Mann, Baas« – sie schien angewidert zu schaudern.

George sagte: »Du darfst nicht mehr herkommen.«

Sie lief quer durchs Zimmer zu ihm, warf sich hin und umschlang seine Beine. »Baas, Baas«, murmelte sie, »nicht mich fortschicken!«

Der wilde Zorn, der sich in George angesammelt hatte, konzentrierte sich jetzt in einem Brennpunkt, und er stieß das Mädchen zurück und stand auf. »Raus«, sagte er. Sie kam langsam auf die Füße und stand da wie zuvor, obwohl sich nun Widerspenstigkeit in ihre geduckte Unterwürfigkeit mischte. Sie sagte kein Wort. »Du kommst nicht wieder hierher«, befahl er; und als sie sich nicht rührte, nahm er sie beim Arm mit der übertriebenen Sanftheit, die ihren Ursprung in beherrschtem Widerwillen hat, und schob sie zur Haustür hinaus. Er schloss ab und ging zu Bett.

Er schlief immer allein im Haus, denn der Koch und der Hausboy gingen jeden Abend ins Dorf zurück, nachdem sie das Geschirr gespült hatten, aber einer der Gartenboys schlief in einem kleinen Schuppen hinter dem Haus bei den Hunden als Wache gegen Diebe. Georges Gartenboys waren im Gegensatz zu seinen Hausboys nicht auf die Dauer da, sondern kamen und gingen in kurzen Zeitabständen von einigen Monaten. Der jetzige war erst ein paar Wochen da, und George hatte sich nicht die Mühe genommen, sich mit ihm anzufreunden.

Gegen Mitternacht klopfte es an der Hintertür, und als George aufmachte, sah er den Gartenboy da stehen mit einem Grinsen auf dem Gesicht, das er noch nie auf dem Gesicht eines Schwarzen gesehen hatte – wenigstens nicht ihm gegenuber. Er deutete auf eine schattenhafte, menschliche Gestalt, die unter einem großen Baum stand, der sich riesig und glitzernd im hellen Mondlicht erhob, und sagte in vertraulichem Ton: »Da ist sie, Baas, sie wartet auf den Baas.« George gab ihm prompt eine Ohrfeige, um seinen Gesichtsausdruck zu korrigieren, und dann schritt er ins Mondlicht hinaus. Das Mädchen bewegte sich nicht und sah ihn nicht an. Wie eine Statue des Grams stand sie da und wartete, die Hände hingen ihr zu den Seiten herunter. Diese Hände – in ihrer Hilflosigkeit – erzürnten George ganz besonders. »Ich habe dir gesagt, du sollst dorthin gehen, wohin du gehörst«, sagte er mit leiser, wütender Stimme.

»Aber Baas, ich habe Angst.« Sie fing wieder an zu weinen.

»Wovor hast du Angst?«

Das Mädchen, dessen Augäpfel im kräftig durch die Zweige scheinenden Mondlicht glitzerten, blickte zum Dorf hinüber. Es war ein Weg von einer Meile durch den Busch, *kopjes* standen zu beiden Seiten des Pfades, und große Felsen warfen den ganzen Weg entlang tiefe Schatten. Irgendwo heulte ein Hund den Mond an; alle Geräusche der Nacht stiegen aus dem Busch auf, Vogellaute, Insektensummen, Tierstimmen, die man nicht benennen konnte: es war ein unergründliches, vielgestaltiges Leben und ein grausames obendrein. George blickte nach dem Dorf hinüber, das in diesem unwirklich schimmernden Licht zurückgeschwunden schien, aufgesaugt in den Hintergrund von Baum und Fels – nicht einmal das Glühen eines Feuers verriet sein Dasein; er fühlte sich wie immer: es war dasselbe Gefühl, das ihn vor so vielen Jahren hierhergeführt hatte. Es war, als ob er, im Stehen und Schauen, aus sich selbst heraus überfließe und sich in Busch und Mondlicht auflöse. Er kannte keine Schrecken; Angst konnte er nicht verstehen; die Grausamkeit da draußen enthielt er auch in sich selbst, sicher verwahrt an einem dunklen Ort. Und dieses Mädchen, das Busch und Wildnis entstammte, hatte kein Recht dazu, vor Furcht zu zittern. Das war es, was er dunkel empfand.

Das Mondlicht beschien ihn hell und zeigte, wie er einen Augenblick die Zähne bleckte, ehe er das Mädchen grob aus dem Schatten zog, es umdrehte, dass es nach dem Dorf gewendet stand, und sagte: »Geh jetzt.«

Sie zitterte jetzt in heftigen Stößen von Kopf bis Fuß. Er spürte, wie sie sich an ihm aufbäumte wie im Liebeskampf, und stieß sie von sich, sodass sie stolperte. »Geh«, befahl er noch einmal. Sie schluchzte wild, den Arm über die Augen gelegt. George rief den Gartenboy, der beim Hause stand und die Szene beobachtete, sein Gesicht drückte Empfindungen aus, die George vorzog nicht zur Kenntnis zu nehmen. »Bring diese Frau zum Dorf zurück.«

Zum ersten Mal in seinem Leben verweigerte ein Schwarzer George den Gehorsam. Der Junge schüttelte nur den Kopf und sagte unumwunden, nicht etwa mit der Absicht, unhöflich zu sein, sondern nur eine Forderung ablehnend, die man nicht stellen durfte: »Nein, Baas.« George begriff, dass er nicht darauf bestehen konnte. Ungeduldig wandte er sich wieder an das Mädchen und sagte abschließend: »Ich streite mich nicht mit dir herum.«

Er ging hinein und zu Bett. Dort lauschte er vergeblich auf eine Unterhaltung draußen: er hoffte, die beiden würden zu irgendeiner Vereinbarung kommen. Nach ein paar Augenblicken hörte er Ketten über den Boden schleifen und das Bellen der Hunde; dann wurde eine Tür geschlossen. Der Gartenboy war wieder in seinen Schuppen gegangen. George unterdrückte den Wunsch, zum Fenster zu gehen und nachzusehen, ob das Mädchen noch da war. Er stellte sich vor, dass es sich vielleicht in eines der Wirtschaftsgebäude schleichen würde, um dort Obdach zu finden. Nicht alle waren abgeschlossen.

Stunden vergingen, ehe er einschlief. Seit Jahren war es die erste Nacht, in der er Schwierigkeiten mit dem Schlafen hatte. Er war immer noch wütend, ja; es bedrückte ihn, dass die Beziehung zu Smoke gestört war, dass er ihn betrogen hatte; aber darüber hinaus war da noch etwas anderes: wieder empfand er diesen Zwiespalt, eine Unstimmigkeit, die sich seiner bediente, um eine heftige Gereiztheit zu bekunden; es war, als hätte man eine gärende Chemikalie in eine zuvor stille Flüssigkeit geschüttet. Eine unerträgliche Ruhelosigkeit plagte ihn, und seine Glieder zuckten. Es war, als spreche etwas Ungeheures und Herausforderndes außerhalb seiner selbst: »Und wie willst du mit *mir* fertigwerden?« Erst als er dieser Herausforderung entschlossen den Rücken kehrte, gelang es ihm endlich, einzuschlafen.

Vor Sonnenaufgang am nächsten Morgen, ehe noch der Rauch sich über den Hütten des Dorfes kräuselte, rief George den Gartenboy, der schläfrig und mit roten Augen, die Hunde auf den Fersen, aus dem Schuppen kam, und befahl ihm, Smoke zu holen. George fühlte, dass er sich bei ihm entschuldigen musste; er musste die Dinge in Ordnung bringen zwischen sich und dem Menschen, dem er sich näher wusste als je einem anderen, seit seine Eltern gestorben waren.

Während er wartete, zog er sich an. Das Haus war leer, denn die Boys waren noch nicht vom Dorf heraufgekommen. Es verlangte ihn mit fieberhafter Unruhe nach der Versöhnung, die er zustande bringen musste. Aber der alte Mann kam nicht gleich. Die Sonne brannte auf die *kopjes*, und der Geruch von Kaffee und heißem Fett drang von der Küche her durchs Haus, als George, der ungeduldig auf der Veranda wartete, eine Gruppe von Schwarzen durch die Bäume herankommen sah. Der alte Smoke war in eine Decke gehüllt und wurde auf jeder Seite von einem jungen Manne gestützt; und er ging, als wäre jeder Schritt eine Anstrengung für ihn. Als die drei Schwarzen endlich die Stufen erreichten, kam George sich vor wie ein Angeklagter. Und keiner seiner Ankläger sah ihm ins Gesicht.

Er sagte sogleich: »Smoke, es tut mir furchtbar leid. Ich wusste nicht, dass es deine Frau war.« Immer noch sahen sie ihn nicht an. Schon wuchs seine innere Gereiztheit, weil sie seine Reue nicht annahmen. Störrisch wiederholte er: »Wie sollte ich es denn wissen? Wie konnte ich denn?«

Statt ihm zu antworten, sagte Smoke mit der schwachen, jammernden Stimme eines sehr alten Mannes: »Wo ist sie?«

Das hatte George nicht vorhergesehen. Seine Gereiztheit entlud sich mit überraschender Heftigkeit. »Ich habe sie nach Hause geschickt«, sagte er zornig. Und das Ausmaß seines eigenen Zorns war es, was ihn beunruhigte. Er wusste selbst nicht, was in ihm vorging.

Die Gruppe, die vor ihm stand, schwieg. Die beiden jungen Männer, deren jeder Smoke mit einem Arm unter den Schultern stützte, hielten die Augen gesenkt. Smoke sah mit schweifendem Blick über die Bäume und die Grashänge nach dem Tal hin; er schaute nach etwas aus, aber ohne Hoffnung. Er war am Ende.

Mit Anstrengung seine Stimme beherrschend, sagte George: »Bis gestern Abend wusste ich nicht, dass sie deine Frau ist.« Er machte eine Pause, schluckte einmal und fuhr fort, auf den

Grund eingehend, dessentwegen – das verstand er jetzt – er als Angeklagter dastand: »Sie kam gestern Abend zu mir, und ich habe ihr befohlen, nach Hause zu gehen. Sie war spät gekommen. Ist sie nicht zu dir zurückgekommen?«

Smoke antwortete nicht: seine Augen schweiften über die *kopjes*, die rings um sie her standen. »Sie ist nicht nach Hause gekommen«, sagte schließlich einer der jungen Männer.

»Ist sie nicht vielleicht zu einer Freundin gegangen?«, meinte George vage.

»Sie ist nicht im Dorf«, antwortete der junge Mann, er sprach anstelle von Smoke.

Nach einer Pause sah der alte Mann George zum ersten Mal geradeaus an, aber es war, als wäre George irgendein Gegenstand, der nichts mit ihm zu tun habe. Dann stemmte er sich gegen die Arme der jungen Männer mit einem Versuch, sich selbstständig zu bewegen, und da sie verstanden, was er wollte, wandten seine Begleiter sich behutsam mit ihm um, und die drei gingen langsam wieder zum Dorf hinunter.

George war völlig ratlos; er wusste nicht, was er tun sollte. Er stand auf den Stufen, rauchte und sah sich ziellos in der Landschaft um, betrachtete die vertraute, wilde Gegend und dann das Tal drunten. Aber es musste etwas geschehen. Endlich rief er wieder nach dem Hausboy. Als er kam, befahl George, den Gartenboy zu befragen. Der Hausboy kam zurück und hatte noch den Widerschein von des Gartenboys frechem Grinsen auf dem Gesicht, als er sagte: »Der Gartenboy sagt, er weiß nicht, was geschehen ist. Er ist zu Bett gegangen und hat das Mädchen draußen gelassen – genau wie es der Baas getan hat.« Dieser Schlusssatz war deutlich eine wörtliche Wiederholung der unverschämten Anschuldigung, die der Gartenboy geäußert hatte. Aber George tat nicht, was er noch am Tag zuvor getan hätte. Er ging über die Unverschämtheit hinweg.

»Wo ist sie?«, fragte er schließlich den Hausboy.

Der Hausboy schien erstaunt zu sein; das war eine Frage, die ihm töricht vorkam, und er beantwortete sie nicht. Aber er hob die Augen zu den *kopjes*, wie Smoke es getan hatte – fragend und ohne Hoffnung; und George sah sich gezwungen, in seinem Inneren einer Möglichkeit Raum zu geben, die er bisher sorgfältig ausgesperrt hatte.

In diesem Augenblick, während er dastand und mit den Augen der Blickrichtung seines Dieners folgte, vollzog sich eine Veränderung in ihm; er sah einen hoch aufgetürmten Haufen wild durcheinanderliegender Felsblöcke an, der sich scharf und schwarz von dem hohen, frischen Blau, dem jungen Blau eines afrikanischen Morgenhimmels abhob, und es war, als wiche diese vertraute, geliebte Felsgestalt vor ihm zurück und bäumte sich drohend auf wie ein Tier – das war Gefahr, böse Gefahr, die aus einer dunklen Ecke, wo die Angst hauste, zuschlagen konnte. Angst regte sich in George; das war etwas, was er noch nie gekannt hatte; es kroch ihm mit eisiger Berührung über die Haut, und er fröstelte. Für ihn war das so neu, dass es ihm die Sprache verschlug. Mit der Behutsamkeit, die man an einen zerbrechlichen, leicht zu zerstörenden Gegenstand wendet, begab er sich ins Haus zum Frühstück und brachte das Mahl hinter sich, indem er sich bewusst war, dass ihn nur das Zeremoniell aufrecht hielt, auf dem er immer bestand. In seinem Inneren wuchs ein Entschluss, und er hütete ihn sorgsam, denn er wusste noch nicht, worauf er hinauslief. Er wusste nur, dass – nachdem er die Kaffeetasse hingestellt und nach dem Boy geläutet hatte und auf die Veranda hinausgegangen war – die vertraute Landschaft dort außerhalb von ihm war und dass aus ihm heraus etwas mit dem Finger auf sie wies. In der jetzt schon kräftig scheinenden Sonne fröstelte er wieder; er kreuzte die Arme, sodass seine Hände um die Schultern griffen: sie fühlten sich sonderbar zerbrechlich an. Bis vor Kurzem waren sie stark gewesen wie ein Gebirge; bis zu diesem Morgen waren seine Arme wie Äste gewesen, in denen die Vögel sangen; und in ihm drinnen war das Schreckliche gewesen, das nun draußen wartete und ihn zum Kampf herausforderte.

Er verbrachte den Tag, indem er nichts tat als mit seiner Pfeife auf der Veranda sitzen. Die Boys vermieden es, den vorderen Teil des Hauses zu betreten.

Kurz vor Sonnenuntergang holte er sein Gewehr, das er nur bei den seltenen Gelegenheiten benutzte, wenn eine Schlange getötet werden musste, denn er hatte nie einen Vogel oder sonst ein Tier damit geschossen; er reinigte es sehr sorgfältig. Er ordnete an, dass sein Dinner eine Stunde früher als sonst serviert werden sollte, und während der Mahlzeit ging er mehrere Male hinaus, um nach dem Himmel zu schauen. Er war von Horizont zu Horizont klar, und eine leuchtende Glut breitete sich über den Felsen aus. Als ein schwerer, gelber Mond um Haaresbreite über dem höchsten Felsen des Berges stand, sagte er den Boys, er gehe mit dem Gewehr aus. Sie nahmen es hin als etwas, was er tun musste; und sie machten auch keine Anstalten, zum Dorf zu gehen: sie würden warten, bis er zurückkam.

George ging an der gekräuselten Wasserfläche des Schwimmbeckens vorüber, durchquerte vorsichtig den Felsgarten und kam zu der Stelle, wo sein Garten inmitten der langen Ranken der Schlingpflanzen unmerklich in den Busch überging. Ein paar Meter lang führte der Pfad über kurzes, abgetretenes Gras, dann gabelte er sich: ein Weg bog ab zum Wirtschaftsteil der Farm, der andere führte geradeaus durch den Hain. Im tiefen Schatten der Bäume kam George stetig vorwärts, denn das Gras war noch kurz, und die Baumstämme schimmerten hell bis zum Boden hinab. Zwischen dem Rande dieses Baumgürtels und dem eine halbe Meile langen Pfad, der sich zwischen den großen Felsen des *kopje* hindurchwand, war eine Stelle mit niederen, scharfkantigen Felsbrocken, die infolge der Mondschatten höher und schärfer erschienen, als sie waren. Hier konnte man sich ungehindert bewegen. Der Mond goss seine gelbe Lichtflut herab, und Georges Schatten ging neben ihm, einmal länger, einmal kürzer, je nach der Unebenheit des Bodens. Hinter ihm standen die Bäume wie ein schwarzer Schlund, vor ihm lagen die *kopjes*, deren granitene Flächen weiß und glitzernd spiegelten wie mit Salz überkrustet. Dazwischen verstreute Schatten, dunkel purpurfarbig und vom Mondlicht gefleckt. Links von ihm schwangen die Felsen steil zu einem anderen *kopje* hinauf; auf der anderen Seite fiel der Boden in einen Graben ab, der sich wiederum zu dem langen Grashang weitete, der – sacht im Winde sich regend – eine sanft schimmernde, wellige Fläche darbot, sodass ein ständig wogendes Meer aus Licht sich über Meilen abfallenden Landes hin erstreckte. Tief unten war das Tal, wo die Lichter der Hütten still leuchteten.

Das *kopje* vor ihm war still, totenstill. Nicht ein Vogel regte sich, und nur die Insekten ließen ihr dünnes Schrillen hören. Mit einem scharfen Zucken im Herzen trat George in die Schatten hinein, seine Angst verhielt er kalt und lebendig in sich wie eine Waffe. Aber an das Gewehr, das er trug, dachte er nicht.

Mit vorsichtigen, gezielten Blicken ging er den Pfad entlang und hinauf, der zwischen den Felsen am Hang des *kopje* aufwärtsführte. Im Gehen betete er. Er betete, der Feind möge sich zeigen und erschlagen werden. Erst als er an der höchsten Stelle war, von wo er eine halbe Meile hinter sich die erhellte Veranda seines Hauses und eine halbe Meile vor sich die beleuchteten Umrisse des Dorfes sehen konnte, hielt er an und wartete. Er verhielt sich vollkommen still und erlaubte der Angst im Innern, einer beherrschten Angst, zu wachsen, sodass – während er eine Gänsehaut bekam und seine Kopfhaut prickelte – seine Hände das Gewehr ganz ruhig hielten. Auf der einen Seite war ein großer Felsblock, der sich mit einem schwarzen Vorsprung nach vorn und über ihn wölbte. Auf der anderen ein mit Felsbrocken bestreuter Platz, den ein Gewirr von Zweigen und Laubwerk umgab. Tatsächlich waren rings um ihn her Bäume und Felsen; der Angriff konnte von jeder Seite her kommen. Aber dies war die Stelle; er wusste es instinktiv. Und er verhielt sich vollkommen still, aus Angst, seinen Feind zu verscheuchen. Er brauchte nicht lange zu warten. Ehe noch das Jammergeheul der mondsüchtigen Hunde im Dorf ihm auf die Nerven gehen konnte, ehe noch der Nacken ihm wehtat vom beständigen, wachsamen Wenden des Kopfes, sah er, dass einer der Schatten ein Dutzend Schritte von ihm entfernt sich allmählich verlängerte und schließlich vom Felsen löste. Das niedrige, auf dem Boden schleichende Ding ließ ein grünes Augenglitzern sehen, und der Glanz des Mondlichts verschob sich mit den Muskeln der Flanke. Als die Gestalt regungslos verhielt, zum Sprung geduckt, hob George das Gewehr und schoss. Ein Laut wie Husten, und das Ding lag still. George senkte das Gewehr und sah es fast verwundert an, er rührte sich nicht. Da lag der Feind, tot, keine zwei Schritt von ihm entfernt. Fast zu seinen Füßen lag der Leopard hingestreckt, sein Körper spannte und krampfte sich noch im Verenden. Jäher Zorn sprang in George auf: es war alles so einfach gewesen, so einfach! Wieder sah er erstaunt sein Gewehr an; dann trat er den schlaffen Kadaver des Leoparden, zuerst mit einer Art von Neugier, dann brutal. Zuletzt hieb er mit dem Gewehrkolben wieder und wieder mit harten, dumpfen Schlägen auf den Kopf der Bestie ein. Kein Widerstand, kein Laut, nichts.

Dann, als der Geruch von Blut und rohem Fleisch ihm zu viel wurde, ließ er ab, schwach und ratlos. Er war betrogen worden. Er hatte nicht das erlangt, wonach er ausgegangen war. Als er das Tier schließlich liegen ließ und nach Hause ging, waren ihm die Beine schwach, und sein Atem kam schluchzend; er weinte die verärgerten, enttäuschten Tränen vereitelter Erwartung.

Die Hausboys gingen ohne Murren hinaus in die Nacht, die nun einstweilen sicher war, um den Kadaver in den Hof zu schleppen. Bei Lampenlicht begannen sie, das Raubtier zu häuten. George schlief schwer; und am Morgen fand er das Fell in der Sonne angepflockt, die blutige Seite nach oben, die papierdünne innere Haut schlug schon Blasen und blähte sich in der Hitze. George ging zum *kopje*, und nachdem er den ganzen Vormittag lang zwischen Dornen und Kletten und Brennnesseln gesucht hatte, fand er den Eingang einer Hohle. Frische menschliche Knochen lagen dort und Knochen von Rindern und kleinere Knochen, wahrscheinlich von Böcken und Hasen.

Aber das Ding war getötet worden; und immer noch empfand George eine Leere, er war hungrig nach einer Nahrung, die es nicht gab. Er wusste nicht, was er brauchte, um diesen Hunger zu stillen.

Die Farmarbeiter kamen und wollten Anweisungen, und er sagte ungeduldig, sie sollten ihn in Ruhe lassen und zu Smoke gehen.

Nach ein paar Tagen kam Smoke selbst zu ihm, ein vergrämter, würdevoller, ihm ausweichender Smoke, um ihm zu sagen, dass er nach Hause gehe: er sei jetzt zu alt, für den Sohn des Großbaas zu arbeiten.

Noch ein paar Tage später war das Dorf halb leer. Die dringende Notwendigkeit, neue Arbeitskräfte zu beschaffen, brachte George dazu, dass er sich zusammenriss. Er sah ein, dass ein Zeitabschnitt für ihn vorüber war. Obwohl nicht alle Verwandten von Smoke ihn verlassen hatten, war doch jetzt kein Brennpunkt mehr in seinem Dorf, keine Autorität. Von jetzt an würde er selber dieser Brennpunkt sein müssen mit seinem eigenen Willen und seiner Autorität; und er wusste sehr wohl, welch unablässige Sorge und Anstrengung ihm bevorstand. Er war jetzt in derselben Lage wie seine Nachbarn.

Er flickte die Dinge zusammen, so gut er konnte; und während er in sein Leben eine neue Ordnung brachte, merkte er, dass er mit sich selber umging wie mit einem Genesenden. Denn in ihm war eine Wunde und ein hungriger Zorn, den keine noch so harte Arbeit besänftigen konnte.

Eine Weile tat er nichts Besonderes. Dann füllte er plötzlich seine Ställe mit Pferden an, und sein Haus wurde zum Mittelpunkt der Pferdeliebhaber unter seinen Nachbarn. Er hielt auch eine Meute von Hunden, die er selbst dressiert hatte, und er entfernte die Warnschilder von seinen Grenzlinien. Denn der ›Leoparden-George‹ war geboren. Für ihn war die Landschaft jetzt nur noch die Heimat der Leoparden. An jedem Wochenende war sein Haus voll von Leuten, jungen und alten, beiderlei Geschlechts, die aus verschiedenen Gründen kamen: manche der Gastlichkeit wegen, manche, weil sie George gernhatten, und manche tatsächlich, um sich sonntags bei der Jagd zu vergnügen, die immer mit einem gewaltigen Festessen und Trinkgelage endete.

Ziemlich bald heiratete George Mrs. Whateley, eine Frau, die klug genug war, zu wissen, was sie tun konnte und was nicht, wenn sie Herrin der Farm ›Vier Winde‹ zu bleiben wünschte.

SONNENAUFGANG IM *VELD*

Allnächtlich sagte er in jenem Winter laut ins Dunkel seines Kissens hinein: Halb fünf! Halb fünf!, bis er sicher war, dass sein Gehirn die Worte ganz und gar verinnerlicht hatte. Danach überkam ihn sofort der Schlaf, als wäre ein Vorhang gefallen, doch sein Gesicht lag dem Wecker zugewandt, damit er ihn beim Aufwachen als Erstes sah.

Es war Punkt halb fünf, jeden Morgen. Er drückte triumphierend den Alarmknopf des Weckers, der von der dunklen Hälfte seines Geistes überlistet worden war, denn die hatte die ganze Nacht gewacht und die Stunden gezählt, während er entspannt im Schlummer lag. Dann kuschelte er sich noch einmal in seine Decke, um einen letzten warmen Moment zu genießen, und spielte mit dem Gedanken, ausnahmsweise im Bett zu bleiben. Das tat er allerdings nur zum Spaß, er wusste nämlich, dass er diese Schwäche mühelos überwinden konnte. Schließlich stellte er auch den Wecker allabendlich nur, um beim Aufwachen den Moment auszukosten, wenn er die Glieder streckte, die Spannung der Muskeln spürte und dachte: Sogar mein Gehirn – sogar das! Ich kann alles an mir kontrollieren.

Dieser Genuss, den ihm sein warmer, ausgeruhter Körper bereitete, dessen Arme und Beine und Finger wie Soldaten auf ein Wort des Befehls von ihm warteten! Diese Freude, zu wissen, dass er allein dem Schlaf die kostbaren Stunden zugeteilt hatte! Einmal war er nämlich drei Nächte hintereinander wach geblieben, um zu beweisen, dass er das konnte, und hatte trotzdem den ganzen Tag gearbeitet und nicht einmal zugegeben, dass er müde war. Nun war der Schlaf für ihn wie ein Bediensteter, dem er befehlen und den er nach Belieben wegschicken konnte.

Der Junge streckte sich zu voller Länge aus, sodass er die

Wand am Kopfende mit den Händen und das Fußende mit den Zehen berührte; dann sprang er aus dem Bett wie ein Fisch aus dem Wasser. Oh, war das kalt, so kalt.

Er zog sich immer eilig an, als wollte er die Wärme der Nacht bewahren, bis zwei Stunden später die Sonne aufging, doch wenn er die Kleider anhatte, waren seine Hände schon taub, und er konnte kaum seine Schuhe halten. Anziehen konnte er sie noch nicht, weil er Angst hatte, seine Eltern zu wecken, die nie erfuhren, wie früh er aufstand.

Als er über die Türschwelle trat, zuckten seine Fußsohlen vor der ausgekühlten Erde zurück, und seine Beine begannen vor Kälte zu schmerzen. Es war Nacht, die Sterne schimmerten, die Bäume standen schwarz und still. Er blickte sich um, ob man schon sah, dass es Tag wurde, ob ein Stein an den Rändern grau erschien oder der Himmel dort, wo die Sonne aufging, bereits heller wirkte, aber es war nichts zu sehen. Wachsam wie ein Tier schlich er an dem gefährlichen Fenster vorbei, blieb dann aber mit der Hand auf dem Fensterbrett für einen genau bemessenen stolzen Augenblick stehen und blickte in die stickige Finsternis des Zimmers, wo seine Eltern lagen.

Er tastete mit den Zehen nach dem Gras am Rand des Pfads und griff dann ein Stück weiter durch ein anderes Fenster, hinter dem er am Abend zuvor seine Flinte bereitgestellt hatte. Der Stahl war eiskalt, und die tauben Finger glitten daran ab, sodass er sie sicherheitshalber in der Armbeuge halten musste. Als er auf Zehenspitzen in den Raum schlich, wo die Hunde schliefen, befürchtete er, dass sie vielleicht in Versuchung geraten und schon losgelaufen waren, aber sie warteten auf ihn. Die Hinterteile hatten sie vor Kälte zusammengezogen, doch Ohren und wedelnde Schwänze zeigten, wie sehr sie sich über den Anblick der Flinte freuten. Er sprach die Hunde mit warnendem Unterton an, damit sie ihn ruhig und still begleiteten, bis sie hundert Meter vom Haus entfernt waren, und dort schossen sie aufgeregt jaulend davon in den Busch. Der Junge stellte sich verächtlich lächelnd seine Eltern vor, die sich in ihren Betten umdrehten und murmelten: Schon wieder diese Hunde!, um dann gleich wieder einzuschlafen. Er blickte immer wieder über die Schulter auf das Haus zurück, bis er an einer Baumreihe vorbeikam, die es wie eine Wand verbarg. Es sah so niedrig und klein aus, wie es da unter dem hohen, schimmernden Himmel hockte. Dann wandte er ihm und den Schläfern in ihrem Mief den Rücken zu und vergaß sie.

Es war höchste Zeit. Bevor es hell wurde, musste er vier Meilen hinter sich haben, und schon zeigte sich ein grüner Schimmer in der Höhlung eines Blattes, die Luft roch nach Morgen, und die Sterne verblassten.

Er warf seine Schuhe über die Schulter, *veldschoen*, die vom Tau Hunderter Morgen rissig und hart geworden waren. Später, wenn der Boden unerträglich heiß war, würde er sie brauchen, doch im Augenblick spürte er, wie sich kalter Staub zwischen seine Zehen drückte, und er lockerte die Muskeln an seinen Füßen, passte sie den Formen der Erde an und dachte: Auf solchen Füßen könnte ich hundert Meilen laufen! Ich könnte den ganzen Tag laufen, ohne müde zu werden!

Nun ging er rasch durch den dunklen Tunnel aus Blattwerk, der tagsüber eine Straße war. Die Hunde streiften unsichtbar über die Pfade am Boden des Buschs, er hörte sie hecheln. Manchmal spürte er eine kalte Schnauze am Bein, doch gleich darauf waren sie wieder fort, um sich eine Fährte zu suchen, die sie verfolgen konnten. Sie waren nicht zu Jagdgefährten ausgebildet, sondern liefen frei und verschwanden oft nach Belieben, weil sie schon vor den Schüssen am Ende der Jagd keine Lust mehr auf lange Verfolgungen hatten. Bald würde er die kleinen, verwildert wirkenden Hunde im seltsamen wilden Licht erkennen können, denn der Busch zitterte schon in Erwartung der Farbe, mit der die Sonne Erde und Gras von Neuem bemalen würde.

Das Gras reichte ihm bis an die Schultern, und von den Bäumen fiel leichter, silbriger Regen. Er war völlig durchnässt, und sein ganzer verkrampfter Körper bebte.

Einmal beugte er sich zu frischen Tierfährten hinab auf die Straße, richtete sich aber voller Bedauern wieder auf und sagte sich, dass er die Freuden des Fährtenlesens auf einen anderen Tag verschieben musste.

Als er am Rand eines Felds zu rennen begann, sah er bei jedem Sprung, dass es mit frischen Spinnweben überzogen war und aussah, als läge auf den langen Reihen dicker schwarzer Klumpen ein glitzerndes graues Netz. Er lief in großen Sätzen, wie er es bei den Eingeborenen beobachtet hatte, die das Körpergewicht langsam und gleichmäßig von einem Fuß auf den anderen verlagerten und deshalb nie müde wurden oder außer Atem gerieten. Er spürte, wie das Blut durch seine Beine und Arme pulsierte, und Jubel und Stolz auf seinen Körper stiegen in ihm auf, sodass er die Zähne zusammenpresste, weil er den gewaltigen Drang verspürte, seinen Triumph hinauszuschreien.

Bald hatte er den bewirtschafteten Teil der Farm verlassen. Hinter ihm lag der niedrige, schwarze Busch, und vor ihm erstreckte sich ein ausgedehntes *vlei*, in dem langes, helles Gras über viele Morgen hinweg den fahlen Schimmer des samtigen Himmels reflektierte. Neben ihm krümmten sich dicke Grasbüschel unter schwerem Tau, und auf jedem Wedel funkelten diamantene Tropfen.

Zu seinen Füßen erwachte der erste Vogel, gleich darauf erhob sich ein ganzer Schwarm in die Luft und verkündete schrill, dass der Tag gekommen war. Auf einmal erwachte hinter ihm der ganze Busch zu Gesang, und vor ihm in der Ferne hörte er die Perlhühner rufen. Das hieß, dass sie jetzt auf den Bäumen saßen und nicht mehr ins dichte Gras herabsegeln würden – ihretwegen war er gekommen, aber zu spät. Doch es war ihm egal. Er vergaß, dass er gekommen war, um Perlhühner zu schießen. Er spreizte die Beine, verlagerte sein Gewicht von Fuß zu Fuß, nahm die Flinte in beide Hände und schwang sie wie bei einer improvisierten Gymnastik auf und ab, und dann ließ er den Kopf in den Nacken sinken, so weit die Muskeln ihn hielten, und sah den rosigen Wölkchen zu, die über ihm in einem See aus Gold schwammen.

Plötzlich stieg alles in ihm hoch – es war nicht zu ertragen. Er machte einen Luftsprung, schrie und johlte wild, stieß undefinierbare Laute aus. Dann rannte er los, aber nicht so umsichtig wie zuvor, sondern wild und wahnsinnig. Er war außer sich, schrie wild vor lauter Lebensfreude und überschäumender Jugend. In wirbelndem Purpur und Gold stürmte er ins *vlei* hinunter, während alle Vögel der Welt um ihn sangen. Er rannte in großen Sprüngen und schrie und spürte, wie sich sein Körper in die frische, wehende Luft hob und wieder auf sicheren Füßen landete, und obwohl er überzeugt war, dass ihm so etwas nicht passieren konnte, dachte er kurz daran, wie leicht man sich im dichten, wirren Gras den Knöchel brach. Er sprang über Büsche wie eine Duckerantilope, setzte über Felsen hinweg und blieb schließlich wie angewurzelt stehen, wo das Gelände abrupt zum Fluss hin abfiel. Nun war er zwei Meilen durch taillenhohe Vegetation gerannt, atmete schwer und konnte nicht mehr singen. Also blieb er auf einem Felsen stehen und blickte durch Baumwipfel auf die schimmernden Wasserflächen hinab, und plötzlich dachte er: Ich bin fünfzehn! Fünfzehn! Die Worte kamen ihm neu vor, sodass er sie staunend und mit wachsender Begeisterung immer wieder aussprach, und er spürte seine Lebensjahre in den Händen, als würde er Murmeln zählen – jedes einzelne Jahr hart und kompakt, jedes einzelne ein wunderbarer, glänzender Gegenstand. Genau das machte ihn aus: fünfzehn Jahre dieses fruchtbaren Bodens, dieses langsam fließenden Wassers und dieser Luft, die nach Herausforderung roch, ob sie am Mittag warm und schwül war oder frisch wie kaltes Wasser, so wie jetzt.

Es gab nichts, was er nicht tun konnte, gar nichts! Er hatte eine Vision, als er dort stand, so wie ein Kind, wenn es das Wort »Ewigkeit« hört und zu verstehen versucht und die Zeit von seinem Geist Besitz ergreift. Er spürte, dass sein Leben groß und wunderbar vor ihm lag, dass es ihm gehörte, und während ihm das Blut zu Kopf stieg, sagte er laut: Alle großen Männer der Welt sind so gewesen, wie ich jetzt bin, und es gibt nichts, was ich nicht werden kann, nichts, was ich nicht tun kann; es gibt kein Land auf der Welt, das ich nicht zum Teil meiner selbst machen kann, wenn mir der Sinn danach steht. Die ganze Welt ist in mir. Ich kann daraus machen, was ich will. Wenn mir der Sinn danach steht, kann ich alles ändern, was geschehen wird – es hängt von mir ab, und von dem, was ich jetzt beschließe.

Dass seine Stimme etwas so Eindringliches und Wahres und Mutiges aussprach, begeisterte ihn so sehr, dass er wieder aus vollem Hals zu singen begann, und sein Gesang hallte in der Schlucht des Flusses wider. Er hielt inne, lauschte auf das Echo und sang dann noch einmal, hielt wieder inne, rief etwas. Genau das machte ihn aus! – er sang, wenn ihm der Sinn danach stand, und die Welt musste ihm antworten.

So stand er minutenlang da, rief und sang und wartete auf den schönen strudelnden Klang des Echos, und seine ureigenen, neuen, starken Gedanken kehrten zu ihm zurück und strömten durch seinen Kopf, als hätte ihm jemand geantwortet und Mut gemacht – bis die ganze Schlucht voller leiser Stimmen war, die über dem Fluss hin und her von Felsen zu Felsen prallten. Plötzlich glaubte er, eine neue Stimme zu hören. Er lauschte verwirrt, denn seine war es nicht. Bald beugte er sich vor, reglos, alle Nerven gespannt – irgendwo ganz in der Nähe hörte er etwas, das kein fröhlicher Vogel war, kein Wassergeriesel und auch kein schwerfällig trottendes Vieh.

Da, schon wieder. Durch die tiefe Morgenstille, die seine Zukunft und Vergangenheit umschloss, drang ein Schmerzenslaut, immer und immer wieder. Es klang wie ein verkürzter Schrei, als hätte jemand oder etwas nicht genügend Luft, um richtig zu schreien. Er kam zu sich, blickte sich um und rief nach den Hunden. Nichts geschah – sie waren irgendwohin verschwunden, und er war allein. Nun war er wieder klar im Kopf, der Wahnsinn war gewichen. Sein Herz klopfte schnell, weil irgendetwas so beängstigend schrie, und er stieg vorsichtig von dem Felsen hinunter und ging auf eine Baumreihe zu. Er passte gut auf, denn vor nicht allzu langer Zeit hatte er an genau dieser Stelle einen Leoparden gesehen.

Am Ende der Baumreihe blieb er kurz stehen, hielt die Flinte im Anschlag und versuchte, etwas zu erkennen; im Weitergehen sah er sich mit schmalen Augen immer wieder um. Dann stockte er plötzlich mit verdutztem Gesicht mitten in einem Schritt. Er schüttelte ungeduldig den Kopf, als könnte er nicht glauben, was er da sah.

Zwischen zwei Bäumen stand vor dem Hintergrund kahler schwarzer Felsen ein Wesen wie aus einem Traum, ein seltsames Tier, gehörnt und auf schwankenden Beinen – so etwas kannte er nicht einmal aus seiner Vorstellung. Es wirkte irgendwie zottig. Es sah aus wie eine kleine Antilope, aus der überall unregelmäßig verteilte, schwarze, zottige Fellbüschel ragten, unter denen das rohe Fleisch zu sehen war … aber das Rohe verschwand immer wieder unter etwas Schwarzem, das sich bewegte, und kam anderswo wieder hervor. Und die ganze Zeit stieß dieses Wesen kleine, keuchende Schreie aus und sprang wie betrunken hin und her, als wäre es blind.

Endlich begriff der Junge: Es *war* eine Antilope. Er rannte auf sie zu, hielt dann aber inne, weil ihn eine andere Angst befiel – das Gras um ihn herum wisperte und bewegte sich. Erschrocken sah er sich um und blickte dann nach unten. Der Boden war schwarz vor Ameisen, überall große, kräftige Ameisen, die keine Notiz von ihm nahmen, sondern auf die kämpfende Gestalt zuwimmelten, was aussah, als würde im Gras glitzerndes schwarzes Wasser fließen.

Und als er gerade tief Luft holte und Mitleid und Schrecken ihn überkamen, fiel das Tier um, und die Schreie verstummten. Nun hörte er nur noch den Gesang eines einzelnen Vogels und das Rascheln und Wispern der Ameisen.

Er blickte angestrengt hinüber zu dem schwarzen Etwas, das sich wand und konvulsivisch zuckte, weil seine Nerven zuckten. Allmählich wurde es ruhiger. Ab und zu bebte die Masse, deren Form noch immer an ein kleines Tier erinnerte.

Als ihm einfiel, dass er das Tier erschießen und von seinen Schmerzen erlösen sollte, hob er die Flinte und ließ sie gleich darauf wieder sinken. Die Antilope konnte nichts mehr empfinden, ihr Kampf zeigte nur noch das mechanische Aufbegehren der Nerven. Aber das war nicht der Grund, aus dem er die Flinte sinken ließ. Er tat es, weil er immer wütender wurde und sich

elend fühlte und aufbegehrte und dachte: Wenn ich nicht gekommen wäre, wäre sie auch auf diese Weise gestorben – warum
also etwas unternehmen? So etwas geschieht überall im Busch,
es geschieht ständig, das Leben geht weiter, weil lebendige Wesen unter Qualen sterben. Er klemmte die Flinte zwischen die
Knie und spürte in seinen eigenen Gliedern den unermesslich
wimmelnden Schmerz des zuckenden Tiers, das nichts mehr
empfinden konnte, doch er nahm sich zusammen und murmelte immer und immer wieder in sich hinein: Ich kann es
nicht ändern. Ich kann es nicht ändern. Ich kann nichts tun.

Er war froh, dass die Antilope bewusstlos war und ihr Leiden
hinter sich hatte, denn so musste er die Entscheidung, sie zu
töten, nicht mehr treffen, auch wenn er mit seinem ganzen Körper empfand: So etwas geschieht, so ist das eben.

Es ist richtig – genau das empfand er. *Es ist richtig, und nichts
kann etwas daran ändern.*

Er hatte die Unabwendbarkeit erkannt, die Zwangsläufigkeit,
zum ersten Mal in seinem Leben, Gehirn und Körper waren zur
Reglosigkeit erstarrt, sodass er nur noch sagen konnte: »Ja, ja.
Genau das ist Leben.« Seine Erkenntnis war ihm in Fleisch und
Blut übergegangen, sie war in den hintersten Winkel seines Ge-
hirns gedrungen und würde nie wieder von ihm weichen. Und
er hätte in diesem Moment nicht den kleinsten Akt der Gnade
vollziehen können, denn er kannte schon sein Leben lang das
ungeheure, unwandelbar grausame *veld*, lebte dort, wo man jederzeit über einen Schädel stolpern oder das Skelett eines kleinen Lebewesens zertreten konnte.

Leidend, krank und wütend, aber auch grimmig zufrieden
mit seinem neu erworbenen Stoizismus, stand er auf seine Flinte
gestützt da und sah zu, wie der wimmelnde schwarze Haufen
kleiner wurde. Zu seinen Füßen krabbelten die Ameisen nun
mit rosa Fetzen zwischen den Kiefern davon, und beißender
Geruch stieg ihm in die Nase. Streng kontrollierte er die Muskeln seines leeren Magens, die sich vergeblich zusammenzogen,
und mahnte sich selbst – auch Ameisen mussten fressen! Gleichzeitig stellte er fest, dass ihm die Tränen über die Wangen liefen

und dass seine Kleider nass vom Schweiß der Schmerzen des anderen Wesens waren.

Inzwischen war die Gestalt ganz klein geworden und kaum noch zu erkennen. Er wusste nicht, wie lange es gedauert hatte, bis das Schwarze allmählich verschwand und weiße Stellen zum Vorschein kamen, die in der Sonne leuchteten – ja, die Sonne war gerade aufgegangen und stand glühend über den Felsen. Also konnten es nur ein paar Minuten gewesen sein.

Er fing an zu fluchen, als wäre schon allein diese Kürze der Zeit unerträglich, und benutzte dabei die Worte, die er von seinem Vater kannte. Dann marschierte er los, zertrat bei jedem Schritt Ameisen und wischte sie von seinen Kleidern, bis er neben dem Skelett stand, das ausgestreckt unter einem kleinen Busch lag. Es war sauber abgenagt und hätte schon Jahre dort gelegen haben können, wären nicht Knorpelreste an den weißen Knochen gewesen. Um die Knochen herum zogen die Ameisen nach und nach ab und nahmen reichlich Fleisch in ihren Kiefern mit.

Der Junge sah sie an, diese großen, schwarzen, hässlichen Insekten. Ein paar blieben stehen und starrten mit ihren kleinen glitzernden Augen zu ihm hoch.

»Haut ab!«, sagte er sehr kalt zu den Ameisen. »Mich kriegt ihr nicht – jedenfalls jetzt noch nicht. Haut ab.« Und er bildete sich ein, dass die Ameisen kehrtmachten und davonliefen.

Er beugte sich über die Knochen und berührte die Augenhöhlen des Schädels. Ungläubig stellte er sich vor, dass dort die Augen gesessen hatten, und dachte an den blanken dunklen Blick einer Antilope. Dann beugte er den schmalen Knochen des Vorderbeins und bewegte ihn mit seiner Handfläche hin und her.

Am selben Morgen, vor einer Stunde vielleicht, war das kleine Geschöpf stolz und frei durch den Busch geschritten, erfrischt von der Kühle, die es auf seinem Fell spürte wie er auf der Haut. Stolz war es über die Erde geschritten, hatte die Hörner geworfen, mit dem hübschen weißen Schwanz gezuckt und kalte Morgenluft geschnuppert. Wie ein König oder Eroberer hatte es diesen Busch durchstreift, der sein Eigen war, in dem jeder Grashalm für es allein gedieh und der Fluss reines funkelndes Wasser führte, um seinen Durst zu stillen.

Und dann – was war dann geschehen? Ein so flinkes, trittsicheres Wesen ließ sich doch nicht von wimmelnden Ameisen in die Falle locken?

Neugierig beugte sich der Junge tiefer zu dem Skelett hinab. Auf einmal sah er, dass das obere, im Todeskampf ausgestreckte Hinterbein in der Mitte des Oberschenkels gebrochen war – der Knochen hatte sich an der Bruchstelle verschoben. Daran lag es also! Die Antilope war in die Ameisenmassen gehumpelt und hatte nicht mehr entkommen können, als sie die Gefahr schließlich spürte. Aber warum was das Bein gebrochen? War die Antilope vielleicht gestürzt? Ausgeschlossen, sie war zu leicht und anmutig. Hatte sie ein eifersüchtiger Rivale auf die Hörner genommen?

Was war nur geschehen? Vielleicht hatten Afrikaner Steine nach der Antilope geworfen, wie sie es taten, wenn sie auf der Jagd nach Fleisch waren, und ihr dabei das Bein gebrochen. Ja, so musste es sein.

Als er sich die rennenden, schreienden Eingeborenen vorstellte, die fliegenden Steine und die springende Antilope, kam ihm ein anderes Bild in den Sinn. Er sah sich selbst, wie er an einem ähnlich strahlenden, tönenden Morgen trunken vor Begeisterung einen Schuss auf eine halb verdeckte Antilope abgab. Er sah sich selbst mit gesenkter Flinte, wie er sich fragte, ob er getroffen hatte oder nicht, und wie er schließlich dachte, dass es schon spät war und dass er frühstücken wollte und dass es wenig Sinn hatte, ein Tier meilenweit zu verfolgen, wenn es ihm wahrscheinlich ohnehin entkam.

Zuerst wollte er es sich nicht eingestehen. Er war wieder ein kleiner Junge, der schmollend nach dem Skelett trat, den Kopf hängen ließ und keine Verantwortung übernehmen wollte.

Plötzlich richtete er sich auf und betrachtete die Knochen mit seltsam bestürztem Gesicht, denn alle Wut war von ihm gewichen. Sein Kopf wurde ganz leer. Überall um ihn herum krabbelten einzelne Ameisen und verschwanden im Gras. Das Wispern klang schwach und trocken wie das Rascheln einer abgeworfenen Schlangenhaut.

Endlich nahm er seine Flinte und machte sich auf den Nachhauseweg. Beinahe trotzig sagte er sich, dass er jetzt frühstücken wollte. Er sagte sich, dass es immer heißer wurde, viel zu heiß, um noch im Busch herumzulaufen.

In Wirklichkeit war er müde. Er ging mit schweren Schritten und achtete nicht darauf, wohin er seine Füße setzte. Als er in Sichtweite seines Zuhauses war, blieb er stehen und runzelte die Stirn. Es gab etwas, das er durchdenken musste. Der Tod des kleinen Tiers beunruhigte ihn, und er war keineswegs fertig damit. Der Gedanke daran saß in seinem Hinterkopf fest und machte ihm zu schaffen.

Bald, gleich am nächsten Morgen, würde er sich davonmachen und in den Busch gehen und darüber nachdenken.

DER AMEISENHÜGEL

Blau und dunstig hoben sich die Berge jenseits der Ebene gegen den kräftig blauen Himmel ab. Kam man näher, so waren sie braun, grau, grün; gewichtig standen sie nebeneinander, und der Himmel war noch immer blau. Stieg man dann durch den Pass hinauf, so verlor sich die Ebene drunten in der Ferne; scharf und dunkelgrau erhoben sich die Gipfel aus dem Granitgeröll der niedrigeren Hügel. Der Himmel droben war hier tiefblau und klar, und jeder Gegenstand strahlte flimmernde Hitzewellen aus. ›Schnell, lasst uns über die Bergkette steigen, um durch den Pass hinunter in die Ebene jenseits der Höhen zu gelangen – dort wird es kühler sein und sich leichter wandern lassen!‹, denkt der Reisende. Seit vielen Jahrhunderten haben die Reisenden so gedacht. Schnell zogen sie durch die stickigen Berge, um die kühle Ebene zu erreichen, wo unbehindert der Wind weht. Es kommt jedoch keine Ebene. Stattdessen mündet der Pass in eine Mulde, die von eng beieinanderstehenden *kopjes* umgeben ist: Hier bilden die Berge eine Faust, und die Handfläche ist der dichte Busch, der sich eine Meile weit hinzieht. Hier sammelt sich die Hitze, hier hält sie sich, wird vom Geröll zurückgeworfen, strahlt vom Himmel herunter, der nicht mehr blau, sondern dunstig, niedrig und gelb ist infolge des Rauches, der schon seit langer, langer Zeit aus dieser bergumschlossenen Mulde aufsteigt. Zwar ist es hier während der einen Hälfte des Jahres heiß, eng und trocken und während der anderen, der Regenzeit, warm, dunstig und feucht – aber es wird Gold gefunden; deshalb sind immer Menschen da, und im Busch gibt es überall Gruben, Gräben, flache Löcher und selbst tiefe Schächte, die von den Goldsuchern hinterlassen wurden. Es heißt, dass schon vor Hunderten von Jahren die Buschmänner hier Gold suchten. Vielleicht – möglich ist es. Es heißt, dass Araberkarawanen von der Küste heraufzogen, von Sklaven und

Kriegern begleitet, um Gold für den Hof der Königin von Saba zu suchen. Niemand hat bewiesen, dass sie nicht da waren.

Gewiss ist, dass um die Jahrhundertwende eine große Bergwerksgesellschaft hier war und ein halbes Dutzend außergewöhnlich tiefe Schächte anlegen ließ. Es wurde Gold gefunden, und manchmal betrug die Ausbeute mehrere Unzen pro Tonne. Doch der Boden ist hier launisch und ungewiss, die Adern sind zerrissen und unberechenbar; darum lud die Gesellschaft ihre schwere Ausrüstung auf Lastwagen und zog fort, um dort Gold zu suchen, wo die Adern ebenmäßiger gelagert sind.

Einige Jahre lang lag die Bergmulde verlassen da; kein Qualm verdeckte den Himmel, nur ab und zu stieg eine einzelne zitternde, bläuliche Rauchsäule vom Feuer eines einsamen Goldsuchers hoch, wie von der Zigarette eines Riesen.

Und dann war die Mulde plötzlich mit Lärm und Bewegung, mit Hunderten von Menschen und ihrer Aktivität erfüllt. Mr. Macintosh hatte die Schürfrechte für das Gold gekauft. Alle sagten, er sei wahnsinnig. Kein einzelner Mensch, wie reich er auch sein mochte, könne es sich leisten, das Risiko an dieser Fundstelle einzugehen.

Sie hatten indessen nicht mit Mr. Macintoshs Charakter gerechnet, der schon in Australien ein Vermögen erworben und wieder verloren und dann in Neuseeland ein zweites gewonnen hatte, das er noch immer besaß. Seine Absicht war, dieses Vermögen hier noch zu vergrößern. Selbstverständlich plante er nicht, kostspielige Schächte anzulegen, die – je nachdem man Glück hatte – bei diesen verworfenen, unsicheren Schichten und Adern auf Gold trafen oder auch nicht. Mr. Macintosh wusste genau, welches die richtige Methode war, und dieser folgte er, obwohl sie gegen jede Regel des fachgerechten Bergbaus verstieß.

Er stellte einfach Hunderte von afrikanischen Arbeitern an und ließ sie in der Mitte der hoch gelegenen Mulde den Boden umgraben, sodass bald eine tiefere Mulde entstand, dann eine große Grube, und schließlich ein Abgrund, der wie ein umgekehrter Berg aussah. Mr. Macintosh verzehrte große Brocken der Erde, wie ein goldfressendes Ungetüm, und verschwendete keinen Gedanken an so kostspielige Dinge wie das Anlegen von Schächten und das Abteufen von Gängen. Zuerst wurde die Erde in Eimern die schrägen Grubenwände hinaufgezogen. Die Eimer hingen an Stricken aus geflochtenem Rindenbast – warum sollte Mr. Macintosh Geld für Drahtseile ausgeben, wo doch der Menschheit dieser Bast völlig kostenlos an jedem Baum zur Verfügung stand? Wenn die Bastseile mürbe wurden und rissen und die Eimer in die Tiefe stürzten, schadete ihnen der Fall durchaus nicht, und an den Bäumen gab es genügend Bast für neue Seile. Später, als die Grube zu tief wurde, besorgten Wagen, die auf Schienen liefen, den Transport, und nicht selten gerieten auch diese ins Rutschen und stürzten in den Abgrund. In allem, was Mr. Macintosh unternahm, zeigte er einen prächtigen, jovialen Humor, der bewirkte, dass er in solchen Fällen lachte, anstatt ärgerlich zu werden. Und wenn jemand einem herabfallenden Eimer oder einem abrutschenden Wagen mit dem Kopf in den Weg kam, gab es doch genügend schwarze Köpfe und Hände, die seine Stelle einnehmen konnten. Und wenn durch den lockeren Boden an den steilen Abhängen ein Erdrutsch entstand oder wenn einer der Tunnels, die so eng waren wie die Löcher von Ameisenbären und von der Hauptgrube abzweigten wie Fühler, die nach neuen Adern tasteten, plötzlich einstürzte und ein halbes Dutzend Leute unter sich begrub – nun, ein Omelett lässt sich nicht herstellen, ohne dass man Eier zerbricht. Das war Mr. Macintoshs Lieblingssprichwort.

Die dort arbeitenden Eingeborenen nannten die Grube ›Todesschlund‹ und Mr. Macintosh ›Goldmagen‹. Trotzdem kamen sie zu Hunderten, um für ihn zu arbeiten, und lieferten damit billige Argumente für die Leute, die zu sagen pflegten: »Die Eingeborenen haben keinen Sinn für gute Behandlung. Sie wissen nur die Peitsche zu schätzen. Seht euch doch Macintosh an, bei ihm gibt es niemals Mangel an Arbeitern!«

Mr. Macintoshs Mine hoch oben in den Bergen war weit von der nächsten Polizeistation entfernt. Er sorgte dafür, dass immer reichlich Kaffernbier in der Negerniederlassung gebraut wurde, und wenn Polizeistreifen kamen und nach Verbrechern suchten, konnten diese sich darauf verlassen, dass Mr. Macintosh sie vor der Polizei schützte und versicherte, der und der Eingeborene mit der Registriernummer Y 2345678 habe niemals bei ihm gearbeitet. Gewiss, er sei bereit, seine Bücher vorzuweisen.

Einfältigen Menschen mochten Mr. Macintoshs Bücher und Aufzeichnungen flüchtig und ungenügend erscheinen. Wer für ihn arbeitete, bezeichnete seine Methoden jedoch mit gänzlich anderen Ausdrücken – so führte er seine Bücher lieber selbst. Er hatte keinen Buchhalter und auch keinen Sekretär. Tatsächlich beschäftigte er nur einen einzigen Weißen, einen Ingenieur. Daneben hatte er sechs Aufseher oder Vorarbeiter, denen er gute Löhne zahlte und die er als wichtige Leute behandelte.

Der Ingenieur war Mr. Clarke. Sein Haus und das von Mr. Macintosh standen auf einer Seite der großen Grube und die Hütten der Eingeborenen auf der anderen. Mr. Clarke verdiente fünfzig Pfund im Monat. Das war weit mehr, als er woanders je verdient hätte. Er war ein schweigsamer, fleißiger Mensch, außer, wenn er betrunken war, und das geschah nicht oft. Drei- bis viermal im Jahr pflegte er eine Woche lang fortzubleiben. Dann besorgte Mr. Macintosh die Arbeit für ihn, bis er wieder zu sich kam. Danach begrüßte ihn der Chef jedes Mal gutmütig: »Nun, alter Junge, haben Sie sich das mal wieder vom Hals geschafft?«

Mr. Macintosh trank überhaupt nicht. Er war passionierter Nichttrinker, denn wie viele Schotten neigte er zum Extremen. Nie wäre ein Tropfen Alkohol in seinem Hause zu finden gewesen. Auf eine traditionsgebundene Weise war er auch religiös, um seiner Eltern willen, die sehr fromm gewesen waren. Er lebte in einer Hütte, die zwei Räume enthielt, in denen ein kahler Holztisch, drei hölzerne Stühle, ein Bett und ein Kleiderschrank standen. Dreimal in der Woche schmorte der Koch Rindfleisch, Mohrrüben und Kartoffeln, an drei Tagen briet er das Rindfleisch, und sonntags bereitete er ein Hühnchen zu.

Mr. Macintosh war einer der reichsten Leute des Landes, er

besaß mehr als eine Million Pfund. Die Leute pflegten über ihn zu sagen: »Du lieber Himmel, es gibt nichts, was er nicht tun und wohin er nicht gehen könnte; was nützt es denn, so viel Geld zu haben und dann mit einer Bande von Schwarzen hoch droben am Ende der Welt neben einem großen Loch im Berg zu hausen?«

Mr. Macintosh erschien es jedoch ganz natürlich, so zu leben, und wenn er seinen Urlaub in Kapstadt verbrachte, wo er im teuersten Hotel wohnte, kam er jedes Mal, lange bevor er erwartet wurde, wieder zurück. Ferien mochte er nicht, er arbeitete lieber.

Seine Kleidung bestand aus alten, ölbefleckten kakifarbenen Hosen, die über den Hüften von einem alten roten Schlips gehalten wurden, und über einem weißen Baumwollunterhemd hatte er ein rotes Taschentuch lose um den Hals geknüpft. Er war klein, breitschultrig und stämmig, und auf seinem dicken Nacken saß ein großer, eckiger Kopf. Auf seinen kräftigen braunen Armen und seinem Nacken spross dichtes schwarzes Haar um den Rand des Unterhemds. Seine Augen waren klein, grau, listig, die Lippen schmal und verkniffen. Er schlenderte rings um die Grube, einen alten Filzhut auf dem Hinterkopf und einen selbst geschnittenen Stock in der Hand, mit dem er nach Büschen und Gräsern und manchmal auch nach faulen Eingeborenen schlug; er bellte seinen Vorarbeitern Befehle zu, beobachtete die Schwärme der Arbeiter tief unten auf dem Boden der Grube; dann ging er in sein kleines Büro und brachte seine Bücher in Ordnung. So pflegte er seinen Tag zu verbringen. Des Abends bat er ab und zu Mr. Clarke, zu einem Kartenspiel herüberzukommen. Dann sagte der Ingenieur zu seiner Frau: »Annie, er verlangt nach mir«, und sie nickte und befahl dem Koch, das Abendbrot frühzeitig zu richten.

Mrs. Clarke war die einzige weiße Frau im Bergwerk. Dies machte ihr nichts aus, da sie von Natur ein Mensch war, der Geselligkeit nicht liebte. Außerdem war sie dankbar gewesen, diesen Hafen mit fünfzig Pfund im Monat zu erreichen, bei einem Arbeitgeber, der ihrem Mann die Perioden des Trinkens nicht übel nahm. Sie war eine Frau mittleren Alters, dünn und flachbusig, mit einem mageren, farblosen Gesicht und ruhigen blauen Augen. Das jahrelange Leben in dieser zermürbenden Hitze hatte sie nicht krank gemacht, sondern nur langsam ihre Energie untergraben, sodass sie wie betäubt und sehr schweigsam war. Sie sprach selten – wenn aber, dann richtete sie sich auf und sagte das, was nötig war.

Als sie zum Beispiel damals ins Bergwerk kamen, erhielten sie ein Haus mit zwei Zimmern. Sie ging hinüber zu Mr. Macintosh und sagte: »Sie sind allein und haben vier Zimmer. Wir sind zu zweit, und dazu noch der Säugling, und haben zwei Zimmer. Das ist widersinnig.« Mr. Macintosh warf ihr einen raschen, harten Blick zu und presste die Lippen aufeinander. Dann begann er zu lachen. »Jawohl, das ist wirklich so!«, sagte er schmunzelnd und vollzog den Tausch sogleich. Jedes Mal, wenn er daran dachte, wie die stille Annie Clarke ihn auf seinen Platz verwiesen hatte, schmunzelte er.

Ungefähr einmal im Monat kam Annie Clarke zu ihm ins Haus und erklärte: »Gehen Sie mir aus dem Weg, ich will bei Ihnen Ordnung schaffen.« Wenn sie fertig war, sagte sie: »Sie sind ein richtiges Schwein, jawohl!« Dies bezog sich auf seine Gewohnheit, die Kleider irgendwohin zu werfen oder sie wochenlang ungewaschen zu tragen, und ebenfalls auf andere Dinge, die sonst niemand anzudeuten wagte, selbst nicht auf eine so indirekte Weise. Hierauf antwortete er, vor Vergnügen, sie necken zu können, kichernd: »Sie sind doch verheiratet, Mrs. Clarke!«, und sie erwiderte: »Soweit ich sehe, hindert Sie nichts daran, sich ebenfalls zu verheiraten!« Und sehr gerade aufgerichtet schritt sie davon, die Wangen vor Erregung gerötet.

Sie mochte ihn sehr gern, und er sie ebenfalls. Und Mr. Clarke verehrte und bewunderte ihn, und er schätzte Mr. Clarke. Und da Mr. und Mrs. Clarke freundschaftlich in ihrem Vierzimmerhaus zusammenlebten und Tisch und Bett miteinander teilten, ohne jemals zu streiten, war anzunehmen, dass sie einander ebenfalls gernhatten. Sie sprachen indessen selten. Was gab es auch zu sagen?

In dieser Ruhe, inmitten dieser Selbstverständlichkeiten, musste der kleine Tommy aufwachsen und sich den Gegebenheiten anpassen.

Als Tommy Clarke hierherkam, war er drei Monate alt. Tag und Nacht waren seine Ohren von Lärm erfüllt, Tag und Nacht, jahrelang, sodass er es nicht als Lärm empfand, sondern als eine andere Form der Stille. Die Hämmer der Mine klopften *Gold*, Gold, *Gold*, Gold, *Gold*, Gold, pausenlos, unverändert, endlos. Er hörte sie gar nicht mehr. Aber eines Tages, als Tommy drei Jahre alt war, ging die Maschine entzwei. Das Schweigen war so leer und fürchterlich, dass er schreiend zu seiner Mutter lief: »Es hat aufgehört, es hat aufgehört!«, und zitternd schluchzte er in einer Ecke, bis das Klopfen wieder begann. Es war, als wäre das Herz der Welt still geworden. Als das Pochen wieder einsetzte, hörte Tommy es und kannte den Unterschied zwischen Stille und Geräusch, und seine Ohren hatten, wie ein Gewissen, eine neue Empfindsamkeit angenommen. Er hörte das Rufen und Singen der arbeitenden Eingeborenen, die infolge der Gefahr, in der sie ihr Leben verbringen mussten, sorglos und lärmend waren. Er hörte, wie die Picken gegen den Stein schlugen, er vernahm das tiefere, dumpfere Geräusch der Picken auf der weichen Erde. Er hörte das Rattern der Lastwagen, das Donnern der herabfallenden Erde, das Rumpeln der Loren auf den Schienen. Nachts riefen die Eulen, schrien die Ziegenmelker und zirpten die Grillen. Und wenn es stürmte, schien der Himmel selbst mit Getöse seine Keile gegen die Berge zu schleudern, dann rollte und krachte der Donner, und ringsumher zuckten die Blitze von Gipfel zu Gipfel. Nie war es still, niemals, außer in jenem schrecklichen Augenblick, als das Herz der Welt aufgehört hatte zu schlagen. Später freilich sehnte sich Tommy danach, dass es wieder stehen bleiben möge, nur eine Stunde lang, damit er einmal wirkliche Stille vernehmen könnte. Das war zu einer Zeit, als das Schweigen seiner Eltern auf ihm zu lasten begann. Sie waren da, immer milde, und sagten so wenig – nur: »So ist das eben«, oder: »Du fragst so viel«, oder: »Das wirst du verstehen, wenn du erwachsen bist.«

Es war ein unechtes Schweigen, viel schlimmer als das Schweigen der Maschinen damals.

Er spielte bei seiner Mutter in der Küche, und sie sagte nie etwas anderes als »Ja«, »Nein«, und das in so geduldigem und seufzendem Ton, als ermüde sie schon seine Stimme: »Du sprichst so viel, Tommy!«

Sein Vater trug ihn auf den Schultern zu den großen schwarzen Maschinen, und wegen des Lärms, den diese verursachten, konnten sie nicht miteinander sprechen. Und Mr. Macintosh pflegte zu sagen: »Na, Laddie?«* und ihm aus seiner Tasche Bonbons zu geben, die er dort extra für Tommy aufbewahrte. Einmal sah der Junge, wie Mr. Macintosh und sein Vater abends Karten spielten. Dabei sprachen sie überhaupt nicht, bis auf die paar Worte, die zum Spiel gehörten.

Deshalb entfloh Tommy zu dem fröhlichen Lärm der Negerhütten auf der anderen Seite des großen Abgrunds und spielte den ganzen Tag mit den schwarzen Kindern, tanzte ihre Tänze, rannte durch den Busch den Kaninchen nach und formte feuchten Lehm zu Vögeln oder wilden Tieren. Hier gab es kein Schweigen, alles war laut und fröhlich, und abends kehrte er zu seinen gleichmäßig schweigenden Eltern zurück, lag nach dem Essen im Bett und lauschte dem *bum,* bum, *bum,* bum, *bum,* bum der Hämmer. Drüben, jenseits des Abgrunds, tranken und tanzten sie, die schnellen Schläge der Trommeln begleiteten den langsamen Takt der Hämmer, und die Tänzer um die Feuer stießen hohe lang gezogene Töne aus, die wie ein starker Wind klangen, der durch die gewundenen Bergpässe bläst.

Das war eine andere Welt, der er ebenso angehörte wie dieser, in der die Menschen sagten: »Iss deinen Pudding auf«, oder: »Es ist Zeit, ins Bett zu gehen«, und wenig mehr.

Als er fünf Jahre alt war, bekam er Malaria und war sehr krank. Er erholte sich, aber während der Regenzeit des nächsten Jahres kam die Krankheit wieder. Beide Male stieg Mr. Macintosh in sein großes amerikanisches Auto und raste dreißig Mei-

* Schottisch: Jungchen, d. Übers.

len weit durch den Busch zum nächsten Krankenhaus, um den Doktor zu holen. Der sagte: »Chinin«, und: »Achten Sie darauf, ihn vor den Moskitos zu schützen.« Chinin zu geben war leicht, aber Mrs. Clarke, dieser müden, bequemen Frau, fiel es schwer, »Tu das nicht!« zu sagen oder: »Sei um sechs Uhr zu Hause«, oder: »Geh nicht ans Wasser.« Und so bekam Tommy mit sieben Jahren wieder Malaria. Diesmal machte sich Mrs. Clarke ernstlich Sorgen, weil der Arzt streng mit ihr sprach.

Mr. Macintosh fuhr den Doktor in sein Krankenhaus zurück, kam dann nach Hause und ging sofort, Tommy zu besuchen, weil er ihn innig liebte.

Mrs. Clarke sagte: »Was kann man denn erwarten, bei all diesen Löchern ringsumher? Während der ganzen Regenzeit stehen sie voll Wasser.«

»Nun, Lassie*, ich kann nicht all die Löcher und Schächte füllen lassen, die hier seit den Zeiten der Königin von Saba gegraben worden sind!«

»Lassen Sie die Königin von Saba aus dem Spiel. Sie könnten wenigstens unser Haus richtig abschirmen.«

»Ich zahle Ihrem Mann fünfzig Pfund im Monat«, antwortete Mr. Macintosh im Brustton der Überzeugung, dass er im Recht sei.

»Fünfzig Pfund und ein ordentliches Haus«, forderte Annie Clarke resolut.

Mr. Macintosh warf ihr einen seiner raschen, scharfen Blicke zu und lachte dann laut auf. Eine Woche später war das Haus vom Dach bis zur Veranda in ein feinmaschiges Drahtnetz eingeschlossen, sodass es aussah wie ein neuer Fliegenschrank. Mrs. Clarke ging zu einem besonders gründlichen Großreinemachen in Mr. Macintoshs Haus, und als sie sich danach zum Fortgehen anschickte, sagte sie zu ihm: »Sie sind ein richtiges Schwein; Sie sind so reich wie die Oppenheimers, warum kaufen Sie sich nicht wenigstens ein paar neue Unterhemden? Und Sie werden

* Schottisch: Mädel, d. Übers.

98

ebenfalls Malaria bekommen, wenn Sie weiter abends so herumstrolchen.«

Sie kehrte zu Tommy zurück, der hinter dem grau glänzenden Drahtnetz in einem großen Liegestuhl auf der Veranda saß, dünn und blass nach der überstandenen Krankheit. Er war ein hochgewachsener Junge, mit kräftigen Knochen und großen schwarzen Augen. Seine vollen Lippen waren noch vom heftigen Fieber geschwollen. Er hatte einen dichten Haarschopf, von einer so satten braunen Farbe wie Karamellzucker. Seine Mutter betrachtete ihr bleiches Kind, das trotzdem so kontrastreiche Farben aufwies und so voller Leben war, nahm ihren ermatteten Willen zusammen und beschloss, ein neues Regime für Tommy einzuführen. Nach sechs Uhr, wenn die Moskitos herumzuschwirren begannen, durfte er sich von nun an nicht mehr im Freien aufhalten, und sie würde ihm auch verbieten auszugehen, bevor die Sonne aufging.

»Du kannst aufstehen«, ordnete sie an. Er erhob sich und warf dankbar die Decken beiseite.

»Ich geh hinüber zur Eingeborenensiedlung«, sagte er sogleich.

Sie zögerte und antwortete dann: »Du darfst dort nicht mehr spielen.«

»Warum nicht?«, fragte er und stand schon voller Ungeduld auf den Stufen außerhalb seines Drahtkäfigs.

Ach, wie sie dieses »Warum« und »Warum nicht« hasste! Es ermüdete sie so! »Weil ich es sage!«, erwiderte sie scharf.

Er gab aber nicht nach: »Da spiele ich doch immer!«

»Du bist jetzt zu groß dazu, und bald wirst du zur Schule gehen.«

Tommy sank auf die Stufen nieder, blieb dort sitzen und blickte über den großen Abgrund hinweg zu der von Leben schwirrenden, sonnenbeschienenen Eingeborenensiedlung. Natürlich hatte er gewusst, dass dieser Augenblick einmal kommen würde. Dieses Wissen war ein Teil des Schweigens. Und doch hatte er es zugleich auch nicht gewusst. »Warum, warum, warum, warum?«, fragte er hartnäckig mit weinerlicher Stimme.

»Weil ich es sage.« Und in müder Verzweiflung: »Außerdem wirst du krank durch die Eingeborenen.«

Bei diesen Worten wandte er den Blick seiner großen schwarzen Augen von der Landschaft zu seiner Mutter, und sie errötete ein wenig vor dem Spott, der in ihnen lag. Fast glaubte sie jedoch selbst an ihre Behauptung, oder vielmehr wollte sie es glauben, denn während der ganzen Regenzeit würde der Busch wassergesättigt sein und von Moskitos wimmeln; nichts konnte dagegen unternommen werden – und auf irgendetwas musste man die Schuld doch schieben.

Sie sagte: »Keine Widerrede. Du spielst nicht mit ihnen. Du bist jetzt schon zu groß, um mit einer Bande schmutziger Kaffern zu spielen. Als du klein warst, war das etwas anderes, aber jetzt bist du ein großer Junge.«

Tommy saß auf den Stufen, in der glühenden Nachmittagssonne, die groß und gelb durch den Staub und den Rauch schien, der in Schwaden über den Bergen hing. Er versuchte nicht, in die Nähe der Eingeborenensiedlung zu gehen, jetzt, da sein Zum-Manne-Erwachsenwerden davon abhing, dass er nicht mit den Negern spielte – so hatte man ihn gelehrt. In Wirklichkeit glaubte er jedoch nicht ein Wort davon.

Einige Tage später stieß er mutterseelenallein einen Fußball hinter dem Hause umher, als ihn aus dem Busch eine Gruppe schwarzer Kinder rief. Er wandte sich ab, als hätte er sie nicht gesehen. Sie riefen noch einmal und liefen dann davon. Tommy weinte bitterlich, denn jetzt war er ganz einsam.

Er ging zum Rande der großen Grube, legte sich auf den Bauch und blickte hinab. Die brennende Sonne durchdrang ihn, sodass ihm die Glieder bis auf die Knochen schmerzten, und um seine Augen zu schützen, warf er seinen Haarschopf in die Stirn. Die große Grube war so tief, dass die Menschen, die drunten arbeiteten, wie Ameisen aussahen. Die Lastwagen, die an den fast senkrechten Abhängen heraufkletterten, glichen Streichholzschachteln. Das System von Leitern und in die Erde geschnittenen Stufen, auf denen die Arbeiter herauf- und hinunterstiegen, schien, über den Abgrund hinweg gesehen, so zerbrechlich zu sein, dass ein Stein es zerstören konnte. Wirklich geschah dies häufig durch herabfallendes Geröll. Tommy lag da, den gespannten Bauch und die ausgestreckten Glieder fest gegen die Erde gepresst, und blickte unverwandt hinab. Alle sahen sie aus wie Ameisen und Fliegen. Auch Mr. Macintosh, wenn er, was er oft tat, hinunterstieg; denn niemand konnte ihn einen Feigling nennen. Auch Tommys Vater und Tommy selbst – alle waren sie nicht größer als kleine Insekten.

Es war wie ein riesiges Ameisennest, so kräftig gefärbt wie ein frischer Termitenhügel. Die Erdschichten am Rande der Grube waren rötlich, weiter unten grau und körnig, und noch weiter unten leuchtend gelb. Haufen des schweren gelben Bodens, der von unten heraufgebracht worden war, lagen rings um Tommy. Er streckte die Hand aus und nahm ein wenig davon. Formlos, leblos und fest, etwas feucht vom Regen, lag die Masse zwischen seinen Fingern. Er schloss die Hand zur Faust, öffnete sie wieder, und nun hatte die gelbe Erde auf seiner Handfläche eine Form angenommen und wies die Eindrücke seiner Finger auf. Was war es nur für eine Form? Wie ein Stück Wurzel? Ein Brocken von einem wasserzerfressenen Felsen? Er rollte die Masse kräftig zwischen den Händen, und jetzt glich sie einem vom Wasser polierten Stein. Dann setzte er sich auf, nahm noch etwas Erde und modellierte eine Grube, mit Leitern aus kleinen Zweigen an den Abhängen und Lastwagen aus kleinen Klümpchen angefeuchteter Erde. Die Sonne trocknete es bald aus, und alles zerbarst und fiel auseinander. Tommy gab dem Gebilde einen Tritt und kehrte widerwillig ins Haus zurück. Die Sonne ging unter. Ihm war, als hätte er ein goldenes Zeitalter der Freiheit hinter sich gelassen und beträte jetzt ein neues Land der Beschränkungen und Stundenpläne.

Seine Mutter sah, wie er litt, aber sie dachte: ›Bald wird er zur Schule gehen und Gefährten finden.‹

Er war jedoch gerade erst sieben Jahre alt und noch zu jung, um so weit fort in ein Internat zu gehen. Sie ließ sich Schulbücher kommen und lehrte ihn lesen. Dies nahm indessen nur zwei bis drei Stunden am Tag in Anspruch, und den Rest der Zeit drückte er sich herum, wie sie es tadelnd nannte, und blickte über den Abgrund hinweg zur Eingeborenensiedlung hinüber, von wo er den Lärm der spielenden Kinder hören konnte. Er ertrug es scheinbar gleichmütig, aber im Innern litt er schwer unter seinem neuen Wissen, das wichtiger war als alles, was er aus den Schulbüchern gelernt hatte. Er wusste jetzt, was das Wort Einsamkeit bedeutete, und am Rande der Grube liegend, formte er den gelben Lehm zu kleinen Figuren, die er nach seinen Spielkameraden Betty, Freddy und Dirk nannte. Dirk hieß der Junge, den er von den Kindern der Siedlung jenseits des Abgrunds am liebsten mochte.

Eines Tages rief ihn seine Mutter zur Hoftür. Dort stand Dirk und hielt einen winzigen Antilopenbock, der so groß wie eine magere Katze war, in den Händen. Tommy rannte herbei und wollte sich schon laut mit Dirk über das Tierchen freuen, als ihm sein neuer Stand einfiel. Er hielt inne und fragte steif: »Wie viel?«

Mit abgewandten Augen antwortete Dirk: »Ein Shilling, Baas.«

Tommy sah seine Mutter an und sagte dann stolz mit hohem Stimmchen: »Verdammt unverschämt. Zu viel!«

Annie Clarke errötete. Sie schämte sich und war verwirrt. Schnell trat sie hinzu und sagte: »Schon gut, Tommy, ich geb dir den Shilling.« Sie nahm die Münze aus ihrer Schürzentasche und gab sie Tommy, der den Shilling sogleich Dirk reichte. Vorsichtig nahm Tommy das Tierchen in die Hände. Die Zärtlichkeit, die er für diese verängstigte und einsame Kreatur fühlte, stieg ihm in die Augen, und er wandte sich ab, damit Dirk es nicht sähe – er hätte sich sehr geschämt, Weichheit zu zeigen vor Dirk, der so stark und furchtlos war.

Dirk stand dabei und sah zu. Er trennte sich ungern von dem Böckchen. Nach einer Weile sagte er: »Es ist gerade erst geboren. Es kann sterben.«

Mrs. Clarke erwiderte: »Tommy wird gut für das Tierchen sorgen«, und verabschiedete ihn damit.

Langsam machte sich Dirk davon und drehte den Shilling in seiner Tasche zwischen den Fingern, dabei blickte er zu Tommy und seiner Mutter zurück, die in einer alten Kiste ein Nest für das Böckchen herrichteten. Mrs. Clarke machte eine Milchflasche zurecht, indem sie ein Stückchen Leinen in den Hals einer alten Tomatenpüreeflasche stopfte, in die sie Milch mit etwas Wasser und Zucker gegossen hatte, Tommy kniete neben dem Böckchen nieder und versuchte, ihm die Milch ins Maul zu tröpfeln.

Zusammengekauert und zitternd lag es da und hob den zarten Kopf über den runzligen Gliedern, zu schwach, um sich zu bewegen. Die großen Augen blickten dunkel und verloren drein. Das Zittern wurde zu einem Krampf, und mit einem weichen Laut fiel der Kopf gegen die Kistenwand; dann hob das Böckchen langsam, mit großer Anstrengung wieder den Kopf. Tommy versuchte, den Leinenpfropfen in das weiche Mäulchen zu stopfen, und die Milch rann über das Fell und befeuchtete die Brust des Tieres. Der Junge war dem Weinen nahe.

»Es wird sterben, Mutter, es wird sterben«, rief er erzürnt.

»Du darfst es nicht zwingen«, sagte Annie Clarke und ging davon, ihren Hausfrauenpflichten nach. Tommy kniete neben dem Böckchen, streichelte es und litt jedes Mal, wenn der dünne Hals vor Schwäche herabsank. Immer wieder und wieder versuchte er, das Tier für die Milch zu interessieren. Aber es wollte gar nicht trinken.

»Warum?«, rief Tommy, vor Kummer zornig. »Warum will es nicht trinken? Warum? Warum?«

»Es ist doch gerade erst geboren worden«, sagte Mrs. Clarke. Wie ein verschrumpelter dunkler Stock saß ihm die Nabelschnur noch am Bauch.

In der Nacht holte Tommy das Böckchen in sein Zimmer, und in der Dunkelheit hob er es, in eine Decke gewickelt, heimlich in sein Bett. Er fühlte es auf seiner Brust zittern und weinte im Dunkeln, weil er wusste, dass es sterben würde.

Als er am Morgen aufwachte, konnte das Böckchen den Kopf gar nicht mehr heben, schwach und zusammengesunken lag es auf Tommys Brust – eine kühle Last. Die Decke, in die er es gehüllt hatte, war mit einer gelben Masse beschmutzt, die wie Rührei aussah. Vorsichtig wusch Tommy das Tierchen, wickelte es dann in eine neue Decke und legte es auf die Veranda, wo die Sonne es wärmen konnte.

Mrs. Clarke zwang ihm vorsichtig die Kiefer auseinander und goss Milch hinein, bis das Böckchen zu ersticken drohte. Tommy kniete den ganzen Morgen neben dem Tier und litt, wie er noch nie gelitten hatte. Die Tränen rannen ihm ununterbrochen über das Gesicht; er wünschte, er könnte ebenfalls sterben, und Mrs. Clarke wünschte, sie könnte Dirk erwischen und ihm eine Tracht Prügel verabfolgen. Das wäre ungerecht gewesen, hätte aber dazu beigetragen, ihre Gefühle zu erleichtern. »Außerdem«, sagte sie zu ihrem Mann, »ist es grausam, so ein kleines Wesen von seiner Mutter fortzunehmen.«

Am Nachmittag starb das Böckchen, und Mr. Clarke, der den Kummer seines Sohnes nicht mit angesehen hatte, warf die winzige steife Leiche gleichgültig dem Koch zu und befahl ihm, sie einzugraben. Tommy stand mit verschlossenem, bösem Gesicht auf der Veranda und sah zu, wie der Koch seinen kleinen Bock hastig unter den Büschen verscharrte und dann pfeifend zurückkam.

Da ging Tommy ins Zimmer, in dem seine Mutter und sein Vater saßen, und fragte: »Warum ist Dirk gelb und nicht dunkelbraun wie die anderen Kaffern?«

Schweigen. Mr. und Mrs. Clarke wechselten einen Blick. Dann antwortete Mr. Clarke: »Es gibt verschiedene Farben bei ihnen.«

Tommy sah unverwandt seine Mutter an. Sie sagte: »Er ist ein Halbblut.«

»Was ist ein Halbblut?«

»Das wirst du verstehen, wenn du groß bist.«

Tommy sah zuerst seinen Vater an, der seine Pfeife füllte und die Augen bei dieser Beschäftigung gesenkt hielt, und dann seine Mutter, deren Wangen stark gerötet waren.

»Ich verstehe es jetzt schon!«, sagte er herausfordernd.

»Warum fragst du dann?«, gab seine Mutter ärgerlich zurück. Sie meinte: Warum verletzt du den Grundsatz des Schweigens?

Tommy ging hinaus, an den Rand der großen Grube. Dort lag er und fragte sich, warum er gesagt hatte, er verstehe, wo es doch gar nicht so war. Freilich, etwas verstand er. Obwohl er es vorher nicht bemerkt hatte, erinnerte er sich jetzt, dass es unter den Kindern in der Eingeborenensiedlung zwei gelbe Kinder gab. Dirk war das eine und Dirks Schwester das andere. Sie war ein ganz kleines Mädchen, das in die Spiele der Älteren hineintapste. Aber Dirks Mutter war schwarz, oder vielmehr dunkelbraun, wie die anderen. Und Dirk war nicht richtig gelb, sondern von heller Kupferfarbe, derselben Farbe, die die Erde hier hatte, nur etwas dunkler. Tommys Finger beschäftigten sich mit dem feuchten Lehm. Er betrachtete die kleinen Figuren, die er geformt hatte, Betty und Freddy. Aus Muße zerbrach er sie. Dann hob er Dirk auf und warf ihn zu Boden. Aber wahrscheinlich hatte er ihn zu vorsichtig hingeworfen, denn die Figur zerbrach nicht, und so lehnte er sie gegen den Stiel einer Pflanze. Er nahm eine Handvoll Lehm, und als seine Finger versuchsweise daran herumdrückten und -kneteten, nahm der Klumpen die Form einer kleinen Antilope an. Jedoch nicht der kranken Antilope, die gestorben war, weil man sie zu früh von ihrer Mutter getrennt hatte, sondern es wurde eine prächtige, starke Antilope, die einen Fuß hob und den Kopf mit gespitzten Ohren lauschend in die Höhe hielt.

Selbstvergessen kniete Tommy am Rande der großen Grube, während das Tier Form annahm. Er war unzufrieden – die Figur war zu klein. Ungeduldig zerstörte er sein Werk und holte sich einen großen Klumpen der schweren gelben Erde. Aus einer alten, rostigen Eisenbahnschwelle, in der sich der Regen gesammelt hatte, goss er Wasser darauf und machte die Masse weich und geschmeidig. Dann begann er von Neuem. Die Antilope würde halb so groß wie eine lebende werden.

Während seine Hände arbeiteten, quälten sich seine Gedanken mit den vielen Fragen, die ihn verfolgten: ›Warum, warum, warum?‹ Schließlich dachte er: ›Wenn Dirk halb schwarz oder vielmehr halb weiß und halb dunkelbraun ist, wer ist dann sein Vater?‹ Lange Zeit hindurch kamen seine Gedanken der Antwort nahe, ohne sie ganz zu erreichen. Von Zeit zu Zeit blickte er über den Abgrund zu Mr. Macintosh hinüber, der dort herumspazierte und seinen großen Knüppel schwang, und er dachte: ›In diesem Bergwerk gibt es nur zwei weiße Männer.‹

Die Antilope war jetzt fertig. Er befeuchtete seine Finger mit rostigem Regenwasser und glättete den weichen Lehm, damit er wie ein Fell glänze. Der wurde jedoch sogleich wieder trocken und stumpf. Während Tommy dort kniete, dachte er daran, dass die Sonne das Ganze austrocknen werde, sodass es in Stücke zerfiel; Ärger und Unzufriedenheit erfüllten ihn, er ließ den Kopf hängen und hätte am liebsten geweint. Gerade als die ersten Tränen kamen, hörte er hinter sich ein leises Pfeifen und wandte sich um. Dort kniete Dirk hinter einem Busch und lugte durch die Blätter.

»Ist das Böckchen in Ordnung?«, fragte Dirk.

Tommy antwortete: »Es ist tot«, und stieß mit dem Fuß nach der Antilope, die er modelliert hatte, sodass der zähe Lehm in Klumpen auseinanderfiel.

Dirk rief: »Lass das sein, das ist doch hübsch!« Er sprang hervor und versuchte, die Brocken aneinanderzufügen.

»Es taugt nichts, es wird in der Sonne zerbröckeln«, sagte Tommy und begann zu weinen, obwohl er sich schämte, vor Dirk zu weinen. »Das Böckchen ist tot«, schluchzte er, »es ist tot!«

»Ich kann dir ein anderes holen«, meinte Dirk und sah Tommy etwas erstaunt an. »Ich hab seine Mutter mit einem Stein getötet. Es ist ganz leicht.«

Dirk war sieben Jahre alt und so groß und stark wie Tommy. Seine Augen waren dunkel und groß, aber seine Lippen nicht voll und weich, sondern schmal und in der Mitte zusammengepresst. Er hatte langes, weiches und sehr schwarzes Haar, das ihm ungeschnitten ins Gesicht fiel. Seine Haut war von ebenmäßiger gelblicher Kupferfarbe. Tommy hörte auf zu weinen und sah Dirk an. Er sagte: »Es ist grausam, die Mutter eines

Böckchens mit einem Stein zu töten.« Dirk verzog den Mund zu einem erstaunten Lachen und ließ seine großen weißen Zähne sehen. Während er lachte, beobachtete Tommy ihn und dachte: ›Jetzt weiß ich, wer sein Vater ist.‹

Er sah zu seinem Heim hinüber, das etwa zweihundert Meter entfernt zwischen den niedrigen Hibiskus- und Poinsettiabüschen in der prallen Sonne lag. Dann blickte er einige Hundert Meter weiter zu Mr. Macintoshs Haus. Schließlich sah er Dirk an. Er war von einem Zorn erfüllt, den er nicht verstand, aber er verstand sehr gut, dass er dabei auch Trotz empfand und dass dies ein Augenblick der Entscheidung war. Nach einer langen Pause sagte er: »Hier können sie uns sehen«, und die Entscheidung war gefällt.

Sie standen auf. Als Dirk sich erhob, sah er die kleine Lehmfigur an dem Pflanzenstiel lehnen und hob sie auf. »Das bin ich!«, sagte er sofort. So primitiv das Ding war, es stellte unverkennbar Dirk dar, der vor Freude lächelte. »Kann ich es haben?«, fragte er, und Tommy nickte, ebenso stolz und froh.

Sie gingen in den Busch, der zwischen den beiden Häusern wuchs, und dann noch etwa eine halbe Meile weiter. Dies war der verlassene Teil der Bergmulde, niemand kam hierher, alle Geschäftigkeit und aller Lärm konzentrierten sich auf die andere Seite. Vor ihnen stieg ein steiler Gipfel auf, an dessen Fuß sich, mit Farnkräutern und dichtem Gestrüpp bewachsen, ein hoher Termitenhügel befand.

Die beiden Kinder zwängten sich durch den Farnvorhang und setzten sich nieder. Hier konnte sie niemand sehen. Vorsichtig legte Dirk seine kleine Lehmfigur in ein Loch unter einer Baumwurzel. Dann sagte er: »Mach den Bock noch mal.« Tommy zog sein Messer und kniete neben einem umgestürzten Baum nieder. Er versuchte, daraus den Bock zu schnitzen. Das Holz war weich und vermodert und ließ sich leicht bearbeiten, und als es Abend wurde, hob sich der primitive Umriss eines Antilopenbocks aus dem Baumstamm ab. Dirk sagte: »Jetzt haben wir beide etwas.«

Am nächsten Tag gingen die beiden Jungen getrennt zu dem

Ameisenhügel und spielten dort miteinander, und so geschah es von nun an jeden Tag.

Eines Abends, gerade als Tommy zu Bett gehen wollte, sagte Mrs. Clarke zu ihm: »Ich dachte, ich hätte dir verboten, mit Kaffern zu spielen?«

Tommy stand ganz still. Dann hob er den Kopf und antwortete ihr, wobei er einen festen Blick zu seinem Vater hinüberwarf: »Warum soll ich denn nicht mit Mr. Macintoshs Sohn spielen?«

Mrs. Clarke hielt einen Augenblick lang den Atem an und schloss die Augen. Sie öffnete sie wieder, um Hilfe suchend ihren Mann anzusehen. Aber Mr. Clarke füllte gerade seine Pfeife. Tommy wartete, sagte dann »Gute Nacht« und ging in sein Zimmer.

Dort zog er sich langsam aus und kletterte in sein schmales Eisenbett. Er lag still und horchte auf das *bum, bum, Gold, Gold, bum, bum* der Bergwerkshämmer. Drüben in der Eingeborenensiedlung wurde getanzt, und von den Tomtoms erklangen schnelle Schläge, wie vom Herzen des Böckchens, als es in jener Nacht auf seiner Brust gelegen hatte. Die Menschen schrien wie der Wind, der durch die Lücken zwischen den Bergen weht; durch das Fenster konnte er die hohen, leuchtenden Flammen der Feuer sehen, und davor bewegten sich lebhaft und wild die schwarzen Silhouetten der Tanzenden.

Mrs. Clarke kam eilig ins Zimmer. Sie weinte. »Tommy«, flüsterte sie und setzte sich im Dunkeln auf den Bettrand.

»Ja?«, fragte er vorsichtig.

»Du darfst das nicht wieder sagen. Nie wieder!«

Er antwortete nicht. Die Hand seiner Mutter drückte eindringlich seinen Arm. »Dein Vater könnte seine Arbeit verlieren«, sagte Mrs. Clarke gepresst. »Wir würden nirgends so viel Geld bekommen wie hier. Nirgends. Du musst das verstehen, Tommy.«

»Ich verstehe«, erwiderte Tommy steif, und seine Mutter tat ihm leid. Gleichzeitig hasste er sie jedoch. »Sag es nicht, Tommy, sag es nie wieder.« Dann küsste sie ihn zärtlich und bittend, ging hinaus und schloss die Tür hinter sich. Zu ihrem Mann sagte sie, es sei Zeit, dass Tommy in die Schule käme, und am nächsten Tag schon traf sie alle Vorbereitungen dafür.

So machte Tommy also von nun an viermal im Jahr die weite Reise mit dem Auto und der Eisenbahn in die Stadt, und viermal im Jahr kam er in den Ferien zurück. Mr. Macintosh fuhr ihn stets zum Bahnhof und gab ihm zehn Shilling Taschengeld, und bei Tommys Heimkehr kam er mit seinen Eltern im Auto angefahren, um ihn abzuholen. Jedes Mal fragte er: »Nun, Laddie, wie steht's mit der Schule?«, und Tommy antwortete: »Fein, Mr. Macintosh.« Dann erklärte Mr. Macintosh: »Wir werden schon noch einen Studierten aus dir machen!«

Wenn er dies sagte, errötete Annie Clarke vor Stolz, und sie blickte schnell zu ihrem Mann hinüber, der verlegen lächelte. Aber Mr. Macintosh legte die Hand auf Tommys Schulter und sagte: »Gut so, Laddie, gut so«, und Tommy hielt den Arm ganz steif und still. Später meinte Mrs. Clarke dann nervös: »Er hat dich gern, Tommy, er wird gut zu dir sein.« Einmal sagte sie: »Es ist ganz natürlich, er hat ja keine eigenen Kinder.« Tommy runzelte die Stirn. Sie wurde rot und erklärte: »Es gibt Dinge, die du noch nicht verstehst.« Tommy wandte sich mit einer ungeduldigen Bewegung ab. Es war durchaus nicht so einfach, es war beinahe, als wäre er der Sohn eines reichen Mannes – mit all dem vielen Taschengeld und den Paketen mit Keksen und Süßigkeiten, die ihm Mr. Macintosh in die Schule sandte, und dem großen, teuren Auto, mit dem er abgeholt wurde. Im tiefsten Innern hatte er das Gefühl, an der Nase herumgezerrt zu werden. Ihm war, als hätte er teil an einer Verschwörung, die niemand je erwähnte. Schweigen. Langsam, kompliziert und hartnäckig entwickelten sich seine wahren Gefühle unter der Oberfläche dieses Schweigens.

In der Schule war gar nichts kompliziert, das war eine andere Welt. Dort lernte Tommy seine Aufgaben, spielte mit seinen Freunden und dachte nicht an Dirk. Oder vielmehr waren seine Gedanken an ihn so, wie es sich für diese Welt gehörte. Ein unwissendes Halbblut, das in der Kaffernsiedlung lebte –

er schämte sich, dass er während der Ferien mit Dirk spielte, und erzählte niemand davon. Selbst im Zug, mit dem er nach Hause fuhr, dachte er noch so über Dirk. Je mehr er sich aber seinem Heim näherte, desto schwankender wurde er und umso mehr verdüsterten sich seine Gedanken. An seinem ersten Abend zu Hause sprach er über die Schule und erzählte davon, dass er der Beste in der Klasse sei und dass er mit diesem oder jenem Jungen spiele, oder in welch feinen Häusern er in der Stadt zu Gast gewesen war. Schon am ersten Morgen stand er dann auf der Veranda, sah zur Grube hinüber und zur Einge-borenensiedlung auf der anderen Seite, und seine Mutter be-obachtete ihn mit einem bittenden, nervösen Lächeln. Dann stieg er die Stufen hinab, wandte sich von der Grube fort und ging in den Busch zum Ameisenhügel. Dort wartete Dirk auf ihn. So war es jedes Mal in den Ferien. Zuerst sprach keiner der Jungen über das, was sie trennte. Als aber Tommys Ferien am Ende des ersten Schuljahres vorüber waren, sagte Dirk: »Du wirst gebildet, aber ich kann nichts lernen!« Tommy ant-wortete: »Ich werde dir Bücher mitbringen und dich unter-richten.« Dies sagte er eilig, als schämte er sich, und Dirks Augen waren vorwurfsvoll und zornig. Er lachte sein sarkas-tisches Lachen und erwiderte: »Das sagst du nur so, weißer Junge.«

Das war nicht angenehm zu hören, aber was Tommy gesagt hatte, war ebenfalls nicht angenehm zu hören gewesen – es klang, als ließe sich jemand herab, einem anderen widerwillig einen Gefallen zu tun.

Die beiden Jungen saßen unter dem feinen Spitzenvorhang von Farnkräutern auf dem Ameisenhügel und blickten auf den felsigen Gipfel, der in den raucherfüllten, gelblichen Himmel ragte. Tommy empfand einen hässlichen Ärger und schämte sich dessen. Auf Dirks Gesicht prägten sich Angriffslust und gleichzeitig ebenfalls Scham aus. So blieben sie sitzen, ein wenig voneinander abgerückt, und jeder fühlte Abneigung gegen den anderen. Dabei wussten sie, dass diese Abneigung durch den Druck der Außenwelt entstanden war. »Habe ich nicht gesagt, dass ich es dir beibringen werde?«, fragte Tommy großspurig und schleuderte einen Stein in den Busch, sodass die Blätter nach allen Seiten flogen. »Du weißer Schuft!«, sagte Dirk leise, brach plötzlich in ein hässliches Lachen aus und zeigte seine weißen Zähne. »Was hast du gesagt?«, fragte Tommy, bleich werdend, und sprang auf die Füße. »Du hast es ja gehört«, erwiderte Dirk, immer noch lachend. Er stand ebenfalls auf. Da warf sich Tommy auf Dirk, sie verloren das Gleichgewicht und rollten, einander stoßend und kratzend, in die Büsche. Sie rollten auseinander und begannen dann richtig, mit den Fäusten zu kämpfen. Tommy war besser ernährt und gesünder, Dirk dagegen zäher. Sie waren einander ebenbürtig und ließen erst ab, als sie zu müde und zerschlagen waren, sich noch weiter zu prügeln. Sie taumelten zum Ameisenhügel und ließen sich dort Seite an Seite nieder, atmeten schwer und wischten sich das Blut aus dem Gesicht. Schließlich streckten sie sich am rauen Abhang des Hügels aus, lagen auf dem Rücken und sahen zum Himmel hinauf. Jede Spur ihrer Abneigung war verschwunden, sie fühlten sich ruhig und leicht. Bei Sonnenuntergang gingen sie zusammen durch den Busch zurück, bis zu einem Punkt, an dem man sie von den Häusern aus nicht sehen konnte, und dort sagten sie wie immer: »Bis morgen.«

Als Mr. Macintosh Tommy die üblichen zehn Shilling gab, steckte dieser sie in die Tasche mit der Absicht, sich einen Fußball dafür zu kaufen. Dies tat er jedoch nicht. Die zehn Shilling wurden nicht ausgegeben, bis das Ende des Quartals beinahe herangerückt war. Dann ging er in einen Laden und kaufte eine Fibel, einige Hefte, Bleistifte und ein Rechenbuch. Er verbarg seine Einkäufe am Boden seines Koffers und nahm sie dann schnell an sich, ehe seine Mutter sie erblickte.

Am nächsten Morgen trug er alles zum Ameisenhügel. Noch bevor er ihn erreichte, sah er, dass dort eine kleine Hütte stand, über deren Dach sich die Farnwedel wie ein Schleier breiteten. Auf der Spitze des Ameisenhügels waren die Büsche abgeholzt worden, aber an den Seiten standen sie noch, und es sah aus, als erhebe sich die Hütte aus den Buschspitzen. Sie bestand aus dünnen Stämmen, die geschält und in den Boden gerammt worden waren, und hatte ein grasgedecktes Dach. Die obere Hälfte der Vorderwand war offen gelassen. Innen standen eine Bank aus Knüppelholz und ein Tisch aus Brettern und dünnen Stämmen. Dort saß Dirk und wartete ungeduldig. Tommy ging hinein, setzte sich neben ihn und legte Bücher und Bleistifte auf den Tisch.

»Fein ist die Hütte«, sagte er, aber Dirk betrachtete schon die Bücher. So begann er, Dirk lesen zu lehren. Die ganzen Ferien über saßen sie in der Hütte, und Dirk brütete über den Büchern. Für ihn waren sie viel schwerer zu verstehen als für Tommy, weil so viele Namen von Dingen darin standen, die Dirk nicht kannte – wie ›Vorhang‹ und ›Teppich‹; und Dirk das Wort ›Teppich‹ lesen zu lehren bedeutete, ihm alles über Teppiche und Wohnungseinrichtungen zu erzählen. Oft langweilte sich Tommy, wurde unruhig und sagte: »Lass uns spielen«, aber Dirk erklärte heftig: »Nein, ich will lesen.« Tommy wurde böse, denn schließlich hatte er während der Schulzeit gearbeitet und glaubte, jetzt hätte er ein Recht zu spielen. Darüber gab es wieder eine Prügelei. Dirk sagte, Tommy sei ein fauler weißer Schuft, und Tommy entgegnete, Dirk sei ein dreckiges Halbblut. Sie kämpften wie damals, einander ebenbürtig und ohne dass einer den anderen besiegte, danach fühlten sie sich wohl und wieder einig und scherzten sogar über die Prügelei. Sie kamen überein, nur morgens zu arbeiten und die Nachmittage für das Spiel zu lassen. Als Tommy an diesem Abend nach Hause kam, sah seine Mutter die Kratzer auf seinem Gesicht und seine geschwollene Nase; sie fragte hoffnungsvoll: »Hast du dich mit Dirk geschlagen?« Doch Tommy sagte, nein, er habe sich an einem Baum gestoßen.

Seine Eltern wussten natürlich von der Hütte im Busch, doch sie sprachen nicht zu Mr. Macintosh darüber. Niemand tat das. Denn dass Dirk überhaupt existierte, war etwas, was jeder zu übersehen vorgab, und keiner der Arbeiter, selbst nicht die Aufseher, hätten je gewagt, seinen Namen zu erwähnen. Als Mr. Macintosh Tommy fragte, was er mit seinem Gesicht gemacht habe, antwortete der Junge, er sei ausgeglitten und gefallen.

Und so vergingen ihr achtes und ihr neuntes Lebensjahr. Dirk lernte lesen und schreiben und alle Rechenaufgaben lösen, die Tommy lösen konnte. Dauernd war er dadurch behindert, dass er die andere Lebensweise nicht kannte. Er erklärte bald zornig, dies sei ungerecht, und wieder gab es einen Faustkampf. Danach wandte Tommy eine andere Lehrmethode an. Er erzählte Dirk, wie es war, wenn man in der Stadt ins Kino ging, mit allen Einzelheiten – wie die Sitze angeordnet waren und dass man soundso viel zahlte, wie die Lichter aussahen und dass das Bild auf der Leinwand soundso zustande kam. Oder er beschrieb, was sie im Internat zum Frühstück aßen und was zum Mittagessen. Oder er berichtete, wie der Mann mit den Lichtbildern gekommen war und über China gesprochen hatte. Die Jungen holten sich einen Atlas und fanden China, und Tommy wiederholte Dirk jedes Wort, das der Vortragende gesagt hatte. Manchmal war der Vortrag auch über Italien oder irgendein anderes Land. Und sie diskutierten darüber, ob der Redner nicht dies oder jenes hätte sagen sollen, denn Dirk spottete stets bissig über die Art der Weißen, die Dinge zu betrachten, und nannte sie überheblich. Bald betrachtete Tommy alles mit Dirks Augen; er sah das andere Leben in der Stadt hell und bunt und etwas verzerrt, wie Dirk es sah.

Nun begann Tommy in der Schule unwillkürlich zu denken: ›Das muss ich mir merken, damit ich es Dirk erzählen kann.‹ Es wurde ihm schließlich unmöglich, irgendetwas zu tun oder zu sagen, ohne sich klar darüber zu sein, wie es geschah, so als hätte er, Tommy, jetzt Dirks ironische schwarze Augen im Kopf und als schlössen sie sich niemals. Infolge der Anstrengung, die es ihn kostete, die beiden Welten miteinander in Einklang zu bringen, entwickelte sich in Tommy ein Gefühl der Gereiztheit. Er bemerkte, dass er, genau wie die anderen Jungen, auf die Nigger und Kaffern schimpfte, vielleicht sogar noch heftiger als sie; aber unmittelbar danach ertappte er sich bei dem Gedanken: ›Das muss ich mir merken, damit ich es Dirk erzählen kann.‹ Weil er so viel nachdachte und sich alles so deutlich vergegenwärtigte, war er sehr gut in der Schule, und die Aufgaben fielen ihm leicht. Er war seinem Alter um zwei Klassen voraus.

Dies war in ihrem zehnten Jahr. Eines Tages ging Tommy in den Busch und stellte fest, dass Dirk dort nicht auf ihn wartete. Es war sein erster Ferientag. Das ganze Quartal über hatte er sich Dinge gemerkt, die er Dirk erzählen wollte, und jetzt war Dirk nicht da. Eine Taube saß auf den Farnkräutern und gurrte in den heißen Morgen hinein. Es klang einsam und schläfrig. Als Tommy sich durch die Büsche herandrängte, flog sie davon. Die Bergwerkshämmer klopften dumpf: Gold, Gold, und Tommy sah, dass selbst die Bücher nicht mehr in der Hütte lagen, denn der Kasten, in dem sie gewöhnlich aufbewahrt wurden, stand offen.

Er lief zu seiner Mutter. »Wo ist Dirk?«, fragte er.

»Woher soll ich denn das wissen?«, antwortete Annie Clarke vorsichtig. Sie wusste es wirklich nicht.

»Du weißt es, du weißt es!«, schrie Tommy wütend. Und dann rannte er hinüber zur großen Grube. Dort saß Mr. Macintosh auf einem umgekippten Wagen und beobachtete die Hunderte von Arbeitern tief unter ihm, die sich auf dem gelben Grund wie Ameisen tummelten. »Nun, Laddie?«, fragte er freundschaftlich und rückte etwas zur Seite, um Platz für Tommy zu machen.

»Wo ist Dirk?«, fragte Tommy anklagend und blieb vor Mr. Macintosh stehen.

Der schob den alten Filzhut noch weiter nach hinten und kratzte sich den Kopf, wobei er Tommy ansah.

»Dirk arbeitet«, meinte er schließlich.

»Wo?«

Mr. Macintosh deutete auf den Boden der Grube. Dann sagte er: »Setz dich, Laddie. Ich möchte mit dir reden.«

»Ich will nicht!«, erwiderte Tommy. Er wandte sich ab und stürzte über das *veld* zu ihrer Hütte im Busch. Dort setzte er sich auf die Bank und weinte, und zur Mittagszeit ging er nicht nach Hause. Den ganzen Tag über weilte er dort, und als er genug Tränen vergossen hatte, blieb er auf der Bank sitzen, lehnte den Rücken gegen die Stämmchen der Hüttenwand und starrte in den Busch. Die Tauben gurrten und gurrten, kru-kruuuu, kru-kruuuu, ein Specht klopfte, und die Bergwerkshämmer pochten. Trotzdem war es ganz still. Schweigen lastete auf dem Busch, Tommy konnte die Bohrwürmer und die Ameisen im Holz der Bank, auf der er saß, arbeiten hören. Obwohl der Ameisenhügel leblos schien – ein harter, spitzer, ausgedörrter Erdhaufen –, sah Tommy, dass er voller Leben steckte, denn auf dem Boden der Hütte war frische, feuchte Erde ausgestoßen. Die Stämme der Wände waren mit einer spitzenfeinen rötlichen Erdkruste überzogen. Bald musste die Hütte neu gebaut werden, weil die Ameisen und Bohrwürmer sich durchgefressen haben würden. Was nützte ihm aber eine Hütte ohne Dirk?

Den ganzen Tag über blieb er dort und kehrte erst bei Anbruch der Dunkelheit zurück, und als seine Mutter ihn fragte: »Was ist los mit dir, warum weinst du?«, erwiderte er ärgerlich: »Ich weiß nicht«, und beantwortete so ihre Unaufrichtigkeit mit seiner eigenen. Am nächsten Tag ging er schon vor dem Frühstück zur Hütte, kehrte erst zurück, als es dunkel wurde, und lehnte das Abendbrot ab, obwohl er den ganzen Tag über nichts gegessen hatte.

Am nächsten Tag war es das Gleiche, nur fühlte er sich jetzt gelangweilt und einsam. Er nahm sein Messer aus der Tasche und schnitzte an einem Stock herum. Es wurde ein Junge daraus, gebückt unter einer schweren Last, die er mühsam schleppte und mit erhobenen Armen stützte. Zur Abendbrotzeit nahm Tommy die Figur mit nach Hause und stellte sie während des Essens vor sich auf den Tisch.

»Was ist denn das?«, fragte Annie Clarke. Tommy antwortete: »Dirk.«

Er nahm die Schnitzerei mit in sein Zimmer und arbeitete dort beim milden Schein der Lampe mit dem Taschenmesser daran herum. Er hielt die Figur auch in der Hand, als er am nächsten Morgen am Rande der Grube Mr. Macintosh begegnete. »Was ist das, Laddie?«, wollte der wissen, und Tommy erwiderte: »Dirk.«

Mr. Macintoshs Mund wurde schmal, dann lächelte er und sagte: »Gib es mir.«

»Nein, es ist für Dirk.«

Mr. Macintosh holte seine Brieftasche hervor und bemerkte: »Ich werde dafür zahlen!«

»Ich will kein Geld«, antwortete Tommy böse, und Mr. Macintosh steckte sehr beunruhigt die Brieftasche wieder ein. Da sagte Tommy zögernd: »Doch, ich will.« Mr. Macintosh, der damit seine Wertmaßstäbe bestätigt sah, war sichtlich erleichtert und holte die Brieftasche wieder heraus. Er entnahm ihr eine Pfundnote und kam sich sehr großzügig vor. »Fünf Pfund!«, erklärte Tommy prompt. Zuerst runzelte Mr. Macintosh die Stirn, dann lachte er. Den Kopf zurückgeworfen, brüllte er vor Lachen. »Na, Laddie, du wirst mal ein guter Geschäftsmann werden. Fünf Pfund für so ein Stückchen Holz!«

»Machen Sie sich's doch selber, wenn es nur ein Stückchen Holz ist.«

Mr. Macintosh zählte fünf Pfundnoten ab und händigte sie Tommy aus. »Was willst du denn mit dem Geld machen?«, fragte er, während er zusah, wie der Junge sorgfältig seine Hemdentasche über den Banknoten zuknöpfte. »Ich geb es Dirk!«, sagte Tommy triumphierend, und Mr. Macintoshs feistes altes Gesicht wurde blaurot. Er blickte Tommy, der davonging, nach, blieb auf dem Wagen sitzen und klopfte vorsichtig mit dem schweren Knüppel seine Schuhe. Dann löste er das Problem, das ihn beschäftigte, indem er dachte: ›Er ist ein guter Junge. Er hat ein gutes Herz.‹

Am Abend kam Mrs. Clarke Mr. Macintosh besuchen, während er bei seinem Rinderbraten und Kohl saß. Sie sagte: »Mr. Macintosh, ich möchte mit Ihnen reden.« Er nickte ihr zu, Platz zu nehmen, aber sie setzte sich nicht. »Tommy ist sehr betrübt«, begann sie diplomatisch. »Er ist an Dirk gewöhnt, und jetzt hat er niemand, mit dem er spielen könnte.«

Einen Augenblick lang hielt Mr. Macintosh den Blick gesenkt, dann sagte er: »Das lässt sich ohne Weiteres machen, Annie, zerbrechen Sie sich nicht den Kopf darüber.« Er sprach in jovialem Ton, als fiele es ihm leicht, von einem Arbeiter zu reden, den er seiner Laune entsprechend für andere Pflichten freistellen konnte.

Unwillkürlich errötete sie heftig vor Unwillen und warf ihm einen emporten Blick zu. Er tat, als bemerkte er es nicht, und fuhr fort: »Morgen früh bringe ich das in Ordnung, Annie.«

Mrs. Clarke dankte ihm und litt auf dem Heimwege, weil sie die Worte nicht ausgesprochen hatte, mit denen sie in der Vergangenheit stets ihr Gewissen zu beruhigen pflegte: »Sie sind ein richtiges Schwein, Mr. Macintosh ...«

Währenddessen saß Tommy in seiner Hütte und weinte sich die Augen aus. Und als er keine Tränen mehr hatte, packten ihn Wut und Schmerz so heftig, dass er es in seinem ganzen Leben nie mehr vergessen würde. Weshalb? Er wusste es nicht, und das war das Schlimmste. Es war nicht nur Mr. Macintosh, der ihn liebte und damit schwarzen Verrat an seinem eigenen Fleisch und Blut beging, auch nicht das Schweigen seiner Eltern. Es war etwas, das tiefer saß und an den Grundpfeilern des Lebens fraß, so wie er die Ameisen hören konnte, die mit eifrigen Kiefern die Stützen der Bank, auf der er saß, zernagten, um neues Material zu gewinnen für ihre eigenen Lebensbedürfnisse. Er dachte über Worte nach, die ständig benutzt oder nur angedeutet wurden, und das war für einen zehnjährigen Jungen fast zu schwer zu ertragen. Ein Kind sagt häufig von einem Gefährten, es hasse ihn, und am nächsten Tag: »Er ist mein Freund.« So wechselvoll diese Beziehungen in ihrem Hass und ihrer Liebe auch sind, fühlen sich Kinder doch durch das Gefüge des gesellschaftlichen Lebens geborgen, das ihre Eltern über ihren Köpfen errichtet haben. Ein Mensch mittleren Alters würde wohl sagen: »Dies ist mein Freund, dies ist mein Feind«, und damit, um der Herzensruhe willen, alle Gefühlsschwankungen und -veränderungen in ein einziges Wort bannen. Dazwischen liegt ein Alter, etwa um die zwanzig, in dem junge Menschen alles ausprobieren und sich mit vielen harten und grausamen Wahrheiten über das Leben ruhig abfinden, weil sie noch nicht wissen, wie schwer es ist, sich endgültig, für den Rest ihres Lebens, damit abzufinden. Mit zwanzig ist es leicht, wahrhaftig zu sein.

Aber mit zehn Jahren ist es nicht leicht für einen einsamen kleinen Jungen, über Worte wie ›Freundschaft‹ nachzudenken. Was war denn Freundschaft? Dirk war sein Freund, das wusste er, aber hatte er Dirk gern? Liebte er ihn? Manchmal ganz und gar nicht. Er dachte daran, wie Dirk gesagt hatte: »Ich hol dir ein anderes Böckchen. Ich töte seine Mutter mit einem Stein.« Er erinnerte sich, welchen Abscheu er vor dieser Grausamkeit empfunden hatte. Dirk war grausam. Aber – jetzt lachte Tommy plötzlich. Zum ersten Mal verstand er Dirks Lachen. Es war wirklich komisch zu sagen, Dirk sei grausam, wo es doch eine Grausamkeit war, dass er überhaupt lebte. Aber Mr. Macintosh lachte auf genau die gleiche Weise, und seine Haut war weiß, oder vielmehr weiß und von der Sonne gebräunt. Mit welchem Recht durfte Mr. Macintosh in der gleichen plötzlichen Bitterkeit lachen wie Dirk? Vielleicht hatte es irgendwo zu Beginn im Leben des reichen Mr. Macintosh dieselbe Grausamkeit gegeben, sich durch ein Leben gezogen, bis sie zur Grausamkeit Dirks, des farbigen Jungen, des Mischlings, geworden war? Wenn das stimmte, lag die Ursache viel tiefer als nur in der Hautfarbe begründet und war viel schwerer zu verstehen.

Dann dachte Tommy daran, wie Dirk immer zu erwarten schien, dass er, Tommy, zu ihm hielt, als wäre dies ein Akt der Gerechtigkeit, der für Dirk vollkommen selbstverständlich war; und er, Tommy, kämpfte tatsächlich mit Mr. Macintosh um Dirks willen und konnte gar nicht anders handeln. Warum? Weil Dirk sein Freund war? Es gab doch Augenblicke, in denen er Dirk hasste, und dieser ganz gewiss auch ihn – wenn sie sich prügelten, hätten sie einander ohne Weiteres und mit Freuden umbringen können.

Nun, und? Was also war Freundschaft, weshalb waren sie so fest miteinander verbunden, und durch was? Als der kleine Junge dort so allein auf seinem Ameisenhügel saß, begriff er nach und nach etwas, das sonst nur Menschen mittleren Alters verstehen, ein Sichbescheiden der Erkenntnis, das Skepsis genannt wird. Ein Mensch weiß zum Beispiel, dass er fest an einen anderen gebunden ist, auch wenn er ihn nicht in dem Sinne liebt, in dem das Wort gewöhnlich angewandt wird, noch seine Art zu sprechen, seine politischen Ansichten oder sonst etwas. Und doch sind diese Menschen Freunde und werden es stets bleiben, und was dem einen der beiden geschieht, hat eine tiefe Einwirkung auch auf den anderen, selbst wenn sie in verschiedenen Erdteilen leben oder einander sogar nie mehr sehen. Oder sie mögen nach zwanzig Jahren wieder zusammenkommen und brauchen dann kein Wort zu sagen, weil alles selbstverständlich ist. Auch auf diese Art kann sich Freundschaft äußern, und sie ist ebenso echt, als wäre sie auf Herzlichkeit oder Gleichheit der Veranlagung begründet.

Nun, und? Für einen kleinen Jungen war es sehr schwer, sich zu diesem Wissen durchzukämpfen. Aber er rang sich durch und wusste, dass er und Dirk einander näher waren als Brüder und dass dies immer so bleiben würde. An diesem Tage schmerzlichen Ringens wurde er um viele Jahre älter, während er dem Gold, Gold der Bergwerkshämmer und dem Rascheln der Ameisen lauschte, die eifrig mit ihren Kiefern arbeiteten, die Bank, auf der er saß, zu zerstören, um Futter für sich selbst zu gewinnen.

Am nächsten Morgen kam Dirk zur Hütte, und Tommy sah, als er ihn betrachtete, dass auch er in den Monaten der Grubenarbeit um Jahre gealtert war. Zehn Jahre alt war er – aber er hatte mit Männern zusammen geschuftet und war kein Kind mehr.

Tommy zog die fünf Pfundnoten aus der Tasche und reichte sie Dirk.

Der schob sie zurück. »Wofür?«, fragte er.

»Ich hab sie von *ihm*«, erklärte Tommy, und Dirk nahm sogleich das Geld, als wäre es rechtmäßig sein.

Sofort fühlte Tommy Entrüstung in sich aufsteigen. Er glaubte, seine Handlung werde mit allzu viel Selbstverständlichkeit hingenommen, und fragte: »Warum arbeitest du nicht?«

»Er hat gesagt, ich brauch nicht. Er meint, solange deine Ferien dauern.«

»Ich habe dafür gesorgt, dass du freikommst«, prahlte Tommy.

Dirks Augen wurden schmal vor Zorn. »Er ist mein Vater!«, sagte er zum ersten Mal.

»Aber er hat dich zur Arbeit gezwungen«, stichelte Tommy. Dann fragte er: »Warum arbeitest du? Ich würde es nicht tun. Ich würde Nein sagen.«

»Sieh mal an, du würdest Nein sagen!«, erwiderte Dirk sarkastisch.

»Es gibt kein Gesetz, nach dem man dich dazu zwingen kann.«

»Ach, es gibt kein Gesetz, weißer Junge, kein Gesetz!« Schon war Tommy auf ihn losgesprungen, sie prügelten sich bereits wieder und rollten auf der Erde hin und her. Diesmal ließen sie erst voneinander ab, als sie nicht mehr konnten, und lagen noch lange schwer atmend auf dem Boden.

Später meinte Dirk: »Warum schlagen wir uns eigentlich? Es ist doch albern.«

»Ich weiß nicht«, sagte Tommy. Er begann zu lachen, und Dirk lachte ebenfalls. In späteren Jahren schlugen sie sich noch oft, aber nie mehr mit der gleichen Erbitterung – wegen dieses Lachens.

Sie prügelten sich erst wieder in den nächsten Ferien. Dirk hatte in der Hütte auf Tommy gewartet.

»Hat er dir freigegeben?«, fragte dieser sofort und legte die neuen Bücher für Dirk auf den Tisch.

»Ich bin einfach gekommen«, sagte Dirk, »ich habe nicht erst gefragt.«

Sie setzten sich zusammen auf die Bank, und gleich brach ein Bein ab. Sie fielen zu Boden und lachten. »Wir müssen es wieder ganz machen«, meinte Tommy, »wir wollen die Hütte neu bauen.«

»Nein«, antwortete Dirk hastig, »wir wollen keine Zeit auf die Hütte verschwenden. Du kannst mich unterrichten, solange du hier bist, und ich werde die Hütte in Ordnung bringen, wenn du wieder in der Schule bist.«

Tommy stand langsam vom Boden auf und runzelte die Stirn. Wieder hatte er das Gefühl, das, was er tat, würde als selbstverständlich hingenommen. »Arbeitest du während der Schulzeit denn nicht mehr im Bergwerk?«

»Nein, ich werde überhaupt nicht mehr im Bergwerk arbeiten. Ich hab's ihm schon gesagt.«

»Du musst doch arbeiten!«, meinte Tommy großspurig.

»So, ich muss arbeiten!«, sagte Dirk drohend. »Du, weißer Junge, kannst zur Schule gehen, aber ich muss arbeiten, und nur in deinen Ferien darf ich mir freie Zeit nehmen, um dich zu unterhalten!«

Sie schlugen sich, bis sie müde waren, und fünf Minuten danach saßen sie einträchtig auf dem Ameisenhügel und sprachen miteinander. »Was hast du denn mit den fünf Pfund gemacht?«, erkundigte sich Tommy.

»Ich hab sie meiner Mutter gegeben.«

»Und was hat sie damit getan?«

»Sie hat sich ein Kleid gekauft, und Lebensmittel für uns alle, und dann noch diese Hose, und den Rest hat sie zurückgelegt.«

Pause. Dann fragte Tommy tief beschämt: »Gibt er ihr denn kein Geld?«

»Er kommt nicht mehr. Schon länger als ein Jahr nicht.«

»Oh, ich dachte, er käme noch immer«, sagte Tommy obenhin und pfiff.

»Nein.« Dann setzte Dirk leise und mit verhaltener Wut hinzu: »Bald wird es noch mehr Mischlinge in der Siedlung geben.«

Die wilden schwarzen Augen auf Tommy gerichtet, saß er gespannt da, bereit, sich auf ihn zu stürzen. Doch Tommy hatte den Kopf gesenkt und blickte auf den Boden. »Das ist gemein«, sagte er, »das ist gemein.«

»Das hast du also entdeckt, weißer Junge!«, erwiderte Dirk. Er sagte es gutmütig, deshalb gab es keinen Grund, sich zu prügeln. Sie setzten sich an ihre Bücher, und Tommy brachte Dirk einige neue Rechenaufgaben bei.

Sie sprachen jedoch nie darüber, was Dirk einmal werden wollte und wie er das Gelernte anwenden werde. Sie wagten es nicht.

Dies war in ihrem elften Lebensjahr.

Als sie zwölf Jahre alt waren, begrüßte Dirk Tommy bei seiner Heimkehr aus der Schule gleich mit den Worten: »Hast du die Neuigkeit schon gehört?«

»Welche Neuigkeit?«

Sie saßen wie gewöhnlich auf der Bank. Die Hütte war neu gebaut, mit starkem Dach und guten Wänden versehen und diesmal mit Lehm verschmiert, um es den Ameisen schwerer zu machen.

»Es wird erzählt, sie wollen dich fortschicken.«

»Wer erzählt das?«

»Oh, alle«, sagte Dirk. Er scharrte ungewiss mit den Füßen unter dem Tisch, da dies die ersten Minuten ihres Zusammenseins nach Tommys Rückkehr aus der Schule waren und er immer erst vorsichtig tastete, bis er sicher war, dass Tommy sich ihm gegenüber nicht geändert hatte. Dieses »alle« war mit Zündstoff geladen. Tommy nickte jedoch nur und fragte besorgt: »Wohin wollen sie mich denn schicken?«

»Zur See.«

»Woher wissen sie es?« Fast flüsterte Tommy das Wort *sie*.

»Euer Koch hat gehört, wie deine Mutter es sagte …« Und dann setzte Dirk grinsend hinzu, um die Sache auszustehen: »Frechheit von dreckigen Kaffern, über Weiße zu reden.«

Tommy lächelte höflich und fragte weiter: »Wieso zur See, was soll das bedeuten?«

»Wie sollen wir dreckigen Kaffern denn das wissen?«

»Ach, halt den Mund!«, sagte Tommy ärgerlich. Böse und mit gespannten Muskeln betrachteten sie einander. Aber dann seufzten sie und wandten den Blick ab. Mit zwölf Jahren prügelt man sich nicht mehr so leicht, dazu war die Sache viel zu ernst.

Am Abend fragte Tommy seine Eltern: »Sie sagen, ich werde zur See gehen. Ist das wahr?«

Schnell fragte seine Mutter zurück: »Wer sagt das?«

»Ist es denn wahr?« Und dann setzte er spöttisch hinzu: »Frechheit von den dreckigen Kaffern, über *uns* zu reden.«

»Bitte sprich nicht so, Tommy, es ist nicht recht.«

»Ach, bitte, Mutter, wieso gehe ich zur See?«

»Sei doch vernünftig, Tommy, es ist ja noch gar nicht abgemacht, aber Mr. Macintosh …«

»Aha, also Mr. Macintosh steckt dahinter!«

Mrs. Clarke sah ihren Mann an; er trat zu ihnen, setzte sich und stützte die Ellbogen auf den Tisch. Es sollte also eine Familienkonferenz geben. Tommy nahm ebenfalls Platz.

»Also, hör zu, mein Sohn. Mr. Macintosh hat etwas für dich übrig. Du solltest ihm dankbar sein. Er kann viel für dich tun.«

»Warum soll ich aber zur See gehen?.

»Du musst nicht. Er hat es nur vorgeschlagen – er war selbst einmal bei der Handelsflotte.«

»Nur weil er mal da war, muss ich also auch dahin gehen!«

»Er hat uns angeboten, ein Universitätsstudium in England für dich zu bezahlen und dir Geld zu geben, bis du zur Marine kommst.«

»Aber ich will gar kein Seemann werden. Ich habe das Meer ja noch nie gesehen.«

»Du kannst doch gut rechnen, und das braucht man dazu. Warum also nicht?«

»Ich will nicht!«, sagte Tommy wütend, »ich will nicht, ich will nicht!« Durch Tränen hindurch warf er ihnen böse Blicke zu. »Ihr wollt mich bloß loswerden, das ist alles. Ihr wollt, dass ich von hier weggehe, weg von …«

Seine Eltern sahen einander an und seufzten.

»Nun, wenn du nicht willst, brauchst du nicht. Aber nicht jedem Jungen wird solch eine Gelegenheit geboten.«

»Warum schickt er denn nicht Dirk?«, fragte Tommy aggressiv.

»Tommy!«, rief Annie Clarke in höchster Bestürzung aus.

»Na, warum denn nicht? Er ist viel besser im Rechnen als ich!«

»Geh zu Bett!«, sagte Mr. Clarke plötzlich, von Zorn ergriffen. »Geh zu Bett!«

Tommy ging aus dem Zimmer und knallte die Tür hinter sich zu. Anscheinend war er nun erwachsen. Noch nie hatte sein Vater so zu ihm gesprochen. In verstockter Auflehnung saß er auf dem Bettrand und lauschte auf das Klopfen der Hämmer. Drüben in der Siedlung tanzten sie, das rote Licht der Feuer flackerte auf seiner Fensterscheibe.

Er dachte: ›Ob wohl Dirk dabei ist und mit den Übrigen um das Feuer springt?‹

Am nächsten Tag fragte er ihn: »Tanzt du mit den anderen?« Sofort wusste er, dass er einen Schnitzer gemacht hatte. Wenn Dirk zornig war, verdunkelten sich seine Augen und wurden schmal. War er verletzt, verzog er den Mund, sodass die Lippen einen dünnen Strich bildeten. So sah er jetzt aus.

»Hör zu, weißer Junge. Die Weißen mögen uns Mischlinge nicht. Und die Schwarzen ebenso wenig. Keiner liebt uns. Deshalb tanze ich nicht mit ihnen.«

»Lass uns arbeiten«, sagte Tommy schnell. Sie setzten sich an ihre Bücher und sprachen nicht mehr darüber.

Später kam Mr. Macintosh zum Hause der Clarkes und fragte nach Tommy. Die Eltern sahen ihm und ihrem Sohn nach, wie sie zusammen am Rande der großen Grube entlanggingen. Sie standen am Fenster und folgten den beiden mit ihren Blicken, ohne jedoch zu sprechen.

Mr. Macintosh bemerkte leichthin: »Nun, Laddie, du willst also nicht Seemann werden?«

»Nein, Mr. Macintosh.«

»Ich bin zur See gegangen, als ich fünfzehn war. Es war schwer, aber davor hast du doch keine Angst. Außerdem würdest du Offizier werden.«

Tommy sagte nichts.

»Der Gedanke gefällt dir nicht?«

»Nein.«

Mr. Macintosh blieb stehen und blickte in die Grube hinab. Die Erde auf dem Grunde war so gelb wie zu der Zeit, als Tommy sieben Jahre zählte, doch die Grube war jetzt viel tiefer. Um wie viel, wusste Mr. Macintosh nicht, er hatte sie nicht gemessen. Tief unten in diesem von Menschenhand geschaffenen Tal bewegten und verschoben sich die Arbeiter wie Samenkörner, die auf einem schräg gehaltenen Stück Papier hin- und herrutschten.

»Dein Vater hat im Bergwerk geschuftet, und Ingenieur ist er durch sein Studium während der Nacht geworden. Wusstest du das?«

»Ja.«

»Er hat es sehr schwer gehabt. Er war dreißig, als er sein Diplom erhielt, und ehe er hierherkam, verdiente er fünfundzwanzig Pfund im Monat.«

»Ja.«

»Das willst du doch nicht, oder?«

»Ich werde es tun, wenn ich muss!«, murmelte Tommy trotzig.

Mr. Macintoshs Gesicht schwoll an und wurde purpurfarben. Die Adern an Nase und Stirn standen schwarz heraus. Er fragte sich, warum dieser Junge ihn wie Dreck behandelte, wo er doch anbot, ihm einen unerhört großen Gefallen zu tun. Aber trotz des Ausdrucks mürrischer Gleichgültigkeit, der so hässlich auf dem jungen Gesicht aussah, konnte Mr. Macintosh nicht anders als ihn lieben. Er war ein prächtiger Bursche, groß, stark, sein weiches Haar von hellem Braun und seine Augen schwarz und strahlend. Er war viel ansehnlicher als sein Vater, der rau und von dem schweren Kampf seiner Jugend gezeichnet war. Mr. Macintosh sagte: »Nun, du brauchst nicht zur See zu fahren. Vielleicht möchtest du zur Universität gehen und Gelehrter werden?«

»Ich weiß nicht«, erwiderte Tommy unwillig, obwohl sein Herz schneller zu schlagen begonnen hatte. Vor Freude – er war im Begriff, schwach zu werden. Dann fragte er plötzlich: »Mr. Macintosh, warum wollen Sie mich auf die Universität schicken?«

Mr. Macintosh ging prompt in die Falle. »Ich habe keine Kinder«, meinte er sentimental. »Du bist für mich wie ein eigener Sohn.« Er hielt inne. Tommy sah in die Grube hinab, und seine Absicht war offensichtlich.

»Nun gut«, sagte Mr. Macintosh hart, »wenn du unbedingt ein Narr sein willst …«

Tommy stand mit gesenktem Blick vor ihm und wusste recht gut, dass er ein Narr war. Doch er konnte gar nicht anders handeln.

»Übereile dich nicht«, setzte Mr. Macintosh nach einer Pause hinzu. »Wirf deine Chancen nicht fort, Laddie. Du bist noch ein Kind. Nimm dir Zeit.« Mit diesem Ton verschob er den Schwerpunkt des Konflikts und machte ihn zu einer einfachen Frage des Abwartens. Tommy rührte sich nicht, und Mr. Macintosh fuhr schnell fort: »So ist's richtig, überleg dir's.« Hastig zog er eine Pfundnote aus der Tasche und ließ sie in die Hand des Jungen gleiten.

»Wissen Sie, was ich damit tun werde?«, fragte Tommy und lachte plötzlich. Es war kein freundliches Lachen.

»Mach, was du willst, mach ganz, was du willst. Es ist dein Geld«, erwiderte Mr. Macintosh und wandte sich ab, damit er nicht verstehen musste.

Tommy brachte das Geld Dirk, der es nahm, als gebührte es ihm. Tommy war jetzt sein Komplice in diesem Gefühl, und sie saßen in der Hütte beieinander. »Ich muss etwas werden«, sagte Tommy ärgerlich, »sie wollen durchaus etwas aus mir machen!«

»Aus mir brauchten sie nicht etwas zu *machen*!«, erklärte Dirk sarkastisch. »Ich wüsste, was ich werden wollte.«

»Was denn?«, fragte Tommy neidisch.

»Ingenieur.«

»Woher weißt du denn, was du dabei zu tun hast?«

»Das ist es, was ich mir wünsche«, beharrte Dirk eigensinnig.

Nach einer Weile sagte Tommy: »Wenn du in die Stadt gingest – es gibt dort eine Schule für Mischlinge.«

»Dann dürfte ich meine Mutter nicht wiedersehen.«

»Warum nicht?«

»Weil es Gesetze gibt, weißer Junge, Gesetze. Jeder, der mit den Negern und auf ihre Weise lebt, wird als Neger betrachtet. Darum bin ich ein Neger und habe kein Recht, mit den Mischlingen zusammen zur Schule zu gehen.«

»Wenn du in die Stadt gingest, würdest du nicht mit den Negern leben, sondern zu den Mischlingen, den Farbigen, gezählt werden.«

»Aber dann könnte ich meine Mutter nicht mehr sehen, denn wenn sie in die Stadt käme, wäre sie immer noch eine Negerin.«

Das sagte er mit einer triumphierenden Endgültigkeit, die Tommy denken ließ: ›Er beabsichtigt, auf einem anderen Wege sein Ziel zu erreichen ....‹. Er dachte weiter: ›nämlich durch mich ...‹. Doch schon längst hatte er diese Form der Gerechtigkeit anerkannt. Jetzt sah er auf seinen Arm hinab, der auf der rauen Tischplatte lag. Die Sonne hatte die Außenseite dunkel gebrannt und ausgetrocknet, das Haar darauf glitzerte wie feine Kupferfäden. Der Arm war nicht heller und nicht dunkler als der von Dirk. Er drehte ihn um: die Innenseite war glatt und von einem gelblichen Weiß; die Adern lagen kräftig und blau über dem Gelenk. Er sah Dirk an und grinste. Der wandte sogleich ebenfalls herausfordernd den Arm um. Tommy sagte betrübt: »Du kannst nicht in eine richtige Schule gehen, weil dein Arm innen braun ist. Damit ist die Sache entschieden.« Dirks bitter zusammengepresster Mund verzog sich zu einem Grinsen, das genau wie das seines Vaters war, und er sagte: »Jawohl, so ist es, weißer Junge, so ist es!«

»Nun, es ist nicht meine Schuld!«, erklärte Tommy angriffsbereit, ballte die Hand zur Faust und schlug damit immer wieder auf den Tisch.

»Ich hab ja nicht gesagt, dass es deine Schuld ist!«, antwortete Dirk schnell.

Tommy sagte in dem unsicheren, aggressiven Ton, in dem er manchmal zu Dirk sprach:

»Ich hab deine Mutter noch niemals gesehen.«

Hierauf lachte Dirk, als wolle er sagen: »Du hast es ja nie gewünscht.«

Nach einem Augenblick des Schweigens schlug Tommy vor: »Lass mich mit dir gehen und sie jetzt aufsuchen.«

Dirk erwiderte mit Unbehagen: »Du brauchst nicht.« Fast klang es mitleidig.

»Doch«, beharrte Tommy, »jetzt gleich!«

Er stand auf, und Dirk erhob sich ebenfalls. »Sie wird nicht wissen, was sie zu dir sagen soll«, warnte Dirk. »Sie kann nicht Englisch sprechen.« In Wirklichkeit wollte er gar nicht, dass Tommy zur Siedlung mitkam, und Tommy wollte es eigentlich auch nicht. Doch sie gingen.

Schweigend schritten sie auf dem Pfad dahin, der durch die Bäume führte, schweigend folgten sie dem Rand der Grube, schweigend traten sie unter die Bäume auf der anderen Seite und gingen dann den Weg entlang zur Eingeborenensiedlung. Die Siedlung war groß, sie dehnte sich über mehrere Morgen aus. Die Hütten waren in allen Stadien des Wachstums und des Verfalls, einige neu, mit hellem Gras gedeckt, andere verfallen, mit verwittertem, eingesunkenem Dach; einige wurden gerade gebaut, und die geschälten Stäbe für ihren Dachstuhl leuchteten weiß in der Sonne wie Milch.

Dirk schritt voraus zu einer großen, viereckigen Hütte. Tommy bemerkte, dass die Leute nach ihm sahen, wie er da mit dem farbigen Jungen ging, und dass sie sich dann lachend und flüsternd abwandten. Dirks Gesicht war stolz und verschlossen, und Tommy fühlte, dass auch sein Gesicht den gleichen Ausdruck trug. Vor der viereckigen Hütte saß ein etwa zehnjähriges Mädchen. Sie war bronzefarbig, wie Dirk. Ein anderes kleines Mädchen, etwa sechsjährig und völlig schwarz, hockte, den Finger in den Mund gesteckt, auf einem Holzklotz und betrachtete die Jungen. Ein ganz kleines Kind, das noch nicht sicher auf den Beinen war, kam zur Tür herausgetappt und fiel lachend gegen Dirks Knie. Seine Haut war fast weiß. Dann folgte Dirks Mutter dem Kleinen aus dem Eingang und lächelte, als sie Dirk sah. Als sie Tommy erblickte, wurde sie jedoch unruhig und verlegen. Sie machte eine kleine, schnelle Verbeugung und nahm Dirk das Kind ab, um etwas in den vor Schüchternheit ungeschickten Händen zu halten.

»Dies ist Baas Tommy«, sagte Dirk. Es klang recht verlegen.

Sie verbeugte sich wieder ein wenig und stand dann lächelnd da.

Dirks Mutter war eine korpulente Frau, überall rundlich und glatt, doch ihre Beine waren schlank, und die Arme, die sie um das Kleine geschlungen hatte, waren dünn und knotig. Ihr rundes Gesicht drückte verschämte Neugier aus, und ihre Blicke liefen schnell von Dirk zu Tommy und wieder zurück, während sie lächelte und lächelte, sich mit ihren kräftigen Zähnen auf die Lippen biss und dann wieder lächelte.

Tommy sagte: »Guten Morgen«, und sie lachte und erwiderte: »Guten Morgen.«

Dann erklärte Dirk: »Genug jetzt. Wir wollen gehen.« Es klang sehr ärgerlich. Tommy rief: »Auf Wiedersehen!« Dirks Mutter sagte ebenfalls: »Auf Wiedersehen!«, und wiederholte ihre kleine, schnelle Verbeugung, hob das Kind von einem Arm auf den anderen, lächelte strahlend und biss sich besorgt auf die Lippen.

Tommy und Dirk entfernten sich von der viereckigen Lehmhütte, vor der die verschiedenfarbigen Kinder standen und ihnen nachstarrten.

»Nun also«, meinte Dirk böse, »jetzt hast du meine Mutter gesehen.«

»Es tut mir leid«, erwiderte Tommy unbehaglich. Er hatte das Gefühl, als trüge er die Verantwortung für die ganze Sachlage. Aber Dirk lachte plötzlich und sagte: »Schon gut, schon gut, weißer Junge, es ist nicht deine Schuld.«

Doch er schien erfreut, dass Tommy sich Gedanken machte. Später fragte dieser scheinbar gleichgültig: »Kommt Mr. Macintosh jetzt wieder zu deiner Mutter?« Er dachte an die kleinen Kinder.

Dirk antwortete: »Ja.« Nichts als dieses eine Wort.

In der Hütte lernte Dirk aus einem Erdkundebuch, während Tommy unbeschäftigt neben ihm saß und mit Bitterkeit darüber nachgrübelte, dass man einen Seemann aus ihm machen wollte. Dann verlangten seine Hände Beschäftigung. Er zog sein Messer heraus und begann, an der Tischkante herumzusäbeln. Als die Einschnitte den weißen Holzkern bloß legten, hob er einen Stock vom Boden auf und schnitzte daran. Als der zu dünn wurde und zerbrach, ging Tommy hinaus unter die Bäume, hob ein Stück altes Holz auf und brachte es in die Hütte. Er arbeitete mit dem Taschenmesser daran herum, ohne zu wissen, was er machen wollte, bis ihn eine Rundung unter seinem Messer an Dirks Schwester erinnerte, wie sie am Hütteneingang hockte, und jetzt führte er das Messer mit einer bestimmten Absicht. Mehrere Tage lang rang er mit dem Holzstück, während Dirk lernte. Dann brachte er eine Schachtel Schuhwichse von zu Hause mit und polierte das hellbraune Wachs in das weißliche Holz ein, und bald hatte er die bronzefarbene Figur eines kleinen Mädchens, das auf mageren Beinen hockte und aus großen, neugierigen Augen blickte.

Tommy stellte die Figur vor Dirk auf, der sie leicht grinsend umdrehte. Schließlich sagte er: »Sie sieht ihr ähnlich.«

»Wenn du willst, kannst du sie haben«, antwortete Tommy. Dirks Zähne blitzten auf, er zögerte etwas und langte dann in die Tasche, aus der er ein schmutziges Bündelchen zog. Er knüpfte es auf, und Tommy sah die kleine Lehmfigur von Dirk, die er vor Jahren gemacht hatte. Sie war zerbröckelt und beinahe zu einem formlosen Klumpen abgewetzt, doch immer noch war Dirks herausfordernde Körperhaltung zu erkennen. In Tommys Hirn blitzte die Erinnerung auf – denn es war ihm schon ganz entfallen, dass er dies je gemacht hatte –, und er nahm die Figur in die Hand. »Das hast du aufbewahrt?«, fragte er schüchtern, und Dirk lächelte. Lächelnd blickten sie einander an. Es war ein Augenblick der warmen, engen Verbundenheit miteinander, doch er war zugleich schmerzlich – sie verstanden nicht, weshalb –, und auch das Empfinden der Grausamkeit und ihr Aufbegehren waren darin enthalten, das sie dazu trieb, miteinander zu kämpfen. Bedrückt senkten sie den Blick. »Ich werde deine Mutter machen«, rief Tommy. Er stand auf und lief hinaus zu den Bäumen, um der quälenden Vertrautheit zu entkommen. Er suchte, bis er einen Dornbaum fand, der so hart ist, dass er die Schneide einer Axt umbiegen kann. Tommy nahm ein Beil und arbeitete bis Sonnenuntergang daran, den Baum zu fällen. Einen großen Stein zu seiner Seite hielt er feucht, um die Axt daran zu schärfen, und am nächsten Tag arbeitete er weiter, bis der Baum fiel. Er schärfte die stumpf gewordene Axt von Neuem und hackte ein etwa zwei Fuß langes Stück vom Stamm, schälte die zähe Rinde ab und brachte das Holzstück in die Hütte. Dirk hatte ein Brett an den Stämmen der Rückwand befestigt und die winzige, zerbröckelnde Figur, die ihn selbst darstellte, sowie die neue bronzefarbene Statuette seiner kleinen Schwester dort aufgestellt. Für die neue Plastik war noch ein Platz frei. Tommy sagte schüchtern: »Ich mach sie, so schnell ich kann, damit sie fertig wird, ehe die Schule beginnt.« Er senkte den Blick, da ihn die neue Bindung des gemeinsamen Empfindens belastete, und untersuchte das Holzstück. Es war nicht, wie weiches Holz, von blass glänzender Mandelfarbe, sondern ingwerbraun, eng gemasert und knorrig. Durch den Kern lief, wie er wusste, ein harter schwarzer Faden, wie ein Rückgrat. Er drehte den Holzblock zwischen den Händen hin und her und dachte, dies sei schwieriger als alles, was er bisher gemacht hatte. Zum ersten Mal studierte er ein Holzstück genau, bevor er begann, daran zu arbeiten, und versuchte zu erkennen, wie er eine bestimmte Form, die er im Sinn hatte, aus dem harten Material hervorbringen könnte.

Dann setzte er das Messer an. Es zerbrach. Er bat Dirk um das seine. Es war ein langes Metallstück, einem Schrotthaufen entnommen, auf dem alte Bergwerksmaschinenteile lagen. Dirk hatte es an einem Stein geschliffen, bis es rasiermesserscharf war. Statt eines Griffes war ein Stück Tuch fest um ein Ende gewickelt.

Viele Tage lang suchte Tommy das Holz mit diesem ihm neuen, unhandlichen Werkzeug zu bezwingen. Als das Ende der Ferien gekommen war, hatte er die Gestalt vollendet, das Gesicht jedoch noch nicht geformt. Dirks Mutter war rundlich, mit weichem, schwerem Fleisch und vollen nackten Schultern über einem seitwärts gerafften Tuch. Die schlanken Beine standen fest auf den nackten Füßen, und die dünnen, von der Arbeit knotigen Arme trugen ein Kind, ein kleines, hilfloses Wesen, das mit großen, neugierigen Augen aus einem Tuch hervorlugte. Aber die Mutter hatte noch kein Gesicht.

»Ich mache es in den nächsten Ferien fertig«, versprach Tommy, und Dirk stellte die Figur sorgfältig neben die anderen auf das Wandbrett. Mit dem Rücken zu Tommy gewandt, fragte er vorsichtig: »Vielleicht bist du in den nächsten Ferien gar nicht hier?«

»Doch«, sagte Tommy nach einer Pause, »doch, ich werde hier sein.«

Das war ein Versprechen. Mit ihrem unwillkürlichen, warmen kleinen Lächeln blickten sie sich an und gingen auseinander – Dirk zurück in die Eingeborenensiedlung und Tommy in sein Elternhaus, wo schon der Koffer fertig gepackt für die Schule bereitstand.

An diesem Abend kam Mr. Macintosh zu den Clarkes herüber und sprach im Wohnzimmer mit den Eltern. Tommy, der schon eingeschlafen war, wachte auf und erblickte Mr. Macintosh, der auf dem Fußende seines Bettes saß und sagte: »Ich möchte ein Wort mit dir reden, Laddie.« Tommy drehte den Docht der Petroleumlampe höher und sah jetzt im flackernden Licht, dass ein Ausdruck der Unsicherheit auf Mr. Macintoshs Gesicht lag. Er saß, den starken alten Körper hinter dem fetten Bauch, die Hände auf die Knie gelegt, und in seinen grauen Schottenaugen stand Wachsamkeit.

»Ich möchte, dass du über das nachdenkst, was ich dir gesagt habe«, sprach Mr. Macintosh mit unvermittelter, rauer Aufgeräumtheit weiter. »Deine Mutter sagt, in zwei Jahren wirst du dein Abitur machen, weil du gut in der Schule bist. Und danach kannst du die Hochschule besuchen.«

Tommy lag, auf die Ellbogen gestützt, und in das Schweigen trommelten die Tomtoms aus der Niederlassung. Er erwiderte: »Aber Mr. Macintosh, ich bin doch nicht der Einzige, der gut lernt.«

Mr. Macintosh machte eine Bewegung und antwortete rau: »Nun, ich spreche aber von dir.«

Tommy schwieg. Wie immer waren seine Gegner viel stärker, als er erwartet hatte, einfach nur, weil sie es verstanden, den Worten einen anderen Sinn zu geben. Dann sagte er mit klopfendem Herzen: »Warum schicken Sie Dirk nicht auf die Hochschule? Sie sind so reich, und Dirk weiß alles, was ich weiß. Im Rechnen ist er besser als ich. Er ist mir um ein ganzes Lehrbuch voraus und kann Aufgaben lösen, die ich nicht ausrechnen kann.«

Ungeduldig schlug Mr. Macintosh die Beine übereinander, stellte sie dann wieder nebeneinander und sagte: »Aus welchem Grunde sollte ich denn Dirk zur Hochschule schicken?« Jetzt musste Tommy genau in Worte kleiden, was er meinte, und Mr. Macintosh war fest überzeugt, dass er das nicht tun würde. Um aber ganz sicherzugehen, senkte er die Stimme und sagte: »Denk an deine Mutter, Laddie, sie macht sich große Sorgen um dich, und du willst ihr doch keinen Kummer bereiten, nicht wahr?«

Tommy sah zur Tür, unter der ein breiter, gelber Lichtstreifen hindurchschimmerte. Im Zimmer nebenan warteten seine Mutter und sein Vater schweigend darauf, dass Mr. Macintosh mit der Nachricht zum Vorschein käme, für ihren Sohn sei eine wunderbare Zukunft gesichert.

»Sie wissen, weshalb Dirk zur Hochschule gehen sollte!«, meinte Tommy in kühner Verzweiflung und wand sich unter der Bettdecke. Mr. Macintosh zog es vor, diese Worte nicht gehört zu haben. Er stand auf und erklärte schnell: »Lass es dir durch den Kopf gehen, Laddie. Es hat keine Eile, aber in den nächsten Ferien möchte ich es wissen.« Damit ging er aus dem Zimmer. Als er die Tür öffnete, bot sich Tommy im hell erleuchteten Nebenzimmer eine peinliche Szene: dort saßen sein Vater und seine Mutter und lächelten Mr. Macintosh verlegen und bittend an. Die Tür schloss sich; Tommy schraubte den Docht herab, und es war dunkel.

Am nächsten Tag fuhr er zur Schule. Mrs. Clarke, die wie gewöhnlich Mr. Macintoshs Haus in Ordnung gebracht hatte, sagte bedrückt: »Ich denke, Sie werden alles an seinem richtigen Platz finden«, und schlüpfte hinaus, als schämte sie sich.

Mr. Macintosh war in einer Stimmung, die jeden, ausgenommen Annie Clarke, veranlasste, mit Vorsicht zu ihm zu sprechen. Sein Koch, der schon seit zwölf Jahren bei ihm arbeitete, kündigte in diesem Monat. Zweimal war er von Mr. Macintoshs starker, behaarter Faust zu Boden geschlagen worden, und er war schließlich kein Sklave, der bei seinem übellaunigen Herrn ausharren musste. Als eine Ladung Felsbrocken ins Gleiten kam und die Schädel zweier Arbeiter zerschmetterte, kam die Polizei, um eine Untersuchung durchzuführen. Mr. Macintosh empfing die Beamten in gereizter Stimmung und forderte sie auf, sich um ihre eigenen Angelegenheiten zu kümmern. Zum ersten Mal in der Geschichte der skandalösen Fahrlässigkeit in diesem Bergwerk, in der viele solche Unfälle vorgekommen waren, hörte Mr. Macintosh von einem Polizeibeamten die empörten Worte: »Sie reden, als stünden Sie über dem Gesetz, Mr. Macintosh. Wenn noch einmal so etwas geschieht, werden Sie ja sehen ...«

Das Schlimmste von allem war: als er Dirk befahl, wieder zur Arbeit in die Grube zu gehen, weigerte sich dieser.

»Sie können mich nicht zwingen«, sagte Dirk.

»Wer ist Herr in diesem Bergwerk?«, schrie Mr. Macintosh.

»Es gibt kein Gesetz, nach dem man Kinder zur Arbeit zwingen könnte!«, erwiderte trotzig der Dreizehnjährige, der, ebenso groß wie sein Vater, ein schlanker, kerzengerade gewachsener Jüngling, der massigen Stärke des alten Mannes gegenüberstand.

Das Wort *Gesetz* stachelte Mr. Macintoshs Wut so sehr an, dass er fühlte, wie seine Augen sich verdunkelten und ihm das Blut im Schädel pochte. Es war tatsächlich das Ausmaß seines Zorns, das ihn ernüchterte, denn schon in sehr jungen Jahren hatte er gelernt, sich vor seinem eigenen Jähzorn zu hüten. Er war vor allen Dingen ein sehr berechnender Mensch. Deshalb wartete er, bis er wieder klar sehen konnte, und fragte dann vernünftig: »Warum willst du denn in der Siedlung herumlungern, anstatt zu arbeiten und Geld zu verdienen?«

Dirk erwiderte: »Ich kann lesen und schreiben, und ich kann meine Rechenaufgaben besser als Tommy lösen – Baas Tommy«, fügte er in einem Ton hinzu, der Mr. Macintoshs Wut wieder zum Aufflackern brachte, sodass er eine neue Anstrengung machen musste, um sie zu unterdrücken.

Tommy war jedoch ein schwacher Punkt in Mr. Macintoshs Herzen, und daher sprach er jetzt Worte aus, derentwegen er sich später fragte, ob er plötzlich verrückt geworden sei. Er sagte nämlich: »Also gut, wenn du sechzehn bist, kannst du mir die Bücher führen und die Briefe für das Bergwerk schreiben.«

Dirk antwortete: »Gut«, als wäre dies nicht mehr, als ihm gebührte, und ging davon, Mr. Macintosh sich selbst und seiner ohnmächtigen Wut überlassend. Wie durfte denn irgendein anderer als er selbst in die Bücher sehen? Es war unmöglich – er hatte nicht die Absicht, Dirk oder sonst jemand je hineinblicken zu lassen. Doch er hatte sein Versprechen gegeben. Also musste er einen anderen Weg finden, Dirk zu beschäftigen oder aber – das Wort stellte sich ganz unwillkürlich ein – ihn loszuwerden.

Aus einer beständigen üblen Laune fiel Mr. Macintosh jetzt in mürrische Nachdenklichkeit, die seiner Veranlagung durchaus nicht entsprach. Schlau berechnend zu sein ist etwas, das vom Denkprozess sehr verschieden ist. Schlauheit, besonders die, durch die man sich Geld aneignet, ist eine Art Instinkt. Mr. Macintosh hatte zwar stets gewusst, was er wollte und wie es zu erreichen war; das hieß jedoch nicht, dass er wusste, warum er so viel Geld haben wollte, noch, warum er diesen Weg gewählt hatte, es zu erlangen. Er kam sich vor wie eine Katze, der man die Nase in den eigenen Schmutz gestupst hat, und viele Nächte hindurch saß er in seinem heißen kleinen Haus, das vom Lärm der Bergwerkshämmer ständig vibrierte, und betrachtete mit Unbehagen sich selbst und sein Leben. Er erinnerte sich zum Beispiel daran, dass er sechzig Jahre alt war und wahrscheinlich nur noch zehn oder fünfzehn Jahre zu leben hatte. Dies ist kein besonders erfreulicher Gedanke für einen Mann, der von Natur aus nicht zum Nachdenken neigt, besonders, wenn er sich noch niemals um sein Alter gekümmert hat. Er war so gesund, stark und zäh; doch er war sechzig, und was würde sein Denkmal sein? Ein riesiges Loch in der Erde und ein Vermögen von einer Million Pfund. Wie sollte er also diese zehn, fünfzehn Jahre verbringen? Genau wie die sechzig vorhergehenden; denn er hasste es, sich von diesem Ort zu entfernen, und dies gab ihm ein Gefühl des Gefangenseins und der Nutzlosigkeit – es war ihm noch niemals in den Sinn gekommen, dass er nicht so frei war, wie er gern gewesen wäre.

Warum hatte er eigentlich nicht geheiratet? Dieser Gedanke bohrte am schmerzlichsten in ihm. Er hielt sich für einen häuslichen Menschen und hatte stets die Absicht verfolgt, die richtige Frau für sich zu suchen und zu heiraten. Jetzt war er schon sechzig, und es war ihm wirklich nie klar geworden, warum er nicht geheiratet und Söhne gezeugt hatte. In dieses langsame, beschwerliche Grübeln drängte sich der Gedanke an Dirks Mutter nur, um schnell wieder verscheucht zu werden. Mr. Macintoshs Sinnlichkeit reizten dunkelhäutige Frauen, und jetzt war es gewiss zu spät, das als dauerhaften Charakterzug anzuerkennen, was er stets nur für eine vorübergehende Laune gehalten hatte, ein Provisorium, wie ein Mensch, der sich daran gewöhnt, einen billigen Tabak zu schätzen, wenn ihm bessere Sorten nicht zugänglich sind.

Er dachte an Tommy, von dem er zu sagen pflegte: »Ich habe eine Vorliebe für den Jungen.« Jetzt war aus der Vorliebe eine tiefe, schmerzliche Liebe geworden. Dabei war Tommy der Sohn seines Angestellten und blickte mit Verachtung auf ihn, und er, Mr. Macintosh, reagierte darauf mit ärgerlicher Scham, als trage er eine Schuld. Welche Schuld eigentlich? Es war doch lächerlich!

Die ganze Situation war lächerlich, darum ließ sich Mr. Macintosh in seine gewohnte Denkweise zurückgleiten. ›Tommy ist ja noch ein Junge‹, dachte er, ›in einem Jahr wird er einsehen, was vernünftig ist. Und was Dirk betrifft, so werde ich schon irgendeine Stellung für ihn finden, wenn es so weit ist …‹

Als Tommy am Ende des nächsten Quartals heimkehrte, verlangte Mr. Macintosh, wie immer, sein Zeugnis zu sehen, das ihn gewöhnlich mit Stolz erfüllte. Aber anstatt wie sonst an der Spitze seiner Klasse zu stehen und lobende Bemerkungen der Lehrer und gute Noten in allen Fächern vorweisen zu können, stand Tommy jetzt fast an letzter Stelle und hatte Beurteilungen wie ›flüchtig‹, ›faul‹ und ›ungezogen‹ erhalten. Das einzige Fach, in dem er eine gute Zensur erhielt, nannte sich ›Kunsterziehung‹ und existierte für Mr. Macintosh gar nicht.

Als Tommy von seinen Eltern gefragt wurde, warum er sich keine Mühe gäbe, antwortete er ungeduldig: »Ich weiß nicht«, und das entsprach durchaus der Wahrheit. Er machte sich sogleich nach dem Ameisenhügel auf. Dort saß Dirk und wartete auf die Bücher, die Tommy ihm stets mitbrachte. Tommy begab sich sofort zum Wandbrett, auf dem die Plastik von Dirks Mutter stand, hob sie herab und betrachtete die unbearbeitete Fläche, die das Gesicht werden sollte. »Ich weiß, wie ich es machen werde«, sagte er zu Dirk und nahm einige Messer und Meißel zur Hand, die er aus der Stadt mitgebracht hatte.

Damit beschäftigte er sich während der drei Ferienwochen, und wenn er Mr. Macintosh begegnete, war er mürrisch und fühlte sich unbehaglich. »Du wirst etwas besser arbeiten müssen!«, sagte Mr. Macintosh, als Tommy zurückfuhr. Außer einem gezwungenen Lächeln erhielt er keine Antwort.

Während dieses Quartals zeichnete sich Tommy durch zwei Dinge aus, abgesehen davon, dass er, sonst immer der Beste, jetzt ständig der Schlechteste in der Klasse war. Im Diskussionszirkel hielt er eine feurige Rede über die Rassendiskriminierung, was seinen Lehrern durchaus gefiel; denn es ist eine bekannte Tatsache, dass junge Menschen dieses Stadium der Rebellion durchmachen müssen, bevor sie sich zu einer soliden Übereinstimmung mit dem Hergebrachten mäßigen. Tatsache war: je heftiger die Rebellion mit Worten, umso solider würde die Übereinstimmung mit dem Bestehenden wahrscheinlich werden. Insgeheim verschaffte sich Tommy Bücher aus der städtischen Leihbücherei, die gewöhnlich nicht von Jungen seines Alters gelesen werden: über die Geschichte Afrikas, über vergleichende Anthropologie, und dann ging er zur Geschichte der Gegenwart über – er bestellte Schriften aus der Regierungsdruckerei, und zwar Landesgesetze, besonders solche, die sich mit den Beziehungen zwischen den Schwarzen, den Weißen und den Farbigen befassten. Die Broschüren kaufte er, um sie Dirk mitzubringen. Und neben all diesem Gärstoff gab es noch das Fach ›Kunsterziehung‹. In dieser Schule bedeutete das zweimal in der Woche eine Zeichenstunde, in der er Büsten von Julius Cäsar oder auch von Nelson kopierte, Farnwedel und Blätter schattierte, eine große Vase oder einen Tisch zeichnete, der schräg zur Klasse stand, damit er das, was man als ›die Gesetze der Perspektive‹ bezeichnete, anwenden lernte. In dieser Schule wurde nicht modelliert, und es gab nichts, was auch nur annähernd der Bildhauerkunst verwandt war, aber dieser Zeichenunterricht kam dem am nächsten; und die sonderbaren Hemmungen, die ihn daran hinderten, sich in Geometrie oder Englisch auszuzeichnen, machten sich nicht bemerkbar, wenn er den Bleistift führte.

Am Ende dieses Quartals war sein Zeugnis sehr schlecht, aber es trug den Vermerk, dass er ›Interesse für Ereignisse der Gegenwart‹ und ›Kunstbegabung‹ habe.

Jetzt begann dieses Wort ›Kunst‹, das zweimal hintereinander im Zeugnis gestanden hatte, seine Eltern zu beunruhigen und Mr. Macintoshs Aufmerksamkeit zu erregen. Er sagte zu Annie Clarke: »Es ist etwas Hübsches, Bilder zu malen, aber damit wird sich der Junge nicht den Lebensunterhalt verdienen können.« Und Mrs. Clarke meinte vorwurfsvoll zu Tommy: »Das mag alles ganz schön und gut sein, aber mit dem Malen von Bildern kannst du dir deinen Lebensunterhalt nicht verdienen!«

»Ich hab ja nicht gesagt, dass ich meinen Lebensunterhalt damit verdienen will!«, schrie Tommy unglücklich. »Warum muss ich denn durchaus etwas *werden,* immer wollt ihr, dass ich etwas *werde!*«

Diese Ferien verbrachte Dirk damit, die Parlamentsbeschlüsse und die Berichte der Ausschüsse und Unterausschüsse zu studieren, die Tommy ihm mitgebracht hatte, während dieser etwas ganz Neues versuchte. Dirk hatte ein rechteckiges Stück weiches weißes Holz aus der Mine entwendet, weil er dachte, Tommy könne es vielleicht gebrauchen. Tommy lehnte es gegen die Hüttenwand, kniete davor auf dem Boden und versuchte, einen Fries oder ein Relief daraus zu machen – er kannte die Bezeichnung für das, was er machte, nicht. Er schnitt eine große Grube aus, die von Erd- und Gesteinshaufen umgeben war, dahinter die Gipfel der hohen Berge, und am Rande der Grube stand ein großer Mann, der einen Stock hielt. Über den Grubenrand wand sich eine Schlange schwarzer Figuren, die in den Abgrund stürzten. Aus der Grube stiegen Flammen und Rauch empor. Tommy nahm den grünen Saft der Blätter und mischte ihn mit Lehm, um die Berge und den Grubenrand damit zu färben. Die kleinen Figuren malte er mit Holzkohle schwarz, und die Flammen, die aus der Grube loderten, kolorierte er mit etwas roter Farbe, die in der Mine zum Anstreichen von Maschinenteilen benutzt wurde.

»Wenn du es hier stehen lässt, werden es die Ameisen auffressen«, sagte Dirk, als er das primitive, aber wirkungsvolle Bild mit grimmigem Vergnügen betrachtete.

Tommy zuckte nur die Achseln. Solange er an einer Sache arbeitete, war er leidenschaftlich darin vertieft und fürchtete, irgendetwas könne es verderben oder auch nur seine Aufmerksamkeit davon ablenken. War die Arbeit aber einmal beendet, verlor er jedes Interesse daran.

Es war Dirk, der das Wandbrett, auf dem die Figuren standen, mit einer Lösung bestrichen hatte, die die Ameisen fernhielt; und es war jetzt wieder Dirk, der das rechteckige Holzstück auf eine Blechunterlage stellte, die mit der gleichen Lösung bestrichen war, und der es so ausbalancierte, dass es nirgends die Hüttenwand berührte, damit die Ameisen nicht hinaufgelangen konnten.

Und so kehrte Tommy, noch immer in der gleichen Stimmung eigensinniger Auflehnung, in die Schule zurück und zeichnete dort weiter Julius Cäsar und Vasen mit Blumen ab, während Dirk bei seinen Büchern und Parlamentsbeschlüssen zurückblieb. Wenn sie einander wiedersahen, würden sie vierzehn Jahre alt sein, und beide wussten, dass dann ein Wendepunkt für sie kam und schwerwiegende Entscheidungen vor ihnen lagen. Doch sie sagten nicht mehr als das übliche »Tschüs«, als sie sich trennten. Sie schrieben einander niemals, obwohl Tommy in diesem Quartal den Auftrag hatte, gewisse Bücher und weitere Parlamentsbeschlüsse für einen Zweck zu senden, mit dem er völlig einverstanden war.

Dirk hatte sich nämlich in der Eingeborenensiedlung eine neue Hütte gebaut, in der er allein wohnte – zwar in der Siedlung, doch ohne ein Teil von ihr zu sein, und seiner Mutter in Zuneigung verbunden, aber von ihr getrennt. In diese Hütte kamen nun des Nachts solche Arbeiter, die ihre Abneigung gegen den Mischling, dieses Kuckucksei in ihrem Nest, überwanden, um des gemeinsamen Interesses willen an dem, was er ihnen aus den Beschlüssen und Berichten vermittelte. Was er ihnen mitteilte, war das, was er selbst in der stolzen Einsamkeit seiner Isolierung gelernt hatte. »Bildung«, hatte er zu Tommy gesagt. »Bildung – das ist der Schlüssel«, und Tommy hatte ihm zugestimmt, obwohl man aus seinem Betragen schließen konnte, dass er für sich selbst jede Absicht, eine Bildung zu erlangen, aufgegeben hatte. Während dieses ganzen Quartals kamen regelmäßig Pakete an. »Dirk, p. A. Mr. Macintosh«, und Mr. Macintosh übergab sie Dirk, ohne eine Frage zu stellen.

Mit den Bleistiftenden und Schreibheften, die Tommy gesandt hatte, mühten sich in der halbdunklen, rauchigen Hütte jede Nacht ein halbes Dutzend Arbeiter ab, um die Kunst des Schreibens und Rechnens zu erlernen und die Gesetze zu verstehen.

Eines Nachts kam Mr. Macintosh ziemlich spät aus jener anderen Hütte und sah den roten Widerschein eines Feuers auf dem holprigen Boden vor dem Eingang zu Dirks Behausung flackern. In allen anderen Hütten war es dunkel. Vorsichtig bewegte er sich an ihnen vorbei, bis er im Schatten vor der erleuchteten Tür stand und hineinblicken konnte. Dirk hockte auf dem Boden und war von einem halben Dutzend Männern umgeben, die in eine Zeitung sahen.

Nachdenklich ging Mr. Macintosh beim Sternenlicht nach Hause. Dirk wäre sehr böse gewesen, hätte er Mr. Macintoshs Gedanken erraten; denn seine ganze flammende Rebellion, all seine Empörung galten Mr. Macintosh und seiner Tyrannei. Zum ersten Mal empfand dieser so etwas wie einen rauen, belustigten Stolz über Dirk; vielleicht, weil er Schotte war und in jedem aus diesem Volk ein instinktiver Respekt vor dem Wissen lebt, und vor Menschen, die entschlossen sind weiterzukommen. ›Der Apfel fällt nicht weit vom Stamm‹, dachte Mr. Macintosh und erinnerte sich daran, wie er sich als Junge abgemüht hatte, um etwas Bildung zu erlangen. Und wenn der Apfel auch von der falschen Farbe war – nun, er, Macintosh, würde etwas für Dirk tun. Irgendetwas, er würde das schon finden, wenn es so weit war. Was die anderen betraf, die bei Dirk saßen – nichts war leichter, als einen Arbeiter zu entlassen und einen anderen dafür einzustellen. Mr. Macintosh ging zu Bett – wie immer ungewaschen, im Unterhemd und in Pyjamahosen, und sparsam im Verbrauch der Kerze.

Am Morgen befahl er einem der Aufseher, Dirk zu rufen. Sein Herz schmolz bei dem Gedanken an die nun folgende Szene der Großmut. Er wollte Dirk vorschlagen, allen Aufsehern Lesen und Schreiben beizubringen – natürlich gegen ein Gehalt –, damit sie bei der Arbeit noch nützlicher wären. Zum Beispiel konnten sie lernen, Lohnlisten zu führen.

Der Aufseher erklärte, Baas Dirk verbringe seine Tage in Baas Tommys Hütte und lerne. Durch seine Haltung deutete er an, dass man Baas Dirk bei dieser Beschäftigung nicht stören dürfe und dass Baas Tommy hierfür verantwortlich sei.

Der Mann, der die Wirkung seiner Worte genau beobachtete, sah, wie in Mr. Macintoshs feistem Gesicht die hervorstehenden Adern anschwollen, und trat einen Schritt zurück. Er gehörte nicht zu Dirks Bewunderern.

Nachdem Mr. Macintosh einige Augenblicke lang heftig geschnauft hatte, ließ er die Klugheit Oberhand über seinen Zorn gewinnen. Er schickte den Mann fort und wandte sich ab.

An diesem Morgen verließ er seine große Grube und wanderte hinüber in den Busch, dem hohen, blauen Gipfel entgegen. Er hatte davon gehört, dass Tommy eine Art Hütte besaß, aber er stellte sie sich als kindliches Machwerk vor. Er war noch immer sehr ärgerlich wegen des wohlbedachten »Baas Dirk«. Eine Weile schritt er auf einem ebenen Pfad durch den Wald, dann kam er zu einer Lichtung. Auf der anderen Seite lag der Ameisenhügel, und darauf stand eine gut gebaute Hütte, vor deren offene Vorderwand Farnwedel wie Vorhänge gezogen waren. In der Öffnung saß Dirk. Er trug ein sauberes, weißes Hemd und lange, gebügelte Hosen. Sein mit Öl eingeriebener und glatt gebürsteter Kopf war über die Bücher gebeugt. Die Hand, die die Blätter umwandte, trug einen Messingring am kleinen Finger. Er sah aus wie ein ehrgeiziger Schreiber – und das war die Menschenart, die Mr. Macintosh am meisten verabscheute.

Mr. Macintosh blieb einige Zeit am Rande der Lichtung stehen und wartete darauf, dass irgendetwas geschehe, damit er sich zu einem Zornesausbruch hinreißen lassen könnte, der Dirk für immer vernichten werde. Aber nichts geschah. Dirk wendete weiter die Blätter seines Buches um, und so ging Mr. Macintosh in sein Haus zurück, wo er Rinderschmorfleisch und Mohrrüben zu Mittag aß.

Danach begab er sich an eine bestimmte Schublade in seinem Schlafzimmer und entnahm ihr einen Gegenstand, der nachlässig in ein Tuch eingeschlagen war und sich, nachdem er ihn ausgewickelt hatte, als die Plastik von Dirk erwies, die der kleine Tommy geschnitzt und ihm für fünf Pfund verkauft hatte. Mr. Macintosh drehte und wendete das primitive hölzerne Abbild Dirks und brütete darüber in leidenschaftlicher Neugier, als lebte der Junge nicht auf derselben Quadratmeile Bodens wie er und als wäre er nicht zu fast jeder Stunde des Tages erreichbar, um sich von Mr. Macintosh betrachten zu lassen.

Stellt man sich den Jüngsten Tag vor, an dem die Toten, all ihrer Vorurteile ledig, aus ihren Gräbern auferstehen – Schwarze, Weiße, Bronzefarbene und Gelbe – und ein fröhliches Wiedersehen feiern, dann könnte es wohl eine der Freuden dieses Tages sein, dass Menschen, die ihr ganzes Leben lang nebeneinander auf demselben Stück Land oder in derselben Straße gelebt haben, einander mit verwundertem Erkennen betrachten.

»So warst du also!«, mag etwa das allgemeine Gemurmel in Gottes Himmel lauten. Denn die Glaswand, die die Menschen verschiedener Hautfarbe zwischen sich errichtet haben, ist nicht einfach nur eine Schranke zur Verhinderung der gegenseitigen Berührung. Sie ist so dick geworden, dass sie alles verzerrt, was man durch sie hindurch betrachtet. Und so sehen die schwarzen und weißen Menschen einander wohl, aber – was sehen sie denn eigentlich? Mr. Macintosh untersuchte die Plastik von Dirk, als wollte er irgendeine endgültige Lösung darin entdecken, aber der Gedanke, der sich ihm immer mehr aufdrängte, war, dass die Statue auch ihn selbst im Alter von zwölf Jahren darstellen könnte. So rollte er sie wieder in das Tuch ein und warf sie in die hinterste Ecke der Schublade, damit sie ihm aus den Augen käme – und mit ihr dieses unwillkommene und quälende Wissen.

Am späten Nachmittag verließ er wieder sein Haus und schlug den Weg zur Hütte auf dem Ameisenhügel ein. Sie war leer, und er musste sich durch das kniehohe Gras und die Büsche drängen, bis er endlich die harten, schlüpfrigen Abhänge des Ameisenhügels hinaufklettern und in die Hütte gelangen konnte.

Zuerst betrachtete er die Bücher auf dem Brett. Je länger er sie ansah, desto mehr verblasste das Bild Dirks als geölter, gezierter Schreiber, an das er sich geklammert hatte, seit er das andere Bild in die hinterste Ecke seiner Schublade geschleudert hatte. Seine Achtung vor Dirk erwachte von Neuem. Komplizierte Mathematik – viel fortgeschrittener, als er sie jemals gelernt hatte, Geografie, Geschichte, *Die Entwicklung des Sklavenhandels im achtzehnten Jahrhundert*, *Die Entwicklung der parlamentarischen Institutionen in Großbritannien*. Dieser Titel entlockte Mr. Macintosh ein Lächeln – etwa das eines räubernden Freibeuters, der die Eintragungen einer Küstenwache durchstöbert. Mr. Macintosh nahm ein Buch nach dem anderen herab und lächelte. Dann fiel sein Blick auf einen Haufen dünner blauer Hefte neben den Büchern, und er sah sich auch diese an. *Gesetz über die Beschäftigung Eingeborener, Gesetz über die Beschäfti-*

gung jugendlicher Eingeborener, Gesetz über die Passierscheine für Eingeborene. Mr. Macintosh überflog die Seiten und lachte. Hätte Dirk dieses Lachen gehört, so wäre er davon schlimmer getroffen worden als von jedem Peitschenhieb.

Denn wenn er diese und ähnliche Gesetze des Nachts in seiner Hütte seinen erbitterten Bundesgenossen erklärte, schien ihm, dass jedes von ihm gesprochene Wort wie ein Stein war, den er auf Mr. Macintosh, seinen Vater, schleuderte. Doch Mr. Macintosh lachte, da er diese Gesetze ebenso verachtete wie Dirk, nur auf eine andere Weise. Wenn Mr. Macintosh bei seinen seltenen Besuchen in der Stadt einmal am Parlamentsgebäude vorüberfuhr, warf er einen herablassenden, ironischen Blick darauf: »Warum auch nicht?«, schien er zu sagen, »schließlich ist das eine Beschäftigung wie jede andere!«

Deshalb nahm er Dirks verzweifelten Racheakt mit einem Lächeln auf und warf die Bücher und Schriften auf das Brett zurück. Dann wandte er sich um und betrachtete die anderen Gegenstände, die sich in der Hütte befanden. Jetzt erst fiel sein Blick auf das Wandbrett mit den aufgestellten Plastiken. Er besah sie sich näher und fühlte, wie ihm ein Wutanfall das Blut ins Gesicht trieb. Dort stand Dirks Mutter und sah ihn über den Kopf des Kindes hinweg mit verschämter Sinnlichkeit an, dort saß das kleine Mädchen, seine Tochter, auf ihren dürren Beinen und starrte zu ihm herüber; und dort, am Rande des Brettes, stand ein kleiner, abgewetzter Lehmklumpen, der noch immer Dirks trotzige Kraft aufwies. Mr. Macintosh schnaufte, seine Wut bezähmend, und trat einen Schritt zurück, um die Figuren besser betrachten zu können, als sein Absatz gegen ein schräg gestelltes Holzstück stieß. Er wandte sich danach um. Es war das Bild von seinem Bergwerk, das Tommy geschnitzt und bemalt hatte. Mr. Macintosh sah die große Grube, die kleinen schwarzen Figuren, die zappelnd in die Flammen hinunterstürzten, und er sah sich selbst, den Stock in der Hand, den Hut auf dem Hinterkopf, mit gespreizten Beinen am Rande der Grube stehen.

Jetzt wurde Mr. Macintosh so aufgeregt und wütend, dass es

ihn aus der Hütte hinaus in die Lichtung trieb, wo er im Gras hin- und herstapfte und die Hütte ansah, während der Zorn in ihm schwelte und fraß. Nach einiger Zeit kam er wütend wieder zur Hütte zurück und sah hinein. Ja, dort stand Dirks Mutter und blickte verschämt von ihrem Wandbrett herunter, als wollte sie sagen: »Freilich, ich bin's, weißt du noch?« Und dort auf dem Boden stand das quadratische, getönte Holzstück, das ausdrückte, was Tommy von ihm und seinem Leben hielt. Mr. Macintosh zog eine Schachtel Streichhölzer aus der Tasche. Er zündete eins davon an. Dann kam ihm zum Bewusstsein, dass er hier sinnlos mit einem brennenden Streichholz in der Hütte stand. Er ließ es fallen und trat es mit dem Fuß aus. Nun steckte er die Pfeife in den Mund, füllte sie und zündete sie an, wobei er abwechselnd das Wandbrett und die quadratische Schnitzerei betrachtete. Das zweite Streichholz fiel auf den Boden und brannte mit einer kleinen weißen Flamme weiter. Er trat fest mit dem Absatz darauf. Dann stieg maßlose Wut in ihm auf, er steckte wieder ein Streichholz an, stieß es in das Gras des Hüttendachs, trat hinaus und ging über die Lichtung fort in den Busch. Ohne sich umzusehen, kehrte er zu seinem Hause zurück, wo ihn sein Abendbrot von geschmortem Rindfleisch mit Mohrrüben erwartete. Er war erstaunt, ärgerlich, erzürnt. Schließlich fühlte er sich bekümmert und wollte gern jemand erklären, welch furchtbare Ungerechtigkeit Tommys Ansicht über ihn sei. Aber niemand war da, dem er es klarmachen konnte, und so beruhigte er sich langsam. Eine anhaltende, dumpfe Traurigkeit blieb in ihm zurück, die einige Tage andauerte, bis die Zeit ihm seine normale Verfassung wiedergab. Aus diesem Zustand hielt er Rückschau auf sein Verhalten, und es gefiel ihm gar nicht. Nicht, dass er bedauerte, die Hütte niedergebrannt zu haben, das schien ihm unwichtig zu sein. Er war ärgerlich auf sich selbst, weil er seiner Wut gestattet hatte, ihm seine Handlungen zu diktieren. Auch wusste er, dass solche Taten ihre Folgen zu haben pflegen.

So wartete er und dachte immer wieder an die Grausamkeit des Schicksals, das ihm einen Sohn verweigert hatte, der seine

Arbeit weiterführen konnte; denn er betrachtete seine Arbeit durchaus als etwas, das weitergeführt werden musste. Traurig dachte er an Tommy, der ihn verleugnete. Und indem er sich mit ihm beschäftigte, wurde seine Liebe zu Tommy von Neuem entfacht. Er wartete auf ihn und überlegte, welch vorwurfsvolle Worte er ihm sagen würde.

Als Tommy von der Schule zurückkehrte, ging er sogleich zur Lichtung und fand auf dem Ameisenhügel einen Aschenhaufen, den der Wind schon durchwühlt und halb verweht hatte. Dirk saß auf einem Baumstamm im Busch und erwartete ihn.

»Was ist geschehen?«, fragte Tommy. Und gleich darauf: »Hast du deine Bücher gerettet?«

Dirk sagte: »*Er* hat sie verbrannt.«

»Woher weißt du das?«

»Ich weiß es.«

Tommy nickte. »Alle deine Bücher sind dahin!«, klagte er traurig und so schuldbewusst, als hätte er selber sie verbrannt.

»Dein Bild und deine Plastiken sind auch zerstört!«

Hierauf zuckte Tommy aber nur die Achseln, da er kein Gefühl für seine Sachen aufbringen konnte, wenn sie einmal fertig waren. »Wollen wir die Hütte jetzt wieder neu bauen?«, schlug er vor.

»Meine Bücher sind verbrannt!«, sagte Dirk mit leiser Stimme, und als Tommy ihn anblickte, sah er, dass Dirk die Hände zu Fäusten geballt hatte. Instinktiv rückte Tommy ein wenig zur Seite, um dem Zorn des Freundes Raum zu geben.

»Wenn ich groß bin, werfe ich euch alle hinaus, jeden von euch; nicht ein einziger weißer Mann wird übrig bleiben in Afrika, nicht einer!«

Auf Tommys Gesicht lag ein kleines, erschrecktes Lächeln. Der Hass, den Dirk ihm entgegenschleuderte, war so groß, dass Tommy beinahe fortgegangen wäre. Er saß neben seinem Freund auf dem Baumstamm und sagte: »Ich werde versuchen, dir neue Bücher zu beschaffen.«

»Und dann wird er sie wieder verbrennen.«

»Aber was drinstand, hast du doch schon im Kopf!«, sagte

Tommy tröstend. Dirk antwortete nicht, sondern saß da und gab sich ganz seinem Zorn hin, und so verharrten sie in der Stille des Busches, auf dem Baumstamm sitzend, während die Tauben gurrten und die Minenhämmer klopften, den ganzen heißen Morgen hindurch. Als sie sich am Mittag trennen mussten, um in ihre verschiedenen Welten zurückzukehren, taten sie es mit tiefer Traurigkeit und wussten, dass ihre Kindheit und ihr Spiel beendet waren und etwas Neues vor ihnen lag.

Bei der Mahlzeit hatten Tommys Eltern sein Zeugnis vor sich auf dem Tisch. Sie machten ihm Vorwürfe. Er war der Schlechteste in der Klasse und würde sein Abitur in diesem Jahr nicht machen; auch in keinem anderen Jahr, wenn es so weiterging.

»Du warst doch früher so ein intelligenter Junge!«, klagte seine Mutter, »was ist denn jetzt nur mit dir geschehen?«

Tommy saß schweigend am Tisch und machte eine ungeduldige Bewegung mit den Schultern, als wolle er sagen: ›Lasst mich in Ruh!‹ Er betrachtete sich selbst auch gar nicht als ›dumm und faul‹, wie das Zeugnis ihn nannte.

In seinem Zimmer lagen Zeichenblöcke, Bleistifte, Hämmer und Meißel. Nie kam ihm der Gedanke, er hätte ein Ziel mit dem anderen vertauscht, denn er hatte kein Ziel. Wie konnte er auch, da man ihm nie eine Zukunft angeboten hatte, die ihm annehmbar erschien? Und jetzt, in seinem fünfzehnten Jahr, als seine vorwurfsvoll blickenden Eltern immer vorwurfsvoller wurden und er wusste, dass Mr. Macintosh bald das Zeugnis sehen werde, war alles, was er empfand, ein verschlossener Trotz und eine große Kraft.

Am Nachmittag kehrte er auf die Lichtung zurück und nahm seine Meißel mit. Wieder saß er auf dem alten, weichen, halb verrotteten Baumstamm, auf dem er am Morgen gesessen hatte, und wartete auf Dirk. Aber Dirk kam nicht. Er versetzte sich an die Stelle seines Freundes und verstand, dass Dirk es nicht ertragen konnte, mit einem weißhäutigen Menschen zusammen zu sein – ein weißes Gesicht, und sei es das seines ältesten Freundes, bedeutete zu sehr den Feind für ihn. Doch Tommy wartete, auf dem Baumstamm sitzend, den ganzen Nachmittag hindurch, die Hämmer und Meißel in einem kleinen Kasten zu seinen Füßen im Grase, er betastete das weiche, warme Holz, auf dem er saß, und nahm dessen Form und Maserung durch die Finger ins Bewusstsein auf.

Am nächsten Tag kam Dirk auch nicht.

Tommy begann, um den gestürzten Baum herumzugehen und ihn zu studieren. Er war sehr dick, und die Wurzeln krümmten und wanden sich in der Luft bis zur Höhe seiner Schultern. Er begann, an der Wurzel zu meißeln. Es würde wieder Dirk werden.

An diesem Abend kam Mr. Macintosh zu den Clarkes und las das Zeugnis. Er kehrte in sein Haus zurück und fragte sich, warum Tommy mit so bitterer Entschlossenheit gegen ihn stand. Am nächsten Morgen ging er wieder zu den Clarkes hinüber, um Tommy aufzusuchen, aber der Junge war nicht da.

Deshalb wanderte er durch den dichten Busch zum Ameisenhügel, und dort fand er Tommy, der im Grase kniete und an der Wurzel arbeitete.

Tommy sagte: »Guten Morgen!«, und fuhr fort zu arbeiten. Mr. Macintosh setzte sich auf den Baumstamm und sah ihm zu.

»Was machst du denn da?«, fragte er.

»Dirk«, erklärte Tommy, und Mr. Macintosh wurde blaurot im Gesicht und wollte aufspringen. Doch Tommy sah ihn nicht an. So blieb Mr. Macintosh also sitzen und schwieg. Aber dann reizte ihn die sinnlose Intensität der Konzentration, die der Junge auf die faulende Wurzel verwendete, und seine Gedanken führten ganz natürlicherweise zu einem neuen Entschluss.

»Möchtest du gern Künstler werden?«, schlug er vor.

Tommy ließ seinen Meißel ruhen und sah Mr. Macintosh an, als wäre dies eine neue Falle. Er zuckte die Achseln und fuhr mit ärgerlicher Miene fort zu arbeiten.

»Wenn du wirklich Talent hast, kannst du mit so etwas Geld verdienen. Ich hatte einen Vetter daheim in Schottland, der tat es. Er machte Andenken, für Touristen, weißt du.« Er sprach in einem munteren, besänftigenden Ton.

Tommy ließ sich von den Andenken nicht bewegen – wieder

eins von diesen Attentaten auf seine Unabhängigkeit! Er fragte: »Warum haben Sie Dirks Bücher verbrannt?«

Mr. Macintosh lachte erleichtert. »Warum sollte ich denn seine Bücher verbrennen?« Es kam ihm wirklich lächerlich vor. Seine Wut hatte Tommys, nicht Dirks Arbeit gegolten.

»Ich weiß, dass Sie es getan haben«, sagte Tommy, »ich weiß es. Und Dirk auch.«

Mr. Macintosh zündete gut gelaunt seine Pfeife an. Jetzt erschien ihm die Sache viel leichter. Tommy wusste nicht, warum er Feuer an die Hütte gelegt hatte, und das war die Hauptsache. Einige Augenblicke lang stieß er den Rauch aus und erwiderte dann: »Weshalb denkst du denn, ich will nicht, dass Dirk lernt? Ein bisschen Bildung ist eine gute Sache.«

Tommy starrte ihn ungläubig an.

»Ich habe Dirk aufgefordert, seine Bildung zu nutzen. Ich habe ihn aufgefordert, einige der anderen zu unterrichten. Aber er wollte davon nichts wissen. Ist das meine Schuld?«

Jetzt sah Tommy aus, als traute er seinen Ohren nicht. Dann wurde er puterrot, und das verstand Mr. Macintosh nicht. Warum sah denn der Junge so närrisch aus? Tommy dachte: ›Wir waren auf der falschen Fährte ...‹ Und dann stellte er sich vor, was dieses Angebot für Dirks wütenden, rebellischen Stolz bedeutet haben musste, und plötzlich verstand er. Mit noch immer hochrotem Gesicht lachte er. Es war ein bitteres, ironisches Lachen, und Mr. Macintosh war sehr beunruhigt – es war überhaupt nicht wie das Lachen eines Jungen.

Tommys Gesicht verlor langsam seine Röte, und er wandte sich wieder seiner Arbeit mit dem Meißel zu. Nach einer Weile sagte er: »Warum schicken Sie eigentlich nicht Dirk statt meiner zur Hochschule? Er ist viel intelligenter als ich. Ich bin nicht intelligent – sehen Sie sich doch mein Zeugnis an.«

»Na, Laddie ...«, begann Mr. Macintosh vorwurfsvoll – fast hätte er hinzugefügt: »Bist du etwa in der Schule faul, bloß um mich Dirks wegen zu zwingen?« Er wunderte sich selbst über seinen Einfall und verfiel dann in die gewohnte Zweideutigkeit, die Tommy ignorierte: »Du weißt ja, wie die Dinge stehen, oder solltest es wenigstens jetzt wissen. Du sprichst, als verstündest du es nicht.«

Doch Tommy kniete mit dem Rücken zu Mr. Macintosh und arbeitete an der Wurzel herum, und so fuhr Mr. Macintosh fort zu rauchen. Am nächsten Tag kam er wieder, setzte sich auf den Baumstamm und sah Tommy zu. Dieser blickte ihn an, als wäre seine Gegenwart ein recht unwillkommenes Geschenk, aber er sagte nichts.

Langsam nahm die große, zackige Wurzel, die aus dem Stamm hervorragte, Dirks Formen an. Mr. Macintosh sah beunruhigt und mit Widerwillen zu. Es gefiel ihm nicht, aber er konnte den Blick nicht davon losreißen. Einmal sagte er: »Aber wenn es einen *veld*-Brand gibt, wird es zerstört werden. Und die Ameisen werden es auf jeden Fall auffressen.« Tommy zuckte die Achseln. Ihm kam es darauf an, die Figur zu schnitzen, aber es interessierte ihn nicht, was hinterher damit geschah. Diese Einstellung war Mr. Macintoshs nach Anhäufung von Gütern verlangender Natur derartig fremd, dass es ihm vorkam, als wäre Tommy nicht ganz richtig im Kopf. Er fragte: »Warum arbeitest du denn nicht an etwas, das von Dauer sein wird? Oder selbst wenn du lerntest wie Dirk, wäre das besser.«

Tommy antwortete: »Ich habe Freude daran, es zu machen.«

»Aber sieh doch mal, die Ameisen sind schon im Stamm. Wenn du nach dem nächsten Quartal aus der Schule kommst, wird nichts mehr davon übrig sein.«

»Oder jemand kann Feuer daran legen«, bemerkte Tommy. Triumphierend sah er fest in Mr. Macintoshs errötendes Gesicht. Mr. Macintosh kamen diese Worte der Wahrheit zu nahe. Denn freilich, im Laufe der Tage betrachtete er die neue Arbeit mit Abneigung und schließlich mit Furcht und Hass. Die Figur war jetzt beinahe vollendet, und selbst wenn nichts mehr daran getan würde, könnte sie bleiben, wie sie war, und vollkommen wirken.

Dirks hohe, kräftige Gestalt wand sich aus dem Holz, als kämpfte sie sich frei. Der Kopf war im Schmerz der Geburt zurückgeworfen, die Augen schmal vor verzweifelter Entschlossenheit, und der Mund – Mr. Macintoshs Mund – in trotziger Hartnäckigkeit zusammengepresst. Die Schultern ragten frei hervor, aber etwas hielt die Hände zurück; sie konnten sich aus dem zähen Holz nicht lösen, sie waren gefangen. Bis zu den Knien stand der Körper frei, darunter aber waren die menschlichen Gliedmaßen ungestaltet; die natürliche Form des Holzes wölbte sich zur vollkommenen Muskulatur der Knie.

Mr. Macintosh gefiel diese Arbeit gar nicht. Er wusste nicht, was Kunst war, aber er wusste, dass er dies ganz und gar nicht mochte; die Figur beunruhigte ihn tief, sodass er, wenn er sie ansah, den Wunsch verspürte, eine Axt zu nehmen und sie in Stücke zu schlagen. Oder vielleicht, sie zu verbrennen …

Für Tommy war die Unruhe des alten Mannes, der ihm den ganzen Tag über zusah, ein stark empfundener Triumph. Langsam und zum ersten Male sah er, dass es vielleicht kein Spiel war, was er trieb, sondern dass es etwas anderes sein konnte, eine Waffe. Er beobachtete Mr. Macintoshs unwilliges Gesicht, und eine neue Achtung vor sich selbst und vor dem, was er schuf, wuchs in ihm.

Am Abend saß Mr. Macintosh beim Kerzenlicht in seinem Zimmer. Er grübelte, oder vielmehr: er tastete sich zu einer Entscheidung durch.

An Tommys Begabung war nicht zu zweifeln. Deshalb handelte es sich nur darum, den Weg zu finden, auf dem sie in Geld verwandelt werden konnte. Er verstand jedoch nichts von diesen Dingen, und es war Tommy selbst, der ihn darauf brachte. Gegen Ende der Ferien sagte er zu ihm: »Wenn Sie so reich sind, können Sie sich alles leisten. Sie können Dirk auf die Universität schicken und würden es nicht einmal bemerken.«

In dem vernünftigen, ruhig überzeugenden Ton, den er jetzt immer anwandte, antwortete Mr. Macintosh: »Aber du weißt doch, dass diese Farbigen nirgends hingehen können.«

Tommy sagte: »Sie könnten ihn nach Kapstadt senden. Dort gibt es Farbige an der Universität*. Oder nach Johannesburg.«

* Nur bis 1. Januar 1959, d. Übers.

Mr. Macintoshs Schweigen nicht beachtend, wiederholte er beharrlich: »Sie sind so reich, dass Sie alles tun können, was Sie nur wollen.«

Doch wie die meisten reichen Leute dachte Mr. Macintosh nicht daran, was er sich für sein Geld kaufen und was er damit tun konnte, sondern vielmehr, dass es in Gebäuden und Grundstücken angelegt war.

»Es würde Tausende kosten«, meinte er, »Tausende für einen farbigen Jungen!«

Doch Tommys verächtlicher Blick brachte ihn zum Schweigen, und hastig setzte er hinzu: »Ich werde darüber nachdenken.« Aber er dachte nicht an Dirk, sondern an Tommy. Als er allein in seinem Zimmer saß, sagte er sich, es handle sich einfach darum, für das Wissen zu zahlen.

Deshalb traf er am nächsten Morgen Vorbereitungen, um in die Stadt zu fahren. Er rasierte sich und zog eine gestreifte Jacke über sein Baumwollunterhemd, die seine schmutzigen, kakifarbenen langen Hosen zum Teil verdeckte. Weiter ging Mr. Macintosh nie in seinen Zugeständnissen an das städtische Leben, das er hasste. Er stieg in sein großes amerikanisches Auto und fuhr davon.

In der Stadt angelangt, schlug er den kürzesten Weg zum Wissen ein.

Er ging zum Ministerium für Erziehung und erklärte, er wolle den Minister sprechen. »Ich bin Macintosh«, sagte er mit vollkommener Selbstsicherheit, und die hübsche Sekretärin, die seine Kleidung herablassend gemustert hatte, ging unverzüglich zum Minister hinein und berichtete: »Ein Mr. Macintosh ist da und möchte Sie sprechen.« Sie beschrieb ihn als fetten, schmutzigen alten Mann mit einem dicken Bauch; sofort öffneten sich die Türen, und Mr. Macintosh befand sich an der Quelle des Wissens.

Fünf Minuten später kam er wieder heraus und hatte, was er wollte – den Namen eines bestimmten Sachverständigen. Er fuhr durch die breiten grünen Alleen der Stadt zu dem Haus, das ihm vom Minister genannt worden war. Es war groß und gepflegt und bestärkte Mr. Macintosh in seinem Glauben, dass richtig angewandte Kunst Geld einbringen könne. Er parkte seinen Wagen auf der Straße und ging hinein.

Auf der Veranda, vor einem mit Büchern beladenen Tisch, saß ein Mann mittleren Alters mit einer Brille. Mr. Tomlinson war ein Gelehrter, der vor allem seine Arbeitszeit einzuhalten pflegte, und als er die Augen hob und vor sich einen großen, ungewaschenen Mann mit schwarzem Haar und einem schmutzigen weißen Unterhemd sah, fragte er in scharfem Ton: »Was wünschen Sie?«

»Einen Moment mal, Laddie«, sagte Mr. Macintosh jovial und reichte ihm einen Brief des Ministers für Erziehung. Mr. Tomlinson nahm ihn und las. Er war beruhigt. Aus dem Brief war zu entnehmen, dass er dem Minister einen persönlichen Gefallen erwies, wenn er Mr. Macintosh besuchte.

»Ich werde Sie gut dafür bezahlen«, fuhr Mr. Macintosh fort, und schon stieg Widerwillen in Mr. Tomlinson auf. Er wurde rot und erwiderte: »Ich bedauere, ich habe keine Zeit.«

»Verflixt noch mal, Mann, dazu sind Sie doch da! So sagte mir wenigstens Wentworth.«

»Nein«, antwortete der Gelehrte und betonte jedes Wort, »ich bin Sachverständiger für altertümliche Bauwerke.«

Mr. Macintosh starrte ihn an, dann lachte er und erwiderte: »Wentworth sagte, Sie würden ausreichen, aber es macht nichts. Ich werde mir jemand anderes besorgen.« Damit ging er.

Mr. Tomlinson sah zu, wie dieser Landstreicher die Veranda verließ und in einen prächtigen Wagen stieg. Er dachte: ›Das Auto muss er gestohlen haben.‹ Dann ging er ans Telefon, verwirrt und beunruhigt. Doch einige Augenblicke später lächelte er. Schließlich lachte er. Mr. Macintosh war *der* Macintosh, ein echter Oldtimer. Es war der Ausdruck ›Oldtimer‹, der es Mr. Tomlinson gestattete nachzugeben. Deshalb klingelte er in dem Hotel an, in dem Macintosh als reicher Mann abgestiegen sein musste, und sagte, er habe sich geirrt, er werde am nächsten Tag frei sein, um Mr. Macintosh zu begleiten.

So fuhr also Mr. Macintosh, der sich gar nicht wunderte, dass der Experte nun doch zu seiner Verfügung stand, am nächsten Tag mit Mr. Tomlinson, der tolerant lächelte, zum Bergwerk hinaus.

Sie fuhren sehr schnell mit dem starken Wagen, und Mr. Tomlinson hielt sich fest, während sie durchgerüttelt und auf ihren Sitzen hin- und hergeschleudert wurden; er hörte Mr. Macintoshs Erzählungen von Australien und Neuseeland zu und betrachtete ihn nicht viel anders, als wäre er ein altertümliches Bauwerk.

Endlich war die große Ebene zu Ende, und mit grünem Gestrüpp bewachsene Hügel erhoben sich rings um das Auto. Dahinter stiegen die hohen Berge mit ihrem Granitgeröll auf, die Hitze drang langsam in stickigen Wellen in den Wagen, und Mr. Tomlinson dachte: ›Ich werde froh sein, wenn wir durch die Höhen hindurch und wieder in der Ebene sind.‹ Stattdessen bogen sie jedoch in eine hoch gelegene, rings von Bergen eingeschlossene Mulde ein und hielten plötzlich vor einem riesigen Abgrund, neben dem auf der einen Seite zwei winzige, blechgedeckte Häuschen standen und auf der anderen unzählige Kaffernhütten. Von den Minenhämmern ertönte ein regelmäßiges Klopfen, als schlüge der Puls der heißen Mulde, und Mr. Tomlinson fragte sich, wie es überhaupt ein Mensch, sei er schwarz oder weiß, ertragen konnte, an einem solchen Ort zu leben.

Er aß geschmortes Rindfleisch mit Mohrrüben und fettgetränkten Kartoffeln bei einem der reichsten Männer der südlichen Hälfte dieses Erdteils und dachte darüber nach, wie gut und vernünftig er dieses Geld verwenden würde, wenn er es hätte – das ist der einzige Trost, der einem kultivierten Menschen mittleren Einkommens bleibt. Nach dem Essen sagte Mr. Macintosh: »Und jetzt wollen wir uns daranmachen.«

Der Gelehrte gab seiner Bereitwilligkeit Ausdruck und folgte, insgeheim lächelnd, Mr. Macintosh auf einem Kaffernpfad in den Busch. Er wusste nicht, was er zu sehen bekommen werde. Mr. Macintosh hatte ihn gefragt: »Können Sie sagen, ob ein Junge talentiert ist, wenn Sie sich ein Stück Holz ansehen, das er geschnitzt hat?«

Herr Tomlinson hatte geantwortet, er würde sein Bestes tun.

Und dann standen sie neben dem umgestürzten Baumstamm, und im Gras kniete ein großer Junge, dem das braune Haar unordentlich ins Gesicht fiel. Er bearbeitete das Holz mit einem großen Meißel.

»Dies ist ein Freund von mir«, sagte Mr. Macintosh zu Tommy, der aufsprang und verlegen dastand. Er fragte sich, was dies wohl bedeute. »Hast du etwas dagegen, wenn Mr. Tomlinson sich mal ansieht, was du arbeitest?«

Tommy machte eine unbestimmte Bewegung und hatte das Gefühl, die Dinge entglitten seiner Kontrolle. Er betrachtete Mr. Tomlinson mit ehrerbietigem Staunen; er schien ihm eher wie ein Lehrer auszusehen oder wie ein Professor – gewiss nicht so, wie er sich einen Künstler vorgestellt hatte.

»Nun?«, fragte Mr. Macintosh, nachdem eine halbe Minute verstrichen war.

Der Gelehrte lachte auf eine Weise, die bedeuten sollte: »Aber doch nicht so eilig!« Er umschritt die behauene Baumwurzel und betrachtete die Skulptur von diesem und jenem Winkel aus.

Dann fragte er Tommy: »Warum machst du diese Plastiken?«

Tommy zuckte die Achseln, als wolle er sagen: »Was für eine dumme Frage!« Und Mr. Macintosh beeilte sich zu antworten: »Der Junge hat gute Noten für ›Kunsterziehung‹ in der Schule erhalten.«

Mr. Tomlinson lächelte von Neuem und trat auf die andere Seite des Baumes. Von hier aus konnte er Dirks Gesicht sehen, das zurückgebogen war, die Augen vor Anspannung halb geschlossen. Die Muskeln des Halses wurden von den natürlichen Adern der Wurzel gebildet.

»Ist das jemand, den du kennst?«, fragte er Tommy ungezwungen und vertraulich, wie ein Künstler den anderen.

»Ja«, erwiderte Tommy kurz – ihm behagte die Frage nicht.

Mr. Tomlinson sah das Gesicht an und dann Mr. Macintosh. »Es sieht Ihnen irgendwie ähnlich«, bemerkte er unbeteiligt und errötete, als er sah, dass Mr. Macintosh ärgerlich wurde. Er entfernte sich etwas, um Mr. Macintosh Gelegenheit zu geben, seine Verwirrung zu verbergen. Als er zurückkehrte, fragte er Tommy: »Du willst also unbedingt Bildhauer werden?«

»Ich weiß nicht«, sagte Tommy trotzig.

Mr. Tomlinson zuckte ziemlich ungeduldig die Achseln und gab Mr. Macintosh mit einem Nicken zu verstehen, dies genüge.

Er verabschiedete sich von Tommy und kehrte mit Mr. Macintosh ins Haus zurück.

Dort wurden ihm Tee und Gebäck gereicht, und Mr. Macintosh fragte: »Nun, was halten Sie davon?«

Jetzt war der Gelehrte jedoch wirklich beleidigt von dieser oberflächlichen, geschäftsmäßigen Einstellung zur Kunst und sagte: »Nun, das kommt darauf an, nicht wahr?«

»Worauf?«, verlangte Mr. Macintosh zu wissen.

»Er scheint Talent zu haben«, gab Mr. Tomlinson zu.

»Das ist alles, was ich wissen wollte«, erklärte Mr. Macintosh und machte den Vorschlag, Mr. Tomlinson in die Stadt zurückzubringen.

Aber der Gelehrte war nicht der Meinung, dass dies genüge, und sagte: »Recht interessant, diese Statue. Wahrscheinlich hat er Abbildungen in Zeitschriften gesehen. Sie zeigt eine ganz moderne Auffassung.«

»Modern?«, fragte Mr. Macintosh, »was meinen Sie damit?«

Mr. Tomlinson zuckte wieder die Achseln und gab es auf. »Nun«, fragte er sachlich, »was beabsichtigen Sie zu tun?«

»Wenn Sie sagen, er hat Talent, werde ich ihn auf die Hochschule schicken, da kann er Kunst studieren.«

Nach einer langen Pause murmelte Mr. Tomlinson: »Was hat der Junge für ein Glück!« Damit wollte er einen Abgrund der Enttäuschung und Ironie andeuten, aber Mr. Macintosh erwiderte kurz: »Ich habe schon immer eine Schwäche für ihn gehabt.«

Er brachte Mr. Tomlinson in die Stadt zurück, und als er ihn vor seiner Veranda absetzte, übergab er ihm einen Scheck über fünfzig Pfund, den der Gelehrte sehr entrüstet zurückwies. »Ach, geben Sie ihn für Wohltätigkeitszwecke aus«, sagte Mr. Macintosh ungeduldig, ging zu seinem Wagen und überließ es

Mr. Tomlinson, seine verletzten Gefühle zu besänftigen, wie er wollte.

Als Mr. Macintosh wieder bei seiner Mine anlangte, war es Mitternacht, und im Hause der Clarkes brannte kein Licht mehr. So musste er seinen Drang, sich großmütig zu erweisen, bis zum Morgen unterdrücken.

Dann ging er zu Annie Clarke und erklärte, er würde Tommy auf die Hochschule senden, dort könne er Künstler werden; und Mrs. Clarke weinte vor Dankbarkeit und sagte, Mr. Macintosh sei viel gütiger, als Tommy verdiene – vielleicht werde er noch Vernunft annehmen und sich wieder hinter seine Bücher setzen.

Für Mr. Macintosh war alles beschlossene Sache.

Er begab sich zwischen die Bäume, um Tommy aufzusuchen und ihm seine Zukunft zu verkünden.

Als er jedoch in Sichtweite kam, saßen dort zwei Gestalten – Tommy und Dirk – auf dem Baumstamm und sprachen miteinander, und Mr. Macintosh verharrte zwischen den Bäumen. Ein solch heftiger Zorn auf dieses neue Hindernis seiner Pläne erfüllte ihn, dass er es für klüger hielt, nicht weiterzugehen. So kehrte er in sein Haus zurück und versank dort in ärgerliches Brüten. Er wusste ganz genau, was geschehen werde, wenn er mit Tommy sprach, und er musste sich jetzt entschließen – es gab kein Entkommen mehr vor einer Entscheidung.

Und während Mr. Macintosh, in bitteres Grübeln versunken, zu Hause saß, warteten Tommy und Dirk auf ihn; für sie war jetzt alles so klar wie für ihn selbst.

In dem Augenblick, als die beiden Männer am Tage zuvor Tommy verlassen hatten, war Dirk hinter den Bäumen hervorgekommen. Tommy stand vor der gezackten Wurzel und sah auf die darin abgebildete Gestalt Dirks. Er versuchte sich darüber klar zu werden, was man von ihm verlangen würde. Das Wort ›Künstler‹ lag auf seiner Zunge; er bemühte sich, dieses seltsame Wort mit der kraftvollen Gestalt, die sich aus dem Holz herauskämpfte, in Einklang zu bringen. Es gefiel ihm nicht. Er wollte nicht, aber – was wollte er nicht? Er fühlte einen Druck, eine leise Vorahnung des Kommenden, aus dem er sich eines Tages wie aus einem dunklen Tunnel ans Licht kämpfen musste; wie einen Stachel spürte er eine Verpflichtung in sich, die eines Tages zur Peitsche werden würde und die ständig dicht hinter ihm niederfiel, sodass er ununterbrochen vorwärtsschreiten musste.

Sein Gefühl, dass es Fessel und Schuld für ihn bedeuten werde, bestätigte sich, als Dirk zu ihm trat. Zuerst fragte dieser: »Was wollten sie?«

»Sie wollen, dass ich Künstler werde, immer wollen sie, dass ich irgendetwas werde«, sagte Tommy finster. Er begann, Steine nach den Bäumen zu schleudern und sie an den Spitzen der langen Gräser entlangsausen zu lassen. Dann traf einer davon die Skulptur, und er hielt inne.

Dirk betrachtete sein Bildnis. »Warum machst du mich denn so?«, fragte er. Auf dem schmalen, kräftigen Gesicht stand nichts als die gewohnte ironische Auflehnung, als wollte er sagen: »Auch du – genau wie die Übrigen!«

»Warum? Was gefällt dir denn nicht daran?«, forderte ihn Tommy sofort heraus.

Dirk umschritt die Plastik und erklärte: »Du bist genau wie alle anderen!«

»Warum? Warum magst du sie denn nicht?« Tommy war ernstlich betrübt, und gleichzeitig dachte er: ›Was hat das mit ihm zu tun?‹ Langsam begriff er, dass Dirks Aufregung aus dem starken Glauben an sein Recht auf Freiheit herrührte, den Dirk immer sofort empfand, und sagte in einem anderen Ton: »Erkläre mir, was nicht gut daran ist.«

»Warum muss ich denn aus dem Holz kommen? Warum habe ich keine Hände und Füße?«

»Du hast welche, aber siehst du denn nicht …« Tommy sah Dirk an, wie er da vor ihm stand, und machte plötzlich eine ungeduldige Bewegung. »Ach, es macht nichts, es ist ja nur eine Statue.«

Er setzte sich auf den Baumstamm, und Dirk ließ sich neben ihm nieder. Nach einer Weile fragte Tommy:

»Wie sollst du denn sein?«

»Wenn du dich selbst darstelltest, würdest du halb Holz sein?«

Tommy versuchte sich das vorzustellen, es gelang ihm jedoch nicht. »Aber ich bin es doch nicht, du bist es doch!« Es fiel ihm schwer, darüber zu sprechen, und er dachte: ›Es ist aber wichtig. Ich muss später noch darüber nachdenken.‹ Fast stöhnte er unter dem Wissen, dass dies bereits die erste Schuld war, die zu begleichen von ihm gefordert wurde.

Dirk sagte plötzlich: »Es braucht doch gewiss kein Holz zu sein. Du würdest das Gleiche tun, wenn du Fesseln um meine Hände legtest.« Tommy hob den Kopf und gab ein kurzes, erstauntes Lachen von sich. »Was ist denn komisch daran?«, fragte Dirk herausfordernd. »Du kannst es nicht auf einfache Art zustande bringen – du musst mich halb aus Holz machen, als wäre ich mehr ein Baum als ein menschliches Wesen!«

Tommy lachte wieder, aber es war ein bedrücktes Lachen. »Oh, ich werde es noch mal machen«, gab er endlich zu. »Reg dich nicht über dies hier auf, es ist fertig. Ich werde ein anderes machen.« – Schweigen.

Dann fragte Dirk: »Was hat der Mann denn über dich gesagt?«

»Wie soll ich das wissen?«

»Versteht er etwas von Kunst?«

»Ich nehme es an.«

»Vielleicht wirst du berühmt werden«, meinte Dirk schließlich. »In dem Buch, das du mir gegeben hast, stand etwas über Maler. Vielleicht wirst du so werden.«

»Ach, halt den Mund«, erwiderte Tommy rau, »du bist genauso schlimm wie *er*.«

»Wieso? Was ist denn los?«

»Warum muss ich denn etwas werden? Zuerst Seemann, dann Gelehrter und jetzt Künstler.«

»Mich brauchten sie nicht dazu zu bringen, etwas zu werden«, sagte Dirk sarkastisch.

»Ich weiß«, gab Tommy unwillig zu. Und dann erklärte er leidenschaftlich: »Ich werde nicht auf die Hochschule gehen, wenn er dich nicht ebenfalls dorthin schickt!«

»Ich weiß«, antwortete Dirk sogleich, »ich weiß, dass du das nicht tust.«

Sie lächelten einander an, mit ihrem kleinen, schüchternen, offenen Lächeln, das ihnen so schwerfiel, weil es sie zu einem so harten Kampf in der Zukunft verpflichtete.

Dann fragte Tommy: »Warum bist du denn die ganze Zeit über nicht in meine Nähe gekommen?«

»Ich hatte dich satt«, erklärte Dirk. »Manchmal habe ich das Gefühl, ich möchte kein weißes Gesicht mehr sehen, nie mehr. Ich habe das Gefühl, dass ich euch alle hasse, jeden Einzelnen von euch!«

»Ich weiß«, sagte Tommy und grinste. Dann lachten sie beide, und die letzte Spur einer Abneigung zwischen ihnen war verschwunden.

Zum ersten Mal sprachen sie darüber, wie ihr Leben sich gestalten werde.

Tommy fragte: »Aber wenn du fertig studiert hast und Ingenieur geworden bist, was wirst du dann tun? Sie lassen farbige Menschen doch nicht Ingenieur sein.«

»Die Dinge werden nicht immer so bleiben«, sagte Dirk.

»Es wird sehr schwer werden«, erwiderte Tommy und sah ihn fragend an. Er war sogleich beruhigt, als Dirk sarkastisch antwortete: »Schwer – es wird schwer *werden*? Ist es denn jetzt nicht schwer, weißer Junge?«

Später an diesem Tage kam Mr. Macintosh aus seinem Hause zu ihnen.

Er stand vor den beiden Jungen – der dicke, berechnende, reiche Mann mit den kleinen, schlauen, grauen Augen und dem schmalen, lieblosen Mund, und sagte herausfordernd zu Tommy: »Willst du auf die Hochschule gehen und Künstler werden?«

»Wenn Dirk mitkommt«, erwiderte Tommy, ohne zu zögern. »Was willst du denn studieren?«, fragte Mr. Macintosh Dirk ohne Umschweife.

»Ich will Ingenieur werden«, antwortete dieser sofort.

»Wenn ich für dein Studium auf der Universität zahle, bin ich fertig mit dir, sobald es beendet ist. Ich will nie wieder von dir hören, und du darfst nie wieder in dieses Bergwerk zurückkommen, wenn du es einmal verlassen hast.«

Dirk und Tommy nickten beide, und das instinktive Einvernehmen zwischen ihnen verstärkte Mr. Macintoshs bittere Abneigung gegen die Wahl, die er getroffen hatte, sodass er boshaft knurrte: »Glaubt ihr beiden vielleicht, ihr könnt auf der Universität zusammen sein? Ihr begreift nicht. Ihr werdet getrennt leben und könnt nicht gemeinsam herumspazieren, wie es euch gefällt!«

Die Jungen sahen einander an und nickten dann nochmals, als wäre ein Pakt zwischen ihnen geschlossen worden.

»Und auf jeden Fall, Tommy, du kannst nicht zur Hochschule gehen, bis du in der Schule nicht etwas besser geworden bist. Wenn du noch ein Jahr dort arbeitest, kannst du dein Abitur machen und dann auf die Hochschule gehen, aber jetzt kannst du es nicht – als Schlechtester in der Klasse.«

Tommy sagte: »Ich werde arbeiten.« Sofort fügte er hinzu: »Dirk braucht neue Bücher, um hier zu lernen, bis wir auf die Hochschule gehen können.«

Mr. Macintoshs Gesicht begann sich vor Zorn zu verfärben, doch Tommy fuhr fort: »Es ist nur gerecht. Sie haben die Bücher verbrannt, und jetzt hat er keine mehr.«

»Nun gut«, erwiderte Mr. Macintosh schwer atmend, »nun gut, so ist das also.«

Er blickte die beiden Jungen an, die zusammen auf dem Baumstamm hockten. Tommy saß vornübergebeugt, den Blick gesenkt, und ein bekümmerter, doch entschlossener Ausdruck lag auf seinem Gesicht. Dirk saß gerade aufgerichtet und sah seinen Vater mit hasserfüllten Augen an.

»Na«, sagte Mr. Macintosh, in dem Versuch zu scherzen, und es kam ihnen allen recht barsch vor, »ich schicke euch beide auf die Universität, und ihr sagt noch nicht einmal Danke schön!« In den Gesichtern, die sie ihm beide zuwandten, stand ein so bitteres Erstaunen, dass er errötete.

»Nun«, stammelte Mr. Macintosh, »nun, nun …« Dann

wandte er sich zum Gehen, und als er die Lichtung verließ, rief er zurück, um den Eindruck zu erwecken, er beherrsche die Szene: »Denk daran, Laddie, ich schicke dich nicht hin, wenn du dieses Jahr nicht gut in der Schule bist …«

Mit diesen Worten verließ er sie und kehrte in sein Haus zurück, ein zorniger alter Mann, besiegt durch etwas, das er nicht zu begreifen vermochte.

Die Jungen schwiegen, als er gegangen war.

Ihnen gehörte der Sieg; doch jetzt mussten sie den Kampf von Neuem beginnen, den langen und schweren Kampf um die Erkenntnis dessen, was sie gewonnen hatten, und wie sie das Gewonnene anwenden konnten.

ICH WEISS, WAS ER GESAGT HAT

Am Tag der Sonnwendfeier, dem Braavleis, sagte Dad morgens immer wieder zu Moira: »Moy, es wird regnen«, und offensichtlich fand er das sehr lustig. Zuerst überhörte sie es, aber dann drehte sie betont langsam den Kopf und sah ihn an, und er erinnerte sich daran, was sie am Tag zuvor gesagt hatte. Er wurde rot, ging ins Haus und ihr aus dem Weg. Am Tag zuvor hatte er zu mir gesagt, doch so, dass sie es hören musste: »Was hat Moira vor? Will sie sich an Braavleis verloben, oder was soll das alles?«

Denn Moira war den ganzen Morgen damit beschäftigt, ihren Zitronenkuchen für Braavleis zu backen, und ging zu Sam, dem Fleischer, hinüber, um die besten Beefsteaks und Rumpsteaks zu bestellen.

Während der ganzen kalten Jahreszeit hatte sie nicht gekocht und Mom nicht im Haus geholfen. Sie interessierte sich für gar nichts mehr, und Dad sagte zu Mom: »Meine Güte, schick das Mädchen in die Stadt oder sonst wohin, lass sie nicht hier herumsitzen. Was glaubt sie denn, wer sie ist?«

Mom sagte so ruhig und gelassen, wie sie es immer tat, wenn sie Dad in einer Sache nicht zustimmte: »Lass sie in Ruhe, Dickson.« Wenn Mom und Dad einer Meinung waren, redeten sie sich mit Mom und Dad an; aber bei Meinungsverschiedenheiten hieß es stets Marion und Dickson. Und so war es die ganze Trockenzeit hindurch gewesen. Moira ging blass und in sich gekehrt durchs Haus und sprach nicht mit mir; es war alles andere als lustig, das kann ich euch sagen.

»Was soll *das*?«, fragte Dad einmal mitten in der Trockenzeit, als Moira drei Tage im Bett blieb und Mom nichts dagegen unternahm. »Hat er nun etwas zu ihr gesagt oder nicht?«

Mom antwortete nur: »Sie ist krank, Dickson.«

Aber ich merkte, dass sie sich seine Worte zu Herzen nahm, weil ich in unserem Zimmer war, als Mom zu Moira kam.

Mom setzte sich auf das Bett, aber ans Fußende, und sie klang besorgt: »Hör zu, Mädchen«, sagte Mom, »ich möchte mich nicht einmischen, das will ich ganz bestimmt nicht. Aber was hat Greg gesagt?«

Moira lag nicht richtig im Bett; sie trug den alten rosa Morgenmantel, der vorher Mom gehört hatte, und lag unter der Steppdecke. Sie lag einfach da, las nicht, tat nichts; sie blickte nur aus dem Fenster, hinüber zu den großen Wassertanks hinter den Eisenbahnschienen. Sie sah schlecht aus und antwortete: »Ach, lass mich in Ruhe, Mom.«

Mom sagte: »Hör zu, mein Mädchen. Ich möchte dir nur etwas sagen. Du kannst trotzdem tun, was du willst.«

Aber Moira schwieg.

»Manchmal sagen die Jungen etwas und meinen es nicht so, wie wir glauben. Sie denken, sie müssten es sagen. Das heißt nicht, dass sie es nicht meinen; sie meinen es nur anders.«

»Er hat überhaupt nichts gesagt«, erklärte Moira, »warum sollte er auch?«

»Warum fährst du nicht in die Stadt und bleibst eine Weile bei Tante Nora. Du kannst in den Ferien zurückkommen, wenn Greg wieder da ist.«

»Oh, lass mich in Ruhe«, sagte Moira und begann zu weinen. Sie weinte zum ersten Mal, zumindest in Moms Gegenwart. Ich hörte sie nachts weinen, wenn sie glaubte, ich wäre eingeschlafen.

Mom wirkte entschlossen und geduldig. Sie legte Moira die Hand auf die Schulter, und ich konnte sehen, dass sie sich Sorgen machte. Ich saß auf meinem Bett und tat, als beschäftige ich mich mit den Briefmarken. Sie sah zu mir herüber und schien angestrengt nachzudenken.

»Er hat nichts gesagt, Mom«, erklärte ich. »Aber ich weiß, was passiert ist.«

Moiras Kopf fuhr herum, und sie sagte: »Schaff mir dieses Kind vom Hals.«

Sie konnten Moira nicht von mir befreien; denn wir hatten nur zwei Schlafzimmer, und ich schlief bei Moira im Zimmer.

Aber an diesem Abend redete sie kein Wort mit mir, und Mom sagte: »Kleine Kinder, große Ohren!«

Es geschah im letzten Jahr an Braavleis. Moira machte sich damals nichts aus Greg; ich weiß es genau, denn sie war in Jordan verknallt. Greg war die meiste Zeit auf dem College in Kapstadt. Er kam zum ersten Mal seit einem Jahr nach Hause zurück, und ich bemerkte, wie er Moira ansah. Sie war damals hübsch, denn sie hatte die Abschlussprüfung an der Schule hinter sich und verbrachte ihre Zeit damit, sich hübsch zu machen. Sie war achtzehn, und weil die Regenzeit angefangen hatte, wellten sich ihre Haare. Greg stand auf der anderen Seite des Feuers; er kam durch die Funken und den weißen Rauch zu Moira hinüber. Moira lächelte ihn höflich an, denn sie wollte, dass Jordan sich neben sie setzte. Sie fürchtete, er würde es nicht tun, wenn er sah, dass sie sich mit Greg unterhielt.

»Moira Hughes?«, fragte er. Moira lächelte, und er sagte: »Ich hätte dich beinahe nicht wiedererkannt.«

»Lüg nicht«, sagte ich, »du kennst uns sehr gut.«

Sie hörten mich nicht. Sie sahen sich nur an. Es war merkwürdig. Ich weiß, es war einer der merkwürdigen Momente des Lebens, denn meine Haut prickelte am ganzen Körper, und daran erkenne ich es immer.

Weil sie ihn so ansah, sah ich ihn auch an, aber ich fand nicht, dass er gut aussah. In den letzten Ferien hatte ich mich für Greg Jackson interessiert, und damals fand ich natürlich, er sah gut aus. Jetzt entdeckte ich nichts Besonderes an ihm. Er war immer sehr dünn, hatte rötlich blonde Haare und große Sommersprossen. Natürlich ist die Sonne für Leute mit blasser Haut und Sommersprossen nie gut.

Aber er war nicht übel, besonders nicht, wenn er vernünftig war. Seit er auf das College ging, besaß er zwei Seiten: eine laute und sarkastische; und Moira erklärte dann überlegen und von oben herab: »Medizinstudenten sind immer Rowdys, das ist doch ganz klar, denn später haben sie ein schweres Leben.« Aber er konnte auch ruhig und erwachsen sein, und das gefiel einigen in der Clique nicht, denn er war etwas Besseres als wir.

Er besuchte als Einziger aus der Clique die Universität in Kapstadt.

Als sie sich lange genug angesehen hatten, setzte er sich einfach ins Gras auf den Platz, den Moira für Jordan frei hielt; und Moira drehte sich nicht einmal nach Jordan um. Sie redeten nicht miteinander, sondern saßen einfach da, und als der große Tanz begann, als alle sich an den Händen fassten und um das Feuer tanzten, standen sie daneben und sahen zu.

Mehr geschah nicht an Braavleis, und mehr hatte er auch nicht gesagt. Am nächsten Tag fuhr Greg mit seinem Vater, dem die Autowerkstatt gehört, zu einem Jagdausflug in das Sambesital; Greg kam in diesen Ferien und auch in den nächsten nicht zurück.

Ich weiß, Moira trug sich mit dem Gedanken, einen Brief zu schreiben, denn sie kaufte im Laden das beste blaue Briefpapier von Croxley, und an Posttagen ging sie immer selbst zum Postamt. Aber es kam kein Brief. Allerdings sagte sie jetzt zu Jordan, wenn er sie einlud, mit ihm in die Stadt ins Kino zu gehen: »Nein, danke, ich habe keine Lust.«

Von nun an kümmerte sie sich auch um niemanden aus der Clique, obwohl sie früher selbst bei den Jungen als Anführerin gegolten hatte.

Damals hörte sie auch wieder auf, hübsch zu sein. Sie sah aus wie früher, als sie noch zur Schule ging und eisern für die Prüfung arbeitete. Sie war zu dünn, die Wellen verschwanden aus ihren Haaren, und sie machte sich auch nicht die Mühe, sie wieder einzudrehen.

Die ganze Trockenzeit über tat sie nichts; sie sprach kaum ein Wort und sang nicht. Ich wusste, das hing alles mit dieser Minute zusammen, in der Greg und sie sich in die Augen gesehen hatten. Das war alles gewesen; und wenn ich daran dachte, lief es mir heiß und kalt über den Rücken.

Also, am Tag vor Braavleis war Moira wie gesagt auf der Veranda und trug dasselbe Kleid wie im letzten Jahr an Braavleis. Am Abend zuvor war Greg für die Ferien nach Hause gekommen. Wir wussten es, denn seine Mutter erzählte es Mom, als sie sich im Laden trafen. Aber er kam nicht zu uns. Mir gefiel Moiras Gesicht nicht, aber ich musste sie immer wieder ansehen. Es war so traurig, und ihre Augen wirkten so bekümmert. Mom gab ihr einen Kuss und nahm sie in die Arme. Doch Moira zuckte nur mit den Schultern wie ein Pferd, das eine Fliege verscheucht.

Mom seufzte, und ich bemerkte, dass Dad sie ansah. Die beiden wechselten einen höchst merkwürdigen Blick, und das gab mir wieder dieses sonderbare Gefühl. Danach begann Moira mit dem Zitronenkuchen, ging zum Fleischer, und dann sagte Dad das mit Braavleis und der Verlobung. Moira sah ihn mit ganz schwarzen, traurigen Augen an und fragte: »Warum hast du es auf mich abgesehen, Dad? Was habe *ich* dir denn getan?«

Dad sagte: »Greg wird dich nicht heiraten. Jetzt, wo er auf dem College ist und Arzt wird, läuft er dir doch nicht nach.«

Moira lächelte mit schmalen und wütenden Lippen.

Mom sagte: »Aber Dickson, Moira hat ihre Prüfungen gemacht und ist gebildet. Wie kannst du so etwas sagen?«

Dad erwiderte: »Ich sag es nur, mehr nicht.«

Moira sagte sehr erwachsen und ruhig: »Warum willst du mir alles verderben, Dad? Ich habe nicht von Heiraten gesprochen, oder? Und überhaupt, was habe ich *dir* getan?«

Dad mochte das gar nicht. Er wurde rot und lachte, aber er mochte es nicht. Immerhin hielt er wenigstens für eine Weile den Mund.

Nach dem Mittagessen machte sie ihren Kuchen fertig und setzte sich dann auf die Veranda. Jordan kam auf dem Weg zum Laden vorbei. Sie rief: »Tag, Jordan. Setz dich doch ein bisschen zu mir.«

Ich weiß genau, dass Jordan nicht mehr in Moira verliebt war. Er liebte Beth aus dem Laden, denn ich weiß, dass er sie beim letzten Ball hier im Ort geküsst hat. Ich habe es selbst gesehen. Er rief zurück: »Danke, Moy. Aber ich habe es eilig.«

»Wie du willst«, erwiderte Moira freundlich und nett. Doch ich wusste, sie ärgerte sich, denn sie hatte es sich in den Kopf gesetzt.

Er kam trotzdem, und ich habe noch nie erlebt, dass Moira zu jemandem so nett gewesen wäre, nicht einmal, als sie in ihn verliebt war, und zu Greg ganz bestimmt nicht. Jordan wurde verlegen, denn Moira war in diesem Jahr nicht hübsch, und man erzählte überall, sie vernachlässige sich und sei schon ganz hässlich. Sie führte Jordan in die Küche, um ihm den Zitronenkuchen und den Teig für die Wurstpastetchen zu zeigen. Langsam und überrascht stellte sie fest: »Aber Mom, wir haben nicht genug Brot für die Sandwiches. Wie stellst du dir das vor?«

Mom erwiderte schnell und ärgerlich, denn sie war stolz auf ihre Kochkünste: »Was soll das heißen? Niemand wird Sandwiches essen, nachdem du so viel Fleisch bestellt hast. Und morgen ist das Brot trocken.«

»Ich finde, wir brauchen noch Brot«, erklärte Moira. Zu mir sagte sie ebenso langsam und gedehnt: »Lauf doch zu den Jacksons hinüber und frage, ob wir von ihnen Brot bekommen können.«

Darauf sagte ich nichts und Mom auch nichts. Dad hatte es glücklicherweise nicht gehört. Ich sah Mom an, und sie gab mir kein Zeichen, also ging ich hinaus und über die Bahngleise zur Autowerkstatt. Das Haus der Jacksons steht hinter der Werkstatt. Dort saß Greg Jackson und las ein Buch über den Körper, weil er Arzt werden will.

»Mom fragt«, sagte ich, »ob ihr uns ein Brot für Braavleis geben könnt.«

Er ließ das Buch sinken und sagte: »Oh, guten Tag, Betty.«

»Tag«, sagte ich.

»Aber der Laden hat morgen offen. Ist Braavleis nicht morgen?«

»Morgen ist Sonntag«, erwiderte ich.

»Der Laden ist jetzt offen.«

»Wir brauchen altes Brot«, erklärte ich. »Moy macht eine Füllung für das Huhn, und wir haben nur frisches Brot im Haus.«

»Mom ist im Laden«, sagte er. »Aber nimm dir, was du brauchst.«

Ich ging in die Vorratskammer und nahm mir ein halbes altes Brot. Ich kam wieder heraus, sagte: »Danke«, und ging.

Er sagte: »Keine Ursache.« Als ich schon beinahe an ihm vorüber war, erkundigte er sich: »Und wie geht es Moy?« Ich antwortete: »Danke, gut. Aber ich habe sie in letzter Zeit kaum gesehen. Sie ist ständig mit Jordan zusammen.« Beim Weitergehen spürte ich, wie mein Rücken prickelte. Natürlich kam er hinter mir her, und als er neben mir ging, prickelte meine Seite.

»Ich komm mit rüber und sag Guten Tag«, erklärte Greg. Und ich sage euch, ich kam mir ganz merkwürdig vor, denn ich dachte: »Also, wenn das Liebe ist!«

Als wir uns dem Haus näherten, saßen Moira und Jordan nebeneinander auf der Verandamauer. Moy lachte, und an der Art, wie sie lachte, erkannte ich, dass sie Greg bemerkt hatte.

Dad war nicht zu sehen, und ich wusste, Mom hatte ihn dazu gebracht, im Haus zu bleiben.

»Ich hab das Brot für dich, Moy«, sagte ich und ging in die Küche. Dort fand ich Mom, und sie wirkte so merkwürdig, wie ich sie noch nie gesehen hatte. Ich könnte wetten, sie hätte am liebsten gelacht. Aber sie seufzte die ganze Zeit; an dem Seufzen erkannte ich, dass sie sich mit Dad gestritten hatte. »Also, ich *weiß* nicht«, sagte sie und warf das Brot, das ich gebracht hatte, in den Abfalleimer.

Da saßen Mom und ich nun in der Küche und lächelten uns auf eine merkwürdige Weise immer wieder an. Dad raschelte im Schlafzimmer, wohin sie ihn geschickt hatte, mit der Zeitung. Er musste heute nicht am Bahnhof sein, denn der Neun-Uhr-Zug war schon durch, und ein anderer kam nicht mehr. Als wir etwa eine halbe Stunde später einen Blick auf die Veranda warfen, war Jordan gegangen. Jetzt saßen Greg und Moira auf der Verandamauer. Und ich sage euch, sie sah wieder hübsch aus. Es war merkwürdig, wie hübsch sie plötzlich wieder war.

So sah es um fünf Uhr nachmittags aus. Greg ging zum Abendessen nach Hause. Moira aß nichts. Sie drehte sich in unserem Zimmer die Haare auf, denn sie und Greg wollten zusammen spazieren gehen.

»Geht nicht zu weit, es wird regnen«, warnte Mom, aber Moira erwiderte freundlich und nett: »Keine Angst, Mom, ich pass schon auf mich auf.«

Den ganzen Abend sprachen Mom und Dad kein Wort miteinander.

Ich ging zur Abwechslung früh zu Bett, denn ich wollte da sein, wenn Moira zurückkam, obwohl ich inzwischen dreizehn war und erst um zehn Uhr schlafen gehen musste.

Auch Mom und Dad gingen zu Bett. Allerdings entging mir nicht, dass Mom sich Sorgen machte, denn ein Gewitter zog auf. Die Trockenzeit war bald vorüber, und Blitze zuckten über den Himmel.

Ich lag wach im Bett und sagte mir vor: »Schlaf, Schlaf, lass dich nicht nieder. Komm morgen wieder.« Trotzdem schlief ich ein, und als ich aufwachte, erfüllte der Geruch von Regen und feuchter Erde das Zimmer. Das Licht brannte, und Moira war zurück.

»Ist der Regen da?«, fragte ich. Dann wachte ich richtig auf und sah, dass es natürlich nicht regnete, denn die Luft war so trocken wie Sand, und Moira erwiderte: »Halt den Mund und schlaf.«

Sie sah nicht einfach hübsch, sondern anders aus als beim Weggehen. Sie wirkte weich, sie lächelte, und ihre Augen waren anders. Meist waren sie blau, aber jetzt schienen sie völlig schwarz zu sein. Die lockigen, gebürsteten Haare sahen hübsch aus und wie goldgelber Sirup. Moira schien sogar ein bisschen dicker zu sein. Wenn sie nicht zu dünn war, war sie eher dick, und als sie noch zur Clique gehörte, nannten wir sie Pudding. Das heißt, bis sie ihre Junior-College-Prüfung bestanden hatte. Dann setzte sie bei allen, auch bei den Jungen durch, dass man sie Moy nannte. Seit Jahren wagte niemand mehr, sie Pudding zu nennen, ausgenommen Dad, wenn er sie ärgern wollte. Er sagte immer: »Du wirst eine so gute Figur haben wie deine Mutter.« Ich kann euch sagen, das macht Moy vielleicht wütend, denn Mom ist sehr dick. Sie trug zu dieser Zeit immer ein Korsett, nur kurz vor der Regenzeit nicht, denn dann war es zu heiß. Ich weiß noch, wie sie zum ersten Mal ein Korsett aus dem Laden nach Hause brachte und es anzog. Moy musste sie schnüren, und Mom lachte so sehr, dass es Moy nicht gelang und sie sich ärgerte, weil Mom lachte. Später sagte sie zu mir: »Es ist widerlich, sich so gehen zu lassen. Ich werde mich nie so gehen lassen.«

Sie hätte mich umgebracht, wenn ich ihr gesagt hätte, dass sie schon ein bisschen dicker aussah, oder wenn ich überhaupt etwas gesagt hätte, denn sie saß lächelnd auf dem Bettrand, und als ich fragte: »Was hat er gesagt, Moy?«, drehte sie den Kopf nach mir um und funkelte mich aus schmalen und schwarzen Augen an. Ich begriff, es war besser, einzuschlafen. Aber ich wusste etwas, von dem sie nicht wusste, dass ich es wusste, denn in ihren Haaren hingen ein paar Jacarandablüten. Das bedeutete, sie und Greg waren bei den Wassertanks gewesen. Im ganzen Ort gab es nur zwei Jacarandabäume, und sie standen bei den großen Wassertanks für die Lokomotiven. Wenn sie also bei den Tanks gewesen waren, mussten sie sich geküsst haben, denn dort war es romantisch. Jetzt, Ende Oktober, fielen die Jacarandablüten ab, und die Tanks schienen in blauen Pfützen zu stehen.

Als ich am nächsten Morgen erwachte, war Moy bereits aufgestanden. Sie sang und begann noch vor dem Frühstück, ihr weißes Musselinkleid zu bügeln, das sie sich im letzten Jahr für Weihnachten genäht hatte.

Mom sagte nichts; Dad raschelte mit der Zeitung, und ich hätte nicht gewagt, den Mund aufzumachen. Außerdem wollte ich wissen, was Greg gesagt hat. Nach dem Frühstück blieben wir sitzen, denn es war Sonntag, und Dad musste nicht zum Bahnhof, weil sonntags keine Züge kommen.

Dad grinste und sagte immer wieder zu Moira: »Ich glaube, es wird regnen«; sie gab vor, nicht zu verstehen, was er meinte, bis ihr schließlich die Geduld riss, sie sich umdrehte und ihn wieder so ansah wie am Tag zuvor, als er rot geworden war und gefragt hatte: »Verstehst du denn keinen Spaß mehr?«

Moira blickte zur Seite und zog die Augenbrauen hoch. Mom

seufzte, und da erklärte er sehr ärgerlich: »Mach doch, was du willst. Sag mir, wenn du bessere Laune hast.« Damit stand er auf und verschwand mit der Zeitung im Schlafzimmer.

Jeder konnte sehen, dass es an diesem Tag nicht richtig regnen würde, denn am Himmel standen keine Gewitterwolken, sondern große, weiße, silbrige Wolkenberge, in denen es kaum eine schwarze Stelle gab.

Moy aß nicht zu Abend, sondern blieb in ihrem weißen rot gepunkteten Musselinkleid mit den Puffärmeln und dem roten Gürtel auf der Veranda sitzen.

Nach dem Abendessen verging die Zeit nur langsam, und es dauerte sehr lange, ehe Greg die Veranda der Jacksons verließ und langsam durch die Eukalyptusallee herüberkam. Ich beobachtete Moy, und sie konnte ein Lächeln nicht unterdrücken. Sie wurde blasser und blasser, bis er vor unserer Veranda stand und sie ihn so ansah, dass ich am ganzen Körper Gänsehaut bekam.

Dann sprang er mit einem Satz die Stufen der Veranda herauf und sagte: »Hallo, Moy, wie geht's?« Ich dachte, sie würde geradewegs von der Verandamauer fallen, und ihr Gesicht hatte sich wieder völlig verändert.

»Wie geht es dir, Gregory?«, erkundigte sich Moy ruhig und stolz.

»Ach, es geht so«, erwiderte er, und ich bemerkte, dass er sich nicht wohl in seiner Haut fühlte, denn er hatte sie bis jetzt noch nicht angesehen, und zwischen den Sommersprossen in seinem Gesicht zeigten sich rote Flecken. Moira sagte nichts, sondern sah ihn nur an, als könne sie nicht glauben, dass er es war.

»Ich hoffe, es wird an Braavleis nicht regnen«, sagte Mom in ihrer Besuchsstimme. Sie blickte mich durchbohrend an, und ich musste aufstehen und mit ihr ins Haus gehen. Doch ich bemerkte, Greg wollte eigentlich nicht, dass wir gingen, und ich konnte sehen, dass Moy das wusste. Ihre Augen waren wieder blau, ein blasses dünnes Blau, und ihr Mund wurde schmal.

Also, Mom ging in die Küche, um endlich die Wurstpastetchen zu machen, und ich schlich mich in unser Zimmer, denn dort konnte ich hinter dem Vorhang stehen und sehen, was auf der Veranda vor sich ging.

Greg saß auf der Verandamauer und pfiff. Er pfiff: Ich liebe dich, ich liebe dich; und Moira starrte ihn an wie einen Maikäfer, und dann pfiff er: Nur drei Worte. Und plötzlich rutschte Moira von der Mauer, reckte und streckte sich wie eine Katze, die etwas vorhat, und Greg bemerkte: »Mager!«

Daraufhin hob sie die Augenbrauen; und einen solchen Blick hatte ich bis dahin noch nie gesehen.

Er wurde hochrot und sagte: »Für Braavleis ziehst du das Kleid besser nicht an. Es wird regnen.«

Moira schwieg, und es schien eine halbe Stunde zu dauern, ehe sie in dieser langsamen, gedehnten Art sagte: »Wenn du es dir anders überlegt hast, Greg Jackson, habe ich nichts dagegen.«

»Anders überlegt?«, erwiderte er schnell und sah ängstlich aus. Und auch sie wirkte ängstlich, als sie fragte: »Warum hast du gestern Abend das alles gesagt?«

»Was gesagt?«, fragte er noch ängstlicher, und ich konnte sehen, dass er versuchte, sich daran zu erinnern, was er gesagt hatte.

Moira sah ihn nur an, und das kann ich euch sagen, ich wäre in diesem Moment nicht gern Greg Jackson gewesen. Dann ging sie ins Haus, wobei sie ihren Rock langsam schwingen ließ, durch die Küche in unser Zimmer und setzte sich auf das Bett.

»Ich gehe nicht zum Braavleis, Mom«, erklärte sie in der freundlichen langsamen Art, wie Mom es tut, wenn sie Besucher hat und insgeheim wünscht, sie würden gehen.

Mom seufzte nur und knetete klatschend den Teig auf dem Küchentisch. Dad ließ die Sprungfedern quietschen und sagte halblaut: »Barmherziger Gott.«

Mom ließ ihren Teig liegen, warf einen funkelnden Blick auf Dad im Schlafzimmer und kam zu uns.

Moira saß zusammengesunken auf dem Bett, als hätte sie Kopfschmerzen, und ihr Gesicht wirkte wie Hefeteig. Mom sagte nichts, sondern ging auf die Veranda hinaus. Dort saß Greg, und er sah elend aus.

»Also, mein Sohn«, sagte Mom in ihrer heiteren Art, wie sie es tut, wenn ihr alles zu viel ist, sie es sich aber nicht anmerken lässt. »Also, mein Sohn, ich glaube, Moy hat von der Hitze Kopfschmerzen.«

Wie gesagt, in diesen Ferien hatte ich nichts mit Greg im Sinn, aber an Moys Stelle hätte ich mich sofort in ihn verliebt, denn er sah so traurig aus, aber so erwachsen wie ein Mann, als er sagte: »Mrs. Hughes, ich weiß nicht, was ich getan habe.« Mom lächelte nur und seufzte. »Ich kann sie nicht heiraten, Mrs. Hughes, vor mir liegen fünf Jahre Studium.«

Mom lächelte und sagte: »Natürlich, mein Sohn, natürlich.«

Ich lag mit meinen Briefmarken auf dem Bett, Moira saß auf ihrem Bett, und wir hörten alles. Aber es lief mir kalt den Rücken herunter, als ich sah, wie sie lächelte.

»Hör dir das an«, sagte sie langsam und laut. »*Heiraten?* Warum reden sie alle von Heiraten? Sie sind ja verrückt. Greg Jackson würde ich sowieso nicht heiraten, und wenn er der einzige Mann auf einer verlassenen Insel wäre.«

Ich hörte, wie Mom draußen tief aufseufzte, dann sagte sie schnell und leise etwas, und Gregs Schritte knirschten auf dem Schlackenweg.

Mom kam in unser Zimmer, und Moira sagte völlig verzweifelt: »Mom, warum hast du das mit dem Heiraten gesagt?«

»Er hat es gesagt, mein Mädchen, nicht ich.«

»Heiraten!« Moira lachte hart.

Mom erkundigte sich: »Was hat er also gesagt? Du hast ihn doch darauf angesprochen.«

»Oh, ihr macht mich alle krank«, erwiderte Moira, warf sich auf das Bett und drehte sich zur Wand. Mom nickte mir zu, und wir gingen aus dem Zimmer. Inzwischen war es fünf Uhr, und wir wollten um sechs losfahren. Mom holte die Wurstpastetchen aus dem Ofen und packte das Essen ein. Dann nahm sie die Schürze ab und ging hinüber zu Jordans. Moira sah sie nicht gehen, denn sie hatte immer noch den Kopf im Kissen vergraben und war nicht ansprechbar.

Mom kam bald zurück und verstaute das Essen im Wagen,

Dann kam Jordan mit Beth aus dem Laden herüber und sagte zur mir: »Betty, meine Mutter möchte, dass du und Moy mit uns zum Braavleis fahrt, weil euer Wagen vollgeladen ist mit Essen.«

»Ich schon«, antwortete ich, »aber Moira hat Kopfschmerzen.«

Doch in diesem Moment rief Moira aus dem Zimmer: »Vielen Dank, Jordan, ich komme mit!«

Mom rief nach Pop, und sie fuhren zusammen in unserem Wagen los. Ich sah, wie Mom die ganze Zeit auf ihn einredete, während er nur die Gänge einlegte und resigniert vor sich hin blickte.

Ich und Moira fuhren mit Jordan und Beth. Ich sah, dass Jordan sich ärgerte, weil er mit Beth allein sein wollte; und Beth lächelte Moira ständig mit hochgezogenen Augenbrauen an, um anzudeuten, sie wisse wohl, was das Ganze zu bedeuten habe. Moira lächelte zurück und redete eine ganze Menge in ihrer Besuchsstimme.

Braavleis wird an einem hoch gelegenen Platz am Ende eines *vlei* gefeiert, am Fuß eines kleinen Hügels mit riesigen Felsbrocken. Die eingeborenen Arbeiter des Farmers, der uns den Platz immer für Braavleis zur Verfügung stellt, hatten am Morgen das Gras gemäht. Es war hübsch dort, mit dem Hügel im Rücken und dem aufgehenden Mond, dem freien Platz und dem *vlei*, das zum Fluss abfiel, und den Bäumen auf beiden Seiten. Als wir ankamen, stand der Mond gerade über den Bäumen, die deshalb schwarz und groß wirkten. Die riesigen Felsbrocken sahen aus, als könnten sie jeden Moment herunterrollen. Das Gras schimmerte silbern, und das große Feuer schlug fünf Meter hohe Flammen. Im Umkreis des Feuers war alles heiß und rot. Die Grube mit der Glut, über der das Fleisch gegrillt wurde, befand sich auf der einen Seite. Sobald wir ankamen, ging Moira dorthin und half mit.

Greg war nirgends zu sehen. Ich dachte, er würde nicht kommen, aber sehr viel später, als wir alle das Fleisch aßen und lachten, weil wir uns die Finger verbrannten, sah ich ihn auf der anderen Seite des Feuers mit Mom sprechen. Moira sah ihn ebenfalls, und es passte ihr nicht. Aber sie tat, als hätte sie nichts gesehen.

Inzwischen saßen wir mit dem Wind im Rücken im Halbkreis um das Feuer, dessen Flammen von uns weggetrieben wurden. Es waren etwa fünfzig Leute aus dem Ort und ein paar Farmer aus der Umgebung gekommen. Moira saß schweigend neben mir, aß gegrilltes Steak und Wurstpastetchen. Und dieses eine Mal freute sie sich, dass ich bei ihr war, denn dadurch wirkte es nicht, als wäre sie allein. Sie hatte sich wieder umgezogen und trug das Kleid, das sie auch beim letzten Mal für Braavleis angehabt hatte. Es war ein plissiertes blaues Kleid. Im letzten Jahr war es ihr bestes gewesen, und deshalb war es jetzt nicht mehr allzu modern. Auf der anderen Seite des Feuers entdeckte ich Greg. Er sah Moira nicht an, und sie blickte ihn nicht an. Mir kam alles sehr merkwürdig vor, so als wäre dieses Jahr eigentlich letztes Jahr, und in der nächsten Minute würde Greg um das Feuer herumkommen und fragen: »Moira Hughes? Ich hätte dich beinahe nicht erkannt.« Allerdings wollte in diesem Jahr Jordan nicht neben Moira, sondern neben Beth sitzen.

Greg blieb, wo er war. Er kniete und stützte die Hände auf die Schenkel. Ich konnte sehen, dass seine Beine, Knie und die großen Hände im Feuerschein ganz rot wirkten; und auf seinen blonden Haaren lag ein roter Schimmer. Die Hitze hatte auch das Gesicht gerötet, und auf seiner Stirn standen Schweißperlen.

Dann begannen alle zu singen. Wir sangen *Sarie Marais* und *Sugar Bush* und *Henrietta's Wedding* und *We don't want to go home*. Moira und Greg sangen, so laut sie konnten.

Es wurde allmählich spät. Die Eingeborenen schaufelten Erde in die Kochgrube, um die Glut zu ersticken, und suchten nach Resten von Fleisch und Wurstpastetchen. Auch das große Feuer brannte nieder. Bald würden wir in einem großen Kreis um das Feuer tanzen.

Moira saß einfach da. Sie hatte die Beine seitlich angezogen. Sie waren vom Gras zerkratzt, und ich sah die trockenen weißen

Kratzer in der gebräunten Haut. Ich kann euch sagen, es war sehr gut, dass sie nicht ihr bestes Musselinkleid trug, denn es wäre nicht viel davon übrig geblieben. Ihre Haare, die sie gestern aufgerollt hatte, waren zurückgekämmt und wurden von einem Band gehalten. Deshalb wirkte ihr Gesicht klein und schmal.

Ich sagte: »Also Moy, man könnte meinen, du wärst auf deiner eigenen Beerdigung.« Sie erwiderte: »Na und, wenn mir danach ist?« Dann lächelte sie mir zu und erklärte: »Ich will dich nur warnen. Wenn du erwachsen bist, darfst du den Männern kein Wort glauben.«

Aber ich sah, dass es ihr nun besser ging.

In diesem Moment verdunkelte sich der rote Feuerschein im Gras vor uns, und jemand setzte sich. Ich hoffte, es wäre Greg, und er war es. Sie sahen sich wieder an, aber diesmal prickelte meine Haut nicht. Deshalb blickte ich in sein Gesicht und in ihr Gesicht. Sie wirkten beide ruhig und vernünftig.

Moira griff nach einem Grashalm, zupfte ihn sauber und ordentlich aus dem Knoten am Stängel und kaute auf dem weichen Ende herum. Sie tat es genauso, wie Mom nach dem Strickzeug greift, wenn sie etwas gegen Dad hat. Aber natürlich wusste Greg nichts von dieser Ähnlichkeit.

»Moy«, erklärte er, »ich möchte mit dir reden.«

»Ich heiße Moira«, sagte Moira und sah ihm in die Augen.

»Ach du liebe Zeit, Moira«, erwiderte er gereizt, ganz wie Dad.

Ich schlich mich davon zu den anderen, die immer noch leise *Sarie Marais* sangen und in das verglühende Feuer sahen, in die sanfte, verlöschende Glut, die schwarz wurde, als der Wind vom Fluss heraufblies. Der Mond verschwand halb hinter großen, weichen silbrigen Wolken, und das rote Licht lag auf unseren Gesichtern.

Ich konnte gerade noch hören, was sie sprachen; ich war natürlich nicht zu weit weggegangen, das kann ich euch sagen.

»Ich weiß nicht mehr, was ich gesagt habe«, erklärte Greg.

»Es macht überhaupt nichts«, sagte Moira.

»Ich bin verzweifelt, Moira.«

»Warum hast du das mit dem Heiraten gesagt?«, fragte Moira mit bebender Stimme. Wenn sie sich nicht zusammennahm, würde sie anfangen zu weinen.

»Ich dachte, du dachtest, ich meine …«

»Du denkst zu viel«, erklärte Moira und schüttelte den Kopf so geschickt, dass ihr langer Pferdeschwanz nach vorne fiel und auf ihrer Schulter lag. Mit der Hand strich sie über die Locken.

»Moira. Ich habe noch fünf Jahre an der Universität vor mir. Ich kann doch nicht zu dir sagen, wir wollen fünf Jahre lang verlobt bleiben.«

»Ich habe nie gesagt, dass du das tun sollst«, erwiderte Moira ruhig und schnippisch, während sie die Kratzer an ihren Beinen untersuchte.

Wie sie so mit angewinkelten Beinen dasaß und das Haar ihr wie Sirup über die Schulter floss, war sie hübsch. Sie war so hübsch wie noch nie. Und ich sah sein trauriges, verzweifeltes Gesicht.

»Du bist so hübsch, Moy«, stieß er hervor.

Moira schien wie gelähmt zu sein. Dann wendete sie langsam den Kopf und sah ihn an. Ich bemerkte, dass sich etwas Schreckliches in ihrem Gesicht abzuzeichnen begann. Ein Schauer rann mir vom Hinterkopf langsam den ganzen Rücken hinunter.

»Du bist so schön«, sagte er, und es klang wütend. Er beugte sich vor, bis seine Augen sich direkt vor ihrem Gesicht befanden. Jetzt sah Moira wieder genauso aus wie gestern Abend, als ich noch nicht richtig wach gewesen war und gesagt hatte: »Draußen regnet es.«

»Wenn du so aussiehst«, erklärte er völlig verzweifelt, »habe ich das Gefühl …«

Die Leute um uns herum erhoben sich, das Feuer war niedergebrannt, und uns traf eine sanfte Welle roter Hitze. Die Röte umgab unsere Schultern und Beine, aber unsere Gesichter konnten abkühlen. Der Mond stand wieder voll und strahlend am Himmel; die Wolke war weitergezogen. Es wirkte komisch, wie das rote Licht ihnen bis an die Schultern ging, während der weiße Mondschein auf ihren Gesichtern lag und ihre Augen glänzten. Mir gefiel es nicht. Ich zitterte. Es war der merkwürdigste Moment meines Lebens.

»Nun«, hörte ich Moira, und ihre Stimme klang, als wäre sie zu müde, um auch nur zu versuchen, etwas zu verstehen, »das hast du gestern Abend gesagt, nicht wahr?«

»Verstehst du nicht«, versuchte er ihr zu erklären und war völlig durcheinander, »ich kann mir nicht helfen … ich liebe dich, ich weiß nicht …«

Jetzt lächelte Moira, und ich erkannte dieses Lächeln sofort. Wenn Mom Dad so anlächelt, hält er am besten den Mund, wenn er vernünftig ist. Es ist zärtlich und liebevoll, aber traurig, als wollte sie sagen: »Mein Gott, was bist du doch für ein Dummkopf, Dickson Hughes!«

So lächelte Moira nun Greg an, und er war verzweifelt, wütend und verstand gar nichts mehr.

»Ich liebe dich«, wiederholte er.

»Nun, ich liebe dich, na und …?«, sagte Moira.

»Aber es wird fünf Jahre dauern.«

»Und was hat das damit zu tun?« Sie begann zu lachen.

»Aber Moy …«

»Ich heiße Moira«, erklärte sie entschlossen.

Einen Moment lang waren sie beide bleich und wütend, und der große weiße Mond über ihnen ließ ihre Augen funkeln.

Es gab Lärm und Durcheinander.

Plötzlich standen alle im Kreis um den großen niedrigen Haufen Glut und tanzten rufend und jauchzend um das Feuer herum und herum. Greg und Moira blieben außerhalb des Kreises sitzen und hörten nichts.

»Du bist so hübsch«, sagte er mit rauer, verärgerter, hilfloser Stimme. »Ich liebe dich, Moira, außer dir kann es nie eine andere geben.«

Sie lächelte, und er redete weiter: »Ich liebe dich. Ich sehe die ganze Zeit dein Gesicht vor mir. Ich sehe deine Haare, dein Gesicht und deine Augen.«

Ich wünschte, er würde weiterreden, der arme Kerl, und es ständig wiederholen. Denn von Minute zu Minute wurde es mehr wie in der Nacht davor, als ich aufgewacht war und glaubte, es regne, und das Gefühl von trockener Erde hatte, auf die der Regen fiel. Und so war auch Moira: Sie sah aus, als würde sie ewig dasitzen, seinen Worten lauschen und lauschen und nicht hören wollen, dass er fragte: Warum sagst du nichts, Moy? Du sagst nichts, du verstehst es doch, oder? … Es ist nicht fair, es ist nicht richtig, dich zu binden. Wir sind noch so jung. Aber genau in diesem Augenblick sagte er es. Sie lächelte ihn mit ihrem Besuchslächeln an und erklärte: »Du bist ein Narr, Gregory Jackson.«

Dann stand sie auf, ging zu Mom hinüber und half ihr, die Sachen ins Auto zu bringen. Sie sah Greg kein einziges Mal mehr an, die ganzen Ferien über nicht mehr.

DURCH DEN TUNNEL

Als er am ersten Morgen seiner Ferien zum Strand ging, machte der englische Junge bei einer Wegbiegung halt und blickte auf eine wild zerklüftete Bucht hinunter und dann hinüber zu dem überfüllten Badestrand, den er von früheren Jahren her so gut kannte. Seine Mutter, die vor ihm herging, trug in der einen Hand eine hell gestreifte Tasche. Ihr anderer Arm, der locker hin und her schwang, sah in der Sonne schneeweiß aus. Der Junge sah sich interessiert diesen nackten weißen Arm an und richtete dann seinen Blick, in dem sich Missfallen verbarg, auf die Bucht und wieder auf seine Mutter. Als sie bemerkte, dass er nicht in ihrer Nähe war, drehte sie sich um. »Ach, da bist du, Jerry!«, sagte sie. Sie sah ungeduldig aus, dann lächelte sie. »Liebling, willst du vielleicht nicht mit mir kommen? Willst du vielleicht lieber –?« Sie runzelte die Stirn und grübelte, welchen Zeitvertreib er sich wohl heimlich ersehnte und ob sie vielleicht zu beschäftigt oder auch zu gleichgültig gewesen war, sich diesen vorzustellen. Ihm war dieses besorgte Entschuldigungslächeln sehr vertraut. Ein Gefühl der Reue ließ ihn hinter ihr herlaufen. Und dennoch blickte er, als er zu ihr rannte, auf die wilde Bucht zurück, und den ganzen Vormittag über, während er auf dem sicheren Badestrand spielte, dachte er an diese Bucht.

Am nächsten Morgen, als es Zeit für das übliche Schwimmen und Sonnenbaden war, fragte seine Mutter: »Langweilst du dich auf unserem Badestrand, Jerry? Möchtest du woandershin?«

»Nein, nein!«, antwortete er rasch und lächelte sie mit jener nie ausbleibenden Regung der Reue an – einer Art von Ritterlichkeit. Als er jedoch den Weg mit ihr hinunterstieg, brach es aus ihm heraus: »Ich würde ganz gern mal die Felsen da unten anschauen.«

Sie musste seinen Wunsch erst bedenken. Es war eine wild aussehende Gegend, und niemand war dort; aber sie sagte:

»Natürlich, Jerry. Wenn du genug hast, dann komm an den großen Badestrand. Oder geh, wenn du willst, gleich zum Haus zurück.« Sie ging davon; der nackte Arm, jetzt leicht gerötet von der gestrigen Sonne, schwang hin und her. Und beinah wäre er wieder hinter ihr hergerannt, da er es unerträglich fand, dass sie ganz allein gehen sollte; aber er tat es nicht.

Sie dachte bei sich: Natürlich ist er alt genug, dass ihm auch ohne mich nichts passiert. Habe ich ihn etwa zu eng an mich gebunden? Er darf nicht das Gefühl haben, er müsste bei mir bleiben. Ich muss da achtgeben.

Er war ein Einzelkind, elf Jahre alt. Sie war Witwe, entschlossen, weder besitzergreifend zu sein noch es ihm an Liebe fehlen zu lassen. Voller Sorge ging sie zu ihrem Badestrand davon.

Sobald Jerry sah, dass seine Mutter ihren Strand erreicht hatte, begann er den steilen Abstieg zur Bucht. Von seinem Platz aus, hoch oben zwischen rotbraunen Felsen, erschien sie ihm wie eine Mulde voll bewegtem bläulichem Grün, eingesäumt von Weiß. Als er weiter hinunterkletterte, sah er, dass sie sich zwischen kleinen Felsvorsprüngen und Schluchten aus schroffem, scharfem Gestein ausdehnte, und die gekräuselte, schwappende Oberfläche zeigte Flecken von Purpur und tieferem Blau. Als er endlich die letzten Meter rasch hinunterglitt und -rutschte, sah er den Saum der weißen Brandung und die glitzernde, seichte Bewegung des Wassers über weißem Sand und weiter draußen massives Tiefblau.

Er rannte sofort ins Wasser und begann zu schwimmen. Er war ein guter Schwimmer. Schnell glitt er über den leuchtenden Sand hinaus, über eine mittlere Zone, wo Felsbrocken wie ausgebleichte Ungeheuer unter der Oberfläche lagen, und war dann im richtigen Meer – einem warmen Meer, in dem unregelmäßige kalte Strömungen aus der Tiefe seinen Körper schockartig erfassten.

Als er so weit draußen war, dass er nicht nur auf die kleine Bucht, sondern auch über den Felsvorsprung hinaus sehen konnte, der sie vom großen Badestrand trennte, ließ er sich auf der Wasseroberfläche treiben und hielt Ausschau nach seiner Mutter. Da war sie, ein kleiner gelber Fleck unter einem Sonnenschirm, der wie ein Stück Orangenschale aussah. Er schwamm zur Küste zurück, erleichtert durch die Gewissheit, dass sie dort war, doch auf einmal sehr einsam.

Am Rande einer Felsnase, die die andere Seite der Bucht, gegenüber dem Felsvorsprung, markierte, lagen einzelne, lose verstreute Felsbrocken umher. Darüber streiften sich einige Jungen gerade ihre Kleider ab. Nackt kamen sie zu den Felsen heruntergelaufen. Der englische Junge schwamm auf sie zu, aber er hielt sich einen Steinwurf weit von ihnen entfernt. Sie stammten von dieser Küste; alle waren gleichmäßig dunkelbraun gebrannt und redeten in einer Sprache, die er nicht verstand. Ihn durchdrang heftige Sehnsucht, bei ihnen zu sein, einer der Ihren zu sein. Er schwamm ein wenig näher, sie drehten sich um und beobachteten ihn mit wachsam zusammengekniffenen dunklen Augen. Dann lächelte einer von ihnen und winkte ihm. Das war das Zeichen. Blitzschnell hatte er sie erreicht und stellte sich neben sie auf die Felsen; nervös und verzweifelt-flehend lächelte er sie an. Sie begrüßten ihn lautstark und fröhlich; doch dann, als er sein nervöses, verständnisloses Lächeln beibehielt, begriffen sie, dass er ein Ausländer war, der sich von seinem eigenen Badestrand hierher verirrt hatte, und sie begannen, ihn nicht weiter zu beachten. Aber er fühlte sich glücklich. Er war bei ihnen.

Sie sprangen immer wieder von einer hohen Stelle aus mitten hinein in einen Brunnen blauen Meerwassers, umgeben von schroffem scharfspitzigem Felsgestein. Nachdem sie getaucht hatten und wieder an die Oberfläche gelangt waren, schwammen sie zurück, zogen sich hinauf und warteten, bis sie erneut an die Reihe kamen, zu springen. Es waren große Jungen – für Jerry Männer. Er tauchte, und sie beobachteten ihn; und als er zurückschwamm, um seine Stelle einzunehmen, machten sie ihm Platz. Er spürte, dass er akzeptiert wurde, und tauchte wieder, vorsichtig, stolz auf sich.

Bald stellte sich der größte der Jungen in Positur, schoss ins

Wasser und kam nicht mehr hoch. Die anderen standen herum und sahen zu. Als Jerry lange darauf gewartet hatte, dass der glatthaarige braune Kopf wieder erschiene, stieß er einen warnenden Schrei aus; sie blickten ihn flüchtig an und wandten ihre Blicke zurück aufs Wasser. Nach langer Zeit tauchte der Junge auf der anderen Seite eines großen Felsens auf, stieß prustend die Luft aus den Lungen und ließ einen triumphierenden Schrei ertönen. Sofort tauchte der Rest von ihnen hinunter. Einen Augenblick lang schien der Morgen voll schwatzender Jungen zu sein, im nächsten waren Luft und Meeroberfläche leer. Aber durch das Tiefblau konnte man dunkle Gestalten sehen, wie sie sich tastend vorwärtsbewegten.

Jerry tauchte, schoss an der Schule der Unterwasserschwimmer vorbei, entdeckte eine schwarze Felswand, die sich drohend vor ihm abzeichnete, berührte sie und schnellte sofort an die Oberfläche hoch, wo die Wand eine niedrige Barriere war, über die er hinwegblicken konnte. Niemand war zu sehen; die undeutlichen Umrisse der Schwimmer unter ihm im Wasser waren verschwunden. Dann tauchte einer, dann ein zweiter der Jungen am entfernten Ende der Felsbarriere auf, und ihm wurde klar, dass sie durch eine Lücke oder ein Loch hindurchgeschwommen sein mussten. Er tauchte wieder tief hinab. Durch das in die Augen beißende Salzwasser konnte er nichts als den nackten Felsen sehen. Als er hochkam, waren sie alle auf dem Sprungfelsen, bereit, erneut das Bravourstück zu wagen. Und jetzt, in panischer Angst zu versagen, schrie er gellend auf Englisch: »Schaut mich an! Schaut doch!«, und begann wie ein närrisch gewordener Hund im Wasser zu platschen und um sich zu schlagen.

Sie blickten ganz ernst hinunter, mit gerunzelter Stirn. Er kannte dieses Stirnrunzeln. In Augenblicken des Versagens, wenn er sich wie ein Hanswurst benahm, um die Aufmerksamkeit seiner Mutter zu erheischen, bedachte sie ihn mit genau diesem ernsten, peinlich berührten, prüfenden Blick. In einem Gefühl brennender Scham, denn er fühlte das flehentlich bittende Grinsen auf seinem Gesicht wie eine Narbe, die niemals zu entfernen war, blickte er zu der Gruppe von großen braunen Jungen auf dem Felsen empor und schrie: »*Bonjour! Merci! Au revoir! Monsieur, monsieur!*«, während er seine Finger um die Ohren legte und mit ihnen wackelte.

Wasser drang plötzlich in seinen Mund; es nahm ihm den Atem, er sank, kam wieder hoch. Der Felsen, kurz zuvor noch mit den Jungen befrachtet, schien sich im Wasser aufzubäumen, als ihr Gewicht von ihm genommen wurde. Sie flogen an ihm vorbei in die Tiefe; die Luft schwirrte von fallenden Körpern. Dann lag der Felsen leer im heißen Sonnenlicht. Er zählte eins, zwei, drei …

Bei fünfzig überfiel ihn schreckliche Angst. Sie mussten doch alle ertrinken, dort unten in den mit Wasser angefüllten Felsenhöhlen! Bei hundert suchte er mit den Augen den menschenleeren Abhang ab und fragte sich, ob er um Hilfe schreien sollte. Er zählte schneller, schneller, um sie anzutreiben, doch aufzusteigen, um sie rasch an die Oberfläche zu bringen, um sie rasch ertrinken zu lassen – alles eher als dieser Schrecken, immer weiter in die blaue Leere des Morgens hinein zählen zu müssen. Und dann, bei hundertundsechzig, war das Wasser hinter dem Felsen voller Jungen, die wie braune Wale prusteten. Sie schwammen zur Küste zurück, ohne ihm einen Blick zuzuwerfen.

Er kletterte auf den Sprungfelsen hinauf und setzte sich; unter seinen Schenkeln fühlte er die heiße Rauheit des Felsens. Die Jungen sammelten ihre Kleidungsstücke auf und rannten den Strand entlang zu einem anderen Vorsprung. Sie gingen fort, um ihn los zu sein. Er weinte hemmungslos, die Fäuste in die Augen geballt. Es gab niemanden, der ihn sehen konnte, und so weinte er sich aus.

Es kam ihm vor, als wäre eine lange Zeit vergangen, er schwamm ins Meer hinaus, bis dorthin, wo er seine Mutter sehen konnte. Ja, da war sie noch, ein gelber Fleck unter einem orangefarbenen Sonnenschirm. Er schwamm zu dem großen Felsen zurück, kletterte hinauf und machte dann einen Kopfsprung hinein in den blauen See zwischen den grimmig gezackten Felsbrocken. Er tauchte tiefer, bis er wieder die Felswand berührte. Aber das Salz brannte so sehr in seinen Augen, dass er nichts sehen konnte.

Er kam an die Oberfläche, schwamm zum Ufer und ging zum Haus zurück, um auf seine Mutter zu warten. Bald schon kam sie langsam den Weg heraufgestiegen, ihre gestreifte Tasche schlenkernd, auch der gerötete nackte Arm schwang hin und her. »Ich möchte eine Taucherbrille«, sagte er keuchend, trotzig und bittend zugleich.

Sie warf ihm einen geduldigen, forschenden Blick zu, als sie beiläufig sagte: »Aber natürlich, mein Liebling.«

Aber jetzt, jetzt, jetzt gleich! Er musste sie sofort haben und nicht ein andermal. Er bohrte und quälte so lange, bis sie mit ihm zu einem Geschäft ging. Sobald sie die Taucherbrille gekauft hatte, riss er sie ihr aus der Hand, als wenn sie diese für sich beanspruchen wollte, und schon rannte er damit den steilen Weg zur Bucht hinunter.

Jerry schwamm hinaus zur großen Felsbarriere, setzte die Taucherbrille auf und machte einen Kopfsprung. Der Wasserdruck drang in das mit Gummi eingefasste Vakuum, und die Taucherbrille lockerte sich. Er begriff, dass er von der Wasseroberfläche aus zum Felssockel hinuntertauchen musste. Er befestigte die Taucherbrille ganz straff, atmete tief ein und ließ sich, das Gesicht nach unten, auf dem Wasser treiben. Nun konnte er sehen. Es war, als hätte er Augen anderer Art – Fischaugen, die ihm alles deutlich, fein und wogend im glasklaren Wasser zeigten.

Unter ihm, in etwa zwei Meter Tiefe, lag ein Boden aus vollkommen sauberem weißem Sand, von Ebbe und Flut in kleine erstarrte Wellen geriffelt. Zwei graue Schatten schwammen dort, wie längliche, gerundete Holz- oder Schieferstücke. Es waren Fische. Er sah, wie sie sich vorsichtig aufeinander zubewegten, regungslos verharrten, vorschossen, abbogen und sich wieder umdrehten. Es war wie ein Wassertanz. Einige Zentimeter darüber sprühte das Wasser Funken, als fielen Zechinen hindurch. Wieder Fische – Myriaden von winzigen Fischen, nicht länger als sein Fingernagel – stoben durch das Wasser, und einen Augenblick lang konnte er ihre unzähligen, kaum spürbaren Berührungen auf seinem Körper fühlen. Es war, als schwämme er zwischen lauter Silberflecken. Der mächtige Felsen, durch den die großen Jungen geschwommen waren, erhob sich jäh aus dem weißen Sand – schwarz, mit Büscheln grünlicher Wasserpflanzen. Er konnte keinen Spalt erkennen. Er schwamm hinunter bis zu seinem Sockel.

Immer wieder tauchte er auf, pumpte die Lungen voll Luft und ging runter. Immer wieder tastete er über die Oberfläche des Felsens, befühlte ihn, umarmte ihn schon beinah in dem verzweifelten Drang, den Eingang zu finden. Und dann auf einmal, als er sich an der schwarzen Wand festhielt, kamen seine Knie hoch, und er stieß seine Füße nach vorn und fand keinen Widerstand. Er hatte das Loch entdeckt.

Er tauchte auf, kletterte zwischen den Steinen umher, die verstreut auf der Felsbarriere lagen, bis er einen großen Brocken fand, hielt diesen mit beiden Armen umschlungen und ließ sich an dem Felsen hinabgleiten. Er sank mit dem Gewicht direkt bis auf den sandigen Grund. Sich fest an den Ankerstein klammernd, lag er auf der Seite und blickte unter die dunkle Felsplatte, wo seine Füße verschwunden waren. Er konnte das Loch sehen. Es war ein unregelmäßiger, dunkler Spalt; aber er konnte nicht weit genug hineinblicken. Er ließ seinen Anker fahren, umklammerte die Ränder des Lochs und versuchte, sich hineinzuzwängen.

Er kam mit dem Kopf durch, spürte, dass seine Schultern eingeklemmt waren, bewegte sie seitlich hinein und war bis zur Hüfte drinnen. Er konnte vor sich nichts sehen. Etwas Weich-Klebriges berührte seinen Mund; er sah, wie sich ein dunkler Wedel vor dem grauen Felsen bewegte, und geriet in Panik. Er dachte an Kraken, Schlingpflanzen. Er stieß sich zurück nach draußen und konnte bei seinem Rückzug einen flüchtigen Blick auf einen harmlosen Tangwedel werfen, der in der Tunnelöffnung trieb. Aber ihm reichte es. Er tauchte wieder ans Sonnenlicht, schwamm zum Strand und legte sich auf den Sprungfelsen. Er blickte in den blauen Brunnen hinunter. Er wusste, den Weg durch diese Höhle, dieses Loch, diesen Tunnel musste er finden und an der anderen Seite herauskommen.

Als Erstes, überlegte er, müsste er lernen, das Atmen zu beherrschen. Er ließ sich mit einem anderen großen Stein in den Armen im Wasser hinabgleiten, sodass er ohne Kraftaufwand auf dem Meeresboden liegen konnte. Er zählte. Eins, zwei, drei. Ganz gleichmäßig. Er konnte das Pochen des Blutes in seiner Brust hören. Einundfünfzig, zweiundfünfzig … Seine Brust schmerzte. Er ließ den Stein los und schnellte nach oben. Er sah, dass die Sonne unterging. Er eilte zum Haus, wo seine Mutter gerade beim Abendessen saß. Sie sagte nur: »Hast du Spaß gehabt?«, worauf er mit »Ja« antwortete.

Die ganze Nacht hindurch träumte der Junge von der Wasserhöhle in den Felsen, und sobald er gefrühstückt hatte, ging er zur Bucht.

Am Abend blutete seine Nase stark. Stundenlang war er unter Wasser gewesen, hatte geübt, den Atem anzuhalten, und nun fühlte er sich schwach und schwindlig. Seine Mutter sagte: »An deiner Stelle, Liebling, würde ich es nicht übertreiben.«

Auch am folgenden Tag trainierte Jerry seine Atmung, so als hinge alles, sein ganzes Leben, alles, was er werden könnte, davon ab. Wieder blutete abends seine Nase, und seine Mutter bestand darauf, dass er am nächsten Tag mit ihr kam. Es war qualvoll, einen vollen Tag sorgfältigen Selbsttrainings zu vergeuden, aber er blieb mit ihr auf dem anderen Badestrand, der ihm jetzt wie ein Kinderspielplatz vorkam, etwas, wo seine Mutter ruhig in der Sonne liegen mochte. Sein Strand war es nicht.

Am nächsten Tag fragte er nicht um Erlaubnis, ob er zu seinem Strand gehen dürfe. Er ging, bevor seine Mutter das komplizierte Für und Wider des Ganzen bedenken konnte. Dass er einen Tag ausgesetzt hatte, bewirkte, wie er jetzt merkte, dass er zehn Sekunden länger zählen konnte. Die großen Jungen hatten den Durchgang bei hundertsechzig geschafft. Er hatte in seiner Angst sehr schnell gezählt. Wenn er es jetzt versuchte, könnte er wahrscheinlich den langen Tunnel schaffen, aber er hatte es nicht schon jetzt vor. Eine merkwürdige, ganz unkindliche Hartnäckigkeit, eine kontrollierte Ungeduld, ließen ihn abwarten. In der Zwischenzeit lag er unter Wasser auf dem weißen Sand, der nun übersät war mit Steinen, die er von oben heruntergebracht hatte, und studierte den Eingang zum Tunnel. Er kannte, so weit er überhaupt sehen konnte, jeden Vorsprung und jede Windung. Es war, als spürte er bereits die scharfen Kanten an seinen Schultern. Wenn seine Mutter nicht in der Nähe war, saß er im Landhaus neben der Uhr und kontrollierte seine Zeit. Er war zunächst ungläubig, dann stolz, als er herausfand, dass er seinen Atem mühelos zwei Minuten lang anhalten konnte. Die Worte ›zwei Minuten‹, deren Richtigkeit die Uhr bewiesen hatte, brachten ihm das Abenteuer nahe, das er so sehnlichst brauchte.

In vier Tagen, sagte seine Mutter eines Morgens beiläufig, müssten sie wieder nach Hause. Am Vortag ihrer Abreise würde er es tun, selbst wenn er dabei draufging, sagte er sich trotzig. Aber zwei Tage vor der Abreise – welch ein glorreicher Tag, als er sich um fünfzehn Sekunden steigern konnte – blutete seine Nase so stark, dass ihm schwindlig wurde und er sich kraftlos auf den großen Felsen legen musste wie ein Stück Seetang, und er beobachtete, wie das dicke Blut auf den Felsen floss und langsam ins Meer tropfte. Er hatte Angst. Angenommen, ihm wurde im Tunnel schwindlig? Angenommen, er starb dort wie in einer Falle? Angenommen – ihm drehte sich alles vor Augen in der heißen Sonne, und beinah hätte er aufgegeben. Er überlegte, er sollte zum Haus zurückkehren und sich hinlegen, und im nächsten Sommer vielleicht, wenn er ein Jahr älter war – *dann* würde er durch das Loch hindurchschwimmen.

Aber selbst nachdem er sich entschlossen hatte oder es zumindest glaubte, ertappte er sich dabei, wie er sich auf dem Felsen aufrichtete und in das Wasser hinabblickte; und er wusste, dass jetzt, in diesem Augenblick, wo seine Nase eben zu bluten aufgehört hatte, wo sein Kopf noch schmerzte und pochte – dass jetzt der Augenblick gekommen war, es zu versuchen. Wenn er es jetzt nicht wagte, würde er es niemals tun. Er zitterte vor Angst, dass er es nicht tun würde; und er zitterte vor Schrecken bei dem Gedanken an den langen, langen Tunnel unter dem Felsen, unter dem Meer. Selbst im hellen Sonnenlicht erschien ihm die Felsbarriere ungeheuer breit und sehr wuchtig; tonnenschweres Felsgestein lastete dort, wo er hindurchtauchen musste. Wenn er da unten stürbe, würde er liegen bleiben, bis ihn eines Tages – vielleicht erst im nächsten Jahr – die großen Jungen finden würden, wenn sie dort hineinschwömmen und den Tunnel blockiert fänden.

Er setzte die Taucherbrille auf, schnallte sie ganz eng, über-prüfte das Vakuum. Seine Hände zitterten. Dann wählte er sich den größten Stein aus, den er tragen konnte, und rutschte über den Felsrand, bis er zur Hälfte im kühlen, ihn umschließenden Wasser war und zur anderen Hälfte in der heißen Sonne. Er blickte einmal hinauf in den leeren Himmel, füllte seine Lun-gen einmal, zweimal mit Luft und sank dann schnell mit dem Stein auf den Grund. Er ließ ihn los und begann zu zählen. Er packte mit den Händen die Kanten der Felsöffnung und zog sich hindurch, bewegte erst die eine Schulter, dann die andere vor, wie er es sich gemerkt hatte, stieß sich mit den Füßen vorwärts.

Bald schon befand er sich im Innern, in einer kleinen, von Felsen umschlossenen Höhle mit gelblich grauem Wasser. Die Decke war scharfkantig und schnitt in seinen Rücken. Er zog sich mit den Händen entlang – schnell, schnell –, wobei er seine Füße wie Hebel einsetzte. Sein Kopf schlug gegen etwas, ein scharfer Schmerz betäubte ihn. Fünfzig, einundfünfzig, zwei-undfünfzig … Kein Licht war da, und das Wasser schien wie ein Felsen auf ihm zu lasten. Einundsiebzig, zweiundsiebzig … Kein Druck auf seiner Lunge. Er fühlte sich wie ein aufgeblasener Ballon, sein Atem ging so leicht und schwerelos, doch pochte es in seinem Kopf.

Ständig wurde er gegen die scharfkantige Decke gedrängt, die sich glitschig und gleichzeitig rau anfühlte. Wieder dachte er an Kraken und fragte sich, ob der Tunnel wohl voll mit Tang war, der ihn umschlingen könnte. Er stieß sich in krampfhafter Panik ab, zog den Kopf ein und schwamm los. Seine Füße und Hände hatten freien Bewegungsraum wie im offenen Meer. Die Höhle musste breiter geworden sein. Er glaubte recht schnell zu schwimmen und hatte Angst, dass er sich, wenn der Tunnel sich verengte, den Kopf anschlagen könnte. Hundert, einhunderteins … Das Wasser wurde heller. Triumph erfüllte ihn. Seine Lungen begannen zu schmerzen. Einige weitere Schwimmstöße, und er wäre draußen. Er zählte wie wild; einhundertfünfzehn und, nach einer Weile, noch mal einhundertfünfzehn. Das Wasser um ihn herum war von einem klaren Juwelengrün. Da entdeckte er über seinem Kopf einen Spalt, der den Felsen hinauflief. Sonnenlicht fiel herein, zeigte das glatte, dunkle Felsgestein des Tunnels, eine einzelne Muschelschale und weiter vorne Dunkelheit.

Er war am Ende seiner Kräfte. Er schaute hinauf zum Spalt, als wäre dieser mit Luft und nicht mit Wasser gefüllt, als könnte er seinen Mund daranlegen und Luft schnappen. Einhundertfünfzehn hörte er sich zählen – aber das hatte er schon vor langer Zeit gesagt. Er musste weiter hinein in die Dunkelheit vor ihm, sonst würde er ertrinken. Sein Kopf schwoll, seine Lungen schienen zu bersten. Einhundertfünfzehn, einhundertfünfzehn hämmerte es in seinem Gehirn, er klammerte sich kraftlos an die Felswand im Dunkeln, zog sich vorwärts, hinter ihm blieb die kurze Strecke mit dem sonnendurchschienenen Wasser. Er spürte, dass er sterben würde. Er war nicht mehr ganz bei Bewusstsein. Er kämpfte sich in der Dunkelheit weiter, mit Anfällen von Bewusstlosigkeit. Ein ungeheurer anschwellender Schmerz tobte in seinem Kopf, und dann zerbarst die Dunkelheit in ein explodierendes grünes Licht. Seine vorwärtsgreifenden Hände trafen ins Leere, und seine Füße, die nach hinten ausstießen, trieben ihn hinaus aufs offene Meer.

Er kam an die Oberfläche, sein Gesicht tauchte aus dem Wasser hoch. Er schnappte nach Luft wie ein Fisch. Ihm war, als müsste er jetzt untergehen und ertrinken; als könnte er die wenigen Meter zurück zum Felsen nicht mehr schwimmen. Dann klammerte er sich an ihm fest und zog sich hoch. Er blieb mit dem Gesicht nach unten liegen, keuchend. Er konnte nichts sehen als ein rot geädertes, klumpiges Dunkel. Seine Augen mussten geplatzt sein, dachte er, mussten voller Blut sein. Er riss die Taucherbrille herunter, und ein Blutstrahl ergoss sich ins Meer. Seine Nase blutete, und das Blut hatte sich in der Taucherbrille angesammelt.

Er schöpfte einige Handvoll Wasser aus dem kühlen salzigen Meer, um es auf sein Gesicht zu spritzen, und wusste nicht, ob er Blut oder Salzwasser schmeckte. Nach einer Weile ging sein Herzschlag ruhiger, seine Augen sahen klarer, er richtete sich auf. Er konnte sehen, wie die einheimischen Jungen etwa einen Kilometer entfernt tauchten und herumtollten. Er wollte nicht bei ihnen sein. Er wollte nichts anderes als nach Hause gehen und sich hinlegen.

Schnell schwamm Jerry zum Badestrand und stieg langsam den Weg zum Haus hinauf. Er warf sich auf sein Bett und schlief ein; er erwachte durch das Geräusch von Schritten auf dem Weg draußen. Seine Mutter kam zurück. Er huschte ins Badezimmer, sie musste ja nicht sein blut- oder tränenverschmiertes Gesicht sehen. Er kam aus dem Badezimmer und begegnete ihr, als sie lächelnd das Haus betrat; ihre Augen leuchteten auf.

»Schönen Vormittag gehabt?«, fragte sie und legte ihre Hand einen Augenblick lang auf seine warme braune Schulter.

»Och, ja, danke«, erwiderte er.

»Du siehst ein bisschen blass aus.« Und dann schrill und ängstlich: »Wo hast du dir denn den Kopf aufgeschlagen?«

»Halt angestoßen«, antwortete er.

Sie warf ihm einen prüfenden Blick zu. Er sah abgespannt aus, seine Augen waren verschleiert. Sie machte sich Sorgen. Und dann sagte sie sich: Reg dich nicht auf! Es kann ja nichts passieren. Er schwimmt wie ein Fisch.

Sie setzten sich zum gemeinsamen Mittagessen.

»Mami«, sagte er, »ich kann zwei Minuten lang unter Wasser bleiben – also, mindestens drei Minuten.« Es sprudelte aus ihm heraus.

»Wirklich, Liebling?«, sagte sie. »Nun, ich würde es nicht

übertreiben. Ich glaube, heute solltest du nicht mehr schwimmen.«

Sie war auf einen Kampf gefasst: Willen gegen Willen, aber er
gab sofort nach. Es bedeutete ihm überhaupt nichts mehr, zu
der Bucht zu gehen.

EIN HARMLOSER
HEUSCHRECKENÜBERFALL

Die Regenfälle in diesem Jahr waren gut. Es regnete immer gerade so viel, wie der Mais Wasser brauchte – zumindest schloss Margaret das aus den Worten der Männer, die sagten, der Regen sei gar nicht so schlecht. In Sachen Wetter und Ähnlichem hatte sie keine eigene Meinung, denn man brauchte Erfahrung, um selbst so etwas Einfaches wie das Wetter beurteilen zu können. Und Erfahrung fehlte Margaret. Bei den Männern handelte es sich um Richard, ihren Ehemann, und den alten Stephen, Richards Vater, der schon sehr lange Farmer war. Die beiden konnten sich stundenlang darüber den Kopf zerbrechen, ob der Regen nun katastrophal oder einfach nur schlimm war. Margaret lebte seit drei Jahren auf der Farm. Sie begriff immer noch nicht, wie es kam, dass sie nicht längst bankrott waren, denn die Männer fanden nie ein gutes Wort für das Wetter, für den Boden oder für die Regierung. Aber allmählich lernte sie die Sprache – die Sprache der Farmer. Sie gingen weder bankrott, noch wurden sie sehr reich. Sie hielten sich, und zwar gar nicht so schlecht.

Sie bauten Mais an. Zu ihrer Farm gehörten dreitausend Morgen Land an den Hängen, die zum Sambesigebirge aufstiegen. Es war hoch gelegenes, trockenes, windgepeitschtes Land. Im Winter war es kalt und staubig, aber jetzt während der Regenzeit dampfte es vor Hitze, die in feuchten, sanften Schwaden von den endlosen grünen Maisfeldern aufstieg. Es war ein schönes Land mit dem blauen Himmel und den strahlenden Räumen aus Luft und den leuchtend grünen Erhebungen und Mulden des Bodens dahinter und zwanzig Meilen jenseits der Flüsse die gezackten und kahlen Berge. Der Himmel ließ ihre Augen schmerzen. Sie war nicht daran gewöhnt. In der Stadt, aus der sie kam, blickte man nicht so oft zum Himmel auf. Als Richard deshalb an diesem Abend sagte: »Die Regierung warnt uns vor den Heuschrecken. Man glaubt, dass sie von ihren Brutstätten im Norden herunterkommen«, sah sie instinktiv zu den Bäumen hinüber. Ungeziefer – in ganzen Schwärmen – entsetzlich! Aber Richard und der alte Mann richteten den Blick auf die Berge. »Wir haben seit sieben Jahre keine Heuschrecken mehr gehabt«, sagten sie, »Heuschrecken tauchen regelmäßig auf«, und dann: »Unsere Ernte können wir diesmal vergessen!«

Aber sie arbeiteten wie gewohnt auf den Feldern. Eines Tages, als sie zum Mittagessen zurückkamen, blieb der alte Stephen auf dem Weg zum Haus stehen, hob den Finger und wies in die Luft: »Da sind sie!«

Margaret rannte hinaus zu ihnen und sah zu den Hügeln hinüber. Die Dienstboten kamen aus der Küche. Alle standen da und starrten empor. Über den gezackten Bergrändern zog sich ein rostfarbener Streifen durch die Luft: Heuschrecken. Dort kamen sie.

Im nächsten Moment rief Richard dem Koch etwas zu. Der alte Stephen brüllte den Hausboy an. Der Koch rannte zu der alten Pflugschar, die an einem Ast hing und dazu diente, die Arbeiter bei Notfällen herbeizurufen. Der Hausboy rannte zum Laden, um Blechdosen und jedes erreichbare Stück Metall zu holen. Die Farm hallte wider vom Dröhnen des Gongs. Sie sahen, wie die Arbeiter aus der Siedlung strömten, auf die Hügel wiesen und aufgeregt durcheinanderriefen. Bald hatten sich alle oben am Haus versammelt. Richard und der alte Stephen gaben ihnen Anweisungen – schnell, schnell, schnell!

Und schon rannten sie wieder davon, die beiden weißen Männer mitten unter ihnen. Ein paar Minuten später sah Margaret überall auf dem Farmgelände den Rauch der Feuer aufsteigen. Man hatte Holzstöße und Berge von Gras dafür vorbereitet. Es gab sieben Felder mit nackter Erde – gelbe, rosa und dunkelrote Erde. Wo die Maissaat gerade aufging, breitete sich ein hellgrüner, leuchtender Teppich darüber. Und an den Rändern dieser Felder stiegen dicke Rauchsäulen auf. Inzwischen warfen die Männer nasses Laub auf das Feuer, um beißenden, schwarzen Rauch zu erzeugen. Margaret beobachtete die Hügel.

Eine lange, niedrige, immer noch rostfarbene Wolke kam näher. Sie schwoll vor ihren Augen an und breitete sich aus. Das Telefon klingelte. Die Nachbarn riefen an – schnell, schnell, die Heuschrecken kommen! Bei dem alten Smith haben sie alles kahl gefressen. Schnell, bringt eure Feuer in Gang! Natürlich hoffte jeder Farmer, die Heuschrecken würden seine Felder verschonen und die Nachbarn heimsuchen. Aber es war nur fair, sich gegenseitig zu warnen. Man musste fair bleiben. Im Umkreis von fünfzig Meilen stieg der Rauch unzähliger Feuer auf. Margaret nahm die Anrufe entgegen und beobachtete dazwischen die Heuschrecken. Es wurde dunkel. Eine seltsame Dämmerung breitete sich aus, denn die Sonne stand hoch am Himmel – sie erinnerte an die Dunkelheit eines *veld*-Brandes, wenn dicker Rauch in der Luft liegt, die Sonnenstrahlen gebrochen werden und nur ein beklemmendes heißes orangefarbenes Licht durchdringt. Auch diese Dämmerung war bedrückend und so bedrohlich wie ein Gewitter. Die Heuschrecken kamen schnell. Inzwischen verdunkelten sie den halben Himmel. Hinter den rötlichen Schleiern, die die Vorhut des Schwarms bildeten, zeichnete sich der Hauptschwarm als dichte, schwarze Wolke ab, die beinahe bis zur Sonne reichte.

Margaret überlegte, was sie tun konnte, um zu helfen. Sie wusste es nicht. Dann kam der alte Stephen von den Feldern herauf. »Wir sind erledigt, Margaret, erledigt! Diese Burschen können in einer halben Stunde jedes Blatt und jeden Grashalm auf der Farm fressen! Und es ist noch früh am Nachmittag … wenn es uns gelingt, genug Rauch und Lärm zu machen, bis die Sonne untergeht, fallen sie vielleicht woanders ein …« Und dann fügte er hinzu: »Setz Teewasser auf. Die Arbeit macht durstig.«

Margaret ging in die Küche, brachte das Feuer in Gang und wartete darauf, dass das Wasser kochte. Auf dem Blechdach der Küche hörte sie schon das dumpfe Aufprallen und Trommeln einfallender Heuschrecken. Dazwischen immer wieder ein schabendes Kratzen, wenn eine Heuschrecke über das Blech rutschte. Das waren die ersten. Von den Feldern schallte das

Schlagen, Trommeln und Klappern von hundert Benzinkanistern herüber. Stephen sah ungeduldig zu, wie sie einen Kanister mit heißem, süßem, orangefarbenem Tee füllte und einen zweiten mit Wasser. In der Zwischenzeit erzählte er Margaret, wie er vor zwanzig Jahren von den Heuschreckenschwärmen kahl gefressen und in den Bankrott getrieben worden war. Immer noch redend, griff er nach den Kanistern. Er trug sie an den kreuzweise befestigten Holzgriffen und eilte damit den Weg hinunter zu den durstigen Arbeitern. Inzwischen fielen die Heuschrecken wie Hagel auf das Küchendach. Es klang nach einem heftigen Sturm. Margaret blickte aus dem Fenster und sah, dass die schwärmenden Heuschrecken die Luft verdunkelten. Sie gab sich einen Ruck und rannte hinaus – was die Männer konnten, konnte sie auch! Die Luft über ihr war voll von Heuschrecken. Sie waren überall. Heuschrecken prallten gegen sie, und Margaret streifte sie ab. Die schweren rotbraunen Geschöpfe starrten sie mit den hervorquellenden Augen alter Männer an und klammerten sich mit harten, gezahnten Beinen fest. Sie hielt vor Entsetzen den Atem an und rannte ins Haus zurück. Dort klang es noch mehr nach einem heftigen Sturm. Das Blechdach dröhnte, und der metallische Lärm von den Feldern hallte wie Donner. Sie sah aus dem Fenster. Die Bäume wirkten eigenartig still. Die Tiere hingen in Klumpen an ihnen, und die Zweige senkten sich unter ihrer Last bis zum Boden. Die Erde schien sich zu bewegen; überall krochen Heuschrecken. Der Schwarm war so dicht, dass sie die Felder nicht mehr sehen konnte. Vor den Bergen wirkten sie wie eine Regenwand – vor ihren Augen verschwand die Sonne unter einem neuen Ansturm. Zwielicht umgab sie, eine unnatürliche Dunkelheit. Von draußen drang ein scharfes Knacken herein – ein Ast war unter der Last abgebrochen, dann noch einer. Weiter unten am Hang neigte sich ein Baum zur Seite und stürzte langsam zu Boden. Durch den Heuschreckenhagel rannte ein Mann. Man brauchte mehr Wasser und mehr Tee. Margaret sorgte für beides. Sie hielt das Feuer in Gang, füllte Kanister um Kanister, und dann war es vier Uhr nachmittags. Seit Stunden zogen die Heuschrecken über sie hinweg. Der alte Stephen kam wieder herauf. Mit jedem Schritt zertrat er knirschend Heuschrecken; Heuschrecken hingen überall an ihm. Er fluchte und schimpfte und fuchtelte mit seinem alten Hut durch die Luft. Vor der Tür blieb er kurz stehen, befreite sich hastig von dem Ungeziefer und stürzte in das heuschreckenfreie Wohnzimmer.

»Die ganze Ernte ist dahin. Nichts ist geblieben«, sagte er.

Aber immer noch lärmten und schrien die Männer auf den Feldern. Margaret fragte: »Warum hört ihr dann nicht auf?«

»Der Hauptschwarm kommt nicht runter. Sie suchen einen Platz, um zu landen und die Eier abzulegen. Wir müssen verhindern, dass der Hauptschwarm bei uns auf der Farm niedergeht. Darauf kommt es an! Wenn sie es schaffen, die Eier abzulegen, frisst die Brut später alles ratzekahl.« Er löste eine verirrte Heuschrecke vom Hemd und schlitzte sie mit dem Daumennagel auf – Eier quollen aus ihr heraus. »Stell dir das millionenfach vor. Hast du je einen Schwarm Grashüpfer auf dem Vormarsch gesehen? Nein? Da hast du Glück gehabt.«

Margaret fand einen Schwarm ausgewachsener Heuschrecken schlimm genug. Die Wolken fliegender Insekten verdichteten und lichteten sich wie treibender Regen. Sie warfen bewegliche Schatten, die das fahle, gelbe Licht verdunkelten. Der alte Stephen sagte: »Sie haben den Wind im Rücken, und das ist schon etwas.«

»Ist es sehr schlimm?«, fragte Margaret ängstlich. Der alte Mann erwiderte entschieden: »Wir sind erledigt. Der Schwarm zieht vielleicht weiter. Aber nachdem es einmal angefangen hat, kommt einer nach dem anderen aus dem Norden herunter. Und dann die Brut … das kann zwei oder drei Jahre dauern.«

Margaret setzte sich hilflos auf den Stuhl und dachte: »Also wenn es das Ende ist, dann ist es das Ende. Was jetzt? Wir werden alle drei in die Stadt zurückgehen müssen …« Sie warf einen schnellen Blick auf Stephen. Der alte Mann lebte seit vierzig Jahren als Farmer in diesem Land. Zweimal hatte er den finanziellen Ruin überstanden, und sie wusste, ihn konnte nichts dazu bringen, als Angestellter in der Stadt zu arbeiten. Sie bemitleidete ihn.

Er wirkte so müde; tiefe Falten zogen sich von der Nase zum Mund. Armer alter Mann ... Er holte eine Heuschrecke heraus, die sich in seiner Tasche verirrt hatte, und hielt sie an einem Bein in die Luft. »Deine Beine sind so stark wie Stahlfedern«, erklärte er dem Tier gutmütig. Obwohl er in den letzten drei Stunden gegen Heuschrecken gekämpft, sie zertreten, angeschrien und bergeweise ins Feuer geschaufelt hatte, damit sie verbrannten, trug er diese eine zur Tür und warf sie behutsam zu ihren Artgenossen in die Luft, als wollte er ihr kein Haar krümmen. Das tröstete Margaret. Sie fühlte sich sofort auf unerklärliche Weise ermutigt. Sie erinnerte sich, dass die Männer nicht zum ersten Mal in den letzten drei Jahren den endgültigen und unwiderruflichen finanziellen Ruin verkündet hatten.

»Bring mir etwas zu trinken, Mädchen«, sagte er dann. Sie stellte die Whiskyflasche neben ihn.

Die ganze Zeit über stand ihr Mann draußen im prasselnden Ansturm der Heuschrecken. Er schlug den Gong, warf Laub ins Feuer und war über und über mit Insekten bedeckt – Margaret schüttelte sich. »Wie hältst du das aus, wenn sie so an dir hängen?«, fragte sie den alten Stephen. Er sah sie missbilligend an. Sie wurde entsprechend demütig – wie damals, als er die Städterin mit den gelockten, goldenen Haaren und den langen rot lackierten Fingernägeln zum ersten Mal gemustert hatte. Inzwischen war sie eine richtige Farmersfrau mit vernünftigen Schuhen und einem strapazierfähigen Rock. Sie würde es vielleicht ertragen, dass Heuschrecken sich auf ihr niederließen – mit der Zeit.

Nachdem der alte Stephen einen oder zwei Whiskys gekippt hatte, watete er durch das glänzend braune Heuschreckenmeer zurück in die Schlacht. Fünf Uhr. In einer Stunde würde die Sonne untergehen. Dann ließ sich der Schwarm nieder. Die Heuschrecken flogen noch immer so dicht wie in den letzten Stunden über sie hinweg. Die Bäume waren lebende Hügel aus glänzendem Braun.

Margaret begann zu weinen. Es war alles so hoffnungslos – wenn die Ernte nicht schlecht ausfiel, kamen die Heuschrecken.

Gab es keine Heuschrecken, drohten die Raupen oder *veld*-Brände. Immer gab es etwas. Der Heuschreckenschwarm rauschte wie ein Wald im Sturm; die Insekten fielen wie klatschender Regen auf das Dach; der Boden verschwand unter einer glänzenden, glatten, braunen Woge – man schien in Heuschrecken zu ertrinken, in der widerlichen braunen Flut zu versinken. Es schien, als könne das Dach unter dem Gewicht einstürzen, als könne die Tür unter dem Druck nachgeben, und dann würden sie in die Zimmer eindringen – und es wurde so dunkel. Margaret blickte auf. Die Luft war dünner; blaue Flecken zeigten sich hinter den dunklen, ziehenden Wolken. Das Blau wirkte kalt und dünn. Die Sonne ging wohl gerade unter. Durch den Nebel der Insekten sah sie Gestalten näher kommen. An der Spitze marschierte energisch der alte Stephen; dann kam ihr Mann, völlig erschöpft und ausgelaugt. Dahinter folgten die Dienstboten. Alle waren über und über mit Heuschrecken bedeckt. Der Lärm und das Schreien waren verstummt. Sie hörte nichts außer dem ununterbrochenen Schwirren Tausender und Abertausender Flügel.

Die beiden Männer klopften sich die Heuschrecken ab und kamen herein.

»So«, erklärte Richard und küsste sie auf die Wange, »der Hauptschwarm ist weitergezogen.«

»Um Himmels willen«, erwiderte Margaret gereizt und immer noch halb weinend, »was hiergeblieben ist, ist schlimm genug!« Zwar war die Abendluft nicht länger schwarz und dick, sondern klar und blau; dazwischen schwirrten Heuschrecken hierhin und dorthin, aber alles andere – Bäume, Gebäude, Büsche und Erde – verschwand unter der krabbelnden, braunen Masse.

»Wenn es heute Nacht nicht regnet und sie deshalb hierbleiben ... wenn es nicht regnet und das Wasser sie am Boden festhält, fliegen sie morgen bei Sonnenaufgang davon.«

»Natürlich werden wir Grashüpfer haben, aber nicht den Hauptschwarm. Das ist immerhin etwas.«

Margaret nahm sich zusammen, wischte sich die Augen, gab

vor, nicht geweint zu haben, und bereitete ihnen das Abendessen, denn die Dienstboten waren zu erschöpft, um noch etwas zu tun. Sie schickte sie ins Lager hinunter, damit sie sich ausruhen konnten.

Sie trug das Essen auf, setzte sich zu den Männern und hörte zu. »Nicht eine einzige Maispflanze ist übrig geblieben ... keine einzige«, hörte sie. Sobald die Heuschrecken weitergezogen waren, wollten die Männer die Leute zur Aussaat auf die Felder schicken. Sie mussten wieder von vorne beginnen.

Wozu sollte das gut sein, überlegte Margaret, wenn die ganze Farm von Grashüpfern wimmeln würde? Aber sie hörte zu, während die Männer über die Broschüre der Regierung sprachen, in der stand, wie man die Grashüpfer wirkungsvoll bekämpft. Man brauchte Männer, die ununterbrochen die Felder abgingen und nach Bewegungen im Gras Ausschau hielten. Wenn man eine Schar entdeckte – kleine, flinke schwarze Dinger, etwa wie Grillen –, zog man Gräben um die Stelle oder besprühte sie mit Gift, das die Regierung zur Verfügung stellte. Die Regierung wollte, dass die Farmer sich an einer weltweiten Kampagne zur Ausrottung dieser Plage beteiligten. Man musste die Heuschreckenbrut bekämpfen, man musste das Übel an der Wurzel packen. Die Männer redeten, als planten sie einen Krieg. Margaret hörte staunend zu.

In der Nacht war es ruhig, nichts war von den Heerscharen zu vernehmen, die sich draußen niedergelassen hatten. Nur ab und zu brach ein Ast, oder ein Baum stürzte um.

Margaret schlief schlecht in ihrem Bett. Richard lag völlig erschöpft von dem Kampf am Nachmittag wie tot neben ihr. Als sie morgens aufwachte, fielen gelbe Sonnenstrahlen auf ihr Bett. Nur hin und wieder zog ein Schatten wie ein Fleck durch das klare Sonnenlicht. Sie ging zum Fenster. Der alte Stephen war schon auf den Beinen. Er stand draußen und blickte hinunter über das Buschland. Und sie starrte verblüfft – ja, gegen ihren Willen verzaubert – auf die Landschaft. Denn jeder Baum, jeder Busch, das ganze Land vibrierte unter blassen Flammen. Die Heuschrecken breiteten ihre Flügel aus, befreiten sie vom nächtlichen Tau. Über allem lag ein Schimmer von rot gesäumtem, goldenem Licht.

Sie ging zu dem alten Mann hinaus und bahnte sich dabei vorsichtig einen Weg durch die Insekten. Der alte Stephen und Margaret standen nebeneinander und blickten auf das Schauspiel. Der Himmel über ihnen war blau, blau und klar.

»Hübsch«, erklärte der alte Stephen zufrieden.

Na ja, dachte Margaret, wir mögen ruiniert, wir mögen bankrott sein, aber nicht jeder hat einen Heuschreckenschwarm gesehen, der sich am frühen Morgen zum Flug bereitmacht.

In der Ferne über den Hängen zeigte sich ein dünner roter Schleier am Himmel, verdichtete und vergrößerte sich zu einem Fleck. »Da ziehen sie hin«, sagte der alte Stephen, »da fliegt der Hauptschwarm in Richtung Süden.«

Und jetzt erhoben sich überall um sie herum die Heuschrecken in die Luft. Sie verließen die Bäume und die Erde. Sie erinnerten an kleine Flugzeuge, die sich auf den Start vorbereiten; sie schlugen mit den Flügeln, um festzustellen, ob sie trocken genug waren, und schon surrten sie davon. Meilenweit stieg aus dem Busch, aus den Feldern, aus der Erde ein rötlich brauner Dunst auf. Erneut verdunkelte sich die Sonne.

Als sich die Äste wieder hoben, befreit von dem dichten Gewimmel, blieb nichts als das schwarze nackte Skelett der Bäume zurück, kein Grün, kein Blatt. Den ganzen Morgen über beobachteten die drei, wie die braune Kruste schwand, aufbrach und sich auflöste. Die Heuschrecken vereinigten sich mit dem Hauptschwarm, der jetzt wie eine bräunlich rote Wolke am südlichen Himmel hing. Gestern lag über den Feldern noch ein grüner Schleier aus neuen zarten Maispflanzen. Jetzt waren sie nackt und kahl, die Bäume entlaubt: eine verwüstete Landschaft – kein Grün, nirgendwo Grün.

Mittags war die rötlich braune Wolke verschwunden. Nur hin und wieder fiel noch eine Heuschrecke zu Boden. Auf der Erde lagen die Toten und Verwundeten. Die afrikanischen Arbeiter fegten sie mit Zweigen zusammen und sammelten sie in Blechdosen.

»Hast du schon einmal getrocknete Heuschrecken gegessen?«, fragte der alte Stephen. »Als ich damals vor zwanzig Jahren pleiteging, lebte ich drei Monate lang von Maismehl und getrockneten Heuschrecken. Sie schmecken gar nicht schlecht ... wenn ich es mir so richtig überlege, etwa wie geräucherter Fisch.«

Aber Margaret zog es vor, nicht darüber nachzudenken.

Nach dem Mittagessen gingen die Männer auf die Felder. Es musste neu ausgesät werden. Mit ein bisschen Glück würde nicht noch ein Schwarm ausgerechnet diesen Weg nehmen. Aber sie hofften, es würde bald regnen, damit neues Gras wuchs, denn sonst mussten die Rinder verenden – auf der ganzen Farm gab es keinen einzigen Grashalm mehr. Und Margaret? Sie versuchte sich an die Vorstellung zu gewöhnen, drei oder vier Jahre mit Heuschrecken leben zu müssen. Von jetzt an würden die Heuschrecken so etwas wie schlechtes Wetter sein – man musste ständig damit rechnen. Sie kam sich wie die Überlebende eines Krieges vor – aber wenn dieses zerstörte und verwüstete Land nicht den Ruin bedeutete, ja, was dann?

Die Männer saßen mit gutem Appetit beim Abendessen.

»Es hätte schlimmer kommen können«, erklärten sie, »viel schlimmer.«

DER GRANATAPFEL

Der Gemüsegarten lag am Fuß des Hügels beim Brunnen. Man hatte einen Morgen Land vom Großen Feld dafür eingezäunt, denn der Boden dort war so fruchtbar, dass der Mais Jahr für Jahr drei Meter hoch wurde. In dieser unglaublichen Erde wuchsen Möhren, Salat, Rüben im Überfluss und füllten unseren Tisch und die Tische unserer Nachbarn. Nie wieder habe ich seither Gemüse gefunden, das so gut schmeckt. Manchmal, wenn der Gärtner sich mit seiner Lieferung für das Mittagessen verspätete, rannte ich den steilen, steinigen Weg zwischen den Bäumen auf der Rückseite des Hügels hinunter, dann durch den roten Staub der Straße, bis ich die Winde unter ihrem Grasdach sehen konnte. Dort blieb ich stehen. Die Gerüche von Mist, von Sonne auf den Blättern und von verdunstendem Wasser stiegen mir zu Kopf: Noch zwei Schritte, und ich konnte in den Gemüsegarten unter mir sehen, den ein hoher Zaun aus Schilfgras umgab. Die fruchtbare schokoladenbraune Erde war mit üppigem Smaragdgrün besetzt, schäumte vom Weiß des Blumenkohls; war geschmückt mit den violetten Kugeln der Auberginen und der scharlachroten Pracht der Tomaten. Am Zaun wuchsen Zitronen, Papayas und Bananen – goldene und gelbe Formen in einem grünen Blätterteppich.

Wenige Minuten später zog ich fünfundzwanzig Zentimeter lange Möhren aus der Erde, die so saftig waren, dass sie beim geringsten Druck abbrachen. Ich aß meinen Teil auf der Stelle, ehe der Koch sie kochen und in der weißen Mehlsoße ertränken konnte. Denn so zubereitet und serviert in den großen Gemüseschüsseln aus Porzellan, die noch aus dem alten Haus in London stammten, wurden sie für meine Mutter erst zu Karotten.

Für sie stellte dieser Garten eine Niederlage dar.

Als die Familie die Farm übernahm, legte meine Mutter auf dem *kopje* nahe am Haus Gemüsebeete an. Vielleicht sah sie in ihrer Vorstellung Nebengebäude und Gärten, die sich um das Farmhaus scharten wie die Küken um die Glucke.

Die Anhöhe bestand nur aus Felsen. Nachdem man die Kuppe, auf der das Haus stand, vom Gras befreit hatte, schwemmte der heftige Regen die Erde davon. Für die ersten Gemüsebeete schüttete man eine dünne Schicht gesiebter Erde auf, die von Steinen eingefasst wurde. Das Wasser zum Gießen wurde mit dem Wasserkarren vom Brunnen heraufgebracht.

»Wasser ist Gold«, brummte mein Vater, während er eine Gabel Erbsen aß, die, wie er vermutete, mindestens einen Shilling kostete. »Wasser ist Gold!«, schimpfte er schließlich lauthals, wenn meine Mutter sich mit gebeugtem Rücken mit den unergiebigen Gemüsebeeten abplagte. Aber sie zog aus ihnen größeres Vergnügen als jemals aus dem unerschöpflichen Überfluss des Gartens am Fuß des Hügels.

Schließlich breiteten sich auf den gerodeten Stellen im Busch, wo man die alten Beete angelegt hatte, alle möglichen wild wuchernden Pflanzen aus. Wir Kinder spielten dort. Jemand musste einmal Kap-Stachelbeeren weggeworfen haben, denn bald wuchsen überall die niedrigen breiten Büsche. William MacGregor und ich krochen darunter, legten uns flach auf den Rücken und blickten durch die Blätter in den strahlenden Himmel, während wir die winzigen scharf-süßen gelben Früchte in den papierartigen weißen Hüllen aßen. Die Blätter verbreiteten einen würzigen Geruch. Er berauschte uns. Wir lachten, wir schrien übermütig, dann stritten wir uns. Um mich zu versöhnen, pflückte William zwei Hände voll Stachelbeeren, schälte sie aus den Hüllen und warf sie mir in den Schoß. Dann aßen wir sie gemeinsam und steckten uns gegenseitig die größten Beeren in den Mund. Wenn wir uns satt gegessen hatten, sammelten wir die Stachelbeeren in Körbchen und brachten sie in die Küche. Dort wurde aus ihnen köstliche Marmelade bereitet, die beste Marmelade der Welt, die, wenn man sie gerade eine Spur anbrennen ließ, klar, süß, bernsteinfarbig war, mit klebrigen, scharfen Klümpchen, als hätte man die Stacheln von Bienen in Honig konserviert.

Aber meiner Mutter schmeckte sie nicht. »Kap-Stachelbeeren!«, sagte sie bitter, »sind überhaupt keine Stachelbeeren. Ach, wenn ich euch nur einmal einen Stachelbeerkuchen aus richtigen englischen Stachelbeeren backen könnte.«

Und siehe da, die Wunder der Zivilisation machten es möglich: Im griechischen Laden unten im Ort entdeckte sie eines Tages eine Dose Stachelbeeren und machte uns einen Kuchen.

Meine Eltern und Williams Eltern aßen den Kuchen voll andächtiger Verzückung.

Diese Erfahrung mit den Stachelbeeren machte mich skeptisch, als Rosenkohl an die Reihe kam. Jahr um Jahr sehnte sich meine Mutter nach Rosenkohl. Mit der Zeit verband sich dieser Name in meiner Vorstellung mit etwas Exotischem und für immer Unerreichbarem. Schließlich gelang es ihr, ein halbes Dutzend Pflanzen zu ziehen; und da es in diesem Winter genügend Frost gab, konnte sie endlich auch Rosenkohl ernten. Natürlich lud sie die MacGregors zu dem Festessen ein. Die MacGregors kamen aus Glasgow; sie kamen aus der Heimat, und sie verstanden die Sprache des Heimwehs. Die vier Erwachsenen saßen am Tisch, aßen die bitteren, kleinen Kohlköpfchen und waren sich darüber einig, dass in afrikanischer Erde weder Gemüse noch Obst gedeihen konnte, das nach etwas schmeckte. Ich erklärte verächtlich, ich könne dieses Theater nicht begreifen. Aber William, der drei Jahre älter war als ich, ließ sich noch eine Portion auf den Teller geben und erklärte, der Rosenkohl schmecke köstlich. Ich empfand es wie einen Verrat. Später wollte ich von ihm wissen, wie er dieses fade Zeug gut finden könne. Er lächelte mich an und sagte: »Es kostet doch nichts, es vorzugeben?«

Dieses sanfte, etwas merkwürdige Lächeln war mir eine Lektion, und ich erinnerte mich daran, als es um die Kirschen ging. Meine Mutter entdeckte eine Dose Kirschen im Laden, und wir aßen sie mit Sahne. Während sie seufzend ihren Erinnerungen an die Karren mit Kirschen in den Straßen von London nachhing, seufzte ich mit ihr, aß mit Begeisterung die Kirschen und hütete mich, ihrem Blick zu begegnen.

Und als sie sagte: »Die Granatapfelbäume werden bald tragen«, bot ich an, hinunterzulaufen und zu sehen, welche Fortschritte sie machten. Ich kehrte von der Inspektion zurück und sagte: »Es wird nicht mehr lange dauern, wirklich nicht … vielleicht tragen sie im nächsten Jahr.«

In Wahrheit basierten meine Gefühle für Granatäpfel nicht nur auf der wundervollen Lektion in Höflichkeit, die mir William erteilt hatte. Rosenkohl, Kirschen und Stachelbeeren gehörten zu meiner Mutter; sie tauchten in ihren Gesprächen ebenso oft auf wie »ein richtiger Londoner Nebel«, »geröstete Kastanien« oder »die Kirschblüte in Kew Gardens«. Ich missgönnte ihr diese Erinnerungen nicht mehr; ich hörte ihr zu und achtete darauf, nicht zu zeigen, dass meine Gedanken um mein Erbe kreisten, das *veld* und die Sonne. Doch Granatäpfel waren auch für meine Mutter etwas Exotisches; und deshalb konnte ich diese Liebe leichter mit ihr teilen. Sie hatte in Persien gelebt, und wie man glauben konnte, floss dort der Granatapfelsaft in Strömen. Als Frau eines kleinen Beamten lebte sie in einem riesigen Steinhaus, es wurde von Wasser gekühlt, das in tausend Steinkanälen aus den Bergen rieselte. Dort umgaben sie Rosen, Jasmin, Walnussbäume und Granatäpfel. Aber leider war dieses Leben nur von allzu kurzer Dauer gewesen.

Warum sollte man eigentlich keine Granatäpfel in Afrika haben? Warum nicht?

Die vier Bäume wurden gepflanzt, als man die ersten Gemüsebeete anlegte. Zwei gingen praktisch sofort ein. Der dritte quälte sich ein paar Jahre und fiel dann den Termiten zum Opfer. Der vierte stand einsam zwischen den Büschen der Kap-Stachelbeeren, trug keine Früchte und geriet schließlich in Vergessenheit. Eines Tages zeigte meine Mutter Mrs. MacGregor ihre Hühner. Als sie mit gerafften Röcken durch hohes Gras und wucherndes Unkraut zum Haus zurückgingen, rief meine Mutter plötzlich: »Oh, ich glaube, der Granatapfelbaum trägt endlich. Ja, wahrhaftig!« Sie rief nach uns Kindern. Wir rannten herbei, standen vor dem kleinen dornigen Baum und betrachteten eine rostrote Frucht von der Größe einer Kinderfaust. »Er ist reif«, sagte meine Mutter und pflückte den Granatapfel.

Im Haus bekam jeder ein Dutzend kleiner Kerne auf einem Tellerchen. Sie schmeckten bitter, aber wir wollten nicht um Zucker bitten. Mrs. MacGregor sagte liebenswürdig: »Wunderbar, wie müssen Sie das alles vermissen!«

»Die Rosen!«, seufzte meine Mutter. »Und Säcke voller Walnüsse … wir tranken den Granatapfelsaft mit Wasser von geschmolzenem Schnee … nichts hier lässt sich damit vergleichen. Die Erde taugt nichts.«

Ich sah William an, der mir gegenübersaß. Er drehte den Kopf und lächelte. Ich verliebte mich in ihn.

Damals war er fünfzehn und verbrachte die Ferien zu Hause. Er war ein schweigsamer und nachdenklicher Junge. Die Ruhe in seinen unergründlichen grauen Augen erschien mir wie ein Versprechen von Wärme und Verständnis, wie ich es bis dahin nicht gekannt hatte. Ich spürte eine Beklommenheit in meiner Brust, denn es schmerzte, von der Welt der schlichten Freundlichkeit ausgeschlossen zu sein, in der er lebte. Ich saß ihm gegenüber und sagte mir: Ich kenne ihn schon mein ganzes Leben lang, aber bis zu diesem Moment habe ich nie begriffen, wer er ist. Ich blickte in diese außergewöhnlich klaren Augen, die an Wasser über grauen Kieseln erinnerten. Ich sah ihn an und sah ihn an, bis er mir langsam und direkt in die Augen blickte und damit verriet, dass er wusste, ich hatte ihn angestarrt. Sein Blick war wie eine Warnung, und es schien, als hätte sich eine Tür geschlossen.

Nachdem sich die MacGregors verabschiedet hatten, ging ich durch die Büsche zum Granatapfelbaum. Er war etwa so groß wie ich und ein zähes, hartnäckiges Ding. An einem Zweig hing ein runder gelber Ball von der Größe einer Walnuss.

Ich sah mir den hässlichen, kleinen Baum an und dachte: Granatäpfel! Brüste wie Granatäpfel und ein Leib wie ein Weizenhügel! Die goldenen Granatäpfel der Sonne … Granatäpfel so rot wie Blut …

Mich hatte ein Fieber erfasst, eine Art Wahn. William geisterte über den Platz mit dem dichten Gras und den Büschen der Kap-Stachelbeeren zwischen den Bäumen. Seine unergründlichen grauen Augen sahen mich über den Granatapfelbaum hinweg an.

Am nächsten Tag setzte ich mich unter den Baum. Er gab keinen Schatten. Doch das grelle Sonnenlicht fiel nur in Streifen und Flecken durch das Laub. Unter den silbrigen, abgestorbenen Grashalmen spürte ich die harte, aufgerissene Erde. Im Gras entdeckte ich rote Körner und die Hälfte einer harten braunen Schale. Offensichtlich war ohne unser Wissen eine Frucht gereift und geplatzt – ja, überall lagen winzige, rote Kerne im weichen, verdorrten Gras. Ich versuchte einen Kern; süßer, warmer Saft rann über meine Zunge. Ich sammelte die Kerne und aß, bis mein Mund voll davon war. Ich spuckte die trockenen Kerne aus und dachte dabei: Aus diesem Mundvoll Kerne werden viele Granatapfelbäume wachsen.

Ich beobachtete, wie winzige, schwarze Ameisen zwischen den Grashalmen hin und her eilten und über die Risse in der Erde kletterten. Sie stürzten sich auf die Kerne und schleppten sie davon. Ich lag auf den Ellbogen gestützt und sah zu. Etwa ein Dutzend mühte sich mit einem unverletzten Kern ab. Plötzlich barst die dünne Schale, als sie ihn über einen Holzsplitter zogen, und sie zappelten hilflos im klebrigen roten Saft.

Die Ameisen würden diese Kerne etwa hundert Meter weit tragen, und hier würde ein Granatapfelgarten entstehen. William MacGregor würde mit seinen Eltern zu Besuch kommen und mich unter den Granatapfelbaumen finden. Ich hörte seine ernste Stimme vor dem Hintergrund läutender Kamelglocken und dem Geräusch plätschernden Wassers.

Ich ging jeden Tag zu dem Baum, legte mich darunter und beobachtete, wie die einzige gelbe Frucht an ihrem Zweig reifte. Der Moment würde kommen, in dem sie platzte und scharlachrote Kerne verstreute. Wenn das geschah, musste ich dabei sein. Es schien, als konzentrierte sich mein ganzes Leben auf diese eine Frucht und reifte mit ihr.

Es war sehr heiß unter dem Baum. Mein Kopf schmerzte.

Mein Körper brannte von der Sonne. Doch ich blieb den ganzen Tag dort sitzen, beobachtete die winzigen Ameisen bei ihrer Arbeit, ließ sie über meine Beine laufen und wartete darauf, dass der Granatapfel reifte. Langsam wurde er größer. Er schien es auf Vollkommenheit abgesehen zu haben; denn als er die Größe des anderen erreichte, den meine Mutter gepflückt hatte, war er noch immer dunkelgelb mit einer weichen Schale. Es würde eine große Frucht werden, von der Größe meiner beiden Fäuste.

Dann geschah etwas Erschreckendes. Eines Tages entdeckte ich, dass der Zweig, an dem er hing, abknickte. Der brüchige, ausgetrocknete kleine Baum konnte das Gewicht der Frucht nicht tragen, die er hervorgebracht hatte. Ich ging nach Hause, holte Binden aus dem Medizinschrank und bandagierte den Zweig. Ich band ihn fest und eng an den Ast, um ihm Halt zu geben. Dann befeuchtete ich liebevoll die Bandage und dachte an William, William, William. Ich befeuchtete die Bandage täglich und dachte an ihn.

Meine Gedanken an William waren zu einer Welt geworden, die stärker war als alles, was mich umgab. Doch da ich in einem Wahn lebte, war sie gleichzeitig so schwach, dass sie bei der leisesten Berührung verschwand. Einmal zum Beispiel sah ich ihn im Lastwagen mit seinem Vater in den Ort hinunterfahren. Ich weiß noch, ich schämte mich, dass diese wunderbare fiebrige Welt von einem halb erwachsenen Jungen in staubigem Kaki abhängen sollte, der an einem Grashalm kaute und vor sich hin starrte. Es kam so weit, dass ich William nicht sehen durfte, um den Traum nicht zu zerstören. Er schien etwas Ähnliches zu empfinden, denn in all diesen Wochen kam er nie herüber, während er mich sonst jeden Tag besucht hatte. Und doch war ich überzeugt, der Granatapfel würde in dem Moment aufplatzen, in dem William kam.

Ich stellte es mir in allen Variationen vor, während der Granatapfel weiter wuchs. Jetzt durchzogen blasse rostrote Streifen die braungelbe Schale. Sie war so dünn und weich, dass sich darunter die anschwellenden Kerne abzeichneten. Die Frucht wirkte schwer und geädert wie eine Mutterbrust. Die kleine

Krone, die Kelchblätter der Blüte, war immer noch grün. Allmählich verhärtete sie sich und wurde zu eisengrauen Dornen.

Bald, bald würde der Granatapfel reif sein. Die Schale verlor sehr schnell ihre Glätte und Geschmeidigkeit. Sie wirkte so hart und porig wie die wettergegerbte Haut eines Landarbeiters. Sie war jetzt leuchtend rot und fühlte sich heiß an. Ein dünner Riss zeigte sich, der sich im Lauf eines Tages so weit verbreitete, dass man die dicht gepackten roten Kerne sah, die beinahe daraus hervorquollen. Ich wagte nicht, den Baum zu verlassen. Ich blieb dort von Sonnenaufgang bis Sonnenuntergang. Ich schlich selbst nachts mit einer Kerze hinunter, obwohl ich mir sagte, nachts würde er niemals bersten, nicht in der Kühle der Nacht. Nur die schließlich unerträglichen Pfeile der heißen Sonne konnten die Schale durchbohren.

Drei Tage lang geschah nichts. Der Riss blieb, wie er war. Die Ameisen zogen in Kolonnen den Stamm hinauf, liefen über die Äste und kletterten in die Frucht. Aus dem Riss quoll roter Saft, in dem schwarze Ameisen kämpften und zappelten. Es konnte jeden Moment geschehen, und William kam nicht. Ich war überzeugt, er würde kommen. Hilflos blickte ich auf die leere Straße und wartete darauf, dass er mit einem Grashalm zwischen den Lippen mit großen Schritten zu mir und dem Granatapfelbaum laufen würde. Aber nichts geschah. Eines Nachts vergrößerte sich der Riss um einen weiteren Zentimeter. Ich sah, wie sich ein roter Kern aus dem Spalt drängte und herunterfiel. Im nächsten Moment hatten ihn die Ameisen ins Gras geschleppt.

Ich ging ins Haus zurück und fragte meine Mutter, wann die MacGregors zum Tee kommen würden.

»Ich weiß nicht, Liebes. Warum?«

»Weil ... ich dachte nur ...«

Sie sah mich prüfend an. Im nächsten Moment würde sie den Namen aussprechen: *William.* Ich kam ihr zuvor. Um William und den Moment zu vereinigen, musste ich den Familiengöttern ein Opfer bringen. »Es gibt einen beinahe reifen Granatapfel, und du weißt, wie sehr Mrs. MacGregor sich freut, wenn ...«

Sie sah mich scharf an. »Pflück ihn, und wir machen Saft daraus.«

»Oh nein, er ist noch nicht ganz reif. Nicht richtig …«

»Verrücktes Kind«, sagte sie schließlich und ging zum Telefon. »Mrs. MacGregor, meine Tochter hat sich in den Kopf gesetzt … Sie wissen ja, wie Kinder sind.«

Mir war es gleichgültig, was sie sagte. Um vier Uhr nachmittags wartete ich am Granatapfelbaum. Ihr Wagen holperte den steilen Weg zur Hügelkuppe hinauf. Mr. MacGregor im üblichen Kaki, Mrs. MacGregor in ihrem besten Nachmittagskleid stiegen aus – und William. Die Erwachsenen schüttelten sich die Hände und küssten sich. William sah sich nicht nach mir um. Es war unmöglich, es war ungeheuerlich, dass die Kraft meines Traums nicht stark genug war, um ihn auch nur zu erreichen, um ihm zu sagen, was er tun musste.

Dann wendete er langsam den Kopf und sah den Abhang hinunter, dorthin, wo ich stand. Er lächelte nicht. Er schien mich nicht gesehen zu haben, denn seine Augen glitten über mich hinweg und richteten sich wieder auf die Erwachsenen. Er stand daneben, während sie sich begrüßten und ihre Neuigkeiten austauschten. Dann lachten alle vier, blickten zu mir und zu meinem Baum hinunter, und einen Moment lang sah es aus, als kämen sie alle. Sie gingen jedoch sofort ins Haus, und William folgte ihnen langsam und stirnrunzelnd.

Im nächsten Moment würde er verschwunden sein, der Platz vor dem alten Haus wäre leer. Ich rief: »William!« Ich hatte nicht gewusst, dass ich rufen würde. Meine Stimme klang dünn in der unermesslichen Nachmittagssonne.

Er ging weiter, als hätte er mich nicht gehört. Dann blieb er stehen, schien zu überlegen und kam schließlich den Hügel herunter auf mich zu, während ich ängstlich sein Gesicht beobachtete. Das niedrige Gewirr der Stachelbeersträucher streifte seine Beine, und er fluchte ärgerlich.

»Sieh dir den Granatapfel an«, sagte ich. Er blieb vor dem Baum stehen und betrachtete ihn. Ich suchte in seinen klaren grauen Augen nach einer Spur dieser Nachsicht, die er meiner

Mutter und ihrem Rosenkohl gegenüber gezeigt hatte, gegenüber dem ersten unreifen Granatapfel. Jetzt wollte ich nur noch diese Nachsicht; alles andere hatte ich aufgegeben.

»Er ist voller Ameisen«, sagte er schließlich.

»Nur ein bisschen, nur dort, wo er geplatzt ist.«

Stirnrunzelnd stand er da und kaute an seinem Grashalm. Über seine vollen Lippen spannte sich dünne Haut. Ich konnte das Blut sehen, das sich stumpf und dunkel um die blasse Kerbe abzeichnete, wo sich der Grashalm gegen die Lippen presste.

Der Granatapfel hing am Baum und wimmelte von Ameisen.

»Jetzt«, dachte ich inbrünstig, »jetzt ... musst du platzen.«

Kein Laut. Die Sonnenstrahlen fielen heiß und gelb auf die Erde, und der Geruch von Gras hing in der Luft. Darunter mischte sich der schwache säuerliche Geruch des gärenden Granatapfelsaftes. »Er ist schlecht«, sagte William unangenehm berührt und ärgerlich, »und was soll dieser dreckige Fetzen?«

»Er war dabei abzubrechen. Der Zweig wollte abbrechen ... ich habe ihn festgebunden.«

»Verrückt«, murmelte er in den Nachmittag, »ziemlich verrückt.« Er sah sich im Gras um, bückte sich und griff nach einem Stock.

»Nein«, rief ich, als er auf den Baum einschlug. Der Granatapfel flog durch die Luft, explodierte und verspritzte scharlachrote Kerne, gärenden Saft und schwarze Ameisen.

Die geplatzte, leere Hülle mit der weißen, sauber wirkenden inneren Haut, auf der der Saft blasse Flecken hinterlassen hatte, lag in zwei Hälften vor meinen Füßen.

Er stieß mürrisch mit dem Stock nach den kleinen roten Kernen, die überall auf dem Boden verstreut lagen.

Dann sah er mich an. Die klaren grauen Augen waren wieder ernst, nachdenklich und kritisch. In ihnen lag die Warnung, die ich schon einmal darin gesehen hatte.

»Das war dein Granatapfel«, sagte er schließlich.

»Ja«, erwiderte ich.

Er lächelte. »Wir gehen besser hinauf, wenn wir noch Tee wollen.«

Wir gingen zusammen den Hügel hinauf ins Haus. Als wir das Zimmer betraten, in dem die Erwachsenen beim Tee saßen, sprach ich schnell, ehe er es tun konnte. Ich sagte heiter und unbeschwert: »Leider war er schon schlecht. Er wimmelte von Ameisen. Man hätte ihn früher pflücken sollen.«

DIE HÖHE BEKOMMT UNS NICHT

An jenem Abend des Balls, Jahre später, als Mrs. Slatter mit diesem so kalten und erschreckenden Gesicht, dass ich nicht glauben konnte, es war ihr Gesicht, da ich sie schon so lange kannte (am Tage und von Besuchen), um Mitternacht ins Schlafzimmer kam, ohne mich zu bemerken, denn die heruntergedrehte Lampe warf nur einen kleinen Lichtkreis – an jenem Abend, als sie sich wieder aus dem Zimmer geschleppt hatte, immer noch ohne mich bemerkt zu haben, ging ich zum Spiegel und betrachtete mich darin. Ich hielt die Lampe, so nahe es ging, und betrachtete mein Gesicht. Denn bis zu diesem Zeitpunkt hatte ich nicht gewusst, dass ein Gesicht so glatt und zufrieden, wenn auch oft traurig sein konnte, wie es Molly Slatters Gesicht in diesen Jahren gewesen war, und dann in der Einsamkeit, fern vom Tanz und von den Leuten (an diesem Abend hatten sie viel getrunken, und die Stimmen erinnerten mich an das Heulen der Hunde bei Vollmond), zu einem alten und geduldigen Stein erstarrte. Ja, ihr Gesicht wirkte wie weißer Stein, den der Regen ausgewaschen hat.

Mein Gesicht an diesem Abend im Spiegel, beleuchtet vom gelben Lampenlicht und mit der dunklen, feuchten Glasscheibe im Hintergrund, war glatt und fragend, und auf ihm lag der muntere, geschmeichelte Ausdruck eines Mädchens im ersten langen Kleid, das zum ersten Mal mit den anderen jungen Leuten tanzen geht. Da war nichts zu sehen; es war das leere Gesicht eines Mädchens. Und doch hatte ich gerade geweint und wünschte, ich könnte mich im Dunkeln verbergen und dort für immer bleiben. Und doch war mir Molly Slatters schreckliches Gesicht so vertraut, als wäre es ihr Gesicht – ihr wirkliches Gesicht. Ich schien es zu kennen. Das bedeutete, dass die Jahre, in denen ich sie als eine freundliche und trotz all ihrer Probleme zufriedene Frau erlebt hatte, mir etwas anderes über sie verraten hatten. Aber ich war erst jetzt bereit, es zu verstehen.

Ich verließ den Spiegel, stellte die Lampe auf den Frisiertisch, ging hinaus in den Flur und suchte sie unter den anderen Leuten. Und da war sie in ihrem roten Satinkleid und sah aus wie immer. Sie unterhielt sich mit meinem Vater, hatte die Hand auf die Lehne seines Sessels gelegt und lächelte zu ihm hinunter.

»Es war kein schlechtes Jahr, Mr. Farquar«, sagte sie gerade, »der Regen hat es gut mit uns gemeint.«

Als wir in dieser Nacht nach Hause fuhren, fragte meine Mutter im Auto: »Was hat Molly zu dir gesagt?«

Und mein Vater erwiderte: »Ach, ich weiß nicht ... ich weiß wirklich nicht.« Seine Stimme klang traurig und ärgerlich.

Sie erklärte: »Also, ihr Kleid! Ihre Abendkleider sehen alle nach billigem Nightclub aus.«

Er erwiderte bekümmert und traurig: »Ja ... übrigens habe ich deshalb etwas zu ihr gesagt.«

»Jemand musste es einmal tun.«

»Nein«, widersprach er schnell der kalten, kritisierenden Stimme, »nein. Es ... hat eine hübsche Farbe. Aber ich sagte zu ihr: Wenig Stoff an dem Kleid!«

»Was meinte sie dazu?«

»Sie war verletzt. Es tat mir leid, dass ich überhaupt etwas gesagt hatte.«

»Hm, hm«, machte meine Mutter und lachte leise.

Er drehte den Kopf zu ihr, sodass die Scheinwerfer einen Moment lang wild über die tiefen Reifenspuren in der Straße tanzten, und sagte: »Sie ist eine gute Frau. Sie ist eine nette Frau.«

Aber sie lachte nur noch einmal beleidigt auf, wie eine Frau, die Streit sucht, weil sie nicht nachgeben will, obwohl sie weiß, dass sie im Unrecht ist.

Ich sah dieses Kleid wieder vor mir, sah die schmalen schweißdunklen, gekreuzten Träger auf dem alternden weißen Rücken und Mrs. Slatters Gesicht, als mein Vater sie kritisierte. Ich sah es so deutlich, als wäre ich dabei gewesen. Sie wurde rot, hob den Kopf, senkte die Lider, um die Tränen zu verbergen, und sagte: »Es tut mir leid, dass Sie das finden, Mr. Farquar.« Sie tat es mit Würde. Jawohl, sie hatte das Kleid angezogen, um etwas zu sagen. Aber mein Vater billigte es nicht. Er hatte keinen Zweifel daran gelassen.

Es lag ihr etwas an dem, was mein Vater sagte. Sie hielten viel voneinander. Sie nannte ihn immer Mr. Farquar, und er nannte sie Molly; und wenn die Slatters zum Tee kamen und Mr. Slatter brutal wurde, lag im Benehmen meines Vaters eine Liebenswürdigkeit und eine Achtung, die selbst Mr. Slatter nicht entging und ihn manchmal sogar dazu brachte, etwas mit leiserer Stimme – wenn auch noch immer ungeduldig – zu wiederholen, was er zu seiner Frau gesagt hatte.

Ich war etwa sieben oder acht, als ich zum ersten Mal bemerkte, dass mein Vater etwas für Molly Slatter empfand und meine Mutter ihr das verübelte. Ihr Haus stand wie das unsere auf einem Hügel, sechs Meilen entfernt, wenn man über das *veld* ging, aber zehn Meilen auf der Straße. Gegen Ende der Trockenzeit, wenn die Bäume nur noch spärlich belaubt waren, sahen wir bei Sonnenuntergang in der Ferne ihre Lichter schwach und gelb aufleuchten. Mein Vater kam einmal zurück, nachdem er mit Mr. Slatter Farmangelegenheiten besprochen hatte, stellte sich ans Fenster und blickte auf die meilenweit entfernten Lichter. Meine Mutter beobachtete ihn. Dann sagte er: »Vielleicht sollte sie sich gegen ihn wehren. Nein, *das ist es* nicht. Sie tut es auf ihre Weise. Aber Slatter ist weiß Gott ein harter Bursche.«

Meine Mutter beugte sich tief über ihr Nähzeug und sagte: »Sie hat ihn geheiratet.«

Sein Kopf fuhr herum, und er sah sie überrascht an: »Richtig, sie hat ihn geheiratet.«

»*Also?*«

»Ach, sei doch nicht so, Mädchen«, erwiderte er beinahe fröhlich und lachte laut. Dann ging er immer noch gereizt lachend zu ihr hinüber und gab ihr einen Kuss auf die Wange.

»Ich mag Molly«, sagte sie abwehrend. »Ich mag sie. Sie beherrscht nicht das, was man Konversation nennen kann, aber ich mag sie.«

»Ich bin sicher, das Leben mit Slatter hat sie gelehrt, den Mund zu halten.«

Wenn Molly Slatter herüberkam, um den Tag mit meiner Mutter zu verbringen, unterhielten sich die beiden Frauen stundenlang angeregt über Haushaltsfragen. Doch sobald mein Vater zum Tee oder zum Abendessen kam, beeinträchtigte das ihre Sympathie füreinander, und meine Mutter beobachtete ironisch, wie mein Vater sich zu Mrs. Slatter setzte, selbst wenn es nur für eine Minute war, und sich erkundigte: »Na, Molly, alles in Ordnung?«

»Danke, Mr. Farquar, mir und den Kindern geht es sehr gut.«

Die meisten Leute fürchteten Mr. Slatter. Die Slatters hatten vier Söhne, und wenn der alte Slatter schlechter Laune war und die Peitsche knallen ließ, die er immer bei sich trug, verschwanden sie im Busch und blieben dort, bis er sich beruhigt hatte. Die Eingeborenen auf der Farm fürchteten ihn alle. Einmal, als er wusste, dass der Hausboy Seife gestohlen hatte, band er ihn ohne Essen und Wasser einen ganzen Tag und eine Nacht lang an einen Baum im Garten, und jedes Mal, wenn er vorbeikam, schlug er ihn mit der Peitsche, bis der Boy schließlich gestand. Und als ein Farmarbeiter, den er geschlagen hatte, sich bei der Polizei beklagte, band Mr. Slatter ihn an sein Pferd, ritt im Galopp zur zwölf Meilen entfernten Polizeistation, sodass der Mann gezwungen war nebenherzurennen, und drohte ihm, er werde ihn umbringen, wenn er sich noch einmal bei der Polizei beschwerte. Er bezahlte die zehn Shilling Bußgeld, und der Mann musste den ganzen Weg zurück wieder neben dem Pferd herlaufen.

Ich fürchtete mich so vor ihm, dass ich bereits zu zittern begann, wenn ich seinen Wagen von der Straße in die Auffahrt zu unserem Haus abbiegen sah.

Slatter war ein bulliger blonder Mann mit kleinen blauen Augen und sandfarbenen Wimpern. Er hatte einen kleinen Mund mit dicken, aufgeplatzten Lippen und rote, hässliche

Hände. Er kam meist mit einem leichten Grinsen die breiten, rot glänzenden Stufen zur Veranda herauf und sah uns an. Dann packte er mit jeder Hand einen seiner Söhne, die gerade in der Nähe standen, bei den Haaren und schloss langsam, ohne ein Wort zu sagen, die Hände zu Fäusten, und sie grinsten ebenfalls, während ihre Augen sich mit Tränen füllten. Über ihre Köpfe hinweg lachelte er Molly Slatter an, die stumm dabeisaß und nichts sagte. Schließlich stöhnte einer vor Schmerzen auf, Mr. Slatter entblößte seine kleinen verfärbten Zähne in einem triumphierenden, gut gelaunten Grinsen und ließ beide los. Dann stapfte er mit seinen schweren Stiefeln ins Haus.

Mrs. Slatter sagte dann beschwichtigend zu ihren Söhnen: »Weint nicht. Euer Vater weiß nicht, wie stark er ist«, und nähte beherrscht und blass weiter.

Einmal parkte der Wagen der Slatters direkt neben unserem vor dem Laden im Dorf. Mrs. Slatter saß vorne auf dem Beifahrersitz. In unserem Wagen saß mein Vater am Steuer, meine Mutter neben ihm, und wir Kinder saßen auf dem Rücksitz. Mr. Slatter kam mit Mrs. Pritt aus der Bar, blieb auf der Veranda stehen, und die beiden unterhielten sich etwa eine halbe Stunde lang. Wie es seine Art war, stand er breitbeinig, mit zurückgeworfenem Kopf vor ihr, kniff die Augen zusammen und grinste; die roten Hände hingen locker an den Seiten. Mrs. Pritt verlagerte ihr Gewicht auf eine Hüfte und posierte vor ihm. Sie trug ein enges, grellgrünes Kleid; es war so kurz, dass man ihre dünnen Knie sah.

Wir hatten unsere Einkäufe bereits erledigt und waren eigentlich abfahrtbereit. Doch mein Vater lehnte sich aus dem Wagenfenster und sprach ruhig und freundlich mit Mrs. Slatter. Sie saß still im Auto, ohne einen Blick auf ihren Mann zu werfen, und unterhielt sich mit meinem Vater und meiner Mutter. Sie redeten miteinander, bis Mr. Slatter sich von Mrs. Pritt verabschiedete, sich ans Steuer setzte und den Motor anließ.

Ich mochte Mrs. Pritt nicht und wusste, dass meine Eltern sie ebenfalls nicht mochten. Sie war eine dünne, drahtige große Frau mit schwarzen, kurzen wuscheligen Haaren. Sie hatte ein hartes, durchtriebenes Gesicht und ein plötzliches Lachen, das wie das Gackern eines Huhns klang, das man am Bein packt. Sie sprach immer sehr laut und lachte viel.

Es genügte, Mr. Slatter neben ihr zu sehen, um zu wissen, dass sie zueinander passten. Sie war nicht sanft und freundlich wie Mrs. Slatter, sondern auf ihre Weise ebenso hart wie Mr. Slatter. Und ich wusste schon lange, ehe ich es zum ersten Mal hörte, dass sie, wie meine Mutter pikiert sagte, sich mochten. In der Hoffnung, sie würde mir die Wahrheit sagen, fragte ich sie: »Warum geht Mr. Slatter immer zu den Pritts, wenn Mr. Pritt nicht zu Hause ist?« Aber sie antwortete nur: »Ich vermute, Mr. Slatter mag sie.«

In unserem Distrikt lebten im Umkreis von mehr als hundert Quadratmeilen etwa dreißig bis vierzig Familien auf ihren Farmen, und hier blieb nichts geheim. Damals vor dem Laden muss ich zehn oder elf gewesen sein. Aber ich hörte nicht zum ersten und nicht zum letzten Mal den Kommentar meiner Eltern.

Mein Vater: »Ich möchte behaupten, das könnte es für Molly einfacher machen.«

Meine Mutter: »Glaubst du?«

»Aber wenn er schon eine Affäre haben muss, sollte er es uns nicht unter die Nase reiben, Molly zuliebe wenigstens.«

Und sie: »Muss er eine Affäre haben?«

Es fiel ihr schwer, das Wort »Affäre« auszusprechen. Es gehörte nicht in ihren Wortschatz – auch nicht in den meines Vaters, und deshalb protestierte sie. Sie waren beide konventionell und religiös. Doch in Momenten der Krise, bei Skandalen und Anstößigkeiten sprach mein Vater diese andere Sprache kühl und distanziert, als wäre er damit aufgewachsen.

»Ein Mann wie Slatter«, sagte er nachdenklich, als unterhielte er sich mit einem anderen Mann, »das ist doch eindeutig … und Emmy Pritt, das ist eindeutig … eindeutig! Aber alles hängt davon ab, wie Molly damit fertigwird. Denn wenn sie nicht damit fertigwird, kann es die Hölle für sie bedeuten.«

»*Damit fertigwerden?*«, wiederholte meine Mutter mit funkelnden, protestierenden Augen, und mein Vater schwieg.

In den Ferien besuchte ich Mrs. Slatter manchmal. Ich ging zu Fuß oder fuhr mit dem Fahrrad querfeldein auf den Eingeborenenpfaden und hatte ein paar Kleider in einem Köfferchen dabei.

Da die Söhne der Slatters sich ständig gegen ihren Vater behaupten mussten, waren sie raue und verschlossene Jungen und traten auf der Farm immer gemeinsam auf. Sie verrichteten die Arbeit von Männern, fuhren Traktoren und beaufsichtigten die Kolonnen der Farmarbeiter, selbst als sie noch Kinder waren. Ich blieb bei Mrs. Slatter. Sie kochte viel, nähte und arbeitete im Garten. Die meiste Zeit saß sie auf der Veranda und nähte. Wir redeten nicht viel miteinander. Sie schneiderte ihre Kleider selbst aus bedruckten Baumwollstoffen und pastellfarbigem Leinen, wie alle Frauen in unserer Gegend sie trugen. Für Mr. Slatter und ihre Söhne nähte sie Kakihemden für die Farmarbeit. Einmal hatte sie sich einen Unterrock gemacht, der zu klein war. Mr. Slatter kam dazu, als sie sich vor dem Spiegel damit abmühte, und fragte: »Was glaubst du denn, was du für eine Größe brauchst, du Primel?« In diesem Ton sagte er auch, wenn wir uns an den Tisch setzten: »Was hast du denn heute mit deinen lilienweißen Händen getan, Gänseblümchen?« Sie erwiderte freundlich, als hätte er wirklich eine Frage gestellt: »Ich habe einen Kuchen gebacken«; oder: »Ich habe beim Metzger heute gepökeltes Fleisch frisch aus dem Fass bekommen.« Im Zusammenhang mit dem Unterrock sagte sie: »Ja, ich muss doch mehr zugenommen haben, als ich glaubte.«

Als ich etwa zwölf war, fiel mir auf, dass die Jungen Stellung gegen ihre Mutter bezogen hatten. Sie waren nicht frech, aber sie redeten mit ihr, wie ihr Vater es tat, und nannten sie »du Primel« oder »die Dicke vom Jahrmarkt«. Es klang merkwürdig, denn es war, als hätten sie »Mom« oder »Mutter« gesagt. Ich erlebte nicht ein einziges Mal, dass Mrs. Slatter die Geduld verlor, und ich begriff, dass sie bei sich beschlossen hatte, die Kinder aus den Unstimmigkeiten mit Mr. Slatter herauszuhalten. Ich wusste, sie freute sich, mich in dieser Zeit bei sich zu haben, denn die fünf Männer kamen nur zu den Mahlzeiten ins Haus.

Am Abend eines längeren Besuchs verschwanden die Jungen nach dem Essen wie üblich in ihren Zimmern, um zu spielen, und Mr. Slatter sagte zu seiner Frau: »Ich gehe. Morgen zum Frühstück bin ich wieder da.« Damit verschwand er in der Dunkelheit und Nässe draußen. An diesem Abend regnete es heftig. Der Regen rann in Strömen über die Fensterscheiben, die unter dem böigen Wind vibrierten. Mrs. Slatter sah mich an und sagte – damit kam zum ersten Mal zur Sprache, wie oft er nach dem Abendessen davonfuhr, um erst bei Sonnenaufgang, manchmal auch erst nach zwei oder drei Tagen zurückzukehren –: »Du darfst nicht vergessen, es gibt Männer, und zu ihnen gehört auch Mr. Slatter, die so viel Kraft haben, dass sie nicht wissen, was sie damit sollen. Weißt du, wie er angefangen hat? Als ich ihn kennenlernte und er um mich warb, arbeitete er als Metzgerbursche. Und jetzt ist er ebenso viel wert wie jeder andere Mann im Distrikt.«

»Ja«, erwiderte ich und begriff plötzlich, dass sie sehr stolz auf ihn war.

Sie wartete darauf, dass ich weitersprechen würde, und erklärte dann: »Ja, wenn wir jung sind, haben wir alle möglichen Vorstellungen. Aber Mr. Slatter ist ein Mann, der nicht weiß, wie stark er ist. Es gibt Dinge, die er nicht versteht, und damit hängt alles zusammen. Er begreift nicht, dass andere weniger stark sind als er.«

Wir saßen im großen Wohnzimmer. Es hatte einen Steinboden, auf dem Teppiche und Felle lagen. Wir hörten einen Schritt und blickten auf. Da stand Mr. Slatter, und man sah seine Zähne. Er trug die hohen schwarzen Stiefel, die jetzt vor Nässe glänzten, und das schwarze Ölzeug, auf dem Regentropfen glitzerten. »Der Vorarbeiter sagt, der Fluss ist gestiegen; ich komme heute Abend nicht hinüber.« Er zog das Ölzeug aus, und das Wasser tropfte auf Mrs. Slatters glänzenden Steinboden, er zerrte die Stiefel von den Füßen, ging hinaus, um das Ölzeug neben der Tür aufzuhängen, stellte die Stiefel darunter und kam zurück.

Zwischen der Farm der Slatters und der zwölf Meilen entfernten Farm der Pritts flossen zwei Flüsse. Wenn es heftig regnete, konnten sie stundenlang unpassierbar sein.

»Ich weiß also nicht, wie stark ich bin?«, fragte er sie unvermittelt mit leiser Stimme. Es klang erschreckender als alles, was ich je von ihm gehört hatte. Wie üblich grinste er und entblößte dabei die Zähne, und die großen Fäuste hingen locker herab.

»Nein«, erwiderte sie ruhig, »ich glaube, du weißt es nicht.« Sie hob nicht die Augen, sondern blieb ruhig in der Sofaecke unter der Lampe sitzen. »Wir sind nicht allein«, fügte sie mit einem warnenden Blick rasch hinzu.

Er drehte den Kopf nach mir um, und ich beeilte mich, zur Tür zu kommen. Ich hörte sie sagen: »Bitte, es tut mir leid mit dem Fluss. Aber lass mich bitte in Ruhe.«

»So, es tut dir also leid mit dem Fluss.«

»Ja.«

»Und ich weiß nicht, wie stark ich bin?«

Ich schloss die Tür. Aber diese Tür wurde nie geschlossen, und deshalb ging sie wieder auf. Ich lief durch den Flur und hörte ihn sagen: »Deshalb schließt du also deine Schlafzimmertür ab, Lady Godiva.«

Und sie schrie ihn an: »Ach, lass mich in Ruhe! Es ist mir gleichgültig, was du tust. Mir liegt nichts mehr daran. Aber du wirst mich nicht benutzen. *Ich werde nicht zulassen, dass du mich benutzt.*«

Es war ein großes Haus mit vielen Zimmern. Die Söhne hatten zwei Zimmer und ein Spielzimmer am Ende eines langen Flurs mit Steinfußboden. Milchkammern, Vorratsräume und Küche gingen von hier ab, außerdem ein Esszimmer, Büroräume, ein Arbeitszimmer und das Wohnzimmer. Ein anderer Flur führte im rechten Winkel zu dem Zimmer, in dem ich schlief. Daneben befand sich Mrs. Slatters großes Schlafzimmer mit dem Doppelbett und dahinter ein Zimmer, das sie als Arbeitsraum bezeichneten. Es war ein ganz normales Zimmer mit Mr. Slatters persönlichen Dingen und einem Bett.

Mir war bislang nicht in den Sinn gekommen, dass sie kein gemeinsames Schlafzimmer hatten. Ich kannte im ganzen Distrikt kein Ehepaar, das getrennt schlief, und deshalb hatte ich nicht daran gedacht, Mr. Slatter könnte in dem kleinen Zimmer schlafen.

Ich hatte meine Zimmertür kaum geschlossen, als ich sie draußen auf dem Flur hörte und dann Stimmen im Nebenzimmer. Ihre Stimme klang flehend, seine laut, und er lachte viel.

Beim Frühstück am nächsten Morgen sah ich Mrs. Slatter an, aber sie achtete nicht auf uns Kinder. Sie war blass. Sie kümmerte sich um Mr. Slatters Frühstück. Er aß stets drei oder vier Spiegeleier mit viel Schinken und hinterher eine Scheibe Toast nach der anderen. Dazu trank er ein halbes Dutzend Tassen Tee, schwarz wie er aus der Kanne kam. Sie nahm sich einen Toast, goss sich eine Tasse Tee ein und sah ihm beim Essen zu. Als er aufstand, um hinaus zur Arbeit zu gehen, gab er ihr einen Kuss, und sie errötete.

Als wir nach dem Frühstück allein auf der Veranda saßen und nähten, entschuldigte sie sich mit geröteten Wangen: »Ich hoffe, du denkst nichts Falsches wegen gestern Abend. Eheleute streiten sich oft. Das hat nichts zu bedeuten.«

Meine Eltern stritten nicht. Zumindest hatte ich es nie als Streit empfunden. Doch nach Mrs. Slatters Worten versuchte ich, mich an Situationen zu erinnern, in denen sie unterschiedlicher Meinung gewesen waren, mit erhobener Stimme gesprochen hatten und später vielleicht lachten und sich küssten. Ja, dachte ich, es stimmt, Eheleute streiten sich. Doch das bedeutet nicht, dass sie nicht glücklich sind.

An diesem Abend sagte Mr. Slatter nach dem Abendessen, als die Jungen bereits auf ihre Zimmer gegangen waren: »Das Wasser ist gefallen. Ich gehe.« Mrs. Slatter saß ruhig unter der Lampe, hob nicht den Kopf und sagte auch nichts. Er starrte sie an, und sie erklärte: »Nun gut, du weißt, was das bedeutet.«

Er drehte sich wortlos um und ging hinaus. Wir hörten den Motor des Lastwagens anspringen; die Scheinwerfer trafen einen Moment lang die Fensterscheiben, die grell und golden auf blinkten und wieder schwarz wurden.

Mrs. Slatter sagte nichts, und mein Gefühl, dass etwas

Schreckliches geschehen sei, verflog allmählich. Dann begann sie von ihrer Kindheit in London zu erzählen. Ehe sie Mr. Slatter kennenlernte, war sie Verkäuferin gewesen. Sie sprach oft von ihrer Familie und der Straße, in der sie gelebt hatte, und ich überlegte, ob sie Heimweh habe. Doch sie ging nie nach London zurück, also litt sie vielleicht nicht an Heimweh.

Bald darauf wurde Emmy Pritt krank. Sie gehörte nicht zu den Frauen, die man sich krank vorstellen konnte. Sie hatte irgendeine Operation, und alle sagten, sie müsse einmal Ferien machen, sie müsse einmal aus der Höhe hinunter. Wir lebten in einem hoch gelegenen Teil von Zentralafrika, in mehr als tausend Meter Höhe, und wir wussten alle, wenn jemand am Ende seiner Kräfte war, musste er sich am Meer von der Höhenluft erholen. Mrs. Pritt fuhr hinunter ans Kap, und bald folgten ihr Mr. und Mrs. Slatter mit den vier Kindern. Alle machten im selben Hotel Ferien.

Als sie zurückkamen, brachten die Slatters einen Assistenten mit. Mr. Slatter erklärte, die Arbeit auf der Farm werde ihm zu viel. Ich hörte meinen Vater sagen, Slatter treibe die Sache etwas zu weit. Er verbrachte jedes Wochenende von Freitagabend bis Montagmorgen bei den Pritts, und beinahe jede Nacht vom Abendessen bis zum Morgen. Mein Vater sagte, Slatter sei vielleicht stark wie eine ganze Herde Stiere, aber kein Mensch könne das auf die Dauer aushalten. Und überhaupt solle man ein Gefühl für das rechte Maß behalten. Von Mr. Pritt war nie die Rede, obwohl es Jahre dauerte, ehe ich mir Gedanken darüber machte, was das zu bedeuten hatte. Wir sahen ihn im Dorf oder bei Sportveranstaltungen. Er war ein durchschnittlicher Mann; er war kein Farmer, wie wir sie kannten – Männer, die alles tun konnten. Er hätte alles Mögliche sein können, sogar Büroangestellter. Er war weder groß noch klein, schmächtig, mit einer hohen knochigen Stirn und blassen Haaren. Er war auch Buchhalter. Die Leute pflegten zu sagen, Charlie Slatter helfe Emmy Pritt die Farm zu führen; Mr. Pritt verbrachte nämlich die meiste Zeit auf den Farmen in der Nachbarschaft, um den Farmern die Bücher in Ordnung zu halten.

Der neue Assistent hieß Mr. Andrews. Mrs. Slatter erzählte meiner Mutter, als sie zum Tee herüberkam, er sei ein Gentleman und habe in Cambridge in England studiert. Allerdings kam er aus einer keineswegs reichen Familie und besaß nur ein paar Hundert Pfund eigenes Kapital. Er wollte zwei Jahre bei ihnen als Assistent arbeiten und dann selbst eine Farm übernehmen.

Eine Zeit lang besuchte ich Mrs. Slatter nicht mehr. Ein- oder zweimal erkundigte ich mich bei meiner Mutter, ob sie mich vielleicht wieder eingeladen habe. Meine Mutter antwortete trocken, um mich zu entmutigen: »Nein, sie hat nichts gesagt.« Ich begriff alles, als ich meinen Vater sagen hörte: »Nun, vielleicht ist es gar nicht so schlecht. Immerhin ist er ein netter Bursche, und möglicherweise bringt es Slatter dazu, die Sache mit anderen Augen zu sehen.« Bei einer anderen Gelegenheit erklärte er: »Vielleicht wird Slatter in eine Scheidung einwilligen. Immerhin lebt er praktisch bei den Pritts. Dann könnte Molly endlich selbst ein richtiges Leben führen.«

»Aber er ist noch nicht einmal fünfundzwanzig«, erwiderte meine Mutter. Sie war zutiefst schockiert, wie man dem eigensinnigen, leisen Ton entnehmen konnte, den sie benutzte, wenn sie das Gefühl hatte, mein Vater irre sich oder führe lose Reden. Als liege darin eine Art Drohung, fragte sie: »Und was ist mit den Kindern? Vier Kinder!«

Mein Vater schwieg. Aber nach ein paar Minuten stillen Nachdenkens sagte er: »Ich hoffe, Molly bleibt vernünftig. Ich hoffe, sie ist vernünftig. Denn sie könnte sich das Leben zur Hölle machen, wenn sie es nicht ist.«

Ich sah George Andrews bei einem Sportfest. Er stand mit Mrs. Slatter unten vor der Tribüne. Obwohl er Engländer war, wirkte er bereits braun gebrannt, und er trug weite und bequeme Sachen wie alle unsere Männer. In dieser Hinsicht gab es also nichts an ihm auszusetzen. Er war eher klein, nicht dick, aber stämmig; man konnte sehen, er würde einmal dick werden. Er sah vor allem sehr gesund aus mit seinem offenen, rötlichen Gesicht, über das die Sonne einen braunen Schimmer gelegt hatte, mit seinen sehr klaren blauen Augen und den dichten kurzen Haaren, die wie Fell glänzten. Ich wollte, dass er mir gefiel, und deshalb gefiel er mir auch. Ich sah, wie er sich neben Mrs. Slatter an das Geländer lehnte, ihren Staubmantel über seinem Arm hängen hatte und ihr das Programm hielt, damit sie etwas ankreuzen konnte. Ich verstand, dass ihr ein Gentleman gefiel, der ihr die Tür aufhielt und sich erhob, wenn sie hinter Mr. Slatter ins Zimmer kam. Ich sah, wie stolz sie darauf war, mit ihm zusammen zu sein. Und ich mochte ihn, obwohl mir sein Mund nicht gefiel. Er hatte feuchte, rosa Lippen. Ich vermied es lange Zeit, ihm auf den Mund zu sehen. Und weil ich ihn mochte, ärgerte ich mich über meinen Vater, als er nach der Veranstaltung sagte: »Na ja, ich weiß nicht. Irgendwie gefällt mir das Ganze doch nicht. Cambridge hin, Cambridge her, er ist noch ein grünes Bürschchen.«

Sechs Monate nach George Andrews' Ankunft im Distrikt veranstalteten die Slatters einen Tanz für die jungen Leute. Es war der erste Ball. Die beiden älteren Söhne waren achtzehn und siebzehn, und sie hatten Freundinnen. Die beiden jüngeren, der Fünfzehnjährige und der Dreizehnjährige, verachteten Mädchen. Ich war damals fünfzehn, und fand die Söhne der Slatters zu jung für mich. Die Freundinnen der beiden älteren waren beinahe zwanzig. Wir waren etwa sechzehn, und wie üblich gab es etwa dreißig bis vierzig Verheiratete. Die Ehepaare saßen und tanzten im Wohnzimmer und wir auf den Veranden. Mr. Slatter tanzte mit Emmy Pritt und manchmal auch mit anderen Frauen; Mrs. Slatter hatte als Gastgeberin viel zu tun und tanzte mit George Andrews. Ich trug immer noch ein kurzes Kleid, und das machte mich unglücklich, denn ich hatte mich in einen Assistenten von der Farm zwischen den Flüssen verliebt, und ich wusste sehr wohl, er würde mich erst in einem langen Kleid überhaupt bemerken. Es war schon ziemlich spät, als ich in Mrs. Slatters Schlafzimmer ging, das der einzige leere Raum zu sein schien. Ich blickte aus dem Fenster in die dunkle, nasse Nacht. Es war Regenzeit, und wir waren über den gestiegenen, rauschenden Fluss gefahren, während das Regenwasser gegen die

Reifen spritzte und klatschte. Es regnete noch immer, und das Lampenlicht vergoldete den strömenden Regen. Wenn ich den Kopf hin und her wendete, tanzten die schwarzen und goldenen Wasserfäden vor mir, und ich dachte (ich hatte noch nie zuvor so einfach über diese Dinge nachgedacht): »Wie machen sie es nur? Mit den großen Jungen im Haus. Und ich wette, sie gehen jetzt nie vor elf oder halb zwölf schlafen. Außerdem kann Mr. Slatter jederzeit unerwartet von Emmy Pritt zurückkommen – es muss schwierig sein. Ich vermute, er muss warten, bis alle schlafen. Wie schrecklich, sich die ganze Zeit über Gedanken zu machen, ob die Jungen etwas gemerkt haben …« Ich drehte mich um und blickte in das große behagliche Zimmer mit der niedrigen Decke, dem breiten niedrigen Bett unter dem Überwurf mit den rosa Rosen und den aufgestellten großen Kissen in den rosa Bezügen mit den Rüschen. Und obwohl ich dieses Zimmer seit vielen Jahren von meinen Besuchen kannte, kam es mir fremd und hässlich vor. Ich liebte Mrs. Slatter. Sie war die netteste Frau im ganzen Distrikt, und sie war immer gut zu mir gewesen. Doch in diesem Moment hasste und verachtete ich sie.

Ich wollte das Zimmer gerade verlassen, blieb aber an der Tür stehen, denn im Flur sah ich Mrs. Slatter an die Wand gelehnt. George Andrews umarmte sie und hatte sein Gesicht in ihrem Nacken vergraben. Sie sagte: »Bitte nicht, George, bitte nicht. Bitte! Die Jungen könnten es sehen.« Er bedeckte ihren Nacken mit Küssen und sagte nichts. Sie wendete Gesicht und Hals ab und schob ihn von sich. Er taumelte, als hätte sie ihm einen festen Stoß versetzt, doch er war nur betrunken, und es fiel ihm schwer, das Gleichgewicht nicht zu verlieren. Er drängte: »Komm, wir gehen eine Minute in dein Schlafzimmer. Niemand wird etwas merken.« Sie sagte: »*Nein*, George. Warum sollen wir uns beim Tanzen fünf Minuten davonstehlen wie …«

»Wie …?«, fragte er grinsend. Im Licht, das aus dem großen Zimmer in den Flur fiel, sah ich seine rosa Lippen glänzen.

Sie sah ihn vorwurfsvoll an, und er sagte: »Molly, das wird alles ein bisschen viel, weißt du. Ich muss den Wecker auf ein Uhr morgens stellen, und um diese Zeit bin ich todmüde. Ich schleppe mich zu dir, und du musst deinen Wecker auf vier Uhr stellen. Und nach der Arbeit für deinen Mann bleibt einem auch nicht so viel Enthusiasmus, um die ganze Nacht im Bett herumzuturnen.« Er wollte in das große Wohnzimmer zurückgehen, wo die Leute tanzten. Sie lief ihm nach und hielt ihn am Arm fest. Ich wich zurück bis zu Mr. Slatters Zimmer, aber im nächsten Moment hatte sie ihn bereits an sich gezogen und küsste ihn. Die Leute im Wohnzimmer hätten sie ohne Weiteres sehen können.

Mrs. Slatter trug an diesem Abend ein rückenfreies, leuchtend blaues Crêpekleid mit strassbesetzten Trägern und einem Blumenmuster um die Taille. Es hatte einen tiefen V-Ausschnitt, in dem man ihre Brüste unter dem Crêpe lose schwingen sah, obwohl sie sonst immer feste Korsagen trug. Während die beiden den Flur entlangkamen, griff er ihr in den Ausschnitt. Ich sah, wie er die linke Brust herausholte, und sein Mund hing wieder an ihrem Nacken. Verzweiflung stand in ihrem Gesicht, und es überraschte mich nicht. Ich wusste, das alles musste sie beschämen. Ich verachtete sie, denn die lange weiße Brust, die in seiner Hand wie weicher Teig wirkte, entsprach überhaupt nicht der Mrs. Slatter, die Männer mit Mister anredete, selbst wenn sie sich seit zwanzig Jahren kannten, und die wirklich schüchtern war. Mr. Slatter tat nichts lieber, als sie zu verspotten, weil sie errötete, wenn er etwas Unanständiges sagte: »Warum stellst du dich so an?«, fragte George Andrews halb betrunken. »Wir können doch die Tür abschließen, oder nicht?«

»Ja, wir können die Tür abschließen«, erwiderte sie lachend.

Ich ging zu den Erwachsenen ins Wohnzimmer zurück, wo auch die Kinder waren, und setzte mich neben meine Mutter. Es dauerte höchstens fünf Minuten, bis Mrs. Slatter durch die eine Tür hereinkam und George Andrews kurz darauf durch eine andere. Sie sah aus wie üblich; man merkte ihr nichts an.

Ich besuchte die Slatters ein paar Monate nicht mehr. Denn ich war im Internat, und außerdem sagten die Leute, Mrs. Slatter sei völlig fertig und müsse für einige Zeit aus der Höhe hinunter. Mein Vater erwähnte die Slatters in dieser Zeit nicht;

er hatte sich mit meiner Mutter deshalb gestritten. Ich wusste es, denn jedes Mal, wenn der Name Molly Slatter fiel, presste meine Mutter die Lippen zusammen und wechselte das Thema.

So verging ein Jahr. An Weihnachten gaben die Slatters wieder einen Ball, und ich trug mein erstes langes Kleid. Ich ging hin, und es war mir gleichgültig, ob ich bei den Slatters oder woanders tanzte. Es war mein erster Ball, bei dem ich nicht mehr zu den Kindern zählte. Und deshalb blieb ich auf der Veranda und tanzte beinahe den ganzen Abend, obwohl der Wind manchmal den Regen hereintrieb, denn es regnete wieder; wir befanden uns mitten in der Regenzeit. Am Himmel hingen dunkle schwere Wolken; der Mond schob sich wie ein Messer durch das Wolkenmeer, nur um wieder darin zu versinken. Dann wurde es auf der Veranda so dunkel, dass man beinahe nichts mehr sah. Einmal ging ich die Stufen hinunter, um mich von Nachbarn zu verabschieden, die früher nach Hause fuhren, weil sie ein Baby hatten. Als ich wieder zurückkam, stand da Mr. Slatter und hatte Mrs. Slatter am Arm gepackt. »Komm her, Lady Godiva«, sagte er, »und gib uns einen Kuss.«

»Ach komm«, sagte sie gutmütig, »komm schon und lass mich in Frieden.«

Er war leicht betrunken, aber nicht sehr. Er verdrehte ihr den Arm. Es sah recht harmlos aus, doch plötzlich stand sie, Hüfte und Beine an ihn gepresst, mit zurückgebeugtem Oberkörper vor ihm. Er hielt sie fest. Mit schmerzverzerrtem Gesicht stöhnte sie leise: »Du weißt nicht, wie stark du bist!« Aber er lockerte seinen Griff nicht, und sie blieb stehen. Durch den regenschwarzen stürmischen Himmel drang schwaches Mondlicht. Ich konnte gerade ihre Gesichter erkennen und sah seine entblößten Zähne. »Du und dein verdammter Stolz, Lady Godiva«, sagte er. »Wem glaubst du damit eins auszuwischen? Wer, glaubst du, ist der Verlierer vor deiner verdammten abgeschlossenen Tür?« Sie schwieg und hielt die Augen geschlossen. »Jetzt hast du George auch verbannt. Was ist los? Ist auch *er* nicht gut genug für dich?« Er verdrehte ihren Arm noch mehr; sie rang nach Luft, presste die Lippen aber wieder zusammen, und er

sagte: »So, jetzt bist du also wieder ganz allein in deinem sau-
beren Bett und erzählst dir im Dunkeln Märchen, Schwester
Theresa, unser Stiefmütterchen.«

Er ließ sie so plötzlich los, dass sie taumelte. Er streckte die
andere Hand aus und stützte sie, bis sie das Gleichgewicht wie-
dergefunden hatte. Es erschien mir merkwürdig, dass er sich die
Mühe machte, sie vor einem Sturz zu bewahren, und ihr die
Hand hinhielt.

Ich ließ sie allein und ging zurück auf die Veranda. Ich tanzte
den ganzen Abend mit dem Assistenten von der Farm zwischen
den Flüssen. Mit dem langen Kleid hatte ich mich nicht geirrt.
In all den Monaten, im Dorf oder bei den Sportfesten hatte er
mich keines Blickes gewürdigt. An diesem Abend fiel ich ihm
auf, und ich wollte, dass er mich küsste. Aber als er es tat, gab ich
ihm eine Ohrfeige. Denn ich wusste, dass er inzwischen betrunken war. Ich hatte nicht daran gedacht, dass er betrunken sein
könnte, obwohl es völlig natürlich war, denn alle waren es. Doch
sein Kuss entsprach keineswegs meinen Vorstellungen. »Ich
bitte um Entschuldigung«, sagte er. Ich ging an ihm vorbei
durch den Flur ins Wohnzimmer. Aber dort waren so viele
Leute, und mir standen die Tränen in den Augen. Deshalb ging
ich weiter zum anderen Flur, und dort standen Mrs. Slatter und
George Andrews wie beim letzten Ball, als hätte es das ganze
Jahr nicht gegeben. In meinem Zustand wollte ich nichts sehen.

»Und warum nicht?«, fragte er und biss ihr in den Nacken.

»Oh, George, das ist doch alles schon seit Monaten vorbei.
Seit Monaten ...!«

»Ach, komm schon, Moll. Ich weiß nicht, was ich getan habe.
Du hast dir nie die Mühe gemacht, es mir zu erklären.«

»Nein.« Dann schrie sie auf: »*Mein Arm!*«

»Was ist mit deinem Arm?«

»Ich bin gefallen und habe eine Zerrung.«

Er ließ sie los und sagte: »Nun gut. Vielen Dank für das nette
Zwischenspiel. Vielen Dank.« Ich wusste, er wollte sie verletzen,
denn ich spürte, wie seine Worte mich verletzten. Er ging allein
ins Wohnzimmer zurück, sie folgte ihm, unterhielt sich jedoch

mit jemand anderem, und ich ging in ihr Schlafzimmer. Es war leer. Die Lampe stand heruntergedreht auf einem niedrigen Tisch neben dem Bett. Der Himmel hinter den Fenstern war schwarz und nass; weder Mond noch Sterne waren zu sehen.

Dann kam Mrs. Slatter herein, setzte sich auf das Bett und stützte den Kopf in die Hände. Ich rührte mich nicht.

»Oh mein Gott«, stöhnte sie, »oh mein Gott, mein Gott!« Ihre Stimme klang fremd. Nichts von der Freundlichkeit lag darin, obwohl sie leise sprach. Aber das tat sie, weil sie nach Luft rang.

»Oh mein Gott«, sagte sie nach einem langen, langen Schweigen noch einmal. Sie nahm ein Kissen vom Bett, schlang die Arme darum und legte den Kopf darauf. Es war still im Zimmer, obwohl vom Wohnzimmer Singen herüberdrang – es klang wie Geheul, denn die Leute waren betrunken oder fast betrunken, und in den Tönen lag die wilde Melancholie von Menschen, die singen, wenn sie betrunken sind. Es klang schrecklich, wie das Heulen von Tieren.

Mrs. Slatter legte das Kissen ordentlich an seinen Platz zurück, schwankte vorwärts und rückwärts, während sie sagte: »Oh Gott, lass mich bald alt werden, lass mich alt werden. Ich kann es nicht ertragen, ich kann es nicht länger ertragen!«

Und wieder herrschte Stille. Von draußen drang das Heulen der singenden Leute herein und das Geräusch der tanzenden Füße junger Leute auf dem Zement der Veranda.

»Ich kann so nicht weiterleben«, sagte Mrs. Slatter in das Dunkel über dem kleinen Lichtkreis der Lampe. Sie krümmte sich, als hätte sie Schmerzen; ihre Hände umfassten die Fußgelenke, als hielte sie sich damit zusammen. Sie saß verkrümmt auf dem Bettrand und starrte auf die Wand vor ihr. Das Licht der Lampe traf ihr Gesicht, sodass ich es sehen konnte. Dieses Gesicht kannte ich nicht. Es war aus Stein, aus weißem Stein; nur die schwarzen Augen glühten und flackerten darin. Ihre glänzenden schwarzen Haare, in denen sich noch kein Grau zeigte, hatten sich gelöst und hingen in Strähnen um das weiße steinerne Gesicht.

»Ich kann es nicht ertragen«, wiederholte sie. Sie sprach mit einer Stimme, die ich nicht kannte. Sie hätte mit jemandem reden können, und einen Augenblick lang glaubte ich, sie habe mich gesehen und spreche mit mir, erkläre mir ihren Zustand. Dann richtete sie sich langsam aus der gekrümmten Haltung auf und ging wieder zu den anderen hinaus.

Ich nahm die Lampe und hielt sie so dicht wie möglich an den Spiegel, beugte mich vor und betrachtete mein Gesicht. Aber in meinem Gesicht war nichts zu sehen.

Am nächsten Tag erzählte ich meinem Vater, dass ich gehört hatte, wie Mrs. Slatter sagte, sie könne so nicht weiterleben. Er sagte: »Oh mein Gott, hoffentlich nicht deshalb, weil ich etwas über ihr Kleid gesagt habe.« Ich beruhigte ihn und erklärte, das sei vorher gewesen.

»Ich vermute«, entgegnete er, »wenn sie schon so durcheinander war, haben meine Worte sie noch mehr getroffen.« Und dann: »Die arme Frau, die arme Frau!« Er ging ins Haus, rief meine Mutter, und sie sprachen über die Angelegenheit. Dann griff er zum Telefon, und ich hörte, wie er Mrs. Slatter bat, vorbeizukommen, wenn sie das nächste Mal ins Dorf fuhr. Offensichtlich hatte sie das für diesen Vormittag geplant, denn noch vor dem Mittagessen saß sie auf unserer Veranda und sprach mit meinem Vater. Meine Mutter war nicht zu sehen, obwohl mein Vater sie mit keinem Wort darum gebeten hatte. Ich zog mich gerade so weit zurück, dass ich noch alles hören konnte, was sie sagten.

»Also, Molly«, erklärte mein Vater, »wir sind alte Freunde, und Sie sehen in letzter Zeit furchtbar schlecht aus. Warum erzählen Sie mir nicht, was los ist? Sie wissen doch, Sie können mir alles erzählen.«

Nach längerem Schweigen erwiderte sie: »Mr. Farquar, es gibt Dinge, über die man mit niemandem sprechen kann. Mit niemandem.«

»Ach, Molly«, sagte er, »wenn es etwas gibt, das ich gelernt habe, und ich habe es schon in frühen Jahren gelernt, als ich noch ein junger Mann war und es mir sehr schlecht ging, dann dies: Jeder trägt etwas Schreckliches mit sich herum, Molly. Jeder hat etwas Schreckliches auf dem Herzen, mit dem er leben muss. Wir leben hier alle zusammen, sehen uns die ganze Zeit, und keiner von uns weiß, welche furchtbare Last der andere vielleicht mit sich herumschleppt.«

Und dann sagte sie: »Aber Mr. Farquar, das glaube ich nicht. Ich kenne Leute, die keinen persönlichen Kummer zu haben scheinen, nichts, was sie unglücklich macht.«

»Woher wissen Sie das, Molly? Woher wissen Sie das?«

»Nehmen Sie Mr. Slatter«, antwortete sie. »Er ist ein Mann, der tut, was er will. Aber er weiß nicht, wie stark er ist. Deshalb scheint er nie zu begreifen, was andere Menschen empfinden.«

»Aber woher wissen Sie das, Molly? Man kann fünfzig Jahre mit einem Menschen zusammenleben und es trotzdem nicht wissen. Vielleicht lastet etwas auf ihm, das ihm das Leben zur Hölle macht, wenn er allein ist. So geht es uns doch allen.«

»Nein, das glaube ich nicht, Mr. Farquar.«

»Molly«, sagte er plötzlich flehend und höchst aufgebracht. »Sie sind zu hart gegen sich selbst, Molly.«

Sie antwortete nicht.

Er sagte: »Hören Sie. Warum gehen Sie nicht für eine Weile weg. Fahren Sie doch hinunter ans Meer. Die Höhe bekommt uns nicht. Sie macht uns alle langsam, aber sicher verrückt. Verlassen Sie das Hochland eine Weile.«

Sie schwieg immer noch, und er senkte die Stimme. Ich konnte mir vorstellen, wie das Gesicht meiner Mutter starr und kalt geworden wäre, wenn sie gehört hätte, was er sagte: »Und genießen Sie das Leben, wenn Sie dort unten sind. Genießen Sie das Leben, und vergessen Sie das alles für eine Weile.«

»Aber Mr. Farquar, ich möchte das Leben nicht genießen.« Sie sprach die Worte »das Leben genießen« aus, als hätten sie nichts mit ihr zu tun.

»Wenn wir auf dieser Welt nicht das haben können, was wir uns wünschen, sollten wir nehmen, was wir bekommen können.«

»Es wäre nicht richtig«, sagte sie schließlich langsam. »Ich weiß, die Leute haben unterschiedliche Vorstellungen, und ich will meine niemandem aufdrängen.«

»Aber *Molly* ...«, begann er erregt; zumindest klang es so. Dann schwieg er.

Von meinem Platz aus konnte ich den Binsenstuhl rascheln hören. Sie stand auf. »Ich werde Ihrem Rat folgen«, sagte sie. »Ich fahre ans Meer hinunter und nehme die Kinder mit ... das heißt die beiden jüngeren.«

»Zum Teufel mit den Kindern, wenigstens dieses eine Mal. Nehmen Sie Ihren Mann mit. Und sorgen Sie dafür, dass Emmy Pritt nicht dabei ist.«

»Mr. Farquar«, sagte sie, »wenn Mr. Slatter Emmy Pritt will, dann kann er sie haben. Er kann entweder die eine oder die andere von uns haben. Aber nicht beide. Wenn ich ihn mit ans Meer hinunternehmen würde, wäre er nach unserer Rückkehr innerhalb von zehn Minuten wieder drüben bei ihr.«

»Ach, Molly, ihr Frauen könnt einem wirklich die Hölle heißmachen. Haben Sie doch einmal Mitleid mit ihm.«

»Mitleid? Mr. Slatter ist ein Mann, der kein Mitleid braucht. Von keinem Menschen. Aber vielen Dank für den guten Rat, Mr. Farquar. Sie sind immer sehr freundlich, Sie und Mrs. Farquar.«

Sie verabschiedete sich von meinem Vater, und als ich zu ihnen trat, gab sie mir einen Kuss und forderte mich auf, sie bald zu besuchen. Dann fuhr sie ins Dorf, um ihre Einkäufe zu erledigen.

Und so lebte Mrs. Slatter weiter. George Andrews kaufte eine eigene Farm und heiratete. Die Hochzeit fand bei den Slatters statt. Später wurde Emmy Pritt wieder krank. Sie musste noch einmal operiert werden und starb. Sie hatte Krebs. Mr. Slatter wurde zum ersten Mal in seinem Leben krank vor Kummer. Mrs. Slatter fuhr mit ihm ans Meer. Die Kinder ließen sie zurück, sie waren inzwischen erwachsen, denn das geschah alles Jahre später, und Mrs. Slatters Haare waren grau geworden. Sie war dick und alt, wie sie es sich damals gewünscht hatte, als ich zuhörte.

UND SIE FLIEGEN DAVON

Über dem Kopf des alten Mannes befand sich der Taubenschlag, ein hoher Drahtverschlag auf Pfosten, in dem eine Menge Vögel herumstolzierten und sich putzten. Die Sonnenstrahlen brachen sich auf ihrem grauen Gefieder und wurden zu kleinen Regenbogen. Ihr Gurren klang besänftigend in seinen Ohren; er streckte die Hände nach seinem Liebling, einer Brieftaube, aus. Der kräftige junge Vogel blieb still sitzen, als er den alten Mann sah, hielt den Kopf schief und blickte ihn aus einem klugen, klaren Auge an.

»Schön, schön, schön«, redete er auf die Taube ein, während er sie packte, herunterholte und spürte, wie sich die kalten roten Krallen um seinen Finger schlossen. Zufrieden drückte er den Vogel leicht an seine Brust, lehnte sich gegen einen Baum und blickte am Taubenschlag vorbei in den späten Nachmittag. Bis zum fernen Horizont erstreckte sich die dunkelrote Erde in großen staubigen Schollen. Sonnenlicht und Schatten lagen über den Erhebungen und Senken. Bäume markierten den Verlauf des Tales, ein Fluss aus üppigem grünem Gras die Straße.

Seine Augen wanderten auf dieser Straße zurück zum Haus, bis er seine Enkeltochter auf dem Gartentor unter dem Jasminbaum schaukeln sah. Das Haar fiel ihr in einer Woge aus goldenem Licht auf den Rücken, und ihre langen nackten Beine nahmen den Winkel der Blütenstängel des Baumes auf – nackte braune Stängel zwischen blassen Blüten.

Sie blickte über die rosa Blüten hinweg und vorbei an dem kleinen Bahnwärterhaus, in dem sie lebten. Ihre Augen hingen an der Straße, die zum Dorf führte. Seine Stimmung wechselte. Er streckte den Arm aus, um den Vogel fliegen zu lassen, hielt ihn aber gerade in dem Augenblick wieder fest, als er die Flügel ausbreitete. Er spürte, wie der kräftige Körper unter seiner Hand sich wehrte und versuchte freizukommen. Plötzlich beunruhigt und verärgert, steckte er den Vogel in eine kleine Kiste und schob den Riegel vor. »Du bleibst jetzt hier«, murmelte er und wendete dem Taubenschlag den Rücken. Vorsichtig ging er an der Hecke entlang und schlich sich an seine Enkeltochter heran, die inzwischen, den Kopf auf die Arme gelegt, am Tor lehnte und sang. Die heiteren, fröhlichen Töne mischten sich mit dem Gurren der Tauben, und sein Ärger wuchs.

»He!«, rief er. Er sah, wie sie auffuhr, zurückblickte und das Tor verließ. Ein Schleier fiel über ihre Augen, und sie sagte freundlich zurückhaltend: »Hallo, Großvater.« Sie warf noch einen zögernden Blick zurück auf die Straße und kam dann höflich näher.

»Du wartest wohl auf Steven?«, erkundigte er sich, und seine Finger krallten sich wie Klauen in die Handflächen.

»Was dagegen?«, fragte sie leichthin, vermied aber, ihn anzusehen. Er stellte sich vor sie hin, kniff die Augen zusammen, krümmte die Schultern und erstarrte, weil er den harten Knoten der Qual in sich spürte, zu der auch die gurrenden Tauben, das Sonnenlicht, die Blumen und das Mädchen gehörten. Er sagte: »Du glaubst wohl, du bist alt genug, um zu poussieren, he?«

Bei diesem altmodischen Wort warf das Mädchen den Kopf zurück und murrte: »Ach, Großvater!«

»Du glaubst wohl, du kannst dein Zuhause verlassen, he? Du glaubst wohl, du kannst dich nachts auf den Feldern herumtreiben?«

Durch ihr Lächeln sah er sie wieder, wie er sie an jedem Abend dieses letzten Sommermonats gesehen hatte, wenn sie Hand in Hand mit dem Sohn des Postmeisters mit den roten Händen, dem roten Hals und dem ungestümen Körper über die Straße zum Dorf schlenderte. Er fühlte sich elend und schrie wütend: »Ich werde es deiner Mutter sagen!«

»Sag es ihr doch«, erwiderte sie lachend und ging zum Tor zurück.

Sie sang inzwischen – so laut, dass er es nicht überhören konnte:

»Du, du liegst mir am Herzen,
du, du liegst mir im …«

»Mist!«, schrie er. »Mist. Unverschämtes kleines Miststück!«

Vor sich hin schimpfend, wendete er sich wieder dem Taubenschlag zu. Hierher flüchtete er sich aus dem Haus, das er mit seiner Tochter, ihrem Mann und den Kindern teilte. Aber nun würde das Haus leer sein. Die jungen Mädchen mit ihrem Lachen, die herumalberten und sich neckten, waren bald alle weg. Er blieb allein zurück, ungeliebt und allein mit seiner Tochter, dieser behäbigen Frau mit den ruhigen Augen.

Er bückte sich murmelnd vor dem Taubenschlag und ärgerte sich über die gurrenden Vögel, die ihn nicht beachteten.

Das Mädchen rief vom Tor herüber: »Geh doch und sage es ihr! Geh schon, worauf wartest du?«

Verdrossen machte er sich auf den Weg zum Haus und warf dabei immer wieder schnelle, flehende Blicke zurück. Aber sie drehte sich nicht einmal nach ihm um. Das trotzige, ängstliche junge Mädchen weckte in ihm Liebe und Reue. Er blieb stehen. »Ich wollte doch nicht …«, murmelte er und wartete darauf, dass sie sich umdrehte und zu ihm kam. »Ich wollte doch nicht …«

Sie drehte sich nicht um; sie hatte ihn vergessen. Auf der Straße näherte sich Steven, der junge Mann. Er trug etwas in der Hand. Ein Geschenk für sie? Der alte Mann erstarrte, während er beobachtete, wie das Tor aufging und die beiden sich umarmten. Im gefiederten Schatten des Jasminbaumes lag sein Enkelkind, sein Liebling, in den Armen des Postmeistersohnes, und ihre Haare umflossen seine Schultern.

»Ich sehe euch!«, rief der alte Mann gehässig. Sie rührte sich nicht. Er stapfte in das kleine, weiß verputzte Haus und hörte, wie der Holzboden der Veranda zornig unter seinen Schritten knarrte. Seine Tochter saß im vorderen Zimmer beim Nähen und fädelte gerade einen Faden in die Nadel, die sie gegen das Licht hielt.

Er blieb stehen und blickte noch einmal in den Garten zurück. Die beiden jungen Leute schlenderten lachend zwischen den Büschen davon. Er beobachtete, wie das Mädchen sich plötzlich neckisch von dem jungen Mann losriss, durch die Blumen rannte, und er ihr folgte. Er hörte Rufen, Lachen, einen Schrei – Stille.

»Aber so ist es überhaupt nicht«, murmelte er kläglich. »So ist es nicht. Warum siehst du das nicht? Laufen und kichern, küssen und küssen. Es wird ganz anders enden.«

Er sah seine Tochter verbittert und hasserfüllt an und hasste sich selbst. Sie waren beide gefangen und am Ende, aber das Mädchen war immer noch frei.

»Kannst du es nicht *sehen*?«, fragte er eindringlich seine unsichtbare Enkeltochter, die in diesem Augenblick mit dem Sohn des Postmeisters im dichten grünen Gras lag.

Seine Tochter warf ihm einen Blick zu und hob die Augenbrauen in resignierter Vorahnung.

»Hast du deine Vögel ins Bett gebracht?«, fragte sie, um ihn aufzuheitern.

»Lucy«, erklärte er aufgeregt, »Lucy …«

»Ja, was ist denn?«

»Sie ist mit Steven im Garten.«

»Nun setz dich und trink deinen Tee.«

Er stampfte einmal und noch einmal auf den hohl klingenden Boden und schrie: »Sie wird ihn heiraten. Ich sage dir, als Nächstes wird sie ihn heiraten!«

Seine Tochter erhob sich schnell und stellte eine Tasse und einen Teller vor ihn hin.

»Ich will keinen Tee! Ich habe dir doch gesagt, ich will ihn nicht!«

»Schon gut, schon gut«, redete sie besänftigend auf ihn ein, »was ist denn falsch daran? Warum denn nicht?«

»Sie ist achtzehn. Achtzehn!«

»Ich habe mit siebzehn geheiratet und es bis heute nicht bereut.«

»Du lügst«, rief er. »Du lügst. Dann solltest du es bereuen. Warum bringst du die Mädchen dazu, dass sie heiraten? Du bist schuld daran. Weshalb tust du es? Weshalb?«

»Den drei anderen geht es gut. Sie haben ordentliche Männer. Warum soll Alice nicht heiraten?«

»Sie ist die Letzte«, jammerte er. »Können wir sie nicht noch ein bisschen hierbehalten?«

»Nun komm schon, Vater. Sie wird etwas weiter unten wohnen, in derselben Straße. Das ist alles. Sie wird jeden Tag kommen und dich besuchen.«

»Aber das ist nicht dasselbe.« Er dachte an die drei anderen Mädchen, die sich innerhalb weniger Monate von bezaubernden, ausgelassenen, verwöhnten Kindern in ernsthafte junge Frauen verwandelt hatten.

»Du hattest auch etwas dagegen, dass wir heirateten. Warum? Es ist jedes Mal das Gleiche. Als ich heiratete, hast du mir das Gefühl gegeben, es sei etwas falsch daran. Und bei meinen Töchtern ist es nicht anders. Mit deinem Benehmen bringst du alle dazu, dass sie weinen und sich schlecht vorkommen. Lass Alice in Ruhe. Sie ist glücklich.« Sie seufzte, und ihre Augen schweiften über den Garten in der Sonne. »Sie wird nächsten Monat heiraten. Es gibt keinen Grund zu warten.«

»Du hast ihnen erlaubt zu heiraten?«, fragte er fassungslos.

»Ja, Vater. Warum nicht?«, antwortete sie kühl und nahm ihre Näharbeit wieder auf.

Seine Augen brannten, und er ging hinaus auf die Veranda. Tränen liefen ihm über das Kinn; er zog das Taschentuch hervor und wischte sich über das ganze Gesicht. Der Garten war leer.

Das junge Paar kam um die Ecke; doch nun lächelten sie ihn beide an. Auf Stevens Hand saß eine junge Taube, und das Sonnenlicht glänzte auf ihrem Gefieder.

»Für mich?«, fragte der alte Mann und wischte sich die Tränen vom Kinn. »Für mich?«

»Gefällt sie dir?« Das Mädchen griff nach seiner Hand und schwang sie hin und her. »Sie ist für dich, Großvater. Steven schenkt sie dir!« Beide hingen liebevoll und besorgt an ihm und versuchten, seine Tränen und seinen Kummer zu vertreiben. Sie nahmen ihn beim Arm und führten ihn zum Taubenschlag, jeder auf einer Seite; sie umarmten ihn, streichelten ihn und sagten wortlos, nichts würde sich ändern, nichts könnte sich ändern, sie würden immer bei ihm sein. Die Taube war der

Beweis, logen ihre glücklichen Augen, als sie ihm den Vogel auf die Hand setzten. »Hier, Großvater. Sie gehört dir. Sie ist für dich.«

Sie beobachteten, wie er sie auf dem Finger hielt, über ihren weichen, sonnenwarmen Rücken strich und sich freute, als sie die Flügel ausbreitete, um das Gleichgewicht zu halten.

»Du musst sie eine Weile einsperren«, erklärte das Mädchen eifrig und liebevoll. »So lange, bis sie weiß, dass sie hier zu Hause ist.«

»Das Küken will schlauer sein als das Huhn«, brummte der alte Mann.

Erleichtert über seinen halb gespielten Ärger sahen sie sich an und lachten. »Wir freuen uns, dass sie dir gefällt.« Sie gingen ans Tor, lehnten sich darüber, wobei sie ihm den Rücken zuwendeten, und unterhielten sich ruhig und ernsthaft miteinander. Mehr als alles andere schloss ihn diese Ernsthaftigkeit von Erwachsenen aus und gab ihm das Gefühl, allein zu sein. Sie beruhigte ihn auch, milderte den Schmerz darüber, dass sie im Gras herumgetollt waren wie junge Hunde. Sie hatten ihn wieder vergessen. »Das ist auch richtig«, sagte er sich vor und spürte, wie die Tränen emporstiegen und seine Lippen zitterten. Er hielt die neue Taube an sein Gesicht, um die sanfte Berührung des seidigen Gefieders zu spüren. Dann sperrte er sie in eine Kiste und holte wieder seinen Liebling heraus.

»*Jetzt* kannst du auf und davon fliegen«, verkündete er laut. Er setzte den Vogel auf den Handrücken und blickte durch den Garten zu dem Jungen und dem Mädchen hinüber. Dann packte ihn der Schmerz über den Verlust; er hob die Hand und blickte dem aufsteigenden Vogel nach. Plötzlich gab es ein Rauschen und Flattern von Flügeln, und aus dem Taubenschlag stieg eine Wolke von Vögeln in den Abendhimmel auf.

Alice und Steven am Tor vergaßen ihre Unterhaltung und beobachteten die Tauben.

Auf der Veranda stand die Frau, seine Tochter, hielt die Hand mit der Nähnadel über die Augen und sah zum Himmel hinauf.

Dem alten Mann kam es vor, als hätte sich tiefes Schweigen

über den Nachmittag gelegt, als wäre alles zum Stillstand gekommen, um seine Geste der Selbstbeherrschung zu beobachten. Selbst die Blätter der Bäume hatten aufgehört sich zu bewegen.

Ruhig und mit trockenen Augen ließ er die Arme sinken. Er stand aufrecht und blickte zum Himmel empor. Die Wolke silbern glänzender Vögel schwang sich mit heftigen, lauten Flügelschlägen höher und immer höher über das dunkle, gepflügte Land, über die noch dunkleren Baumreihen und die leuchtenden Grashügel, bis sie schließlich wie eine Wolke winziger Staubteilchen hoch oben im Sonnenlicht schwebten.

Sie flogen einen Kreis, legten die Flügel an; und wie Blitze fielen sie nacheinander aus dem Sonnenlicht hoch oben am Himmel in den Schatten hinunter. Einer nach dem andern kehrte über Bäume, Gras und Felder zur dunklen Erde zurück, zurück ins Tal und in den Schutz der Nacht.

Der Garten war vom Flattern und Schwirren der zurückkommenden Tauben erfüllt. Dann herrschte Schweigen, und der Himmel war leer.

Der alte Mann drehte sich langsam um. Er ließ sich dabei Zeit. Er hob die Augen und lächelte durch den Garten stolz seiner Enkeltochter zu. Sie starrte ihn mit weit aufgerissenen Augen an. Sie lächelte nicht. Sie wirkte blass im kalten Schatten, und er sah, wie ihr die Tränen über das Gesicht liefen.

`

ZWEI HUNDE

Es war schwieriger, einen neuen Hund zu beschaffen, als wir angenommen hatten; die Gründe dafür wurzelten tief im Wesen unserer Familie. Denn eigentlich hätte nichts einfacher sein sollen, als einen Welpen zu finden, nachdem entschieden war: »Jock braucht einen Gefährten, sonst treibt er sich die ganze Zeit bei den dreckigen Kaffernhunden in der Siedlung herum!« Auf allen Farmen in der Gegend gab es Hunde und Welpen, wie man sie sich nicht besser hätte wünschen können. In den Eingeborenensiedlungen der Farmen lebten jämmerliche Kreaturen, die man kaum fütterte, damit sie gute Jäger für ihre fleischhungrigen Besitzer waren. Doch oft genug wurden Welpen der klapperdürren Hündinnen aus der Welt der Lehmhütten in den Häusern der Weißen aufgezogen und entwickelten sich zu schönen Tieren. Jacob, unser Maurer, hörte, dass wir noch einen Hund suchten, und kam mit einem munteren Kerlchen, das er an einem Strick hinter sich herzog. Aber wir lehnten taktvoll ab. Das magere, flohgeplagte Hündchen ist für Jock nicht gut genug, sagte meine Mutter; obwohl wir Kinder es nur allzu gern aufgenommen hätten.

Auch Jock war ein Bastard, eine Mischung aus Schäferhund, Rhodesian Ridgeback und einer anderen Rasse – Terrier? –, der er die zu kleinen und frechen Ohren über dem langen melancholischen Gesicht verdankte. Kurz gesagt, mit seinem Aussehen konnte man keinen Staat machen: Seine Qualitäten lagen allesamt innen oder wurden ihm von meiner Mutter zugeschrieben, die dieses Tier in ihr Herz schloss, als mein Bruder ins Internat ging.

Theoretisch war Jock der Hund meines Bruders. Doch warum einem Jungen gerade dann einen Hund schenken, wenn er die Farm verlässt, um auf die Schule zu gehen, und acht Monate im Jahr nicht zu Hause ist? In Wirklichkeit ersetzte der

Hund meinen Bruder; und meine arme Mutter (ihre Kinder waren nie zu Hause, denn wir waren Farmer, und den Kindern von Farmern blieb keine andere Wahl, als die Schulen in den Städten zu besuchen), meine arme Mutter streichelte Jocks zu kleine intelligente Ohren und wiederholte wieder und wieder: »Lieber Jock! Lieber, alter Jock! Guter Hund, ja, du bist ein *guter* Hund, Jock. Du bist so ein *guter* Hund …« Mein Vater sagte dann leicht irritiert: »Um Gottes willen, Mädchen, du verdirbst ihn. Er ist kein Haustier und kein Schoßhund. Er ist ein Farmhund.« Meine Mutter sagte nichts, aber auf ihr Gesicht trat der nur allzu vertraute Ausdruck unverstandenen Leidens. Sie beugte den Kopf so tief hinunter, dass die flinke rote Zunge gerade ihre Wange berührte, und gurrte: »Armer, alter Jock, ja, du bist ein armer, alter Hund. Du bist kein wilder Farmhund. Du bist ein guter Hund. Und du bist nicht stark, nein, nein, du bist sanft und zart.«

Bei diesem letzten Wort protestierte mein Bruder; mein Vater protestierte und ich ebenfalls. Alle hatten wir uns, jeder auf seine Weise, geweigert, »zart« zu sein. Wir waren dem »Zartsein« entronnen und wollten einen gesunden, kräftigen jungen Hund davor bewahren, zum Invaliden gemacht zu werden, wie wir es zu unterschiedlichen Zeiten gewesen waren. Natürlich freuten wir uns alle insgeheim darüber (wir wussten es und fühlten uns deshalb schuldig), dass sich das rührende Bedürfnis meiner Mutter nach etwas Zartem, das sie schützen und pflegen konnte, ungeteilt auf Jock richtete.

Doch etwas an der ganzen Geschichte war ein Vorwurf gegen uns. Wenn meine Mutter sich mit traurigem Gesicht über das Tier beugte und es mit den schönen weißen Händen streichelte, an deren Fingern die Ringe zu groß geworden waren, und sagte: »Du bist ein guter Hund. Ja, Jock, du bist ein Gentleman …«, dann lag darin etwas, das uns – meinem Vater, meinem Bruder und mir – das Gefühl gab, vor Wut explodieren oder Jock wegholen zu müssen und ihn wie das unbändige junge Tier, das er war, über die Farm toben zu lassen; wir wären am liebsten für immer auf und davon gegangen, um diese schreckliche, unstillbare Sehnsucht in ihrer Stimme nicht mehr hören zu müssen. Denn es war nur unsere Schuld, dass dieser Ton in ihrer Stimme lag. Hätten wir eingewilligt, zart und gut zu sein, oder sogar Gentlemen und Ladys, wäre es nicht nötig gewesen, dass Jock an die Knie meiner Mutter gelehnt saß und ihr den treuen, edlen Kopf in den Schoß legte, während sie ihn liebkoste, sich verzehrte und litt.

Mein Vater beschloss, ein zweiter Hund müsse ins Haus, und zwar aus dem einfachen Grund, weil Jock sonst ein »Weichling« werde. (Bei diesem Wort wurde mein Bruder rot und verließ beleidigt das Zimmer, denn es erinnerte an unzählige, frühere Auseinandersetzungen.) Meine Mutter wollte von einem anderen Hund so lange nichts wissen, bis Jock begann, sich in die Siedlung zu schleichen und mit den Kaffernhunden zu spielen. »Oh, du schlimmer Hund, Jock!«, sagte sie bekümmert. »Wie kannst du mit diesen abscheulichen, schmutzigen Hunden spielen? Wie kannst du nur, Jock!« Und spielerisch, aber zutiefst zerknirscht, drängte er sich schnappend und leckend an ihr Gesicht, während sie sich mit der ganzen Macht ihres immer und immer wieder enttäuschten Wesens über ihn beugte und klagte: »Wie kannst du nur, wie kannst du das nur tun, Jock?«

Also musste noch ein junger Hund her. Und da Jock im Grunde seines Herzens (trotz der zeitweiligen Entgleisungen) edelmütig, treu und vor allem von guter Herkunft war, musste auch sein Spielgefährte diese Eigenschaften besitzen. Welcher Hund auf der ganzen Welt konnte solchen Forderungen je gerecht werden? Meine Mutter lehnte ein Dutzend Welpen ab. Doch Jock verschwand immer noch in die Siedlung, schlich sich ins Haus zurück und blickte ihr seelenvoll in die Augen. Der neue Welpe sollte mein Hund sein. Ich beschloss: Wenn mein Bruder einen Hund besaß, war es nur gerecht, dass ich ebenfalls einen bekam. Aber wenn ich dieses Hündchen nicht mit dem nötigen Nachdruck forderte, lag das daran, dass ich mich nur auf eine abstrakte Gerechtigkeit berief. In Wirklichkeit wollte ich keinen guten, edlen und rassigen Hund. Ich wusste nicht, was ich wollte, aber der Gedanke an einen solchen Hund langweilte mich. Also gab ich mich damit zufrieden, dass meine Mutter Welpen ablehnte, solange sie ihre schrecklichen mütterlichen Gefühle auf Jock und nicht auf mich richtete.

Dann machte die Familie eine der langen Fahrten in einen anderen Teil des Landes. Wir fuhren von Farm zu Farm und blieben eine Nacht, einen Tag oder auch nur zum Essen bei Freunden. Als Abschluss der Reise erwartete uns die Einladung für ein Wochenende. Ein entfernter Vetter meines Vaters, »ein Norfolker« (mein Vater kam aus Essex), war mit einer Frau verheiratet, die im Krieg (im Ersten Weltkrieg) zusammen mit meiner Mutter als Krankenpflegerin gearbeitet hatte. Die beiden lebten jetzt in einem kleinen blechgedeckten Backsteinhaus in einer Gegend, in der überall Granitfelsen aus dem dichten Busch ragten. Einen einsameren Platz konnte ich mir nicht vorstellen; die nächste Bahnstation war achtzig Meilen entfernt. »Sie passen nicht zusammen«, sagte mein Vater, denn sie stritten oder mieden sich das ganze Wochenende. Ich dachte jedoch erst viel später an das traurige Los dieser beiden, die allein mitten im Busch von einer kümmerlichen Rente lebten und »nicht zueinander passten«, denn an diesem Wochenende verliebte ich mich.

Es war dunkel, als wir ankamen, etwa acht Uhr abends, und über einem kahlen *kopje* aus Granitfelsen hing schwer und gelb ein beinahe voller Mond. Der niedrige Busch lag schwarz in tiefem Schweigen. Nur die Grillen zirpten ununterbrochen leise und durchdringend. Der Wagen hielt vor einem kastenförmigen Gebäude aus Backsteinen, dessen Blechdach das Mondlicht zurückwarf. Als das Motorengeräusch verstummte, schwoll das Zirpen der Grillen an, einen erfrischenden Atemzug lang traf die Kälte des Mondlichts unsere Gesichter, und wir hörten ein verrücktes, wildes Kläffen. Siehe da, um die Hausecke raste ein kleines, schwarzes, zappelndes Geschöpf, stürzte auf den Wagen zu, änderte im letzten Moment die Richtung, schoss wieder davon, kläffte und heulte in höchsten, wahnwitzigen Tönen, die schwächer wurden, als es hinter dem Haus verschwand, aber nicht abrissen und uns in den Ohren klangen, während wir – zumindest ich – ihnen nachhorchten.

»Kümmert euch nicht um das Kerlchen«, erklärte unser Gastgeber, der Mann aus Norfolk, »es ist schon die ganze Woche lang nachts vom Mond völlig verrückt.«

Wir gingen ins Haus, bekamen etwas zu essen und wurden versorgt. Mich brachte man zu Bett, damit die Erwachsenen ungezwungen miteinander reden konnten. Aber die ganze Zeit verstummte das hohe, verrückte Kläffen nicht. Von meinem winzigen Schlafzimmer aus sah ich einen freien Platz zwischen dem Haus und den Wirtschaftsgebäuden, dessen weißer Sand im Mondlicht glitzerte. Dort tobte verrückt und ausgelassen der kleine Hund herum. Besessen von Lebensfreude oder vom Mondlicht, jagte er hierhin und dorthin, immer im Kreis herum, schnappte nach seinem schwarzen Schatten und stolperte über seine tapsigen Pfoten – wie eine trunkene Motte um die Kerze, oder wie ... wie nichts, was ich seitdem je gehört oder gesehen habe.

Der Mond stand groß, fern und sanft über den Bäumen, dem leeren weißen Sand, dem Haus, in dem unglückliche Menschen lebten, und über einem verrückten kleinen Hund, der in trunkener, überschäumender Raserei kläffend seine Runden drehte. Natürlich war das mein Hund. Und als Mr. Barnes aus dem Haus kam und sagte: »Nun komm schon, du mondsüchtige Kreatur ...«, und sich schließlich beinahe über das verrückte Hündchen warf, um es auf den Arm zu nehmen, wo es immer noch kläffte, zappelte und sich wand wie ein Fisch, denn er wollte es zur Holzkiste tragen, die seine Hütte war, da sagte ich bereits so ängstlich wie eine Mutter, die zusieht, wie ein Fremder ihr Kind hochnimmt: vorsichtig, vorsichtig ... das ist mein Hund.

Am nächsten Tag ging ich nach dem Frühstück zur Kiste. Auf dem weißen Holz standen Harztropfen, die im heißen Sonnenlicht einen durchdringenden Geruch verströmten. Die Vorderseite war offen; weiches, gelbes Stroh quoll hervor. Auf dem Stroh lag ein schöner schwarzer Hund mit dem Kopf auf den ausgestreckten Vorderpfoten. Daneben räkelte sich ein geflecktes Hündchen auf seinem dicken Rücken. Es streckte die vier

Pfoten in alle Himmelsrichtungen, rollte die Augen und war vor Hitze, Sattheit und Trägheit so ekstatisch wie in der Nacht vor Freude an der Bewegung. An den glänzenden schwarzen Lefzen, die leicht zurückgezogen waren und spitze Milchzähnchen enthüllten, trocknete Maisbrei. Seine Mutter ließ ihn nicht aus den Augen, aber Müdigkeit und Hitze dämpften ihren Stolz.

Ich ging ins Haus, um zu verkünden, dass der kleine Hund in Gedanken bereits mir gehörte. Sie saßen alle am Frühstückstisch. Der Mann aus Norfolk tauschte mit meinem Vater Kindheitserinnerungen aus (sie bezogen sich auf denselben Ort, nicht auf dieselbe Zeit). Seine Frau hatte vom nächtlichen Streit noch immer rot geweinte Augen und schwätzte mit meiner Mutter über die verschiedenen Krankenhäuser in London, wo sie die Verwundeten eines Krieges gepflegt hatten, der für sie offensichtlich höchst erfreulich gewesen war.

Meine Mutter erklärte sofort: »Oh nein, mein Schatz, den Hund nicht! Hast du ihn gestern Abend nicht erlebt? Wir könnten ihn niemals erziehen.«

Der Mann aus Norfolk sagte, er würde ihn mir mit Freuden schenken.

Mein Vater meinte, gegen den Hund sei nichts einzuwenden. Es komme nur darauf an, dass ein Hund gesund sei. Meine Mutter senkte unglücklich den Kopf und schwieg.

Die Frau des Mannes aus Norfolk sagte, sie könne es nicht ertragen, sich von dem närrischen kleinen Kerl zu trennen. Es gebe weiß Gott wenig genug Freude in ihrem Leben.

Situationen, in denen sich Leute in den Haaren liegen, waren mir vertraut, deshalb musste ich nicht wissen, *warum* sie nicht mit mir übereinstimmten, welche Argumente sie vorbringen oder welche Kritik an meinem Hund sie üben würden. Ich wusste nur, nach einer inneren Gesetzmäßigkeit würde sich alles fügen und der kleine Hund mir gehören. Ich verließ die vier Leute, die ein Hündchen zum Vorwand nahmen, um ihre Meinungsverschiedenheiten auszutragen, und ging hinaus, um das Tier zu bewundern. Inzwischen saß es im Schatten neben der Kiste, die angenehm süß nach Holz duftete. Sein dunkles, geflecktes Fell glänzte; die fürsorgliche Zunge der Mutter hatte dunkle, feuchte Stellen darauf hinterlassen. Seine eigene rosa Zunge ragte absurd zwischen den weißen Zähnchen hervor, als wäre es zu nachlässig oder zu faul, sie an ihren richtigen Platz unter den gleichfalls rosa feuchten Gaumen zurückzuziehen. Seine schönen braunen Knopfaugen ... aber genug, er war ein ganz gewöhnlicher Bastard.

Später ging ich ins Haus, um zu sehen, wie die Schlacht verlief. Offensichtlich hatte meine Mutter meinen Vater überzeugt, denn er sagte, er halte es für klüger, diesen Hund nicht zu nehmen: »Das schlechte Blut setzt sich unweigerlich durch, verstehst du?«

Das »schlechte Blut« stammte vom Vater, und an seiner Geschichte entzündete sich meine vierzehnjährige Fantasie. Die Gegend hier war kaum bevölkertes Buschland. Es gab viele wilde Tiere, sogar Leoparden und Löwen. Deshalb standen die vier Polizisten der Polizeistation vor schwierigeren Aufgaben als ihre Kollegen in der Umgebung der Städte. Sie hatten ein halbes Dutzend großer Hunde gekauft, um (a) mögliche Diebe in der Umgebung der Polizeistation in Angst und Schrecken zu versetzen und (b) sich mit einer Aura gebändigter animalischer Wildheit zu umgeben. Denn die Hunde waren darauf abgerichtet, Menschen wenn nötig zu töten. Einer dieser Hunde, ein großer Ridgeback, war verwildert; er hatte sich in der Polizeistation aus seinem Halsband befreit und streifte jetzt allein durch den Busch. Er jagte kleine Antilopen, Hasen, Vögel und stahl sogar Hühner der Farmer. Dieser Hund, dessen stolze, einsame Gestalt den Farmern seit Jahren vertraut war, wenn er in mondhellen Nächten oder in der grauen Morgen- oder Abenddämmerung auftauchte, der sich von menschlicher Zuneigung und Freundschaft fernhielt, hatte Stella, die Mutter meines Hundes, eine Woche lang zum Jagen und Spielen mit in den Busch genommen. Eines Morgens verschwand sie einfach mit ihm. Die Barnes hatten es gesehen und sie gerufen. Doch sie warf nicht einmal einen Blick zurück. Eine Woche später tauchte sie im Morgengrauen wieder auf und winselte leise vor dem Schlafzimmerfenster, um zu verkünden: Ich bin zurück. Sie erwachten und sahen ihre abenteuerlustige Stella im blassen Mondlicht stehen. Den Kopf hielt sie abgewandt, und ihre Schnauze wies auf einen großen, mächtigen Hund, der ihr mit leichtem Schwanzwedeln etwas zu sagen schien, ehe er im Busch verschwand. Mr. Barnes feuerte erfolglos ein paar Schüsse auf ihn ab. Dann schimpften sie beide mit Stella, die nach entsprechender Zeit sieben Welpen warf, in allen möglichen Kombinationen von Schwarz, Braun und Goldgelb. Stella war selbst nicht reinrassig, obwohl ihre Besitzer sie selbstverständlich dafür hielten oder glaubten, als ihr Hund müsse sie es einfach sein. In der Nacht, in der die Welpen zur Welt kamen, hörten der Mann aus Norfolk und seine Frau einen traurigen Klageruf oder ein Heulen. Sie standen auf und sahen, wie der verwilderte Polizeihund den Kopf in die Holzkiste streckte. Rötlich goldenes Morgenlicht lag über dem Busch, und den Hund schien eine goldene Aureole zu umgeben. Stella stieß zur Begrüßung, als Protest oder aus Furcht, halb klagende, halb knurrende Laute aus, als die große, mächtige Erscheinung mit der gefährlichen Schnauze ihren sieben hilflosen Welpen bedrohlich nahe kam. Die Barnes schrien ihn an; der Gesetzlose wendete den Kopf dem Fenster zu, wo die beiden Seite an Seite standen, er im gestreiften Pyjama, sie im bestickten, rosa Seidennachthemd. Er legte den Kopf zurück und heulte. Er heulte schaurig und wild, sodass sie Gänsehaut bekamen, wie sie erzählten. Aber ich verstand das erst Jahre später, als Bill, mein Hund, verwilderte und ich ihn auf dem Termitenhügel stehen sah, wo er den Schmerz seiner Sehnsucht in eine leere, lauschende Welt hinausheulte.

Der Vater der Welpen tauchte nicht wieder bei Stella auf. Und einen Monat später wurde er auf einer anderen Farm, etwa fünfzig Meilen entfernt, erschossen, als er mit einem dicken weißen Leghorn im Maul aus dem Hühnerlauf kam. Zu dieser Zeit war nur noch ein Junges am Leben, die anderen hatten sie ertränkt. Sie hatten schlechtes Blut, sagten die Barnes; es gab keinen Grund, sie aufzuziehen, und nur aus Mitleid hatten sie Stella das eine Junge gelassen.

Ich sagte kein Wort, als sie diese warnende Geschichte erzählten, sondern wahrte beharrlich die Ruhe eines Menschen, der weiß, dass er sein Ziel erreicht. Stand das Recht auf meiner Seite? Ja. Schuldete man mir einen Hund? Ja. Sollte ein anderer als ich meinen Hund wählen? Nein, aber ... Also gut. Ich hatte gewählt. Ich hatte diesen Hund gewählt. Ich wählte ihn. Zu spät, ich *hatte* ihn gewählt.

Wir blieben drei Tage und drei Nächte bei den Barnes. Die Tage waren heiß, vergingen langsam und wurden von abgestandenen Gefühlen beherrscht. Die zwei Hunde schliefen in ihrer Holzkiste. Abends saßen die vier Erwachsenen im Wohnzimmer, einem kleinen Raum mit Backsteinwänden, den die Petroleumlampe unerträglich aufheizte. Ihr öliges gelbes Licht zog Motten und Käfer an, die sie mit einem wirbelnden Heiligenschein kleiner, unaufhörlich tanzender Körper umgaben. Die Erwachsenen redeten; ich lauschte auf das ferne, verrückte Kläffen und schlich dann hinaus in das kalte Mondlicht. In der letzten Nacht unseres Besuchs war der Mond voll; ein großer, vollkommen runder weißer Ball. Seine Geschichte stand ihm ins Gesicht geschrieben, das nahe genug zu sein schien, um es zu berühren, während es über dem dunklen Busch schwebte, in dem die Grillen zirpten. Und dort auf dem weißen Sand kläffte und tanzte das ekstatische Hündchen, während seine Mutter, das schöne, große Tier, in der Nähe saß und es beobachtete. Ihre intelligenten gelben Augen blickten leicht besorgt, während die Schnauze den ziellosen Bewegungen ihres Kindes folgte – das Kind ihres toten Gefährten aus dem Busch. Ich schlich mich zu Stella, setzte mich auf den noch immer warmen Zementboden neben sie, schlang die Arme um den weichen pelzigen Hals und legte meinen Kopf an ihren, der sich aufmerksam bewegte. Ich atmete so, dass mein Brustkorb sich gleichmäßig mit dem ihren hob und senkte, um der Wärme ihres kräftigen, haarigen Körpers näher zu sein. Unsere Augen wanderten von dem großen Mond, der am Himmel hing und auf uns herunterstarrte, zu dem winzigen schwarzen Knäuel, das in wilden Kreisen um uns herumtobte, manchmal so nahe, dass es beinahe gegen uns rannte, dann wieder so weit weg, dass es gerade noch an den Rädern des Lastwagens vorbeischoss. Wir beobachteten es, und ich spürte, wie die Kälte des Mondlichts tiefer in Stellas Fell drang und sich auf meine eigene, seidige Haut legte, während unsere Rippen sich gemeinsam sanft hoben und senkten. Wir warteten, bis der Mann aus Norfolk aus dem Haus kam, zuerst rief, dann schrie, sich schließlich auf den verrückten kleinen Hund warf und ihn in die Holzkiste sperrte, wo gelbe Mondstrahlen in den schwarzen, nach Hund riechenden Schatten fielen. »Komm, Stella-Mädchen, du gehst jetzt zu deinem Jungen«, sagte der Mann und beugte sich hinunter, um ihr den Kopf zu tätscheln, während sie gehorsam in der Kiste verschwand. Sie gab dem Kleinen mit ihrer weichen Schnauze einen Schubs. Er war so erschöpft, dass er auf der Stelle umfiel und wie erschossen alle viere von sich streckte. Er zitterte, zappelte, sein Atem ging heftig in kleinen regelmäßigen Stößen und klang wie Winseln. Ich verließ die beiden, Stella und ihr Junges, um in mein Bett in dem kleinen Backsteinhaus zu gehen, das buchstäblich von hässlichen Gefühlen überquoll. Ich schlief mit dem Gedanken an den umherrasenden kleinen Hund ein, der nun endlich vor Erschöpfung schlief und seine Schnauze an die sich hebenden und senkenden schwarzen Flanken seiner Mutter presste, während Streifen von gelbem Mondlicht, das durch die duftenden Bretter fiel, über ihn wanderten.

Wir nahmen ihn am nächsten Morgen mit, nachdem wir Stella in ein Zimmer eingeschlossen hatten, damit sie nicht sah, wie wir gingen.

Vor uns lag eine Fahrt von dreihundert Meilen. Und Bill kläffte, hechelte, gähnte, zappelte und wand sich wie verrückt, während er von einem Schoß auf den anderen wanderte. Er rollte die Augen und strampelte mit seinen dicken Pfoten. Ich, meine Mutter und später auch mein Bruder, den wir in der Stadt abholten, da seine Ferien begannen, hatten alle Hände voll mit Bill zu tun. Mein Bruder besann sich beim Anblick des neuen Hundes sofort wieder auf seine Rolle als Jocks Herrchen und tat meinen Hund als minderwertig ab. Meine Mutter, die inzwischen Bill völlig verfallen war, stimmte ihm zu, wies ihn jedoch auf die unwiderstehlichen Falten auf der Stirn des Hündchens hin. Mein Vater forderte gereizt, beide Hunde müssten »richtig erzogen« werden.

Je länger diese albtraumähnliche Reise dauerte, desto mehr sprach meine Mutter von Jock, und zwar so schuldbewusst, als hätte sie ihn verraten. »Armer kleiner Jock, was wird er nur dazu sagen?«

Jock war wirklich ein schöner junger Hund, mehr Schäferhund als alles andere. Er war mittelgroß, mit dickem goldfarbenem Fell. Über den Rücken zog sich die Andeutung eines »Kamms«, von vorne gesehen wirkte er mit seinen kleinen spitzen Ohren eher wie ein Wolf oder ein Fuchs. »Klein« war er jedoch ganz bestimmt nicht. Als er ausgewachsen war, umgab ihn etwas Würdiges, selbst wenn meine Mutter ihn wegen seiner Besuche in der Siedlung ausschimpfte.

Die Begegnung, der wir ängstlich entgegensahen, verlief auf eine Weise, die allen Ehre machte, ganz besonders Jock, der sich auf der Stelle das Herz meiner Mutter zurückeroberte. Wir nahmen Bill aus dem Wagen und trugen ihn zu Jock, der wie üblich edel und zurückhaltend darauf wartete, dass wir ihn begrüßten. Bill rannte sofort kläffend auf dem steinigen Platz vor dem Haus hin und her. Plötzlich entdeckte er Jock, sprang auf ihn zu, blieb ein paar Schritte vor ihm stehen, setzte sich auf sein dickes Hinterteil und bellte aufgeregt. Jock wendete in halb knurrendem, halb grinsendem Protest den Kopf hin und her, wobei er gähnte und in die Luft schnappte. Bill kroch näher und sprang dem älteren Hund an die hochgezogenen Lefzen. Jock rührte sich nicht; er zwang sich, ruhig zu bleiben, weil er wusste, dass wir ihn alle beobachteten. Schließlich hob er die Pfote, stieß Bill damit um, hielt ihn fest und begutachtete ihn. Dann beschnupperte und leckte er ihn. Jock hatte ihn akzeptiert; Bill hatte einen Ersatz für seine Mutter gefunden, die vermutlich um ihn trauerte. Wir konnten den Kleinen (wie meine Mutter ihn von nun an nannte) Jocks grenzenlos geduldiger Obhut überlassen. »Was bist du doch für ein guter Hund«, sagte sie, überwältigt von dieser und anderen rührenden Szenen, die folgten und die alle Jocks außergewöhnliche Geduld mit einem – wie selbst ich zugeben musste – unerträglichen, frechen Hund bewiesen.

Die Erziehung der Hunde wurde immer dringlicher. Aber das war nicht allzu leicht, und auch dies lag, wie das Beschaffen des zweiten Hundes, am Wesen unserer Familie. Um nur eine Schwierigkeit zu nennen: Hunde müssen von ihren Herrchen erzogen werden; sie müssen einem Menschen gehorchen. Wem sollte Jock gehorchen? Und wem Bill? Theoretisch mir, praktisch jedoch Jock. Sollte ich an Jocks Stelle treten? Allein so etwas auszusprechen macht die Absurdität deutlich. Ich liebte diesen unmöglichen kleinen Hund. Und warum brauchte ich einen abgerichteten Hund? *Wozu* abgerichtet?

Zum Wachhund? Aber alle unsere Hunde waren Wachhunde. »Eingeborene« – so lautete der Glaubenssatz – hatten von Natur aus Angst vor Hunden. Doch jeder erging sich in Geschichten über Diebe, die bissige Hunde vergifteten oder sich mit ihnen anfreundeten. Also glaubte offensichtlich niemand wirklich daran, dass Wachhunde überhaupt etwas nützten. Trotzdem gab es auf jeder Farm einen Wachhund.

Der Busch reichte bis dicht an unser Haus heran, und als Kind lag ich im Bett und lauschte dem Schrei der Ziegenmelker und der Eulen, dem Quaken der Frösche und dem Zirpen der Grillen. Ich hörte die Trommeln in der Siedlung und das geheimnisvolle Rascheln im Grasdach über mir oder im langen Gras weiter unten am Hügel, aus dem es geschnitten worden war. Ich kannte die tausend Geräusche der Nacht auf dem *veld*, und jedes dieser Geräusche wurde auch von den Haushunden registriert, die sie alle verbellten, beschnüffelten, untersuchten und beknurrten. Dazu gehörten auch das Sternenlicht auf einem glänzenden Blatt, der Mond, der über den Bergen aufging, ein knackender Zweig hinter dem Haus und der erste glühend rote Streifen am Horizont – kurz, alles und jedes. Nach meiner Erfahrung schliefen Wachhunde nie. Aber sie waren weniger Wächter gegen Diebe (soweit ich mich erinnern kann, wurde bei uns nie eingebrochen), sondern eher Instrumente, dazu bestimmt, die Geräusche und Bewegungen der afrikanischen Nacht zu messen und zu registrieren, die ein unglaubliches Eigenleben zu besitzen schien, jedoch ein kollektives Leben besaß. Und deshalb waren ein fallender Stein, eine Sternschnuppe unter der Milchstraße, das Grunzen eines Wildschweins, der raschelnde Wind in den Maisfeldern Ereignisse und Aspekte ein und derselben Wahrheit.

Wie richtete man einen Wachhund ab? Vermutlich so, dass er nur auf einen heranschleichenden Menschen reagiert, sei er schwarz oder weiß. Welchen Nutzen sollte ein Wachhund sonst auch haben? Aber selbst heute noch gehört es zu meinen lebendigsten Kindheitserinnerungen, wach im Bett zu liegen und dem klagenden Heulen eines Hundes beim unerklärlichen Auftauchen des runden gelben Mondes zu lauschen oder das Bett zu verlassen und verstohlen ans Fenster zu schleichen, um zu sehen, wie ein Hund seine lange schwarze Schnauze in die große Schüssel mit Sternen steckte. Wir brauchten keinen Mondkalender mit diesen Hunden, die wie Verkehrslärm in London waren: Um schlafen zu können, musste man lernen, sie nicht zu hören. Und wenn man sie nicht hörte, würde man auch nicht das gefährliche, warnende Knurren hören, das (vermutlich) einem Einbrecher gelten würde.

Anfangs wurden Jock und Bill nachts im Esszimmer eingesperrt. Aber das führte zu so viel Unruhe, Gekläff und Getobe von einem Fenster zum anderen, wenn sie die aufgehende Sonne oder den Mond entdeckten oder die schwarzen Schatten, die die Zweige der Bäume im Garten auf die weiß getünchten Wände warfen, dass wir kein Auge schließen konnten und es nicht länger ertrugen. Deshalb wurden sie auf die Veranda verbannt, begleitet von vielen hoffnungsvollen Ermahnungen meiner Mutter, sie sollten »brave Hunde« sein, was bedeutete, sie sollten ihre wahre Natur verleugnen und von Sonnenuntergang bis Sonnenaufgang schlafen. Selbst damals, als Bill noch nicht ausgewachsen war, konnte es vorkommen, dass beide frühmorgens nicht da waren. Dann erschienen sie um die Frühstückszeit schuldbewusst auf der Straße, die zu den Feldern führte. In ihrem Fell hingen Grashalme, und wir wussten, sie waren einer Eule in den Busch nachgejagt oder einem äsenden Wild, und wenn sie sich schließlich weiter entfernt vom Haus als erwartet in einer fremden nächtlichen Welt wiederfanden, begannen sie herumzuschnüffeln, zu erkunden und sich auf ihre Tage der Freiheit vorzubereiten, die bald kommen sollten.

Sie waren also keine Wachhunde. Dann vielleicht Jagdhunde? Mein Bruder unternahm es, sie abzurichten; und wir erlebten eine lange und absurde Zeit von »Sitz, Jock!«, »Bei Fuß, Bill!«, in der sie Zuckerstückchen auf der Nase balancieren und Pfoten ausstrecken mussten, die ein Mensch schütteln sollte, et cetera, et cetera. Jock erduldete das tapfer, aber alles an ihm verkündete deutlich, er tue es nur meiner Mutter zuliebe – während mein Bruder ihn drillte, warf er ihr ständig halb stolze, halb entschuldigende Blicke zu. Und nach einer Stunde gab mein Bruder auf, murmelte, es sei zu heiß, und Jock sprang davon, um meiner Mutter den Kopf in den Schoß zu legen. Bei Bill war alles vergeblich. Er blieb mit den Zuckerstückchen auf der Schnauze nicht sitzen, sondern fraß sie sofort auf; er ging nicht brav bei Fuß. Er erinnerte sich nie daran, was er mit seiner Pfote tun sollte, wenn ihm einer von uns die Hand entgegenstreckte. Um die Wahrheit zu sagen, damals, während ich diese Dressurbemühungen beobachtete, begriff ich: Bill war dumm. Natürlich erklärte ich, er verabscheue es, abgerichtet zu werden, denn es sei demütigend, und Jocks Bereitschaft, sich diesen albernen Pflichten zu unterwerfen, sei ein Beweis für seinen Mangel an Geist. Aber leider führte kein Weg daran vorbei, dass Bill einfach nicht sehr intelligent war.

Inzwischen hatte er sich von dem drolligen dicken Knäuel in einen schlanken, hübschen jungen Hund mit einem dunklen, gefleckten Fell verwandelt; sein großer Kopf erinnerte an einen Neufundländer. Trotzdem wirkte er immer noch wie ein Hundebaby. Denn so wie Jock von Geburt an älter wirkte und von Anfang an würdevolle weiße Haare am Kinn hatte, behielt Bill etwas Junges an sich. Er blieb bis zu seinem Tod ein junger Hund.

Der Unterricht dauerte nicht lange. Mein Bruder erklärte bald, die Hunde sollten nicht in der Theorie, sondern in der Praxis lernen. Damit wollte er meinen Vater besänftigen, der ständig schimpfte, die Hunde seien eine Schande und »das Salz in der Suppe nicht wert«.

So begann ein neuer Abschnitt: Mein Bruder, ich und die beiden Hunde machten uns jeden Morgen auf den Weg. Mein Bruder ging ernst und verantwortungsvoll voran und trug das Gewehr. Ihm auf dem Fuß folgten die beiden Hunde. Hinter dieser ehrwürdigen Formation kam ich, ein Mädchen, das keine nützliche Rolle bei diesem ernsten, männlichen Geschäft spielte, aber notwendig war, um Bewunderung zu zollen. Dies war für mich in der Tat eine vertraute Rolle: ein kleines Mädchen, das verbissen am Rand der Szene mitlief und sich sehnlichst wünschte dazuzugehören, gleichzeitig aber wusste, das würde nie der Fall sein. Vor allem weil das Herz unter ihren Rippen ihr ganzes Leben lang nicht nur kritisch und kompromisslos schlug, sondern sich so bitterlich danach sehnte, in liebevoller Anerkennung zu schmelzen. Wie sie bereits damals wusste, war das eine unbequeme Verbindung – trotzdem konnte ich das missmutige Lächeln nicht von meinem Gesicht verbannen. Und es war absurd: vorneweg mein ernster und eifriger Bruder mit Jock, dem braven Hund, auf den Fersen, dann Bill, der ungezogene Hund – zeitweilig hinter ihm, aber noch öfter auf Abwegen im Busch, und dann ich. Ich folgte unwillig, verlagerte das Gewicht von einer Hüfte auf die andere, war gelangweilt und zeigte es.

Ich kannte den Weg nur allzu gut. Ehe wir das düstere Buschdickicht erreichten, wo es die Vögel gab, die wir jagten, musste man einen langen Weg auf der Rückseite des *kopje* durch ein üppiges Papayawäldchen gehen, dann durch Batateranken, in denen sich unsere Füße verfingen und die uns immer wieder stolpern ließen, dann kamen wir an einem Müllplatz vorbei, dessen süßlicher Verwesungsgeruch seinen sichtbaren Ausdruck in einer Wolke schwarzer glänzender Fliegen fand, und schließlich waren wir im Busch. Hier wuchsen nur kümmerliche graugrüne Bäume – Meile um Meile kleiner, flacher Msasabäume, die zum zweiten Mal ausschlugen, nachdem sie irgendwann alle abgeholzt und in den Brennöfen der Bergwerke verfeuert worden waren. Und über dem niedrigen hässlichen Busch wölbte sich ein unendlicher, überwältigend blauer Himmel.

Wir waren unterwegs, um Nahrung zu beschaffen. Das sagten wir uns immer wieder vor. Was wir erlegten, wurde im Haus von den Dienstboten oder in der Siedlung gegessen. Doch wir jagten nach einem jüngeren Gesetz als dem Bedürfnis nach Nahrung, und das wussten wir. Deshalb war uns bei diesen Expeditionen nie so ganz wohl, und oft entschlossen wir uns, mit leeren Händen zurückzukommen. Wir jagten, weil mein Bruder ein neues und gutes Gewehr geschenkt bekommen hatte, das (unfehlbar, wenn mein Bruder schoss) große und kleine Vögel aus der Luft holte. Manchmal erlegte er auch kleine Vierfüßler und sehr oft großes Wild wie Kudus und Rappenantilopen. Wir jagten, weil wir ein Gewehr besaßen. Und weil wir ein Gewehr besaßen, mussten wir Jagdhunde haben, das machte die ganze Angelegenheit aus irgendeinem Grund weniger hässlich.

Wir wollten zum *Großen vlei*, nicht zum *Big vlei*, das fünf Meilen in der anderen Richtung lag. Das *Big vlei* war verbrannt und kahl; die Wasserlöcher trockneten meist sehr früh aus. Dorthin gingen wir nicht gern. Aber um das schöne *Große vlei* zu erreichen, mussten wir den hässlichen Busch auf der Rückseite des *kopje* durchqueren. Diese rituellen Namen für Teile der Farm schienen eher Namen für Regionen unseres Geistes zu sein. »Zum *Großen vlei* gehen« hatte etwas Märchenhaftes an sich, denn man musste zuerst einen Streifen hässlichen, unfreundlichen und angsteinflößenden Busch durchqueren. Er jagte uns immer Angst ein, und das ohne Grund: Wir glaubten, er wäre uns feindlich gesinnt, und durchquerten ihn schnell im Bewusstsein, uns durch diese Gefahr den Frieden des *Großen vlei* zu verdienen, in dem Wasser floss. Das *vlei* gehörte nur teilweise zu unserer Farm; die Grenze zum Nachbarland verlief unsichtbar mittendurch. Man konnte sie mit dem Auge von jenen Felsen bis zu dem großen Baum, von dort zu diesem Wasserloch und dem Termitenhügel ziehen. Es war ein grünes Flusstal, in dem an beiden Ufern hohe, weit ausladende Bäume standen. Das Flussbett selbst war eine halbe Meile breites intensives Grün, unterbrochen von braunen Wassertümpeln, in denen sich der Himmel spiegelte. Dies war alter Busch; hier hatte man die Bäume nie gefällt. Das *Große vlei* besaß das unverwechselbare Aussehen von natürlichem Buschland – kein Zweig, kein Busch, kein Dorngestrüpp, kein Felsen hätte an einer anderen Stelle stehen oder eine andere Form haben können.

Hier waren die Wasserlöcher immer voll. Das Wasser war braun und klar; auf dem schlammigen Grund bewegten sich kleine Tiere, während blaue Häher, Kolibris und alle möglichen Arten leuchtend bunter Vögel, deren Namen wir nicht kannten, über die braune, gekräuselte Wasseroberfläche flitzten. An den üppig bewachsenen Rändern schaukelten rosa und weiße Seerosen zwischen ihren dunkelgrünen Blättern, auf denen Wassertropfen funkelten.

In diesem Paradies sollten die Hunde abgerichtet werden.

In den ersten Ferien, sechs langen Wochen, war mein Bruder unermüdlich, und wir machten uns jeden Morgen nach dem Frühstück auf den Weg. Im *Großen vlei* setzte ich mich unter einen Dornenbaum an den Rand eines Wasserlochs und überließ mich dem Rhythmus der Wellen, die meine schwingenden Füße im Wasser in Bewegung setzten, und meinen Tagträumen, während mein Bruder mit dem Gewehr, verschieden großen Stöcken, Zuckerstückchen und *biltong* bewaffnet, die beiden Hunde ihr Trainingsprogramm absolvieren ließ. Manchmal erwachte ich, vielleicht weil die Sonne, die durch das grüne Spitzenwerk der Dornen fiel, auf meiner Schulter brannte, und sah den drei Geschöpfen zu, die in einiger Entfernung auf einer freien Sandfläche hart arbeiteten. Jock lag meist regungslos mit der Schnauze auf den Vorderpfoten im Sand, und seine wachsamen Augen hingen am Gesicht meines Bruders. Oder er saß wie die Statue eines Hundes, eines goldbraunen Hundes da und war bewundernswert gehorsam. Bill dagegen lag wahrscheinlich auf dem Rücken, streckte alle vier Pfoten in die Luft, drückte sich vom Kopf bis zur Schwanzspitze flach in den Sand und ließ sich von der heißen Sonne das gefleckte Fell wärmen. Durch meine eigenen trägen Gedanken hindurch hörte ich die Stimme meines Bruders: »Brav, Jock. Ja, du bist ein braver Hund. Bill, du Dummkopf. Warum gibst du dir keine Mühe wie Jock!« Und schließlich kam mein Bruder mit rotem, verschwitztem Gesicht zu mir herüber, ließ sich neben mich auf den Boden fallen und erklärte: »Bill ist schuld. Er hat einen schlechten Einfluss. Natürlich sieht Jock nicht ein, warum er arbeiten soll, wenn Bill die ganze Zeit nur spielt.« Nun, vermutlich war es meine Schuld, dass die Erziehungsversuche fehlschlugen. Wenn ich mich dieser Aufgabe des Jungen und der beiden Hunde ernsthaft und mit ungeteilter Aufmerksamkeit gewidmet hätte – und ich wusste sehr wohl, dass das von mir erwartet wurde –, dann wären aus Bill und Jock vielleicht zwei nützliche und gehorsame Tiere geworden, jederzeit bereit, zu sterben, bei Fuß zu gehen und zu apportieren … vielleicht.

In den nächsten Ferien hatte die moralische Zersetzung bereits eingesetzt. Mein Vater klagte, die Hunde gehorchten niemandem mehr. Er verlangte, dass sie ernsthaft und mit Strenge abgerichtet würden. Mein Bruder und ich beobachteten, wie unsere Mutter Jock streichelte und mit Bill schimpfte, und kamen zu einer unausgesprochenen Übereinkunft. Wir wanderten zum *Großen vlei*; aber dort vertrieben wir uns die Zeit an den Wasserlöchern, während die Hunde taten, was sie wollten, und die Freuden der Freiheit kennenlernten.

Zum Beispiel den Spaß am Wasser. Jock prüfte ein Wasserloch, vorsichtig wie immer, zuerst mit der Pfote, ehe er sich brusttief hineinwagte, die Schnauze dicht über den kleinen Wellen, nach denen er unter leisem, aufgeregtem Gebell schnappte. Dann ging er langsam hinein und schwamm im grünen Schatten der Dornenbäume im braunen Wasser hin und her und im Kreis. Bill hatte inzwischen ein seichtes Loch entdeckt und spielte sein Lieblingsspiel. Er startete etwa zwanzig Meter vom Rand entfernt, stürzte mit schrillem Gebell durch das Gras, dann durch das Wasser, wobei er weniger schwamm als sprang, jagte auf der anderen Seite das Ufer hinauf, beschrieb einen großen Bogen durch das *vlei*, kam zurück, und das Spiel begann von Neuem, und von Neuem, von Neuem ... Das braune Wasser spritzte hoch in die Luft, fiel klatschend in den Teich zurück, während er triumphierend bellte.

Dies war das eine Spiel. Manchmal jagten sie sich gegenseitig wie Feinde das vier Meilen lange Tal hinauf und hinunter, und wenn einer den anderen zu fassen bekam, kämpften, bellten und knurrten sie, dass es ziemlich echt klang. Manchmal trennten wir sie, und sie duldeten solche Eingriffe. Sobald wir sie losließen, schoss einer von Neuem wie eine Rakete davon, der andere folgte wild und stumm, und sie jagten sich vielleicht ein oder zwei Meilen, ehe der eine dem anderen an die Kehle sprang und ihn zu Fall brachte. Auch dieses Spiel wiederholten sie wieder und wieder. Und als sie verwilderten, wussten wir, wie sie die Wildschweine und Antilopen töteten, von denen sie sich ernährten.

An besonders übermütigen Tagen jagten sie Schmetterlinge, während mein Bruder und ich die Füße im Wasser baumeln ließen und ihnen zusahen. Einmal brachte Jock sehr ernsthaft, wie eine Parodie auf die lächerlichen Erziehungsversuche (Gott sei Dank war es inzwischen damit vorbei) und das »Bring!« und »Bei Fuß!«, einen großen orange-schwarzen Schmetterling. Die zarten Flügel waren völlig zerquetscht, und der orangefarbene Staub hing an den haarigen Lefzen. Er legte ihn vor uns hin, hielt das noch immer flatternde Geschöpf mit einer Pfote fest, legte sich auf den Boden und wies mit der Schnauze darauf. Er rollte gerissen und heuchlerisch mit den Augen, als wollte er sagen: »Seht, ein Schmetterling. Ich bin ein *braver* Hund.« Die ganze Zeit über jagte Bill bellend herum – ein kleiner brauner Hund, der hoch in den weiten blauen Himmel sprang und die schaukelnden bunten Flügel verfolgte. Jocks Beute hatte er überhaupt nicht zur Kenntnis genommen. Wir dachten beide, eine solche ketzerische Bemerkung wäre Bill viel eher als Jock zuzutrauen, und mein Bruder sagte: »Bill hat Jock verdorben. Ich bin sicher, Jock wäre nie so wild, wenn Bill es ihm nicht vormachen würde. Sein Blut schlägt durch.« Doch wir hatten keine wirkliche Vorstellung davon, was »wild« bedeuten konnte. Denn in den nächsten Jahren bedeutete es nur kleine Disziplinlosigkeiten, und meist solche von Bill.

So zum Beispiel einmal, als Bill sich durch ein loses Brett in die Vorratshütte zwängte und dort fraß und fraß – Eier, Kuchen, Brot, Fleisch, ein Perlhuhn, das abhängen sollte, einen halben Schinken. Dann konnte er nicht mehr hinaus. Am Morgen war er kugelrund, rollte sich auf dem Boden und winselte unter den schmerzhaften Folgen seiner Gefräßigkeit. »Oh, Bill. Du bist doch ein dummer Hund. Jock würde so etwas niemals tun. Er ist zu intelligent, um nicht zu wissen, dass er kugelrund wird, wenn er so viel frisst.«

Dann stahl er Hühnereier aus den Nestern, ein Verbrechen, für das Farmhunde erschossen werden. Bill war diesem Schicksal sehr nahe. Man hatte gesehen, wie er sich mit Federn an der Nase und Eigelb an der Schnauze aus dem Hühnerlauf schlich. Und das Stroh der Nester war verklebt von Eiweiß und Eigelb. Die Hühner gackerten und flatterten aufgeregt, sobald Bill sich ihnen näherte. Zuerst verprügelte ihn der Koch, bis sein Geheul über die ganze Farm schallte. Dann präparierte meine Mutter Eier, füllte sie mit Senf und legte sie in die Nester. Bereits am nächsten Morgen ertönte wildes und klägliches Jaulen: Die Schläge hatten ihn nichts gelehrt. Wir gingen hinaus und sahen, wie ein brauner Hund mit hängender Zunge verzweifelt im Kreis rannte und sprang, während die Sonne rot über den schwarzen Bergen aufging – eine großartige Kulisse für eine schändliche Szene. Meine Mutter nahm sich der entzündeten Schnauze an, wusch sie mit warmem Wasser aus und erklärte dabei: »Also, Bill, du lernst es besser, sonst wartet eine Kugel auf dich.«

Er lernte es, aber nicht so leicht. Mehr als einmal standen mein Bruder und ich, wenn wir früh auf die Jagd gehen wollten, in der morgendlichen Stille vor dem Haus, während sich der Himmel hoch und grau über uns wölbte, die Bergspitzen sich gerade röteten und der weite schweigende Busch noch im Dun-

kel der Nacht lag. Wir schnupperten die leichte Schärfe des
Taus, den schweren, schlaftrunkenen Nachtgeruch des Buschs
und spürten die kalte schwere Luft an unseren Wangen. Wir
pfiffen ganz leise, damit die Hunde von ihrem selbst gewählten
Schlafplatz kommen sollten. Bald tauchte Jock gähnend und
schweifwedelnd auf. Kein Bill – dann sahen wir ihn. Er saß vor
dem Hühnerlauf; die Schnauze lag in einer Drahtmasche, und er
hatte die Augen in sehnsüchtigem Verlangen nach dem köstli-
chen Inhalt frischer Eier geschlossen. Wir pressten die Hände
auf den Mund und krümmten uns vor herzlosem Gelächter, das
unterdrückt werden musste, um die Eltern nicht zu stören.
Wenn wir jagen gingen und die Hunde mitnahmen, wussten
wir, dass entweder Jock oder Bill bellend im Busch verschwinden würde, noch ehe wir eine halbe Meile zurückgelegt hatten.
Dann hörte der Zurückgebliebene auf zu schnüffeln und her-
umzustöbern und raste ebenfalls davon. Das wilde Bellen der
beiden entfernte sich mit dem Knacken und Rascheln im Un-
terholz, und nicht selten flüchteten dann auch geräuschvoll andere Tiere, die entweder geschlafen oder geruht und nur darauf
gewartet hatten, dass wir weitergehen würden. Jetzt konnten wir
nach etwas Jagdbarem Ausschau halten, was wir vermutlich nie
gesehen hätten, wenn die Hunde geblieben wären. Wir konnten
uns auf eine lange, geduldige Pirsch einrichten, einen äsenden
Kudu oder ein paar Ducker umkreisen. Oft genug lagen wir
stundenlang in einem Versteck, um sie zu beobachten, und
fürchteten nur, Jock und Bill würden zurückkommen und diesem einzigartigen Vergnügen ein Ende bereiten. Ich erinnerte
mich, dass wir einmal einen Ducker am Rand eines Feldes entdeckten, das immer noch halb im Dunkeln lag. Wir gingen vorsichtig zu Boden und schlängelten uns auf dem Bauch durch das
hohe Gras, ohne sehen zu können, ob der Ducker noch da war.
Langsam tauchte das Feld vor uns auf – eine wogende Masse
schwarzer Schollen. Vorsichtig hoben wir den Kopf, und dort
am Ufer des Schollenmeeres, nur ein paar Armlängen entfernt,
standen drei kleine Ducker. Ihre Köpfe waren von uns abge-
wendet, und sie blickten in die gerade aufgehende Sonne. Es

waren drei schwarze bewegungslose Silhouetten. Auf der anderen Seite des Feldes färbten sich große Schollen rötlich golden. Die Erde drehte sich so schnell der Sonne zu, dass das Licht vom Kamm einer Scholle zur nächsten über das Feld sprang, wie Flammen, die vor einem starken Wind über die hohen Grashalme hüpfen. Das Licht erreichte die Ducker, hüllte sie in warmes Gold, und sie wurden zu drei schimmernden kleinen Tieren am Saum des herannahenden Sonnenlichts. Sie begannen miteinander zu kämpfen. Dabei warfen sie die Hinterbeine wie Tänzer in die Luft und schlugen klickend aus, stießen mit den kleinen scharfen Hörnern ins Leere und stürmten spielerisch aufeinander los. Die Sonne war da. Drei kleine Antilopen tanzten am Saum des dunkelgrünen Buschs, wo wir verborgen lagen, und das schwache Sonnenlicht wärmte ihr goldenes Fell. Die Sonne löste sich vom Rand der Hügel, stand ruhig, groß und gelb am Himmel. Ein warmes Gelb erfüllte die Welt; die kleinen Antilopen hörten auf zu tanzen. Sie gingen langsam davon, wedelten mit ihren weißen Schwänzen, warfen die hübschen Köpfe in die Luft und verschwanden im Busch.

Wir hätten sie nie gesehen, wenn die Hunde nicht meilenweit entfernt gewesen wären.

Eigentlich konnte man sich nur auf ihre Disziplinlosigkeit verlassen. Wenn wir etwas Essbares jagen wollten, banden wir die Hunde mit Stricken an, bis wir das leise Klink-klink-klink der Perlhühner hörten, die im Busch scharrten. Dann ließen wir sie los. Die Hunde rasten sofort auf die Vögel zu, die sich schwerfällig in die Luft hoben und wie Schals aussahen, die dicht über dem Gras durch die Luft segelten, während die Hunde nach ihnen schnappten. Die Perlhühner wollten nichts anderes als wieder unbemerkt im hohen Gras landen. Doch sie waren immer gezwungen, sich mit ihren schwachen Flügeln auf die Bäume zu schwingen. Wenn wir einen großen Schwarm aufgestöbert hatten, hingen manchmal in einem Dutzend Bäume die kleinen Silhouetten der Perlhühner wie schwarze Punkte vor dem Morgen- oder Abendhimmel. Sie beobachteten die bellenden Hunde und kümmerten sich nicht um uns. Mein Bruder oder ich – denn unter solchen Umständen konnte selbst ich kaum danebenschießen – stellten uns breitbeinig hin, um das Gleichgewicht zu halten, zielten auf einen Vogel und drückten ab. Das tote Tier fiel in ein zuschnappendes Maul unter dem Baum. Inzwischen war ein zweites Opfer gewählt und geschossen. Wir banden die beiden Perlhühner an den Füßen zusammen, schlenderten durch den nach Sonne duftenden, verzauberten Busch unserer Kindheit zum Haus zurück und schwangen dabei stolz das Gewehr, das seinen Nutzen unter Beweis gestellt hatte. Aus Höflichkeit begleiteten uns die Hunde einen Teil des Weges und verschwanden dann, um selbst zu jagen. Perlhühner waren für sie inzwischen nur noch ein harmloser Sport.

Es kam so weit, dass wir die Hunde einsperren mussten, ehe wir das Haus verließen, ohne uns um ihr Heulen und Winseln zu kümmern, wenn wir wirklich etwas erlegen, wenn wir Tiere beobachten oder auch nur durch Buschland gehen wollten, in dem nicht meilenweit jedes Tier vertrieben worden war. Doch wenn man sie zu früh herausließ, folgten sie uns trotzdem. An einem Morgen waren wir gemächlich bereits etwa sechs Meilen auf die Berge zu gewandert, als die Hunde uns hechelnd und glücklich einholten. Sie leckten uns mit ihren heißen rosa Zungen Knie und Arme, um zu verkünden, wie glücklich sie seien, uns gefunden zu haben. Doch die stürmische, schweifwedelnde Begrüßung dauerte nicht lange, und schon stoben sie davon, um erst am Abend nach Hause zurückzukommen. Wir machten uns Sorgen. Wir hatten nicht geahnt, dass sie sich allein so weit von der Farm entfernten. Wir sprachen darüber, wie schlimm es wäre, wenn sie sich angewöhnen würden, andere Farmen und vielleicht sogar Hühnerställe heimzusuchen. Aber es war zu spät. Sie waren zu alt, um sie noch zu erziehen. Entweder musste man sie dauernd an den Bäumen vor dem Haus festbinden – und das war für solche Hunde nicht viel besser, als tot zu sein –, oder man musste ihnen die Freiheit geben und sie ihrem Schicksal überlassen.

Nachrichten über die Hunde erreichten uns mit den Briefen

von zu Hause, und sie klangen zunehmend schlechter. In unseren jeweiligen Internaten, wo wir Disziplin und Ordnung lernen und einen aufrechten Charakter erwerben sollten, lasen mein Bruder und ich: »Die Hunde verschwanden die ganze Nacht und kamen erst gegen Mittag zurück.« »Jock und Bill waren drei Tage und drei Nächte im Busch. Gerade sind sie völlig erschöpft wiederaufgetaucht.« »Die Hunde müssen diesmal etwas getötet haben und wie wilde Tiere bei der Beute geblieben sein, denn sie kamen vollgefressen nach Hause, tranken nur viel Wasser und schliefen wie kleine Kinder sofort ein ...« »Mr. Daly rief gestern an, um zu berichten, er habe Jock und Bill auf dem Hügel hinter seinem Haus herumstreunen sehen. Sie haben seine Ochsen gejagt. Wenn sie nach Hause kommen, müssen wir sie verprügeln, denn wenn sie keine Vernunft annehmen, werden sie in einer dunklen Nacht erschossen ...«

Als wir in den Ferien nach Hause kamen, waren sie nicht zu sehen. Sie waren seit beinahe einer Woche verschwunden. Aber sie spürten unsere Ankunft und tauchten wieder auf – redeten wir uns geschmeichelt ein. Sie trabten friedlich Seite an Seite den Hügel herauf – zwei kleine Gestalten, die von ihren schwarzen Schatten begleitet wurden; ihre Augen leuchteten rot auf, als der Strahl der Lampe sie traf. Sie begrüßten meinen Bruder und mich liebevoll, legten sich jedoch sofort hin und schliefen ein. Wir sagten uns, wir seien in ihren Augen Geschöpfe, die wie sie selbst lange, aufregende Jagdausflüge machten. Doch wir wussten sehr wohl, das war sentimentaler Unsinn, der den Schmerz darüber lindern sollte, dass unsere Hunde sich so wenig aus uns machten. Sie verschwanden noch in derselben Nacht, genauer gesagt im ersten Morgengrauen. Eine Woche später kamen sie zurück. Sie stanken entsetzlich; sie mussten einen Skunk oder eine Falbkatze gejagt haben. In ihrem Fell hingen zahllose Grannen, und auf der Haut saßen klumpenweise Zecken. Sie tranken gierig Wasser, wollten aber nichts fressen; ihr Atem verströmte den Gestank nach Fleisch.

Sie streckten sich auf dem Boden aus und schliefen ein. Sie rührten sich nicht, als mein Bruder und ich uns je ein Tier vornahmen und mit dem schweren schlafenden Kopf im Schoß Zecken, Grannen und Flöhe entfernten. An Bills Vorderpfote entdeckte ich eine verhärtete Wulst, die ich für eine alte, vernarbte Wunde hielt. Er winselte im Schlaf, als ich sie berührte. Es war eine Schlinge aus geflochtenem Gras, mit denen die Afrikaner Vögel fangen. Glücklicherweise war sie gerissen. »Jawohl«, erklärte mein Vater, »so werden sie beide enden. Beide! Sie sterben in einer Falle, und es geschieht ihnen recht. Ich werde kein Mitleid mit ihnen haben!«

Erschrocken sperrten wir sie einen Tag lang ein. Aber wir konnten ihr Elend nicht ertragen und ließen sie wieder frei.

Wir entschärften immer alle möglichen Fallen. Für die großen Antilopenarten – die Rappenantilope, die Elenantilope, den Kudu – bogen die Afrikaner einen Schössling über einen Pfad, banden ihn mit einer Schnur fest und befestigten daran eine Schlinge aus dickem Zaundraht. Für die kleineren Antilopen stellten sie niedrige Fallen mit Schlingen aus dünnen, gedrehten Drähten oder geflochtenen Fasern. An den Rändern der bebauten Felder oder in der Umgebung von Wasserlöchern, wo Vögel und Hasen Nahrung suchten, fand man immer unzählige winzige Fährten im Gras. Und oft hing über jeder Spur eine kleine Schlinge aus geflochtenen Grashalmen. Manchmal verbrachten wir ganze Tage damit, solche Fallen unschädlich zu machen.

Um die Hunde bei Laune zu halten, machten wir täglich meilenweite Wanderungen. Wir waren erschöpft; sie jedoch nicht, und nachts verschwanden sie trotzdem. Dann fuhren wir mit den Rädern so schnell wir konnten über die holprigen Farmwege, während die Hunde fröhlich neben uns hersprangen. Jock und Bill zuliebe verausgabten wir uns völlig und glaubten, sie wüssten sehr wohl, was wir taten, und spielten uns zuliebe mit. Aber wir gaben nicht auf. Einmal entdeckten wir auf einer Lichtung das Skelett eines großen Tieres in einer Schlinge. Ein Afrikaner hatte vergessen, seine Falle zu kontrollieren. Wir zeigten Jock und Bill das Skelett. Wir sprachen auf sie ein, warnten und drohten, den Tränen nahe, denn die Sprache der Menschen war nicht die Sprache der Hunde. Sie beschnüffelten die Knochen, kläfften uns ein paarmal an – aus Höflichkeit, wie wir dachten – und verschwanden wieder im Busch.

Im Internat hörten wir, dass sie nun beinahe völlig verwildert waren. Manchmal kamen sie noch zum Fressen oder auch, um tagsüber zu schlafen, und »behandelten das Haus«, wie meine Mutter sich beklagte, »wie ein Hotel«.

Dann schlug das Schicksal in Form einer Antilopenfalle zu.

Eines Abends hörten wir sehr spät Gewinsel und gingen hinaus, um die beiden zu begrüßen. Sie kamen beinahe auf ihren Bäuchen zur Haustür gekrochen. Ihre Rippen ragten hervor, das Fell starrte vor Schmutz, und ihre Augen glänzten ungesund. Sie stürzten sich auf das Fressen, das wir ihnen gaben; sie waren völlig ausgehungert. Als Jock sich über die Futterschüssel beugte, fanden wir die Erklärung: ein dicker Draht. Er war nicht massiv, sondern aus einem Dutzend dünner Drähte gedreht und dicht über dem Halsband durchgekaut. Wir untersuchten Bills Maul: Er musste lange gebraucht haben, vielleicht Tage, um den Draht durchzubeißen. Zahnfleisch und Lefzen waren aufgerissen und bluteten. Die Zähne waren nur noch Stummel wie bei einem alten Hund. Wäre es kein gedrehtes Drahtseil gewesen, hätte Jock in der Falle sterben müssen. Aber er war krank. Seine Lungen waren angegriffen, denn der Draht hatte ihn beinahe stranguliert. Und Bill konnte nicht mehr richtig kauen; es fiel ihm so schwer wie einem alten Menschen. Sie blieben wochenlang zu Hause und waren bekehrt. Nachts bellten sie in der Umgebung des Hauses und fraßen regelmäßig.

Dann verschwanden sie wieder, kamen aber häufiger als früher zurück. Jocks Lungen waren nicht in Ordnung. Keuchend und schnaufend lag er in der Sonne, als versuche er, sie zu schonen. Und Bill konnte nur noch weiches Futter fressen. Wie schlugen sie sich wohl durch, wenn sie unterwegs waren?

Eines Nachmittags entdeckten wir sie einige Meilen vom Haus entfernt, als wir selbst jagten. Zunächst hörten wir ungefähr zwei Meilen vor uns das vertraute, aufgeregte Kläffen, das näher kam. Wir befanden uns in einem großen *vlei* mit hohem weißlichem Gras, das sich vor uns sehr schnell wogend und schwankend in einer beinahe geraden Linie teilte. Ein Umriss zeichnete sich ab – ein Ducker, der wegen seines rötlich braunen Fells erst aus der Nähe zu erkennen war, denn im *vlei* wuchs auch viel von dem rosa fedrigen Gras, das im grellen Licht eine sanfte, intensiv rötliche Färbung annimmt. Die Sonne ging bald unter; die fahlen Halme wirkten wie Drähte aus weißem Licht und waren beinahe unsichtbar. Das rosa Gras flammte und glühte, und das Fell der kleinen Antilope leuchtete rot. Plötzlich schlug sie einen Haken. Hatte sie uns entdeckt? Nein, Jock war der Grund. Er hatte von seinem Versteck im rosa Gras, aus dem er die Antilope beobachtete, einen schnellen taktischen Ausfall gemacht. Hinter der Antilope kam Bill wie eine Rakete angeschossen.

Jock konnte nicht mehr schnell laufen und hatte den Ducker Bill zugetrieben. Wir beobachteten, wie Bill dem kleinen Tier an die Kehle sprang, es zu Fall brachte und festhielt, bis Jock kam, um es zu töten. Seine eigenen Zähne taugten dazu nicht mehr.

Wir gingen hinüber, um sie zu begrüßen, allerdings zurückhaltend. Denn diese knurrenden, zähnefletschenden Geschöpfe schienen uns nicht zu kennen, als sie die wilden, glasigen Augen von der toten Antilope hoben, die sie zerrissen. Das heißt, die Jock zerriss. Ehe wir gingen, sahen wir, wie Jock dampfende Fleischfetzen Bill zuschob, der sonst hungrig ausgegangen wäre.

Jetzt sind sie wirklich ein Team, dachten wir. Keiner kann ohne den anderen auskommen.

Aber bald kehrte Jock schon nach ein oder zwei Tagen von diesen Jagdausflügen zurück, während Bill eine Woche oder länger ausblieb. Jock lag dann vor dem Haus, beobachtete den Busch, und wenn Bill zurückkam, leckte er ihm Ohren und Schnauze, als wäre er in die Rolle von Bills Mutter zurückgefallen.

Einmal hörte ich Bill bellen und ging hinaus, um nachzusehen. Die Telefonleitung führte durch ein *vlei* in der Nähe des Hauses zu einer Farm auf der anderen Seite des Hügels. Die Drähte vibrierten, summten und dröhnten. Bill stand unter der Leitung, die gut fünfzehn Fuß über seinem Kopf verlief, sprang immer wieder hoch und bellte sie an: Er spielte so ausgelassen wie damals, als er noch ein kleiner Hund war. Aber es machte mich traurig, mit anzusehen, wie dieser starke Hund allein spielte, während sein Freund wegen seiner kranken Lunge ruhig in der Sonne lag und schnaufte.

Wovon lebte Bill im Busch? Von Ratten, Vogeleiern, Eidechsen, von allem, was *weich* genug war? Auch der Gedanke an die beiden großen Jäger in ihrer Glanzzeit schmerzte.

Bald kamen Telefonanrufe von den Nachbarn: »Bill tauchte auf und fraß unserem Hund die Schüssel leer …« »Bill wirkte hungrig, und wir haben ihn gefüttert …« »Euer Bill sieht sehr mager aus …« »Bill hat sich an unserem Hühnerstall herumgetrieben. Es tut mir leid, aber wenn er Eier stiehlt, dann …«

Eine reinrassige Hündin, die fünfzehn Meilen entfernt lebte, bekam Junge von Bill. Die Besitzer ärgerten sich, denn Bill war ihnen nicht gut genug. Und außerdem erinnerte man sich an die Sache mit dem schlechten Blut. Die Welpen wurden alle getötet. Bill hielt sich die ganze Zeit in der Nähe des Hauses auf, obwohl man ihn verprügelt und sogar Warnschüsse auf ihn abgefeuert hatte, um ihn zu verscheuchen. Sie fragten, ob wir nichts unternehmen könnten, um Bill zu Hause zu halten, denn sie waren es leid, ihre Hündin anzubinden.

Nein, es gab nichts, was wir tun konnten: vielmehr nichts, was wir tun wollten. Denn wenn Bill aus dem Busch trottete, gierig aus Jocks Napf trank und eine Weile Schnauze an Schnauze neben Jock lag, hätten wir ihn fangen und an die Kette legen können. Aber wir taten es nicht. »Er macht es so und so nicht mehr lange«, erklärte mein Vater. Und meine Mutter sagte zu Jock, er sei ein vernünftiger und intelligenter Hund; sie sang wieder Loblieder auf sein Wesen und seinen Charakter, als hätte er nie so viele herrliche Jahre im Busch verbracht.

Ich besuchte die Nachbarn, denen Bills Hündin gehörte. Man hatte sie an einem Pfosten der Veranda festgebunden. Die ganze Nacht über hörten wir ein wildes, klagendes Heulen aus dem Busch, und sie winselte und zerrte an ihrem Seil. Morgens ging ich hinaus in den heißen schweigenden Busch und rief ihn: »Bill, Bill, ich bin es.« Nichts. Kein Laut. Ich setzte mich auf einen Termitenhügel im Schatten und wartete. Bald tauchte Bill zwischen den Bäumen auf. Er war sehr mager. Er wirkte ausgehungert, steif und vorsichtig – ein alter gesetzloser Einzelgänger, der Fallen fürchtete. Er sah mich, blieb aber etwa zwanzig Meter entfernt stehen. Dann stieg er auf einen anderen Termitenhügel und setzte sich in halber Höhe in die Sonne. Ich sah die kahlen Stellen im Fell, und wir blickten uns schweigend an. Dann hob er den Kopf und heulte, wie Hunde bei Vollmond heulen – lang, schaurig und einsam. Aber es war früher Morgen. Die Sonne stand ruhig und klar über dem Busch, an dem es nichts Geheimnisvolles gab. Bill hockte da und heulte sich das Herz aus dem Leib. Seine Schnauze wies dorthin, wo man seine Gefährtin festgebunden hatte. Wir hörten ihr schwaches Winseln und das Klappern der Metallschüssel, wenn sie dagegenstieß. Ich konnte es nicht ertragen. Es ging mir durch Mark und Bein, und ich sah, wie sich die Haare an meinem Unterarm aufrichteten. Ich ging hinüber, setzte mich neben ihn und legte ihm den Arm um den Hals, wie ich damals, vor vielen Jahren, an jenem mondhellen Abend den Arm um seine Mutter gelegt hatte, ehe ich ihr das Junge wegnahm. Er legte mir die Schnauze auf den Arm und winselte. Er schien zu weinen. Dann hob er den Kopf und heulte. »Oh mein Gott, Bill. Hör auf, bitte hör auf. Es nützt überhaupt nichts, Bill. Bitte, lieber Bill ...« Aber er heulte weiter, bis er plötzlich aufsprang, als wäre der Schmerz zu groß, um still zu sitzen, und an mir schnüffelte, als wollte er sagen: »Ach ja, du bist es. Also dann, auf Wiedersehen ...« Er wendete den wilden Kopf dem Busch zu und trottete davon.

Nicht lange danach wurde er erschossen, als er frühmorgens mit einem Ei im Maul aus einem Hühnerstall kam.

Jock war nun ganz allein. Er verbrachte seine alten Tage liegend in der Sonne. Die Schnauze wies hinaus über die Meilen und Meilen Buschland zwischen unserem Haus und den Bergen, wo er viele Jahre mit Bill gejagt hatte. Nun war er wirklich ein alter Hund mit steifen Beinen und einem struppigen Fell. Er keuchte und röchelte. Wenn der Mond am Himmel stand, ging er nachts manchmal hinaus und heulte ihn an. Dann sagten wir:

»Er vermisst Bill.« Er kam zurück, setzte sich neben meine Mutter und legte ihr den Kopf auf die Knie, damit sie ihn streichelte. Sie sagte: »Armer alter Jock. Armer alter Hund, fehlt dir der böse Bill?«

Manchmal fuhr er aus seinem Dösen auf, trottete auf seinen steifen alten Beinen durch das Haus und die Nebengebäude, schnupperte und winselte aufgeregt. Dann hob er die Vorderpfote, wie er es als junger Hund getan hatte, und blickte leise winselnd in den Busch. Und wir sagten: »Er muss geträumt haben, mit Bill auf der Jagd zu sein.«

Jock wurde krank. Er konnte kaum noch atmen. Wir trugen ihn den Hügel hinunter in den Busch. Meine Mutter streichelte und tätschelte ihn, während mein Vater den Gewehrlauf an seinen Hinterkopf legte und abdrückte.

DIE SONNE ZWISCHEN DEN BEINEN

Die Straße hinter der Bahnstation führte zur römisch-katholischen Mission mitten in einem Eingeborenenreservat und endete dort. Es war eine arme Mission, die nur einen Lastwagen besaß. Deshalb war die Straße immer verlassen; sie war nichts als ein sandiger Weg zwischen hohem oder niedrigem Gras. Auf der Bahnstation sorgten Züge und Menschen für ein geschäftiges Leben, und auf dem guten Land davor lebten viele weiße Farmer, während das Land hinter der Station nicht genutzt wurde, denn es bestand nur aus Granitfelsen, Steinen und Sand. Hier suchten die Buschrinder aus dem Reservat nach Nahrung. Menschen gab es nicht. Die felsigen Hügel wirkten von der Straße aus so steil und überwuchert von Ranken und Buschwerk, dass man glaubte, dort nicht gehen zu können. Aber man konnte sich einen Weg hindurchbahnen, und dann erkannte man, dass in der Vergangenheit Menschen diese Wildnis genutzt hatten. Zum einen gab es Überreste von Verteidigungsanlagen aus Erde und Steinen, die die Mashona zum Schutz vor den Matabele errichtet hatten, die in ihr Land einfielen, um Rinder und Frauen zu rauben, bis Rhodes dem ein Ende setzte.* Zum anderen sind die Unterseiten der großen Felsen mit Zeichnungen der Buschmänner bedeckt. Nach etwa hundert Meter mühsamer Kletterei erreicht man eine ebene Sandfläche, hinter der wiederum Felsen aufragen. Zur Zeit der Überfälle brachte man Frauen und das Vieh hier in Sicherheit, während die Männer die Verteidigungswälle ringsum besetzt hielten. Hier fanden zur Zeit der Buschmänner die kleinen Jäger farbigen Ton, Farberden und Pflanzensäfte für ihre Zeichnungen.

In der Nacht zuvor hatte es geregnet. Das niedrige Gras, das

---

* Inzwischen habe ich erfahren, dass diese Version der Geschichte nicht unbedingt die wahre ist. Stammesführer der Mashona bestreiten es.

meine Fußknöchel streifte, war immer noch feucht; die frühe Morgensonne hatte den Sand noch nicht getrocknet. In der Mitte des Platzes ragte steil ein Felsbrocken auf. Der Stein war nass, und ich spürte, wie die feuchte Wärme an meinen nackten Beinen hochstieg.

Im Sitzen wirkten die Felsen ringsum wie ein sich auftürmendes Gebirge, das den Himmel an ferne, hohe Horizonte rückte. Das Gestein war dunkelgrau und wirkte fleckig wegen der Flechten. Zwischen den Felsen wuchsen kümmerliche Bäume; in einige hatte der Blitz eingeschlagen, und sie waren nur noch schwarze Skelette. Dieses magere Land brachte nur Sand, spärliches Gras, Steine und Hitze hervor. Die Sonne brannte zwischen den Felsen, die die Hitze speicherten. Nach einer Stunde hatten die Sonnenstrahlen den Sand zwischen den Grashalmen an der Oberfläche getrocknet, die sauber glitzerte. Darunter blieb er dunkel und feucht.

Die Rinder aus dem Reservat mussten nach dem Regen der letzten Nacht hier durchgezogen sein, denn im Gras lagen ein Dutzend oder mehr frische Kuhfladen. Dicke blaue Fliegen brummten und summten geschäftig auf ihnen und zerbrachen die Kruste, die die Sonne gebacken hatte. Die Luft war schwer und süß. Das Summen der Fliegen, das kaum hörbare Saugen der Hitze und das Gurren der Tauben schufen eine morgendliche Stille.

Heiß und still; außer den Fliegen nicht die geringste Bewegung, denn wenn überhaupt Wind wehte, dann nicht an diesem geschützten Platz.

Aber bald gab es Bewegung: Wo die Fliegen die Kruste des nächsten Kuhfladens durchbrochen hatten, gingen zwei Käfer ans Werk. Es waren kleine, staubige, schwarze, runde Käfer. Einer legte seine Hinterbeine über ein bisschen Dung, schob und zog daran. Der andere benutzte seinen Körper mit einer schnellen, rollenden Bewegung, wie ein Huhn sie macht, ehe es sich aufgeplustert auf die Eier setzt, dazu, den Ball zu formen, noch bevor er aus dem großen Haufen herausgelöst war. Sobald das Stückchen freigelegt war, stürzten sich beide Käfer mit Beinen und Körpern darauf, modellierten es geschwind in schöpferischer Raserei, packten es mit den Hinterbeinen, drehten und rollten es unter ihren Körpern, während sie es durch die dichten, hinderlichen Grashalme zerrten und schoben, die wie hohe Bäume über ihnen aufragten, bis der Ball ihnen schließlich davonsprang und auf eine Ebene oder Lichtung beziehungsweise eine winzige freie Sandfläche rollte. Die beiden Käfer rannten aufgeregt zwischen den Grashalmen hin und her; sie fahndeten nach ihrem Eigentum. Sie wollten sich gerade wieder an den großen Dunghaufen machen, als einer von ihnen den Ball entdeckte und beide dorthin rannten.

Im Gras um die Kuhfladen waren überall Mistkäfer am Werk; die Schmeißfliegen schwirrten und summten eifrig. Bei Einbruch der Dunkelheit würde all das neue, von Kuhmägen verdaute Gras weggehoben und weggerollt sein, um Fliegen und Käfern als Nahrung zu dienen und um neue Erde zu schaffen. Natürlich nur, wenn es nicht wieder heftig regnete und alles von den Wassermassen davongeschwemmt wurde.

Aber noch gab es keinerlei Anzeichen von Regen. Der Himmel war von dem klaren, tiefen Blau eines afrikanischen Morgens nach nächtlichem Regen. Der Himmel stand auf der Seite meiner beiden Käfer. Sie hatten den ganzen Tag.

Im Buch steht: »Mistkäfer formen eine Kugel aus Dung, legen ihre Eier darin ab, suchen einen sanften Hang, schieben die Kugel hinauf und lassen sie dann hinunterrollen; durch das Rollen wird die Kugel fest.«

Warum muss die Kugel fest werden? Vermutlich damit sie unter dem Ansturm von Sonne und Regen nicht auseinanderfällt. Aber warum dieses mühsame Hinauf- und Hinunterrollen?

Es steht uns nicht zu, das Walten der Natur zu kritisieren; deshalb saß ich auf dem zerklüfteten Felsen und beobachtete, wie die Käfer die Kugel darauf zurollten. Nach wenigen Minuten Arbeit erreichten sie ihn und stürmten mit der Kugel dagegen an. Der Schwung brachte sie ein paar Zentimeter nach oben, dann glitten sie ab; Kugel und Käfer rollten in den Sand zurück.

Ich kletterte herunter und setzte mich ins Gras hinter sie, um den Aufstieg mit ihren Augen zu sehen.

Der Stein war etwa einen Meter fünfzig lang und einen Meter hoch. Es war ein aufragender Granitbrocken, bewachsen und von Flechten überzogen. Wind und Regen hatten die Kanten gebrochen. Die Käfer mit ihrer Kugel zwischen Beinen und Bauch standen vor einem schroffen Berg, dessen untere Abhänge den Beinen Halt boten und einladend wirkten. Sie rollten den Ball, an dem inzwischen Erde klebte, zu einem niedrigen Felsgrat am Fuß des Vorgebirges. Diesmal beförderten sie die Kugel langsam und vorsichtig von Kamm zu Kamm, von einer verkrusteten Flechte zur nächsten. Ein Käfer oben, ein Käfer unten, so schoben und hoben sie die Kugel nach oben. Bald erreichten sie das Hindernis, an dem sie schon einmal gescheitert waren: einen scharfen Vorsprung in der Felswand. Jetzt blieb ein Käfer unter dem Ball und stützte sich mit den Hinterbeinen ab, während der andere die Umgebung nach einem leichteren Weg absuchte. Er kehrte zurück, packte die Kugel mit den Beinen, und die beiden Käfer nahmen ihre mühsame Klettertour schräg nach oben wieder auf. Sie umrundeten den Vorsprung und erreichten ein kleines Tal, das – zumindest schien es so – in die zweite große Etappe des Aufstiegs führte. Aber das Tal erwies sich als Falle, denn tiefe Spalten durchzogen es in seiner ganzen Breite. Der Berg war zerklüftet. Hitze und Kälte hatten ihn bis zur Sohle gespalten. Die enge Schlucht endete in einem Bergsee mit frischem warmem Wasser, auf dessen Grund Blätter und Gras lagen, die der Wind dorthin getragen hatte. Die Dungkugel rutschte über den Rand des Abgrunds, stürzte in die Schlucht, rollte gemächlich in den See und blieb am flechtenbewachsenen Ufer liegen. Die Käfer stürzten hinter ihr her. Einer strampelte verzweifelt auf einem Grashalmfloß ans Ufer und hielt den Ball fest, um zu verhindern, dass er in den Tiefen des Sees verschwand. Der andere klammerte sich mit den Vorderbeinen an einem dicken Grasbüschel am Ufer fest, packte die Kugel mit den Hinterbeinen, und gemeinsam hoben und schoben sie den kostbaren Dung aus dem Wasser und wieder in die Schlucht zurück. Aber jetzt ragten zu beiden Seiten steile Felswände auf; und zwischen ihnen lag die Kugel. Die Käfer verharrten einen Moment. Das Wasser hatte die Erde abgewaschen, und die Kugel war glatt und glitschig.

Sie berieten sich. Wieder hielt einer Wache, während der andere einen Weg suchte. Er kam zurück und berichtete, wenn sie den Ball am Grund der Schlucht entlangrollten, die sich am Ende verengte, müsste es gelingen, die Kugel mit Beinen, Schultern und Rücken aus der Spalte hinaus- und weiter den Berg hinaufzuheben. Dann mussten sie einen weiteren gefährlichen Felsvorsprung überwinden, ehe sie einen sanften bewachsenen Abhang erreichten, der ihnen Halt bot und zum Gipfel führte. Sie versuchten es. Aber an dem gefährlichen Vorsprung ereilte sie das Unglück. Der glitschige Ball entglitt ihrem Griff und rollte den Berg hinunter bis zu der Stelle am Boden, wo sie vor einer halben Stunde den Aufstieg begonnen hatten. Die beiden Käfer stürmten hinterher und begannen die langsame und mühsame Kletterei von Neuem. Wieder fiel die Dungkugel in die Felsspalte, rollte in den See, und wieder retteten sie den Ball unter Aufbietung all ihrer Geschicklichkeit und Geduld. Wieder schoben und zogen sie ihn die Schlucht hinauf, wieder manövrierten sie ihn über den Rand der Felsspalte und versuchten, ihn um den steilen Felsvorsprung zu schieben, und wieder rollte er an den Fuß des Berges zurück, und sie folgten ihm.

»Der Mistkäfer, *Scarabaeus* oder *Aleuchus sacer,* legt seine Eier in einer Dungkugel ab, sucht einen sanften Abhang und verfestigt die Kugel, indem er sie mit den Hinterbeinen rückwärts nach oben schiebt und dann hinunterrollen lässt, wo sie schließlich ihren endgültigen Platz findet.«

Ich blieb im niedrigen, heißen Gras sitzen, spürte die Sonne zuerst auf dem Rücken, dann auf den Schultern und schließlich direkt auf dem Kopf. Die Luft war inzwischen trocken, alle Nachtfeuchtigkeit verdunstet. Wolken drängten sich tief am Himmel. Selbst die kleine Pfütze im Felsen trocknete aus. Die Luft darüber vibrierte im Dunst. Als die Käfer ihren Ball zum dritten Mal im Bergsee verloren, war es kein See mehr, sondern ein weicher Sumpf. Ihn dort herauszuholen brachte weder Gefahr noch Schwierigkeiten mit sich. Die Kugel war inzwischen klebrig, hatte ihre Form verloren; an ihr hing eine Kruste aus Laubrestchen und Grashälmchen.

Als der Ball beim vierten Versuch zum Ausgangspunkt zurückrollte und die Käfer ihm nachhasteten, war es früher Nachmittag. Mein Kopf schmerzte von der Hitze; ich nahm ein großes Blatt, schob es unter die Dungkugel mit den Käfern und hob das Ganze zur Seite, weg von dem unbezwinglichen und tückischen Berg.

Doch als ich das Blatt unter ihnen wegzog, ruhten sie sich einen Augenblick in der neuen Umgebung aus, liefen suchend zwischen den Grashalmen hin und her, fanden ihre Position und rollten den Ball sofort wieder an den Fuß des Berges zurück, wo sie sich an einen neuen Aufstieg machten.

Die Kuhfladen im Gras waren inzwischen von Fliegen und anderen Mistkäfern abgetragen worden. Außer kleinen Grasresten oder staubig braunen Flecken auf den Halmen, die sich langsam wieder aufrichteten, war nichts zurückgeblieben. Das Summen der Fliegen war verstummt. Die Hitze hatte die Tauben zum Schweigen gebracht. In der Ferne rollte der Donner. Manchmal ertönte das Pfeifen eines Zugs oder das Klirren und Schnaufen rangierender Lokomotiven von der Bahnstation herauf.

Die Käfer erreichten mit dem Ball wieder die Schlucht, und diesmal rollte er nicht in einen Sumpf hinunter, sondern in ein feuchtes Laubbett. Dort ruhten sie sich in der dampfenden Hitze eine Weile aus.

Diese heiligen Käfer, die heiligen Käfer der Ägypter, hielten das Symbol der Sonne zwischen ihren geschäftigen, einfältigen Beinen. Geschäftige, einfältige Käfer – sie arbeiteten sich mit ihrer Dungkugel wieder und wieder einen Berg empor, obwohl sie durch einen kurzen Marsch zur Seite das Hindernis hätten umgehen können.

Wieder hob ich Dung und Käfer von ihrem Platz am Abgrund und setzte sie auf einen freien Platz, wo sie die Wahl zwischen einem Dutzend geeigneter sanfter Abhänge hatten. Doch sie rollten den Ball geduldig wieder zu ihrem Berg zurück.

»Sie wählen den Abhang«, so sagt das Buch, »mit einem wunderbaren Instinkt, sodass die Dungkugel an einem Platz ausrollt, der für das Schlüpfen einer neuen Generation heiliger Käfer geeignet ist.«

Die Sonne war über ihre mittägliche Stellung hinausgerollt und schien mir ins Gesicht. Schweiß tropfte an mir herunter. Die Luft barst vor Hitze. Dort, wo die Sonne untergehen würde, türmten sich hohe, immer dunkler werdende Wolken am Himmel. Die Käfer mussten sich beeilen, wenn sie nicht ertrinken wollten.

Unbeirrt versuchten sie, den Dung den Berg hinaufzuzerren, ihn aus dem ausgetrockneten Bergsee zu befreien und ihn unter großer Anstrengung den trockenen Felsvorsprung hinaufzuschieben. Er rollte hinunter, und sie rannten ihm nach. Wieder und wieder und wieder, und der Ball wurde zu einem zerfetzten, trockenen Klumpen aus Grasstückchen, an denen Dung klebte. Der Nachmittag verging. Die tief stehende Sonne schien mir in die Augen. Ich konnte die Käfer und den Dung kaum noch sehen, denn das grelle Licht über dem schwarzen Wolkenberg, dessen Ränder die Sonne rötete, blendete mich. Die schwarzen Käfer und ihre Dungkugel am Berghang schienen im heißen Licht der roten Sonnenstrahlen zu verglühen.

In den fernen Hügeln regnete es. Das Trommeln des Regens und das Grollen des Donners naherten sich. Ich sah, wie die Speere der Vorhut einer Regenfront eine halbe Meile hinter den Felsen niederprasselten. Ein paar große glänzende Tropfen fielen zischend auf den glühenden Sand und den glühenden Berghang. Die Käfer mühten sich weiter.

Die Sonne verschwand hinter den Wolkenbergen. Der Platz lag jetzt im kühlen, gebrochenen Licht. Die schwarzen Bäume und die schwarzen Felsen, die sie umgaben, warteten auf den Regen und auf die Nacht. Die Käfer waren wieder am Berg. Sie hielten den Ball fest zwischen den Beinen, klammerten sich an die Flechten, klammerten sich an die Felswand und an ihren Schatz mit der Verzweiflung der Dummheit.

Nachdem das blendende rote Licht verschwunden war, konnte ich sie deutlich sehen. Es fiel schwer, sich die vollkommene, glänzende Kugel vorzustellen, die der Ball einmal gewesen war – inzwischen war er nichts anders als ein bisschen Mist. Ein Donnerschlag. Das Gras zischte und schwankte unter einem heftigen Windstoß. Der Wind traf den Ball aus Dung, er zerfiel in ein kleines Häufchen aus Staub und Gras, und die Käfer hasteten über den Felsen, um nach ihm zu suchen.

Der Regen rückte näher, erreichte die Felsen und hüllte sie in graues Nass. Die großen, glänzenden Tropfen, die Vorboten der Regenfront, erreichten den Berg der Käfer und eins, zwei, drei, die Tropfen trafen klatschend die Käfer. Sie fielen vom Felsen in das bereits triefend nasse Gras.

Ich rannte davon, während der Regen nach Schultern und Füßen zielte, und dachte an die Käfer, die unter dem Felsen lagen. Morgen, wenn der Regen aufgehört und die Rinder hier gegrast hatten, würden sie, wenn die Sonne schien, sich mit einem neuen Dungball wieder an den Aufstieg machen.

WIE ICH ENDLICH MEIN HERZ VERLOR

Wie leicht wäre es, zu sagen, ich habe ein Messer genommen, mir die Seite aufgeschlitzt, mein Herz herausgeholt und es fortgeworfen; doch leider war es nicht so einfach. Nicht, dass ich es mir nicht oft gewünscht hätte, wie wohl jeder andere auch. Nein, es geschah ganz anders und nicht, wie ich es mir vorgestellt hatte.

Es passierte, nachdem ich gerade mit zwei verschiedenen Männern zu Mittag gegessen und Tee getrunken hatte. Mit dem Mann vom Mittagessen hatte ich (so ungefähr) vier Jahre und sieben Zwölftel zusammengelebt. Als er mich wegen neuer Jagdgründe verlassen hatte, verbrachte ich zwei Jahre (oder waren es drei) mehr tot als lebendig; und mein Herz war ein Stein, den ich unmöglich mit mir herumtragen konnte, wenn man bedenkt, wie viel sonst noch auf einem lastet. Dann befreite ich mich allmählich und mit großer Mühe, denn mein Herz hing mit tausend Fasern an meiner ersten Liebe – aus anderer Sicht könnte er allerdings zu Recht entweder als meine zweite *wirkliche* Liebe bezeichnet werden (mein Vater als die erste) oder als meine dritte (mein Bruder drängte sich noch dazwischen).

Wie es in dem Volkslied heißt:

Drei Männer nur hab ich geliebt in meinem Leben,
Mein' Vater, mein' Bruder und den Mann,
der mir nahm das Leben.

Doch sähe man sich das Ganze von außen an, ohne tieferen Einblick, dann könnte er als der dreizehnte gelten (in etwa jedenfalls, ich bin vergesslich), was allerdings bedeuten würde, dass man die innere Gefühlswahrheit außer Acht ließe. Denn jene Affären, Verwicklungen, die man zwischen *ernsthaften* Liebschaften hat, zählen ja bekanntlich, auch wenn sie vielleicht in die Dutzende gehen und sich über Jahre hin erstrecken, *nicht wirklich.*

Diese Art der Betrachtung bringt eine ganze Reihe von Unglücklichen mit sich, denn man weiß ja, was für einen selbst nicht wirklich zählt, kann für einen anderen sehr wohl zählen. Aber über diese Schwierigkeit kommt man nicht hinweg, schließlich ist eine *ernsthafte* Liebe die wichtigste Sache im Leben, beinahe jedenfalls. Zumindest sind wir alle auf der Suche danach. Selbst wenn gerade etwas nun wirklich Ernsthaftes mit jemandem abläuft, werfen wir dennoch aus dem Augenwinkel vielsagende Blicke umher, für den Fall, dass eine unerwartete Begegnung mit einem Fremden sich als noch ernsthafter herausstellen könnte. Wir sind alle völlig überzeugt, dass wir auf unserem Weg zu dem *Richtigen* das Recht dazu haben, tausend Leute zu prüfen, zu probieren, an ihnen zu nippen und zu naschen. Ohne Übertreibung kann man sagen, dass in unseren Kreisen das Prüfen und Probieren die wohl zweitwichtigste Beschäftigung ist, nach der ersten, dem Geldverdienen. Oder anders ausgedrückt, wenn man es ernst mit dieser Sache meint, dann schläft man mit jedem, der sich anbietet, bis etwas klickt und es losgehen kann.

Ich bin etwas abgeschweift: Ich betrachte diesen Mann, mit dem ich zu Mittag aß (nennen wir ihn A) als meine erste Liebe, und tue es noch immer, trotz der Freudianer, die darauf bestehen, meinen Vater als A anzusehen und meinen Bruder wahrscheinlich als B, womit sie meine (wirkliche) erste Liebe zu C machen. Und auch trotz derer, die fragen könnten: Was ist mit Ihren zwei Ehemännern und all den Affären?

Was ist mit denen? Ich habe sie nicht *wirklich* geliebt, so wie ich A geliebt habe.

Ich aß mit ihm zu Mittag. Danach trank ich, rein zufällig, mit B Tee. Wenn ich an dieser Stelle B sage, so meine ich damit meine *zweite* ernsthafte Liebe, nicht meinen Bruder oder die Jüngelchen, in die ich zwischen fünf und fünfzehn verliebt war, falls wir fünfzehn (ganz willkürlich) als die Schwelle ansehen, von der es kein Zurück gibt – wobei dieser letzte Satz schon an

sich eine ganz schön mutige Herausforderung profaner Schieds-
richter darstellt.

Zwischen A und B (nach meiner Rechnung) gab es ziemlich
viele Affären oder Kostproben, doch sie zählten nicht. Zwischen
mir und B *klickte* es, wir zündeten wie eine Bombe, wenn es
auch nicht so prompt klickte wie bei A und mir, denn mein
Herz war wund, verstockt und misstrauisch: A hatte mich sitzen
gelassen. Auch gab es da noch all die Bande und Bindungen an
A, die nach und nach gelöst werden mussten. Dennoch loderten
B und ich eine Zeit lang lichterloh, und dann kam das schlimme
Ende. Mein Herz wog wieder zentnerschwer in meiner Brust.

> Wär dies ein Stein in meiner Brust, ein Stein,
> Ich riss' ihn heraus und wäre frei ...

Indem ich mit A zu Mittag aß und anschließend mit B Tee
trank – mit zwei Männern, die zusammen ein Jahrzehnt meiner
kostbaren Jahre verzehrt hatten (ich zähle dabei nicht die da-
zwischenliegenden Kostproben oder Versuchsaffären) und die,
wie man gerechterweise sagen muss, alle Wonne und Lust
(reichlich und heftig) mit Schmerz (oh mein Gott) aufgewogen
hatten –, bewegte ich mich im Laufe eines Nachmittags von
einem zum andern, freundlich über dies und jenes plaudernd,
derweil mein Herz kaum merklich in Erinnerung zuckte, der
Fisch der Erinnerung am Ende einer langen, schlaffen Angel ...

Um es zusammenzufassen: Es war heilsam.

Besonders, da ich an jenem Abend erwartete, C zu treffen
oder jemanden, der sich sehr wohl als C entpuppen könnte;
allerdings möchte ich C nicht zu viel Bedeutung beimessen,
denn wahr ist, ich kann mich kaum daran erinnern, wie er aussah, aber man kann auch nicht verlangen, dass man sich an die
Unbedeutenden erinnert, die man zwischendurch gekostet oder
getestet hat. Aber schließlich hätte er sich ja als C entpuppen
können, es hätte zwischen uns *klicken* können, ich befand mich
in jener Verfassung (wie wir alle so oft), in der man denkt: Er
könnte sich als der Eine herausstellen. (Ich verwende hier ab-

sichtlich einen Ausdruck der Frauenillustrierten, anstatt zu sagen, was ich durchaus sagen könnte: *Vielleicht wird es etwas Ernsthaftes.*)

Da stand ich also an einem Fenster (ich möchte die Einzelheiten und die Atmosphäre richtig hinkriegen), blickte auf eine Straße hinaus (Great Portland Street, um es genau zu sagen) und überlegte, dass, obwohl ich nicht daran dachte, meine Affären, meine Erfahrungen mit A und B zu bereuen (es ist besser, geliebt und verloren zu haben, als überhaupt nie geliebt zu haben), meiner Herzenshoffnung, den Abend mit einem möglichen C zu verbringen, eine gewisse Unwirklichkeit anhaftete, denn zweifellos hatten mir beide, A und B, unvorstellbares Leid zugefügt. Warum also freute ich mich auf C? Ich sollte lieber, so schnell ich konnte, davonlaufen.

Plötzlich ging es mir durch den Kopf, dass ich das ganze Phänomen bisher falsch betrachtet hatte. Meine (oder vielleicht darf ich sagen unsere?) Art, das Ganze anzugehen, ist, dass man nach einem A, einem B, einem C oder einem D suchen muss, der in sich gewisse erstrebenswerte, sympathische Eigenschaften vereinigt, damit es klicken kann, damit man sofort Feuer fängt; oder anders ausgedrückt, man braucht einen Menschen, der einem wie ein schwimmender Untersatz erlaubt, auf ihm/ihr davonzugleiten, so etwas wie ein Fährboot. Aber so war das überhaupt nicht. Tatsächlich trägt man eine Art brennenden Speer mit sich, der einem in der Brust steckt, und man wartet darauf, dass jemand anders ihn herauszieht; es ist etwas Schmerzhaftes, wie eine offene Wunde, etwas, das man ungeduldig mit jemandem teilen will.

Ich sah mich selbst in einem Augenblick der Wahrheit klar und deutlich: Ich stand am Fenster (im dritten Stock), hinter mir A und B (um nur die Gipfel meines Gefühlslebens zu erwähnen), eine recht attraktive Frau, wenn ich das sagen darf, von einer Reife und Weichheit, die, wie ich als Erste zugeben würde, die traurigen Vorboten des Alters, dennoch per definitionem attraktiv sind, weil sie Zeugnis geben vom Ausmaß des Naschens und Nippens in meinem Leben (beinah hätte ich

»Haschens« und »Neppens« geschrieben) ... Da stand ich nun, frisiert, gut gekleidet, mit geschminkten Lippen, schwarzem Lidstrich, und wartete aus ganzer Seele auf einen Abend mit einem eventuellen C. Und an einem anderen Fenster mit Blick auf die Margaret Street (ich glaube, ich irre mich da nicht) stand C, frisiert, gewaschen, rasiert, lächelnd: ein attraktiver Mann (so glaube ich), und *er* dachte: Vielleicht ist sie D (oder A oder 3 oder ? oder % oder welches Symbol auch immer er verwendete). Wir waren zwar räumlich getrennt, sicherlich, doch in derselben angenehmen Ungewissheit und Erwartung, und wir hielten beide unsere Herzen in den Händen: rosa und pochend und bereit zu Lust und Leid, und wir waren bereit, diese Herzen einander wie Schneebälle ins Gesicht zu werfen, wie Kricketbälle (na, wie klingt das?) oder, zutreffender, wie große blutende Wunden: »Nimm meine Wunde!« Denn was man sich in solchen Augenblicken am wenigsten vorstellt, ist, dass der andere (die andere) sagen könnte: Nimm *meine* Wunde, bitte entferne den Speer aus *meiner* Brust. Nein, ganz und gar nicht; man hofft ganz schlicht, den eigenen Speer loszuwerden.

Da entschloss ich mich, zum Telefon zu gehen und hineinzusprechen: C! – Sie kennen doch den Witz über die Witzeerzähler, die sich nicht die Mühe machen, einander Witze zu erzählen, sondern schlicht sagen: Witz 1 oder Witz 2, und jeder brüllt vor Lachen oder gluckst und kichert, je nachdem ... Übrigens könnte man das Spiel auch umkehren, indem man errät, ob es Witz C (b) oder Witz A (d) ist, je nachdem, auf welche Art und Weise jemand gelacht hat, um seinem verborgenen Gedanken zum Ausdruck zu verhelfen ... Nun, C (so stellte ich mir vor, würde ich sagen), die Analogie kann uns eine Lehre sein: Nehmen wir doch das Ganze als schon geschrieben oder gesagt. Lecken wir uns nicht gegenseitig die Wunden; behalten wir unsere Herzen für uns selbst. Denn bedenken Sie nur, C, wie völlig lächerlich – hier stehen wir an unseren jeweiligen Fenstern mit unseren pochenden Herzen in der Hand ...

In diesem Augenblick, lieber Leser, war ich einfach gezwungen, den Hörer mit irgendeiner Entschuldigung aufzulegen. Denn ich spürte, wie die Finger meiner linken Hand sich spreizten und nach etwas ziemlich Großem, Leichtem, Schlüpfrigem griffen – gar nicht so einfach, dieses Gefühl zu beschreiben. Meine Hand ist nicht groß, und mein Herz war angeschwollen, nachdem ich mit A zu Mittag gegessen, mit B Tee getrunken und mich dann auf C gefreut hatte … Jedenfalls spreizten sich meine Finger in verzweifelter Anstrengung, einen unbekannten, größeren, ziemlich leichten Gegenstand zu umklammern, und ich sagte zu C: Entschuldigen Sie mich einen Augenblick, blickte hinunter, und da lag mein Herz in meiner Hand.

Hier musste ich das Gespräch abbrechen.

Zum einen ist die Erfahrung, dass man etwas, nach dem man sich so lange gesehnt hat, auf so leichte Art erreicht hat, bestürzend. Nicht, als ob ich mich darum bemüht hätte. Etwas, das man haben will, rein zufällig bekommen – nein, das macht kein Vergnügen, schafft einem kein Erfolgserlebnis. Mein Herz also frei, genauer gesagt: ich selbst von meinem Herzen frei, auf alle Fälle von dem verdammten Ding befreit, und das in einem unpassenden Augenblick, mitten in einem imaginären Telefongespräch mit einem Mann, der sich möglicherweise als C entpuppen könnte – also, das war schon ärgerlich.

Zum anderen ist ein Herz, roh und aus frischen Wunden blutend, aus der Brust geholt, nicht gerade der hübscheste Anblick. Ich will mich darüber nicht weiter auslassen. Ich war entsetzt und peinlich berührt dazu, dass es *das* war, was all die Jahre hindurch so heftig geliebt und gepocht hatte, denn hätte ich die geringste Ahnung gehabt – ach, genug.

Das Problem war nun, wie ich das Ding loswerden könnte. Ganz einfach, werden Sie sagen, in den Mülleimer damit.

Ich sag Ihnen, genau das habe ich versucht. Ich schaute mir dieses Ding genau an, starb fast vor Scham und Widerwillen und ging zum Abfalleimer, wo ich versuchte, es aus meinen Fingern rollen zu lassen. Es ging nicht. Es klebte fest. Da war also mein Herz, ein großes rotblutig pulsierendes, ekliges Ding, das an meinen Fingern klebte. Was sollte ich machen? Ich setzte mich und zündete mir eine Zigarette an (mit einer Hand, die Streichholzschachtel hielt ich zwischen den Knien), die Hand mit dem festgeklebten Herzen hielt ich über den Stuhlrand, sodass es in den Eimer abtropfen konnte, und überlegte.

> Wär dies ein Stein in meiner Hand, ein Stein,
> Ich würfe ihn hoch über den Baum ...

Als ich meine Zigarette geraucht hatte, wickelte ich sorgfältig etwas Alufolie ab, wie man sie gewöhnlich in der Küche zum Braten verwendet, und verpasste meinem Herzen so etwas wie eine Schutzhülle. Das war dringend nötig. Erstens litt es heftig. Schließlich hatte es etwa vierzig Jahre im Schutz von Fleisch und Rippen geschlagen, und nun die Luft, das war zu viel. Zweitens wollte ich nicht, dass Hinz und Kunz hereinspazierten und es da sähen. Drittens, ich selbst konnte nicht allzu lang draufblicken, es erfüllte mich mit Scham. Die Alufolie tat ihre Wirkung, und zwar ganz verblüffend. Sie passte sich geschmeidig an, und es sah jetzt so aus, als balancierte ich ein stilisiertes Herz auf meiner Handfläche, wie eine Kugel aus einer glitzernden silbernen Substanz. Mir kam es fast so vor, als brauchte ich ein Zepter in der anderen Hand, um das Gleichgewicht zu halten ... Aber das Ganze war, es lässt sich nicht anders sagen, geschmacklos. Ich wickelte darauf einen Schal um die Hand und das Herz in Alufolie und fühlte mich wohler. Nun ging es darum, so zu tun, als hätte ich mir die Hand verletzt, bis mir eine Möglichkeit einfiel, mein Herz ganz loszuwerden, wenn ich mir nicht gar die Hand amputieren lassen wollte.

Unterdessen rief ich C an (in Wirklichkeit, nicht in der Fantasie), der nun niemals C sein würde. Ich konnte spüren, wie mein Herz, das so fest an meinen Fingern klebte, dass ich jeden Schlag, jedes Beben fühlte, bei dem Gedanken, jetzt nie diese herrliche Erfahrung machen zu können, resigniert den Kummer herunterschluckte. Ich erzählte ihm irgendeine idiotische Lüge, dass ich Grippe hätte. Er darauf ganz förmlich und indigniert, doch verbarg er das höflich, wie ich es ja auch getan hätte; er machte einen Scherz, ließ aber in der letzten wohlgezielten Wendung einen winzigen weiterschwärenden Stachel aus Sarkasmus stecken. Ich setzte mich wieder hin, um meine Lage richtig zu überdenken.

Da saß ich also.

Was sollte ich tun?

Da saß ich.

Ich muss an dieser Stelle etwa vier Tage überspringen – die wahrlich nicht ohne Bedeutung waren –, weil ich einfach nicht jedem einzelnen Herzschlag in meiner Erinnerung nachgehen kann. Eigentlich schade, denn vermutlich dreht es sich in dieser Geschichte gerade darum; aber kurzum: Ich zog die Vorhänge zu, hob den Hörer von der Gabel, machte Licht an, nahm den Schal von dem glitzernden Dings, schließlich die Alufolie; dann untersuchte ich das Herz. Es mussten zwei Fünftel einer Jahrhundert-Erfahrung durchgearbeitet werden, und bevor noch die erste Nacht hinter mir lag, befand ich mich in einer Verfassung, die schwer zu beschreiben ist …

Oder könnte ich die Nerven aus meiner Haut ziehen,
Ein lebendiges rotes Netz, um ein Meer nach Fischen
abzusuchen …

Am Ende des vierten Tages war ich erschöpft. Keine Willensanstrengung, kein Plan, kein noch so heftiges Verlangen vermochte das Herz auch nur um einen Millimeter zu bewegen – ganz im Gegenteil, es klebte nicht nur an meinen Fingern wie ein angelutschtes Karamellbonbon, es wuchs regelrecht an das Fleisch meiner Finger und meiner Handfläche an.

Ich wickelte es wieder in die Alufolie und in den Schal, knipste das Licht aus, zog die Jalousien hoch und die Vorhänge auf. Es war ungefähr zehn Uhr vormittags, ein normaler Londoner Tag, weder heiß noch kalt, weder klar noch bedeckt, weder nass noch sonnig. Wenn die Straße unten auch recht interessant ist, schön ist sie nicht gerade; ich schaute also nicht eigentlich hinunter, sondern wartete, dass etwas meine Aufmerksamkeit erregen würde, während ich an etwas anderes dachte.

Plötzlich hörte ich ein Klapp-Klapp, das immer lauter wurde, scharf und deutlich, und ich wusste, noch bevor ich sie sah, dass dies der Klang von Stöckelschuhen auf dem Bürgersteig war, obwohl es auch ebenso gut ein Hämmern auf Stein hätte sein können. Sie ging eilig auf der gegenüberliegenden Straßenseite vorbei, und ihre Hacken schlugen so hart auf das Pflaster auf, dass alle anderen Straßengeräusche in diesem einzelnen Klipp-Klapp, Klipp-Klapp aufgegangen zu sein schienen. Als sie die Ecke der Great Portland Street erreichte, schossen zwei Londoner Tauben blitzschnell schräg vom Himmel herab, als wären sie Geschosse, die sie töten sollten; und dann, als sie sie erblickten, drehten sie in einem steilen Winkel nach oben ab und waren davon. Unterdessen war sie um die Ecke gebogen. Das aufzuschreiben hat Zeit gebraucht, doch was sich abspielte, dauerte nur wenige Sekunden: der Körper der Frau mit ihren Absätzen den Bürgersteig entlanghämmernd, dann scharf im rechten Winkel um die Ecke biegend; die Tauben im spitzen Winkel dazu auffliegend und ihn, schnell herabstoßend durch verdrängte Luft, durchschneidend. Ach was – nichts davon natürlich, nichts – sie war die Straße entlanggegangen, ihre Absätze klapperten, und die Tauben landeten auf meinem Fensterbrett und begannen zu gurren. Alles fort, alles verschwunden, der wundervoll genaue Einklang von Laut und Bewegung, aber es war passiert, hatte mich glücklich gemacht und aufgeheitert, ich hatte keine Probleme mehr auf dieser Welt, und ich bemerkte, dass das Herz an meinen Fingern sich lockerte. Ich konnte es nicht ganz abkriegen, doch zerrte ich weiter an ihm unter dem Schal und der Alufolie, beinah gelang's.

Ich verstand auf einmal, dass es ein Fehler war, herumzusitzen und jede kleinste Gefühlsregung, jeden einzelnen Pulsschlag meines Herzens während all der vierzig Jahre zu analysieren. Ich war völlig auf dem Holzweg: das war es gerade, womit ich mein rotes, verbittertes, erfreutes Herz für alle Zeiten an mein Fleisch fesseln würde …

So! Sie glauben also, ich wäre erledigt! Sie glauben …
Passen Sie auf, ich wickle mein Herz in ein Netz aus Wut
Und lass es wie einen Handball abprallen
Von Wänden, Gesichtern, Gittern, Schirmen und
                                        Taubenrücken …

Nein, das alles nützte doch gar nichts; es macht die Sache nur schlimmer. Was ich tun müsste, wäre, mich selbst zu überrumpeln, so wie ich von der Frau, den Tauben und vom scharfen Geräusch der Absätze und von den seidenen Flügeln überrascht worden war.

Ich zog meinen Mantel an, hielt meinen unförmig umwickelten Arm vor die Brust, sodass, sollte jemand fragen: Was haben Sie denn mit Ihrer Hand gemacht? ich antworten könnte: Ich habe mir die Finger in der Tür gequetscht. Dann ging ich hinunter auf die Straße.

Es war nicht so einfach, inmitten einer Menschenmenge herumzulaufen mit der beunruhigenden Vorstellung, dass sie alle dachten: Was hat die Frau mit ihrer Hand gemacht?, denn das machte es so schwierig, mich selbst zu vergessen. Und die ganze Zeit über bebte und schlug es heftig gegen meine Finger und rief sich so ständig in Erinnerung.

Jetzt, da ich draußen war, wusste ich nicht, was ich tun sollte. Sollte ich mit jemandem zu Mittag essen? Oder im Park spazieren gehen? Oder mir ein Kleid kaufen? Ich beschloss, zum Round Pond zu gehen und ganz allein um ihn herumzuspazieren. Ich fühlte mich müde nach den vier Tagen und Nächten ohne Schlaf. Ich stieg hinunter in die U-Bahn-Station am Oxford Circus. Mittag. Menschenmassen. Ich fühlte mich befangen, aber natürlich hätte ich mir keine Sorgen zu machen brauchen. Ich schwöre, man könnte in London nackt auf der Straße herumlaufen, und niemand würde sich auch nur umdrehen.

So fuhr ich die Rolltreppe hinunter und blickte, wie ich das immer tue, in die Gesichter derer, die mir auf der anderen Seite entgegenrollten; und wie immer dachte ich bei mir, wie es doch seltsam ist, dass diese Menschen und ich uns rein zufällig auf solche Art begegneten, und wie seltsam, dass wir uns nie wieder sehen würden, oder wenn doch, es dann gar nicht wüssten. Ich stellte mich auf den überfüllten Bahnsteig und blickte, wie ich es immer tue, in die Gesichter, stieg in die Bahn ein, die sehr voll war, und fand einen Platz. Es war nicht ganz so schlimm wie zu den Stoßzeiten, doch alle Plätze waren besetzt. Ich lehnte mich zurück, schloss die Augen und hatte vor, ein bisschen zu schlafen, da ich so übermüdet war. Ich war gerade im Begriff einzudösen, als ich eine Frauenstimme murmeln oder vielmehr deklamieren hörte:

»Ein goldenes Zigarettenetui, das ist was Schönes, wirklich, ich muss schon sagen, ein goldenes Etui, ja ...«

Etwas an dieser Stimme ließ mich die Augen öffnen: Auf der anderen Seite des Abteils, ungefähr acht Leute weiter, saß eine noch junge Frau in einem billigen grünen Stoffmantel, ohne Handschuhe, mit flachen braunen Schuhen und Baumwollstrümpfen. Sie musste ziemlich arm sein – eine Frau, die so angezogen ist, sieht man selten heutzutage. Aber ihre Haltung war es, die mir auffiel. Sie saß halb verdreht auf ihrem Platz, den Kopf hatte sie über ihre linke Schulter geneigt, und sie starrte geradewegs auf den Bauch eines älteren Herrn neben ihr. Aber es war offenkundig, dass sie ihn nicht sah: Ihre jungen starrenden Augen sahen nichts, sie blickten nach innen.

Sie war so offensichtlich allein in dem vollen Abteil, dass es nicht annähernd so peinlich war, wie man hätte denken können. Ich blickte mich um, die Leute lächelten, tauschten miteinander Blicke aus, zwinkerten sich zu oder ignorierten sie einfach, je nach Veranlagung, doch sie nahm uns alle nicht wahr.

Plötzlich richtete sie sich auf, drehte sich nach vorne, sodass sie aufrecht dasaß, und richtete Blick und Stimme auf ihr Gegenüber.

»Das glaubst du also. Das glaubst du, nicht wahr;
du glaubst also, ich gehe einfach und warte zu Hause auf
dich, aber ihr hast du ein goldenes Etui geschenkt und …«

Und mit einer automatenhaften Bewegung ihres dünnen Körpers drehte sie ihren schmalen Kopf mit dem bleichen Haar
zur Seite über die linke Schulter und blickte wieder starr und
mit leerem Blick auf den Bauch des Mannes. Dieser grinste
unbehaglich. Ich lehnte mich vor, um die Leute in meiner
Sitzreihe zu betrachten; der Mann ihr gegenüber, ein junger
Mann, hatte genau denselben unbehaglichen Gesichtsausdruck, doch war er entschlossen, amüsiert dreinzublicken. Alle
schauten wir auf sie, wie die junge, dünne, blasse Frau da in
ihrem privaten Elend und Jammer saß und uns so völlig vergaß, dass sie laut dachte und redete. Und wieder, ohne vor-
herige Anzeichen, ohne Grund, zwischen den Haltestellen (so
wurde sie also nicht dadurch aus ihrem Traum aufgeschreckt,
dass die Bahn an Bond Street hielt und dann wieder ruckartig
anfuhr), drehte sie ihren Körper nach vorne und sprach den
Sitz ihr gegenüber an (der junge Mann war ausgestiegen, eine
elegante Matrone mit grauen Locken hatte sich dort hinge-
setzt):

»Ich weiß also jetzt Bescheid, nicht, und wenn du so breit
lächelnd und zufrieden hereinkommst, ja, dann weiß ich Bescheid, nicht, du brauchst mir nichts zu sagen, ich weiß, und
ich hab ihr gesagt, ich hab gesagt, ich weiß, dass er Ihnen ein
goldenes Zigarettenetui geschenkt hat …«

Hier hielt sie wieder mit diesem automatenhaften Impuls inne
(wurde zum Stehen gebracht oder war ganz einfach abgelaufen)
und drehte sich halb herum, um auf den Bauch zu starren –
denselben Bauch, denn der Herr mittleren Alters saß noch immer da. Aber wir hielten an Marble Arch und er stieg aus, wobei
er mehr dem Abteil, nicht so sehr den Mitreisenden ein nach
sichtiges, dünnes Lächeln zuwarf, das besagte: Ihnen ist doch

wohl hoffentlich klar, dass diese unglückliche Frau total verrückt ist ...

Sein Platz blieb unbesetzt. Niemand stieg am Marble Arch
ein, und die zwei auf einen freien Platz wartenden Fahrgäste
wollten nicht neben ihr sitzen, ihrem starrenden Blick ausgesetzt.

Wir saßen da und blickten freundlich vor uns hin, täuschten
uns selbst und einander vor, wir wüssten nicht, dass die arme
Frau verrückt war und dass wir eigentlich irgendetwas tun sollten. Ich überlegte sogar, was ich denn sagen könnte: Madam, Sie
sind verrückt – soll ich Sie nicht lieber nach Hause begleiten?
Oder: Sie Ärmste, hören Sie auf damit, es nützt doch nichts –
lassen Sie ihn einfach, das wird ihn zur Vernunft bringen ...

Und siehe da, nach der Pause, die durch ihren inneren Me-
chanismus bestimmt wurde, drehte sie sich um und sagte zu der
eleganten Matrone, die diese anklagenden Worte mit vollkommener Selbstbeherrschung aufnahm:

»Ja, ich weiß Bescheid! Oh ja! Und was ist mit meinen Schuhen, was ist damit, ein goldenes Zigarettenetui, das hat sie
bekommen, die dreckige Hure, ein goldenes Etui ...«

Innehalten. Drehung. Starren. Auf den leeren Sitz neben sich.
Außergewöhnlich. Denn dies war das erstarrte Elend, oder wie
kann ich das ausdrücken? Eine leidenschaftslose Leidenschaft –
wir erblickten das personifizierte Unglück; wir erlebten das in-
nerste Wesen einer persönlichen Tragödie – vielmehr der Tragödie. Es war gar kein Gefühl darin. Die Frau glich einer Schau-
spielerin in der Rolle der »Anklägerin«, der »Verratenen
Geliebten«, der »Betrogenen«, gerade zu dem Zeitpunkt, da sie
ihren Part auswendig gelernt hat und sich nur darum bemüht,
die Worte richtig hinzukriegen.

Und ob sie nun in ihrer verdrehten Haltung dasaß, ihre
furchtlosen Augen starr auf den grünlichen, pelzartigen, hässlichen Bezug der Wagensitze gerichtet, oder aufrecht sitzend
ihre Anklage an die elegante Matrone gegenüber richtete, immer

war sie von einer erschreckenden Unbewegtheit – ja, genau das war es, was uns Angst einflößte. Denn ganz offensichtlich hätte sie (wenn die innere Uhr abgelaufen wäre) für alle Zeit stillstehen können, in verdrehter oder in aufrechter Haltung oder auch in einer Zwischenposition – ja, wir konnten uns alle vorstellen, wie sie in irgendeiner beliebigen Stellung für immer erstarrte. Es war, als beobachteten wir die Hülle einer Frau, die gewisse vorbestimmte Bewegungen ausführte.

Denn *sie* war überhaupt nicht anwesend. *Was* da war, wer sie war, das ließ sich unmöglich sagen, obgleich man es sich leicht ausmalen konnte, wie ihr schmales, freundliches Gesichtchen in völliger Unwissenheit dessen, was sie da im Augenblick rollenhaft verkörperte, auf einmal lächelte. Sie war sich nicht bewusst, dass sie mit der U-Bahn von Marble Arch nach Queensway fuhr, auch nicht, dass sie in aller Öffentlichkeit ihren Ehemann oder Liebhaber anklagte, noch, dass wir sie anschauten.

Und wir, die wir sie anblickten, empfanden Verlegenheit und Scham, was nicht ihre Schuld war …

Plötzlich spürte ich unter dem Schal und der Alufolie, dass meine Finger sich unbeschwerter anfühlten, als ob mein Herz sich löste.

Ich nahm es, bevor es womöglich wieder an der Handfläche festzuwachsen gedachte, hastig weg, entfernte den Schal und balancierte ein vollkommen stilisiertes Herz auf meinen Knien, ähnlich dem silbernen Herzen auf einer Valentinskarte, wobei dies hier natürlich dreidimensional war. Dieses Herz war jetzt nicht so sehr unschädlich, nein, das ist nicht das richtige Wort, vielmehr künstlich, kunstvoll, war es, allerdings äußerst geschmacklos, wie ich ja schon sagte. Ich konnte sehen, dass die Fahrgäste, die jetzt auf mich und das Herz schauten und nicht auf die arme Verrückte, daran Gefallen fanden.

Ich stand auf, ging die etwa vier Schritte bis zu ihr und legte das Aluherz auf den Sitz, damit ihr Blick drauffallen konnte.

Einen Augenblick lang reagierte sie nicht, dann, mit einem Seufzer oder einem Murmeln der Erleichterung und voll theatralischen Schmerzes, beugte sie sich vor, hob das glitzernde

Herz auf, nahm es fest in ihre Arme, liebkoste es und wiegte es hin und her, schmiegte sogar ihre Wange daran und starrte über seine Spitze hinweg auf ihren Ehemann, als wollte sie sagen: Sieh mal, was ich habe, ich kümmere mich nicht um dich und dein Zigarettenetui, ich habe ein silbernes Herz gekriegt.

Ich erhob mich, denn wir waren in Notting Hill Gate, und begleitet von zufriedenem Nicken und anerkennendem Lächeln der Zurückbleibenden, stieg ich aus, fuhr die Rolltreppe hoch, ging auf die Straße hinaus und weiter zum Park.

Kein Herz. Kein Herz mehr. Welch ein Segen. Welche Freiheit …

Hörst du das da? Ja, das ist ein Lachen.
Ich lach da, ja, das bin ich.

EIN MANN UND ZWEI FRAUEN

Stellas Freunde, die Bradfords, hatten sich für den Sommer ein billiges Landhäuschen in Essex gemietet, und Stella hatte vor, sie dort unten zu besuchen. Sie wollte sie gern sehen; doch ließ es sich nicht leugnen: in einem kleinen englischen Landhaus zu wohnen bedeutete so etwas wie ein Abstieg (und so empfanden es auch die Bradfords). Im vergangenen Sommer war Stella mit ihrem Mann quer durch Italien gezogen; sie hatten das andere englische Paar an einem Kaffeehaustisch kennengelernt und es sympathisch gefunden. Sie alle mochten sich untereinander, und einige Wochen lang blieben die vier beisammen, aßen gemeinsam, wohnten in denselben Hotels und machten zusammen Ausflüge. Nach London zurückgekehrt, war die Ferienfreundschaft nicht, wie man hätte erwarten können, eingeschlafen. Dann fuhr Stellas Mann, wie er es oft tat, ins Ausland, und Stella traf sich mit Jack und Dorothy allein. Es gab eine Menge Leute, die sie hätte besuchen können, doch am häufigsten traf sie die Bradfords, zwei oder drei Mal in der Woche, in deren Wohnung oder auch bei sich. Sie fühlten sich wohl miteinander. Woran lag das? Nun, vielleicht daran, dass sie alle Künstler waren – jeder auf seine Art. Stella entwarf Tapeten und Stoffe; sie hatte sich darin einen Namen gemacht.

Die Bradfords waren richtige Künstler. Er malte, sie zeichnete. Sie hatten meistens außerhalb Englands gelebt, irgendwo am Mittelmeer, wo es nicht so teuer war. Beide kamen aus Nordengland, hatten sich an der Kunstakademie kennengelernt, mit zwanzig geheiratet, hatten England den Rücken gekehrt, waren zurückgekehrt, da sie es zum Leben brauchten, waren wieder fortgegangen: und so weiter, jahrelang in diesem Rhythmus, wie bei so vielen ihrer Art, die England zum Leben brauchen, es hassen und doch lieben. Es hatte für sie Zeiten wirklicher Armut gegeben, in denen sie auf Mallorca, in Südspanien,

Italien, Nordafrika von Nudeln, Brot oder Reis gelebt hatten, von Wein, Früchten und Sonnenschein.

Ein französischer Kritiker hatte Jacks Arbeiten gesehen, und mit einem Schlag wurde er erfolgreich. Seine Ausstellungen in Paris und anschließend in London hatten Geld gebracht, und jetzt verlangte er Hunderte, wo er noch vor etwa einem Jahr zehn oder zwanzig Guineas verlangt hatte. Dies hatte seine Verachtung für die Marktwerte nur gesteigert. Eine Zeit lang glaubte Stella, dass es dies war, was sie mit den Bradfords verband. Genau wie sie selbst gehörten sie der neuen Generation von Künstlern an (Dichtern, Stückeschreibern und Romanschriftstellern), denen eins gemeinsam war, ihre kühle, spöttische Verachtung des Kunstbetriebs. Sie waren so unendlich verschieden (empfanden sie) von der älteren Generation mit ihren Gesellschaften, formellen Lunchs, Salons und Cliquen: diese Atmosphäre gegenseitigen Einvernehmens mit den snobistischen Allüren der Arrivierten. Auch Stella hat rein zufällig Erfolg gehabt. Nicht, dass sie sich für unbegabt hielt, nur gab es andere, die ebenso begabt waren, doch wurden sie nicht allseits gefeiert und hoch gehandelt. Wenn sie mit den Bradfords oder anderen Gleichgesinnten zusammenkam, redeten sie über den Kunstbetrieb, nahmen sich gegenseitig zum Maßstab, respektierten einander als künstlerisches Gewissen, wieweit man nachgeben durfte, was man überhaupt geben konnte, in welchem Maße man etwas nutzen durfte, ohne selbst ausgenutzt zu werden, und wie stark man etwas genießen durfte, ohne selbst vom Genuss abhängig zu werden. Natürlich war Dorothy Bradford nicht in der Lage, im Gespräch ganz mitzuhalten, da sie noch nicht ›entdeckt‹ worden war, noch nicht den ›Durchbruch‹ geschafft hatte. Einige wenige Leute mit Kunstverstand kauften ihre ungewöhnlichen, zarten Zeichnungen, welche eine Kraft ausstrahlten, die sich nur erschloss, wenn man Dorothy persönlich kannte. Doch auf keinen Fall hatte sie Jacks Riesenerfolg. Darüber herrschte eine gewisse Spannung zwischen den Eheleuten, nichts Bedeutendes; diese wurde dadurch in Schach gehalten, dass sie ihre so willkürlichen Erfolge im ›Kunstbetrieb‹ verachteten. Aber immerhin war sie da.

Stellas Mann hatte gesagt: »Ich kann das gut verstehen, es ist so wie bei uns – du bist kreativ, was immer das heißen mag, ich bin bloß so ein mieser kleiner Fernsehjournalist.« Darin lag keine Bitterkeit. Er war ein tüchtiger Journalist, und außerdem konnte er manchmal einen anspruchsvollen Kurzfilm drehen. Dennoch, etwas gab es da zwischen ihm und Stella, genauso wie zwischen Jack und seiner Frau.

Nach einer Weile bemerkte Stella noch etwas an innerer Verwandtschaft mit dem Paar. Die Bradfords hatten eine enge Beziehung zueinander, was daher rührte, dass sie so viele Jahre zusammen im Ausland gelebt hatten, wegen ihrer Armut aufeinander angewiesen. Es war eine echte Liebesehe gewesen; das sah man, wenn man sie anblickte. Noch jetzt. Und Stellas Ehe war ebenfalls eine richtige Ehe. Es wurde ihr bewusst, dass sie es darum genoss, mit den Bradfords zusammen zu sein, weil die beiden Paare sich darin gleich waren. Beide Ehen setzten sich zusammen aus starken, leidenschaftlichen, begabten Individuen; sie hatten etwas Kämpferisches an sich, das sie stark machte, nicht schwach.

Stella hatte so lange gebraucht, das herauszufinden; erst die Bradfords hatten sie dazu gebracht, über ihre eigene Ehe nachzudenken, die sie als etwas Gegebenes hinzunehmen anfing, ja manchmal sogar als ermüdend empfand. Durch sie hatte sie verstanden, wie glücklich sie mit ihrem Mann war; wie glücklich sie alle waren. Kein Eheelend; nichts davon (was sie so oft bei Freunden erlebten), dass der eine der Ehepartner Opfer des anderen ist und ihm darum grollt; nichts davon, dass man Außenstehende als Sympathisanten, als Verbündete in einem ungleichen Kampf beansprucht.

Diese vier Leute hatten den Plan gehabt, wieder nach Italien oder Spanien zu fahren, aber dann war Stellas Mann abgereist, und Dorothy wurde schwanger. Stattdessen also das kleine Landhaus in Essex, eine schlechte zweite Wahl, doch war es vernünftiger, meinten sie alle, sich in der Heimat um das Baby zu kümmern, zumindest im ersten Jahr. Stella, die von Jack angerufen wurde (wie er sagte, auf ausdrücklichen und inständigen Wunsch von Dorothy), drückte Bedauern aus – und nahm es auch entgegen –, dass es nun bloß Essex sein würde und nicht Mallorca oder Italien. Sie selbst erhielt mitfühlende Worte, weil ihr Mann, den sie für dieses Wochenende zurückerwartet hatte, telegrafiert hatte, er komme wahrscheinlich nicht vor einem Monat nach Hause, es gebe da Ärger in Venezuela. Stella fühlte sich nicht direkt verloren; es machte ihr nichts aus, allein zu leben, da sie stets von der Gewissheit getragen wurde, ihr Mann werde wiederkommen. Außerdem, sie selbst würde nicht zögern, zuzugreifen, wenn sich ihr die Gelegenheit für einen Monat ›Ärger‹ in Venezuela böte, darum wäre es unfair ... Fairness kennzeichnete ihre Beziehung. Dennoch war es angenehm, dass sie bei den Bradfords ankommen (oder unterkommen) konnte, Menschen, mit denen sie immer sie selbst sein konnte, nicht mehr, nicht weniger.

Sie verließ London mittags mit dem Zug, eingedeckt mit Lebensmitteln, die man in Essex nicht bekommen konnte: Salami, verschiedene Käsesorten, Gewürze, Wein. Die Sonne schien, doch war es nicht besonders warm. Sie hoffte, dass in dem Landhaus geheizt würde, egal ob es Juli war.

Der Zug war leer. Der kleine Bahnhof lag wie Strandgut im grünen Nirgendwo. Sie stieg aus, beladen mit den Taschen voller Lebensmittel. Ein Gepäckträger und der Bahnhofsvorsteher prüften die Lage, kamen dann näher, um ihr zu helfen. Sie war eine ziemlich große, blonde Frau, sehr stattlich; aus ihrem glatten, nach hinten gekämmten Haar ringelten sich Löckchen, und sie hatte große, hilflos blickende blaue Augen. Sie trug ein Kleid aus einem der Stoffe, die sie selbst entworfen hatte. Riesige grüne Blätter schmiegten sich überall an ihren Körper und flatterten über ihre Knie. Sie stand lächelnd da, gewohnt, dass die Männer heranliefen, um ihr behilflich zu sein, und freute sich, wie sie sich an ihr erfreuten. Sie ging mit ihnen zu der Schranke, hinter der Jack wartete und mit Wohlgefallen ihren Auftritt betrachtete. Er war eher klein, gedrungen, dunkelhaarig. Er trug ein blaugrünes Polohemd, rauchte eine Pfeife und schaute lächelnd zu. Die beiden Männer übergaben sie den Händen dieses dritten und verschwanden pfeifend wieder zu ihren Pflichten. Jack und Stella küssten sich, schmiegten dann die Wangen aneinander.

»Lebensmittel«, sagte er, »Lebensmittel«, und befreite sie von ihren Taschen und Tüten.

»Wie ist es denn hier so mit dem Einkaufen?«

»Beim Gemüse geht's, glaube ich.«

Jack war darin immer noch der Nordengländer: gegenüber Fremden schien er kurz angebunden; nicht schüchtern, er war ganz einfach nicht in dem Milieu aufgewachsen, wo man gern mit Worten umgeht. Jetzt legte er den Arm kurz um Stellas Taille und sagte: »Wunderbar, Stell, wunderbar.« Sie gingen weiter, beglückt über ihr Zusammensein. Stella hatte mit Jack, ihr Ehemann mit Dorothy, solche Augenblicke erlebt, wo sie einander ohne Worte mitteilten: Wenn ich nicht mit meinem Mann verheiratet wäre und du nicht mit deiner Frau, wie herrlich wäre es dann, mit dir verheiratet zu sein. Diese Augenblicke zählten bestimmt nicht zu den geringsten Freuden in dieser Vierergemeinschaft.

»Seid ihr gern auf dem Land hier?«

»Nun, wir haben es ja so erwartet.«

Das war mehr als seine sonstige Kurzangebundenheit; sie blickte ihn an und bemerkte, dass er die Stirn runzelte. Sie gingen auf das Auto zu, das unter einem Baum geparkt war.

»Wie geht's dem Baby?«

»Der kleine Schmarotzer schläft nie, macht uns richtig fertig, doch sonst geht's ihm gut.«

Das Baby war sechs Wochen alt. Ein Baby zu haben war bestimmt schon eine Errungenschaft: bis es empfangen und auf die Welt gebracht war, hatte es Jahre gebraucht. Dorothy war, wie die meisten unabhängigen Frauen, etwas zwiespältig, ob sie ein Baby haben wollte. Außerdem war sie über dreißig und jammerte, sie sei in ihrem Denken und Tun schon so festgelegt. All das – die Schwierigkeiten, Dorothys Zögern – hatte zu einer seelischen Verfassung geführt, die Dorothy selber so beschrieb: »Man fragt sich, ob das verdammte Pferd nun endlich das Hindernis nehmen wird.« Dorothy redete während ihrer Schwangerschaft mit einer leisen Staccatostimme: »Vielleicht will ich letzten Endes doch nicht wirklich ein Baby? Vielleicht bin ich auch gar nicht als Mutter geeignet? Vielleicht … und wenn es so ist … und wie …?«

Und weiter sagte sie: »Bis vor Kurzem noch waren Jack und ich immer mit Leuten zusammen, für die es selbstverständlich war, dass schwanger zu werden eine Katastrophe bedeutet, und jetzt auf einmal haben alle unsere Bekannten kleine Kinder und Babysitter und … vielleicht … wenn …«

Jack antwortete darauf: »Du wirst dich schon besser fühlen, wenn das Baby da ist.«

Einmal hörte Stella, wie Jack nach einem von Dorothys langen, qualvollen Gesprächen mit ihr zu seiner Frau sagte: »Jetzt ist es aber genug, jetzt reicht's, Dorothy.« Er hatte sie zum Schweigen gebracht und die Verantwortung auf sich genommen.

Sie kamen zum Auto und stiegen ein. Es war ein erst vor Kurzem gekaufter Gebrauchtwagen. »Sie« (damit war die Presse gemeint, der Feind allgemein) »warten doch nur darauf, dass wir (Künstler, Schriftsteller, die zu Geld gekommen sind) uns dicke Schlitten kaufen.« Sie hatten darüber diskutiert und waren zu dem Schluss gekommen, dass der *Nicht*kauf eines teuren Autos, auch wenn ihnen der Sinn danach stand, hieße, sich einschüchtern zu lassen; doch schließlich hatten sie sich einen Gebrauchtwagen gekauft. So viel Genugtuung wollte Jack *denen* offensichtlich nicht geben.

»Eigentlich hätten wir auch gehen können«, sagte er, als sie einen schmalen Weg hinunterschossen, »aber mit diesen Lebensmitteln ist es besser so.«

»Wenn euch das Baby so viel Arbeit macht, dann bleibt wohl nicht allzu viel Zeit zum Kochen übrig.« Dorothy war eine ausgezeichnete Köchin. Doch wieder hatten seine Worte einen Beiklang: »Das Essen ist zurzeit wirklich nicht das Wahre. Du kannst das Abendessen machen, Stell, wir könnten was Gutes gebrauchen.«

Nun war es aber so, dass Dorothy es hasste, wenn jemand in ihre Küche kam, mit Ausnahme ihres Mannes für ganz bestimmte Handgriffe; und darum kam das überraschend.

»Um ehrlich zu sein, Dorothy ist völlig erschöpft«, fuhr er fort, und jetzt verstand Stella, dass er sie warnte.

»Das ist ja auch ermüdend«, sagte Stella beruhigend.

»Ging's dir auch so?«

›Auch so‹ deutete auf viel mehr hin als nur erschöpft, ermüdet sein; und es wurde Stella klar, dass Jack richtig beunruhigt war. Mit humorvollem Unterton klagte sie: »Ihr zwei verlangt von mir immer, dass ich mich an Dinge erinnern soll, die vor hundert Jahren passiert sind. Lass mich mal nachdenken ...«

Sie hatte mit achtzehn geheiratet und wurde sofort schwanger. Ihr Mann verließ sie. Bald darauf heiratete sie Philip, der auch ein kleines Kind aus einer früheren Ehe mitbrachte. Diese beiden Kinder, ihre Tochter, siebzehn jetzt, und sein Sohn, zwanzig, waren zusammen aufgewachsen.

Sie erinnerte sich, wie sie mit achtzehn gewesen war, allein mit dem Baby. »Ich war allein«, sagte sie. »Das ist schon ein Unterschied. Ich erinnere mich. Ich war total erschöpft. Ja, ich war sehr gereizt und unvernünftig.«

»Ja«, sagte Jack und warf ihr nur einen kurzen zögernden Blick zu.

»Ist schon in Ordnung, mach dir keine Sorgen«, sagte sie und antwortete damit, wie sie es oft tat, auf etwas, was Jack nicht laut geäußert hatte.

»Gut«, sagte er.

Stella dachte daran, wie sie Dorothy mit dem Neugeborenen im Krankenhaus besucht hatte. Sie hatte aufrecht im Bett gesessen in einem hübschen Bettjäckchen, das Baby in einem Korb an ihrer Seite. Das Baby war unruhig gewesen. Jack stand zwischen Korb und Bett, eine große Hand lag auf dem Bauch seines Sohnes. »Jetzt halt aber den Mund, du kleiner Quälgeist«, hatte

er gefordert, als dieser quengelte. Dann hatte er das Baby aufgehoben, so als hätte er das schon immer getan, hatte es an seine
Schulter gedrückt, und als Dorothy ihm die Arme entgegenge-
streckt hatte, hatte er ihr das Baby gereicht. »Möchtest wohl
deine Mutter? Hab ja nichts dagegen.«

Diese Szene mit ihrer Natürlichkeit, die Art, wie die beiden
Eltern miteinander umgingen, hatte für Stella Dorothys mona-
telange Selbstquälereien nichtig werden lassen. Dorothy selbst
hatte zwar die von ihr zu erwartenden Worte parodiert, doch
ernst gemeint: »Er ist das schönste Baby, das je geboren wurde.
Ich kann gar nicht verstehen, warum ich ihn nicht schon eher
hatte.«

»Da ist das Haus«, sagte Jack. Vor ihnen stand, zwischen dichten grünen Bäumen und umgeben von grünem Gras, ein Ar-
beiterhäuschen. Es war weiß verputzt, und vier Fenster blinkten
in der Sonne. Daneben ein länglicher Schuppen, ein Bau, der
sich als Gewächshaus entpuppte.

»Der Mann hat Tomaten gezüchtet«, sagte Jack. »Prima Atelier jetzt.«

Der Wagen hielt wieder unter einem Baum.

»Kann ich mir mal kurz das Atelier ansehen?«

»Wie du willst.« Stella betrat den länglichen Schuppen mit
dem Glasdach. In London teilten sich Jack und Dorothy ein
gemeinsames Atelier. Wo immer sie gewohnt hatten, irgendwo
am Mittelmeer, hatten sie immer Hütten, Schuppen, alles, was
sich nur eignete, gemeinsam gehabt. Sie arbeiteten immer Seite
an Seite. Dorothys Bereich war aufgeräumt, ordentlich, Jacks
vollgestellt mit riesigen Leinwänden, und er arbeitete inmitten
eines Durcheinanders. Stella blickte jetzt umher, um festzustellen, ob dieses freundliche Arrangement auch weiterhin galt;
doch als Jack hinter ihr eintrat, sagte er: »Dorothy hat sich noch
nicht eingerichtet. Ich vermisse sie sehr.«

Das Gewächshaus wurde zum Teil noch genutzt: Gestelle mit
Pflanzen standen an den Seiten. Es war warm, und alles gedieh
üppig.

»Höllisch heiß, wenn die Sonne richtig draufknallt, dann

heizt es gewaltig ein. Manchmal bringt Dorothy Paul hierher, so kann er sich schon früh an ein anständiges Klima gewöhnen.«

Dorothy trat am hinteren Ende ein, ohne das Baby. Sie hatte wieder ihre frühere Figur. Sie war eine kleine dunkelhaarige Frau von ausnehmend zartem Wuchs. Ihr Gesicht war blass, mit leuchtend roten, nicht ganz regelmäßigen Lippen und schwarz glänzenden Augenbrauen, die ein wenig gekrümmt waren. Und wenn sie auch nicht hübsch zu nennen war, so sah sie doch lebhaft und aufregend aus. Sie und Stella hatten gemeinsam Augenblicke erlebt, wo sie Vergnügen daran hatten, ihre jeweiligen Unterschiede zu vergleichen: die eine Frau so groß gewachsen, sanft und blond, die andere dunkelhaarig und so lebhaft.

Dorothy kam durch die quer einfallenden Sonnenstrahlen heran, blieb stehen und sagte: »Stella, ich freue mich, dass du gekommen bist.« Dann ging sie weiter, bis sie nur einige Schritte von ihnen entfernt war, und blickte sie von da aus an: »Ihr zwei seht gut zusammen aus«, sagte sie stirnrunzelnd. Etwas Düsteres, übermäßig Betontes klang aus diesen beiden Feststellungen, worauf Stella sagte: »Ich war neugierig, was Jack so gemacht hat.«

»Ich glaube, was sehr Gutes«, sagte Dorothy und näherte sich, um einen Blick auf die frisch bemalte Leinwand auf der Staffelei zu werfen. Sie zeigte sonnenbeschienene Felsen, braun und glatt, blauen Himmel, blaues Wasser und Leute, die im glitzernden Licht schwammen. Wenn Jack im Süden war, malte er Bilder, die seine Frau als »Dreck, Ruß und Elend« bezeichnete – so nämlich beschrieben sie beide ihre gemeinsame Heimat, ihre Kindheit. In England malte er Szenen wie diese hier.

»Magst du's? Es ist gut, nicht?«, fragte Dorothy.

»Sehr«, sagte Stella. Sie freute sich immer an dem Gegensatz zwischen Jacks sichtbarem Ich – der schmächtige, verschlossene, kleine Mann, der im Nu in einer Menge von Fabrikarbeitern hätte untertauchen können, etwa in Manchester, und den sinnlichen Bildern mit den leuchtenden Farben wie dieses hier.

»Und wie ist es mit dir?«, fragte Stella.

»Das Baby hat alles Schöpferische in mir abgetötet – ganz anders als die Schwangerschaft«, sagte Dorothy, doch beklagte sie sich nicht darüber. Sie hatte, während sie schwanger war, wie besessen gearbeitet.

»Hab Erbarmen«, sagte Jack, »der Kerl ist doch grad erst auf die Welt gekommen.«

»Mir macht es nichts aus«, sagte Dorothy. »Das ist ja das Komische, es macht mir *überhaupt nichts* aus.« Sie sagte das ohne Nachdruck, gleichgültig. Sie schien sie wieder aus einer kleinen Distanz anzusehen, beunruhigt. »Ihr zwei seht gut zusammen aus«, sagte sie, und wieder war da dieser schrille Unterton.

»Wir wär's denn mit Tee?«, fragte Jack, und Dorothy antwortete sofort: »Ich hab ihn schon gemacht, vorhin als ich das Auto hörte. Ich dachte, besser drinnen, es ist nicht richtig warm in der Sonne.« Vor ihnen verließ sie das Gewächshaus, und im Licht, das von oben durchs Glasdach hereinfiel, löste sich ihr weißes Leinenkleid in gelbe Rauten auf, sodass Stella an die weißen Körper von Jacks Schwimmern erinnert wurde, wie sie sich unter dem Sonnenlicht auf seinem neuen Bild auflösten. Die Arbeiten dieser beiden erinnerten ständig an die Person des anderen oder an dessen eigene Arbeit, und zwar auf unterschiedlichste Weise: Sie waren so sehr eins geworden in ihrer Ehe.

Die Zeit, die sie brauchten, um über das wild wachsende Gras bis zur Tür des Häuschens zu gehen, genügte, um zu merken, dass Dorothy recht hatte: Es war wirklich kühl in der Sonne. Drinnen sorgten zwei elektrische Heizöfen für Wärme. Ursprünglich waren unten zwei kleine Räume gewesen, aus denen man aber einen einzigen schönen weiß getünchten Raum mit niedriger Decke und Steinfliesen gemacht hatte. Ein mit einem purpurrot karierten Tuch gedeckter Teetisch stand in der Nähe eines Fensters bereit, durch dessen blanke Scheiben blühende Büsche und Bäume hereinschauten. Entzückend. Sie rückten die Heizgeräte heran und setzten sich so hin, dass sie durch das Fenster die friedliche englische Landschaft bewundern konnten.

Stella hielt Ausschau nach dem Baby, und Dorothy sagte: »Im Kinderwagen da hinten.« Dann erkundigte sie sich: »Hat deins oft geweint?«

Stella lachte und sagte wieder: »Ich versuch mich zu erinnern.«

»Wir erwarten von dir bei all deiner Erfahrung jetzt Rat und Hilfe«, sagte Jack.

»Soweit ich mich erinnern kann, war sie aus mir unerklärlichen Gründen etwa drei Monate lang ein kleiner Teufel, danach wurde sie mit einem Schlag ganz gesittet.«

»Die drei Monate gehen vorüber«, sagte Jack.

»Noch sechs Wochen«, sagte Dorothy und hantierte schlaff und gleichgültig mit den Teetassen, was Stella neu an ihr fand.

»Findest du es sehr anstrengend?«

»Ich hab mich noch nie im Leben wohler gefühlt«, antwortete Dorothy sofort, als hätte man ihr einen Vorwurf gemacht.

»Du siehst auch gut aus.«

Sie sah ein bisschen müde aus, nicht schlimm; Stella verstand nicht recht, aus welchem Grund Jack sie hatte warnen wollen. Es sei denn, er meinte diese Schlaffheit, diese Selbstversunkenheit. Ihre Lebhaftigkeit – eine gutmütige Angriffslust, die Ausdruck ihrer wachen Intelligenz war – schien gedämpft. Sie saß zurückgelehnt und unbestimmt lächelnd in einem weichen Sessel und überließ alles Jack.

»Ich bring ihn gleich herein«, bemerkte sie und lauschte dem Schweigen aus dem sonnenbeschienenen Garten im Hintergrund.

»Lass ihn doch«, sagte Jack. »Er ist selten genug mal so still. Entspann dich, Weib, und rauch eine Zigarette.«

Er steckte ihr eine Zigarette an, und sie nahm sie mit derselben unbestimmten Art, saß da und stieß den Rauch aus, wobei ihre Augen halb geschlossen waren.

»Hast du was von Philip gehört?«, fragte sie, nicht aus Höflichkeit, sondern aus einem plötzlichen Drang.

»Natürlich hat sie das, sie hat ein Telegramm bekommen«, sagte Jack.

»Ich möchte wissen, was sie dabei fühlt«, sagte Dorothy. »Was fühlst du, Stell?« Sie lauschte ständig zu dem Baby hinüber.

»Wobei denn?«

»Nun, dass er nicht zurückkommt.«

»Aber er kommt doch zurück, nur noch einen Monat«, sagte Stella und stellte überrascht fest, dass ihre Stimme gereizt klang.

»Siehst du?«, sagte Dorothy zu Jack, wobei sie die Worte an sich meinte, nicht den gereizten Klang.

Als sie merkte, dass man über sie und Philip geredet hatte, empfand Stella zunächst Freude, denn es war ja immer erfreulich, von zwei so guten Freunden verstanden zu werden; dann jedoch verspürte sie ein Unbehagen, als sie sich an Jacks Warnung erinnerte.

»Was soll er denn sehen?«, fragte sie Dorothy lächelnd.

»Das reicht jetzt aber«, sagte Jack zu seiner Frau in einem plötzlichen Wutanfall, was sich offenbar auf die Unterhaltung bezog, die die beiden gehabt hatten.

Dorothy fügte sich der Anweisung ihres Mannes und blieb einen Augenblick still, dann redete sie wie unter einem Zwang weiter. »Ich denke dauernd darüber nach, wie schön es sein muss, wenn der Mann fort ist und dann zurückkommt. Ist dir klar, dass Jack und ich seit unserer Heirat nicht voneinander getrennt waren? Das sind mehr als zehn Jahre. Ist das nicht irgendwie schrecklich, wenn zwei erwachsene Menschen die ganze Zeit über wie siamesische Zwillinge zusammenkleben?« Hierbei wandte sie sich spontan mit einer flehentlichen Geste an Stella.

»Nein, ich finde es wundervoll.«

»Aber dir macht es doch nichts aus, so viel allein zu sein, oder?«

»*So* viel ist es gar nicht; zwei oder drei Monate im Jahr. Natürlich macht es mir was aus. Klar, ich genieße es, allein zu sein. Aber ich würde es auch genießen, wenn wir immer zusammen wären. Ich beneide euch zwei.« Stella war überrascht, dass ihre Augen nass wurden vor Selbstmitleid, da sie noch einen weiteren Monat ohne ihren Mann bleiben musste.

»Und was meint er dazu?«, wollte Dorothy wissen. »Was meint Philip dazu?«

Stella sagte: »Ach, ich glaube, er hat es ganz gern, von Zeit zu Zeit wegzukommen – ja, bestimmt. Er mag zwar Vertrautheit, er genießt das, aber er tut sich schwerer damit als ich.« Sie hatte das niemals zuvor gesagt, da sie noch nie darüber nachgedacht hatte. Sie ärgerte sich über sich selbst, dass sie erst darauf warten musste, dass Dorothy ihr auf die Sprünge half. Doch war ihr bewusst, dass sie sich hüten musste, verärgert zu reagieren, bei dem Zustand, in dem sich Dorothy befand, wie auch immer der nun war. Sie blickte Hilfe suchend zu Jack, aber der konzentrierte sich ganz auf seine Pfeife.

»Also, mir geht es wie Philip«, verkündete Dorothy. »Ja, ich hätte es liebend gern, wenn Jack manchmal weg wäre. Ich glaube, ich ersticke fast, wenn ich Tag und Nacht, Jahr um Jahr mit Jack zusammengesperrt bin.«

»Danke«, sagte Jack kurz angebunden, doch gutmütig.

»Nein, ich meine es ernst. Es ist etwas Demütigendes daran, wenn sich zwei erwachsene Leute nicht eine Sekunde aus den Augen lassen.«

»Gut«, sagte Jack, »wenn Paul ein bisschen größer ist, dann haust du mal ab für einen Monat oder so, und wenn du zurückkommst, wirst du mich schon schätzen.«

»Das ist es doch nicht, dass ich dich nicht schätze, ganz und gar nicht«, sagte Dorothy nachdrücklich, fast scharf, sichtlich in fieberhafter Unruhe. Ihre Schlaffheit war verschwunden, ihre Arme und Beine bewegten sich ruckartig. Und jetzt stieß das Baby, als wäre es dadurch, dass der Vater es erwähnt hatte, dazu ermuntert, einen Schrei aus. Jack stand auf, und seiner Frau zuvorkommend, sagte er: »Ich hole ihn.«

Dorothy blieb sitzen, lauschte dem, was ihr Mann mit dem Baby machte, bis er zurückkam, wobei er das Kleinkind mit kundigem Handgriff gegen seine Schulter hielt. Er setzte sich, ließ seinen Sohn bis an die Brust gleiten und sagte: »So, jetzt hältst du den Mund und lässt uns noch ein wenig in Frieden.« Das Baby blickte in sein Gesicht hoch mit dem erstaunten Ausdruck von Neugeborenen, und Dorothy saß da und lächelte sie beide an. Stella begriff, ihre Unruhe, ihre wiederholten ruckartigen Bewegungen bedeuteten, dass sie sich danach sehnte, mehr noch: danach verlangte, das Baby in den Armen zu halten, seinen Körper gegen den ihren zu drücken. Und Jack schien das zu spüren, denn Stella hätte schwören können, dass es keine bewusste Entscheidung war, die ihn aufstehen und das Kind in die Arme seiner Frau legen ließ. Ihr Körper, ihre Bedürfnisse hatten wortlos zu ihm gesprochen, und er hatte sich sofort erhoben, um ihr zu geben, wonach sie verlangte. Diese stillschweigende, instinkthafte Verständigung zwischen den Eheleuten ließ Stella aufs Heftigste ihren eigenen Mann vermissen und weckte Groll in ihr gegen das Schicksal, das sie so oft trennte. Sie sehnte sich nach Philip. Inzwischen schien Dorothy, da sich jetzt das Baby sanft an ihre Brust kuschelte und die Füßchen in ihrer Hand lagen, gute Laune bekommen zu haben. Und die beobachtende Stella erinnerte sich an etwas, was sie wirklich vergessen hatte: die enge, starke körperliche Bindung zwischen ihr und ihrer Tochter, als sie noch ein winziges Baby war. Sie sah dieses Band in der Art, wie Dorothy das Köpfchen streichelte, das auf dem Hals zitterte, als das Baby ins Gesicht der Mutter hinaufblickte. Natürlich, sie erinnerte sich, ein Baby zu haben war wie verliebt sein. Alle möglichen vergessenen oder schon lange ruhenden Instinkte wurden in Stella wach. Sie zündete sich eine Zigarette an, nahm sich zusammen und begann, die Liebesgeschichte der anderen Frau mit ihrem Baby zu genießen, statt neidisch auf sie zu sein.

Die Strahlen der zwischen die Bäume sinkenden Sonne fielen auf die Fensterscheiben; und es entstand ein Leuchten und Blitzen gelben und weißen Lichts in dem Raum, besonders um Dorothy in ihrem weißen Kleid und dem Baby. Wieder fühlte sich Stella an Jacks Bild erinnert: weißgliedrige Schwimmer in einem von der Sonne facettierten Wasser. Dorothy schützte die Augen des Babys mit der Hand und bemerkte verträumt: »Das ist besser als mit irgendeinem Mann, nicht wahr, Stell? Besser als mit einem Mann.«

»Also, nein«, sagte Stella lachend. »Nein, nicht auf die Dauer!«

»Wenn du meinst, du musst es ja wissen … aber ich kann mir nicht vorstellen, je … Sag mal, Stell, hat dein Philip Affären, wenn er fort ist?«

»Um Himmels willen!«, sagte Jack wütend. Doch dann beherrschte er sich.

»Ja, sicherlich hat er welche.«

»Macht es dir was aus?«, fragte Dorothy und umschloss liebevoll die Füße des Babys mit ihrer Handfläche.

Und nun war Stella gezwungen, sich zu erinnern, daran zu denken, dass sie dagegen gewesen war, immer dagegen gewesen war, dass sie schließlich nachgegeben hatte und dass sie jetzt nichts mehr dagegen hatte.

»Ich denke nicht darüber nach«, sagte sie.

»Also, ich glaube, ich hätte nichts dagegen«, sagte Dorothy.

»Danke, dass du es mich wissen lässt«, sagte Jack knapp, obwohl er das nicht wollte. Dann zwang er sich zum Lachen.

»Und du, hast du Affären, wenn Philip weg ist?«

»Manchmal. Nicht richtig.«

»Weißt du, dass Jack mir in dieser Woche untreu war«, bemerkte Dorothy und lächelte das Baby an.

»Das *reicht*«, sagte Jack, jetzt richtig aufgebracht.

»Nein, es reicht nicht, ganz und gar nicht. Denn was das Schlimme daran ist, es ist mir völlig egal.«

»Warum sollte es dir denn, unter den gegebenen Umständen, auch nicht egal sein?« Jack wandte sich an Stella. »Da drüben wohnt so eine blöde Zicke, Lady Edith. Sie ist ganz aufgeregt, weil jetzt echte Künstler in ihrer Straße wohnen. Dorothy hatte Glück, sie konnte sich ja mit dem Baby rausreden, aber ich musste zu ihrer dummen Party. Alkohol in Strömen und die unglaublichsten Leute – verstehst du. Wenn man in Romanen von ihnen liest, würde man es nie glauben … aber ich kann mich kaum an etwas nach zwölf erinnern.«

»Weißt du, was passiert ist?«, sagte Dorothy. »Ich war gerade dabei, das Baby zu füttern, es war schrecklich früh am Morgen.

Jack setzt sich mit einem Mal aufrecht im Bett auf und sagt: Mein Gott, Dorothy, mir ist gerade eingefallen, dass ich diese blöde Zicke Lady Edith auf ihrem Brokatsofa gebumst habe.«

Stella lachte. Jack lachte schnaubend auf. Dorothy gluckste in uneingeschränkter Anerkennung. Dann sagte sie ganz ernsthaft: »Aber das ist doch das Entscheidende, Stella; die Sache ist die, es ist mir so verdammt schnuppe.«

»Warum auch nicht?«, fragte Stella.

»Aber es ist doch das erste Mal, dass er so was gemacht hat, und es hätte mir doch was ausmachen müssen, oder?«

»Da sei dir mal nicht so sicher«, sagte Jack und tat einen kräftigen Zug an der Pfeife. »Sei nicht zu sicher.« Das geschah nur der Form wegen, und Dorothy wusste das: »Du, ich hätte doch was dagegen haben müssen, nicht, Stell?«

»Nein. Du hättest schon was dagegen, wenn ihr beide, du und Jack, euch nicht so gut verstündet. Bei mir wär's genau dasselbe, wenn Philip und ich uns nicht so …« Tränen rollten mit einem Mal über ihr Gesicht. Sie tat nichts dagegen. Die beiden hier waren ihre Freunde; außerdem sagte ihr Instinkt, dass Tränen nicht verkehrt seien angesichts der Stimmung, in der Dorothy sich befand. Schniefend sagte sie: »Wenn Philip wieder da ist, haben wir am ersten Tag immer mordsmäßigen Krach über irgendwas ganz Unwichtiges, doch was dahintersteckt, ist uns schon klar. Ich bin eifersüchtig auf jede Affäre, die er gehabt hat, und umgekehrt. Danach gehen wir ins Bett und versöhnen uns.« Sie weinte bitterlich und dachte an dieses Glück, das sich nun um einen Monat verschob, und an die darauffolgenden herrlichen Kämpfe des täglichen Zusammenlebens.

»Stella«, sagte Jack. »Stell …« Er stand auf, angelte nach einem Taschentuch und tupfte ihr die Augen ab. »Ruhig, Kleines, er kommt bald zurück.«

»Ja, ich weiß. Es ist bloß, dass ihr zwei euch so gut versteht, und immer wenn ich mit euch zusammen bin, bekomme ich Sehnsucht nach Philip.«

»Ja, vielleicht verstehen wir uns wirklich so gut?«, sagte Dorothy, und es klang überrascht. Jack, der sich gerade über Stella beugte und seiner Frau den Rücken zukehrte, machte eine warnende Grimasse, richtete sich dann auf, drehte sich um und nahm die Situation in die Hand: »Es ist fast sechs. Es wäre gut, wenn du jetzt Paul füttern würdest. Stella macht uns das Abendessen.«

»Wirklich? Das ist sehr nett«, sagte Dorothy. »Es ist alles in der Küche, Stella. Wie herrlich, umsorgt zu werden!«

»Ich werde dir unseren Landsitz zeigen«, sagte Jack.

Oben gab es zwei kleine Zimmer. Eins war das Schlafzimmer mit ihren Sachen und denen des Babys. Das andere war eine Art Abstellraum, vollgepackt mit allerlei Zeug. Jack hob eine große Ledermappe von dem unbenützten Bett auf und sagte: »Sieh dir das an, Stell.« Er stellte sich ans Fenster, den Rücken ihr zugewandt, mit dem Daumen fingerte er an seinem Pfeifenkopf herum und schaute in den Garten hinaus. Stella setzte sich aufs Bett, öffnete die Mappe und rief sofort aus: »Wann hat sie die denn gemacht?«

»Die letzten drei Monate, die sie schwanger war. Habe vorher nie so etwas bei ihr gesehen, eins nach dem anderen hat sie so einfach hervorgebracht.«

Es waren einige Hundert Bleistiftzeichnungen, jeweils mit zwei Körpern in jeglicher Art von Gleichgewicht, Spannung, Beziehung. Die beiden Körper waren die von Jack und Dorothy, meist nackt, doch nicht alle. Die Zeichnungen waren erstaunlich, nicht nur weil sie einen wirklichen Fortschritt in Dorothys Können markierten, sondern wegen ihrer gewagten Sinnlichkeit. Sie waren so etwas wie ein verzückter Gesang über die Ehe. Die unwillkürliche Nähe, die Harmonie zwischen Jack und Dorothy, sichtbar in jeder Bewegung, die sie aufeinander zu oder voneinander weg machten, sichtbar, selbst wenn sie nicht zusammen waren, wurde hier offen und mit ruhigem Triumph gefeiert.

»Einige von ihnen sind ja ziemlich stark«, sagte Jack, wobei für einen Augenblick der Puritanismus des nordenglischen Arbeitersohnes auflebte.

Aber Stella lachte, denn diese Prüderie verbarg nur den Stolz: Einige der Zeichnungen waren unanständig.

Die allerletzten Zeichnungen der Serie zeigten den üppigen Körper der schwangeren Frau. Sie bewiesen Dorothys Vertrauen in ihren Mann, dessen Körper, der Herr des ihren war, stehend oder liegend Kraft und Zuversicht ausstrahlte. In der letzten Zeichnung stand Dorothy abgewandt von ihrem Mann da, ihre beiden Hände stützten den mächtigen Bauch; Jacks Hände legten sich beschützend auf ihre Schultern.

»Sie sind wundervoll«, sagte Stella.

»Ja, das stimmt.«

Stella blickte lachend und liebevoll zu Jack hin; denn sie sah, dass es nicht nur der Stolz über das Talent seiner Frau war, der ihn ihre Zeichnungen zeigen ließ, sondern er teilte Stella auf diese Art mit, dass sie Dorothys Stimmung nicht zu ernst nehmen sollte. Und um sich selbst aufzumuntern. Sie sagte ganz spontan: »Es ist doch alles in Ordnung. Nicht wahr?«

»Was denn? Ah, ich verstehe, was du meinst, ja, ist schon in Ordnung so.«

»Weißt du was?«, fragte Stella und senkte ihre Stimme. »Ich glaube, Dorothy fühlt sich schuldig, weil sie sich dir gegenüber untreu vorkommt.«

»Was?«

»Nein, ich meine mit dem Baby; darum dreht sich doch alles.«

Er wandte sich um, besorgt, dann lächelte er allmählich. Aus diesem Lächeln sprach dieselbe bedenkenlose Art der Anerkennung wie aus Dorothys Lachen über ihren Mann und Lady Edith. »Meinst du?« Sie lachten zusammen, unbändig und laut.

»Was gibt's zu lachen?«, rief Dorothy.

»Ich lache, weil deine Zeichnungen so gut sind«, antwortete Stella.

»Ja, das stimmt, nicht?« Doch dann bekam Dorothys Stimme einen kleinmütigen Klang: »Das Problem ist nur, ich kann mir nicht vorstellen, wie ich je wieder so etwas machen könnte.«

»Gehn wir nach unten«, sagte Jack zu Stella; sie stiegen hinunter und gesellten sich zu Dorothy, die den Säugling stillte. Er trank mit voller Hingabe, alles an ihm war in Bewegung. Er kämpfte mit der Brust, boxte mit seinen Fäusten gegen Dorothys vollen hübschen Busen. Jack stand da und blickte grinsend auf sie beide herunter. Dorothy erinnerte Stella an eine Katze, die ihre gelben Augen halb geschlossen hat und über die saugenden Jungen an ihrer Seite hinwegstarrt, während sie eine Pfote ausstreckt und die Krallen abwechselnd einzieht und herausstreckt, und dabei ein leichtes Kratzgeräusch auf dem Teppich macht, auf dem sie liegt.

»Du bist ein wildes Geschöpf«, sagte Stella lachend.

Dorothy hob ihr schmales lebhaftes Gesicht und lächelte. »Ja, das bin ich«, sagte sie und blickte sie beide über den Kopf ihres kräftigen Babys ruhig und aus Distanz an.

Stella machte das Abendessen in der Küche mit den Steinfliesen; Jack hatte ein Heizgerät gebracht, um es erträglicher zu machen. Sie verwendete die guten Lebensmittel, die sie mitgebracht hatte, und machte sich große Mühe. Es brauchte seine Zeit, dann aßen die drei langsam an einem großen Holztisch. Das Baby schlief noch nicht. Es quengelte auf einem Kissen auf dem Boden vor sich hin, bis es der Vater aufnahm und kurz hielt, bevor er es dann, wie schon vorher, seiner Mutter gab, als Antwort auf ihr Bedürfnis, es nahe bei sich zu haben. »Ich sollte ihn wohl schreien lassen«, bemerkte Dorothy. »Aber warum schreit er überhaupt? Wenn er ein arabisches oder afrikanisches Baby wäre, dann hätte ich ihn mir auf den Rücken gebunden.«

»Ah, das wär nett«, sagte Jack. »Ich glaube, sie kommen zu früh ans Licht der Welt; sie sollten achtzehn Monate einfach drinnen bleiben, dann wären wir alle besser dran.«

»Denk mal an *uns*«, sagten Dorothy und Stella einstimmig, und alle lachten; doch Dorothy fügte ganz ernsthaft hinzu: »Ja, ich habe mir das auch schon so gedacht.«

Diese gute Stimmung hielt während des langen Essens an. Das Licht draußen wurde kalt und schwach; drinnen ließen sie die Sommerabenddämmerung voranschreiten, ohne Licht anzumachen.

»Ich muss schon bald aufbrechen«, sagte Stella mit Bedauern.

»Oh nein, du musst bleiben!«, sagte Dorothy schrill. Plötzlich war sie wieder die Frau, die Jacks und Stellas Verspanntheit bewirkte.

»Wir haben alle gedacht, dass Philip kommt. Die Kinder werden morgen Abend zurück sein, sie haben Ferien gemacht.«

»Dann bleib doch bis morgen, ich *will*, dass du bleibst«, sagte Dorothy eigensinnig.

»Aber ich kann doch nicht«, sagte Stella.

»Nie hätte ich gedacht, ich könnte mir mal wünschen, dass eine zweite Frau um mich herum ist, die in meiner Küche kocht, sich um mich sorgt, aber jetzt tue ich es«, sagte Dorothy, offensichtlich kurz vorm Weinen.

»Nun, mein Liebes, du musst mit mir vorliebnehmen«, sagte Jack.

»Hättest du etwas dagegen, Stell?«

»Gegen *was*?«, erkundigte sich Stella vorsichtig.

»Findest du Jack attraktiv?«

»Sehr.«

»Ja, ich weiß das. Jack, findest du Stella attraktiv?«

»Stell mich doch auf die Probe«, sagte Jack grinsend; doch gleichzeitig signalisierte er eine Warnung an Stella.

»Also!«, sagte Dorothy.

»Eine *ménage à trois*?«, fragte Stella lachend. »Und was ist mit meinem Philip? Wie passt er dahinein?«

»Also, was das betrifft, ich selbst hätte nichts gegen Philip«, sagte Dorothy, zog ihre scharf gezogenen schwarzen Augenbrauen zusammen und runzelte die Stirn.

»Das kann ich verstehen«, sagte Stella und dachte an ihren gut aussehenden Mann.

»Nur für einen Monat, bis er wieder zurück ist«, sagte Dorothy. »Wisst ihr was, wir werden dieses dumme Häuschen aufgeben; wir müssen ja total verrückt gewesen sein, uns überhaupt in England zu verkriechen. Wir packen und machen uns mit dem Baby auf nach Spanien oder Italien.«

»Was denn noch?«, erkundigte sich Jack und versuchte um jeden Preis gute Laune zu bewahren, wobei er, um sich abzureagieren, in seiner Pfeife stocherte.

»Ja, ich bin zu der Auffassung gelangt, dass die Polygamie etwas Gutes ist«, verkündete Dorothy. Sie hatte ihr Kleid aufgeknöpft, und der Säugling trank an der Brust, diesmal ganz friedlich, wobei er sich entspannt an sie schmiegte. Sie streichelte seinen Kopf sanft, überaus sanft, während ihre Stimme lauter wurde und auf die beiden einhämmerte: »Ich habe das früher nie verstanden, aber jetzt verstehe ich es. Ich werde die rangältere Frau sein, und ihr beiden könnt euch um mich kümmern.«

»Vielleicht noch weitere Pläne?«, forschte Jack, jetzt doch wütend geworden. »Du kommst nur gelegentlich vorbei, um zuzuschauen, wenn wir gerade dabei sind. Willst du das etwa? Oder willst du uns sagen, wann wir wegkönnen, um es miteinander zu treiben? Mit deiner gütigen Erlaubnis?«

»Ach, mir ist das völlig egal, was ihr macht, das ist es doch gerade«, sagte Dorothy mit einem Seufzer, bei dem so etwas wie Hilflosigkeit mitschwang.

Jack und Stella, die darum bemüht waren, einander nicht anzublicken, saßen abwartend da.

»Ich habe gestern etwas in der Zeitung gelesen, das mich beeindruckt hat«, plauderte Dorothy. »Ein Mann und zwei Frauen leben zusammen – hier in England. Sie sind beide seine Ehefrauen, sie betrachten sich beide als seine Frau. Die rangältere Frau hat ein Baby, die jüngere Frau schläft mit ihm – das jedenfalls konnte man zwischen den Zeilen lesen.«

»Du hörst besser damit auf, zwischen den Zeilen zu lesen«, sagte Jack. »Es bekommt dir nicht.«

»Nein, ich hätte das gern«, beharrte Dorothy. »Ich glaube, unsere Ehen sind was Dummes. Afrikaner und solche Völker, die wissen es besser; die haben noch Vernunft.«

»Ich kann mir dich schon vorstellen, wenn ich mit Stella schlafen würde«, sagte Jack.

»Ja!«, sagte Stella mit kurzem Auflachen, das gegen ihren Willen gereizt klang.

»Aber ich hätte doch nichts dagegen«, wiederholte Dorothy und brach in Tränen aus.

»Dorothy, nun ist es wirklich genug«, sagte Jack. Er stand auf, nahm das Baby, das nur noch gewohnheitsmäßig Saugbewegungen machte, und verlangte: »Jetzt hör mal zu, du gehst jetzt nach oben und legst dich schlafen. Dieser kleine Stinker hier ist voll wie eine Zecke, der wird stundenlang schlafen, garantiert.«

»Ich bin aber gar nicht müde«, schluchzte Dorothy.

»Dann geb ich dir eben eine Schlaftablette.«

Allgemeine Suche nach Schlaftabletten, doch es waren keine aufzutreiben.

»Das sieht uns wieder ähnlich«, jammerte Dorothy, »nicht mal Schlaftabletten haben wir im Haus ... Stella, ich wünschte mir sehr, du würdest bleiben, wirklich. Warum kannst du denn nicht?«

»Stella geht in ein paar Minuten, ich bringe sie zum Bahnhof«, sagte Jack. Er goss etwas Whisky in ein Glas, reichte es seiner Frau und sagte: »Trink das jetzt, meine Liebe, und dann Schluss mit dem Ganzen. Ich habe allmählich die Nase voll.« Es klang so, als hätte er wirklich die Nase voll.

Dorothy trank gehorsam den Whisky aus, stand dann etwas unsicher von ihrem Stuhl auf und ging langsam nach oben. »Lass ihn nicht weinen«, verlangte sie, als sie den Blicken entschwand.

»Du dummes Biest!«, rief er hinter ihr her. »Wann habe ich ihn je weinen lassen? Hier, halt mal kurz«, sagte er zu Stella und reichte ihr das Baby. Er rannte die Treppe hoch.

Stella hielt das Baby. Fast zum ersten Mal, denn sie hatte gespürt, wie sehr Dorothys leidenschaftliche Besitzgier litt, wenn eine andere Frau ihr Kind hielt. Sie blickte auf das schläfrige, rote Gesichtchen und sagte leise: »Du machst aber einen ganz schönen Ärger.«

Jack rief von oben: »Komm mal kurz hoch, Stell.« Sie ging mit dem Baby nach oben. Dorothy war ins Bett gepackt, schläfrig vom Whisky, das Nachttischlämpchen von ihr weggedreht. Sie schaute das Baby an, doch Jack nahm es Stella ab.

»Jack behauptet, ich sei ein dummes Biest«, sagte Dorothy wie entschuldigend zu Stella.

»Nimm's nicht so ernst, du wirst dich bald anders fühlen.«

»Wenn du meinst. Also gut, ich *werde* jetzt schlafen«, sagte Dorothy mit eigensinniger, trauriger, kleiner Stimme. Sie drehte sich um, weg von ihnen. In einem letzten Aufflackern ihrer Hysterie sagte sie: »Warum geht ihr nicht zu Fuß zum Bahnhof? Es ist eine so schöne Nacht.«

»Das machen wir«, sagte Jack, »hab keine Angst.«

Sie ließ ein leises Kichern ertönen, aber drehte sich nicht um. Jack legte das mittlerweile eingeschlafene Baby behutsam in das Bett, etwa zwei Handbreit von Dorothy entfernt, die sich plötzlich hinüberschlängelte, bis ihr schlanker, trotziger weißer Rücken das Deckenbündel berührte, das ihr Sohn war.

Jack hob die Augenbrauen und blickte Stella an, doch die schaute gerade auf Mutter und Kind; die Stärke ihrer Erinnerung erfüllte sie mit süßer Wärme. Was für ein Recht hatte diese Frau, der solche Freude zu Gebot stand, ihren Mann zu quälen, ihre Freundin zu quälen, wie sie es die ganze Zeit tat – was für ein Recht hatte sie, sich auf deren Anständigkeit zu verlassen, wie sie es einfach tat?

Überrascht von diesen Gedanken, ging sie fort, die Treppe hinunter und stellte sich an die Tür zum Garten; ihre Augen geschlossen, sich verhärtend, um gegen die Tränen anzukämpfen.

Sie fühlte eine Wärme auf ihrem nackten Arm – Jacks Hand. Sie öffnete die Augen und sah, wie er sich besorgt zu ihr hinbeugte.

»Es würde Dorothy nur recht geschehen, wenn ich dich jetzt in die Büsche schleppen würde …«

»Brauchtest mich gar nicht zu schleppen«, sagte er; und wenn auch die Worte genau den scherzhaften Ton hatten, den die Situation verlangte, fühlte sie, dass sein Ernst sie beide in Gefahr brachte.

Die Wärme seiner Hand glitt über ihren Rücken, und sie drehte sich unter dem Druck der Hand zu ihm um. Sie standen beisammen, und ihre Wangen berührten sich, der Duft von Haut und Haar vermischte sich mit den Gerüchen von erwärmtem Gras und Blättern.

Sie dachte: Was jetzt passiert, wird Dorothy, Jack und das Baby himmelhoch in die Luft sprengen; es ist das Ende meiner Ehe; alles werde ich in Stücke sprengen. Es lag ein fast unbeherrschbares Vergnügen darin.

Sie sah Dorothy, Jack, das Baby, ihren Mann und zwei halb erwachsene Kinder, alle versprengt, alle durch den Himmel herabwirbelnd wie Trümmerreste nach einer Explosion.

Jacks Mund bewegte sich ihre Wange entlang auf ihren Mund zu, und sie verging vor Wonne. Sie sah vor ihren geschlossenen Augen das kleine Bündel im Zimmer oben, zog sich aus der Situation zurück und rief heftig: »Hol dich der Kuckuck, Dorothy, hol dich der Kuckuck, verflucht noch mal. Ich hätte Lust, sie umzubringen ...«

Ihm platzte der Kragen. Erbost sagte er: »Hol euch beide der Teufel! Am liebsten würde ich euch beiden den Hals umdrehen ...«

Ihre Gesichter waren eine Handbreit voneinander entfernt, ihre Augen starrten einander feindselig an. Sie dachte, wenn sie nicht die Vision des hilflosen Babys gehabt hätte, dann lägen sie sich jetzt in den Armen – und erzeugten Zärtlichkeit und Begierde wie zwei Dynamos, sagte sie sich und bebte vor kaltem Zorn.

»Ich verpass noch meinen Zug, wenn ich nicht gehe«, sagte sie.

»Ich hol dir den Mantel«, sagte er und ging rein und überließ sie schutzlos der Leere des Gartens.

Als er wieder herauskam, hängte er ihr den Mantel um, ohne sie zu berühren: »Komm jetzt, ich fahr dich.« Er ging vor ihr her zum Auto, und sie folgte ihm ohne Widerspruch über das ungeschnittene Gras. Es war wirklich eine herrliche Nacht.

ZWEI TÖPFER

Ich kenne in diesem Land nur eine Töpferin, Mary Tawnish, und sie wohnt außerhalb von London in einem Dorf, wo ihr Mann Lehrer ist. Sie kommt selten in die Stadt, und ich komme selten heraus; also schreiben wir uns.

Töpfern ist nicht gerade das, worüber ich mir viele Gedanken mache; als ich von dem alten Töpfer träumte, war es darum nur natürlich, dass ich an Mary dachte. Doch ich konnte ihr nur schwer davon erzählen; es gibt zwei Arten Menschen: solche, die träumen, und solche, die nicht träumen; beide neigen dazu, die jeweils anderen zu verachten oder höchstens zu tolerieren. Wenn andere ihre Träume erzählen, sagt Mary Tawnish: »Ich habe noch nie in meinem Leben etwas geträumt.« Und beschwichtigend, versöhnlich fügt sie hinzu: »Zumindest erinnere ich mich nicht daran. Es soll ja bekanntlich eine Frage des Erinnerns sein?«

Ich hätte sie eher für einen Menschen gehalten, der eine ganze Menge träumt; wieso, weiß ich nicht.

Sie ist eine groß gewachsene, ziemlich üppige Frau mit dickem glänzend braunem Haar und braunen Augen, die zu leuchten scheinen, von innen heraus: kein ›strahlender‹ oder ›glänzender‹ Blick. Sie schaut einen lächelnd an – oder auch nicht lächelnd –, immer ganz ruhig, und es liegt etwas wie ein Leuchten darin, als wäre Licht in der Farbstruktur der Iris eingefangen, weshalb ihre Augen manchmal gelblich aussehen, kontrastierend zu den ebenmäßig geschwungenen braunen Augenbrauen. Eine üppige, sich langsam bewegende Frau mit großen weißen Händen und ruhigen Bewegungen. Dazu schweigsam – sie kann zuhören.

Ihr Leben ist eine Folge von Dramen gewesen: eine bewegte Kindheit mit umherziehenden Eltern; eine schlimme erste Ehe; ein Kind, das starb; wechselnde Liebhaber; dann eine zweite Ehe mit William Tawnish, einem Physik- und Biologielehrer. Er ist ein lebhafter, sarkastisch-bitterer kleiner Mann, mit dem sie drei halb erwachsene Kinder hat.

Mehr als einmal habe ich ihre Geschichte erzählt, ohne Kommentar, um das stillschweigende Urteil der anderen zu beobachten: wieder so ein Unglückswurm, wieder so ein Pechvogel, und dann die Verwirrung des so Urteilenden zu erleben, wenn er sie kennenlernte, denn man kann sich keine Frau vorstellen, die von Natur aus weniger für Unstimmigkeiten oder Schicksalsschläge geschaffen ist als Mary Tawnish. So jedenfalls schien es. Und so scheint sie es auch selbst zu empfinden, denn sie missbilligt es, wenn andere mit sich uneins sind, geradeso als hätte ihr eigenes Leben nichts mit ihr selbst zu tun.

Der erste Traum über den Töpfer war einfach und kurz. Es war einmal ... ein Dorf oder eine kleine Ansiedlung, nicht in England (das stand fest), denn zu sehen war eine ausgedörrte, kahle rotstaubige Landschaft. Niedrige rechteckige Gebäude aus einfach gebranntem Lehm, ebenfalls rötlich braun, verteilten sich gleichmäßig über die ausgedörrte Erde, doch weil einige ohne Dach und andere bereits im Verfall begriffen waren, wieder andere erst halb fertig, hatte der Ort etwas Unfertiges, Ungeformtes an sich. Und meilenweit erstreckte sich nach allen Richtungen die unendliche Fläche von rötlicher Erde und mittendrin diese Ansiedlung, die aussah, als hätte eine Riesenhand sie hastig aus feuchtem Lehm geformt, sie trocknen und stehen lassen. Sie schien unbewohnt zu sein, doch auf einem leeren Platz zwischen den Hütten arbeitete mutterseelenallein an einer primitiven Töpferscheibe, die mit dem Fuß angetrieben wurde, ein alter Mann. Er trug ein Gewand aus grobem Sackleinen über gelblichen, staubbedeckten Gliedern. Ein nackter Fuß stand im Staub neben mir, die rissigen Zehen gespreizt und faltig. In seinem dichten grauen Haar hatte der Mann ein wenig Stroh.

Als ich aus diesem Traum erwachte, war ich erholt und angeregt, trotz der riesigen verdorrten Ebene und der unbewohnten Siedlung, die schon fast zu Staub zerfiel. Schließlich setzte ich mich hin und schrieb an Mary Tawnish, wobei ich allerdings ihren lustlosen Kommentar dazu im Voraus hören konnte: Also, das ist interessant. Unsere Briefe sind gewöhnlich von der Art, die man ›in Verbindung bleiben‹ nennt. Zuerst erkundigte ich mich nach ihren Kindern und nach William, dann erzählte ich den Traum: »Aus einem bestimmten Grund habe ich an Dich gedacht. Ich habe wirklich einen Mann gekannt, der in Afrika töpferte. Der Farmer, für den er arbeitete, entdeckte, dass er fürs Töpfern begabt war (es schien, dass sein Stamm von alters her töpferte), denn dieser Mann, Elija, stellte beim Ziegelbrennen für die Farm kleine Teller und Schüsseln mit in den Brennofen, damit sie mit den Ziegeln gebrannt wurden. Der Farmer zahlte ihm gewöhnlich einige Shilling extra pro Woche und verkaufte die Teller an einen Händler in der Stadt. Er machte einfache Sachen, nicht so wie Deine. Er hatte natürlich keine Töpfer-scheibe. Er malte die Sachen auch nicht an. Sie waren dunkel-gelb, weil das der Boden der Farm war. Ein bisschen monoton nach einer Weile. Und sie zerbrachen leicht. Wenn Du nach London kommst, ruf mich an …«

Sie kam nicht, doch bald bekam ich einen Brief mit dem Nachtrag: »Was für ein interessanter Traum, vielen Dank fürs Erzählen.«

Ich träumte nochmals von dem alten Töpfer. Wieder die rie-sige rötliche Staubebene, umgeben von unendlich weit entfern-ten Bergen im blauen Dunst, so weit entfernt, dass sie Luftspie-gelungen, Wolken oder niedrig stehendem Rauch glichen. Und da war die Siedlung. Und der alte Töpfer saß auf einem seiner eigenen umgedrehten Töpfe, den einen Fuß fest in den Staub gestemmt, mit dem anderen hielt er die Töpferscheibe in Be-wegung; die eine Handfläche formte den Lehm, die andere schüttete Wasser darüber, das in dem drückenden dumpfen Licht blitzartig aufleuchtete auf seinem Weg zum sich drehen-den nassen Lehm. Der Töpfer war uralt, seine Augen schwach geworden und von demselben trügerischen Blau wie die Berge. Um ihn herum trockneten auf dünnen Strohmatten in Reihen Töpfe verschiedener Größe. Sie waren alle rund. Die Hütten waren rechteckig, die Töpfe rund. Ich blickte auf diese beiden unterschiedlichen Formen dieser Erde und dann durch eine Lücke zwischen den Hütten auf die Ebene. Niemand zu sehen. Niemand schien dort zu leben. Und dennoch saß da der alte Mann mit den Hunderten von Töpfen und Tellern, die reihenweise auf dem Stroh trockneten, tauchte seine Hand in einen riesigen Wasserkrug und verteilte Wassertropfen, die süß rochen, wenn sie in den Staub fielen und versickerten.

Wieder dachte ich an Mary. Doch sie hatten nichts gemeinsam: jener alte, arme Töpfer, der niemanden hatte, der ihm seine Waren abnahm, und dagegen Mary, die ihre seltsam bemalten Schüsseln und Gefäße an die großen Geschäfte in London verkaufte. Ich fragte mich, was wohl der alte Töpfer von Marys Arbeit denken würde – besonders von einem viereckigen flachen Teller in grünlich gelber Farbe, den ich einmal von ihr gekauft habe. Das Viereck ist sozusagen verrutscht, die Oberfläche uneben, man sieht noch Fingerspuren. Ich biete Käse darauf an. Die Gefäße des alten Mannes waren, wie ich wusste, für Hirse und für Sauermilch.

Ich erzählte Mary in einem Brief von dem zweiten Traum, wobei ich dachte: Wenn sie das nicht interessiert oder ärgert, sei's drum! Diesmal rief sie mich an. Sie bat mich, zu einem der Geschäfte zu gehen, das sich mit einer Nachbestellung Zeit gelassen hatte. Sie wollte wissen, ob sich ihre Sachen nicht verkauften, und fügte noch hinzu, sie empfinde so etwas wie Zusammengehörigkeit mit dem alten Töpfer; auch er habe, wie sich aus dem Umfang seines Vorrats schließen lasse, keine Kunden. Doch es stellte sich heraus, dass das Geschäft alles von Mary verkauft und nur vergessen hatte nachzubestellen.

Geduldig und erregt wartete ich auf das weitere Ausspinnen des Traums, seine Fortsetzung.

Diesmal war die Ansiedlung bewohnt, ja sie wimmelte geradezu von Menschen, und sie war viel größer. Die niedrigen Flachbauten aus stumpfer Erde bedeckten nun ein Gebiet von einigen Meilen. Sie standen nicht mehr vereinzelt, sondern waren miteinander verbunden. Ich ging durch das Gefüge dieser Räume. Sie hatten alle ungefähr dieselbe Größe, doch standen sie immer im rechten Winkel zueinander, sodass, wenn man sich in einem aufhielt, man ein, zwei, drei Türen vor sich hatte, die zu der entsprechenden Zahl weiterer Lehmräume führten. Ich ging so eine halbe Meile durch niedrige, dunkle Räume, ohne dass ich ein einziges Mal einen freien Platz überqueren musste, der nicht überdacht gewesen wäre, und als ich ins offene Tageslicht hinaustrat, saß da der Töpfer, und hinter ihm lag ein Marktplatz. Doch was für ein armseliger. Frauen, die dasselbe gelbliche Sackgewand trugen wie er, verkauften aus seinen großen Gefäßen Getreide und Milch an schmächtige staubbedeckte Gestalten, die matt und teilnahmslos aussahen. Der Töpfer war in brütender Sonne an der Arbeit, umgeben von den zahllosen Reihen seines Tongeschirrs, das auf dem glänzend gelben Stroh trocknete. Ein sehr kleiner Junge hockte neben ihm und beobachtete jede seiner Bewegungen. Ich sah, wie das Wasser, das die Finger des alten Mannes auf den sich drehenden Topf sprühten, daran vorbeiflog und auf das kleine aufmerksame, von Armut gezeichnete Gesicht mit seinen zusammengezogenen, beobachtenden Augen spritzte. Doch das Gesicht empfing das Wasser, ohne zurückzuweichen, wahrscheinlich ohne es zu bemerken. Hinter der Ansiedlung dehnte sich die Ebene. Dahinter die schwach auszumachenden, unwirklichen Berge. Über die rote Ebene wanderten kleine Schatten von großen Vögeln, die oben ihre Kreise zogen, davonsegelten, wiederkehrten.

Ich schrieb an Mary, und sie antwortete, sie sei froh, dass der alte Mann doch noch einige Abnehmer habe; sie habe sich schon Sorgen um ihn gemacht. Sie selbst müsse sagen, es sei an der Zeit, dass er Farbe verwende, all der rote Staub sei doch zu deprimierend. Und weiter schrieb sie, sie könne sehen, dass die Ansiedlung knapp mit Wasser sei, da ich ja keinen Brunnen erwähnt hätte, geschweige denn einen Fluss, nur den mit Wasser randvoll gefüllten großen Krug des Töpfers, der den blauen Himmel, die Sonne, die großen Vögel widerspiegele. Ob nicht eine Ernährung aus nichts als Milch und Hirse schädlich für die Menschen sei? Hier brach sie ab, vermutlich könne ich ja nichts dafür, so sei eben meine Natur, und: »Apropos, ist es nicht an der Zeit, dass Dein armseliges Dorf wenigstens einen Geschichtenerzähler bekommt? Die Ärmsten müssen sich ja zu Tode langweilen!«

Ich schrieb zurück, ich sei nicht verantwortlich für diese Ansiedlung; ginge es jedoch nach mir, so wäre sie umgeben von Obsthainen und reifenden Kornfeldern, mit einem Fluss voll brauner planschender Kinder. Ich könne nichts daran ändern, so sehe es nun mal dort aus, wo immer auch der Ort sei. Eines Tages sah ich in einem Geschäft ein Regal mit Marys Töpferwaren und stellte fest, dass einige davon – Gefäße und flache runde Teller – von einem glatten matt schimmernden Braun waren, wie glänzende Haut. Unserem Dorftöpfer wären sie vertraut gewesen, nichts Befremdliches für ihn daran. Trotzdem gab es einen Unterschied zwischen Marys absichtlich einfach geformten Gefäßen und der Einfachheit des alten Töpfers. Ich schaute sie an und dachte: Nun, meine Liebe, damit kommst du nicht sehr weit … Doch ich hätte es schwierig gefunden, genau zu sagen, was ich damit meinte, und tatsächlich kaufte ich mir einen Teller und einen Krug, die mir viel Freude machten, da ich an Mary und den alten Töpfer dachte, wie sie beide in meinen Händen durch sie verbunden waren.

Es verstrich ziemlich viel Zeit. Als ich wieder träumte, war die ganze Ebene bevölkert. Die Berge waren näher gerückt, ragten mächtig und blau in den blauen Himmel hinein, bildeten ringsum die Grenze der Ebene. Von den Bergspitzen aus betrachtet, schienen die Ansiedlungen wie kleine Erhebungen der Ebene. Ich verstand ihr Wesen, ihre Beschaffenheit: hier und dort eine leichte Erhebung des Staubs, wie das zarte Muster von Regentropfen, wenn sie auf trockenen Staub fallen, sich eingraben, und dann kommt die Sonne schnell heraus und trocknet den Staub. Das winzige zarte Muster, das auf der getrockneten Staubdecke entsteht, gibt annähernd das Gefühl wieder, das die Ansiedlungen in mir ausgelöst haben, als ich sie von den Bergen aus betrachtete. Nur dass die verkrusteten Stauberhebungen rechteckige Muster bildeten. Ich konnte die winzigen Muster überall auf der Ebene entdecken. Ich ließ mich von den

Bergen hinab, mitten durch die kreisenden und schwebenden großen Vögel, und stieg hinunter zu der mir bekannten Ansiedlung. Dort saß der Töpfer; der Ton rundete sich unter seiner linken Hand, während er mit der rechten Wasser darübersprühte. Alles lief wie üblich ab – ich war beruhigt, dass er dort war und seine Töpfe formte. Kaum etwas war verändert, obwohl so viel Zeit vergangen war. Die niedrigen flachen und eintönigen Behausungen waren dieselben, wenn sie auch seit dem letzten Mal, wo ich da gewesen war, hundert Mal zu Staub zerfallen waren und sich wieder erhoben hatten. Immer noch kein Grün, kein Fluss. An den Ufern eines schäumenden Bachs weideten Ziegen; Hirse wuchs an verstreut liegenden Flecken, niedergedrückt und braun von der Trockenheit. Auf dem Marktplatz lagen rötliche Früchte neben angehäufter weicher Hirse auf geflochtenen Bastmatten. Die Früchte waren mir unbekannt: klein, pflaumengroß, mit glatter Haut; und ich wusste, sie schmeckten bitter und hatten weiches, saftiges Fleisch. Rötlich gelbe Hülsen lagen im Staub umher. Ein Mann ging an mir vorbei, in schleichendem Gang bewegten sich matt seine Hüften; mit dem Druck eines Ellbogens hielt er sein sackähnliches Gewand an den Körper gedrückt und starrte über die rote Frucht hinweg, die er an seine scharfen gelben Zähne presste. Ich erzählte Mary im Brief, dass die Ebene nun stärker bevölkert sei, dass sich aber nichts zum Guten verändert habe, außer den Früchten. Doch die seien recht herb, ich selber hätte keine Lust auf sie.

Sie antwortete darauf, sie sei froh, dass sie einen so gesunden Schlaf habe, sie würde solche Träume deprimierend finden.

Ich schrieb, daran sei doch nichts Deprimierendes. Ich überließe mich mit Vergnügen dem Traum, so als lauschte ich einem Geschichtenerzähler: Es war einmal …

Aber der nächste Traum war entmutigend, ich wachte deprimiert auf. Ich stand neben dem alten Töpfer auf dem Marktplatz, und diesmal ruhten seine Hände, die Töpferscheibe stand still. Mit den Augen verfolgte er die Bewegungen der Käufer und Verkäufer, und sein Mund hatte einen bitteren Zug. Zu beiden

Seiten standen seine Gefäße auf dem warmen glänzenden Stroh. Ab und zu suchte sich eine Frau bedachtsam einen Weg durch die Reihen, beugte sich vor, die Augen verengend, um die Töpfe zu betrachten. Dann suchte sie einen aus, ließ eine Münze in die Hand des Töpfers gleiten und trug den Topf auf der Schulter davon.

Ich befand mich im Geist des Töpfers, und ich kannte seine Gedanken: »Nur einmal, Herr im Himmel, nur einmal, nur einmal!« Er schob die Hand in einen heißen Schattenflecken unter der Töpferscheibe und hob auf seiner Handfläche ein kleines Kaninchen aus Ton hoch, das er der Erde entgegenhielt. Regungslos saß er da, schaute zum Himmel, dann auf das Kaninchen und flehte: »Bitte, Herr, nur einmal.« Doch nichts passierte.

Ich schrieb Mary, der alte Mann sei es müde, jahrhundertelang Töpfe zu machen, die nur so ein kurzes Leben hätten: die Scherben der Töpfe hatten das Fundament der Ansiedlung mittlerweile um sechs Meter gehoben, und jeder Topf war von seiner Töpferscheibe gekommen. Er wollte, dass Gott seinem Tonkaninchen Leben einhauchte. Er hatte gehofft, seinen Atem auf der Handfläche zu spüren und es dabei zu beobachten, wie es auf und davon hoppelte zwischen den großen Tontöpfen hindurch, sie beschnüffelte und mit den Ohren zuckte – etwas Lebendes inmitten des geformten Tons.

Mary sagte, der alte Mann übertreffe sich selbst. Und weiter: »Warum ein *Kaninchen*? Ich *verstehe* das Kaninchen einfach nicht. Was soll dort ein Kaninchen? Machst Du Dir klar, dass sie, abgesehen von den Ziegen (Du hast gesagt, sie haben dort Milch) und den Geiern da in der Höhe, überhaupt keine Tiere haben? Wäre eine Kuh da nicht besser als ein Kaninchen?«

Ich darauf: »Ich kann zwar an dem Ort gar nichts ändern, wenn ich davon träume, aber wenn ich wach bin, warum nicht? Also, das Kaninchen hoppelte von der Hand des alten Mannes herunter in den Staub. Es saß da, schnupperte und bebte am ganzen Körper, so wie es Kaninchen tun. Dann sprang es langsam davon und begann am Stroh zu knabbern, während der alte

Mann vor Glück weinte. Na, was sagst Du dazu? Wenn ich sage, da war ein Kaninchen, dann war da ein Kaninchen. Außerdem hat der arme Alte es nach so langer Zeit verdient. Gott hätte so viel machen können, es hätte ihn gar nichts gekostet.«

Ich bekam keine Antwort auf diesen Brief, und ich hörte auf, von dieser Ansiedlung zu träumen. Ich wusste, es war wegen meiner Unverfrorenheit, dieses Kaninchen zu erschaffen und mich in die Geschichte einzubringen. Na schön … Ich schrieb an Mary: »Ich habe die ganze Zeit überlegt: Angenommen, *Du* hättest das von dem Töpfer geträumt – schon gut, schon gut, nehmen wir's nur mal an. Also. Am nächsten Tag saßt Du am Frühstückstisch, Dein William Dir gegenüber, zwischen Euch die Kinder, die Cornflakes aßen und Milch tranken. Du warst ziemlich schweigsam. (Das bist Du natürlich sonst auch.) Du hast Deinen Mann angesehen und gedacht: Was um Himmels willen würde er sagen, wenn ich ihm jetzt erzählte, was ich vorhabe? Du hast aber nichts gesagt, sondern am Tisch gesessen; dann hast Du die Kinder zur Schule geschickt und Deinen Mann zu seinen Schulklassen. Dann warst Du allein, und nachdem Du das Geschirr gespült und weggestellt hattest, bist Du verstohlen in das Zimmer mit den Steinfliesen gegangen, wo Deine Töpferscheibe und der Brennofen stehen, hast Ton genommen und ein kleines Kaninchen geformt und es auf ein hohes Regal hinter einige fertige Vasen gesetzt, um es trocknen zu lassen. Du wolltest nicht, dass irgendjemand das Kaninchen sähe. An einem Tag, eine Woche später, als das Kaninchen trocken war, hast Du gewartet, bis Deine Familie aus dem Haus war, hast es auf Deine Handfläche gestellt, bist mit ihm dann hinaus auf ein Feld gegangen, hast Dich hingekniet, das Kaninchen dem Gras entgegengehalten und gewartet. Du hast nicht gebetet, denn Du glaubst ja nicht an Gott, doch Du wärst nicht im Geringsten überrascht gewesen, wenn die Nase des Kaninchens zu zucken begonnen hätte und seine langen weichen Ohren sich aufgerichtet hätten …«

Mary schrieb daraufhin: »Es gibt keine Kaninchen mehr, hast Du die Myxomatose vergessen? Tatsächlich habe ich neulich für

die Kinder einige kleine Kaninchen aus Ton geformt, mit blau-
grüner Glasur, weil mir der Gedanke kam, dass die beiden
Jüngsten außer den Bilderbuchkaninchen noch keins gesehen
haben. Doch in einigen Gebieten sind sie, wie ich höre, schon
wieder zurück. Die Bauern werden darüber verärgert sein.«

Ich schrieb: »Ja, das hatte ich vergessen. Nun, denn ...
manchmal abends, wenn Du über die Felder gehst, denkst Du:
Wie hübsch ist es doch, wenn ein Kaninchen seine Pfoten hebt
und uns anschaut. Du erinnerst dich an die verwesenden kleinen Körper vor einigen Jahren. Du denkst: *Ich will's noch einmal
versuchen.* Unterdessen bist Du nervös, was William dazu sagen
wird, er ist so ein Rationalist. Wir sind das natürlich auch, aber
er würde nicht mal ein bisschen mit der Fantasie spielen. Ich
kann mich da täuschen, doch ich glaube, Du hast Angst, William
könnte Dich dabei ertappen, und Du gibst dir Mühe, nicht dabei ertappt zu werden. An einem sonnigen Morgen nimmst Du
es aufs Feld hinaus und ... schon gut, schon gut, es hoppelt
natürlich *nicht* davon. Du kannst Dich nicht entschließen, ob
Du Dein Tonkaninchen mitten unter die warmen Gräser stellen
sollst (es ist ein sonniger Tag) und es wieder zu Erde zerbröckeln
lässt oder ob Du es in deinem Brennofen härten sollst. Bisher
hast Du es nicht getan, es ist sogar noch ziemlich feucht: das
Kaninchen des alten Töpfers war nass, ich hab gesehen, wie er
es, unmittelbar bevor er es in die helle Sonne hinaushielt, mit
Wasser besprühte.

Später entscheidest Du Dich, es Deinem Mann zu sagen. Aus
Neugierde? Die Kinder sind im Garten, Du kannst ihre Stimmen hören, und William sitzt Dir gegenüber und liest Zeitung.
Du hast das verrückte Verlangen, plötzlich zu sagen: Ich werde
heute Abend mein Kaninchen aufs Feld hinausnehmen und
Gott darum bitten, dass er es zum Leben erweckt; ein Feld ohne
Kaninchen, da fehlt etwas. Stattdessen sagst Du: ›Ich habe letzte
Nacht geträumt, William ...‹ Zuerst runzelt er die Stirn, kurz
nur, dann richtet er seine kleinen, flinken, intelligenten Augen
mit den rötlich blonden Wimpern auf Dich und hört sich alles
genau an. Zu Deiner Überraschung sagt er statt: ›Ich wusste ja

gar nicht, dass du träumst‹: ›Mary, ich hab nicht gewusst, dass du es damals verurteilt hast, als die Bauern ihre Kaninchen ausgerottet haben.‹ Du darauf: ›Ich hab das nicht verurteilt, vermutlich hätte ich dasselbe getan.‹ Dass er gar nicht sarkastisch oder ungeduldig darauf reagiert hat, was doch leicht hätte sein können, lässt ein Schuldgefühl in Dir aufkommen, wenn Du das Tonkaninchen herunterholst, es ins Feld hinausnimmst und es in eine Hecke setzt, seine Nase in Richtung des frischen Grases. An diesem Abend sagt William ganz beiläufig: ›Es wird dich freuen zu hören, dass es wieder Kaninchen gibt. Basil Smith hat eins auf seinem Feld geschossen – das erste seit acht Jahren, sagt er. Ich freu mich auch, ich hab die kleinen Halunken vermisst.‹ Du bist entzückt. Heimlich schlüpfst Du in das kalte, etwas neblige Mondlicht hinaus und rennst zur Hecke, und das Kaninchen ist natürlich verschwunden. Du stehst da, ziehst Deine dicke grüne Stola eng um Dich (denn es ist kalt), zitternd, doch voll Freude, voll Freude! Wenn Du auch ganz genau weißt, eins Deiner Kinder oder ein anderes Kind ist an dieser Hecke entlanggelaufen, hat das Kaninchen gesehen und es genommen, um damit zu spielen.«

Mary schrieb darauf: »Schon gut, wenn Du meinst, dann ist es eben so. Doch ich muss Dir sagen, wenn Du wissen willst, was *wirklich* passiert ist: eigentlich ist nur passiert, dass Dennis (das mittlere der Kinder) sein blau glasiertes Kaninchen aus Spaß in die Hecke nahe beim Tor der Smiths gesetzt hat und dass Basil Smith es irgendwann bei beginnender Dunkelheit in tausend Stücke zerschossen hat; er hat geglaubt, es wäre echt. Jedes Jahr hat er ein kleines Vermögen wegen der Kaninchen verloren, er fand das gar nicht witzig. Wie dem auch sei, warum kommst Du nicht mal zum Wochenende hierher?«

Die Tawnish-Familie wohnt in einem alten Bauernhaus am Rand eines Dorfes. Es gibt da einen großartigen Garten mit Obstbäumen, Rosen und allem Möglichen. Das große Haus und die drei Jungen machen eine Menge Arbeit, doch Mary verbringt so viel Zeit wie möglich in dem Schuppen, früher eine Molkerei, und töpfert. Als ich ankam, traf ich sie in der Küche beim Mittagessen. Mary nickte mir zu, mich zu setzen. William hatte Streit mit Dennis, dem mittleren der Kinder, der, wie die beiden anderen Jungen behaupteten, »sich aufspielte«. Vielmehr, er stand jene Qualen lähmender Befangenheit aus, die kleine Jungen manchmal durchleiden, er rollte mit den Augen, während er stotterte und herumzappelte, die ganze kleine Person, sonst rötlich sommersprossig, war nun dunkelrot, ein Bild des Jammers.

»Ich hab ich hab ich hab ...« Er machte eine Pause, um Luft zu holen, seine Augen traten hervor, sein älterer Bruder sagte monoton wiederholend: »Nein, du hast nicht, du hast nicht, du hast nicht.«

Und der Vater sagte munter, leicht irritiert: »Also, Dennis, benutz jetzt mal deinen Grips, du kannst das doch gar nicht gemacht haben, ganz offensichtlich hast du es *nicht* gemacht.«

»Aber ich hab ich hab ich hab ...«

»Nun, dann ist es wohl besser, du gehst aus dem Zimmer, bis du wieder zu Verstand kommst und dich wieder richtig zu benehmen weißt unter vernünftigen Menschen«, sagte sein Vater, auf seine Rechte pochend.

Das heftig erregte Kind musste mit seinem Atem kämpfen und rannte aufheulend in den Garten hinaus, wohin ihm nach einer Weile der ältere Junge folgte, angeblich, um ihn zu beaufsichtigen. »*Was* hat er getan?«, fragte ich.

»Wer weiß?«, sagte Mary. Da saß sie am Kopfende des Tisches, helläugig, lächelnd, und teilte Apfelkuchen mit Eiercreme aus, ein dunkler Wechselbalg inmitten ihrer rötlich blonden, sommersprossigen Familie.

Ihr Mann sagte heftig: »Was soll das heißen: ›Wer weiß?‹? Du weißt es doch ganz genau.«

»Er hat doch diesen Kampf mit Basil Smith«, sagte Mary zu mir. »Seit damals, als Basil Smith sein blaues Kaninchen zerschossen hat, gibt es auf beiden Seiten Feindseligkeiten. Dennis behauptet, er habe letzte Nacht den Bauernhof von Smith in Brand gesetzt.«

»*Was?*«

Mary zeigte durch ein niedriges Fenster, wo man zwei Felder entfernt das Smith-Haus sehen konnte, ein Bild wie in einem Rahmen.

William sagte: »Hysterisch ist er. Und jetzt muss endlich Schluss damit sein!«

»Nun«, sagte Mary, »wenn Basil mein blaues Kaninchen zerschösse, dann würde ich auch sein Haus niederbrennen wollen. Mir scheint das ganz vernünftig.«

William stieß einen Wutschrei aus, beherrschte sich, weil ich dabei war, schoss nach allen Seiten wilde Blicke und ging nach draußen, wobei er den Jüngsten mit sich nahm.

»Hm«, sagte Mary. »Hm …« Sie lächelte. »Komm mit zur Töpferei, ich muss dir was zeigen.« Sie ging vor mir einen Steingang entlang, eine große, sich langsam bewegende Frau, in ihrem glänzend braunen Haar fing sich das Licht. Als wir an einem offenen Fenster vorbeikamen, gab es dort ein furchterregendes Kreischen, Schreien, Schlagen, und wir sahen, wie die drei Jungen sich raufend im Gras wälzten, während William erfolglos um sie herumtanzte und schrie: »Hört auf, hört sofort auf damit!« Ihre Mutter ging – scheinbar desinteressiert – vorbei in den Töpferraum.

Der Raum enthielt alles zum Töpfern, auch eine große Anzahl verschiedenster Gefäße, Teller und Kannen in allen Farben, die auf Regalen standen. Von einem hohen Regal hob Mary ein geformtes Etwas herunter und setzte es vor mich hin. Dann überließ sie es mir, während sie sich am Brennofen zu schaffen machte.

Der Gegenstand war gelblich braun, eine Art Kaninchen oder Hase, doch mit anderen Ohren – schmaler, kurz und spitz zulaufend, wie die sprossenden Triebe einer Pflanze. Sein Maul war eher hunde- denn kaninchenartig; es sah so aus, als fräße es kein Gras – vielleicht Insekten und Käfer? Gelbliche Augen saßen auf der Vorderseite des Kopfes. Seine Hinterläufe waren weniger kraftvoll als die eines Kaninchens oder Hasen; und ich sah, dass seine Fähigkeit eher darin bestand, sich zu verbergen, als darin, den Feinden in großen mächtigen Sprüngen zu entkommen. Es ruhte auf kurzen, stämmigen Hinterläufen, die Vorderpfoten waren in einer seltsamen, verkrümmten, fast affektierten Pose emporgehoben, der Kopf war zur Seite gewandt, und die Ohren waren ineinandergerollt. Es sah so aus, als wäre das Ding wie eine Feder gespannt und dann halb wieder losgelassen worden. Es sah aus wie ein seltsam geformter Felsen oder wie die rauen, verkümmerten Pflanzen, die manchmal auf Felsgestein wachsen. Mary kehrte zurück und stellte sich neben mich, den Kopf leicht zur Seite geneigt, mit ihrem charakteristischen, geduldigen, unmerklichen Lächeln, das dennoch leichten Überdruss nicht ganz verhehlte.

»Nun«, sagte sie, »da ist es also.«

Ich zögerte, denn es war nicht das Geschöpf, das ich auf der Handfläche des alten Töpfers gesehen hatte.

»Was hatte da eigentlich ein englisches Kaninchen zu suchen?«, fragte sie.

»Ich hab nicht gesagt, dass es ein englisches Kaninchen gewesen ist.«

Aber natürlich, sie hatte recht: Dieses Tier hier war weit mehr im Einklang mit den getrockneten Lehmhäusern, der Staubebene als das hübsche weiche Kaninchen, das ich mir geträumt hatte.

Ich lächelte Mary an, weil sie mir den Willen ließ, so wie ihrem Mann und ihren Kindern. Aus irgendeinem Grund dachte ich an ihren ersten Mann und ihre Liebhaber, von denen ich zwei gekannt hatte. In schmerzhaften Krisenmomenten oder bei einer Trennung hatte sie so dagestanden – eine ruhige, hübsche Frau, die ihr mildes satirisches Lächeln lächelte, so als wollte sie sagen: »Nun, wenn du Trara machen willst, bitte, mit mir hat das alles nichts zu tun.« Wenn es so war, dann wundert's mich, dass niemand von ihnen sie ermordet hat.

»Gut«, sagte ich schließlich, »danke. Kann ich das Ding da mitnehmen, was immer es sein mag?«

»Natürlich. Ich habe es für dich gemacht. Du musst zugeben: hübsch ist es vielleicht nicht, aber umso *wahrer* ist es.«

Ich ließ das gelten, konnte wohl nicht anders: »Danke, dass

du dich so weit auf unser Niveau herabgelassen hast, um unser Spiel mitzumachen.«

Hierbei blitzten ihre hellen Augen auf, während ihr Gesicht ernsthaft blieb, so als könnte sich bei ihr Belustigung oder Anerkennen der *Wahrheit* nur so ausdrücken: in der wechselnden Helligkeit ihrer Iris.

Einige Augenblicke später kamen die drei Jungen und der Vater hereingestürmt, getrieben von Zanklust und mit der ganzen Energie von sich Streitenden. Der gekränkte Dennis war in Tränen aufgelöst, der Vater fast außer sich. Mary, die sich bisher rausgehalten hatte, rief wütend etwas, warf sich schnell einen Mantel über und sagte: »Ich kann das hier nicht ertragen. Ich werde mit Basil Smith reden.«

Sie verließ das Haus, und ich beobachtete, wie sie über die Felder zum anderen Haus ging.

Unterdessen kam Dennis, mit feuerrotem, leidendem Gesicht, in die Töpferei, auf der Suche nach seiner Mutter. Er wirbelte umher, suchte sie überall, dann packte er mein Geschöpf und sagte: »Ist das für mich?«, hielt es, als ich sagte: »Nein, das ist für mich«, besitzergreifend an sich gepresst, stellte es aber nach meiner Aufforderung wieder hin und stand glühend wie ein Ofen da; seine Sommersprossen zeichneten sich wie Teeblätter auf der Haut ab.

»Deine Mutter ist rüber zu Mr. Smith gegangen«, sagte ich.

»Er hat mein Kaninchen zerschossen«, sagte er.

»Es war kein echtes Kaninchen.«

»Aber er hat geglaubt, dass es ein echtes war.«

»Stimmt, aber du hast doch gewusst, er würde das glauben und es darum erschießen.«

»Er hat es getötet!«

»Das hast du ja nur gewollt!«

Bei diesen Worten stieß er einen Schrei aus und hüpfte wie ein Verrückter auf und ab und schrie: »Hab ich nicht, hab ich nicht, hab ich nicht …«

Als jetzt sein Vater auf dem Schauplatz erschien, packte der ihn bei den um sich schlagenden Armen, zwang das Kind still zu sein und hielt ihn so, wobei er in einem Wutanfall ungläubigen gesunden Menschenverstands sagte: »Ich hab noch nie – in meinem – Leben – so etwas – Blödsinniges – gehört!«

Jetzt kam Mary herein, begleitet von Mr. Smith, einem großen, blonden, jugendlichen Mann mit einem offenen, angenehmen Gesicht, auf dem jetzt Unbehagen stand, da er sich auf etwas eingelassen hatte.

»Lass das Kind los«, befahl Mary ihrem Mann. Dennis ließ sich auf den Boden fallen, wälzte sich dort, blieb mit dem Gesicht nach unten liegen, von Schluchzen geschüttelt.

»Ruf die anderen!«

Die Ergebung in Person, ging William ans Fenster und rief: »Harry, John, Harry, John, kommt sofort her, eure Mutter will euch sehen!« Danach stand er da, die Arme verschränkt, ein geschlagener Philosoph, der wütend grinste, während die beiden anderen Kinder hereinkamen und abwartend bei der Tür stehen blieben.

»Also«, sagte Mary. »Steh auf, Dennis.«

Dennis stand auf, das Gesicht schmerzzerschunden, und blickte hoffnungsvoll auf seine Mutter.

Mary blickte Basil Smith an.

Dieser, darauf bedacht, auch nichts Falsches zu sagen, sagte: »Es tut mir sehr leid, dass ich dein Kaninchen getötet habe.« Der Vater atmete scharf und empört auf, doch blieb er auf einen Blick seiner Frau hin ruhig.

Die Brust von Dennis hob und senkte sich – gleich würde er in einen Sturm von Tränen ausbrechen.

»Dennis«, sagte Mary, »sprich mir nach: ›Mr. Smith, es tut mir sehr leid, dass ich Ihr Haus in Brand gesetzt habe.‹«

Dennis brachte in aller Hast hervor, um es bald hinter sich zu bringen: »Mr. Smith, es tut mir sehr leid, dass ich Ihr Haus in … in … in …« Er schnüffelte und atmete schwer, Mary sagte mit fester Stimme: »In Brand gesetzt, Dennis.«

»In Brand gesetzt habe«, sagte Dennis wimmernd. Dann stürzte er sich zu seiner Mutter, vergrub den Kopf an ihrer Brust und stand heulend und mit sich im Kampfe da, während sie ihre großen Hände auf seinen rötlichen Haarschopf gelegt hatte und über ihn hinweg Mr. Basil anlächelte.

»Du lieber Himmel«, sagte ihr Mann und ließ die verschränkten Arme dramatisch sinken, jetzt wo das lächerliche Spiel vorüber war. »Kommen Sie, wir trinken was, Basil.«

Die Männer machten sich davon. Die beiden anderen Kinder standen stumm-beschämt da wegen des starken Gefühlsausbruchs von Dennis, für den sie sich offensichtlich zum Teil schuldig fühlten. Dann schlüpften sie hinaus, um zu spielen. Das Haus war wieder ruhig, bis auf Dennis' schwächer werdendes Schluchzen. Schon bald brachte Mary den Jungen hinauf auf sein Zimmer, damit er darüber schlafe. Ich blieb in der großen Töpferei mit den Steinfliesen und betrachtete mein seltsames, verdrehtes Tier und Marys Arbeiten in ihren Blau- und Grüntönen, die überall an den Wänden aufgereiht standen.

Das Abendessen war früh und bald vorbei. Die Jungen waren still, Dennis zu kraftlos, um zu essen. Für jeden wurde Bettruhe verschrieben. William blickte ständig auf seine Frau, sein Mund unter dem rötlichen Schnurrbart hatte etwas Starres, und man konnte direkt hören, wie er dachte: Sie mit diesem Unsinn vollzustopfen, während ich versuche, sie zu vernünftigen Menschen zu erziehen! Doch sie mied seine Augen, saß ruhig und uns entrückt da und teilte Kartoffelpüree und braunen Eintopf aus. Erst als wir mit dem Spülen fertig waren, lächelte sie ihn an – ihr mildes, belustigtes Lächeln. Es war ganz klar, dass sie danach verlangten, allein zu sein. Ich sagte darum, ich wolle früh zu Bett, und ließ sie allein: Noch bevor ich aus dem Zimmer war, war er bei ihr und berührte sie.

Am nächsten Tag, einem warmen Sommersonntag, waren wir alle entspannt; das alte Haus friedlich. Ich fuhr abends ab, das Tongeschöpf bei mir, und Mary sagte lächelnd, mir zu Gefallen: »Halt mich auf dem Laufenden, was weiterhin an deinem Ort passiert, wo immer der auch ist.« Doch ich hatte ihr schönes Tier in meinem Koffer, darum machte es mir nichts aus, dass sie mir das zu Gefallen sagte.

Wieder zu Hause, ging ich in dieser Nacht im Traum auf den

Marktplatz, hinüber zu dem alten Töpfer, der seine Töpfer-scheibe anhielt, als er mich kommen sah. Der kleine Junge hob seine zusammengekniffenen, aufmerksamen Augen von den Händen des Töpfers und lächelte mich an. Ich streckte ihnen Marys Geschöpf hin. Der alte Mann nahm es, blinzelte, um einen prüfenden Blick darauf zu werfen, nickte. Er hielt es in seiner linken Hand, tröpfelte Wasser mit seiner rechten darauf, streckte die Handfläche nach unten, dem mit Abfällen und Staub bedeckten Boden entgegen, und das Geschöpf sprang auf und davon mit schnellen, ruckartigen Bewegungen, hielt erst an, als es durch die Hütten hindurch war, weg von der Ansiedlung und vor einer kleinen Erhöhung aus schroffem braunem Fels-gestein, wo es seine Vorderpfoten hochhob und in der Pose erstarrte, für die Mary es geschaffen hatte. Oben glitt ein Adler oder Falke vorbei, spähte herab, doch übersah er Marys Ge-schöpf, glitt weiter auf und davon in das große blaue All über der trockenen Ebene zu den Bergen. Ich hörte das Knarren der Töpferscheibe; der alte Mann hatte wieder seine Arbeit aufge-nommen. Der kleine Junge kauerte da und sah zu; die rechte Hand des Töpfers versprühte Wasser auf das Gefäß, das die andere gerade formte, und benässte das Gesicht des Kindes in einem schönen sprühenden Bogen aus glitzerndem Licht.

UNSERE FREUNDIN JUDITH

Ich habe aufgehört, Judith einzuladen, damit sie Leute kennenlernt, als eine Kanadierin – mit dem befriedigten Eifer desjenigen, der endlich ein Schildchen auf ein seltenes Exemplar geklebt hat – die Bemerkung machte: »Sie ist natürlich eine eurer typisch englischen alten Jungfern.«

Das war, einige Wochen nachdem ein amerikanischer Soziologe, der Judith den Tatbestand entlockt hatte, dass sie in den Vierzigern war, unverheiratet und allein lebte, sich bei mir erkundigte: »Sie hat es wohl aufgegeben?« – »Was aufgegeben?«, fragte ich zurück; das sich anschließende Gespräch war unergiebig.

Judith ging nicht so ohne Weiteres auf Partys. Sie kam nur auf Drängen und nicht so sehr – so empfand man es – aus Gefälligkeit, sondern um einen, wie sie glaubte, Charaktermangel auszugleichen. »Ich sollte mich wirklich mehr freuen, neue Leute kennenzulernen«, hatte sie einmal gesagt. Wir fielen wieder in frühere Gewohnheiten unserer Freundschaft zurück: hin und wieder ein gemeinsamer Abend, gelegentlich ein Kinobesuch oder irgendwann ein Anruf von ihr: »Ich komme auf dem Weg zum Britischen Museum bei dir vorbei. Hättest du Lust, eine Tasse Kaffee mit mir zu trinken? Ich habe zwanzig Minuten Zeit.«

Es ist charakteristisch für Judith, dass, wenn man das Wort ›alte Jungfer‹ auf sie anwandte, dies faszinierende Spekulationen über andere Menschen provozierte. Da sind zum Beispiel meine Tanten: über siebzig, beide unverheiratet, die eine eine frühere China-Missionarin, die andere eine pensionierte Oberschwester aus einem berühmten Londoner Krankenhaus. Diese beiden alten Damen leben zusammen im Schatten der Kathedrale in einer Kleinstadt. Sie widmen viel Zeit der Kirche, guten Werken, dem Briefeschreiben an Freunde in aller Welt, den Enkelkindern und den Urenkeln von Verwandten. Es wäre jedoch ein Irrtum,

338

versteinerte spätviktorianische Rechtschaffenheit zu vermuten, wenn man in ein Haus kommt, in dem sich seit fünfzig Jahren nichts verändert hat. Sie lesen jedes Buch, das im *Observer* oder in der *Times* besprochen worden ist; so bekam ich neulich einen Brief von Tante Rose, worin sie sich erkundigte, ob ich nicht auch der Meinung sei, dass der Autor von *Unterwegs* seine Schwierigkeiten – nicht wahr? – ein wenig übertreibe. Sie verstehen eine Menge von Musik und schreiben aufmunternde Briefe an junge Komponisten, von denen sie glauben, sie finden nicht genug Beachtung – »Sie müssen begreifen, junger Freund, dass alles Neue und Originelle seine Zeit braucht, um verstanden zu werden.« Als gut informierte und kritische Tories schicken sie wahrscheinlich Protesttelegramme an den Innenminister wie auch Ermunterungsschreiben. Diese Damen, meine Tanten Emily und Rose, sind gewiss das, was man sich unter »englischen Jungfern« vorstellt. Und doch, hat man erst einmal die Verbindung aufgezeigt, besteht kein Zweifel, dass Judith und die Tanten im Geiste verwandt, wenn nicht Schwestern sind. Folgt daraus dann nicht, dass unsere mitleidige Bewunderung für Frauen, die ein unbefriedigtes Leben ohne Mann ertragen haben, eine gewisse Modifikation erfahren sollte?

Man weiß natürlich nie; und ich habe jetzt das Gefühl, es ist ganz und gar meine Schuld, dass ich es nie wissen werde. Ich war über fünf Jahre mit Judith befreundet, bevor der Zwischenfall passierte, bei dem ich unwillkürlich dachte – reichlich dumm –, hier werde zum ersten Mal Judiths Maske gelüftet. Einer gemeinsamen Freundin, Betty, war ein abgelegtes Dior-Kleid geschenkt worden. Sie war zu klein dafür. Außerdem sagte sie: »Das ist kein Kleid für eine verheiratete Frau mit drei Kindern und Talent zum Kochen. Ich weiß zwar nicht, wieso, aber es ist so.« Judith hatte die richtige Figur.

Wir drei verabredeten uns darum zum Anprobieren in Judiths Schlafzimmer. Es überraschte weder Betty noch mich, als wir aufs Neue die Entdeckung machten, dass Judith schön war. Wir beide hatten einander oft und auch uns selbst in Augenblicken ertappt, wo wir eifersüchtig waren, wie es Judiths ruhigem, strengem Gesicht und ihrem unaufdringlich vollkommenen Körper gelang, dass jede andere im Zimmer oder auf der Straße nach nichts aussah.

Judith ist groß, schlank, mit kleinen Brüsten. Ihr hellbraunes Haar ist in der Mitte gescheitelt und im Nacken kurz und glatt geschnitten. Die hohe, gerade Stirn, die gerade Nase, der volle ernste Mund heben ihre Augen hervor, die groß, grün und auffallend sind. Ihre Lider sind ganz weiß, goldumschattet und schmiegen sich eng den Augäpfeln an, sodass sie im Profil aussieht wie eine starr blickende, vergoldete Maske. Das Kleid war aus dunkelgrünem glänzendem Stoff, gerade geschnitten, mit einer Art loser Tunika. Es war hochgeschlossen. In diesem Kleid konnte Judith natürlich nur Bilder der Antike heraufbeschwören. Diana vielleicht, von der Jagd zurückgekehrt, in heiterer Gelassenheit? Eine eher intellektuelle Waldnymphe, die sich dafür entschieden hat, einen Nachmittag im Leseraum des Britischen Museums zu verbringen? So oder so ähnlich? Betty und ich sagten kein Wort, da Judith sich selbst im großen Spiegel betrachtete und wissen musste, wie großartig sie aussah.

Langsam zog sie das Kleid aus und legte es beiseite. Langsam zog sie den alten Cordrock und die Wollbluse wieder an. Sie musste uns wohl bei einem resignierten Blickwechsel ertappt haben, denn sie bemerkte mit einem kaum merklichen spöttischen Lächeln: »Man sollte sich selbst doch wohl treu bleiben, meint ihr nicht auch?« Und sie fügte hinzu, wobei sie den Satz wie aus einem unsichtbaren Buch ablas, das nicht von ihr stammen konnte, da es ein sehr gewöhnliches Buch war, aber vielleicht hatte eine von uns es geschrieben: »Ich muss zugeben, darin komme ich groß raus.«

»Nachdem ich *dich* darin gesehen habe«, rief Betty aus, ihr trotzend, »kann ich es nicht ertragen, dass irgendjemand sonst es bekommt. Ich werde es einfach weghängen.« Judith zuckte mit der Schulter, recht verärgert. In dem formlosen Rock und der Bluse, ohne Make-up, stand sie da und lächelte uns an, eine Frau, der nur einer von fünfzig Leuten einen zweiten Blick schenken würde.

Ein zweites aufschlussreiches Ereignis passierte bald darauf. Betty rief mich an und erzählte mir, dass Judith ein junges Kätzchen habe. Ob ich wisse, dass sie Katzen anbete? »Nein, aber das ist eigentlich kein Wunder«, sagte ich.

Betty wohnte in derselben Straße wie Judith und bekam sie häufiger zu Gesicht als ich. Ich blieb auf dem Laufenden über Wachstum und Gewohnheiten der Katze und ihre Auswirkung auf Judiths Leben. So auch über Judiths Bemerkung, sie finde es gut, eine Bindung zu haben und etwas Verantwortung zu tragen. Doch kaum war die Katze erwachsen, beschwerten sich alle Nachbarn. Es war ein Kater, nicht kastriert, der jede Nacht abscheulichen Spektakel machte. Schließlich sagte der Hauswirt, entweder müsse der Kater weg oder Judith müsse gehen, es sei denn, sie sei dazu bereit, den Kater kastrieren zu lassen.

Judith machte sich unsägliche Mühe, jemanden in England zu finden, der bereit wäre, den Kater zu nehmen. Diese Person müsste sich aber schriftlich damit einverstanden erklären, den Kater nicht kastrieren zu lassen. Nachdem Judith die Katze zum Tierarzt gebracht hatte, um sie töten zu lassen, habe sie, wie Betty mir erzählte, vierundzwanzig Stunden geweint.

»Hat sie nicht an einen Kompromiss gedacht? Schließlich könnte die Katze, vor die Wahl gestellt, es ja vorgezogen haben, am Leben zu bleiben?«

»Meinst du etwa, ich würde es wagen, etwas so Rührseliges zu Judith zu sagen? Für Kater ist es nur natürlich, liebestoll herumzutoben; und deswegen wäre es für Judith moralisch verkehrt, den Kater bloß wegen ihrer eigenen Bequemlichkeit kastrieren zu lassen.«

»Hat sie das gesagt?«

»Zu *sagen* brauchte sie das ja wohl nicht, oder?«

Das dritte Ereignis war, als sie einem jungen Amerikaner, zu Besuch aus Paris, den sie kaum kannte, der Freund eines Freundes, erlaubte, ihre Wohnung zu benutzen, während sie selbst ihre Eltern über Weihnachten besuchte. Der junge Mann und seine Freunde hausten dort zehn Tage lang, mit Alkohol, Sex und Marihuana, und als Judith zurückkam, brauchte sie eine Woche, um die Wohnung wieder in Schuss zu bekommen und die Möbel zu reparieren. Sie rief zweimal in Paris an, das erste Mal, um ihm zu sagen, er sei ein ekliger junger Wüstling, und wenn er wisse, was gut für ihn sei, so würde er ihr besser künftig aus dem Weg gehen; das zweite Mal, um sich zu entschuldigen, dass sie sich vergessen habe. »Ich hatte die Wahl, entweder meine Wohnung jemandem zu überlassen oder sie leer stehen zu lassen. Da ich mich nun einmal entschieden hatte, sie Ihnen zu geben, war es eindeutig eine unverantwortliche Einschränkung Ihrer Freiheit, überhaupt irgendwelche Bedingungen zu stellen. Ich bitte Sie von Herzen um Verzeihung.« Nachdem die moralischen Aspekte der Angelegenheit klargestellt worden waren, war sie ziemlich irritiert, als sie von ihm dann Entschuldigungsbriefe bekam – überschwänglich, verlegen, aber vor allem verwirrt.

Es war dieser neugierige Ton in den Briefen – er deutete sogar an, herüberkommen zu wollen, um sie besser kennenzulernen –, der sie am meisten irritierte. »Was meint er wohl damit?«, fragte sie mich. »Er hat zehn Tage lang in meiner Wohnung gelebt. Man könnte doch denken, das reicht, nicht?«

Die Fakten über Judith liegen also offen, klar für jeden, der sie studieren möchte; oder, wie sie selbst glaubt, unmissverständlich für jeden, der verständig genug ist, sie zu deuten.

Die letzten zwanzig Jahre hat sie in einer kleinen Zweizimmerwohnung hoch über einer belebten Straße im Westen Londons gelebt. Die Wohnung ist schäbig und schlecht geheizt. Die Möbel sind alt, waren schon immer potthässlich und sind jetzt sichtlich kurz vorm Zusammenkrachen. Von einem verstorbenen Onkel hat sie ein Einkommen von zweihundert Pfund im Jahr. Sie lebt davon und von dem, was ihre Gedichte ihr einbringen und die Vorlesungen über Lyrik an der Abendschule und in Hochschulkursen außerhalb der Universität.

Sie raucht und trinkt nicht, isst sehr wenig, aus Neigung, nicht aus Selbstdisziplin.

Sie hat in Oxford Lyrik und Biologie studiert, mit Auszeichnung.

Sie ist eine Castlewell. Das heißt, sie stammt aus einer der

Akademikerfamilien des oberen Mittelstands, die seit Jahrhunderten einen stetigen Nachschub an brillanten, doch vernünftigen Männern und Frauen liefern, welche das Rückgrat der Künste und Wissenschaften in England bilden. Sie hat ein distanziert gutes Verhältnis zu ihrer Familie, die sie respektiert und in Ruhe lässt.

Sie macht ganz allein Wandertouren in Gegenden wie Exmoor oder Westschottland.

Alle drei bis vier Jahre veröffentlicht sie einen Gedichtband. Die Wände ihrer Wohnung sind völlig mit Büchern vollgestellt: wissenschaftlichen, klassischen und historischen; eine Menge Lyrikbände und einige Theaterstücke. Kein einziger Roman. Wenn Judith sagt: »Natürlich lese ich keine Romane«, soll das nicht heißen, dass Romane in der Literatur keinen Platz oder nur einen geringen einnähmen oder dass man keine Romane lesen sollte; es bedeutet vielmehr: Es ist doch wohl klar, dass man von ihr nicht erwarten kann, Romane zu lesen.

Seit Jahren hatte ich sie schon in der Wohnung besucht, bevor ich zwei lange Bretter unter dem Fenster entdeckte, jedes Brett vollgestellt mit den Werken eines einzigen Autors. Die beiden Autoren sind nicht, um es ganz vorsichtig auszudrücken, von der Sorte, die man mit Judith in Verbindung bringen würde. Sie sind harmlos, rückwärtsgewandt, vage und skurril. In der Tat: typisch englische *schöne Literatur* und für sie per definitionem verabscheuungswürdig. Nicht ein einziges der Bücher auf den beiden Regalbrettern wurde je gelesen; einige Seiten sind noch gar nicht aufgeschnitten. Doch jedes Buch ist ihr gewidmet: in Dankbarkeit, Bewunderung, voller Gefühl, und mehr als einmal in aller Verliebtheit. Kurzum, jedem, der Lust hat, einen Blick auf diese beiden Regale zu werfen und die Daten herauszuarbeiten, steht die Schlussfolgerung offen, dass Judith von fünfzehn bis fünfundzwanzig die geliebte Gefährtin eines älteren literarisch versierten Herrn war und von fünfundzwanzig bis fünfunddreißig die Muse eines anderen.

Während dieser ganzen Zeit hat sie ihre eigene Lyrik geschrieben, und zwar eine Art Lyrik, das lässt sich hundertprozentig vermuten, die ihre beiden Bewunderer mit Sicherheit nicht bewundern würden. Ihre Gedichte sind immer sehr spröde und intellektuell; das heißt ihre äußere Form, zu der die ernst-sinnliche innere Form einen Kontrast bildet oder diese unterstreicht. Es sind Gedichte, die man immer wieder liest; man muss es auch, um sie zu verstehen.

Ich habe Judith keine direkte Frage über diese beiden hervorragenden, doch reichlich altmodischen Liebhaber gestellt. Nicht weil sie nicht geantwortet oder die Frage als aufdringlich empfunden hätte, sondern weil solche Fragen gänzlich unnötig sind. Da sie die beiden Bücherborde an dieser Stelle angebracht hat und da es Bücher sind, für die sie unmöglich ein Interesse haben kann, bedeutet dies, dass sie öffentlich Anerkennung zollt, wo Anerkennung angebracht ist. Ich kann mir vorstellen, wie sie darüber nachdenkt und zum Ergebnis kommt, dass es nur fair wäre, oder vielleicht anständig, die Bücher dort hinzustellen; und das trotz der Tatsache, dass es ihr selbst ganz und gar egal wäre, ob sie dieselbe Beachtung bekäme. Es liegt etwas fast Verächtliches in dieser Geste. Denn sie verachtet gewiss Menschen, die meinen, sie müssten beachtet werden.

Mehr als einmal zum Beispiel hat eine neu aufkommende Welle ›moderner‹ junger Dichter sie entdeckt als die einzig ›moderne‹ Dichterin unter ihren verachteten und angesehenen Vorgängern. Der Grund ist der: seit sie mit fünfzehn zu schreiben begann, sind ihre Gedichte voller wissenschaftlicher, technischer und chemischer Bilder. So denkt, fühlt sie eben.

Schon mehr als einmal ist ein junger Dichter zu ihrer Wohnung geeilt, um sie als Verbündete zu beanspruchen, und hat sie dann – wie es ihrem Wesen entspricht – von Wörtern wie ›modern‹, ›neu‹, ›zeitgenössisch‹ gänzlich unbeeindruckt gesehen. Ihr Grundsatz hat ihn beleidigt und verletzt, ihr Grundsatz, der so tief sitzt, dass er ihr unbewusst ist und keinen anderen Ausdruck braucht als ein verächtliches Schulterzucken, nämlich dass nach Öffentlichkeit heischen, sich eine kritische Aufmerksamkeit zu wünschen, verachtenswert ist. Es versteht sich von selbst, dass es höchstens einen Kritiker auf der ganzen Welt gibt, für den sie überhaupt Zeit hat. Eingeschnappt ist der junge Dichter davongegangen, hat sie auf dem Regal stehen gelassen, das sie als den ihr gegebenen, rechtmäßigen Platz ansieht, gelesen nur von einer aufgeschlossenen Minderheit.

Unterdessen hält sie weiterhin Vorlesungen, spaziert weiter allein durch London, schreibt Gedichte, und gelegentlich sieht man sie in einem Konzert oder im Theater mit einem Griechischprofessor mittleren Alters, der Frau und zwei Kinder hat.

Betty und ich machten uns unsere Gedanken über diesen Professor und tauschten Bemerkungen aus wie: Bestimmt ist sie manchmal sehr allein, nicht? Hat sie eigentlich heiraten wollen? Wie ist das bei ihr mit diesem schrecklichen Augenblick, wenn man nachts von irgendwoher in eine leere Wohnung zurückkommt?

Vor Kurzem passierte es, dass Bettys Mann auf Geschäftsreise war, die Kinder auswärts auf Besuch, und sie konnte das leere Haus einfach nicht ertragen. Sie bat Judith um Asyl, bis ihr eigenes Haus wieder voll war.

Danach rief Betty mich an und erstattete Bericht: »An vier von den fünf Abenden ist Professor Adam so um zehn Uhr vorbeigekommen.«

»War Judith verlegen?«

»Könntest du dir das bei ihr vorstellen?«

»Wenn schon nicht verlegen, war sie sich dann zumindest bewusst, dass es da eine verfängliche Situation gab?«

»Nein, überhaupt nicht. Aber ich muss schon sagen, ich glaube nicht, dass er gut genug für sie ist. Er kann sie unmöglich verstehen. Er nennt sie Judy.«

»Um Himmels willen.«

»Ja. Aber ich habe mir das überlegt. Angenommen, die beiden anderen haben sie Judy genannt – ›kleine Judy‹ –, stell dir das mal vor! Ist das nicht schrecklich? Aber es sagt auch allerlei aus über Judith, nicht?«

»Es ist äußerst rührend.«

»Vermutlich ist es rührend. Aber *ich* war verlegen – ach, nicht wegen dieser Situation. Sondern wie sie sich ihm gegenüber verhielt. ›Judy, ist da noch Tee in der Kanne?‹ Und sie, fast spröde wie eine Tochter, hat ihm eine Tasse Tee eingeschenkt.«

»Hm, ich kann mir vorstellen, was du empfunden hast.«

»An drei Abenden ging er mit ihr ins Schlafzimmer – ganz unbefangen, da sie es ja auch war. Doch in der Frühe war er nicht mehr dort. Also habe ich sie gefragt. Du weißt ja, wie es ist, wenn man ihr eine Frage stellt. So, als hätte man schon ewig lange Gespräche über eben dieses Thema geführt und als redete sie nur da weiter, wo man zuletzt aufgehört hat. Wenn sie darum etwas Überraschendes sagt, kommt man sich richtig dumm vor, dass man überrascht ist.«

»Ja. Und weiter?«

»Ich habe sie gefragt, ob es ihr leidtue, keine Kinder zu haben. Sie bejahte, aber man könne ja nicht alles haben.«

»Man kann ja nicht alles haben, hat sie gesagt?«

»In dem festen Gefühl, dass sie fast alles *hat*. Sie hat gesagt, es sei schon ein Jammer, denn sie hätte Kinder sehr gut großgezogen.«

»Wenn du dir das recht überlegst, dann stimmt das auch.«

»Ich habe sie auch zur Ehe befragt, aber sie sagte, dass ihr im Ganzen die Rolle der Geliebten besser zusage.«

»Hat sie das Wort ›Geliebte‹ gebraucht?«

»Du musst zugeben, es ist genau das richtige Wort.«

»Vermutlich.«

»Und dann hat sie gesagt, dass, obwohl sie Intimität, Sex und all das gernhabe, sie es doch genieße, morgens allein aufzuwachen und *ihr eigener Herr* zu sein.«

»Ja, *natürlich.*«

»Natürlich. Aber nun macht sie sich Sorgen, weil der Professor sie unbedingt heiraten möchte. Oder glaubt, er sollte es tun. Zumindest hat er Schuldgefühle, und es ist seine fixe Idee. Sie sagt, sie weiß nicht, was eine Scheidung soll, und außerdem, es wäre nach all den Jahren sehr hart für seine arme alte Frau, besonders nachdem sie die beiden Kinder so zufriedenstellend großgezogen hat. Sie spricht über seine Frau, als wenn sie so eine Art nette, alte Putzfrau wäre, verstehst du, als wäre es nicht *fair,* sie zu entlassen. Egal. So oder so. Judith fährt bald nach Italien, um *sich zu sammeln.*«

»Aber wie kann sie sich das leisten?«

»Glücklicherweise hat das Dritte Programm sie damit beauftragt, ein paar Kultursendungen zu machen. Sie haben ihr die Wahl gegeben, zwischen dem Cid, El Cid, du weißt, und – den Borgias. Gut, den Borghesen. Und Judith hat sich auf die Borgias eingelassen.«

»Die Borgias«, sagte ich, *»Judith?«*

»Ganz recht. Ich hab das auch so gesagt, in dem Tonfall. Sie hat gleich kapiert. Das Epos liege ihr, wie sie sagt, wohingegen die Renaissance nie ihre Wellenlänge gewesen sei. Na klar: all die Prachtentfaltung, die Grausamkeit und der *Schmutz.* Rittertum, ein hoher Sittenkodex und das idiotisch edle Treiben sind dagegen genau ihre Wellenlänge!«

»Ist das Honorar denn dasselbe?«

»Ja. Aber sieht es denn Judith ähnlich, Geld das letzte Wort haben zu lassen? Nein, sie hat gesagt, man sollte immer etwas Neues aussuchen, das einem nicht so liegt. Denn es sei nun mal besser für ihren Charakter oder so ähnlich, wenn sie sich durch die Renaissance beunruhigen lasse. *Das* hat sie natürlich nicht gesagt.«

»Natürlich nicht.«

Judith fuhr nach Florenz, und einige Monate lang wurden wir durch Postkarten präzise über das, was sie tat, informiert. Dann kam Betty zu dem Entschluss, sie selber müsse mal allein Ferien machen. Sie war entsetzt gewesen über die Entdeckung, dass sie, wenn ihr Mann über Nacht weg war, nicht schlafen konnte; und als er für drei Wochen nach Australien fuhr, kümmerte sie so dahin bis zu seiner Rückkehr. Sie hatte das mit ihm besprochen, und er hatte zugestimmt, dass er sie, wenn sie wirklich meine, es sei so ernst, mit dem Flugzeug nach Italien verfrachten werde, damit sie ihre Selbstachtung zurückgewänne. So hatte sie das ausgedrückt.

Ich bekam einen Brief von ihr. »Hat keinen Zweck, ich komme nach Hause. Ich hätte es wissen sollen. Besser, man gesteht's sich gleich ein: Ist man erst richtig verheiratet, ist man kein geeigneter Umgang mehr für Mensch noch Tier. Und wenn Du Dich daran erinnerst, wie ich früher mal war! *Oje!* Ich hab mich lustlos in Mailand herumgetrieben. Habe mich in Venedig gesonnt, und dann fiel mir ein, meine Sonnenbräune müsse doch bestimmt hoch im Kurs stehen, so war ich nahe dran, mit einer anderen einsamen Seele eine Affäre anzufangen, doch verließ mich der Mut, und ich fuhr nach Florenz, um Judith zu besuchen. Sie war nicht da. War an der Italienischen Riviera. Ich hatte nichts Besseres vor, so bin ich ihr nachgereist. Als ich den Ort sah, musste ich beinah lachen; er ist so gar nichts für Judith; Du weißt ja, all die Palmen, die Sonnenschirme, die Fröhlichkeit um jeden Preis und ewig dieses dekorativ blaue Meer. Judith wohnt in einem Riesenzimmer aus Stein oben auf einem Berghang überm Meer, Weinreben ringsherum. Du solltest sie sehen, sie ist schön geworden. In den letzten fünfzehn Jahren scheint sie jeden Samstagmorgen nach Soho gegangen zu sein, um Lebensmittel in einem italienischen Laden einzukaufen. Ich muss erstaunt ausgesehen haben, denn sie hat mir erklärt, dass sie Soho gern mag. Vermutlich, weil das ganze trostlose Laster, die Nackten, die Prostituierten und all so was ihr beweisen, wie recht sie hat, so zu sein, wie sie ist. Sie hatte den Ladenbesitzern erzählt, dass sie nach Italien fahre, und die Signora habe darauf gesagt, was für ein Zufall, sie fahre auch nach Italien zurück, und sie hoffe doch sehr, dass eine so gute Freundin wie Miss Castlewell sie dort besuchen komme. Judith hat mir gesagt: ›Ich hatte, als die Signora das Wort Freundin gebrauchte, das Gefühl, mir fehle es an etwas. Unsere Beziehungen sind immer förmlich gewesen. Kannst du das verstehen?‹ – ›Fünfzehn Jahre lang‹, sagte ich. Und sie: ›Ich glaube, ich muss es so als eine Art Zumutung empfinden, verstehst du, zu erwarten, dass andere Leute Freundschaft für einen empfinden sollen.‹ *Na.* Ich habe gesagt: ›Das müsstest du doch verstehen, du erwartest es ja ebenso.‹ – ›Tue ich das?‹, hat sie gefragt. ›Denk mal drüber nach‹, antwortete ich. Aber ich konnte sehen, dass sie darüber nicht nachdenken wollte. Egal, sie ist hier, und ich habe eine Woche mit ihr verbracht. Die Witwe Maria Rineiri hat das Haus von ihrer Mutter geerbt, drum ist sie also von Soho nach Hause gekommen. Im Parterre befindet sich eine billige kleine *Rosticceria,* in der die Nachbarn Stammkunden sind. Es sind alles Arbeiter. Das hier auf dem Berg ist keine Touristengegend. Die Witwe wohnt über dem Geschäft mit ihrem kleinen Jungen, einem frechen kleinen Balg von ungefähr zehn Jahren. Du kannst sagen, was Du willst: Die Engländer sind die Einzigen, die sich darauf verstehen, wie man Kinder erzieht; mir gleich, wenn sich das beschränkt anhört. Judiths Zimmer ist auf der Rückseite und hat einen Balkon. Unter ihrem Zimmer ist ein Friseurladen, der Friseur ist Luigi Rineiri, der jüngere Bruder der Witwe. Ja, ihn habe ich mir bis zum Schluss aufbewahrt. Er ist um die vierzig, groß, ein gut aussehender dunkler Typ, ein riesiger *Bulle,* doch eher ein sanfter, väterlicher Bulle. Er hat Judiths Haar geschnitten und es aufgehellt. Jetzt sieht es wie eine Art Goldhelm aus. Judith ist rundum braun. Die Witwe Rineiri hat ihr ein weißes und ein grünes Kleid genäht. Zum Wechseln; sie sitzen gut. Wenn Judith die Straße hinuntergeht, werfen alle Italiener männlichen Geschlechts einen Blick auf das Mädchen mit den Goldhaaren und zerfließen förmlich, wie Eiscreme. Judith nimmt das alles bei ihrem Gang auf. Nimmt die Huldigung sozusagen huldvoll entgegen. Langsam geht sie dann ins Meer hinaus und verschwindet in der Gischt. Sie schwimmt jeden Tag acht Kilometer. *Natürlich.* Ich habe Judith nicht gefragt, ob sie sich jetzt gesammelt hat, denn man sieht's auch so, dass das nicht der Fall ist. Die Witwe Rineiri spielt die Ehestifterin. Als ich das bemerkte, hätte ich fast gelacht, doch zum Glück unterließ ich es, denn Judith stellte mir die Frage – sie wollte es ernsthaft wissen: ›Kannst du dir mich mit einem italienischen Friseur verheiratet vorstellen?‹ (nicht snobistisch, sondern sozusagen die Lage konstatierend). ›Nun ja‹, hab ich geantwortet, ›du bist die einzige Frau, die ich mir verheiratet mit einem italienischen Friseur vorstellen kann.‹ Denn es wäre gleichgültig, wen sie heiratete, sie würde immer sie *selbst sein.* ›Jedenfalls eine Zeit lang‹, habe ich gesagt. Worauf sie schroff sagte: ›Du kannst solche Redewendungen wie ‚eine Zeit

lang' in England gebrauchen, aber nicht in Italien.‹ Hast Du je
England, zumindest London, als die Heimat von Zügellosigkeit,
Freizügigkeit und freier Liebe angesehen? Nein, ich auch nicht;
aber natürlich hat sie recht. Wäre sie mit Luigi verheiratet, zählten die Familie, die Nachbarn, die Kirche und die *bambini*.
Trotzdem, sie macht sich Gedanken darüber, ob Du es glaubst
oder nicht. Hier ist sie ganz anders, völlig entspannt und ungezwungen. Sie badet sich in der Aufmerksamkeit, die sie erhält.
Die Witwe bemuttert sie und kocht ihr die ganze Zeit Kaffee und
hört sich jede Menge guter Ratschläge an, wie sie diesen frechen
Balg erziehen soll. Leider hört sie nicht darauf. Luigi ist verrückt
nach ihr. Zu den Mahlzeiten geht sie in die *Trattoria* auf dem
oberen Platz, und alle Arbeiter behandeln sie wie eine Göttin.
Hm, also wie einen Filmstar. Ich hab ihr gesagt, du bist verrückt,
wieder nach Hause zu gehen. Denn zum einen beträgt ihre Miete
pro Woche ganze zehn Shilling, zum anderen kann man *Pasta*
essen und so viel Rotwein trinken, bis man platzt, und das für
einen Shilling und Sixpence. Nein, sagte sie darauf, es wäre
nichts als ein Sichgehenlassen, wenn sie bliebe. Wieso?, habe ich
gefragt. Sie hat gesagt, sie habe hier nichts, was sie hielte. (Haha)
Und außerdem habe sie ihre Forschungen über die Borghese
beendet, allerdings könne sie bisher noch nicht sehen, wie sie die
Fakten getreu präsentieren solle. Was trieb diese Menschen an,
möchte sie wissen. Und darum bleibt sie nur dort wegen der
Katze. Ich habe vergessen, die Katze zu erwähnen. Es ist eine
Stadt der Katzen. Die Italiener hier lieben ihre Katzen. Ich wollte
bei Tisch eine herumstreunende Katze füttern, aber der Kellner
verbot es; nach dem Mittagessen brachten alle Kellner Tabletts,
vollbeladen mit Essensresten, und die streunenden Katzen kamen von überall herbei, um zu fressen. Und bei Dunkelheit,
wenn die Touristen zum Essen gehen und der Strand leer ist –
weißt Du, wie gottverlassen ein Strand bei Einbruch der Dunkelheit ist? –, also, dann tauchen die Katzen von überall her auf.
Der Strand scheint sich zu bewegen, dann erkennst Du erst, dass
es Katzen und Katzen sind. Sie staksen auf dem schmalen Streifen grauen Wassers am Meeressaum entlang, schütteln irritiert

bei jedem Schritt die Pfoten, schnappen nach den toten kleinen Fischen und werfen sie mit dem Maul hinauf auf den trockenen Sand. Dann sausen sie ihnen hinterher. So ein fauchendes Getümmel hast Du noch nie gesehen. In der Morgendämmerung, wenn die Fischerboote den leeren Strand anlaufen, sitzen die Katzen zu Dutzenden da. Die Fischer werfen ihnen Fischhappen zu. Die Katzen fauchen und kämpfen miteinander. Judith steht früh auf und geht hinunter zum Strand, um zuzuschauen. Manchmal kommt auch Luigi mit, ist ja tolerant. Denn, wirklich gern macht er nur die Abendpromenade: sie an seinem Arm, Runde um Runde um den Platz in der oberen Stadt. Mit ihr anzugeben. Kannst Du Dir Judith *vorstellen*? Aber sie tut es wirklich. Da sie ja tolerant ist. Aber sie lächelt und genießt die Bewunderung, die man ihr schenkt, daran gibt's keinen Zweifel.

Sie hat eine Katze in ihrem Zimmer. Eigentlich ist es noch ein Kätzchen, aber sie ist schon trächtig. Judith sagt, sie kann nicht fort, bevor die Jungen geboren sind. Die Katze ist eigentlich noch zu jung, um selbst Junge zu haben. Stell Dir Judith vor. Sie sitzt auf ihrem Bett in dem Riesenzimmer aus Stein, die nackten Füße auf dem Fliesenboden, und beobachtet die Katze; sie versucht herauszukriegen, warum eine gesunde, in Freiheit lebende italienische Katze, die immer mit dem Besten aus der *Rosticceria* gefüttert worden ist, neurotisch sein kann. Denn das ist sie. Wenn sie bemerkt, dass Judith sie beobachtet, wird sie nervös und beginnt sich an der Schwanzwurzel zu lecken. Doch Judith beobachtet sie weiter; über Italien sagt sie: Der Grund, warum die Engländer die Italiener so gern mögen, ist der, dass die Italiener den Engländern ein Gefühl der Überlegenheit verschaffen. Sie haben keine Disziplin. Und was ist das für ein verachtenswerter Grund, deshalb eine Nation zu mögen. Über Luigi sagt sie dann, er habe kein Gefühl für Schuld, doch ein Gefühl für Sünde; wohingegen sie kein Gefühl für Sünde habe, aber eins für Schuld. Ich habe sie nicht gefragt, ob das eine unüberwindliche Barriere gewesen sei, denn von ihrem Aussehen her zu urteilen, war's das nicht. Sie sagt, sie hätte lieber ein Gefühl für Sünde, denn für eine Sünde könne man Buße tun, und wenn sie begriffe, was Sünde sei, vielleicht würde sie sich dann eher heimisch fühlen in der Renaissance. Luigi sei sehr gesund und nicht neurotisch. Er ist natürlich Katholik. Er hat nichts dagegen, dass sie Atheistin ist. Seine Mutter hat ihm erklärt, dass die Engländer alle Heiden sind, aber im Kern gute Menschen. Vermutlich glaubt er, ein paar Extra-Sitzungen mit dem Priester am Ort würden Judith ein für alle Mal aufs rechte Gleis bringen. Unterdessen streicht die Katze nervös im Zimmer umher, bleibt stehen, um sich zu lecken, und wenn sie Judiths beobachtenden Blick einfach nicht mehr ertragen kann, rollt sie sich auf dem Boden, streckt die Pfoten nach oben und verdreht die Augen; Judith krault ihren schweren trächtigen Bauch, redet ihr zu, ruhig zu sein. *Mich* macht es nervös, sie so zu sehen; es ist so untypisch für sie, ich weiß nicht, warum. Dann schreit Luigi was vom Friseurladen rauf, kommt selbst hoch und bleibt lachend in der Tür stehen. Judith lacht, und die Witwe sagt: Kinder, amüsiert euch. Und fort sind sie, hinunter in die Stadt, Eis essen. Die Katze folgt ihnen. Wie ein Hund lässt sie Judith nicht aus den Augen. Wenn sie kilometerweit ins Meer hinausschwimmt, versteckt sich die Katze unter einem Strandhäuschen, bis sie zurückkommt. Dann trägt Judith sie den Berghang hoch nach Hause, denn dieser freche kleine Junge will sie ständig jagen. *Na.* Gott sei Dank komme ich morgen nach Haus, zu meinem lieben alten Billy, ich war verrückt, dass ich ihn überhaupt allein gelassen habe. Irgendwas an Judith und Italien hat mich durcheinandergebracht, ich weiß nicht, was. Verstehst Du, über was, um Himmels willen, können sich Judith und Luigi miteinander *unterhalten?* Über nichts. Wie sollten sie auch! Natürlich spielt das keine Rolle. So stellt sich auch noch heraus, dass ich puritanisch bin. Wiedersehen, bis nächste Woche.«

Nun war ich an der Reihe, mir meine Portion Sonne zu holen, darum konnte ich Betty nicht mehr treffen. Auf meiner Rückfahrt von Rom machte ich Station in Judiths Badeort und stieg durch die engen Straßen zur oberen Stadt hinauf, wo auf dem Platz mit der weinumrankten *Trattoria* an der Ecke ein Haus war, über dessen niedriger Tür auf einem rissigen Holzschild in schwarzer Farbe ROSTICCERIA stand. In der Tür ein Vorhang aus roten Perlen, auf denen sich die Fliegen niederließen. Ich teilte den Perlenvorhang mit den Händen und blickte in einen kleinen dunklen Raum mit einem Ladentisch aus Stein. An Metallhaken hingen Salamiringe. Eine Glasglocke bedeckte einige Teller mit allerlei Fleisch und Wurstwaren. Fliegen hockten auf der Salami und auf der Glasglocke. Einige Büchsen auf den Holzregalen, ein paar bleiche Brotlaibe, einige Weinfässer und ein offener Behälter mit klebrigen fahlgrünen Weintrauben voller Fruchtfliegen, das schien der einzige Vorrat zu sein. Ein einzelner Holztisch mit zwei Stühlen stand in einer Ecke, zwei Arbeiter saßen daran und aßen Wurststücke mit Brot. Durch einen zweiten Perlenvorhang im Hintergrund kam eine kleine, angenehm mollige, aber schmalgliedrige Frau mit ergrauendem Haar herein. Ich fragte sie nach Miss Castlewell, und ihr Gesichtsausdruck änderte sich. Sie sagte in einem verletzt klingenden, betont beiläufigen Ton: »Miss Castlewell ist seit letzter Woche fort.« Sie nahm ein weißes Tuch unter dem Ladentisch hervor und schlug damit nach den Fliegen auf der Glasglocke. »Ich bin eine Freundin von ihr«, sagte ich, und sie darauf: »*Sì*«, legte die Handflächen auf den Ladentisch und blickte mich ausdruckslos an. Die Arbeiter standen auf, schütteten den letzten Rest ihres Weines hinunter, nickten ihr zu und gingen. Sie sagte *ciao*, blickte mich dann wieder an. Dann, da ich nicht wegging, rief sie: »Luigi!« Ein Schrei ertönte aus dem Hinterzimmer, dann ein leises Geklapper der Perlen, und herein trat zuerst ein lang aufgeschossener Junge mit scharf geschnittenem Gesicht, danach Luigi. Er war groß, breitschultrig, sein ungebändigtes schwarzes Haar sah wie eine Kappe aus, die tief bis auf die Augenbrauen gezogen war. Er sah gutmütig aus, im Augenblick war ihm aber unbehaglich. Seine Schwester sagte etwas, und er stellte sich neben sie, ein Verbündeter, und bestätigte: »Miss Castlewell ist fortgegangen.« Ich war drauf und dran aufzugeben, als sich durch den Perlenvorhang, der das blendende Licht abhielt, eine dünne getigerte Katze hindurchschlängelte. Sie war hässlich und bewegte sich unangenehm, ihr Hinterteil war zusammengekrümmt. Das Kind stieß plötzlich durch die Zähne ein ›Sssss‹ aus, und die Katze erstarrte. Luigi sagte etwas Scharfes zu dem Kind und etwas Ermunterndes zu der Katze, die sich hinsetzte, geradeaus stierte und sich dann wie wild die Flanken leckte. »Miss Castlewell fühlte sich durch uns beleidigt«, sagte Mrs. Rineiri auf einmal mit aller Würde. »Eines Tages ist sie morgens früh weggegangen. Wir hatten nicht erwartet, dass sie weggeht.« Ich sagte darauf: »Vielleicht musste sie nach Hause fahren und eine Arbeit beenden.«

Mrs. Rineiri zuckte mit der Schulter, dann seufzte sie. Danach tauschte sie einen harten Blick mit ihrem Bruder aus. Offensichtlich war das Thema erörtert und für alle Zeiten abgeschlossen.

»Ich kenne Judith schon lange«, sagte ich und versuchte, den rechten Ton zu finden. »Sie ist eine bemerkenswerte Frau. Sie ist Dichterin.« Doch darauf gab es keine Reaktion. Inzwischen starrte das Kind mit zusammengekniffenen Augen und einem stieren, zähnefletschenden Grinsen die Katze an. Plötzlich stieß es ein weiteres ›Ssssssss‹ aus und ließ einen kurzen, schrillen Schrei ertönen. Die Katze schoss nach hinten, schlug gegen die Wand, versuchte verzweifelt, die Wand hinaufzuklettern, kam zur Vernunft, setzte sich wieder auf den Boden und begann ihr hastiges, zielloses Lecken. Diesmal knuffte Luigi das Kind, das jetzt im Ernst aufschrie und dann auf die Straße hinauslief, vorbei an der Katze. Jetzt, wo der Weg frei war, sauste die Katze quer über den Boden, sprang auf den Ladentisch hinauf, mit einem weiteren Satz an Luigis Schulter vorbei, direkt durch den Perlenvorhang in den Friseurladen hinein, wo sie mit einem dumpfen Laut landete.

»Judith war traurig, als sie uns verließ«, sagte Mrs. Rineiri mit unsicherer Stimme. »Sie weinte.«

»Ja, das glaube ich.«

»So war es«, sagte Mrs. Rineiri mit Bestimmtheit, ließ die Hände wieder sinken und blickte an mir vorbei auf den Perlenvorhang. Luigi nickte mir knapp zu und verschwand in den Hinterraum. Ich verabschiedete mich von Mrs. Rineiri und ging zur unteren Stadt zurück. Auf dem Platz sah ich das Kind auf dem Trittbrett eines Lastwagens sitzen, der vor der *Trattoria* geparkt war; es zeichnete mit seinen nackten Zehen im Staub, starrte vor sich hin mit einem leeren, unglücklichen Blick.

Ich musste durch Florenz fahren, darum ging ich zu der Adresse, wo Judith gewohnt hatte. Nein, Miss Castlewell sei nicht zurückgekommen. Ihre Papiere und Bücher seien noch immer hier. Ob ich sie mit nach England zurücknehmen wolle? Ich schnürte ein großes Paket und nahm es mit nach England.

Ich rief Judith an, und sie sagte, sie habe schon geschrieben, dass man ihr die Papiere schicken möge, aber es sei freundlich von mir, sie mitzubringen. Es sei ihr, sagte sie, nutzlos vorgekommen, nach Florenz zurückzukehren.

»Soll ich sie vorbeibringen?«

»Ich wäre dir natürlich sehr dankbar.«

Judiths Wohnung war eisig, und sie trug ein glockenförmiges salbeigrünes Wollkleid. Ihr Haar war noch wie ein hellgoldener Helm, doch sie sah blass und ziemlich abgehärmt aus. Sie stand mit dem Rücken zu einem elektrischen Heizofen, bei dem ein einzelner Strang brannte – eingeschaltet, weil ich darum gebeten hatte; sie stand mit gespreizten Beinen da, die Arme gekreuzt. Sie betrachtete mich ausgiebig.

»Ich bin zum Haus der Rineiris gegangen.«

»Ach, wirklich?«

»Sie schienen dich zu vermissen.«

Sie sagte nichts.

»Ich habe auch die Katze gesehen.«

»Ach. Vermutlich habt ihr, du und Betty, darüber gesprochen?« Dies mit einem kleinen unfreundlichen Lächeln.

»Nun, Judith, du musst doch verstehen, das lag doch auf der Hand, nicht?«

Sie überlegte sich das und sagte: »Ich versteh nicht, warum man über andere Menschen sprechen muss. Oh, ich will dich nicht kritisieren. Aber ich begreife nicht, warum ihr so interessiert daran seid. Ich versteh das Verhalten der Menschen nicht; es interessiert mich auch nicht sonderlich.«

»Ich glaube, du solltest den Rineiris schreiben.«

»Ich habe ihnen selbstverständlich geschrieben und mich bedankt.«

»Das meine ich nicht damit.«

»Du und Betty, habt ihr euch das so ausgedacht?«

»Ja, wir haben darüber gesprochen. Wir dachten, wir sollten mit dir sprechen, damit du den Rineiris schreibst.«

»Warum?«

»Eins steht fest, beide haben dich richtig gern.«

»Gern«, sagte sie lächelnd.

»Judith, noch nie in meinem Leben habe ich erlebt, dass jemand sich so im Stich gelassen fühlte.«

Judith dachte darüber nach. »Wenn etwas passiert, was einem klarmacht, dass die Kluft zwischen den Lebensauffassungen einfach zu groß ist, was gibt's da noch zu sagen?«

»So groß kann die Kluft ja nicht gewesen sein. Du willst wohl sagen, wir mischen uns da in etwas ein?«

Judiths Gesicht verriet Widerwillen. »Was für ein dummes Wort. Und eine dumme Vorstellung. Niemand kann sich in meine Angelegenheiten einmischen, wenn ich es nicht will. Nein, es ist einfach so, ich verstehe die Menschen nicht. Ich verstehe nicht, warum du oder Betty euch Gedanken darüber macht. Oder übrigens auch die Rineiris«, fügte sie mit einem kleinen gepressten Lächeln hinzu.

»Judith!«

»Wenn man sich dumm benommen hat, ist es sinnlos, weiterzumachen. Man macht Schluss damit.«

»Was ist denn passiert? War es die Katze?«

»Ja, nehme ich an. Aber das ist unwichtig.« Sie blickte mich an, sah meinen ironischen Gesichtsausdruck und sagte: »Die Katze war noch zu jung, um selbst Junge zu haben. Das ist alles.«

»Wie du meinst. Aber ganz offensichtlich ist das noch nicht alles.«

»Was mich durcheinanderbringt, ist, dass ich überhaupt nicht begreife, warum ich damals so durcheinander war.«

»Was ist passiert? Oder willst du darüber nicht sprechen?«

»Mir völlig einerlei, ob ich darüber rede oder nicht. Ihr sagt wirklich die seltsamsten Sachen, du und Betty. Wenn du's wissen willst, dann sag ich dir's. Was macht das schon aus?«

»Ich würd's natürlich gern wissen.«

»*Natürlich!*«, sagte sie. »An deiner Stelle hätte ich kein Interesse daran. Also, ich glaube, das Wesentliche an der ganzen Sache war, dass ich wohl die falsche Einstellung zu der Katze gehabt habe. Von Katzen erwartet man, dass sie unabhängig sind. Man erwartet, dass sie sich verkriechen, um ihre Jungen zu werfen. Doch diese Katze nicht. Sie kam eines Nachts immer wieder auf mein Bett hochgeklettert und hat nach Aufmerksamkeit geschrien. Ich mag keine Katzen auf meinem Bett. Am Morgen sah ich, dass sie Schmerzen hatte. Ich bin den ganzen Tag bei ihr geblieben. Luigi – das ist der Bruder, weißt du.«

»Ja.«

»Hat Betty ihn erwähnt? Luigi kam also hoch und sagte mir, es sei Zeit, schwimmen zu gehen. Er sagte, die Katze kann auf sich selbst aufpassen. Ich mache mir schwere Vorwürfe. So was geschieht also, wenn man in einem anderen aufgeht!«

Der Blick, den sie mir zuwarf, war jetzt herausfordernd; ihr Körper verriet Abwehr und zugleich Angriffslust. »Ja. Es stimmt. Ich habe mich immer davor gefürchtet. Und in den letzten Wochen habe ich mich schlecht benommen. Weil ich es halt zugelassen habe.«

»Und weiter.«

»Ich ließ die Katze zurück und ging schwimmen. Es war spät, darum blieb ich nur einige Minuten. Als ich aus dem Meer kam, war die Katze mir gefolgt und hatte auf dem Strand ein Junges zur Welt gebracht. Das kleine Ungeheuer Michele – weißt du, der Sohn –, der das arme Ding immer ärgerte, hatte die Mutterkatze weggescheucht von dem Jungen, das allerdings tot war. Er hielt es am Schwanz hoch und winkte mir damit zu, als ich aus dem Wasser stieg. Ich sagte ihm, er solle es beerdigen. Er schaufelte fünf Zentimeter Sand fort und stieß das Kätzchen dort hinein – am Strand, wo tagsüber ständig Leute sind. Also musste ich es richtig vergraben. Er war davongerannt. Er jagte der armen Katze nach. Sie war ganz verschreckt und lief zur Stadt hinauf. Ich rannte ebenfalls. Ich fing Michele ein und war so wütend, dass ich ihn schlug. Ich halte nichts davon, Kinder zu schlagen. Ich fühle mich seitdem verdammt elend.«

»Du bist eben wütend gewesen.«

»Das ist keine Entschuldigung. Ich hätte niemals geglaubt, dass ich fähig wäre, ein Kind zu schlagen. Ich habe ihn sehr hart geschlagen. Er rannte weinend davon. Die arme Katze hatte sich unter einem großen Lastwagen verkrochen, der auf dem Platz abgestellt war. Sie stieß auf einmal einen Schrei aus. Und darauf passierte etwas sehr Ungewöhnliches. Sie tat nur einen einzigen Schrei, und mit einem Schlag erschienen wie aus dem Nichts lauter Katzen. Eine Sekunde zuvor war da nur die eine Katze, die unter dem Lastwagen lag, eine Sekunde danach gab es Dutzende von Katzen. Sie saßen in einem großen Kreis um den Lastwagen herum, mucksmäuschenstill, und beobachteten meine arme Katze.«

»Sehr rührend«, sagte ich.

»Warum?«

»Es gibt keinerlei Beweis«, sagte ich in Anführungszeichen, »dass die Katzen aus Sorge um einen Freund in Not da waren.«

»Nein«, sagte sie nachdrücklich. »Es gibt keinen. Es könnte Neugier gewesen sein. Oder sonst was. Wie sollen wir das wissen? Wie auch immer, ich kroch unter den Lastwagen. Zwei Pfötchen ragten aus dem Hinterteil der Katze heraus. Das Junge steckte verkehrt rum drin. Es war festgeklemmt. Ich hielt die Katze mit der einen Hand nach unten und zog mit der anderen das Junge heraus.« Sie streckte ihre langen weißen Hände vor. Sie waren noch immer mit den verblassenden Narben und Kratzern bedeckt. »Sie biss und jaulte, aber das Junge lebte. Sie ließ das Kätzchen zurück und schleppte sich über den Platz ins Haus. Danach standen alle Katzen auf und gingen davon. Es war das Merkwürdigste, was ich je gesehen habe. Sie verschwanden wieder. Eine Minute zuvor waren sie alle da gewesen, und jetzt fort. Ich ging der Katze mit dem Jungen nach. Armes kleines Ding, es war mit Staub bedeckt – es war ja ganz nass, weißt du.

Die Katze war auf meinem Bett. Ein zweites Junges kam gerade, aber auch das blieb stecken. Als die Katze immer wieder schrie, hab ich es einfach auch herausgezogen. Die Jungen begannen zu saugen. Ein Junges war sehr groß. Es war ein hübsches, dickes schwarzes Kätzchen. Es muss ihr wehgetan haben. Denn plötzlich biss die Katze – schnappte, verstehst du, wie in einem Reflex nach dem Nacken des Jungen. Es starb einfach so. Ist doch merkwürdig, nicht?«, sagte sie, mit heftigem Augenblinzeln, ihre Lippen bebten. »Sie war seine Mutter, doch sie hat es getötet. Danach lief sie vom Bett weg nach unten in das Geschäft, verkroch sich unter dem Ladentisch. Ich rief nach Luigi. Du weißt ja, er ist Mrs. Rineiris Bruder.«

»Ja, ich weiß.«

»Er sagte, sie sei zu jung, sei furchtbar verängstigt, dazu noch schlimm verletzt. Er trug das lebende Junge zu ihr hin, doch sie stand auf und ging weg. Sie wollte es nicht haben. Dann bat mich Luigi, nicht hinzublicken. Aber ich folgte ihm. Er hielt das Junge am Schwanz und schlug es zweimal heftig gegen die Wand. Dann ließ er es in den Abfalleimer fallen. Er schob mit seiner Fußspitze etwas Abfall beiseite, legte das Junge hinein und schob wieder Abfall darüber. Dann sagte Luigi, die Katze müsse man totmachen. Sie sei zu schlimm verletzt, und es würde ihr immer wehtun, wenn sie Junge bekäme.«

»Er hat sie nicht getötet. Sie lebt noch. Aber es sieht mir so aus, als hätte er recht gehabt.«

»Ja, ich denke schon.«

»Was hat dich so verstört – dass er das Junge getötet hat?«

»Ach nein; ich glaube, die Katze hätte es sonst getan. Aber das ist nicht das Entscheidende, oder?«

»Was ist denn das Entscheidende?«

»Ich weiß es, glaube ich, selbst nicht.« Sie hatte atemlos und schnell gesprochen. Jetzt sagte sie langsam: »Es ist doch keine Frage von richtig – falsch, oder? Warum sollte es das sein? Es ist eine Frage, was man ist. An diesem Abend wollte Luigi mit mir spazieren gehen. Für ihn war *die Sache* erledigt. Etwas musste getan werden, und er hatte es getan. Aber ich fühlte mich krank.

Er war sehr nett zu mir. Er ist ein sehr guter Mensch«, sagte sie trotzig.

»Ja, so sieht er aus.«

»In der Nacht konnte ich nicht schlafen. Ich machte mir Vorwürfe. Ich hätte niemals die Katze zurücklassen sollen, um schwimmen zu gehen. Ja, und dann kam ich zu dem Entschluss, am nächsten Tag fortzugehen. Was ich auch getan habe. Das ist alles. Das Ganze war von Anfang bis Ende ein Fehler.«

»Überhaupt nach Italien zu fahren?«

»Nur so Ferien zu machen wäre schon recht gewesen.«

»Dann hast du all die Arbeit umsonst gemacht? Willst du etwa sagen, du willst die ganze Forschungsarbeit nicht auswerten?«

»Nein. Es war ein Fehler.«

»Warum lässt du das Ganze nicht für einige Wochen ruhen und siehst dann, wie die Dinge liegen?«

»Warum?«

»Vielleicht denkst du dann anders darüber.«

»Wie kann man nur so etwas sagen. Warum sollte ich? Ach, du meinst, die Zeit heilt Wunden – etwa in der Art? Was für eine seltsame Vorstellung. Sie ist mir schon immer seltsam vorgekommen. Nein, von Anfang an habe ich mich bei der ganzen Sache nicht wohlgefühlt; war überhaupt nicht ich selbst.«

»Ziemlich irrational, könnte man meinen.«

Judith dachte darüber sehr ernsthaft nach. Während sie das tat, runzelte sie die Stirn. Dann sagte sie: »Aber wenn man sich nicht auf die Gefühle verlassen kann, worauf dann?«

»Auf das, was man denkt, hätte ich von dir als Antwort erwartet.«

»Wirklich? Warum? Ich muss sagen, ihr Menschen seid alle sehr seltsam. Ich verstehe euch nicht.« Sie machte den elektrischen Ofen aus, und ihr Gesichtsausdruck wurde verschlossen. Sie lächelte freundlich-distanziert und sagte: »Ich weiß wirklich nicht, was es darüber noch zu reden gibt.«

ZIMMER NEUNZEHN

Dies ist eine Geschichte, nehme ich an, über ein Versagen der Vernunft: Die Ehe der Rawlings beruhte auf Vernunft.

Als sie heirateten, waren sie älter als die meisten ihrer verheirateten Freunde: in den besten Endzwanzigern. Beide hatten sie eine Anzahl Affären hinter sich, die eher süß als bitter waren, und als sie sich verliebten – denn das taten sie –, kannten sie sich schon eine Zeit lang. Sie scherzten, sie hätten sich »für das Richtige« aufbewahrt. Dass sie so lange gewartet hatten (doch nicht zu lange), galt ihnen als Beweis ihrer vernünftigen Urteilskraft. Eine Reihe ihrer Freunde hatte jung geheiratet und trauerte jetzt wohl (so empfanden es die Rawlings) den verpassten Möglichkeiten nach; während andere, noch unverheiratet, ihnen vertrocknet vorkamen, selbstzweiflerisch und in Gefahr, sich aus Verzweiflung oder romantischer Schwärmerei in eine Ehe zu stürzen.

Nicht nur sie selbst, auch die anderen meinten, sie passten bestens zusammen: Das Entzücken ihrer Freunde galt ihnen als weiterer Beweis ihres Glücks. Sie hatten – er als Mann, sie als Frau – dieselbe Rolle gespielt in dieser Gruppe, in dieser Clique, wenn man eine solch große, nur lose miteinander verbundene, ständig wechselnde Personenkonstellation eine Clique nennen konnte. Beide waren dank ihrer Zurückhaltung, ihres Humors und ihrer Abstinenz von leidvoller Erfahrung zu Personen geworden, an die sich andere um Rat wandten. Man konnte sich auf sie verlassen, und man tat es auch. Hier war einer der Fälle, wo sich ein Mann und eine Frau zusammentaten, an deren Verbindung niemand je gedacht hatte, wahrscheinlich wegen ihrer Ähnlichkeit. Danach rief aber jeder aus: Natürlich! Bestens! Wie kommt es bloß, dass wir nie daran gedacht haben!

Und so heirateten sie unter allgemeinem Frohlocken, und dank ihrer weisen Voraussicht und ihrem Realitätssinn gab es nichts Überraschendes für sie.

Beide hatten gut bezahlte Berufe. Matthew war Redakteur bei einer großen Londoner Zeitung, Susan arbeitete in einer Werbeagentur. Er war nicht aus dem Holz, aus dem Herausgeber oder bekannte Publizisten geschnitzt sind, aber er war viel mehr als bloß ein ›Redakteur‹, da er einer der wichtigen Männer im Hintergrund war, die in Wahrheit jene Leute im Rampenlicht stützen, inspirieren und überhaupt erst ermöglichen. Er war mit dieser Position zufrieden. Susan besaß Talent fürs Werbezeichnen. Sie machte sich lustig über die Werbung, für die sie verantwortlich war, doch hatte sie keine entschiedene Ansicht darüber, weder so noch so.

Bevor sie heirateten, hatten sie beide in angenehmen Wohnungen gelebt, doch sie fanden es unklug, ihre Ehe in einer der beiden Wohnungen zu führen, da es wie eine Unterwerfung der Persönlichkeit desjenigen erscheinen könnte, dem die Wohnung nicht gehörte. Sie zogen in eine neue Wohnung in South Kensington im klaren Einvernehmen, dass, wenn sie sich zusammengerauft hätten (ein Prozess, der – wie sie wussten – nicht lange auf sich warten lassen würde; in Wirklichkeit eher ein spaßhaftes Zugeständnis an allgemein verbreitete Ansichten als an eigene Vorstellungen), sie sich ein Haus kaufen und eine Familie gründen würden.

Und genau das geschah. Sie lebten zwei Jahre lang in ihrer entzückenden Wohnung, gaben Partys und besuchten Partys, da sie ein beliebtes, jung verheiratetes Paar waren; dann wurde Susan schwanger, gab ihren Job auf, und sie kauften sich ein Haus in Richmond. Es war charakteristisch für dieses Paar, dass sie zuerst einen Sohn bekamen, dann eine Tochter, danach Zwillinge, einen Jungen und ein Mädchen. Alles der Reihe nach, so wie es sich gehörte und wie man es sich nur wünschen könnte, dürfte man es sich aussuchen. Doch andere waren tatsächlich der Meinung, diese beiden hätten es sich genau so gewählt, diese ausgewogene, so vernünftige Familie war genau das, was den beiden zustand, einfach wegen ihres untrüglichen Gespürs für die rechte *Wahl*.

Und so lebten sie mit ihren vier Kindern in ihrem Haus mit

Garten in Richmond und waren glücklich. Sie hatten all das erreicht, was sie sich ersehnt und was sie vorgehabt hatten.

Und dennoch …

Nun, sogar das war vorausgesehen, eine gewisse Fadheit würde sich notgedrungen einstellen …

Ja, gewiss doch, es war natürlich, dass sie sich manchmal so fühlten. Wie genau?

Ihr Leben kam ihnen wie eine Schlange vor, die sich in den eigenen Schwanz biss. Matthews Job: Susans, der Kinder, des Hauses und Gartens wegen – diese ganze Karawanserei brauchte einen gut bezahlten Job, um sie zu versorgen. Und Susans praktischer Sinn: Matthews, der Kinder, des Hauses und Gartens wegen – dieses ganze Gebilde würde ohne sie innerhalb einer Woche zusammenbrechen.

Aber es gab nichts, von dem beide hätten sagen können: »*Diesem* zuliebe geschieht der ganze Rest.« Kinder? Aber Kinder können nicht Mittelpunkt und Sinn des Lebens sein. Sie können tausenderlei sein: reizend, interessant, befriedigend, aber sie können nicht der Lebensquell selbst sein. Zumindest sollen sie es nicht sein. Susan und Matthew wussten das recht gut.

Matthews Beruf? Lächerlich. Er war interessant, aber kaum ein Grund zum Leben. Matthew war stolz darauf, dass er seinen Job gut ausführte, aber man konnte kaum von ihm erwarten, stolz auf die Zeitung zu sein; die Zeitung, die er las, *seine* Zeitung, war nicht diejenige, für die er arbeitete.

Ihre gegenseitige Liebe? Gut, das kam dem noch am nächsten. Wenn das nicht der Mittelpunkt war, was dann? Ja, genau um diese Achse, ihre Liebe, drehte sich das außergewöhnliche Gebilde. Denn außergewöhnlich war es mit Sicherheit. Susan und Matthew hatten Augenblicke, in denen sie so dachten, in denen sie mit heimlicher Ungläubigkeit auf das blickten, was sie sich geschaffen hatten: Ehe, vier Kinder, ein großes Haus, Garten, Zugehfrauen, Freunde, Autos … und dieses *Etwas,* dieses ganze Gebilde war entstanden, war aus dem Nichts ins Sein gewirbelt worden, nur weil Susan Matthew liebte und Matthew Susan. Außergewöhnlich. Das also war der Mittelpunkt, der Quell.

Und wenn man etwa fühlte, dass die Liebe einfach nicht stark genug war, nicht bedeutend genug, um das alles zu tragen, wessen Schuld war das dann? Bestimmt nicht Susans oder Matthews. Es lag in der Natur der Dinge. Und vernünftigerweise suchten sie die Schuld weder bei sich noch beim anderen. – Im Gegenteil, sie gebrauchten ihren Verstand, um das zu bewahren, was sie aus einer Welt des Leidens und der Erschütterung geschaffen hatten: Sie blickten umher und ließen es sich zur Lehre dienen. Überall um sie herum brachen die Ehen zusammen, brachen auseinander oder wurden mühselig aufrechterhalten (was noch schlimmer war, wie sie glaubten). Sie durften nicht denselben Fehler machen, sie durften es nicht.

Sie waren nicht in die Falle getappt wie so viele ihrer Freunde – sich ein Haus auf dem Land zu kaufen *der Kinder wegen,* sodass der Ehemann ein Wochenend-Ehemann wurde, ein Wochenendvater, und die Frau sorgfältig vermied, sich danach zu erkundigen, was denn in der Stadtwohnung, die sie (scherzhaft) Junggesellenwohnung nannten, vor sich ging. Nein, Matthew war hundertprozentig Ehemann, hundertprozentig Vater; und nachts lagen sie nebeneinander in dem großen Ehebett im großen ehelichen Schlafzimmer (das einen reizvollen Blick auf den Fluss hatte) und sprachen miteinander; er erzählte ihr von seinem Tag, was er gemacht und wen er getroffen hatte; sie erzählte ihm von ihrem Tag (nicht so interessant, aber das war ja nicht ihre Schuld), denn beide wussten um den unausgesprochenen Groll und die Entbehrungen einer Frau, die ihr eigenes Leben geführt, und was wichtiger ist, ihren eigenen Unterhalt verdient hat und nun von einem Ehemann abhängig ist, was Geld angeht und Unternehmungen außer Haus.

Susan machte auch nicht den Fehler, einer Arbeit nachzugehen, um eigene Unabhängigkeit zu demonstrieren; was sie sehr wohl hätte tun können, da ihre alte Firma, eingedenk ihrer Qualitäten wie Humor, Ausgeglichenheit und Vernunft, sie häufig aufforderte zurückzukommen. Kinder brauchen ihre Mutter bis zu einem bestimmten Alter, wie beide Eltern übereinstimmend wussten; und wenn diese vier gesunden, mit Klugheit aufgezogenen Kinder im richtigen Alter wären, dann würde Susan wieder arbeiten, denn ihr, und auch ihm, war bewusst, wie es Frauen von fünfzig und im Vollbesitz ihrer Kräfte und Fähigkeiten erging, wenn die groß gewordenen Kinder nicht mehr all ihrer Hingabe bedurften.

So war dieses Paar also dabei, seine Ehe zu erproben, sorgsam damit umzugehen, als wäre sie ein kleines Boot voll hilfloser Leute auf stürmischer See. Nun, natürlich, so war das … Die Lebensstürme tobten, doch nicht allzu nahe – was nicht heißen soll, dass man sie aus Beschränktheit auf den eigenen Kreis gar nicht empfunden hätte: Susan und Matthew waren beide gut informiert und verantwortungsbewusst. Und die inneren Stürme und Untiefen wurden durchaus zur Kenntnis genommen und verzeichnet. So lief alles bestens. Alles hatte seine Richtigkeit. Ja, die Dinge waren unter Kontrolle.

Was machte es da schon aus, dass sie sich ausgetrocknet, lustlos fühlten? Wer wie sie seine psychologischen, anthropologischen, soziologischen Bücher, hundert einschlägige Bücher, gelesen hatte, konnte kaum unvorbereitet sein auf die kühle, beherrschte Wehmut, die das hervorstechende Kennzeichen einer intelligenten Ehe ist. Zwei Menschen, ausgestattet mit Bildung, Unterscheidungsvermögen, Urteilskraft und freiwillig verbunden im Bestreben, miteinander glücklich zu werden und anderen von Nutzen zu sein – man trifft sie überall, kennt sie, man selbst empfindet so: Traurigkeit, weil so viel doch letztlich so wenig ist. Diese zwei ließen einander, keineswegs überrascht, noch mehr Höflichkeit und milde Zuneigung als sonst zukommen: So war das Leben, dass zwei Menschen, gleichgültig wie umsichtig sie auch gewählt hatten, einander nicht alles sein konnten. In Wahrheit war so etwas auch nur zu sagen oder zu denken banal, sie schämten sich dessen.

Es war genauso banal, als eines Abends Matthew spät nach Hause kam und gestand, dass er auf einer Party gewesen war, ein Mädchen nach Hause gebracht und mit ihr geschlafen hatte. Susan verzieh ihm das natürlich. Nur, dass Verzeihen kaum das richtige Wort dafür ist. Verständnis, ja. Aber wenn man etwas versteht, verzeiht man es nicht, denn man ist ja selbst so: Verzeihen gilt für das, was man *nicht* versteht. Auch hatte er nicht *gestanden* – was ist das überhaupt für ein Wort?

Das Ganze war unwichtig. Schließlich hatten sie vor Jahren im Scherz gesagt: Natürlich werde ich dir nicht treu bleiben, niemand kann jemand anderem sein Leben lang treu bleiben. (Schon dieses Wort ›treu‹ – einfältig, alle diese Wörter waren einfältig, sie gehörten einer wilden, vergangenen Welt an.) Aber dieser Zwischenfall machte beide gereizt. Seltsam, beide blieben schlecht gelaunt, verärgert. Etwas nicht Assimilierbares haftete dem Ganzen an.

Nachdem sie noch in der gleichen Nacht, als er spät heimgekommen war, großartig miteinander geschlafen hatten, glaubten beide, der bloße Gedanke sei lächerlich, dass Myra Jenkins, ein hübsches Mädchen von einer Party, irgendwie wichtig sein könnte. Sie hatten einander über ein Jahrzehnt geliebt, würden sich noch jahrelang lieben. Was sollte dagegen eine Myra Jenkins?

Nur vielleicht dass sie, so dachte Susan unerklärlicherweise schlecht gelaunt, die Erste war (ist?). In zehn Jahren. Also war entweder die zehnjährige Treue nicht so wichtig oder Myra Jenkins. (Nein, nein, etwas stimmte nicht an diesem Gedankengang, konnte nicht stimmen.) Aber wenn sie ohne Bedeutung ist, vermutlich war es dann auch ohne Bedeutung, als Matthew und ich zum ersten Mal miteinander an jenem Nachmittag geschlafen haben, dessen Wonne noch jetzt (wie ein langer Schatten bei Sonnenuntergang) einen langen Zauberstab-Finger über uns legt. (Warum habe ich Sonnenuntergang gesagt?) Wenn nämlich das, was wir an jenem Nachmittag gefühlt haben, unwichtig war, dann ist nichts wichtig, denn wenn es nicht das war, für das wir es gehalten haben, wären wir nicht Mr. und Mrs. Rawlings mit vier Kindern und so weiter. Das Ganze ist *absurd* – sein Nachhausekommen-und-mir-davon-Erzählen war absurd. Mir nichts davon zu erzahlen ware absurd. Mir Sorgen wegen dieser Angelegenheit zu machen oder auch nicht ist absurd ... Wer ist denn Myra Jenkins? Ach was, ein Niemand.

Es gab nur eins zu tun, und selbstverständlich taten diese vernünftigen Leute eben dies; sie ließen die Sache auf sich beruhen; und sich bewusst, was sie taten, gingen sie weiter zu einer anderen Etappe ihrer Ehe über, wobei sie für das bisherige Glück dankbar waren.

Denn es war unausweichlich, dass der gut aussehende, blonde, attraktiv-männliche Mann, Matthew Rawlings, gelegentlich auf Partys, die sie wegen der vier Kinder nicht besuchen konnte, durch attraktive Mädchen in Versuchung geführt werden würde (was für ein Wort!); und dass er manchmal erlag (ein Wort, das womöglich noch abstoßender war) und dass sie, eine gut aussehende Frau in dem großen, wohlgepflegten Garten in Richmond, manchmal wie von einem Pfeil aus dem Himmel von Bitterkeit durchdrungen wurde. Außer, dass diese Bitterkeit nicht in Ordnung, indiskutabel war. Hinterließen diese gelegentlichen Mädchen ihre Spuren in der Ehe? Nein. Vielleicht waren sie es, die eine Niederlage einstecken mussten, weil der gut aussehende Matthew mit Körper und Seele seiner Frau Susan Rawlings angehörte.

Wenn das so war, warum hatte Susan dann das Gefühl (wenn auch zum Glück nie länger als einige Sekunden lang), als wäre das Leben eine Wüste geworden, als wäre nichts von Bedeutung, als gehörten ihre Kinder nicht ihr?

Unterdessen hörte ihre Vernunft nicht auf, ihr zu versichern, dass alles gut lief. Was war das schon, wenn ihr Matthew sich gelegentlich einen angenehmen Nachmittag genehmigte, die kleine Affäre hin und wieder? Denn sie wusste ganz gut, ausgenommen in den Augenblicken ihrer Leere, dass sie äußerst glücklich und die Affären bedeutungslos waren.

Bestand darin etwa das Problem? Es lag in der Natur der Dinge, dass Wagnis und Vergnügen – die vier Kinder und das große Haus beanspruchten so viel Aufmerksamkeit – für sie nicht mehr infrage kommen konnten. Aber vielleicht wünschte sie sich insgeheim – und vielleicht wusste sie das sogar –, dass Ungebundenheit und Schönheit ihm gehören könnten. Doch war er mit ihr verheiratet und sie mit ihm. Unauflösbar waren sie miteinander verheiratet. Und darum vermochten die Götter es nicht wirklich, ihn mit einem wirksamen Zauberpfeil zu treffen. War es denn Susans Schuld, dass er, wenn er nach einem Abenteuer nach Hause kam, eher gequält als befriedigt aussah? (Das war es ja, woran sie bemerkt hatte, dass er *untreu* gewesen war, an seiner Grämlichkeit, auch wegen der Blicke, die er ihr zuwarf, ähnlich den ihren: Was habe ich mit dieser Person zu schaffen, die mir jegliche Lust und Wonne verbietet?) An dem Ganzen war niemand schuld. (Aber worin, meinten sie denn, sollte die Schuld bestehen?) Niemand hatte Schuld; nichts, was verkehrt sein könnte; keiner zu tadeln; niemand da, dem man es aufhalsen konnte oder der es auf sich nehmen konnte … alles in Ordnung, es sei denn, dass Matthew auch niemals, wie er es gewollt hätte, wirklich von Freude überwältigt wurde; und dass Susan immer häufiger von dem Gefühl der Leere bedroht wurde. (Gewöhnlich überfiel sie dieses Gefühl im Garten: Mit der Zeit mied sie den Garten, wenn nicht die Kinder oder Matthew sie begleiteten.) Es gab keinen Grund dafür, die dramatischen Wörter wie ›untreu‹, ›verzeihen‹ und die anderen zu verwenden: Die Vernunft untersagte es. Sie verbot auch Streitereien, Schmollen, Zornesausbrüche, Zurückziehen in Stillschweigen, Anklagen und Tränen. Vor allem verbietet die Vernunft Tränen.

Für eine glückliche Ehe mit vier gesunden Kindern in einem großen weißen Haus mit Garten muss ein hoher Preis bezahlt werden.

Und sie bezahlten ihn bereitwillig und in vollem Bewusstsein, dass sie es taten. Wenn sie Seite an Seite oder Brust an Brust in dem großen zivilisierten Schlafzimmer mit Blick auf den wilden trüben Fluss lagen, lachten sie oft, aus keinem besonderen Anlass; aber sie wussten, es war wegen dieser beiden kleinen Leute, Susan und Matthew, die ein solches Gebäude aufgrund ihrer vernünftigen Liebe aufrecht hielten. Das Lachen tröstete sie; es schützte sie beide; vor was allerdings, das wussten sie nicht.

Sie waren jetzt um die vierzig. Die älteren Kinder, der Junge und das Mädchen, waren zehn und acht und gingen zur Schule.

Die Zwillinge, sechs Jahre alt, waren noch zu Hause. Susan hatte kein Kindermädchen oder sonstige Hilfen: Die Kindheit ist kurz, und sie bereute nicht die harte Arbeit. Oft genug langweilte sie sich, kleine Kinder können langweilig sein; oft war sie sehr müde, doch sie bereute nichts. Nach weiteren zehn Jahren würde sie wieder zu einer Frau werden, die ihr eigenes Leben führte.

Bald würden die Zwillinge zur Schule gehen, und von neun bis vier von zu Hause weg sein. Diese Stunden, so sah Susan es, würden ihr als Vorbereitung dienen für ihre langsame Emanzipation von der Rolle des Familienmittelpunkts hin zu der Frau mit eigenem Leben. Sie schmiedete schon Pläne für die Stunden in Freiheit, wenn sie alle Kinder ›vom Halse‹ hätte. Dies war die Redewendung, die Susan, Matthew und ihre Freunde für den Augenblick gebrauchten, wenn die Jüngsten zur Schule gingen. »Du wirst sie vom Hals haben, Susan, Liebes, und da bleibt mehr freie Zeit für dich.« So sagte Matthew, der intelligente Ehemann, der Susan oft genug gelobt und getröstet, im Geiste während all der Jahre ihr beigestanden hatte, in denen ihr Herz nicht ihr gehört hatte, sondern, wie sie sagte, ihren Kindern.

Auf was es hinauslief: Susan sah sich selbst, wie sie mit achtundzwanzig Jahren gewesen war, unverheiratet; dann wieder mit etwa fünfzig, aufblühend aus dem Wurzelstock von vor zwanzig Jahren. So als wäre das Wesentliche an Susan zeitweilig außer Kraft gesetzt worden, als hätte es in einem Kühlraum gelagert. Matthew deutete dergleichen eines Abends Susan gegenüber an, was ihr einleuchtete – so ähnlich kam ihr das auch vor. Was demnach war die eigentliche Susan? Sie wusste es nicht. So gefragt, klang es lächerlich und entsprach nicht wirklich ihrem Empfinden. Jedenfalls führten sie, bevor sie eng umschlungen einschliefen, ein langes Gespräch über das Ganze.

Die Zwillinge gingen zur Schule, zwei aufgeweckte, anhängliche Kinder, für die es dort keine Schwierigkeit gab, da ihre älteren Geschwister diesen Weg ja schon vor ihnen erfolgreich beschritten hatten. Und jetzt also würde Susan jeden Tag während der Schulzeit allein in dem großen Haus sein, mit Ausnahme der Zugehfrau, die täglich putzen kam.

Es geschah nun zum ersten Mal in dieser Ehe, dass sich etwas ereignete, womit niemand gerechnet hatte.

Folgendes passierte: Susan kam um halb zehn von der Schule zurück, wohin sie die Zwillinge im Auto gefahren hatte, und freute sich auf die sieben wonnevollen Stunden in Freiheit. Am ersten Vormittag war sie nur unruhig, machte sich Sorgen um die Zwillinge, was ›ja nur natürlich‹ war, da dies ihr erster Schultag war. Sie konnte sich kaum beruhigen, bis sie wieder zurückkamen. Endlich kamen sie, glücklich und angeregt von der Welt der Schule, freuten sich bereits auf den nächsten Tag. Am folgenden Morgen brachte Susan sie zur Schule, fuhr zurück und stellte fest, dass sie sich innerlich sträubte, ihr großes schönes Zuhause zu betreten, denn ihr kam es so vor, als wartete dort etwas auf sie, dem sie keinesfalls gegenübertreten wollte. Sich zur Vernunft zwingend, parkte sie jedoch das Auto in der Garage, sprach mit Mrs. Parkes, die täglich kam, über die zu erledigenden Arbeiten und stieg zu ihrem Schlafzimmer hoch. Ein Fieber hatte sie ergriffen, das sie wieder heraus- und nach unten trieb, in die Küche, wo Mrs. Parkes gerade einen Kuchen backte und sie nicht brauchte, und in den Garten. Dort setzte sie sich auf eine Bank und versuchte sich zu beruhigen, indem sie auf die Bäume blickte und auf das braune Wasser des Flusses. Doch sie war angespannt, wie in Panik; als wäre ein Feind bei ihr im Garten. Sie redete sich streng zu: Das alles ist doch ganz normal. Zuerst habe ich zwölf Jahre meines Erwachsenseins im Beruf verbracht, habe *mein eigenes Leben gelebt.* Dann habe ich geheiratet, und vom Zeitpunkt meiner ersten Schwangerschaft an habe ich mich sozusagen anderen Menschen verschrieben. Den Kindern. Nicht einen einzigen Augenblick in zwölf Jahren bin ich allein gewesen, hatte Zeit für mich selbst. Darum muss ich erst wieder lernen, ich selbst zu sein. Das ist alles.

Und sie ging wieder hinein, um Mrs. Parkes beim Kochen und Putzen zu helfen, fand etwas, das für die Kinder zu nähen war. Jeden Tag gab es für sie einiges zu tun. Am Ende des ersten

Trimesters verspürte sie zwei widersprüchliche Gefühle. Zum einen: heimliche Verwunderung und Bestürzung darüber, dass sie während der Wochen, in denen die Kinder aus dem Haus waren, eigentlich beschäftigter war als zuvor, wo noch die Kinder sie dauernd in Beschlag genommen hatten (ja, dass sie sich bemühte, ständig auf Trab zu sein). Zum anderen, jetzt, da sie wusste, die Kinder würden fünf Wochen lang das Haus bevölkern, stieß sie sich daran, dass sie nie für sich allein sein könnte. Schon betrachtete sie diese verflossenen Stunden, in denen sie genäht und gekocht hatte (aber ganz allein), als verlorene Freiheit, die sie nun fünf Wochen lang würde entbehren müssen. Und die zwei Monate des Trimesters nach diesen fünf Wochen standen ihr verführerisch offen – Freiheit. Aber was war das für eine Freiheit, wo sie sich doch in Wirklichkeit in den letzten Wochen so angestrengt hatte, die kleinen Pflichten *nicht* loszuwerden? Sie sah sich selbst, Susan Rawlings, wie sie im Sessel am Schlafzimmerfenster saß, Hemden oder Kleider nähte, die sie ebenso gut hätte kaufen können. Sie sah sich, wie sie stundenlang Kuchen in der großen Familienküche backte; gewöhnlich hatte sie die Kuchen gekauft. Vor sich sah sie eine einsame Frau, zweifellos, doch hatte sie sich nicht einsam gefühlt. Mrs. Parkes war ja zum Beispiel immer irgendwo im Haus. In den Garten mochte sie auf keinen Fall gehen, wegen der Nähe des Feindes – Irritation, Unruhe, Leere, was auch immer es war; ihre Hände nie zur Ruhe kommen zu lassen schien aus irgendeinem Grund ungefährlicher.

Susan erzählte Matthew nichts von diesen Gedanken. Sie waren unvernünftig, sie erkannte sich darin nicht wieder. Was sollte sie ihrem lieben Freund und Mann Matthew sagen? »Wenn ich in den Garten gehe und die Kinder sind nicht da, kommt es mir so vor, als laure dort ein Feind auf mich, der in mich eindringen will.« – »Was denn für ein Feind, Liebling?« – »Ich kann das nicht richtig erklären …« – »Vielleicht solltest du mal einen Arzt aufsuchen?«

Nein, ganz klar, zu einem solchen Gespräch sollte es nicht kommen. Als die Ferien begannen, begrüßte Susan sie. Vier

Kinder, lebhaft, kraftstrotzend, intelligent, fordernd: Sie war niemals, nicht einen Augenblick lang allein. Befand sie sich in dem einen Zimmer, waren die Kinder nebenan oder warteten, dass sie etwas für sie erledigte, oder es war gerade Essens- oder Teezeit, oder sie musste eines der Kinder zum Zahnarzt fahren. Immer etwas zu tun: fünf Wochen lang, Gott sei Dank.

Am vierten Tag dieser so erwünschten Ferien ertappte sie sich dabei, wie sie vor Wut über die Zwillinge schäumte; zwei verschüchterte wunderhübsche Kinder, die (und das brachte sie zur Räson) Hand in Hand vor ihr standen und sie in ungläubigem Entsetzen anblickten. Das war ihre sonst so besonnene Mutter, die sie anschrie. Und weshalb? Sie waren mit einem kleinen Spiel zu ihr gekommen, irgendeinem Unfug. Sie schauten einander an, rückten, um sich beizustehen, näher zueinander und gingen dann fort, Hand in Hand, und ließen Susan zurück, die sich schwer atmend am Fenstersims des Wohnzimmers festhielt und sich krank fühlte. Sie legte sich hin, sagte den älteren Kindern, sie habe Kopfschmerzen. Sie hörte, wie Harry den Kleineren mitteilte: »Alles in Ordnung, Mutter hat Kopfschmerzen.« Es tat ihr weh, dieses *Alles in Ordnung* zu hören.

In der Nacht erzählte sie ihrem Mann: »Heute habe ich ganz ohne Grund die Zwillinge angeschrien.« Es klang elend, und er fragte sanft: »Was ist denn schon dabei?«

»Dass sie jetzt zur Schule gehn, darauf muss ich mich erst einstellen, mehr als ich gedacht habe.«

»Aber Susie, Susie, Liebling …« Denn weinend lag sie zusammengekrümmt auf dem Bett. Er tröstete sie: »Susan, um was geht es denn? Du hast sie angeschrien. Na und? Wenn du sie fünfzig Mal am Tag anschreien würdest, dann geschähe das den kleinen Teufeln nur recht.« Aber ihr war nicht nach Lachen zumute. Sie weinte. Bald tröstete er sie mit seinem Körper. Sie wurde ruhig. Beruhigt fragte sie sich, was mit ihr nicht stimmte und warum es ihr so viel ausmachte, dass sie sich einmal vielleicht den Kindern gegenüber ungerecht verhalten hatte. Was machte das schon aus? Sie hatten das bestimmt längst vergessen: Mutter hatte Kopfschmerzen, und alles war in Ordnung.

Erst viel später wurde es Susan klar, dass sie beide in dieser Nacht, wo sie geweint und Matthew ihren Kummer mit seinem großen starken Körper vertrieben hatte, zum allerletzten Mal in ihrer Ehe – wie es in ihrer gemeinsamen Sprache hieß – zusammen waren. Selbst das war eine Lüge, denn sie hatte ihm überhaupt nichts von ihren wirklichen Ängsten erzählt.

Die fünf Wochen gingen vorüber, und Susan hatte sich unter Kontrolle, war freundlich und lieb, sie freute sich auf die freie Zeit mit einer Mischung aus Angst und Sehnsucht. Sie wusste nicht, was sie davon erwarten sollte. Sie brachte die Zwillinge zur Schule (die Älteren gingen allein) und kehrte zum Haus zurück, entschlossen, dem Feind gegenüberzutreten, wo immer er war, im Haus, im Garten oder – wo sonst?

Wieder überfiel sie Unruhe, sie war von ihr besessen. Sie kochte, nähte und arbeitete wie schon vorher, Tag für Tag, während Mrs. Parkes protestierte: »Mrs. Rawlings, das brauchen Sie doch nicht. Ich kann das machen, dafür werde ich ja bezahlt.«

Es war so irrational, dass sie sich schließlich selbst Einhalt gebot. Sie fuhr darauf das Auto in die Garage, ging ins Schlafzimmer hinauf, setzte sich hin, die Hände im Schoß, und zwang sich dazu, ruhig zu werden. Sie lauschte den Tätigkeiten von Mrs. Parkes im Hause, schaute in den Garten und sah, wie die Zweige an den Bäumen rüttelten. Sie saß da und besiegte den Feind, die Ruhelosigkeit. Leere. Eigentlich sollte sie über ihr Leben nachdenken, über sich selbst. Doch das tat sie nicht. Vielleicht konnte sie es auch nicht. Sobald sie sich dazu zwang, über Susan nachzudenken (wozu denn sonst wollte sie allein sein?), schweiften ihre Gedanken ab zu Küchensachen oder Schulkleidung. Oder sie dachte an Mrs. Parkes. Sie machte sich klar, dass sie dasaß und auf die Bewegungen der Putzfrau lauschte, ihr auf Schritt und Tritt folgte und ihre Gedanken nachvollzog: von der Küche bis zum Badezimmer, vom Tisch zum Herd, und es war ihr, als hielte sie das Staubtuch, den Putzlappen, den Kochtopf in der Hand. Sie hörte sich selbst sagen: Nein, nicht so, stell das nicht dort ab ... Dabei war es ihr völlig egal, was Mrs. Parkes arbeitete und ob überhaupt. Dennoch konnte sie es nicht verhindern, sich deren Gegenwart bewusst zu sein, in jedem Augenblick. Ja, das also stimmte nicht mit ihr. Sie musste, wenn sie allein war, wirklich allein sein, niemand in der Nähe haben. Sie konnte die Gewissheit nicht ertragen, dass Mrs. Parkes in zehn Minuten oder in einer halben Stunde auf der Treppe rufen würde: »Mrs. Rawlings, es fehlt das Silberputzmittel. Madam, wir haben kein Mehl mehr.«

Darum verließ sie das Haus und setzte sich dorthin in den Garten, wo die Bäume sie vom Haus abschirmten. Sie wartete darauf, dass der Dämon erschiene und Anspruch auf sie erhöbe, doch er kam nicht.

Sie hielt ihn fern, weil sie noch nicht mit sich ins Reine gekommen war.

Sie entwarf Pläne, wo sie sich verbergen könnte, sodass Mrs. Parkes ihr keine Tasse Tee bringen oder sie um Erlaubnis bitten würde, telefonieren zu dürfen (was immer ärgerlich war, da es Susan egal war, mit wem sie telefonierte oder wie oft), oder einfach zum Plaudern zu ihr käme. Ja, sie brauchte einen Ort, Verhältnisse, wo es nicht mehr nötig war, sich ständig zu ermahnen: In zehn Minuten muss ich Matthew anrufen wegen ... und um halb vier muss ich etwas früher zu den Kindern, da der Wagen noch zur Wäsche muss. Und morgen um zehn muss ich daran denken ... Groll erfasste sie, Groll, dass die sieben freien Stunden an jedem Schultag im Trimester nicht wirklich frei waren, nicht eine einzige Sekunde war sie unabhängig vom Zeitdruck, sich an dies oder jenes zu erinnern. Sie konnte sich nie vergessen; nie sich wirklich dem Vergessen überlassen.

Ja, Groll vergiftete sie. (Sie fasste dieses Gefühl ins Auge und fand es absurd. Und doch empfand sie es.) Sie war eine Gefangene. (Auch diese Vorstellung fasste sie ins Auge, und es nützte ihr gar nichts, dass sie sich sagte, sie sei lächerlich.) Sie sollte Matthew davon erzählen – aber was? Gefühle, die völlig lächerlich waren, beherrschten sie, die sie verachtete und dennoch so stark empfand, dass sie sie nicht abschütteln konnte.

Und wieder waren Schulferien, diesmal fast zwei Monate; sie legte ein bewusst kontrolliertes, einwandfreies Verhalten an den

Tag, das sie fast verrückt werden ließ. Sie sperrte sich ins Badezimmer ein und saß tief atmend auf dem Wannenrand, versuchte, ruhig zu werden. Oder sie stieg zu einem unbenutzten Zimmer hinauf, das gewöhnlich leer war, wo niemand sie vermuten würde. Sie hörte, wie die Kinder »Mutter, Mutter« riefen, und schwieg schuldbewusst. Oder sie ging allein bis ans äußerste Ende des Gartens und blickte auf das träge dahinfließende braune Wasser; sie blickte auf den Fluss, schloss die Augen, atmete langsam und tief ein und nahm ihn mit all ihren Fasern auf.

Dann kehrte sie zur Familie zurück, Ehefrau und Mutter, lächelnd und verantwortungsbewusst, wobei sie den Druck, den diese Menschen ausübten – vier lebhafte Kinder und ihr Mann –, wie Schmerz auf ihrer Hautoberfläche empfand, wie eine Hand, die auf ihr Gehirn presste. Nicht ein einziges Mal während der Ferien explodierte sie vor Ärger, aber es war so, als verbüßte sie eine Gefängnisstrafe, und als die Kinder wieder zur Schule gingen, setzte sich auf einen weißen Stein in der Nähe des dahinfließenden Flusswassers und überlegte: Nicht mal ein Jahr ist es her, seit die Zwillinge zur Schule gehen, seit *ich sie vom Hals habe* (Was habe ich mir bloß dabei gedacht, als ich diese dumme Phrase gebrauchte!), und doch bin ich eine andere geworden. Ich bin einfach nicht mehr ich selbst. Ich verstehe das nicht.

Aber sie musste es verstehen. Denn sie wusste, dass dieses Gebilde: das große weiße Haus, dessen Hypothek jährlich noch vierhundert Pfund verschlang, ein Mann, der so lieb, freundlich und einsichtig war, vier Kinder, die alle so prachtvoll gediehen, und der Garten, in dem sie saß, und Mrs. Parkes, die Putzfrau, dass dies alles von ihr abhing; und dennoch konnte sie nicht verstehen, warum, ja nicht einmal, was sie eigentlich dazu beisteuerte. Nachts im Schlafzimmer sagte sie zu Matthew: »Ich glaube, etwas stimmt nicht mit mir.«

Und er antwortete: »Ach was, Susan. Du siehst prächtig aus, du bist so liebenswert wie immer.«

Sie schaute auf den gut aussehenden, blonden Mann mit seinem klar geschnittenen, intelligenten Gesicht und den blauen Augen und dachte: Warum kann ich es ihm bloß nicht sagen? Warum nicht? Und sie sagte: »Ich muss unbedingt mehr allein sein als bisher.«

Worauf er langsam den Blick seiner blauen Augen auf sie richtete, und sie entdeckte darin das, was sie befürchtet hatte: Ungläubigkeit. Zweifel. Und Angst. Ein ungläubiges Starren aus den blauen Augen eines Fremden, ihres Mannes, der ihr so vertraut war wie ihr eigener Atem.

Er sagte: »Aber die Kinder sind doch in der Schule, und du hast sie vom Hals.«

Sie sagte sich: Ich muss mich zu den Worten zwingen: Ja, aber machst du dir bewusst, dass ich mich nie frei fühle? Es gibt nie mal einen Augenblick, wo ich mir sagen kann: Es gibt nichts, woran ich mich erinnern muss, nichts, was ich in einer halben Stunde erledigen muss oder in einer Stunde oder in zwei Stunden …

Aber sie sagte nur: »Ich fühle mich nicht wohl.«

Er antwortete: »Vielleicht brauchst du Ferien.«

Entsetzt erwiderte sie: »Aber doch wohl nicht ohne dich?« Denn sie konnte sich nicht vorstellen, ohne ihn zu gehen. Doch genau das hatte er gemeint. Als er ihren Gesichtsausdruck sah, lachte er und breitete seine Arme aus, und sie schmiegte sich hinein und dachte: Ja, ja, aber warum kann ich es ihm nicht sagen? Und was muss ich ihm denn sagen?

Sie versuchte ihm zu erklären, warum sie sich nicht frei fühlte. Er hörte ihr zu und sagte dann: »Aber Susan, was für eine Freiheit schwebt dir eigentlich vor – wenn nicht gerade tot sein! Bin ich denn je frei? Ich geh ins Büro und muss um zehn Uhr dort sein – gut, manchmal um halb elf. Und ich muss auch das oder jenes tun, oder? Dann muss ich zu einer bestimmten Zeit nach Hause kommen – ich mein das nicht so, das weißt du genau –, aber wenn ich nicht um sechs zu Hause sein kann, rufe ich dich an. Wann schon kann ich mir je sagen: In den nächsten sechs Stunden bin ich für nichts verantwortlich?«

Als Susan das hörte, bekam sie Gewissensbisse. Denn es

stimmte. Die glückliche Ehe, das Haus, die Kinder hingen genauso von seiner freiwilligen Sklaverei ab wie von der ihren. Aber warum fühlte er sich nicht gebunden? Warum bäumte er sich nicht auf und wurde unruhig? Nein, etwas war wirklich nicht in Ordnung mit ihr und das der Beweis.

Und dieses Wort ›Sklaverei‹ – warum hatte sie es gebraucht? Sie hatte weder die Ehe noch die Kinder als Sklaverei angesehen. Er auch nicht, denn sonst würden sie sicherlich nicht nach zwölf Ehejahren eng umschlungen und zufrieden im Bett liegen.

Nein, ihr Zustand (was immer es war) war unwichtig, hatte nichts mit ihrem wirklich guten Leben, mit ihrer Familie zu tun. Sie musste sich am Ende mit der Tatsache abfinden, dass sie von Natur aus unvernünftig war. Manche Menschen mussten mit verkrüppelten Armen leben, als Stotterer oder taub. Sie musste mit dem Wissen leben, dass sie anfällig für eine bestimmte seelische Verfassung war, über die sie keine Herrschaft hatte.

Und dennoch, als Folge dieses Gesprächs mit ihrem Mann gab es in den nächsten Ferien eine neue Regelung.

Am bisher unbenutzten Zimmer ganz oben im Haus hing jetzt ein Pappschild: PRIVAT! NICHT STÖREN! (Dieses Schild hatten die Kinder mit farbiger Kreide gemalt, nachdem die Eltern in einer Diskussion zu dem Ergebnis gekommen waren, das sei die psychologisch richtige Lösung.) Die Familie und Mrs. Parkes wussten, dies war ›Mutters Zimmer‹, sie hatte Anspruch auf Ungestörtheit. Matthew sprach mit den Kindern lange und ernsthaft darüber, Mutter nicht als selbstverständlich hinzunehmen. Susan belauschte das erste Gespräch zwischen Vater und Harry, dem älteren Jungen, und war überrascht über die Verärgerung, die sie dabei fühlte. Sie konnte doch wohl ein Zimmer irgendwo in diesem großen Haus haben und sich darin zurückziehen, ohne dass so ein Lärm darum gemacht werden musste. Ohne dass es so feierlich besprochen wurde? Warum hatte sie nicht einfach ankündigen können: »Ich werde mir das Dachstübchen einrichten, und wenn ich drin bin, dann möchte ich nicht gestört werden, wenn's nicht gerade brennt!« Nur das und basta statt dieser langen ernsten Diskussionen. Als sie mithörte, wie Harry und Matthew es den Zwillingen erklärten, und Mrs. Parkes hinzukam – »Ja, so ist es, eine Familie geht manchmal über die Kräfte einer Frau«, musste sie sofort bis ans Ende des Gartens laufen, bis sich der Tanz der wütenden Teufel in ihrem Blut gelegt hatte.

Aber jetzt, da es ein Zimmer gab, in das sie, wenn sie Lust hatte, gehen konnte, benutzte sie es selten: Sie fühlte sich darin nur noch eingesperrter als in ihrem Schlafzimmer. Einmal nach einem Mittagessen, das sie für zehn Kinder gekocht und angerichtet hatte, weil Mrs. Parkes nicht da war, war sie nach oben gegangen und hatte eine Weile allein dagesessen und in den Garten hinausgeschaut. Sie sah, wie die Kinder aus der Küche strömten und sich draußen hinstellten, um zum Fenster hochzublicken, wo sie hinter dem Vorhang saß. Sie alle – ihre Kinder und deren Freunde – besprachen ›Mutters Zimmer‹. Einige Minuten später jagten die Kinder in irgendeinem Spiel lärmend die Treppe hoch, doch es endete abrupt, als wären sie in eine Schlucht gefallen, so plötzlich trat das Schweigen ein. Sie hatten sich an ihre Anwesenheit erinnert und waren unter lauter »Pst! Pchscht! Still, ihr stört sie …« verstummt. Dann schlichen sie auf Zehenspitzen wie Verschwörer, wie Verbrecher die Treppe hinunter. Als sie nach unten kam, um Tee für sie zu machen, entschuldigten sie sich. Die Zwillinge legten die Arme von vorn und hinten um sie, bildeten um Susan einen menschlichen Käfig mit liebevollen Händen und versprachen, so etwas werde nie wieder vorkommen. »Wir haben es vergessen, Mummy, wir haben's völlig vergessen!«

So endete es schließlich damit, dass ihr Bedürfnis nach Ungestörtheit und ›Mutters Zimmer‹ eine wertvolle Lektion wurden, wie man die Rechte anderer respektieren sollte. Schon bald stieg Susan nur deshalb in das Zimmer hinauf, weil es zu schade gewesen wäre, diese Lektion abzubrechen. Sie nahm dorthin Nähzeug, und bald gingen die Kinder und Mrs. Parkes hier ein und aus: Es war zu einem weiteren Familienzimmer geworden.

Susan seufzte, lächelte und fügte sich – sie konnte mit Matthew auf eigene Kosten Scherze über das Zimmer machen. Das heißt, sie tat es mit dem Teil ihres Ichs, das sie mochte und achtete. Aber gleichzeitig heulte etwas in ihr vor Ungeduld auf, vor Wut ... Und sie fürchtete sich. Eines Tages fand sie sich neben ihrem Bett kniend und flehend: »Lieber Gott, halt es fern von mir, halt ihn fern von mir.« Sie meinte damit den Teufel, denn sie sah ihn nun als eine Art Dämon an, wobei es sie nicht kümmerte, ob sie irrational war. Sie stellte sich ihn, oder es, als einen jüngeren Mann vor, vielleicht auch als Mann mittleren Alters, der nur vorgab, jung zu sein. Oder als einen Mann, der aufgrund seiner Unreife jung wirkte? Jedenfalls sah sie das junge Gesicht, welches, als sie sich ihm näherte, harte Linien um Mund und Augen zeigte. Der Mann war von äußerst magerem Körperbau. Und eine rötliche Hautfarbe hatte er, auch rötlich gelbes Haar. Ja – ein energischer Mann mit rötlich blondem Haar in einer rötlich haarigen Jacke, die sich unangenehm anfühlen würde.

Eines Tages nun erblickte sie ihn. Sie stand gerade am Ende des Gartens und sah dem Vorbeifließen des Flusses zu, und als sie aufschaute, entdeckte sie diese Person, dieses Wesen, das auf der weißen Steinbank saß. Er blickte sie grinsend an. In seiner Hand hielt er einen langen gebogenen Stock, den er vom Boden aufgehoben oder vom Baum über ihm abgebrochen hatte. Er benutzte den Stock zerstreut, geistesabwesend oder aus boshafter Laune heraus, um an einer zusammengerollten Blindschleiche oder Ringelnatter (oder schlangenähnlichem Getier. Es sah weißlich und ungesund aus, unangenehm) herumzustochern. Die Schlange wand sich, schleuderte ihren gewundenen Leib hin und her in einer Art Protesttanz gegen den sie belästigenden, stochernden Stock.

Susan schaute den Mann an und überlegte: Wer ist der Fremde? Was tut er in unserem Garten? Dann erkannte sie den Mann, um den sich ihre Angstvorstellungen kristallisiert hatten. Genau in diesem Augenblick verschwand er. Sie zwang sich dazu, zur Bank zu gehen. Der Schatten eines Zweigs lag über spärlichem smaragdgrünem Gras und bewegte sich ruckweise über den rauen Boden; sie konnte verstehen, warum sie ihn für eine sich windende Schlange gehalten hatte. Sie schritt nachdenklich zum Haus zurück: Also gut, ich habe ihn mit meinen eigenen Augen gesehen, ich bin folglich nicht verrückt – es *gibt* eine Gefahr, denn ich habe ihn ja gesehen. Er versteckt sich im Garten und manchmal auch im Haus, er will *in mich eindringen und von mir Besitz nehmen.*

Sie träumte davon, irgendwo ein Zimmer oder eine Wohnung zu nehmen, wo sie hingehen und allein dasitzen könnte, ohne dass jemand davon erführe.

Einmal stand sie zufällig in der Nähe des Victoria-Bahnhofs vor einem Kiosk, wo ›Zimmer zu vermieten‹ angeschlagen stand. Susan war jetzt entschlossen, ein Zimmer zu mieten, ohne jemandem davon zu erzählen. Manchmal könnte sie mit dem Zug von Richmond anfahren und ein oder zwei Stunden ganz allein dort verbringen. Doch wie konnte sie! Ein Zimmer würde drei oder vier Pfund die Woche kosten, und sie verdiente kein Geld, und wie sollte sie Matthew erklären, dass sie eine solche Summe brauchte? Für was? Es kam ihr nicht in den Sinn, dass sie es als selbstverständlich ansah, ihm nichts von dem Zimmer zu sagen.

Nun, es war ausgeschlossen, sich ein Zimmer zu nehmen; dennoch wusste sie, dass sie es tun musste.

Eines Tages, als das Schultrimester im vollen Gange war und keins der Kinder die Masern hatte oder sonstige Beschwerden, als alles in Ordnung schien, erledigte sie frühzeitig ihre Besorgungen, erklärte Mrs. Parkes, dass sie sich mit einer Schulfreundin träfe, fuhr mit dem Zug zum Victoria-Bahnhof, suchte herum, bis sie ein kleines ruhiges Hotel gefunden hatte, und erkundigte sich nach einem Zimmer für den Tag. Sie vermieteten keine Zimmer tageweise, sagte die Geschäftsführerin und blickte skeptisch drein, da Susan so offensichtlich nicht die Sorte von Frau war, die ein Zimmer aus dubiosen Gründen benötigte. Susan gab eine lange Erklärung ab, sie fühle sich nicht wohl, sei unfähig, ihre Besorgungen zu erledigen, wenn sie sich nicht häufig hinlegen könne. Schließlich willigte man ein, ihr ein Zimmer zu vermieten, vorausgesetzt, sie bezahle den Preis für eine ganze Nacht. Die Geschäftsführerin und ein Mädchen brachten sie zum Zimmer hinauf, beide besorgt um ihren Gesundheitszustand ... um den es ja äußerst schlimm stehen musste, wenn sie, die doch in Richmond wohnte (sie hatte sich im Register mit ihrem Namen und ihrer Adresse eingetragen), einen Zufluchtsort am Victoria-Bahnhof benötigte.

Das Zimmer war, wie Hotelzimmer sind, anonym, genau das, was Susan so dringend brauchte. Sie steckte einen Shilling in die Gasheizung und setzte sich in einen schäbigen Sessel, die Augen geschlossen, den Rücken zu einem schmuddeligen Fenster. Sie war allein. Sie war allein. Sie war allein. Sie fühlte, wie der Druck von ihr wich. Zuerst donnerte der Verkehrslärm herauf, dann schien er aufzuhören; sie hätte sogar ein wenig schlafen können. Es klopfte an der Tür; Miss Townsend, die Geschäftsführerin, brachte ihr eigenhändig eine Tasse Tee, so beunruhigte sie Susans langes Schweigen und eventuelles Unwohlsein.

Miss Townsend war eine einsame Frau von fünfzig, die das Hotel mit der Korrektheit führte, die man von ihr erwartete, und sie spürte, dass sie bei Susan verständnisvolle Kameradschaft finden könnte. Sie blieb da, um zu reden. Susan war mit einem Mal mitten dabei, eine fantastische Geschichte über ihre Krankheit zu erzählen, die desto unwahrscheinlicher wurde, je mehr sie sie in Einklang mit dem großen Haus in Richmond bringen wollte, mit ihrem gut situierten Ehemann und den vier Kindern. Und wenn sie stattdessen sagen würde: Miss Townsend, ich bin hier in Ihrem Hotel, weil ich einige Stunden allein sein muss, vor allem *allein, ohne dass jemand weiß, wo ich bin?* Sie sagte es sich vor und sah im Geiste den Ausdruck, den Miss Townsends altjüngferliches Gesicht unweigerlich annehmen würde. »Miss Townsend, meine vier Kinder und mein Mann machen mich wahnsinnig. Verstehen Sie? Ja, ich kann an der aufleuchtenden Hysterie in Ihrem Blick sehen – sie kommt aus der Einsamkeit, gezügelt zwar, doch nur gerade eben in Zaum gehalten –, ich kann sehen, dass ich alles auf der Welt habe, wonach Sie sich immer gesehnt haben. Nun, Miss Townsend, ich will nichts davon. Sie können alles haben, Miss Townsend.

Ich wünschte, ich wäre allein auf der Welt, so wie Sie. Miss Townsend, ich werde von sieben Teufeln gejagt. Miss Townsend, Miss Townsend, lassen Sie mich in Ihrem Hotel wohnen, wo die Teufel mich nicht holen können …« Stattdessen aber erzählte sie etwas von Blutarmut, willigte ein, Miss Townsends Rezept auszuprobieren, rohe, klein geschnittene Leber zwischen Vollkornbrot, und sagte, ja, ja, es sei vielleicht besser, zu Hause zu bleiben und eine Freundin die Besorgungen erledigen zu lassen. Sie zahlte die Rechnung und verließ das Hotel; ihre Hoffnungen hatten sich zerschlagen.

Zu Hause sagte Mrs. Parkes, sie habe es nicht so gern, nein, wirklich nicht, wenn Mrs. Rawlings von neun Uhr morgens bis abends fünf weg sei. Der Lehrer habe aus der Schule angerufen, um mitzuteilen, dass Joan Zahnschmerzen habe, und sie habe nicht gewusst, was sie ihm sagen solle, auch nicht, was sie den Kindern zum Tee machen solle, da Mrs. Rawlings ja nichts angeordnet habe.

Das war natürlich Unfug. Mrs. Parkes beklagte sich darüber, dass Susan sich ihr innerlich entzogen und die Bürde des großen Haushalts ihr überlassen hatte.

Was war bei ihrem Tag der ›Freiheit‹ herausgekommen, überlegte sich Susan: dass sie die einsame Miss Townsend näher kennengelernt hatte und dass Mrs. Parkes ihr Vorwürfe machte. Doch erinnerte sie sich an die kurze glückselige Stunde, wo sie allein war, ganz und gar allein. Sie war entschlossen, ihr Leben so einzuteilen – gleichgültig, was sie auf sich nehmen musste –, dass sie diese Einsamkeit häufiger genießen konnte. Absolute Einsamkeit, in der niemand sie kannte oder sich um sie kümmerte.

Aber wie? Sie überlegte, ihren früheren Arbeitgeber zu fragen: Unterstützen Sie mich bitte bei einer Geschichte mit Matthew und sagen Sie, dass ich für Sie stundenweise arbeite. Die Wahrheit ist … Aber sie müsste auch ihm eine Lüge auftischen, und welche? Sie konnte nicht sagen: Ich möchte drei- oder viermal in der Woche ganz allein in einem gemieteten Zimmer sitzen. Außerdem kannte er Matthew, und sie konnte ihm nicht geradeheraus bitten, ihretwegen Lügen zu erzählen, abgesehen davon, dass er notwendigerweise denken musste, sie habe einen Liebhaber.

Angenommen, sie bekäme wirklich eine Teilzeitbeschäftigung, die sie schnell und tüchtig ausführen konnte und die ihr Zeit für sich selbst ließe? Welche Arbeit? Adressen auf Briefe schreiben? Kundenwerbung?

Und da gab es noch Mrs. Parkes, eine arbeitende Witwe, die genau wusste, wie viel sie dem Haushalt zu geben bereit war, die instinktiv wusste, wann sich die Herrin innerlich ihren Verpflichtungen entzog. Mrs. Parkes war die geborene Dienerin, aber sie brauchte jemanden, dem sie dienen konnte. Sie musste Mrs. Rawlings dahaben, ihre Madam, ob oben im Haus oder im Garten, damit sie sich an sie wenden und ihre Unterstützung bekommen konnte: »Das Brot ist nicht mehr, was es war, als ich jung war ... Harry, der hat einen gesegneten Appetit, ich frage mich nur, wo das alles bleibt ... Was für ein Glück, dass die Zwillinge fast dieselbe Größe haben, sie können die Schuhe vom anderen tragen, so spart man in diesen harten Zeiten ... Ja, die Schweizer Kirschmarmelade ist nicht zu vergleichen mit der polnischen und ist doch drei Mal so teuer ...« Und so weiter. Mrs. Parkes brauchte solcherlei Gespräch jeden Tag, sonst würde sie kündigen, wobei ihr aber selbst nicht bewusst wäre, warum sie ginge.

Als Susan diese Gedanken durch den Kopf gingen, bemerkte sie mit einem Mal, dass sie durch den großen, mit Dickicht zugewachsenen Garten wie eine verwilderte Katze streunte: Sie stieg die Treppe hoch und wieder runter, ging durch die Zimmer und in den Garten, den braun dahinfließenden Fluss entlang, zurück, die Treppe hoch und durchs Haus, wieder hinunter ... Es war ein Wunder, dass Mrs. Parkes das nicht befremdlich fand. Aber nein, ganz im Gegenteil, Mrs. Rawlings könnte tun, was sie wollte; wenn es ihr Spaß machte, könnte sie einen Kopfstand machen, vorausgesetzt, sie war *da*. Murmelnd schlich Susan durch ihr Haus; hasste Mrs. Parkes, hasste die arme Miss Townsend, träumte von ihrer Stunde der Einsamkeit in der schmuddeligen Anständigkeit von Miss Townsends Hotelzimmer, wusste dabei ganz genau, dass sie verrückt war. Ja, sie war verrückt.

Sie sagte zu Matthew, sie müsse Urlaub machen. Matthew pflichtete ihr darin bei. Aber es war nicht mehr so wie früher – wo sie umschlungen im Ehebett miteinander gesprochen hatten. Er hatte sie, wie sie wusste, schließlich doch als *unvernünftig* eingestuft. Sie war zu jemandem ihm nicht Zugehörigen geworden, mit dem er richtig umgehen musste. Seite an Seite lebten sie in diesem Haus wie zwei verständnisvoll und freundlich miteinander umgehende Fremde.

Nachdem sie Mrs. Parkes informiert hatte – vielmehr um ihre Erlaubnis gefragt hatte –, machte sie sich zu einer Wandertour durch Wales auf. Sie entschied sich für die entfernteste ihr bekannte Gegend. Jeden Tag riefen die Kinder sie an, bevor sie zur Schule gingen, um sie aufzuheitern und ihr Mut zuzusprechen, genauso wie sie es bei der Geschichte mit ›Mutters Zimmer‹ getan hatten. Jeden Abend telefonierte sie mit den Kindern, sprach mit jedem Kind einzeln und danach mit Matthew. Da Mrs. Parkes sie telefonisch um Rat und Anweisung angehen durfte, tat sie das jeden Tag zur Mittagszeit. Als Mrs. Rawlings in den Bergen herumwanderte, was dreimal vorkam, bat Mrs. Parkes, sie solle doch um die und die Stunde zurückrufen, denn sie könne ihrer Arbeit nicht froh werden, wenn Mrs. Rawlings nicht ihren Segen dazu gäbe.

Susan durchstreifte wildes Land, wobei die Telefonleitung wie eine Leine war, die sie an ihre Pflicht band. Immer wenn sie anrufen oder darauf warten musste, angerufen zu werden, wurde sie an ihr Kreuz geschlagen. Die Berge selbst schienen durch ihre Unfreiheit gefesselt zu sein. Überall auf den Bergen, wo sie vom Morgen bis zur Abenddämmerung keiner Seele begegnete, nur Schafen oder einem Hirten, blickte sie ihrer eigenen Verrücktheit ins Auge; diese konnte sie in den weitesten Tälern überfallen, sodass sie ihr zu eng vorkamen, oder auf einer Bergspitze, von der sie hundert andere Berge und Täler sehen konnte, sodass alles ihr nicht hoch genug erschien und der Himmel viel zu schwer herunterdrückte. Sie stand da und starrte auf einen Berghang, der von Farnkraut glänzte und dessen Wasserrinnsale wie Juwelen funkelten, doch sah sie nichts als ihren Teufel, der ihr von der Stelle, wo er stand, einen Blick aus unmenschlichen Augen zuwarf; lässig stand er an einen Felsen gelehnt und schlug mit einem grünenden Zweig auf seine hässlichen gelben Stiefel.

Sie kehrte zu ihrem Heim und zu ihrer Familie zurück; die Verlassenheit, die sie in Wales gefunden hatte, lag in ihren verborgensten Gedanken wie ein Versprechen von Freiheit.

Sie sagte ihrem Mann, sie wolle ein *Au-pair*-Mädchen haben. Sie befanden sich in ihrem Schlafzimmer, spät in der Nacht, die Kinder schliefen. Er saß in Hemd und Pantoffeln auf einem Stuhl am Fenster und blickte hinaus. Sie saß da und bürstete sich das Haar, wobei sie ihn im Spiegel beobachtete. Eine von der Zeit geheiligte Szene im ehelichen Schlafzimmer. Er sagte nichts, während sie im Geiste hörte, wie ihm lauter Argumente einfielen, die er der Reihe nach verwarf, da jedes einzelne *vernünftig* war.

»Es ist doch etwas seltsam, gerade jetzt; schließlich sind die Kinder den größten Teil des Tages in der Schule. Bestimmt wäre es richtig gewesen, damals eine Hilfe zu nehmen, als du dich Tag und Nacht um sie kümmern musstest. Warum bittest du nicht Mrs. Parkes, für dich zu kochen? Sie hat es sogar angeboten – ich kann es ja verstehen, wenn es dir zum Hals raushängt, für sechs Leute zu kochen. Aber du weißt doch, dass ein *Au-pair*-Mädchen alle möglichen Probleme mit sich bringt; es ist nicht dasselbe, wie wenn man eine normale Putzfrau tagsüber da hat …«

Schließlich fragte er ganz vorsichtig: »Denkst du daran, wieder arbeiten zu gehen?«

»Nein«, antwortete sie, »nein, eigentlich nicht.« Sie ließ ihre Stimme vage, dümmlich klingen. Sie kämmte sich weiter das Haar und schaute sich dabei im Spiegel an, so als bemerkte sie nicht die kurzen, beunruhigten Blicke, die ihr Matthew ständig zuwarf. »Meinst du, wir könnten uns das nicht leisten?«, fragte sie ebenso unbestimmt, gar nicht mehr die gewohnte tüchtige

Susan, die doch genauestens wusste, was sie sich leisten konnten.

»Das ist es nicht«, sagte er und blickte aus dem Fenster auf die dunklen Bäume, um sie nicht anzuschauen. Währenddessen studierte sie ein rundes, offenes, angenehmes Gesicht mit den wohlgeformten dunklen Augenbrauen und den klaren grauen Augen. Ein kluges Gesicht. Sie bürstete dickes, gesundes schwarzes Haar und dachte dabei: Dennoch ist dies das Spiegelbild einer Verrückten. Wie seltsam! Wie viel näher käme es der Sache, wenn mir der rothaarige, grünäugige Dämon mit seinem kalten mageren Lächeln entgegenblickte … Warum stimmte ihr denn Matthew nicht zu? Was konnte er schließlich anderes tun? Sie kam ihrem Teil des Vertrags nicht mehr nach, es gab nichts, was sie zwingen konnte, sich daran zu halten: dass ihr Geist, ihre Seele, in diesem Haus leben sollten, damit die Menschen darin wie ausreichend bewässerte Pflanzen gedeihen konnten und Mrs. Parkes in ihrem Dienst zufrieden bliebe. Er würde als Gegenleistung ein guter liebender Ehemann sein und Verantwortung für die Kinder zeigen. Nichts davon traf seit Langem schon mehr zu. Er erfüllte seine Pflicht nur gewohnheitsmäßig, sie gab nicht einmal das vor. Und er war wie andere Ehemänner geworden, sein wirkliches Leben spielte sich ab in seiner Arbeit mit den Leuten, denen er dort begegnete, und höchstwahrscheinlich in einer ernsthaften Liebesgeschichte. All das war ja ihre Schuld.

Schließlich zog er die schweren Vorhänge zu und ließ die dunklen Bäume verschwinden, drehte sich dann um, um ihre Aufmerksamkeit zu erzwingen: »Susan, bist du auch ganz sicher, dass wir ein Mädchen brauchen?« Doch sie ging überhaupt nicht auf seinen Appell ein. Sie ließ die Bürste wieder und wieder durch ihr Haar gleiten, wobei es mit leisem elektrischen Knistern in schwarzen Wölkchen aufsprang. Sie blickte lächelnd in den Spiegel, als amüsierte sie das sich zusammendrängende knisternde Haar, das dem Bürstenstrich folgte. »Ja, ich glaube, im Ganzen wär das eine gute Idee«, sagte sie, mit der List einer Verrückten, die dem wirklich Entscheidenden ausweicht.

Im Spiegel konnte sie sehen, wie Matthew auf dem Rücken lag und, die Hände hinter dem Kopf verschränkt, nach oben starrte; sein Gesichtsausdruck war traurig und hart. Sie fühlte, wie ihr Herz (das alte Herz der Susan Rawlings) weich wurde und laut nach ihm schrie. Aber sie zwang es zur Gleichgültigkeit.

Er sagte: »Susan, was ist mit den Kindern?« Es war ein Appell, der sie *fast* erreichte. Er öffnete seine Arme, hob die Handflächen hoch, eine Geste der Verlassenheit. Sie musste nur hinlaufen, sich in seine Arme werfen, an seine feste, warme Brust, und dahinschmelzen, wieder Susan sein. Aber sie vermochte es nicht. Sie wollte seine erhobenen Arme nicht sehen. Vage sagte sie: »Ach, für die ist das so doch noch besser. Wir nehmen ein französisches oder ein deutsches Mädchen, und dann können sie die Sprache lernen.«

Im Dunkeln lag sie neben ihm, erstarrt, eine Fremde. Sie hatte das Gefühl, als wäre Susan verschwunden. Diese Frau, die hier lag, so kalt und gleichgültig neben dem leidenden Mann, mochte sie überhaupt nicht, doch sie konnte es nicht ändern.

Am nächsten Tag begann sie die Suche nach einem *Au-pair*-Mädchen, und schon bald erschien Sophie Traub aus Hamburg; zwanzigjährig, lachend, gesund, mit blauen Augen; sie wollte Englisch lernen. Tatsächlich sprach sie schon recht ordentlich. Als Gegenleistung für Kost und Logis – ›Mutters Zimmer‹ – kochte sie leichte Mahlzeiten und beschäftigte sich mit den Kindern, wenn Mrs. Rawlings sie darum bat. Sie war ein intelligentes Mädchen und verstand vollkommen, was verlangt wurde. Susan sagte: »Manchmal gehe ich vormittags fort oder auch den ganzen Tag – gelegentlich kommen die Kinder von der Schule nach Hause gerannt, oder sie rufen an oder der Lehrer meldet sich. Ich sollte dann eigentlich da sein. Und auch für die Putzfrau, die jeden Tag kommt ...« Sophie lachte ihr tiefes, sonores *Fräulein*-Lachen, zeigte ihre gesunden weißen Zähne und ihre Grübchen: »Sie wollen jemanden, der gelegentlich die Dame des Hauses spielt, nicht wahr?«

»Ja, genauso ist es«, sagte Susan, unwillkürlich ein wenig

kühl, denn insgeheim dachte sie voll Angst, wie leicht es doch war, wie viel näher sie dem Ziel war, als sie angenommen hatte. Dass Fräulein Traub so spontan ihrer beider Lage verstand, bestätigte das ja.

Das *Au-pair*-Mädchen war wegen ihres praktischen Sinns oder (wie Susan sich selbst mit neuem inneren Schauder gestand) weil sie von Susan so trefflich *ausgewählt* worden war, bei allen ein Erfolg; die Kinder mochten sie, Mrs. Parkes vergaß beinah auf der Stelle, dass sie eine Deutsche war, und Matthew fand es ›angenehm, sie im Haus zu haben‹. Denn er nahm nun die Dinge, wie sie kamen, leichthin, er hatte sich als Ehemann und als Vater vom Haushalt zurückgezogen.

Eines Tages sah Susan, wie Sophie und Mrs. Parkes miteinander in der Küche sprachen und lachten; sie kündigte an, sie werde bis zum Tee fort sein. Sie wusste genau, wohin sie gehen und wonach sie suchen musste. Sie fuhr mit der U-Bahn der District Line bis South Kensington, wechselte dann zur Circle Line, stieg in Paddington aus und ging umher, wobei sie sich die kleineren Hotels ansah, bis sie schließlich mit einem zufrieden war, auf dessen Fensterscheiben, die geputzt werden mussten, *Fred's Hotel* gemalt war. Seine Fassade zeigte ein verblichenes matt schimmerndes Gelb, wie kranke Haut. Auf einer Tür am Ende eines Gangs hieß es, man solle anklopfen; sie tat es, und Fred erschien. Er war nicht gerade attraktiv, nicht die Spur, so wie er aussah: fett, heruntergekommen, geschmackloser Streifenanzug. Er hatte kleine scharfe Augen in einem bleichen zerknitterten Gesicht, und er schien nur zu bereit, Mrs. Jones (sie wählte absichtlich diesen lächerlichen Namen und blickte ihn dabei unbewegt an) drei Tage in der Woche von zehn Uhr morgens bis sechs ein Zimmer zu vermieten. Vorausgesetzt natürlich, sie zahlte, wenn sie kam, im Voraus. Susan holte fünfzehn Shilling heraus (er hatte keinen Preis festgesetzt) und streckte sie ihm hin, wobei sie ihn mit einer kühnen, unbeirrten Herausforderung fixierte, von der sie bisher nicht gewusst hatte, dass sie ihr überhaupt zu Gebote stand. Während er sie noch anblickte, hob er zwischen Daumen und Zeigefinger einen Zehn-Shilling-Schein von ihrer Handfläche, befingerte ihn; dann nahm er die zwei Halbkronen-Münzen, streckte seine Handfläche aus, worauf die Geldstücke lagen, und ließ seinen Blick in angestrengtem Nachdenken auf ihnen ruhen. Sie standen im Gang, über ihnen abgeschirmtes rotes Licht, unter ihnen nackte Dielen, von denen ein starker Geruch nach Bohnerwachs aufstieg. Blitzschnell warf er ihr einen Blick über der noch ausgestreckten Handfläche zu und lächelte, als wollte er sagen: Für was halten Sie mich? »Ich werde«, sagte Susan, »das Zimmer nicht dazu verwenden, Geld zu verdienen.« Er wartete weiter. Sie legte noch fünf Shilling dazu, worauf er nickte: »Sie zahlen, und ich stelle keine Fragen.« – »Gut«, sagte Susan. Er ging nun an ihr vorbei zur Treppe, wartete dort einen Augenblick: Geblendet vom Licht der Eingangstür, verlor sie ihn für einen Augenblick aus den Augen. Dann erblickte sie einen kleinen Mann in gediegenem Anzug mit bleichem Gesicht und weißem schütteren Haar, der die Treppe wie ein Kellner hinaufging, und sie folgte ihm. Sie stiegen die Treppe dieses Hauses, in dem keine Fragen gestellt wurden, in völligem Stillschweigen hinauf – Fred's Hotel, das seinen Gästen jene Freiheit gewähren konnte, die das Hotel der armen Miss Townsend nicht zu geben vermochte. Das Zimmer war abscheulich. Es hatte ein einziges Fenster mit fadenscheinigen grünen Brokatvorhängen, ein schmales Bett, worauf eine billige grüne Satindecke lag, einen Kamin mit einer Gasheizung, woran ein Münz-Zähler angeschlossen war, eine Kommode und einen grünen Korbsessel.

»Danke«, sagte Susan und wusste, dass Fred (falls das Fred war und nicht George, Herbert oder Charlie) sie nicht so sehr aus Neugierde anblickte, einem Gefühl, zu dem er sich aus beruflichen Gründen nicht bekennen würde, sondern mit dem klugen Gespür für das, was sich schickte. Nachdem er das Geld genommen, sie hinaufgeführt und allem zugestimmt hatte, ließ er deutlich sein Missfallen erkennen, dass sie hier war. Sie gehörte überhaupt nicht hierher, verriet sein Blick. (Aber sie wusste schon, wie sehr sie hierhergehörte: Das Zimmer hatte auf ihr Kommen gewartet.) »Würden Sie mich bitte um fünf Uhr benachrichtigen lassen.« Er nickte und ging nach unten.

Es war zwölf Uhr mittags. Sie war frei. Sie saß auf dem Sessel, saß einfach da, schloss die Augen, saß da und überließ sich dem Alleinsein. Sie war allein, und niemand wusste, wo sie sich befand. Als es an ihrer Tür klopfte, war sie verärgert und bereit, dies auch zu zeigen: Aber es war Fred persönlich; fünf Uhr, und er benachrichtigte sie, wie sie es angeordnet hatte. Er ließ seine scharfen kleinen Augen schnell durch das Zimmer streifen – als Erstes über das Bett. Es war unberührt. Wie wenn sie gar nicht in dem Zimmer gewesen wäre. Sie dankte ihm, sagte, sie werde übermorgen zurückkommen, und verließ das Hotel. Sie war rechtzeitig wieder zu Hause, um das Abendessen zu kochen, die Kinder ins Bett zu bringen, ein zweites Abendessen später für ihren Mann und sich zuzubereiten. Und um Sophie zu begrüßen, die aus dem Kino kam, wohin sie mit einer Freundin gegangen war. All das tat sie fröhlich, bereitwillig. Aber die ganze Zeit über dachte sie an das Hotelzimmer; sie sehnte sich aus tiefstem Herzen danach.

Dreimal in der Woche. Sie erschien pünktlich um zehn, blickte Fred in die Augen, gab ihm zwanzig Shilling, folgte ihm die Treppe hinauf, betrat das Zimmer und schloss die Tür vor ihm mit freundlicher Bestimmtheit. Denn Fred missbilligte zwar heftig ihr Hiersein, doch hätte er nur allzu gern seinem Missfallen Freundschaft, zumindest freundliche Bekanntschaft folgen lassen, wenn sie ihn nur ließe. Aber die zwanzig Shilling in seiner Hand, war er es zufrieden, sie allein zu lassen, wenn sie ihn mit einem Kopfnicken entließ.

Sie setzte sich in den Sessel und schloss die Augen.

Was *tat* sie eigentlich in dem Zimmer? Nun, rein gar nichts. Wenn sie sich genug ausgeruht hatte, ging sie vom Sessel zum Fenster, streckte die Arme aus, lächelte, ihre Anonymität wie einen Schatz hütend, und blickte aus dem Fenster. Sie war nicht mehr Susan Rawlings, Mutter von vier Kindern, Frau von Matthew, Arbeitgeberin von Mrs. Parkes und Sophie Traub, mit unterschiedlichsten Beziehungen zu Freunden, Lehrern, Geschäftsleuten. Sie war nicht mehr die Herrin des großen weißen Hauses und des Gartens, die für alle Gelegenheiten und Anlässe die passende Kleidung besaß. Sie war Mrs. Jones, sie war allein, hatte weder Vergangenheit noch Zukunft. Hier bin ich, dachte sie, nach all den Jahren Ehe, den Kindern und all diesen Rollen ihrer Verantwortung, und bin doch dieselbe. Dennoch hat es Zeiten gegeben, wo ich geglaubt habe, dass von mir nichts existierte außer den Rollen, die darauf beruhten, dass ich Mrs. Rawlings war. Ja, hier bin ich; und wenn ich keinen von meiner Familie je wiedersähe, so wäre ich doch hier … Wie seltsam das ist! Und sie stützte sich aufs Fenstersims und schaute auf die Straße hinaus, liebte die vorbeigehenden Männer und Frauen, weil sie ihr unbekannt waren. Sie blickte auf die heruntergekommenen Gebäude auf der anderen Straßenseite und auf den Himmel, der nass, schmuddelig oder gelegentlich blau aussah, und sie hatte das Gefühl, als hätte sie noch nie zuvor Gebäude oder den Himmel gesehen. Und danach ging sie zum Sessel zurück, mit leer gefegtem Bewusstsein. Manchmal sprach sie laut vor sich hin, Worte ohne Bedeutung – einen Ausruf, sinnlos, machte einen Kommentar über das Blumenmuster des dünnen Teppichs oder über einen Fleck auf dem grünen Satinüberzug. Den größten Teil der Zeit spann sie vor sich hin – welches Wort gibt es dafür? –, sie brütete, fantasierte, wurde irr, spürte, dass ein Gefühl der Leere herrlich durch ihre Adern strömte, wie das Pulsieren ihres Blutes.

Dieses Zimmer gehörte ihr mehr als das Haus, in dem sie lebte. Eines Morgens merkte sie, dass Fred sie ein Stockwerk höher als sonst hinaufführte. Sie hielt an und weigerte sich weiterzugehen; sie verlangte ihr gewohntes Zimmer, Nummer 19. »Nun, dann müssen Sie eben eine halbe Stunde warten«, sagte er. Bereitwillig stieg sie zu der dunklen, nach Desinfektionsmitteln riechenden Halle hinunter und saß wartend da, bis die zwei, ein Mann und eine Frau, die Treppe herunterkamen und ihr flüchtige, gleichgültige Blicke zuwarfen, bevor sie auf die Straße hinauseilten und sich an der Tür trennten. Sie stieg zum Zimmer hinauf, *ihrem* Zimmer, das die beiden gerade verlassen hatten. Es gehörte darum nicht weniger ihr, wenn auch die Fenster weit offen standen und ein Zimmermädchen das Bett machte, als sie eintrat.

Nach diesen Tagen der Einsamkeit war es für sie leicht, ihre Rolle als Mutter und Frau zu spielen, aber auch schwierig, denn es war so leicht: Sie fühlte sich wie eine Betrügerin. Es kam ihr vor, als bewegte sich hier bei ihrer Familie ihre Hülle, und die reagierte auf ›Mummy, Mutter, Susan, Mrs. Rawlings‹. Es überraschte sie, dass niemand sie durchschaute, dass man ihr nicht wie einer Schwindlerin das Haus verbot. Ganz im Gegenteil, es schien, als liebten die Kinder sie noch mehr; Matthew und sie ›kamen gut miteinander aus‹, und Mrs. Parkes war glücklich bei ihrer Arbeit unter der Anleitung, die zugegebenermaßen meist von Sophie Traub kam. Nachts lag sie neben ihrem Mann, und sie schliefen wieder miteinander, anscheinend genauso wie zur Zeit, als sie richtig miteinander verheiratet waren. Aber sie, Susan, zumindest das Wesen, das so bereitwillig, unglaublicherweise, auf den Namen Susan reagierte, war abwesend: Sie war in Fred's Hotel am Paddington-Bahnhof und wartete darauf, dass die befreienden Stunden der Einsamkeit beginnen konnten.

Bald schon traf sie ein neues Abkommen mit Fred und mit Sophie. Für fünf Tage in der Woche. Was das Geld anging, fünf Pfund, so bat sie Matthew einfach darum. Sie bemerkte, dass sie nicht einmal Angst davor hatte, er könnte sie fragen, wozu sie es brauchte: Er würde ihr das Geld geben, das wusste sie, und dennoch war es erschreckend, dass es so lief. Denn dieses vertraute Paar, diese Lebenspartner, hatten einst Bescheid gewusst über die Verwendung jedes einzelnen Shillings, den sie ausgeben mussten. Er willigte ein, ihr jede Woche fünf Pfund zu geben. Sie wollte genau diese Summe, keinen Penny mehr. Es schien ihm nichts auszumachen. Es war so, als bezahlte er sie, ja, als *zahlte er sie aus,* so dachte sie bei sich – das war's. Schrecken überfiel sie einen Augenblick lang von Neuem, als sie sich das klarmachte, aber sie beruhigte sich, alles war schon zu weit. Jetzt gab er ihr jede Woche am Sonntagabend fünf Pfund, wandte sich von ihr ab, bevor sich ihre Blicke bei diesem Geschäft treffen konnten. Sophie musste bis sechs Uhr abends irgendwo im Haus oder in der Nähe sein, danach hatte sie frei. Sie brauchte nicht zu kochen oder zu putzen, sie sollte nur da sein. Darum arbeitete sie im Garten oder nähte, lud Freunde zu sich ein, da sie von Natur aus ein sehr geselliger Mensch war. Wenn die Kinder krank waren, pflegte sie sie. Wenn Lehrer anriefen, so gab sie ihnen vernünftige Auskünfte. An fünf Tagen der Schulwoche war sie die absolute Herrin des Hauses.

Eines Nachts fragte Matthew im Schlafzimmer: »Susan, ich möchte mich nicht einmischen – denk das bitte nicht von mir –, aber fühlst du dich bestimmt auch wirklich gut?«

Sie kämmte gerade ihr Haar vor dem Spiegel. Sie strich sich noch zwei Mal auf jeder Seite mit der Bürste über die Haare, bevor sie antwortete: »Ja, Lieber, ich fühle mich gut.«

Er legte sich wieder auf den Rücken, sein Kopf mit den blonden Haaren ruhte auf den Händen, die Ellbogen angewinkelt, sie verbargen teilweise sein Gesicht. Er sagte: »Susan, dann muss ich dir eine Frage stellen, aber versteh, dass ich keinerlei Druck auf dich ausüben will.« Susan hörte das Wort »Druck« mit Beschämung, denn das war unausweichlich; natürlich konnte sie so nicht weitermachen. »Soll das denn so weitergehen?«

»Nun«, antwortete sie und schwankte zwischen Unbestimmtheit, Intelligenz und Dummheit, um einen Ausweg zu finden: »Nun, ich wüsste nicht, wieso das nicht so gehen sollte.«

Er wippte mit den Ellbogen auf und ab, vor Ärger oder vor Schmerz, und als sie ihn anblickte, bemerkte sie, dass er dünner, sogar hager geworden war; und diese unruhigen wütenden Bewegungen war sie nicht von ihm gewohnt. Er sagte: »Möchtest du eine Scheidung? Ist es das?«

Hier konnte sich Susan nur mit der größten Mühe davon abhalten, aufzulachen: Sie konnte das helle, gurgelnde Lachen hören, das sie ausgestoßen *hätte,* wenn sie gedurft hätte. Er konnte nur eins damit meinen: Sie habe einen Liebhaber und verbringe darum die Zeit in London, ihm entrückt, als wäre sie auf einem anderen Erdteil verschwunden.

Dann überfiel sie wieder so etwas wie Panik: Sie begriff, er hoffte, sie hätte wirklich einen Liebhaber, er bat sie darum, es zu gestehen, ansonsten wäre es einfach zu erschrecken.

Sie überlegte sich das, während sie sich die Haare bürstete; die feinen schwarzen Haare flogen auf wie in kleinen elektrischen Nebeln, zischend, zischend, zischend. Hinter ihrem Kopf, quer durchs Zimmer stand eine blaue Wand. Es wurde ihr bewusst, dass sie damit beschäftigt war, zu beobachten, wie das schwarze Haar sich gegen das Blau abhob. Sie musste ihm etwas antworten. »Möchtest *du* eine Scheidung, Matthew?«

Er sagte: »Darum geht es doch nicht, oder?«

»Du hast es aufgebracht, nicht ich«, sagte sie lebhaft, wobei sie ein sinnloses, helles Lachen unterdrückte.

Am nächsten Tag fragte sie Fred: »Hat man sich nach mir erkundigt?«

Da er mit der Antwort zögerte, sagte sie: »Ich komme jetzt schon seit einem Jahr hierher. Nie habe ich Schwierigkeiten gemacht, Sie haben jeden Tag Ihr Geld erhalten. Ich habe ein Recht, das zu erfahren.«

»Um die Wahrheit zu sagen, Mrs. Jones, da war wirklich jemand und hat Fragen gestellt.«

»Einer aus einer Detektei?«

»Nun, das könnte durchaus sein, meinen Sie nicht?«

»Ich frage Sie … Also, was haben Sie ihm erzählt?«

»Ich hab ihm erzählt, dass sich da eine Mrs. Jones jeden Tag in der Woche von zehn bis fünf oder sechs Uhr abends ganz allein in Zimmer Nummer 19 aufhält.«

»Mich beschrieben?«

»Tja, Mrs. Jones, mir blieb nichts anderes übrig. Versetzen Sie sich doch in meine Lage.«

»Von Rechts wegen sollte ich Ihnen abziehen, was Ihnen der Mann für diese Information gegeben hat.«

Seine Augen hoben sich erschreckt: Sie machte doch sonst nicht solche Scherze! Dann entschied er sich zu lachen: Ein feuchter blassrosa Schlitz zog sich quer durch sein weißes, verknittertes Gesicht, seine Augen flehten sie unzweifelhaft an, doch zu lachen, da er sonst möglicherweise Geld verlieren könnte. Sie blieb ernst und schaute ihn an.

Er hörte auf zu lachen und sagte: »Wollen Sie jetzt raufgehen?« – und kehrte damit zu der Vertraulichkeit, der Kameradschaft jener Zone zurück, in der keine Fragen gestellt werden und von der sie (wie er genau wusste) völlig abhing.

Sie ging nach oben und setzte sich in den Korbsessel. Aber es war nicht mehr dasselbe. Ihr Mann hatte sie ausfindig gemacht. (Die Welt hatte sie ausfindig gemacht.) Druck und Zwang aufs Neue für sie. Sie war hier mit seiner stillschweigenden Einwilligung. Er könnte jede Minute hier hereinkommen, ins Zimmer Nummer 19. Sie stellte sich den Bericht der Detektei vor: »Eine Frau, die sich Mrs. Jones nennt, auf die die Beschreibung Ihrer Frau zutrifft (et cetera, et cetera, et cetera), hält sich den ganzen Tag über im Zimmer 19 auf. Sie besteht auf diesem Zimmer, wartet darauf, wenn es belegt ist. Soweit der Besitzer weiß, empfängt sie dort keine Besucher, weder Männer noch Frauen.« Ein Bericht von etwa dieser Art musste Matthew erhalten haben.

Natürlich hatte er recht: Es konnte so nicht weitergehen. Er hatte dem ein Ende gesetzt, und zwar einfach dadurch, dass er ihr einen Detektiv nachgeschickt hatte.

Sie versuchte in den Schutz des Zimmers zurückzukriechen, wie eine Schnecke, die man aus ihrem Haus gedrängt hat und die nun versucht, sich zurückzuziehen. Aber mit der Ruhe des Zimmers war es vorbei. Bewusst versuchte sie, diese wieder entstehen zu lassen, versuchte, in die dunkle kreative Trance hineinzugeraten (was auch immer das war), wie sie sie früher hier erlebt hatte. Es gelang nicht, doch ihr Verlangen danach war groß, sie fühlte sich so elend wie ein plötzlich der Droge beraubter Süchtiger.

Verschiedentlich kehrte sie zum Zimmer zurück, um sich dort zu finden, stattdessen aber fand sie den namenlosen Geist der Unruhe, einen fieberhaften, quälenden Drang nach Bewegung, eine gereizte Befangenheit, die ihr das Gefühl gab, als wenn in ihrem Gehirn bunte Lichter an- und ausgingen. Statt der sanften Dunkelheit, die dieses Zimmer ausgezeichnet hatte, warteten jetzt Dämonen auf sie, die sie blindlings umherstürzen ließen, wobei sie Hassworte murmelte; es trieb sie von Ort zu Ort wie eine Motte, die gegen die Fensterscheiben anprallt, zu Boden taumelt, mit gebrochenen Flügeln aufflattert und sich wieder gegen das unsichtbare Hindernis stürzt. Immer wieder. Bald war sie erschöpft; sie teilte Fred mit, dass sie eine Zeit lang das Zimmer nicht benötigen werde, sie wolle Ferien machen. Nach Hause zurück, zu dem großen weißen Haus am Fluss. Mitten an einem Wochentag, sie fühlte sich schuldig, dass sie in ihr eigenes Heim zurückkehrte, als man es nicht erwartete. Unbemerkt stand sie da und schaute durch das Küchenfenster hinein. Mrs. Parkes, die eine von Susan abgelegte geblümte Kittelschürze trug, bückte sich gerade, um etwas in den Ofen zu schieben. Gegen einen Schrank gelehnt, stand Sophie mit verschränkten Armen da und lachte über einen Witz, den ein Mädchen gemacht hatte, das Susan zuvor nicht gesehen hatte – eine dunkelhaarige Ausländerin, Sophies Besucherin. In einem Sessel lag zusammengekuschelt Molly, einer der Zwillinge, und lutschte am Daumen, während sie die Erwachsenen beobachtete. Sie musste irgendwie krank sein, da sie nicht zur Schule geschickt worden war. Der matte Gesichtsausdruck des Mädchens, die schwarzen Ringe unter ihren Augen taten Susan weh: Molly blickte auf die drei arbeitenden und sich unterhaltenden Erwachsenen genau in derselben Weise wie Susan auf die vier durch das Küchenfenster. Sie war fern, von ihnen ausgeschlossen.

Aber gerade in dem Augenblick, als Susan sich vorstellte, wie sie hineingehen, das kleine Mädchen aufheben, sich mit ihm in den Sessel setzen, ihm über die wahrscheinlich heiße Stirn streichen würde, tat Sophie es: Sie hatte auf einem Bein gestanden, das andere abgewinkelt, den Fuß gegen die Wand gestemmt. Jetzt ließ sie den Fuß in dem roten, mit Bändern geschnürten Schuh von der Wand hinabgleiten und stand fest auf beiden Füßen, klatschte vor und hinter sich in die Hände und sang einige Verse in Deutsch, sodass das Kind seine schweren Augen zu ihr hochhob und zu lächeln begann. Dann ging sie, vielmehr tanzte sie zu dem Kind hinüber, schwang es hoch und ließ es in demselben Augenblick, wo sie sich hinsetzte, auf ihren Schoß gleiten. Sie sagte: »Hoppla, hoppla! Molly ...«, und fing an, den dunkelhaarigen Kinderkopf zu streicheln, den Molly ihr aus Trostbedürfnis auf die Schulter gelegt hatte.

Gut ... Susan blinzelte, um die Abschiedstränen aus ihren Augen zu drücken, ging dann ruhig hinauf durch das Haus zu ihrem Schlafzimmer. Dort saß sie und schaute durch die Bäume hindurch auf den Fluss. Sie fühlte Ruhe in sich, doch auf eine ihr unbekannte Weise. Sie hatte nicht den Wunsch, sich zu rühren, zu sprechen, irgendetwas zu tun. Die Teufel, die das Haus, den Garten heimgesucht hatten, waren nicht da; aber sie wusste, es war, weil ihre Seele in Fred's Hotel, im Zimmer 19 war; sie war nicht wirklich hier. Es war ein Gefühl, das eigentlich erschreckend sein sollte: am Fenster ihres eigenen Schlafzimmers zu sitzen, Sophies volltönender junger Stimme zuzuhören, die ihrem Kind deutsche Kinderlieder vorsang, dem Geklapper und Rumoren von Mrs. Parkes unten in der Küche zu lauschen und zu wissen, dass all dies nichts mit ihr zu tun hatte: Sie gehörte nicht mehr dazu.

Später zwang sie sich dazu, hinunterzugehen und zu sagen, dass sie zu Hause sei: Es war unfair, hier zu sein, ohne Bescheid zu sagen. Sie aß mit Mrs. Parkes, Sophie, Sophies italienischer Freundin Maria und ihrer Tochter Molly zu Mittag und fühlte sich wie ein Gast.

Einige Tage danach sagte Matthew zur Schlafenszeit: »Hier sind deine fünf Pfund«, und schob sie ihr hinüber. Doch er musste wohl gewusst haben, dass sie das Haus überhaupt nicht verlassen hatte.

Sie schüttelte den Kopf, gab ihm das Geld zurück und sagte erklärend, nicht anklagend: »Sobald du erfahren hattest, wo ich bin, war es sinnlos.«

Er nickte, ohne sie dabei anzublicken. Er hatte sich von ihr abgewandt, überlegte sich – das wusste sie –, wie er am besten mit dieser Frau, die ihm Schrecken einjagte, umgehen sollte. Er sagte: »Ich habe nicht versucht ... Es ist bloß, dass ich besorgt war.«

»Ja, ich weiß.«

»Ich muss zugeben, dass ich mich allmählich zu fragen begann ...«

»Du hast gedacht, ich hätte einen Liebhaber?«

»Ja, das muss ich leider sagen.«

Sie wusste, dass er sich das wünschte. Sie saß da und fragte sich, wie sie es sagen sollte: »Seit einem Jahr verbringe ich nun alle meine Tage in einem dreckigen Hotelzimmer. Es ist der Ort, wo ich glücklich bin. Ja, ich existiere ohne das Zimmer gar nicht.« Sie hörte sich das sagen und begriff, welche Angst er hatte, dass sie es tun könnte. So sagte sie stattdessen: »Vielleicht hast du gar nicht so unrecht.«

Wahrscheinlich dachte Matthew, dass der Hoteleigentümer gelogen hatte: Er hätte es jedenfalls gern so gehabt.

»Nun«, sagte er, und sie konnte hören, wie seine Stimme sich vor Erleichterung sozusagen hob, »in dem Fall muss ich gestehen, dass ich selbst so was wie eine Affäre habe.«

Sie sagte unbeteiligt und interessiert: »Wirklich? Wer ist sie?«, und sah Matthews erstaunten Blick wegen dieser Reaktion.

»Es ist Phil. Phil Hunt.«

Sie hatte Phil Hunt in der alten Zeit vor der Ehe gut gekannt. Sie überlegte: Nein, sie ist nicht das Rechte, sie ist zu neurotisch, zu schwierig. Sie ist noch nie glücklich gewesen. Sophie ist viel besser. Doch Matthew wird das selbst feststellen, vernünftig, wie er ist.

Das dachte sie schweigend, während sie laut sagte: »Es lohnt sich nicht, wenn ich dir von meinem was erzählte, du kennst ihn nicht.«

Schnell, schnell, erfinde was, dachte sie. Erinnere dich dran, wie du all den Unsinn für Miss Townsend erfunden hast.

Sie begann langsam, darauf bedacht, sich nicht zu widersprechen: »Er heißt Michael« *(Michael Wie?)* – »Michael Plant.« (Was für ein blöder Name!) »Er gleicht dir sehr – im Aussehen, meine ich.« Und wirklich, sie konnte sich nicht vorstellen, dass jemand anders als Matthew sie je berühren würde. »Er ist Verleger.« (So? Warum?) »Er hat schon eine Frau und zwei Kinder.«

Sie fabrizierte dieses Lügenmärchen und war dabei stolz auf sich.

Matthew sagte: »Denkt ihr zwei ans Heiraten?«

Sie sagte, bevor sie sich daran hindern konnte: »Um Himmels willen, *nein*!«

Sie machte sich klar, dass sie dies, wenn Matthew Phil Hunt heiraten wollte, zu heftig vorgebracht hatte, aber offensichtlich war das in Ordnung, denn seine Stimme klang erleichtert, als er sagte: »Es ist irgendwie unmöglich, sich vorzustellen, dass man mit jemand anderem verheiratet ist, nicht wahr?« Bei diesen Worten zog er sie zu sich hinüber, sodass ihr Kopf auf seiner Schulter lag. Sie wandte ihr Gesicht ab und vergrub es an seinem Körper, lauschte, wie das Blut durch ihre Ohren pulste: Ich bin allein, ich bin allein, ich bin allein.

Am Morgen lag Susan noch im Bett, während er sich anzog.

Er hatte sich die Sache in der Nacht durch den Kopf gehen lassen, denn er sagte jetzt: »Susan, warum machen wir nicht einfach einen Vierer?«

Natürlich, sagte sie sich, natürlich musste es dazu kommen, dass er dies sagte. Wenn man immerzu vernünftig ist, wenn man sich nie einen gemeinen Gedanken oder eine neidische Empfindung gönnt, dann ist es nur natürlich, zu sagen: Lass uns ein Viererspiel machen!

»Warum nicht?«, sagte sie.

»Wir könnten uns alle zum Mittagessen treffen. Ich meine, es ist doch lächerlich, du schleichst dich zu Drecksbotels, und ich bleibe länger im Büro, und all die Lügen, die man sich ausdenken muss.«

Um Himmels willen, wie war noch mal sein Name? – sie geriet in Panik, dann sagte sie: »Ich glaube, es ist eine gute Idee, aber Michael ist zurzeit weg. Wenn er zurückkommt, allerdings – und ich bin mir sicher, dass ihr zwei euch leiden könnt.«

»Er ist also weg? Darum also bist du …« Ihr Mann legte seine Hand auf den Krawattenknoten mit einer Geste männlicher Koketterie, die sie früher nie mit ihm verbunden hätte; und beugte sich zu ihr, um sie auf die Wange zu küssen, mit einem

Ausdruck im Gesicht, der zu sagen schien: Du freches Kätzchen! Und sie fühlte, wie sich als Reaktion darauf ein frech-schüchterner Ausdruck in ihr Gesicht schlich.

Innerlich verging sie in Entsetzen über sie beide, wie weit sie sich beide von offenen, ehrlichen Gefühlen entfernt hatten.

Jetzt hatte man ihr also einen Liebhaber angedreht, und er hatte eine Geliebte! Wie gewöhnlich, wie ermutigend, wie lustig! Und nun würden sie ein Viererspiel machen und zusammen ins Theater und in Restaurants gehen. Schließlich konnten sich die Rawlings so etwas ganz gut leisten, und vermutlich konnten der Verleger Michael Plant und seine Geliebte sich das auch antun. Nein, es gab nichts, was die vier aufhalten könnte, ein hochverwickeltes Verhältnis kultivierter Toleranz auszuspinnen, alles eingehüllt in dem charmanten Nachglanz einer herbstlichen Leidenschaft. Vielleicht würden sie alle zusammen Ferien machen? Sie kannte Leute, die das getan hatten. Vielleicht würde Matthew da die Grenze ziehen? Aber warum sollte er das, wenn er in der Lage war, über einen ›Vierer‹ zu sprechen?

Sie lag in dem leeren Schlafzimmer und hörte, wie der Wagen mit Matthew zur Arbeit davonfuhr. Dann hörte sie, wie die Kinder mit Lärm zur Schule aufbrachen, begleitet von Sophies fröhlich klingender Stimme. Sie ließ sich in die Mulde des Bettes gleiten, zum Schutz gegen ihre eigene Unbedeutendheit. Und sie streckte die Hand zu der Mulde hin, wo der Körper ihres Mannes gelegen hatte, aber sie fand dort keinen Trost: Er war nicht ihr Ehemann. Sie krümmte sich zu einer kleinen festen Kugel unter dem Betttuch zusammen: Sie könnte hier den ganzen Tag, die ganze Woche, ja, ihr ganzes Leben verbringen.

Aber in einigen Tagen musste sie Michael Plant vorzeigen, und – doch wie? Sie musste wohl einen gefälligen Mann finden, der bereitwillig einen Verleger namens Michael Plant verkörperte. Und als Gegenleistung würde sie – was? Zum einen würden sie wohl miteinander schlafen. Die bloße Vorstellung brachte sie fast zum Weinen, vor lauter Erschöpfung. Oh nein, mit alldem hatte sie nichts mehr im Sinn – der Beweis dafür war: Worte wie ›miteinander schlafen‹ und selbst die Vorstellung davon (das intensive Bemühen, auch nur die Freuden der Sinnlichkeit aufleben zu lassen, geschweige Zuneigung oder gar Liebe) weckten in ihr den Wunsch, davonzulaufen und sich vor dem bloßen Versuch zu bergen ... Du lieber Himmel, warum denn miteinander schlafen? Warum mit irgendjemandem schlafen? Oder wenn man schon mit jemandem schlafen will, was macht es da aus, mit wem? Warum sollte sie nicht einfach auf die Straße hinausgehen, sich einen Mann aufgabeln und eine Affäre haben? Warum eigentlich nicht? Selbst mit Fred? Was machte es schon aus?

Doch hatte sie sich darauf eingelassen – auf eine endlose Zeitdauer mit einem Liebhaber namens Michael, als Teil eines galanten, kultivierten Vierers. Nun, sie konnte nicht und wollte nicht.

Sie stand auf, zog sich an, ging nach unten zu Mrs. Parkes und bat sie, ihr ein Pfund zu leihen, da Matthew, wie sie sagte, vergessen habe, ihr Geld dazulassen. Sie hechelte mit Mrs. Parkes kurz das alte Thema durch, dass die Ehemänner immer gleich sind, sie denken an nichts; und ohne Sophie etwas zu sagen, deren Stimme am Telefon im oberen Stockwerk zu hören war, ging sie zur U-Bahn, fuhr bis South Kensington, wechselte auf die Inner Circle Line, stieg am Paddington-Bahnhof aus und ging zu Fred's Hotel. Sie sagte Fred, dass sie nun doch nicht in Urlaub fahre und das Zimmer haben wolle. Da müsse sie eine Stunde warten, sagte Fred. Sie ging in eine überfüllte Teestube mit Restaurant um die Ecke, saß da und beobachtete, wie die Menschen durch die auf- und zuschwingende Tür ein und aus strömten; beobachtete, wie ihr Sein in sie überströmte, in ihre Bewegungen. Als die Stunde um war, ließ sie eine Münze für ihr Kännchen Tee auf dem Tisch zurück und verließ, ohne sich umzudrehen, das Lokal, genauso wie sie ihr Haus, das große schöne weiße Haus, ohne ihm einen weiteren Blick zu gönnen, verlassen, es aber stillschweigend Sophie übergeben hatte. Sie kehrte zu Fred zurück, bekam den Schlüssel von Nummer 19, das jetzt frei war, und stieg langsam die schmutzigen Treppen hoch, ließ Stockwerk um Stockwerk unter sich zurück, dabei immer hochschauend, sodass ein Stockwerk nach dem anderen sprungartig in ihr Blickfeld fiel und dann außer Sicht geriet. Nummer 19 hatte sich nicht verändert. Sie überblickte alles mit einem scharfen, gründlich prüfenden Blick: der billige Glanz des Satinüberzugs, der unordentlich wieder drübergelegt worden war, nachdem die beiden Körper ihre Zuckungen unter ihm beendet hatten; eine Spur von Puder am Spiegel, der auf der Kommode stand; ein tiefgrüner Farbton in einer Falte des Vorhangs. Sie stellte sich ans Fenster, blickte hinunter, beobachtete, wie die Leute vorbeigingen, vorbeigingen und vorbeigingen, bis sich ihr Geist von der ständigen Bewegung verdunkelte. Dann setzte sie sich in den Korbstuhl und ließ sich hängen. Aber sie musste achtgeben, weil sie heute nicht um fünf Uhr von Freds Klopfen an die Tür überrascht werden wollte.

Die Dämonen waren nicht da. Sie waren für immer fort, da sie sich von ihnen freigekauft hatte. Sie glitt schon in den dunklen, befruchtenden Traum, der sie im Innern liebevoll zu umhüllen schien, wie das Fließen des Blutes …; aber sie musste zuerst an Matthew denken. Sollte sie einen Brief für den Leichenbeschauer schreiben? Doch was sollte sie sagen? Sie wollte ihm den Gesichtsausdruck belassen, den sie heute Morgen bei ihm gesehen hatte – zugegeben banal, doch wenigstens zuversichtlich gesund. Nun, das war unmöglich, man sah nicht so aus, wenn die Frau Selbstmord begangen hatte. Aber wie sollte sie ihn glauben machen, sie sei wegen eines Mannes gestorben – wegen des faszinierenden Verlegers Michael Plant? Ach, wie lächerlich! Wie absurd! Wie demütigend! Doch sie beschloss, sich darum keine Sorgen zu machen, einfach nicht an die Lebenden zu denken. Wenn er glauben wollte, sie habe einen Liebhaber gehabt, dann würde er es glauben. Und er wollte es *wirklich* glauben. Selbst wenn er herausgefunden hätte, dass es in London keinen Verleger namens Michael Plant gab, würde er denken: Ach, die arme Susan, sie hatte Angst, mir seinen richtigen Namen zu nennen.

Und was machte es aus, ob er Phil Hunt oder Sophie heiratete? Doch, es sollte schon Sophie sein, die bereits die Mutter jener Kinder war … und wie scheinheilig, hier zu sitzen und sich um die Kinder zu sorgen, wo sie doch die Absicht hatte, sie zu verlassen, da sie nicht die Kraft hatte zu bleiben.

Ihr blieben vier Stunden. Sie verbrachte sie in Wonne, Verwirrtheit, einem Gefühl der Süße und ließ sich dabei sanft, ganz sanft an den Rand des Flusses gleiten. Dann, kaum dass es in ihrem Bewusstsein einen Wechsel gab, stand sie auf, schob den zerschlissenen Teppich gegen die Tür, vergewisserte sich, dass die Fenster fest geschlossen waren, steckte zwei Shilling in den Zähler und drehte den Gashahn auf. Zum ersten Mal, seit sie in dieses Zimmer kam, lag sie auf dem harten Bett, das ungelüftet roch, nach Schweiß und Sex roch.

Sie lag auf dem Rücken auf dem grünen Satinüberzug, doch ihre Beine waren kalt. Sie stand auf, fand eine Decke, die zusammengefaltet unten in der Kommode lag, und bedeckte damit sorgfältig ihre Beine. Sie fühlte sich ganz zufrieden, dazuliegen und dem schwachen, sanften Zischen des ausströmenden Gases zu lauschen, das ins Zimmer, in ihre Lungen, in ihr Gehirn drang, während sie davontrieb in den dunklen Fluss hinein.

DIE SCHWARZE MADONNA

Es gibt Länder, von denen man nicht behaupten kann, dass dort die Künste, von der Kunst ganz zu schweigen, in Blüte stehen. Warum das so ist, lässt sich schwer sagen, obwohl wir natürlich alle unsere Theorien darüber haben. Denn manchmal bringt der kargste Boden Gärten mit jenen Blüten hervor, die, und darüber sind wir uns alle einig, die Krönung und Rechtfertigung des Lebens sind. Gerade durch diesen Umstand fällt es so schwer zu erklären, weshalb solche zarten Pflanzen in der Erde von Sambesia nicht gedeihen.

Sambesia ist ein hartes, sonnenverbranntes, männliches, selbstherrliches Land, das Empfindsamkeit und Verfeinerung verächtlich abtut. Und doch gibt es Staaten mit diesen Eigenschaften, die Kunst hervorgebracht haben – wenn vielleicht auch nur mit der linken Hand. Um es freundlich auszudrücken: Sambesia steht den Ideen, die mit Freiheit, Gleichheit und Ähnlichem zu tun haben und die in anderen Teilen der Welt schon lange als selbstverständlich gelten, ablehnend gegenüber. Doch es gibt Menschen, und zu ihnen gehören die besten, die behaupten, Kunst könne sich ohne eine Minderheit nicht entfalten, deren Müßiggang durch die hart arbeitende Mehrheit garantiert werde. Sambesias wohlhabender Minderheit mag manches fehlen, aber Muße ganz bestimmt nicht.

Sambesia – aber genug: Aus Achtung vor uns selbst und vor wissenschaftlicher Genauigkeit sollten wir uns davor hüten, voreilige Schlussfolgerungen zu ziehen. Ganz besonders wenn man daran denkt, welchen beinahe ehrfurchtsvollen Respekt sie einem Künstler entgegenbringen, der in ihrer Mitte auftaucht.

Nehmen wir zum Beispiel Michele.

Er wurde im Zweiten Weltkrieg aus einem Internierungslager entlassen, nachdem Italien ehrenhalber zum Verbündeten der Alliierten geworden war. Die Behörden gerieten in große

Schwierigkeiten, denn es ist eine Sache, für einige Tausend Kriegsgefangene verantwortlich zu sein, die man nach bestimmten, anerkannten Regeln behandeln muss; aber es ist etwas ganz anderes, wenn diese vielen Tausend Männer durch einen internationalen politischen Schachzug von einem Tag auf den anderen zu Waffenbrüdern erklärt werden. Ein Teil blieb, wo er war – in den Lagern. Dort wurden sie zumindest verpflegt und waren untergebracht. Andere verdingten sich als Farmarbeiter, aber nicht viele. Die Farmer brauchten zwar immer Arbeitskräfte, aber sie wussten nicht, wie sie mit Farmarbeitern umgehen sollten, die ebenfalls weiß waren. Ein solches Phänomen kannte man in Sambesia bis dahin nicht. Andere suchten sich alle möglichen Arbeiten in den Städten und mussten sich dabei sehr vor den Gewerkschaften in Acht nehmen, die sie nicht als Mitglieder aufnehmen wollten und sie auch nicht tolerierten.

Das Los dieser Männer war schwer, sehr schwer, aber glücklicherweise mussten sie es nicht lange ertragen. Denn bald war der Krieg zu Ende, und sie konnten nach Hause zurückkehren. Wie bereits erläutert, war auch das Los der Behörden schwer. Und aus diesem Grund war man nur allzu bereit, jeden sich bietenden Vorteil aus der Situation zu ziehen. Michele war ein solcher Vorteil, daran bestand kein Zweifel.

Man entdeckte seine Talente, als er noch ein Kriegsgefangener war. Im Lager wurde eine Kirche gebaut, und Michele malte sie aus. Die kleine Kirche mit dem Blechdach im Gefangenenlager wurde zu einem Ausstellungsstück. Fresken bedeckten die weiß getünchten Wände; auf ihnen ernteten dunkelbraune Bauern Weintrauben, tanzten schöne junge italienische Frauen, und überall tummelten sich rundliche dunkeläugige Kinder. Inmitten der heiteren Szenen italienischen Lebens erschien die gütige, lächelnde Jungfrau mit dem Kind – glücklich darüber, in der vertrauten Umgebung ihres Volkes zu sein.

Kulturbegeisterte Damen bestachen die Behörden, um ins Lager geführt zu werden, und erklärten: »Der Arme. Er muss Heimweh haben.« Sie baten um Erlaubnis, eine halbe Krone für den Künstler zurücklassen zu dürfen. Andere reagierten ungehalten. Schließlich war er ein Kriegsgefangener. Man hatte ihn während seines Kampfes gegen Gerechtigkeit und Demokratie gefangen genommen. Woher nahm er das Recht zu protestieren? Denn sie empfanden die Bilder als eine Art Protest. Was gab es in Italien, das wir hier in Westonville, der Hauptstadt und dem Zentrum von Sambesia, nicht hatten? Gab es hier nicht auch Sonne, Berge, rundliche Kinder und hübsche Mädchen? Auch hier wuchsen – wenn schon keine Weintrauben, so doch Zitronen, Orangen und Blumen im Überfluss.

Die Leute waren betroffen – von den bemalten weißen Wänden der einfachen Kirche ging eine verzweifelte Wehmut aus, die jeden je nach Temperament entsprechend berührte.

Als Michele ein freier Mann war, erinnerte man sich an sein Talent. Man sprach von ihm als »dieser italienische Künstler«. Um der Wahrheit die Ehre zu geben, er war Maurer. Und der künstlerische Wert der Fresken mochte sehr wohl leicht überschätzt worden sein. Möglicherweise hätte man sie in einem Land, in dem bemalte Wände nicht so ungewöhnlich sind, gar nicht zur Kenntnis genommen.

Eines Tages fuhr eine der Damen in ihrem Wagen hinaus ins Lager und bat Michele, ihre Kinder zu malen. Aber er erklärte, das übersteige seine Fähigkeiten. Schließlich willigte er doch ein. Er mietete ein Zimmer in der Stadt und machte ein paar hübsche Bilder der Kinder. Danach malte er die Kinder vieler Freundinnen dieser ersten Dame. Er verlangte für jedes Bild zehn Shilling. Dann bat ihn eine der Damen, sie zu porträtieren. Dafür forderte er zehn Pfund; er hatte einen Monat daran gearbeitet. Sie ärgerte sich, zahlte jedoch.

Michele zog sich mit einem Freund in das Zimmer zurück, trank Rotwein vom Kap und erzählte von der Heimat. Solange das Geld reichte, konnte man ihn nicht dazu überreden, weitere Porträts zu malen.

Die Damen sprachen ausgiebig über die Würde der Arbeit, ein Thema, das ihnen allen sehr vertraut war. Man hatte das Gefühl, sie könnten beinahe so weit gehen, einen Weißen mit einem Schwarzen zu vergleichen, der ebenfalls nichts von der Würde der Arbeit verstand.

Man fand, es mangle Michele an Dankbarkeit. Eine der Damen suchte ihn auf. Er lag mit einer Flasche Wein auf seinem Feldbett unter einem Baum. Sie sprach ernst und streng über Mussolinis Barbarei und über die Charakterschwäche der Italiener. Dann verlangte sie, er solle auf der Stelle ein Bild von ihr im neuen weißen Abendkleid malen. Er weigerte sich, und sie kehrte entrüstet nach Hause zurück.

Es handelte sich bei dieser Dame um die Frau eines unserer wichtigsten Bürger, der General war oder etwas Ähnliches. Er beschäftigte sich gerade mit der Planung eines militärischen Tattoos, einer Veranstaltung für die Zivilbevölkerung. Ganz Westonville sprach seit Wochen von diesem Ereignis. Tanzveranstaltungen, Maskenbälle, Basare, Lotterien und andere Wohltätigkeitsveranstaltungen langweilten uns inzwischen alle zu Tode. Es ist nicht übertrieben zu behaupten, dass die einen für die Freiheit starben, während andere für die Freiheit tanzten. Aber alles hat einmal ein Ende. Und als der Krieg tatsächlich zu Ende war, als die vielen Tausend Soldaten im Land nach Hause zurückkehren mussten – kurz, als es keine Pflicht mehr war, sich zu vergnügen, klagten natürlich viele darüber, wie sehr ihnen das alles fehlen würde.

Nun, das Tattoo sollte für uns eine hübsche Abwechslung sein. Die Herren vom Militär, die die Verantwortung dafür trugen, sahen die Sache allerdings anders. Sie wollten die Moral verbessern, indem sie uns eine Vorstellung von dem vermittelten, was Krieg wirklich bedeutete. Die Schlagzeilen der Zeitungen genügten nicht. Sie wollten vor unseren Augen ein Dorf mit Granatfeuer belegen und zerstören.

Zuerst musste das Dorf gebaut werden.

Offensichtlich standen der General und seine Untergebenen einen ganzen Tag lang unter der brennenden Sonne im roten Staub auf dem Exerzierplatz. Überall türmte sich Baumaterial; zahllose afrikanische Arbeiter liefen mit Bohlen und Nägeln herum und versuchten, etwas zustande zu bringen, das wie ein

Dorf aussah. Aber es ließ sich nicht leugnen, man würde ein richtiges Dorf bauen müssen, um es zerstören zu können. Und das würde mehr Geld verschlingen, als für das ganze Vergnügen zur Verfügung stand. Der General ging in äußerst schlechter Laune nach Hause, und seine Frau erklärte, ihnen fehle ein Künstler, ihnen fehle Michele. Sie sagte das nicht, um Michele etwas Gutes zu tun. Sie konnte schlicht den Gedanken nicht ertragen, dass er singend unter einem Baum saß, während so viel zu tun war. Sie lehnte es ab, eine delikate diplomatische Mission zu übernehmen, als ihr Mann kategorisch erklärte, er würde verdammt noch mal keinen kleinen Itaker um einen Gefallen bitten. Sie löste das Problem für ihn auf ihre Weise: Ein gewisser Captain Stocker wurde beauftragt, ihn herbeizuschaffen.

Der Captain fand ihn auf dem bewussten Feldbett unter dem bewussten Baum. Er hatte die Hosenbeine hochgerollt und trug ein kragenloses Hemd. Er war unrasiert, leicht betrunken, und auf dem Boden neben ihm stand eine Flasche Wein. Er sang ein so trauriges, gefühlvolles Lied, dass dem Captain leicht unbehaglich wurde. Er blieb zehn Schritte vor dem verlotterten Burschen stehen und litt unter der Unwürdigkeit seiner Lage. Noch vor einem Jahr war dieser Mann ein Todfeind gewesen, den man auf der Stelle erschossen hätte. Vor sechs Monaten war er ein Kriegsgefangener gewesen; nun lag er in einem unsauberen Hemd, das zweifellos einmal zu einer Uniform gehört hatte, mit angezogenen Beinen auf dem Rücken im Schatten. Für den Captain gipfelte die Situation in dem Gefühl, Michele müsse vor ihm salutieren.

»Piselli!«, sagte er scharf.

Michele drehte den Kopf und sah den Captain aus der Horizontalen an. »Guten Morgen«, sagte er liebenswürdig.

»Sie werden gewünscht!«, erklärte der Captain.

»Von wem?«, erkundigte sich Michele. Er setzte sich unwillig auf, ein dicklicher kleiner Mann mit olivfarbener Haut.

»Von der Militärbehörde.«

»Ist der Krieg vorbei?«

Der Captain in seiner makellosen, gebügelten Kakiuniform wirkte äußerst steif und korrekt. Nun warf er missbilligend den Kopf zurück und streckte das Kinn vor. Er war ein großer blonder Mann, und wo seine Haut sichtbar wurde, war sie ziegelrot. Er hatte kleine, blaue verärgerte Augen. Seine roten Hände, die über und über mit feinen blonden Härchen bedeckt waren, hingen geballt herab. Er bemerkte die Enttäuschung in Micheles Augen und öffnete die Fäuste. »Nein, der Krieg ist nicht vorbei«, sagte er, »man braucht Ihre Hilfe.«

»Für den Krieg?«

»Für den Kriegseinsatz. Ich nehme an, Sie sind daran interessiert, dass die Deutschen geschlagen werden?«

Michele sah den Captain an. Der kleine dunkeläugige Künstler blickte den großen blonden Offizier mit den kalten blauen Augen, dem schmalen Mund und den haarigen fleischigen Händen an und sagte: »Ich bin sehr am Ende des Krieges interessiert.«

»*Also?*«, fragte der Captain mit zusammengebissenen Zähnen.

»Und mein Lohn?«, erkundigte sich Michele.

»Man wird Sie bezahlen.«

Michele stand auf. Er hielt die Flasche gegen die Sonne, nahm einen Schluck, spülte mit dem Wein den Mund aus und spuckte ihn aus. Den Rest der Flasche goss er auf die rote Erde, wo sich ein blasiger, violetter Fleck bildete.

»Ich bin bereit«, erklärte er. Er ging mit dem Captain zu dem wartenden Jeep und setzte sich auf den Sitz neben den Fahrer und nicht, wie der Captain erwartet hatte, hinten auf die Pritsche. Als sie auf dem Exerzierplatz ankamen, waren die Offiziere gegangen und hatten dem Captain die Nachricht hinterlassen, er sei persönlich für Michele und den Bau des Dorfes verantwortlich – auch für die etwa hundert Arbeiter, die im Gras am Rand des Platzes saßen und auf Anweisungen warteten.

Der Captain erklärte Michele seine Aufgabe; Michele nickte und sagte mit einer Handbewegung in Richtung der Afrikaner: »Ich brauche sie nicht.«

»Sie wollen es allein tun … allein ein Dorf bauen?«

»Ja.«

»Ohne Hilfe?«

Zum ersten Mal lächelte Michele. »Ja, das werde ich.«

Der Captain zögerte. Er missbilligte prinzipiell, dass Weiße anstrengende körperliche Arbeit verrichteten. Er entschied: »Ich werde sechs für die schweren Arbeiten hierbehalten.«

Michele zuckte mit den Schultern; der Captain ging zu den Arbeitern hinüber und schickte alle bis auf sechs davon. Mit ihnen kam er zu Michele zurück.

»Es ist heiß«, sagte Michele.

»Sehr«, stimmte der Captain zu. Sie standen auf dem Exerzierplatz. An seinen Rändern gab es Bäume, Gras und dunklen Schatten. Hier war nichts als rötlicher Staub, den eine heiße, sanfte Brise über den Platz wehte.

»Ich habe Durst«, erklärte Michele. Er lächelte. Der Captain spürte, wie seine zusammengepressten Lippen sich unwillkürlich zustimmend lockerten. Die beiden Augenpaare trafen sich in einem Moment des Verstehens. Für den Captain hatte der kleine Italiener plötzlich etwas Menschliches bekommen. »Ich werde es veranlassen«, sagte er und ging in Richtung Stadt davon. Es war später Nachmittag, als er die Lage den richtigen Leuten erklärt, die entsprechenden Formulare ausgefüllt und die notwendigen Befehle erteilt hatte. Mit einer Kiste Brandy vom Kap kehrte er zum Exerzierplatz zurück. Er fand Michele und die sechs Schwarzen zusammen unter einem Baum sitzen. Michele sang italienische Lieder, und sie summten mit. Der Anblick traf den Captain wie ein Anfall von Übelkeit. Er ging zu ihnen. Die Afrikaner standen stramm, doch Michele blieb sitzen.

»Sie haben gesagt, Sie wollen die Arbeit allein tun?«

»Ja, das habe ich gesagt.«

Der Captain entließ die Afrikaner. Sie verabschiedeten sich mit freundlichen Blicken von Michele, der ihnen nachwinkte. Der Captain stellte mit hochrotem Kopf wütend fest: »Sie haben nicht einmal angefangen!«

»Wie viel Zeit habe ich?«

»Drei Wochen:«

»Das ist viel Zeit«, erwiderte Michele mit einem Blick auf die Flasche in der Hand des Captain. In der anderen hielt er zwei Gläser. »Es ist Abend«, bedeutete er ihm. Der Captain runzelte die Stirn. Dann setzte er sich ins Gras und goss zwei Gläser Brandy ein.

»Ciao«, sagte Michele.

»Cheers«, sagte der Captain. Drei Wochen, dachte er, drei Wochen mit diesem verdammten kleinen Itie! Er leerte das Glas, füllte es und stellte es neben sich ins Gras. Das Gras war weich und kühl. Ganz in der Nähe blühte ein Baum – die leichte Brise trug schwere Duftwolken zu ihnen herüber.

»Es ist schön hier«, sagte Michele. »Wir werden eine schöne Zeit haben. Selbst in einem Krieg gibt es glückliche Zeiten … Und Freundschaft. Ich trinke auf das Ende des Krieges.«

Am nächsten Tag erschien der Captain erst nach dem Mittagessen auf dem Exerzierplatz. Er fand Michele mit einer Flasche unter den Bäumen. An einem Ende des Platzes stand eine merkwürdige Konstruktion aus Sperrholzplatten. Man sah zwei Wände, den Teil einer dritten und die Schräge eines steilen Daches auf Stützen.

»Was ist das?«, fragte der Captain wütend.

»Die Kirche«, antwortete Michele.

»Waaas?«

»Sie werden schon sehen. Später. Es ist sehr heiß.« Er warf einen Blick auf die Brandyflasche, die im Gras lag. Der Captain ging zum Jeep und kam mit der ganzen Kiste zurück. Sie tranken. Die Zeit verging. Der Captain hatte schon lange nicht mehr unter einem Baum im Gras gesessen. Wenn man es richtig überlegte, hatte er auch schon lange nicht mehr so viel getrunken. Er trank viel, aber das beschränkte sich immer auf bestimmte Zeiten und Tage. Er war ein disziplinierter Mann. Jetzt saß er hier im Gras bei diesem kleinen Mann, den er irgendwie immer noch als Feind betrachtete. Er verlor seine Selbstdisziplin nicht, vielmehr kam er sich wie ein anderer Mensch vor, denn vorübergehend hatte er sein normales Verhalten abgelegt. Michele zählte nicht. Er hörte zu, während Michele von Italien erzählte, und es schien ihm, als lauschte er den Worten eines Wilden – als hörte er Geschichten von den sagenumwobenen Südseeinseln, wohin ein Mann wie er vielleicht einmal im Leben reisen mochte. Er hörte sich sagen, er würde nach dem Krieg gern nach Italien reisen. In Wirklichkeit interessierte er sich nur für den Norden und für die Menschen im Norden. Er hatte Hitlerdeutschland besucht, und obwohl es nicht der richtige Zeitpunkt war, das zu sagen, hatte es ihm sehr gut gefallen. Dann sang Michele ihm italienische Lieder vor. Er sang für Michele ein paar englische Lieder. Michele zeigte Bilder von seiner Frau und seinen Kindern; er lebte in einem Dorf in den norditalienischen Bergen. Er wollte wissen, ob der Captain verheiratet sei. Der Captain sprach nie über sein Privatleben. Er hatte sein ganzes Leben in irgendwelchen afrikanischen Kolonien verbracht – als einfacher Polizist, als Beamter, als Eingeborenenkommissar und in ähnlich nützlichen Funktionen. Bei Kriegsbeginn war es ganz selbstverständlich, dass er zum Militär ging. Aber er hasste das Stadtleben und hatte persönliche Gründe, das Ende des Krieges herbeizuwünschen. Meist war er mit einem oder zwei anderen Weißen oder auch allein im Busch stationiert gewesen, fern von den Zwängen der Zivilisation. Er hatte Verhältnisse mit Eingeborenenfrauen; von Zeit zu Zeit fuhr er in die Stadt, wo seine Frau mit ihren Eltern und den Kindern lebte. Ihn quälte ständig der Gedanke, dass sie ihm nicht treu war. Erst vor Kurzem hatte er einen Privatdetektiv damit beauftragt, sie zu überwachen; er war überzeugt, dass der Detektiv nichts taugte. Freunde beim Militär, die aus L… kamen, wo seine Frau lebte, hatten erzählt, dass sie offensichtlich das Leben genoss und dass sie ihr immer wieder auf Partys begegnet seien. Nach dem Krieg würde dieses gute Leben für sie ein Ende haben. Aber warum lebte er nicht einfach mit ihr zusammen und ließ es gut sein? Genau das konnte er nicht. Sein langes Exil in fernen Stationen im Busch lieferte ihm die notwendige Entschuldigung; er konnte es nicht ertragen, zu lange an seine Frau zu denken. Sie war der Teil seines Lebens, mit dem er sozusagen nicht ins Reine kommen konnte.

Doch jetzt erzählte er Michele von ihr und Nadya, seiner Lieblingsfrau aus dem Busch. Er erzählte Michele seine Lebensgeschichte, bis er schließlich bemerkte, dass die Schatten der Bäume, unter denen sie saßen, über den Exerzierplatz bis zur Ehrentribüne fielen. Er stand unsicher auf und sagte: »Die Arbeit wartet. Sie werden dafür bezahlt, dass Sie arbeiten.«

»Wenn es dunkel ist, werde ich Ihnen meine Kirche zeigen.«

Die Sonne ging unter, die Dämmerung breitete sich aus. Michele bat den Captain, mit seinem Lastwagen ein paar Hundert Meter zurückzufahren und die Scheinwerfer einzuschalten. Augenblicklich tauchte aus den Formen und Schatten der Sperrholztafeln eine weiße Kirche auf.

»Morgen kommen ein paar Häuser dazu«, erklärte Michele fröhlich.

Am Ende der ersten Woche standen an einem Ende des Exerzierplatzes bizarre, lächerliche Lattenkonstruktionen mit Sperrholztafeln, die bei Tag nach absolut nichts aussahen. Insgeheim schüttelte der Captain fassungslos den Kopf. Es kam ihm wie ein Albtraum vor, dass diese skelettartigen Formen durch die Illusion von Licht und Schatten ihm ein Dorf vorgaukeln konnten. Abends fuhr der Captain mit seinem Wagen vor, schaltete die Scheinwerfer ein, und da stand es: ein stabiles, richtiges Dorf vor dem Hintergrund dicht belaubter grüner Bäume. Und wenn morgens die Sonne aufging, blieb nichts übrig, außer ein paar Sperrholztafeln, die verloren auf dem Platz herumstanden.

»Es ist fertig«, verkündete Michele.

»Sie sind für drei Wochen angestellt worden«, erklärte der Captain. Er wollte nicht, dass die Ferien von seinem Ich zu Ende gingen.

Michele erklärte achselzuckend: »Die Armee ist reich.« Um neugierigen Blicken zu entgehen, saßen sie jetzt im Schatten der Kirche. Die Kiste mit Brandy stand zwischen ihnen. Der Captain redete; er redete unaufhörlich von seiner Frau, von seinen Frauen; er konnte nicht aufhören zu reden.

Michele hörte zu. Einmal sagte er: »Wenn ich wieder nach

Hause komme … wenn ich wieder nach Hause komme, werde ich die Arme ausbreiten …« – er öffnete weit die Arme, schloss die Augen, und Tränen liefen ihm über die Wangen – »… meine Frau in die Arme nehmen und nichts fragen, nichts. Ich will nichts wissen. Es genügt, wieder mit ihr zusammen zu sein. Das hat der Krieg mich gelehrt. Es ist genug, genug. Ich werde keine Fragen stellen, und ich werde glücklich sein!«

Der Captain starrte gequält vor sich hin. Er dachte daran, wie sehr er seine Frau fürchtete. Sie war ironisch, fröhlich und hart; sie lachte ihn aus. Sie hatte ihn ausgelacht, seit sie verheiratet waren. Nachdem er zum Militär ging, fing sie an, ihm Spitznamen zu geben, wie »kleiner Hitler« und »Sturmtruppenführer«. »Nur zu, kleiner Hitler«, hatte sie gerufen, als sie sich das letzte Mal sahen. »Nur zu, mein Sturmtruppenführer. Nur zu, wenn du dein Geld an Privatdetektive verschwenden willst. Aber glaube nicht, ich wüsste nicht, was *du* treibst, wenn du im Busch bist. Mich kümmert es nicht. Aber vergiss nicht, ich weiß es …«

Der Captain erinnerte sich an ihre Worte. Und vor ihm saß Michele auf der Holzkiste und sagte: »Mein Freund, Detektive und das Gesetz sind ein Vergnügen für die Reichen. Selbst die Eifersucht ist ein Vergnügen, an dem ich nichts mehr finde. Ach, mein Freund, wieder mit meiner Frau und den Kindern zusammen zu sein ist alles, was ich mir vom Leben wünsche … das, und Wein und Essen und das Singen am Abend.« Tränen liefen ihm über die Wangen und tropften auf sein Hemd.

Guter Gott, wie kann ein Mann nur weinen, dachte der Captain, ohne sich zu schämen. Er hob die Flasche und trank.

Drei Tage vor dem großen Ereignis kamen ein paar hohe Offiziere über den staubigen Platz. Sie entdeckten Michele und den Captain auf der Holzkiste. Die beiden sangen. Das Hemd des Captain stand offen und war fleckig.

Der Captain salutierte mit der Flasche in der Hand, und aus Sympathie für seinen Freund salutierte Michele ebenfalls. Die Offiziere zogen den Captain beiseite – sie standen alle auf kameradschaftlichem Fuß mit ihm – und fragten ihn, was zum

Teufel das alles bedeuten solle. Und außerdem, weshalb war das Dorf noch nicht fertig?

Dann gingen sie wieder.

»Sag ihnen, es ist fertig«, rief Michele. »Sag ihnen, ich will gehen.«

»Nein«, erwiderte der Captain. »Nein, Michele. Was würdest du tun, wenn deine Frau …«

»Die Welt ist gut. Wir sollten glücklich sein … Mehr nicht.«

»Michele …«

»Ich will gehen. Hier gibt's nichts mehr zu tun. Man hat mich gestern bezahlt.«

»Setz dich, Michele. Noch drei Tage, dann ist alles fertig.«

»Dann werde ich die Kirche ausmalen, wie ich es bei der Kirche im Lager getan habe.«

Der Captain legte sich auf ein paar Bretter und schlief ein. Als er erwachte, stand Michele inmitten von Farbtöpfen, wie er sie für die Fassaden des Dorfes benutzt hatte. Direkt vor sich sah der Captain das Bild eines schwarzen Mädchens. Sie war jung, mollig und trug ein gemustertes blaues Kleid, aus dem die Schultern weich und nackt herausragten. Auf dem Rücken schlief in einem roten Tuch ein Baby. Sie wendete dem Captain das Gesicht zu und lächelte.

»Das ist Nadya«, rief der Captain. »Nadya …« Er stöhnte, blickte auf das schwarze Kind und schloss die Augen. Er öffnete sie, aber Mutter und Kind waren immer noch da. Behutsam zog Michele um die Köpfe der schwarzen Frau und ihres Kindes dünne gelbe Kreise.

»Großer Gott«, sagte der Captain, »das kannst du doch nicht tun.«

»Warum nicht?«

»Du kannst doch keine schwarze Madonna malen.«

»Sie war eine Bäuerin. Dies ist eine Bäuerin. Eine schwarze Bauernmadonna für ein schwarzes Land.«

»Es ist ein deutsches Dorf«, erklärte der Captain.

»Es ist meine Madonna«, erwiderte Michele ärgerlich. »Dein deutsches Dorf und meine Madonna! Ich male dieses Bild als

Geschenk für die Madonna. Sie freut sich darüber ... ich spüre es.«

Der Captain legte sich wieder hin. Er fühlte sich krank und schlief erneut ein. Als er zum zweiten Mal aufwachte, war es dunkel. Michele hatte sich eine flackernde Petroleumlampe geholt und arbeitete in ihrem Licht an der langen Wand. Neben ihm stand eine Flasche Brandy. Er malte noch lange nach Mitternacht; der Captain lag auf der Seite und sah zu. Er sah so passiv zu wie ein Mann, der sich aus einem Traum nicht befreien kann. Dann schliefen sie beide auf den Brettern ein. Den ganzen nächsten Tag malte Michele schwarze Madonnen, schwarze Heilige und schwarze Engel. Draußen auf dem Platz exerzierten die Truppen in der Sonne; Musikkapellen schmetterten Märsche, und Motorradfahrer brausten hin und her. Doch Michele malte selbstvergessen und betrunken weiter. Der Captain lag trinkend auf dem Rücken und murmelte etwas von seiner Frau vor sich hin. Dann wieder rief er: »Nady, Nadya«, und schluchzte.

Gegen Abend zogen die Truppen ab. Die Offiziere kamen wieder. Der Captain ging mit ihnen hinaus, um ihnen vorzuführen, wie das Dorf Wirklichkeit wurde, wenn man die großen Scheinwerfer am anderen Ende des Exerzierplatzes einschaltete. Schweigend betrachteten sie das Dorf. Sie schalteten die Scheinwerfer aus, und nur noch große rechteckige Tafeln standen auf dem Platz. Im Mondlicht wirkten sie wie Grabsteine. Die Scheinwerfer flammten auf – und da war wieder das Dorf. Sie schwiegen, als wären sie argwöhnisch. Sie schienen wie der Captain das Gefühl zu haben, etwas an der Sache sei nicht richtig. Es war sicher unheimlich, aber *das* war es nicht. Unfair – das war das richtige Wort. Es war Betrug ... und zutiefst beunruhigend.

»Ein geschickter Bursche, Ihr Italiener«, sagte der General.

Der Captain war bis zu diesem Augenblick hölzern korrekt geblieben. Nun trat er schwankend auf den General zu, hielt sich an der erhabenen Schulter fest, um das Gleichgewicht nicht zu verlieren. »Verdammte Itaker«, sagte er, »verdammte Kaffern.

Verdammte … Aber ich will Ihnen was sagen. Einen Itie gibt es, der taugt was! Jawohl, der ist in Ordnung. Das kann ich Ihnen sagen. Er ist sogar mein Freund.«

Der General sah ihn an. Dann nickte er seinen Untergebenen zu, und man brachte den Captain aus disziplinarischen Gründen vom Platz. Man entschied jedoch, der Captain müsse krank sein, anders ließ sich sein Verhalten nicht erklären. Man brachte ihn auf sein Zimmer und ins Bett, und eine Krankenschwester musste bei ihm wachen.

Vierundzwanzig Stunden später erwachte er zum ersten Mal seit Wochen wieder nüchtern. Allmählich erinnerte er sich an alles, was geschehen war. Plötzlich sprang er aus dem Bett und zog sich blitzschnell an. Die Krankenschwester sah gerade noch, wie er den Weg hinunterrannte, in den Jeep sprang und davonfuhr.

Mit Höchstgeschwindigkeit raste er zum Exerzierplatz, der so angestrahlt wurde, dass das Dorf unsichtbar blieb. Das Fest war in vollem Gang. Autos parkten in Dreierreihen um den Platz; die Leute standen auf den Trittbrettern und sogar auf den Dächern. Die Ehrentribüne war voll besetzt. Frauen, als Zigeunerinnen, Mädchen vom Land, elisabethanische Hofdamen et cetera verkleidet, verkauften Ingwerbier, Wurstpastetchen und Programme für fünf Shilling zugunsten des Kriegseinsatzes.

Auf dem Platz stellten die Truppen sich einsatzbereit auf; uralte Maschinengewehre wurden hin und her geschleppt; die Musik spielte, und Motorradfahrer rasten durch Feuerringe.

Als der Captain seinen Jeep parkte, hörte das ganze Treiben auf, und die Scheinwerfer erloschen. Der Captain rannte außen um den Platz, um die Stelle zu erreichen, wo die Geschütze hinter einem Gewirr von Netzen und Zweigen verborgen waren. Er schluchzte vor Anstrengung. Er war ein großer Mann und an sportliche Leistungen nicht gewöhnt. Außerdem machte ihm der Brandy zu schaffen. Ihn trieb nur ein einziger Gedanke – er musste verhindern, dass die Geschütze abgefeuert wurden. Er musste es unter allen Umständen verhindern.

Glücklicherweise schien es eine Verzögerung zu geben. Die

Lichter waren immer noch nicht eingeschaltet. Der geisterhafte Friedhof am Ende des Platzes schimmerte weiß im Mondlicht. Dann strahlten die Scheinwerfer einen Augenblick, und das Dorf flammte gerade lange genug auf, um auf einem weißen Gebäude neben der Kirche große rote Kreuze sichtbar werden zu lassen. Dann tauchte der Mond alles wieder in weißes Licht, und die Kreuze verschwanden. »Oh, dieser verdammte Narr«, schluchzte der Captain und rannte, rannte, als ginge es um sein Leben. Er versuchte nicht länger, den Geschützstand zu erreichen; jetzt lief er geradewegs über den Platz auf die Kirche zu. Er hörte, wie hinter ihm Offiziere fluchten: »Wie kommen diese roten Kreuze dahin? Wer war das? Wir können doch nicht auf das Rote Kreuz schießen!«

Der Captain erreichte die Kirche, als die Suchscheinwerfer aufflammten. Drinnen kniete Michele auf dem Boden und blickte auf seine erste Madonna. »Sie werden meine Madonna umbringen«, erklärte er traurig.

»Komm hier raus, Michele, komm raus!«

»Sie werden …«

Der Captain packte ihn am Arm und zog ihn mit sich. Michele riss sich los und griff nach einer Säge. Er begann, an der Sperrholzplatte herumzusägen. Draußen herrschte tödliche Stille. Dann hallte eine Stimme aus dem Lautsprecher. »Das Dorf, das beschossen wird, ist ein englisches Dorf und nicht, wie im Programm ausgedruckt, ein deutsches Dorf. Ich wiederhole. Das Dorf, das beschossen wird, ist …«

Michele hatte zwei Seiten eines Quadrates um die Madonna ausgesägt.

»Michele«, schluchzte der Captain, »*komm hier raus.*«

Michele ließ die Säge fallen, packte die angesägte Ecke der Platte und zog daran. Im selben Moment begann die Kirche zu beben. Die unregelmäßige Platte brach heraus, und Michele stolperte rückwärts in die Arme des Captain. Es entstand ein Höllenlärm. Die Kirche schien um sie herum in Flammen aufzugehen. Sie rannten davon. Der Captain hielt Michele fest am Arm. »Hinlegen!«, schrie er plötzlich, warf Michele auf den Boden und ließ sich neben ihn fallen. Er hörte das Dröhnen der Explosion, blickte unter der Armbeuge hindurch und sah eine große Wolke aus Rauch und Flammen aufsteigen. Das Dorf löste sich in eine Masse fliegender Trümmer auf. Michele lag auf den Knien und starrte im Flammenschein auf seine Madonna. Er sah schrecklich aus, ganz bleich, und Blut rann ihm aus den Haaren bis auf die Backe.

»Sie haben meine Madonna zerschossen«, jammerte er.

»Ach, verdammt noch mal, du kannst doch eine neue malen«, schrie der Captain, und seine Stimme erschien ihm so fremd wie die Stimme in einem Traum. Er war bestimmt wahnsinnig, so verrückt wie Michele ... Er stand auf, zog Michele hoch und marschierte mit ihm an den Rand des Platzes. Dort nahmen die Leute von der Ambulanz sie in Empfang. Man brachte Michele ins Krankenhaus; den Captain schickte man wieder zurück ins Bett.

Eine Woche verging. Der Captain lag im verdunkelten Zimmer. Er hatte unbestreitbar eine Art Nervenzusammenbruch, und zwei Krankenschwestern wachten nun bei ihm. Manchmal lag er ruhig, dann wieder murmelte er vor sich hin. Manchmal sang er mit belegter, ungeübter Stimme Melodien aus Opern und Bruchstücke italienischer Lieder und – immer und immer wieder – *There's a Long Long Trail*. Er dachte an überhaupt nichts. Er mied jeden Gedanken an Michele, als wäre er gefährlich. Eines Tages verkündete eine fröhliche Frauenstimme, ein Freund sei gekommen, um ihn aufzuheitern. Gesellschaft würde ihm sicher guttun, erklärte sie. Doch als er in der Dämmerung einen weißen Verband auf sich zukommen sah, drehte er sich schnell zur Wand.

»Geh«, sagte er, »geh, Michele.«

»Ich bin gekommen, um dich zu besuchen«, erwiderte Michele. »Ich habe ein Geschenk für dich.«

Der Captain drehte sich langsam um. Und da stand Michele, wie ein fröhliches Gespenst im dunklen Zimmer. »Du Dummkopf«, sagte er. »Du hast alles verdorben. Warum hast du diese Kreuze gemalt?«

»Es war ein Krankenhaus«, erklärte Michele. »In einem Dorf gibt es ein Krankenhaus. Und auf dem Krankenhaus weht ein rotes Kreuz. Das schöne Rote Kreuz ... oder nicht?«

»Man hat mich beinahe vor ein Kriegsgericht gestellt.«

»Es war mein Fehler«, sagte Michele. »Ich war betrunken.«

»Ich hatte die Verantwortung.«

»Wie konntest du verantwortlich sein, wenn ich es getan habe? Aber es ist alles vorbei. Geht es dir wieder besser?«

»Nun, ich glaube, die Kreuze haben dir das Leben gerettet.«

»Ich hatte nicht daran gedacht«, sagte Michele. »Ich erinnerte mich an die freundlichen Menschen vom Roten Kreuz in der Gefangenschaft.«

»Oh, sei still, sei still, sei still!«

»Ich habe ein Geschenk für dich.«

Der Captain spähte in die Dunkelheit. Michele hielt ein Bild hoch: eine Eingeborene mit einem Baby auf dem Rücken, die ihn anlächelte.

Michele sagte: »Die Heiligenscheine mochtest du nicht. Deshalb gibt es diesmal keine. Für den Captain ... keine Madonna.« Er lachte. »Gefällt es dir? Es ist für dich. Ich habe es für dich gemalt.«

»Verflucht!«, sagte der Captain.

»Es gefällt dir nicht?«, fragte Michele tief verletzt.

Der Captain schloss die Augen. »Was wirst du als Nächstes tun?«, fragte er müde.

Michele lachte wieder. »Mrs. Pannerhurst, die Frau des Generals, möchte, dass ich sie in ihrem weißen Abendkleid male. Also werde ich sie malen.«

»Du solltest stolz darauf sein.«

»Dumme Kuh. Sie glaubt, ich sei gut. Die Leute hier haben keine Ahnung ... sie sind Wilde, Barbaren. Du nicht, Captain, du bist mein Freund. Aber diese Leute haben keine Ahnung.«

Der Captain lag ganz ruhig. Zorn stieg in ihm auf. Er dachte an die Frau des Generals. Er mochte sie nicht, aber er kannte sie sehr gut.

»Diese Leute«, erklärte Michele, »können ein gutes Bild nicht von einem schlechten Bild unterscheiden. Ich male, ich male mal so und mal so. Dann habe ich ein Bild ... ich sehe es an und lache innerlich darüber.« Michele lachte laut. »Sie sagen, er ist ein Michelangelo, und wollen mich herunterhandeln. Michele ... Michelangelo ... das ist ein Witz, oder?«

Der Captain sagte nichts.

»Aber ich habe dieses Bild gemalt, um dich an unsere schöne Zeit im Dorf zu erinnern. Du bist mein Freund, und ich werde dich nie vergessen.«

Der Captain richtete den Blick auf das schwarze Mädchen, ohne den Kopf zu wenden. Sie lächelte ihn halb unschuldig, halb spöttisch an.

»Geh«, sagte er plötzlich.

Michele kam näher, beugte sich nieder, um das Gesicht des Captain deutlicher zu sehen. »Du willst, dass ich gehe?« Es klang unglücklich. »Du hast mir das Leben gerettet. Ich war verrückt an diesem Abend. Aber ich dachte an meine Opfergabe für die Madonna ... Ich war verrückt. Ich weiß es selbst. Ich war betrunken. Wir sind alle verrückt, wenn wir betrunken sind.«

»Geh«, wiederholte der Captain.

Einen Moment lang rührte sich der weiße Verband nicht von der Stelle. Dann senkte er sich in einer tiefen Verbeugung.

Michele wendete sich der Tür zu.

»Und nimm das verdammte Bild mit.«

Schweigen. Dann sah der Captain im dämmrigen Licht, wie Michele nach dem Bild griff. Sein weißer Kopf beugte sich gehorsam. Er richtete sich auf und stand stramm. Er hielt das Bild in der einen Hand, presste die andere an die Seite und salutierte vor dem Captain.

»*Yes, Sir*«, sagte er, drehte sich auf dem Absatz um und verschwand mit dem Bild durch die Tür.

Der Captain blieb still liegen. Er fühlte – was fühlte er? Ein Schmerz saß in seiner Brust. Es schmerzte zu atmen. Er erkannte, dass er unglücklich war. Ja, das schreckliche Gefühl, unglücklich zu sein, erfüllte ihn langsam, ganz langsam. Er war unglücklich, weil Michele gegangen war. Nichts in seinem Leben hatte den Captain je so geschmerzt wie das spöttische: *Yes, Sir.* Er drehte das Gesicht zur Wand und weinte. Aber still. Kein Laut kam über seine Lippen aus Angst, die Schwestern könnten es hören.

VERRÄTER

Wir hatten das alte Haus der Thompsons schon lange vor ihrem ersten Besuch entdeckt.

Hinter unserem Haus stieg das Gelände zum Busch hin an, ein Morgen Land voll gewundener Kürbisranken und Aschehaufen, auf dem Papayabäume sprossen und wo der Wind an der Wäsche zerrte und rüttelte, die auf der Leine hing. Der Busch dahinter war dicht und furchterregend, das Gras so hoch, dass es selbst einen hochgewachsenen Mann überragte. Es gab nicht einmal Pfade.

Wenn wir von unserem vertrauten Stück Land genug hatten, erkundeten wir den Rest der Farm, ohne diesen Teil des Buschs je zu betreten. Manchmal standen wir am Rand und spähten nach den zerklüfteten Felsnasen aus Granit und den großen, von Weihnachtsfarn umwucherten Termitenhügeln. Und manchmal arbeiteten wir uns ein paar Schritte vor, bis uns das Gras umschloss, sodass nur noch oben ein kleines Stückchen Blau zu sehen war. Dann verloren wir die Nerven und rannten zurück.

Später, als wir unser erstes Gewehr bekamen und der Mut uns durchströmte, begriffen wir, dass wir uns diesem Buschland stellen mussten. Wir zögerten noch ein paar Tage, lauschten auf die Rufe der Perlhühner in nicht mehr als hundert Metern Entfernung und suchten Ausreden für unsere Feigheit. Und dann, eines Morgens bei Sonnenaufgang, als die Bäume rosa und golden leuchteten und an den Grashalmen heller Tau hinunterlief, sahen wir einander an, lächelten schwächlich und huschten mit Herzklopfen ins Gebüsch.

Sofort waren wir allein, das Gras umschloss uns, und wir mussten einander am Kleid festhalten. Langsam, mit gesenkten Köpfen, die Augen zum Schutz vor scharfen Grasgarben halb geschlossen, schoben sich zwei kleine Mädchen an Termitenhügeln und Felsnasen vorbei, an Dornen, erodierten Rinnen und dichtem Kakteengestrüpp, in dem allerhand wilde Tiere lauern konnten.

Der Schrecken hielt nur fünf Minuten an, dann kamen wir plötzlich an einer Stelle heraus, wo die rote Erde von Viehspuren gezeichnet war. Vor uns schnarrten Perlhühner im Gras, und wir erhaschten einen Blick auf einen schönen dunklen Vogel, der einen Pfad entlangflitzte. Wir folgten ihm und schrien vor Freude, weil wir den verbotenen Flecken Busch genauso leicht erobert und uns zu eigen gemacht hatten wie den Rest der Farm.

Wir wurden noch einmal aufgehalten, als das Gelände plötzlich zum *vlei* hin abfiel und wir vor einem sechs Meter langen Abhang mit platt getretenem Gras standen, über den das Vieh zum Wasser ging. Wir hoben unsere Kleider an, setzten uns hin und rutschten auf den glatten Soden mühelos bergab, bis wir mit zerrissenen Unterhosen und zerkratzten Knien in einem *donga* voller getrockneter Kuhfladen und glitzernder Quarzstückchen landeten. Die Perlhühner standen in einer Reihe da, neigten die Köpfe besorgt zur Seite und beobachteten uns; aber meine Schwester sagte kühn: »Ich schieße jetzt eine Antilope!«

Sie wedelte mit den Armen, und die Vögel trippelten davon. Wir sahen einander an und lachten, denn für Perlhühner fühlten wir uns mittlerweile zu erwachsen.

Hier unten am Rand des *vlei* sah der Busch ganz anders aus. Das Vieh hatte das Gras ausgedünnt, und bei jedem Schritt stieg roter Staub um uns auf. Vereinzelt wuchsen Kameldornbäume, und überall standen Giftapfelbüsche mit kleinen Früchten, die wie gelbe Pflaumen aussahen. An manchen Stellen verströmten wilde Tagetes ihren üblen, durchdringenden Geruch.

Weil wir übertrieben vorsichtig und angespannt weitergingen und zu erkennen versuchten, was sich eine halbe Meile vor uns abspielte, merkten wir zunächst nicht, dass zehn Schritte entfernt ein Ducker stand und uns beobachtete. Als wir aufgeregt schrien, verschwand die Antilope sofort. Dann rannten wir wie die Wilden davon und brüllten aus Leibeskräften, während

Zweige in unsere Gesichter schlugen und Dornen uns die Beine zerkratzten.

Zehn Minuten später standen wir plötzlich vor einem Stacheldrahtzaun. »Die Grenze«, flüsterten wir ehrfürchtig. Sie war eine Legende, aber wir hatten uns eher eine Art Chinesische Mauer vorgestellt, denn dahinter lagen Abertausende Meilen ungenutzten Lands, das der Regierung gehörte und auf dem es Leoparden und Paviane und Kuduherden gab. Nun waren wir enttäuscht, weil die berühmte Grenze letzten Endes nur aus Draht bestand, und der Ducker ließ sich auch nicht mehr blicken.

Wir pfiffen lässig, um zu zeigen, wie egal uns das war, marschierten am Zaun entlang und zupften am Draht, sodass er noch eine halbe Meile weit im *vlei* vibrierte. Der Busch, der uns umgab, war fremd; dieser Teil der Farm war noch neu für uns. Aber auch hier gab es nur Kameldorn und Gras, und auf sämtlichen Zweigen gurrten dicke Ringeltauben. Wir schaukelten an den Zaunpfosten und wünschten uns, dass Vater plötzlich auftauchen und uns zum Frühstück nach Hause holen würde. Wir hatten uns hoffnungslos verlaufen.

Dann sah ich den Papayabaum. Ich hatte ihn wohl schon ein paar Minuten angestarrt, ohne ihn wahrzunehmen, denn es war merkwürdig, dass an so einer Stelle ein Papayabaum wuchs. Drei schwere gelbe Papayas hingen daran.

»Da ist unser Frühstück«, sagte ich.

Wir schüttelten die Früchte vom Baum, setzten uns auf den Boden und aßen. Das fade, cremige Fruchtfleisch machte schnell satt, und schließlich legten wir uns hin und starrten halb schlafend in den Himmel. Die Sonne brannte herab, Hitze und Müdigkeit durchdrangen uns. Aber der Boden war ziemlich hart. Als wir uns umdrehten und nachsahen, merkten wir, dass alte Ziegelsteine in die Erde eingelassen waren. Wir waren umgeben von Ziegelreihen und zementierten Flächen.

»Das alte Haus der Thompsons«, flüsterten wir.

Ganz plötzlich schienen die Tauben zu schweigen, und der Busch kam uns feindselig vor. Wir setzten uns ängstlich auf.

Warum war uns das nicht längst aufgefallen? Zwischen den Dornen standen zwei Reihen Papayabäume, eine lila Bougainvillea ergoss sich über die Büsche, vor unseren Füßen ließ ein Rosenbaum seine weißen Blütenblätter fallen, und unter unseren Schuhen knirschte zerbrochenes Glas.

Der verlassene Ort wirkte so einsam, so verzweifelt; und wir dachten daran, wie unsere Eltern von Mr. Thompson sprachen, der vor seiner Heirat jahrelang hier gewohnt hatte. Ihre gedämpften, missbilligenden Stimmen schienen aus den Bäumen widerzuhallen – wir gerieten in wilde Panik, nahmen die Flinte und machten uns fluchtartig auf den Nachhauseweg. Wir hatten gedacht, wir hätten uns verlaufen; aber wenig später waren wir wieder in der erodierten Rinne, kletterten vor Atemnot geradezu schluchzend den Abhang hinauf und rannten so schnell durch den dichten Busch, dass wir ihn kaum bemerkten.

Es war nicht einmal Frühstückszeit.

»Wir haben das alte Haus der Thompsons gefunden«, sagten wir schließlich. Wir waren gekränkt, denn niemand sah unseren stolzen Gesichtern an, dass wir an diesem Morgen eine ganz neue Welt entdeckt hatten.

»Ach ja?«, sagte Vater abwesend. »Kann nicht mehr viel davon übrig sein.«

Unsere Angst verpuffte. Vor Scham wagten wir kaum, einander anzusehen. Und später am selben Tag gingen wir noch einmal hin, zählten die Papayas, hängten die Bougainvillea über einen Baum und banden den Rosenstock hoch.

Nach einer Woche hatten wir uns die Stelle völlig zu eigen gemacht. Wir verbrachten dort ganze Tage, fegten die Trümmer vom Boden und schleppten lose Ziegel in den Busch. Es wunderte uns nicht, dass wir im Gras Dutzende leere Flaschen fanden. Wir wuschen sie in einem Schlagloch im *vlei* ab, ließen sie vom Wind trocknen und markierten dann die Zimmer des Hauses damit, bauten Wände aus glänzenden Flaschen. In unserer Fantasie erstand das Haus der Thompsons neu, ein kleines Ziegelhaus mit strohgedecktem Dach.

Wir saßen in der sengenden Sonne und sagten im Ton unserer Mutter: »Unter Stroh ist es immer kühl, ganz egal, wie heiß es draußen ist.« Als die Wände und das Dach dann fest in unserer Vorstellung verankert und nichts Besonderes mehr waren, spielten wir andere Spiele und waren abwechselnd Mr. Thompson.

Wer Mr. Thompson darstellte, musste mit einer Flasche in der Hand aus dem Busch getorkelt kommen, über die Schwelle stolpern und auf den Boden fallen. Da lag dann eine von uns und stöhnte, während die andere ihr Luft zufächelte und mit Wasser aus dem *vlei* getränkte Taschentücher auf ihre Stirn legte. Oder sie wankte zwischen den Flaschen umher und beschimpfte ihr unsichtbares, aus Eingeborenen bestehendes Publikum in irgendeinem Kauderwelsch.

Eines Tages, als wir gerade in unser Spiel vertieft waren, kam eine schwarze Frau zwischen den Kameldornbäumen hervor, blieb stehen und beobachtete uns. Wir rückten dicht zusammen und warteten darauf, dass sie wieder ging, aber sie kam näher und starrte uns auf eine Weise an, die uns Angst machte. Sie war alt und dick und trug ein rot bedrucktes Kleid aus dem Laden. Schließlich sagte sie sanft und einschmeichelnd: »Wann kommt Boss Thompson zurück?«

»Geh weg!«, riefen wir, und sie fing daraufhin an zu lachen. Sie schlenderte mit wiegenden Hüften davon in den Busch, sah sich über die Schulter um und lachte. Als wir dieses spöttische Lachen zwischen den Bäumen hörten, flohen wir zum zweiten Mal von dem verfallenen Haus, zwangen uns aber, langsam und würdevoll zu gehen, bis wir wussten, dass sie uns nicht mehr sehen konnte.

Ein paar Tage lang gingen wir nicht mehr zum Haus zurück, und als wir es doch wieder taten, hörten wir auf, Mr. Thompson zu spielen. Wir kannten ihn nicht mehr – dieses Lachen und dieser träge, beleidigende Blick hatten etwas bedeutet, das außerhalb unseres Wissens und unserer Erfahrung lag. Das Haus war nicht mehr unser Haus; da lagen nur noch ein paar zerbrochene Ziegel auf dem mit Flaschen markierten Boden. Wir konnten nicht mehr so tun, als hätten wir keine Angst vor diesem Ort, und wir sahen uns ständig über die Schulter, ob die alte schwarze Frau vielleicht schweigend dastand und uns beobachtete.

Wir strichen am Zaun entlang und warfen mit Steinen nach den Papayas fünf Meter über unseren Köpfen, bis sie vor unseren Füßen zerplatzten. Dann beförderten wir sie mit einem Tritt in den Busch.

»Warum geht ihr nicht mehr zu dem alten Haus?«, fragte Mutter behutsam und dachte, dass wir nicht merkten, wie sehr sie sich darüber freute. Es hatte ihr instinktiv missfallen, dass wir so oft dort waren.

»Ach, ich weiß nicht …«

Ein paar Tage später hörten wir, dass die Thompsons uns besuchen würden, und ohne dass jemand etwas sagte, wussten wir, dass das kein normaler Besuch war. Es war ihr erster, und sie würden nach so vielen Jahren nicht einfach kommen, wenn es keinen Grund dafür gäbe. Und dass sie kamen, gefiel unseren Eltern gar nicht. Sie standen auf Kriegsfuß miteinander.

Bevor die Farm uns gehörte und als es meilenweit noch keine Nachbarn gab, hatte Mr. Thompson zehn Jahre lang dort gelebt. Dann war er plötzlich heim nach England gefahren und mit einer Ehefrau zurückgekommen. Die Frau bekam diese Farm nie zu Gesicht. Mr. Thompson verkaufte sie an uns und erwarb eine andere.

Die Leute sagten: »Armes Mädchen! Gerade mal von zu Hause weg.« Die Frau war wütend, weil das Haus abgebrannt war und sie fast ein Jahr lang bei Freunden wohnen musste, während Mr. Thompson auf seiner neuen Farm ein neues Haus baute.

Am Abend vor ihrem Besuch sagte Mutter mehrere Male seltsam bekümmert: »Armes kleines Ding; armes, armes kleines Ding.«

Vater sagte: »Ach, ich weiß nicht. Du musst gerecht sein. Er war die ganzen Jahre hier allein.«

Aber vergeblich – an diesem Abend hatte sie nicht nur etwas gegen Mr. Thompson, sondern auch gegen Vater, und wir waren auf ihrer Seite. Sie nahm uns in die Arme und sah Vater anklagend an. »Die Frauen kriegen immer das Schlimmste ab«, sagte sie.

Er sagte wütend: »Hör mal, es ist nicht meine Schuld, dass diese Leute kommen.«

»Hat das jemand behauptet?«, antwortete sie.

Als am nächsten Tag das Auto in Sicht kam, verschwanden wir in den Busch. Wir fühlten uns schuldig, aber nicht, weil wir davonliefen, denn das taten wir oft, wenn Besuch kam, den wir nicht mochten, sondern weil wir uns Mr. Thompsons Haus zu eigen gemacht hatten, und außerdem hatten wir Angst, er könnte uns an den Gesichtern ansehen, dass wir Mutter enttäuschten, wenn wir dort hingingen.

Wir kletterten in den Baum, der bei solchen Gelegenheiten unsere Zuflucht war, legten uns sechs Meter über dem Boden auf die Äste, spielten Mogli und dachten die ganze Zeit über die Thompsons nach.

Wie üblich verloren wir jedes Zeitgefühl, und als wir schließlich nach Hause gingen und dachten, dass die Luft rein war, stand das Auto immer noch da. Nun packte uns die Neugier.

Unter Mutters vorwurfsvollem Blick schlichen wir verlegen lächelnd auf die Veranda. Dann hoben wir endlich den Kopf und sahen Mrs. Thompson an. Ich weiß nicht, wie wir sie uns vorgestellt hatten – jedenfalls hatten wir bis dahin ein leidenschaftliches, fürsorgliches Mitleid für sie empfunden.

Mrs. Thompson war eine korpulente, blonde, in kräftige Farben gekleidete Dame mit einer Stimme wie ein Graularmvogel. Die Stimme war markerschütternd. Vater, der laute Stimmen nicht ertrug, hielt sich an seinen Sessellehnen fest und starrte sie mit einem Blick an, der Unwillen und Ablehnung zeigte.

Was Mr. Thompson anging, den Schurken, den wir gehasst und gefürchtet hatten – der war ein zerzauster, schlaksiger Mann, der zu Boden sah und entschuldigend vor sich hin lächelte, wenn seine Frau etwas sagte. Er war ganz anders, als wir ihn uns vorgestellt hatten. Er sah aus wie unser alter Hund, was uns kurz verwirrte, bis wir überstürzt die Seiten wechselten.

Früher, als wir uns erinnern konnten, hatten die Welten der Einsamkeit, die unsere Eltern bewohnten und jeder für sich mit uns teilten, ohne sie miteinander teilen zu können, ein tiefes und gefährliches Mitleid in uns erweckt, das sich nun auf Mr. Thompson richtete. Gehasst wurde jetzt Mrs. Thompson, und äußeres Zeichen dafür war, dass wir Mutters Sessel verließen und zu Vaters hinübergingen.

»Nicht so zappeln, seid brav, Kinder«, sagte er.

Mrs. Thompson wollte gern, dass man ihr das alte Haus zeigte. Aus ihrem nachdrücklichen Ton schlossen wir, dass sie den ganzen Nachmittag von nichts anderem gesprochen hatte; und wenn doch, dann nur mit der Absicht, so bald wie möglich zu diesem Haus zu gelangen. Sie lächelte Mr. Thompson grimmig an und sagte immer wieder: »Ich habe so viel *Interessantes* über dieses alte Haus gehört. Ich muss wirklich selbst sehen, wo mein Mann gewohnt hat, bevor ich herkam …« Dabei sah sie Mutter Zustimmung heischend an.

Aber Mutter sagte skeptisch: »Es wird bald dunkel. Und es gibt keinen Weg.«

Vater dagegen sagte unverblümt: »Da gibt es nichts zu sehen. Es ist nichts mehr da.«

»Ja, ich habe gehört, dass es abgebrannt worden ist«, sagte Mrs. Thompson und warf ihrem Mann einen weiteren Blick zu.

»Das lag an einer Sturmlaterne …«, murmelte der.

»Ich will es selbst sehen.«

An diesem Punkt rutschte meine Schwester von der Armlehne des Sessels, in dem mein Vater saß, lächelte Mrs. Thompson so strahlend wie gekünstelt an und sagte: »Wir wissen, wo das ist. Wir bringen Sie hin.« Sie stieß mich in die Rippen und stob davon, ehe jemand etwas sagen konnte.

Letzten Endes kamen alle mit. Ich führte sie und nahm den anstrengendsten, längsten Weg, den ich kannte. Wir hatten uns längst einen eigenen Pfad gebahnt, aber auf dem wäre es viel zu schnell gegangen. Mrs. Thompson musste über Felsen klettern, sich einen Weg durchs Gras bahnen, geduckt unter Büschen hindurchlaufen. Ich ließ sie hinunter in die Rinne steigen, sodass sie mit den Knien in Staub und scharfe Kiesel fiel. Als ich schließlich zwischen den Kameldornbäumen einen weiten Bogen schlug, ging ich so schnell, dass ich sie hinter mir keuchen hören konnte. Aber sie beklagte sich nicht – sie wollte die Stelle unbedingt sehen.

Als wir die Überreste des Hauses erreichten, war es fast dunkel, die langen Grasbüschel bebten im Abendwind, und die Umrisse der Papayabäume hoben sich hoch und dunkel vor einem roten Himmel ab. Um uns herum schnarrten leise die Perlhühner.

Meine Schwester lehnte sich schwer atmend an einen Baum und versuchte auszusehen wie immer. Mrs. Thompson hatte alle Zuversicht verloren. Sie stand da, rührte sich kaum und sah sich um, und wir wussten, dass Stille und Verlassenheit sie genauso bedrückten wie uns an jenem ersten Morgen.

»Wo *ist* denn das Haus?«, fragte sie schließlich mit unbewusst gedämpfter Stimme und starrte, als müsste es gleich vor ihr aus dem Boden wachsen.

»Ich habe dir doch gesagt, es ist abgebrannt. Glaubst du mir *jetzt*?«, fragte Mr. Thompson.

»Ich *weiß*, dass es abgebrannt ist … Aber wo hat es gestanden?« Sie klang, als würde sie gleich weinen. Mit so etwas hatte sie nicht gerechnet.

Mr. Thompson wies auf die Steine am Boden. Er rührte sich nicht. Er stand nur da und starrte über den Zaun hinunter zum *vlei*, wo sich der Nebel in langen weißen Falten sammelte. Langsam verblasste am Himmel das Licht, und es wurde kalt. Für eine Weile sagte niemand etwas.

«Was für ein gottverlassener Platz für ein Haus«, sagte Mrs. Thompson schließlich äußerst gereizt. »Gut, dass es abgebrannt ist. Und Sie sagen, die Kinder spielen hier?«

Das war unser Stichwort. »Uns gefällt es«, sagten wir pflichtschuldigst und wussten genau, dass unser Anblick sie mit diesem Ort versöhnte – so, wie wir beide Hand in Hand neben dem gespenstischen Rosenstock auf den Ziegelsteinen standen. »Wir spielen hier den ganzen Tag«, logen wir.

»Einen komischen Geschmack habt ihr«, sagte sie zu uns und meinte Mr. Thompson.

Doch Mr. Thompson hörte sie nicht. Er war in Erinnerungen versunken und sah sich verloren um. »Zehn Jahre«, sagte er schließlich. »Zehn Jahre war ich hier.«

»Was bist du auch so dumm«, fuhr sie ihn an. Und damit war das Thema für sie erledigt.

Allmählich machten wir uns auf den Nachhauseweg. Nun gingen die beiden Frauen voran, dann kamen Vater und Mr. Thompson, und wir folgten am Schluss. Als wir an einem kleinen *donga* unter einem Kaktusbaum vorbeikamen, rief meine Schwester im Flüsterton: »Mr. Thompson, Mr. Thompson, schauen Sie mal hier.«

Vater und Mr. Thompson kamen zurück. »Schauen Sie«, sagten wir und zeigten auf das Loch, das randvoll mit leeren Flaschen war.

»Ich bin rasch auf meinem Geheimweg vorbeigekommen und habe sie versteckt«, sagte meine Schwester stolz und sah die beiden Männer verschwörerisch an.

Vater war nicht wohl dabei. »Ich frage mich, wie die dahin gekommen sind«, sagte er schließlich höflich.

»Wir haben sie gefunden. Die waren beim Haus. Wir haben sie für Sie versteckt«, sagte meine Schwester und hüpfte vor Aufregung.

Mr. Thompson sah uns scharf und verunsichert an. »Ihr seid zwei komische Kinder«, sagte er.

Das war sein ganzer Dank, denn anschließend hörten wir Mutter von vorn rufen: »Was macht ihr denn alle da?« Und sofort gingen wir weiter.

Als die Thompsons weg waren, lungerten wir um Vater herum und warteten darauf, dass er etwas sagte.

Als Mutter nicht in der Nähe war, kratzte er sich schließlich gereizt am Kopf und fragte: »Warum in aller Welt habt ihr das nur gemacht?«

Wir waren zutiefst gekränkt. »*Sie* hätte sie sonst gesehen«, sagte ich.

»Diese Dame hat ein dickes Fell«, sagte er schließlich. »Na ja, ihr habt es wahrscheinlich nur gut gemeint.«

In der Ecke der Veranda saß Mutter im Dunkeln und starrte in den finsteren Busch. Missbilligung, Widerwille und Unzufriedenheit standen ihr in das grimmige Gesicht geschrieben – auch, was uns betraf, das wussten wir.

Sie sah uns böse an und sagte: »Ich will nicht, dass ihr in dieser Weise auf der Farm herumspaziert. Auch nicht mit einer Flinte.«

Doch das hatte sie schon so oft gesagt, und es war nicht das, worauf wir warteten. Endlich kam es.

»Meine beiden kleinen Mädchen«, sagte sie, »ganz allein da draußen im Busch, ohne jemand zum Spielen.«

Aber um den Busch ging es ihr gar nicht. Wir stürzten uns auf sie. Wieder zog es uns mit schwindelerregendem Schwung von einem Lager ins andere. »Arme Mutter«, sagten wir. »Arme, arme Mutter.«

Das war es, was sie brauchte. »Das ist doch kein Leben für eine Frau«, sagte sie mit brechender Stimme und drückte uns an sich.

Aber sie klang getröstet.

NACHWORT

Erzählungen, Kurzgeschichten, Short Storys, welche Bezeichnung man auch immer wählen mag – Formen der Kurzprosa nehmen im umfangreichen Werk Doris Lessings über Jahrzehnte hinweg großen Raum ein. Erste Erzählungen schrieb die Autorin bereits in den vierziger Jahren, als sie noch in der damaligen britischen Kolonie Südrhodesien lebte, und bis heute hat sie nahezu hundert veröffentlicht.

Doris Lessings Erzählungen sind hinsichtlich ihrer Stoffe, ihrer Erzählformen und ihres Umfangs sehr unterschiedlich, stehen aber mit dem übrigen Werk der Autorin in engstem Zusammenhang. Sehr deutlich lässt sich nachvollziehen, wie sie in ihrer Kurzprosa mit jenen Stoffen und Formen experimentiert, die zeitgleich das Material für ihre großen Romane bilden. Die Kurzprosa ist sowohl Forschungsfeld als auch eigenständige Erzählform – eine Erzählform, die Doris Lessing zu eindrucksvoller Virtuosität entwickelt hat.

Die Autorin selbst hat ihr Werk als »Fluss oder Strom« beschrieben, »in dem einmal die eine, einmal die andere Strömung an die Oberfläche dringt, der Strom aber genau wie die Quelle immer derselbe bleibt«. Entsprechend durchziehen Schauplätze und Charaktere, Motive und Formen Doris Lessings Romane, ihre autobiografischen Schriften wie auch ihre Erzählungen und lassen sich bisweilen über Jahrzehnte hinweg verfolgen. Natürlich gibt es dabei Schwerpunkte, die sich im Laufe der Zeit verlagern. So beschäftigt sich die Autorin der Erzählungen aus den vierziger bis sechziger Jahren zum Beispiel vor allem mit Afrika, seinen Menschen, seiner Landschaft und seiner politischen Struktur, um in späteren Jahrzehnten vermehrt psychologische Skizzen aus der vorwiegend weiblichen Lebenswelt zu zeichnen.

Literarische Kurzformen, wie sie heute existieren, wurzeln nach Erkenntnissen der Literaturwissenschaft im späten neunzehnten Jahrhundert. Damals wandte man sich – zunächst in der englischen Literatur – von den traditionellen, überaus voluminösen Romanen ab und versuchte, mit den Mitteln erzählerischer und kompositorischer Verdichtung eine Konzentration auf bestimmte Situationen herzustellen. Grob vereinfacht gesagt entwickelten sich in den folgenden Jahrzehnten zwei Formen: Geschichten, die sich auf ein Ereignis oder Problem konzentrieren, das sie straff erzählt zu einem überraschenden oder anderweitig bemerkenswerten Ende führen, und andererseits Geschichten, die eine oberflächlich betrachtet eher belanglose Episode als Momentaufnahme schildern und so das Innenleben und die Einsichten einer Figur beleuchten. Das Aufkommen von Kurzgeschichten war nicht zuletzt Folge einer Veränderung des literarischen Markts: Durch die Entwicklung des Zeitschriftenwesens war es Autoren nun eher möglich, Geld zu verdienen, indem sie Erzählungen an die Redaktionen verkauften.

An dieser Stelle hat auch Doris Lessing als junge Frau in Südrhodesien angesetzt, ohne dass es ihr allerdings je in den Sinn gekommen wäre, sich an Kategorisierungen wie den gerade beschriebenen zu orientieren – formale und inhaltliche Vielfalt ist bei Doris Lessing auch hinsichtlich ihrer Kurzprosa Programm. So schrieb sie etwa 1964 im Vorwort zu einer Neuausgabe von Geschichten aus den fünfziger Jahren: »Diese Geschichten haben gemeinsam, dass sie in Afrika spielen, weiter nichts.« Die Sammlung enthalte »echte Kurzgeschichten« und auch »längere Geschichten oder Kurzromane, wenn man so will«. Jede dieser Formen hat für Doris Lessing ihre eigene Berechtigung, und sie beurteilt die jeweiligen Vorzüge sehr pragmatisch aus der Perspektive einer Autorin bei der Arbeit: »Es macht großen Spaß, so einen Kurzroman zu schreiben (…). Man hat Platz, um sich Zeit zu nehmen, laut zu denken, hier und da in ein, zwei Absätzen abzuschweifen – in einer echten Kurzgeschichte geht das alles nicht.« Doris Lessing kennt die Erfordernisse der jeweiligen Form genau und setzt sie so ein, wie es ihr für den jeweiligen Stoff angemessen erscheint.

Die Anordnung der Erzählungen für unsere Doris-Lessing-Werkauswahl folgt der Chronologie. Da der afrikanische Kontinent bis weit in die sechziger Jahre hinein bevorzugter Hintergrund für Doris Lessings literarisches Schaffen war, liegt es in der Natur der Sache, dass »afrikanische« Erzählungen den Schwerpunkt des vorliegenden Bands bilden. Die Autorin selbst betont übrigens, wie prägend es für sie war, die ersten fünfundzwanzig Jahre ihres Lebens in Afrika zu verbringen: »Alles, was mich zur Schriftstellerin gemacht hat, ist mir während dieser Jahre in Rhodesien, im alten Rhodesien, zugestoßen.«

Doris Lessing kam als kleines Mädchen mit ihrer Familie – den Eltern und einem jüngeren Bruder – in die damalige britische Kolonie. Ihr Vater hoffte, durch Landwirtschaft reich zu werden, und errichtete eine Farm im Busch. Die Mutter war unglücklich mit dem abgeschiedenen Leben in der Kolonie und richtete ihre gesamte Energie auf die Kinder. Schon als sehr junges Mädchen entfloh Doris Lessing dieser Situation und zog in die Hauptstadt Salisbury, das heutige Harare, wo sie sich als Schreibkraft durchschlug, zweimal heiratete und drei Kinder zur Welt brachte, bevor sie Afrika 1949 als Dreißigjährige verließ, um nach London zu gehen.

Die Jahrzehnte in Afrika haben Doris Lessings Schaffen in den fünfziger und sechziger Jahren geprägt und prägen seither ihr gesamtes schriftstellerisches Leben. Der Kontinent dient ihr nicht als exotische Staffage – er durchdringt das Werk der Autorin geradezu. »Das eigentliche Geschenk, dass Afrika schwarzen wie weißen Schriftstellern macht«, sagt Doris Lessing im bereits erwähnten Vorwort von 1964, »ist der Kontinent selbst, den manche Leute für immer im Blut haben wie ein altes Fieber; der wie eine alte Wunde im Inneren pochen kann, wenn das Wetter umschlägt. Afrika darf man nur besuchen, wenn man bereit ist, danach für immer aus jener unerklärlichen, majestätischen Stille verbannt zu sein, die über der Grenze zum Gedächtnis oder zum Denken liegt. In Afrika lernt man, dass der Mensch als kleines Wesen unter anderen Wesen in einer großen Landschaft steht.«

Ein wiederkehrendes Motiv der Kurzgeschichten ist entsprechend jene Landschaft, die mächtige, indifferente Natur, mit deren Beschreibung die Autorin oft anhebt, etwa in »Der Ameisenhügel«, »Der alte Häuptling Mshlanga« oder »Ein harmloser Heuschreckenüberfall« – wenn die Natur nicht ohnehin Gegenstand des Erzählens ist wie beispielsweise in »Die Sonne zwischen den Beinen«.

Doch auch Charaktere, auf die Doris Lessing in Afrika traf, begegnen dem Leser der Kurzgeschichten in unterschiedlicher Ausprägung immer wieder: der arrogante Weiße, der Land und Menschen gnadenlos ausbeutet, wie etwa in »Der Ameisenhügel«; die enttäuschte, sehnsuchtsvolle Farmersfrau wie in »Die Höhe bekommt uns nicht«, »Zwei Hunde« oder »Verräter«; der Schwarze im Konflikt mit einem Weißen, wie zum Beispiel in »Der Zauber ist nicht verkäuflich«; der Weiße mit der schwarzen Geliebten wie in »Die schwarze Madonna«, der weiße Sonderling wie in »Leoparden-George«. Die Gesellschaft des kolonialen Afrika schildert Doris Lessing oft aus der Perspektive eines weißen Kindes, das Dinge sieht, auf die es sich nicht unbedingt einen Reim machen kann. Dieses erzählende Kind besitzt eine atemberaubende Beobachtungsgabe – und erinnert an die junge Doris Lessing, wie sie sich selbst in ihren autobiografischen Schriften beschrieben hat.

Material bot sich der jungen Autorin mithin reichlich in jenem »Distrikt«, wo die weißen Farmer oft meilenweit voneinander entfernt inmitten des Buschs lebten. »Unter solchen Bedingungen können die Menschen sich entfalten. Leute, die in einer Gesellschaft wie der englischen, in der man zur Konformität genötigt wird, vielleicht vollkommen unauffällig sind, können dort in allen möglichen Bereichen wilde Exzentriker werden, was sie sich anderswo nie trauen würden.«

Doch wie hat sich Doris Lessings Kurzprosa in den fünfziger und sechziger Jahren im Einzelnen entwickelt, und in welchem Verhältnis steht sie zu ihrem übrigen Werk?

Zwischen 1951 und 1964 erschienen in Großbritannien fünf

Sammelbände mit Kurzgeschichten, die teils schon vorab in Zeitschriften veröffentlicht worden waren. Kurz nach der Ankunft in London und dem Erscheinen ihres ersten Romans *Afrikanische Tragödie* veröffentlichte Doris Lessing 1951 mit *This Was the Old Chief's Country* erstmals gesammelte Erzählungen, zehn starke, drastische Skizzen, die alle in Afrika spielen und von denen fünf im vorliegenden Band enthalten sind – eine davon, »Sonnenaufgang im *veld*«, wurde eigens für diese Ausgabe ins Deutsche übersetzt. Roman und Kurzgeschichten wurden begeistert aufgenommen, verkauften sich ausgezeichnet und sorgten dafür, dass Doris Lessing rasch zu den anerkannten Autorinnen Großbritanniens gehörte.

1953 folgte der Sammelband *Five*, fünf umfangreichere, novellenhafte Erzählungen mit dem Untertitel »Short Novels«, Kurzromane – darunter »Der Ameisenhügel«. Mit einer Ausnahme sind diese Geschichten in Afrika angesiedelt, erstmals schreibt Doris Lessing hier aber auch über das London der Nachkriegszeit. Für *Five* erhielt sie 1954 den renommierten Somerset Maugham Award.

An der 1957 erschienenen Sammlung *The Habit of Loving* kann man erkennen, dass sich mit Doris Lessings Lebenswelt auch ihre Perspektive verändert hatte. In diesem Band gibt es ebenfalls Erzählungen aus Afrika, doch viele Geschichten spielen in England oder an anderen Orten in Europa, wo sie häufig in der Welt des Theaters oder der kommunistischen Partei angesiedelt sind. Zudem hat sich die inhaltliche Ausrichtung verändert, denn oft sind Liebesbeziehungen das Thema. Bemerkenswert ist darüber hinaus insbesondere »Durch den Tunnel« als Geschichte einer jugendlichen Initiation.

Die Erzählungen in *A Man and Two Women* aus dem Jahr 1963 spielen teils in Afrika, teils in Großbritannien, wobei sich die Gewichtung noch weiter in Richtung Europa verschiebt. Doris Lessings Interesse an Psychologie und an der Lebens- und Erfahrungswelt von Frauen ist gewachsen, was etwa in »Ein Mann und zwei Frauen«, in »Unsere Freundin Judith« oder in der düsteren Vision von »Zimmer neunzehn« deutlich wird.

Einige Erzählungen haben darüber hinaus eine Tendenz zum Surrealen, so zum Beispiel »Wie ich endlich mein Herz verlor«. Drei der Geschichten aus *A Man and Two Women* dienten 1991 in Frankreich als Vorlage zu einem Film, der sie durch eine ebenfalls von Doris Lessing inspirierte Rahmenhandlung verknüpfte.

1964 schließlich erschien der Band *African Stories* – zu den gesammelten afrikanischen Erzählungen von 1951 beziehungsweise 1953 kamen hier noch vier weitere, neuere hinzu. Von den beiden, die in unserer Auswahl enthalten sind, wurde »Verräter« erstmals ins Deutsche übersetzt.

Wenn ein Erzählband von Doris Lessing in England erschienen war, folgte meist direkt im Anschluss eine – manchmal leicht abgewandelte – amerikanische Ausgabe. Zwischen 1973 und 1978 wurden dann alle vor 1972 veröffentlichten Erzählungen in England noch einmal als vierbändige Sammlung herausgegeben. Bis heute hat man die Erzählungen dort in zahllosen unterschiedlichen Kombinationen immer wieder neu präsentiert.

Aus den genannten, zwischen 1951 und 1964 erschienenen Bänden wurde die chronologisch geordnete Auswahl für den vorliegenden Band getroffen. Folgt man dieser Chronologie, so zeichnet sich eine Entwicklung ab, die sich auch anhand anderer Werke der Autorin aus diesen Jahren nachvollziehen lässt. Doris Lessing hat sich in jener Zeit nach und nach der Psychologie, dem Verhältnis von Leben und Innenleben zugewandt – ein Vorgang, der sich auch auf ihre Romane ausgewirkt hat.

Von 1952 bis 1969 arbeitete Doris Lessing an ihrem fünfbändigen Romanzyklus »Kinder der Gewalt«, in dem sie den Lebensweg ihrer Protagonistin Martha Quest von den Jugendjahren auf einer Farm im afrikanischen Busch bis hin zu ihrem Tod erzählt. Martha Quests persönlicher, sozialer und politischer Reifungsprozess ist dem Lebenslauf ihrer Schöpferin nachempfunden, wobei die Bezüge allerdings immer lockerer werden und sich in den beiden letzten Bänden des Zyklus mehr und mehr verlieren. Den langjährigen Arbeitsprozess an »Kinder der Gewalt« unterbrach Doris Lessing, um mit *Das goldene Notizbuch* ihr unbestrittenes Hauptwerk zu schreiben. Der epochemachende Roman erschien 1962, und man darf wohl behaupten, dass er dazu beitrug, die Frauenbewegung der sechziger Jahre voranzutreiben. In *Das goldene Notizbuch* wird deutlich, wie intensiv sich Doris Lessing mit psychologischen Fragen besonders in Hinsicht auf das Leben von Frauen in ihrer Zeit beschäftigt hatte, und sie seziert die Rolle der Frau, ihre Abhängigkeiten und Verstrickungen, lange bevor dieses Thema weitere Verbreitung fand. »Frühen Lesern schien die Analyse des Geschlechterkampfs charakteristisch für ihr Werk zu sein, und die Zeit hat die Schärfe ihres Fazits keineswegs gemildert«, schreibt die britische Schriftstellerin Margaret Drabble. »Doris Lessing hat es gewagt, den Mund aufzumachen, wo andere höflich und diskret gewesen sind.«

Das goldene Notizbuch wurde von der jungen Frauenbewegung sogleich und zum Ärger der Autorin als eine Art Kampfschrift vereinnahmt. Für Doris Lessing selbst lag die entscheidende Neuerung, das Innovative des Romans, eher in seiner Form: Während sie in »Kinder der Gewalt« einer realistischen Erzählweise folgend mehr oder minder stringent eine Handlung nachvollzieht, setzt sie in *Das goldene Notizbuch* fragmentarische Formen ein, wodurch ein Kaleidoskop aus Eindrücken, Gedanken, Reflexionen und Emotionen entsteht. So ist es ihr möglich, im Roman selbst gleichzeitig über die Form des Romans zu reflektieren, wie sie in einem später verfassten Vorwort zu *Das goldene Notizbuch* ausführlich erläutert hat.

Diese formale Neuerung und die Tatsache, dass die Protagonistin des Romans unverblümt aus ihrem intellektuellen und erotischen Leben erzählt, machten den Roman und seine Autorin schlagartig weltberühmt. Doris Lessing hat das Leben und Empfinden von Frauen ihrer Zeit kämpferisch und ohne Beschönigung thematisiert.

Vor dem Hintergrund dieser Entwicklung sind auch die Kurzgeschichten der Autorin zu lesen. In den fünfziger und sechziger Jahren entfernt sich Doris Lessing langsam vom realistischen, linearen Erzählen, experimentiert mit neuen literarischen Formen und wendet sich neuen Themen zu. Sie meidet nicht zuletzt auch in der Konzentration ihrer Kurzgeschichten eindeutige Antworten auf schwierige Fragen der menschlichen Existenz, wie der Literaturwissenschaftler Heinz Antor in einer jüngeren Untersuchung zur Entwicklung der englischen Kurzgeschichte konstatiert. Es geht der Autorin »um Konflikte zwischen unterschiedlichen Wertvorstellungen, denen man nicht neutral gegenüberstehen und die man nur aus einer Haltung von Menschlichkeit, Toleranz, Aufrichtigkeit und Liebe heraus ertragen kann«.

Im Anschluss an den Romanzyklus »Kinder der Gewalt« wandte sich Doris Lessing Anfang der siebziger Jahre vor allem mit den Romanen *Anweisung für einen Abstieg zur Hölle* (1971) und *Die Memoiren einer Überlebenden* (1974) auch dem Surrealen und Traumhaften zu – Motiven, die sich bereits in den Erzählungen »Wie ich endlich mein Herz verlor« und »Zwei Töpfer« von 1963 finden. Formal experimentiert sie in den genannten Romanen der frühen siebziger Jahre mit neu entwickelten fragmentarischen Formen, Traummotiven, innerem Monolog und Bewusstseinsstrom, wobei die Darstellung eines geschlossenen oder realistischen Geschehens in den Hintergrund tritt.

Mit *The Story of a Non-Marrying Man* erschien 1972 eine weitere Sammlung von Erzählungen. Doris Lessings Interesse an afrikanischen Sujets hat hier merklich nachgelassen – die Geschichten handeln meist von sozialen Fragen innerhalb der englischen Gesellschaft oder von einer unguten Dynamik in den Beziehungen zwischen den Geschlechtern. Bemerkenswerterweise klingen hier innerhalb der Erzählung »Bericht über die bedrohte Stadt« erstmals Motive an, die Doris Lessing in den späten siebziger und frühen achtziger Jahren für ihren berühmte Romanzyklus »Canopus im Argos: Archive« wieder aufgenommen hat.

Nach *The Story of a Non-Marrying Man* veröffentlichte Doris

Lessing erst 1992 unter dem Titel *London Observed* wieder einen Sammelband mit Erzählungen. Der nächste, *The Grandmothers* von 2003, enthält wieder Geschichten, die eher der Gattung Kurzroman zuzurechnen sind. All das und mehr wird in Band 14 der Werkauswahl Berücksichtigung finden.

Im deutschen Sprachraum wurde Doris Lessing mit ihrer Kurzprosa erst Ende der siebziger Jahre wirklich bekannt. 1956 war in der damaligen DDR ein Band mit fünf Geschichten aus *This Was the Old Chief's Country* und *Five* erschienen; 1976 wurde unter dem Titel *Der Zauber ist nicht verkäuflich* eine Auswahl von neun afrikanischen Erzählungen in der BRD publiziert. Mit diesem Band und den Romanen *Afrikanische Tragödie* (1953) und *Der Sommer vor der Dunkelheit* (1975) waren Mitte der siebziger Jahre also erst drei Bücher von Doris Lessing in Westdeutschland erhältlich, während sie in Großbritannien bereits eine berühmte und geschätzte Autorin war.

1978, sechzehn Jahre nach der Veröffentlichung in England, erschien endlich eine deutsche Übersetzung von *Das goldene Notizbuch* – mit durchschlagendem Erfolg. Gleich darauf wurde 1979 unter dem Titel *Der Mann, der auf und davon ging* ein Band mit Erzählungen veröffentlicht, der weitgehend mit der erwähnten, 1972 in Großbritannien erschienenen Sammlung *The Story of a Non-Marrying Man* identisch ist. Wenig später erschienen dann auch Doris Lessings frühere Erzählungen in zwei Folgebänden: *Die Frau auf dem Dach* (1982) enthält vornehmlich Geschichten vor englischem Hintergrund, während *Die schwarze Madonna* (1985) fast ausschließlich Geschichten mit afrikanischen Themen gewidmet ist. All diese gesammelten Erzählungen wurden zwischen 1984 und 1989 noch einmal in einer fünfbändigen Taschenbuchausgabe publiziert.

Während die englischsprachigen Leser also Gelegenheit hatten, die Genese von Doris Lessings Werk chronologisch zu verfolgen, konnte das deutschsprachige Publikum nur rückblickend den Weg vom autobiografisch geprägten Erzählen hin zum literarischen Experiment und zur psychologischen Skizze nachvollziehen. Erst seit Mitte der achtziger Jahre erscheinen Doris Lessings Werke etwa zeitgleich mit ihrer Veröffentlichung in Großbritannien auch in deutscher Übersetzung.

Sehr früh, schon 1972, hat Joyce Carol Oates Doris Lessings »Handwerkskunst« beschrieben. In ihren Erzählungen leuchte die Autorin »Menschenleben aus, die geheimsten und gehütetsten Winkel des Privatlebens, und das in einem Stil, der nie befangen oder gekünstelt ist«. Ob Doris Lessing die Arroganz der Kolonialherren anprangert, ein beklemmendes Stimmungsbild vom angespannten Verhältnis zwischen Schwarz und Weiß entwirft, die Grausamkeit eines Teenagers der Mutter gegenüber schildert, das traurige Leben entfremdeter Frauen und Männer Revue passieren lässt, die Qualen des Erwachsenwerdens in ein Gleichnis fasst, die majestätische und gleichgültige Natur in der Schilderung einer Landschaft erstehen lässt oder mit Humor und Poesie ihr Herz verliert – immer spürt der Leser, wie zutreffend jene Worte sind, die Vicente Aleixandre zugesprochen werden, Literaturnobelpreisträger wie Doris Lessing selbst: »Eine Kurzgeschichte ist eine Geschichte, an der man sehr lange arbeiten muss, bis sie kurz ist.«

Barbara Christ

TEXTNACHWEIS

ÜBERSETZUNGEN

»Der alte Häuptling Mshlanga«; »Der Zauber ist nicht verkäuflich«; »Der Ameisenhügel«:
Aus dem Englischen von Lore Krüger. © 1956, 2007 Lore Krüger c/o Aufbau Media GmbH, Berlin (für die deutschen Übersetzungen; die Übersetzungen erschienen erstmals 1956 in: Doris Lessing: *Der Zauber ist nicht verkäuflich: 5 Erzählungen aus Afrika* im Tribüne Verlag)
Hier aus: Doris Lessing, *Der Zauber ist nicht verkäuflich.* Aus dem Englischen von Lore Krüger. Copyright der deutschsprachigen Ausgabe © 1976 Diogenes Verlag AG Zürich

»Leoparden-George«:
Aus: Doris Lessing, *Der Zauber ist nicht verkäuflich.* Aus dem Englischen von Marta Hackel. Copyright der deutschsprachigen Ausgabe © 1976 Diogenes Verlag AG Zürich

»Durch den Tunnel«; »Wie ich endlich mein Herz verlor«; »Ein Mann und zwei Frauen«; »Zwei Töpfer«; »Unsere Freundin Judith«; »Zimmer neunzehn«:
Aus: Doris Lessing: *Die Frau auf dem Dach. Erzählungen Band 2.* Aus dem Englischen von Adelheid Dormagen, Klett-Cotta, © 1982 J. G. Cotta'sche Buchhandlung Nachfolger GmbH, gegr. 1659, Stuttgart

»Das Ärgernis«; »Ich weiß, was er gesagt hat«; »Ein harmloser Heuschreckenüberfall«; »Der Granatapfel«; »Die Höhe bekommt uns nicht«; »Und sie fliegen davon«; »Zwei Hunde«; »Die Sonne zwischen den Beinen«; »Die schwarze Madonna«:
Aus: Doris Lessing: *Die Schwarze Madonna. Erzählungen Band 3.* Aus dem Englischen von Manfred Ohl und Hans Sartorius. Klett-Cotta, © 1985 J. G. Cotta'sche Buchhandlung Nachfolger GmbH, gegr. 1659, Stuttgart

Erstmals ins Deutsche übersetzt für diese Ausgabe wurden:
»Sonnenaufgang im *veld*«:
© 1951 by Doris Lessing. Aus dem Englischen von Barbara Christ
»Verräter«:
© 1964 by Doris Lessing. Aus dem Englischen von Barbara Christ

ORIGINALQUELLEN

Die Erzählungen »Der alte Häuptling Mshlanga«(The Old Chief Mshlanga), »Der Zauber ist nicht verkäuflich« (No Witchcraft for Sale), »Das Ärgernis« (The Nuisance), »Leoparden-George« (»Leopard« George) und »Sonnenaufgang im *veld*« (A Sunrise on the Veld) erschienen 1951 in dem Sammelband *This Was the Old Chief's Country* bei Michael Joseph, London

»Der Ameisenhügel« (The Antheap) erschien 1953 in dem Sammelband *Five* bei Michael Joseph, London

Die Erzählungen »Ich weiß, was er gesagt hat« (The Words He Said), »Durch den Tunnel« (Through the Tunnel), »Ein harmloser Heuschreckenüberfall« (A Mild Attack of Locusts), »Der Granatapfel« (Flavours of Exile), »Die Höhe bekommt uns nicht« (Getting Off the Altitude), »Und sie fliegen davon« (Flight) erschienen 1957 in dem Sammelband *The Habit of Loving* bei MacGibbon&Kee, London

Die Erzählungen »Zwei Hunde« (The Story of Two Dogs), »Die Sonne zwischen den Beinen« (The Sun between Their Feet), »Wie ich endlich mein Herz verlor« (How I Finally Lost My Heart), »Ein Mann und zwei Frauen« (A Man and Two Women), »Zwei Töpfer« (Two Potters), »Unsere Freundin Judith« (Our Friend Judith), »Zimmer neunzehn« (To Room Nineteen) erschienen 1963 in dem Sammelband *A Man and Two Women*, MacGibbon&Kee, London

Die Erzählungen »Die schwarze Madonna« (The Black Madonna) und »Verräter« (Traitors) erschienen 1964 in dem Sammelband *African Stories* bei Michael Joseph, London